Bekenntnisse des Hochstaplers Felix Krull

by Thomas Mann

Published by Acanet, Korea, 2017

사기꾼 펠릭스 크룰의 고백

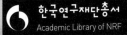
한국연구재단총서 학술명저번역 604
Academic Library of NRF

사기꾼 펠릭스 크룰의 고백

Bekenntnisse des Hochstaplers Felix Krull

토마스 만 지음 | **윤순식** 옮김

아카넷

∴

고딕 글자는 독일어가 아닌 주로 프랑스어로 말한 내용임을 밝힌다.

차례

제1부

1장

    이제 나는 완전히 은퇴한 몸으로 느긋하게 펜을 들어 본다. ―물론 기력은 많이 떨어졌지만 그래도 건강한 편이다. 하지만 너무도 기력이 달려서 조금조금씩, 그리고 자주 쉬어 가며 글을 써 내려가게 되겠지. 내가 이제 막 펜을 들어 모든 것을 쓸 수 있는 종이에다 (종이는 인내심이 많기도 하지!) 나만이 가진 특유의 말쑥하고도 단정한 필체로 나 자신을 회고하려 하니, 기초 지식도 없고 초등 교육만을 마친 내가 이런 정신적인 일을 감당해 낼 수 있는 능력이 있을까 하는 의구심이 슬그머니 들기도 한다. 하지만 내가 이야기하고자 하는 것은 모두가 나의 직접적인 경험, 시행착오, 열정에서 온 것인 만큼, 말하자면 나는 나의 글감을 완전히 지배하고 있다고 할 수 있겠다. 그러니 그러한 의구심은 기껏해야 내 마음대로 구사할 수 있는 말재주나 표현력에 관련되는 것이라고 할 수 있겠다. 내 생각으로는 이러한 일에서 결정적인 역할을 하는 것은 정규적인 연구의 산물이라기보다 타고난 자질과 훌륭한 가정 환경과 관련된 것이리라. 가정 환경으로 본다면 내게도 부족한 점은 없었다. 왜냐하면 나는, 도덕적으로 방종한 집안 출신이긴 하지만, 그래도 상류층 가정에서 태어났기 때문이다. 나와 나의 누이인 올림피아는 여러 달 동안 스위스 베베이(Vevey) 출신의 여자 가정 교사의 지도를 받았다. 하지만 이 여자는 내 어머니와 연적(戀敵) 관계를, 정확히 말하자면 우리 아버지를 서로 차지하려는 관계를 맺었기 때문에 자연히 우리에게서 떠나가지 않을 수가 없었던 것이다. 또한 나의 대부(代父)인 쉼멜프레스터는 나와 무척 각별하게 지낸 사이였고 사람들로부터 무척 존경을 받는 예술가였으며, 그 작은 도시에서는 누구나 그를 "교수님"이라고 불렀다. 비록 사람들이 그토록 갖고 싶어 하던 그 훌륭한 칭호가 당국으로부터 정식으로 수여된 것 같지 않았음에도 불구하고 말이다. 그리고 나의 아버지에 관해 말한다면, 몸집이 크고 뚱뚱하기는 하였지만, 매우 인간적인 매력의 소유자였고, 언제나 점잖고 명석한 말솜씨를 존중하였다. 그는 조모로부터 프랑스의 혈통을 물려받았으며, 자기 자신도 프랑스에서 학생 시절을 보내었으며, 그가 단언한 바에 의하면 파리는 자기 조끼 주머니처럼 환히 알고 있다는 것이다. 그는 즐겨 ―그것도 완벽한 발음으로― "그렇지!", "기가 막히군!", "그렇고말고, 물론!" 등과 같은 말들을 프랑스어로 곧잘 입에 담았고, 또한 종종 "내가 그것을 좋아하지."라는 말을 할 때도 독일어 동사보다는 꼭 프랑스어 동사와 섞어 가며 말했다. 그리고 세상을 떠나는 날까지 그는 여인들의 사랑을 한 몸에 받았다. 이런 얘기들은 우선 서막에 불과하고 제대로 된 순서도 아니다. 그냥 맛보기일 뿐이다. 아무튼 훌륭한 형식을 갖추려는 나의 타고난 재주에 대해 말하자면, 사기꾼 기질의 나의 모든 생활이 증명하는 바와 같이, 그런 재주에 대하여는 옛날부터 너무도 자신할 수 있었으며, 글을 써서 무언가 행세해 보려는 지금도 무조건 나는 그것을 신뢰할 수가 있다고 믿는다. 말이 나온 김에 하는 얘기지만 글을 쓰는 데 가능한 한 나는 솔직하게 쓰고자 결심했으며, 허영심이 있다든가 파렴치하다는 비난이 나와도 전혀 두려워하지 않을 결심을 했던 것이다. 성실이란 관점 이외의 어떤 다른 관점에서 쓰인 고백서 같은 것에 무슨 도덕적인 가치와 의미를 부여할 수 있을 것인가!

라인 지방! 저 복받은 지대가 나를 이 세상에 나오게 해 주었다! 이곳은 기후도 온화하고 지세(地勢)도 험준하지 아니하고 부드러우며, 도시와 마을이 빽빽이 들어앉아 즐거운 삶을 영위하는 곳이며, 인간이 자리 잡은 이 땅 위의 가장 쾌적한 곳에 속하는 지방임이 분명하리라. 이곳은 라인 지방 산맥이 거친 바람을 떡하니 막아 주며, 정오의 태양이 복되게도 저 멀리까지 내리쬐며, 또한 그 이름만 들어도 술꾼들의 마음이 즐거워지는 유명한 도시들이 번영하고 있는 곳이며, 여기가 바로 라우엔탈(Rauenthal), 요한니스베르크(Johannisberg), 뤼데스하임(Rüdesheim)이 있는 곳이다. 또한 이곳이 바로, 독일 제국의 영광스러운 건국[1]이 있은 지 몇 년 후에 내가 세상의 빛을 보게 된 신성한 소도시가 있는 곳이다. 이곳은 라인강이 마인츠 근처에서 구부러지는 굴곡으로부터 약간 서쪽에 위치해 있었으며, 샴페인 양조업으로 유명했다. 또한 이곳은 라인강을 바쁘게 오르내리는 기선들의 주요 정박지였으며, 인구는 대략 사천 명에 이르고 있었다. 따라서 활기찬 도시 마인츠도 매우 가깝고, 라인강 남동쪽의 고급 온천장들, 말하자면 비스바덴(Wiesbaden), 홈부르크(Homburg), 랑겐슈발바흐(Langenschwalbach), 슐랑겐바트(Schlangenbad)가 멀지 않았으며, 슐랑겐바트 같은 경우는 협궤철도(挾軌鐵道) 편으로 삼십 분만 가면 다다를 수 있는 곳이었다. 아름다운 계절이 오면 부모님과 누이 올림피아와 나는, 배나마차 아니면 기차를 이용하여 온 사방으로 얼마나 자주 소풍을 다녔는지

1) (역주) 1871년 비스마르크의 독일 통일을 가리킨다.

모른다. 왜냐하면 도처에 자연과 인간의 지혜가 만들어 낸 매력적이고 아름다운 명소(名所)들은 우리를 유혹하기에 충분했기 때문이다. 지금도 나는 조그만 격자무늬의 편안한 여름옷을 입은 아버지가 우리들과 함께 어떤 정원에 앉아 있는 모습을 보고 있는데 ―아버지는 배가 나왔기 때문에 우리들 가까이 다가앉을 수가 없어서, 테이블에서 좀 떨어져 있어야 했다― 너무나도 쾌적하고 유쾌하게, 게 요리를 안주 삼아 황금색 포도주를 즐기던 아버지의 모습이 지금도 내 눈에 선하다. 그럴 때면 종종 나의 대부인 쉼멜프레스터도 자리를 함께하곤 하였는데, 그는 화가의 동그란 안경 너머로 날카롭게 검사하듯 사람들과 풍경을 관찰했고, 큰일이든 작은일이든 모든 것을 자기의 예술가적 영혼 속으로 받아들였다.

가련하신 나의 아버지는 엥겔베르트 크룰 회사의 소유주였다. 물론 그 회사는 지금은 없어져 버린 '로를레이 엑스뜨라 뀌베(Lorley extra cuvée)'라는 상표의 샴페인을 생산해 내고 있었다. 라인 강변의 부둣가에서 그다지 멀지 않은 곳에 회사의 지하실 창고가 있어서, 나는 어린 시절 하루가 멀다 하고 냉기가 도는 그 지하실 안을 이리저리 헤매었고, 높다란 여러 층의 선반 사이에 가로 세로로 통해 있는 돌바닥 복도를 따라 어슬렁거리면서 깊은 생각에 잠기기도 했고, 반쯤 기울인 상태로 포개어 쌓아 놓은 산더미 같은 술병을 바라보기도 하였다. 너희들은 여기 누워 있구나, 이렇게 나는 혼자 생각했었다.(물론 내가 가진 생각을 그렇게 꼭 들어맞는 말로써 표현할 수 있었던 것은 아니었지만 말이다.) 너희들은 여기 지하실의 어스름 속에 누워 있구나, 그리고 너희들 내부에서는 얼얼하게 사람을 흥분시키는 황금색 술이 소리 없이 정제되고 숙성되어 가는구나! 많은 사람들의 심장 박동에 활기를 주며, 그 많은 눈들을 일깨워 드높은 빛을 발하게 하는 황금색 술 말이다. 지금 너희들은 벌거숭이로 초라한 모습을 하고 있지만, 언젠가 화려하게 장식되어 지하에서 위 세상으로 올라가게 될 것이고, 축제나 혼인 잔치 때에는 어느 특별실에서 취기(醉氣) 어린 사람들이 너희들의 마개를 기운차게 터뜨려, 천장까지 튀어 오르게 하고, 그 사람들 사이에 얼큰한 취기와 경박한 행동, 즐거움을 퍼뜨리게 할 것이다. 나는 어린아이 입장에서 이와 비슷하게 말해 보았는데, 아무튼 엥겔베르트 크룰 회사가 술병의 겉모양, 전문적인 용어로 말하자면 '꽈퓌위르(Coiffure)'라고 명명하는 이 마지막 장식을 너무도 중요시하였다는 사실은 적어도 틀림없다. 단단히 막은 코르크 마개를 은선(銀線)과 금칠을 한 노끈으로 꽉 잡아매어 보랏빛 니스로 봉해 놓았는데, 그것도 아주 공을 들인 장엄하고 동그란 봉인이 특별히 금줄에 매달려 있었다. 그것은 마치 교황의 교서나 옛날 국가 문서에서 볼 수 있는 것과 같은 봉인이었다. 병의 목 부분은 번쩍거리는 석박(錫箔, 은종이)으로 듬뿍 옷을 입혔고, 가운데 불룩한 부분에는 나의 대부 쉼멜프레스터가 회사를 위해 고안한 황금색 장식 무늬 모양의 상표가 화려하게 붙어 있었다. 그리고 그 상표에는 여러 개의 문장(紋章)과 별들, 아버지의 사인, 그리고 금문자 인쇄로 된 '로를레이 엑스뜨라 뀌베'라는 상표 이외에도 브로치와 목걸이만을 몸에 지닌 여자의 모습이 나타나 있었다. 이 여자는 다리를 꼬고서 바위 꼭대기에 앉아, 팔을 치켜들고 물결치듯 찰랑거리는 머리에 빗질을 하고 있었다. 말이 나왔으니 하는 얘긴데 사실 이 포도주의 품질은 이러한 휘황찬란한 포장과 전혀 어울리지 않는 것처럼 보였다. 그래서 나의 대부 쉼멜프레스터는 아버지에게 이렇게 말을 하고 싶었던 것 같다. "크룰 씨, 당신의 인품에는 경의를 표하지만 당신네 샴페인은 경찰이 금지해야 할 품목일세. 일주일 전에 나는 뭔가에 홀렸는지 그 술을 반병이나 마셨다네. 그런데 오늘까지도 내 몸은 거기서 받은 타격에서 회복하지 못하고 있다네. 도대체 어떤 종류의 포도주 성분을 이 술에다 집어넣었는가? 당신이 술을 조제할 때 섞는 것이 석유란 말인가? 아니면 푸젤유[2]란 말인가? 간단히 말해서 그것은 독약을 섞는 짓이라고 하겠네. 법 무서운 줄 알기나 하세!" 그런 말을 듣자 가련하신 나의 아버지는 무척 당황하였다. 왜냐하면 아버지는 그러한 날카로운 말을 배겨 내지 못하는, 아주 마음이 약한 분이었기 때문이다. "쉼멜프레스터 씨, 당신은 가볍게 조롱조로 말을 했지만," 하고 아버지는 평소 버릇대로 손가락 끝으로 자기의 배를 부드럽게 문질러 가며 대답을 했다. "그렇지만 나는 싼값으로 생산하지 않으면 안 된답니다. 왜냐하면 이 고장의 생산품에 대한 선입관이 있어 그렇게 해야 하기 때문이지요. ─간단히 말해서 나는 대중들이 그러리라고 믿고 있는 물건을 공급할 뿐이라는 말입니다. 이보시게, 게다가 나는 경쟁에 늘 시달리고 있다오. 그래서 지금 이 상태를 유지하기도 이만저만한 일이 아니지요." 이렇게 나의 아버지는 말하였다. 아버지에 대해서는 이 정도로 하자.

우리 집은 경사가 완만한 언덕에 위치해서 라인강 풍경을 한눈 아래 내려다볼 수 있는 그런 품위 있는 귀족의 저택에 낄 수 있었다. 비탈진 정원에는 꼬마 요정들, 버섯들 그리고 속을 수 있을 만큼 묘하게 모조한 여러 가지 동물들의 형상이 아주 많이 장식되어 있었는데, 이 모든 것은 도자기로 만들어져 있었다. 또 사람 얼굴을 비추면 아주 익살맞게 일그러져 보이는 유리공이 커다란 수조(水槽) 같은 어떤 조형 예술품에 의해 떠받쳐지고 있었고, 또한 바람에 울어 대는 하프 같은 것, 여러 개의 동굴(洞窟) 그리고 절묘한 모양으로 공중에 물을 뿜어내는 분수도 거기에 있었는데, 그 수조에서는 은어(銀魚)들이 놀고 있었다. 이제 집 내부 모습을 이야기해 보자

---

2) (역주) 질이 낮은 브랜디에 대한 별칭.

면, 아버지의 취향에 맞게 아늑하고도 화사한 분위기가 감돌았다. 그리고 돌출창이 있는 정겨운 구석방들은 좀 들어와 앉아 달라고 하는 듯싶었고, 그런 구석방의 하나에 진짜 물레가 하나 놓여 있었다. 헤아릴 수 없이 많은 자질구레한 물건들, 즉 조그마한 장식품이라든가 조개껍데기들, 작은 경대와 향수병 같은 것들이 책장이나 벨벳으로 된 작은 테이블 위에 질서정연하게 제자리를 차지하고 있었다. 비단이나 여러 빛깔의 자수로 덮어 씌워진 많은 깃털 방석들이 가는 데마다 소파나 안락의자 위에 널려 있었는데, 그것은 나의 아버지가 폭신하게 드러눕기를 좋아했기 때문이다. 커튼을 열어젖히는 데 쓰는 막대기는 미늘창(創)이었고, 문 사이로 울긋불긋한 금실, 은실로 갈대에다 꿰매어 달아 놓은 투명하고 가벼운 커튼들이 드리워 있었다. 그 커튼들은 겉으로 보기에는 단단한 벽 같았으나 사실은 손 하나 까딱 안 하고 그대로 뚫고 지나다닐 수 있었고, 지나갈 때면 스르륵스르륵 사르륵사르륵 소리를 내며 분리되었다가는 다시 한데 모였다. 바깥문 위에는 자그마한 기발한 장치가 있었는데, 그 장치는 문이 바람을 받아서 천천히 닫히는 동안에 미세하고 정교한 소리를 내어 요한 슈트라우스의 「그대들 삶을 즐겨라」라는 노래의 첫 마디를 연주하는 것이었다.

2장

　이곳이 내 집이었다. 계절의 여왕인 5월 비가 많이 오는 어느 온화한 날에 ―그것도 일요일에― 내가 이 세상에 태어난 곳이었다. 이제부터 나는 미리 앞서서 짐작하지 않고, 조심스럽게 시간의 순서를 원칙대로 따르려고 한다. 내가 들었던 말이 사실이라면, 나의 해산(解産)은 아주 천천히 진행되었으며, 그것도 그 당시 우리 가족의 주치의였던 메쿰(Mecum) 박사의 인위적인 도움이 없었더라면 제대로 해산할 수 없었다는 것이다. 그 주요한 이유는 ―만약 내가 그 어리고 외계인 같은 낯선 존재를 '나'라고 부를 수가 있다면― 그때 나는 엄마 뱃속에서 이상하게도 전혀 움직이지도 않고 무관심으로 일관한 채, 어머니의 산고(産苦)의 노력에 조금도 협조하지 않았기 때문이며, 또 훗날 그렇게도 간절하게 사랑해야 했던 바로 이 세상에 태어나기 위해서 최소한의 열성도 보이지 않았기 때문이다. 그럼에도 불구하고 나는 건강하고 외모 반듯한 어린아이였으며, 훌륭한 유모의 품에서 정말 세상에서 가장 꿈 많은 아이로 자라났다. 하지만 몇 번이고 집요하게 생각을 해 보니, 내가 태어날 때 나의 게으르고 못마땅해 하던 태도는, 다시 말해 어머니 뱃속에서의 어둠을 한낮의 밝음으로 교환하는 것을 분명하게 싫어하던 태도는, 어릴 때부터 나에게만 특유했던 잠자는 것에 대한 특별한 애착과 천부의 재능과 관계가 있다고 생각하지 않을 수가 없었다. 사람들이 말하길, 나는 조용한 아이였다고 한다. 다시 말해 나는 악을 쓰고 울어 대거나 골치 아플 정도의 악동이 아니라, 나를 돌봐 주는 유모들에게 편안함을 줄 정도로 졸거나 잠에 곯아떨어지는 아이였다는 것이다. 그리고 훗날 내가 비록 세상과 세상 사람들을 너무도 그리워한 나머지, 다양한 이름을 사용해 가면서 사람들 속에 섞여 그들의 환심을 사려고 온갖 짓을 다했음에도 불구하고, 그래도 나는 항상 밤중에 잠자는 일에 워낙 마음이 쏠려 있었다. 육체적으로 피곤하지 않을 때에도 곧잘 등만 기대면 잠이 들 수 있을 정도로 쉽게 잠을 잤으며, 잠이 들면 꿈도 꾸지 않고서 모든 것을 잊어버릴 수 있었고, 또한 열 시간, 열두 시간, 때로는 열네 시간씩 늘어진 잠을 자고서 기운을 회복하고는 낮 동안에 얻을 수 있었던 성공이나 만족감보다도 더욱 흡족한 마음으로 잠에서 깨어나곤 하였던 것이다. 이러한 보통 이상의 잠에 대한 욕망은, 내게 생기를 주어 삶과 사랑으로 향하게 한 위대한 충동과는 모순되는 것이라고 생각될지도 모르겠다. 이런 충동에 대해서는 적당한 곳에서 좀 더 이야기를 할 작정이다. 하지만 앞에서도 말했듯이, 나는 이 점에 관하여는 몇 번이고 진지하게 심사숙고를 거듭하였다. 그래서 여기에서는 모순이 중요한 것이 아니라 오히려 눈에 보이지 않는 상관적인 관계와 화합이 중요하다는 것을 명백하게 알 수 있다고 믿었다. 사실 이제 내 나이가 마흔 살이 되고, 늙고, 고달파진 지금에 와서 보니 이제는 인간에 대한 호기심도 사라지고 완전히 나 혼자 물러나서 은퇴한 듯 살고 있다. 이제야 비로소 잠에 대한 내 욕망도 시들었으니, 나는 잠자는 것과는 어느 정도 멀어지게 되었다고 하겠으며, 이제 잠을 잔다 하더라도 그것은 짧고, 깊지 못하여 순간적이 되어 버리고 말았다. 한편 예전에는 잠을 실컷 잘 기회가 있었던 감옥 속에서, 궁궐 같은 호텔의 푹신푹신한 침대에서 자는 것보다도 더욱 맛있게 잠을 잘 수가 있었는데 말이다. ―하지만 나는 옛날부터 지녀 왔던 나쁜 버릇, 즉 너무 일찍 서둘러 예측하는 버릇에 빠져들고 있다.

종종 나는 가족들의 입에서 행운아라는 소리를 들었다. 그리고 비록 내가 온갖 미신에서 동떨어진 교육을 받아 왔음에도 불구하고, 나는 펠릭스라는 기독교적인 나의 이름(나의 대부인 쉼멜프레스터가 지어 준 이름)과 나의 신체적인 곱상함과 매력을 결부시켜, 항상 비밀스러운 중요성을 부여하고 있었던 것이다. 그렇다, 자기의 행복을 믿는 마음과 내가 하늘에서 총애하는 아이라고 믿는 마음은 언제나 내 마음 한구석에서 생생하게 살아 있었다. 이러한 믿음은 대체로 거짓이라고 벌을 받지는 않았다고 말할 수 있다. 어떠한 불행과 고통을 당해도 그 모든 것이 나와는 관계가 없는 것이며, 원래 나에 대한 하늘의 뜻으로는 있을 수 없는 일이라는 생각을 했으며, 그런 고뇌를 통해서 나의 본래의 진정한 운명이 언제나 계속해서, 말하자면 태양처럼 빛나는 것이라는 바로 그 점이 나의 일생의 독특한 특징으로 나타났기 때문에 그런 믿음을 가졌던 것이다. ―이제 일반적인 이야기로서 탈선행위는 그만하고, 계속해서 나의 어린 시절의 그림을 세세한 것을 빼고 대충 중요한 것을 말해 보려고 한다.

상상력이 풍부한 아이였던 나는 여러 가지 기발한 착상들로 집안에 웃음거리를 제공하였다. 지금도 기억에 남아 있지만, 사람들이 내게 수차례 들려준 이야기에 의하면, 내가 아직 작은 드레스를 입고 있었을 무렵, 임금 놀이 하는 것을 좋아해서 이런 놀이를 하려고 몇 시간이고 끈질기게 고집을 부렸다는 것이다. 의자가 있는 조그만 손수레에 올라앉아 정원이나 현관 바닥에서 시중 드는 계집아이한테 밀려 다니면서, 무슨 이유로 그랬는지는 몰라도, 나는 가능한 한 입을 아래로 끌어당겼고, 그래서 자연히 윗입술은 지나치게 길쭉하게 늘어나 보였다. 그리고 느릿느릿 눈을 깜빡거렸고, 눈은 얼굴을 일그러뜨렸기 때문만 아니라, 마음속의 감동 때문에 충혈되어 눈물이 괴기까지 하였던 것이다. 나는 내가 나이가 들었다는 느낌과 품위가 있다는 느낌에 압도되어, 의젓하게 그 작은 수레 속에 앉아 있었다. 한편 시중 드는 계집아이는 나의 이러한 엉뚱한 착상을 무시했다가는 크게 당하겠다는 생각을 했기 때문에, 자신이 만나는 사람마다 사실을 설명해 주곤 하였다. 계집아이는, "저는 산책을 위해서 임금님을 여기에 모시고 나왔습니다."라고 하면서, 배우지도 않은 방식으로 거수경례를 붙이느라고 손을 펴서 자신의 관자놀이에 갖다 대었다. 그러면 그 모습을 보는 사람들이 모두 내게 경의를 표하는 것이었다. 더구나 대부 쉼멜프레스터는 항상 농담을 즐겼기 때문인지, 그런 꼴을 하고 있는 나를 볼 때면, 나의 뜻을 받들어 모든 방법을 다 동원하여 나의 망상에 대해 격려를 해 주는 것이었다. "이것 봐라, 저기 백발 영웅이 지나가시는군." 하면서 부자연스럽게 허리를 깊이 구부리는 것이었다. 그러고 나서 그는 길에 서서 나를 환영해 주는 백성인 체했고, 만세를 외치면서 모자, 지팡이, 안경까지도 공중에 내던졌다. 그러고는 내가 감격한 나머지 길게 늘어뜨린 윗입술에 눈물이라도 흐르게 되면 해로울 것이라는 생각이 들 정도로 웃어 대는 것이었다.

내가 나이가 더 들어서 어른들의 협조를 더 이상 바랄 수 없게 되어 버렸을 때에도 이런 종류의 장난을 곧잘 치곤 했다. 어른들이 도와주지 않아도 전혀 서운하지 않았으며, 오히려 내 상상력의 독립과 그로 인한 자기만족에 대해 무척 기뻐했다. 예를 들어, 어느 날 아침에 잠에서 깨어나서는 오늘은 카알이란 이름을 가진 18세의 왕자가 되어 보자는 결심을 한다. 그리고 하루 종일, 아니 며칠 동안 이러한 공상을 지속시켰다. 왜냐하면 이러한 장난의 형언할 수 없는 장점은 어떤 순간에도, 그리고 너무도 지겹고 괴로운 수업 시간에 있어서까지도 절대로 이러한 장난을 중단시킬 필요가 없다는 데 있는 것이기 때문이다. 나는 어떤 가상의 고관 직책을 지니고 돌아다니며, 내가 덧붙여 상상하는 사부(師傅)나 시종관들과 명랑하고 활기찬 이야기를 한다고 중얼거려 보았다. 하지만 어느 누구도 고귀한 직책을 지녔다고 하는 그 비밀이 내 마음을 채워 준 행복과 자부심을 표현하지는 못할 것이다. 환상이란 그 얼마나 찬란한 선물이자 하늘이 내리신 선물이며, 또한 그 얼마나 즐거움을 보장하여 주는 것인가! 그 소도시의 다른 아이들은 무척 어리석고 또 상당히 손해를 보고 있다는 생각을 했다. 왜냐하면 그 아이들에게는 이러한 환상의 능력이 확실히 부여되지 않았던 것 같았고, 따라서 내가 별 수고도 없이 또한 겉으로 드러나는 이렇다 할 준비도 없이 간단한 의지의 결단에 의해 만들어 낸 은밀한 즐거움도 그들에게는 제외되어 있었기 때문이다. 물론 그들은 뻣뻣한 머리털에 붉은 손을 가진 평범한 아이들이었으며, 자기들이 스스로 왕자라고 자기 최면을 걸어 보기란 어려운 일일 것이며, 무척이나 어리석은 꼴이 될 것이었다. 그렇지만 나는, 남자 세계에서는 보기 드문, 비단과 같은 보드라운 머릿결을 가졌다. 그리고 머리털이 금발이었기 때문에 잿빛의 푸른 눈과 더불어 황금 갈색의 피부와 매력적인 대조를 이루고 있었다. 그래서 내 머리카락은 사실 금발로 보이기도 하고 갈색으로 보이기도 했으며, 이 두 가지가 다 맞다고도 할 수 있었다. 나의 손은, 이 손에 대하여 난 옛날부터 주의를 기울여 왔는데, 너무 가느다랗지도 않으면서 그런대로 만족스런 성질의 것이어서, 결코 땀이 차지 않았고, 적당하게 따뜻하고 건조하였으며, 또 우아하게 생긴 손톱을 가지고 있어서 나의 손 그 자체는 기쁨을 주는 것이었다.

그리고 내 목소리는 변성하기 전부터도 다른 사람의 환심을 살 수 있는 달콤한 성질이 있었다. 그래서 나는 혼자 있을 때면 곧잘, 눈에 보이지 않는 그 상상의 사부와 함께 즐거운 잡담이나 몸짓을 해 대는 잡담, 아닌 게 아니라 도통 아무런 의미도 없는 알아듣기 힘든 잡담이며 또한 모호하기 짝이 없는 잡담들을 늘어 놓으며, 내 목소리가 울려 퍼지도록 하는 것이 너무도 좋았다. 이러한 개인적인 장점은 대개 평가할 수 없는 막연한 것이어서, 다만 그 효과가 어떤지를 보고 결정해야 하는 것이며, 아무리 특별한 재주가 있는 사람이라 하더라도 말로 표현하기는 어려울 것이다. 어쨌든 나는 내가 다른 사람들보다도 고귀한 소재로 만들어졌다는 것, 아니면 사람들이 흔히 말하는 바와 같이, 다른 사람들보다도 훌륭한 목재에서 다듬어진 사람이라는 것을 숨길 수가 없었다. 하지만 이렇게 말했다고 해서 사람들이 나를 건방지다고 비난하더라도 나는 조금도 두려워하지 않는다. 이런저런 사람들이 나를 가리켜 건방지다고 하건 말건 그것은 내게 아무 상관없는 일이다. 왜냐하면 만일 내가 싸구려 인간이라고 한다면 나는 바보 멍청이이거나 위선자임에 틀림없을 것이기 때문이다. 그러므로 사실에 입각하여 되풀이해서 말하건대, 나라는 인간은 훌륭한 목재에서 다듬어진 사람인 것이다.

나는 외롭게 자랐는데(내 누이 올림피아는 나보다 나이가 훨씬 많았다.), 그러면서 나는 이상야릇하고 거미줄같이 꼬치꼬치 캐고 드는 버릇이 생겼다. 바로 이 자리에서 그런 예 두 개를 들어 보겠다. 첫째로, 나는 인간의 의지력, 즉 이 신비스럽고 때로는 거의 초자연적인 작용을 일으킬 수 있는 힘을 나 자신에게 시험하여 연구해 보자는 이상스런 장난에 빠져들고 말았다. 수축되기도 하고, 확대되기도 하는 우리 인간의 동공(瞳孔) 운동은 그것에 와서 부딪치는 빛의 강도에 좌우되는 것으로 알려져 있다. 한때 나는 동공을 조절하는 고집불통 근육의 비자발적 운동을 나의 의지로 굴복시켜 보자는 결심을 하였던 것이다. 거울 앞에 서서 여러 가지 잡념을 물리치려고 애를 쓰면서, 나는 동공에 수축과 확대 명령을 마음대로 내리는 데 온갖 정신력을 집중시켰다. 확신하건대, 이러한 나의 끈질긴 연습은 실제로 성공을 거두었던 것이다. 처음에는, 진땀이 나고 안색이 달라질 정도로 내적인 노력을 함으로써, 겨우 동공이 불규칙하게 흔들렸을 뿐이다. 하지만 나중에는 사실 마음대로 동공을 수축시켜 아주 작은 점으로 만들거나 아니면 동공을 확대시켜 까맣게 빛나는 커다란 원을 만들어 낼 수도 있게 되었다. 그리하여 이러한 성공에서 내가 느낀 만족감은 거의 끔찍할 정도였으며, 또한 인간성의 비밀에 직면할 때 느끼는 몸서리치는 공포감이 동반되었다.

다른 한 가지 생각은, 그 당시 자주 나의 정신을 떠받치고 있었고 오늘날까지도 그 매력과 의미는 사라지지 않고 남아 있는데, 다음과 같은 것이었다. "이 세상을 보잘것없다고 생각하는 것과 이 세상을 굉장하다고 생각하는 것, 어느 쪽이 과연 더 유익한 것일까?" 하고 스스로 물어보았다. 그 질문의 의미는 이런 것이었다. 즉 위대한 사람들, 내가 생각하기에는, 장군이라든가, 훌륭한 정치가라든가, 군중들 위에서 강력하게 군림하는 여러 종류의 정복자와 지배자들은 아마 세상을 장기판처럼 작은 것으로 생각하는 천성을 타고났음에 틀림없을 것이다. 그렇지 않다면 그들이 그렇게 대담하게 개인의 행복과 불행에 개의치 않고, 자기들의 거시적인 계획에 따라 제멋대로 일을 처리하는 그런 무정하고도 냉혹한 마음을 가질 수가 없을 것이기 때문이다. 그 반면에, 이러한 세상을 업신여기는 견해는 의심할 바 없이 인생을 무위도식하는 결과를 가져오게 되기 십상일 것이다. 세상과 인간을 조금이라도, 아니 전혀 존중하지 않고 일찌감치 아무런 가치가 없는 것이라고 굳게 믿고 있는 사람은 무관심과 나태 속에 쉽게 떨어질 수가 있고, 또 사람들의 정신에 영향을 끼치는 것을 경멸하여 완전한 은둔 생활을 좋아하게 되는 경향이 있다. 물론 그런 사람은 냉정하고 타인에 대한 관심도 적고, 또한 노력도 하지 않게 되므로 도처에서 충돌을 일으키게 될 것이며, 발걸음을 옮겨 놓는 곳마다 자의식 강한 세상 사람들의 감정을 상하게 할 것이며, 그렇지 않아도 마음대로 되지 않는 성공의 길을 차단하게 될 것이라는 것을 도외시하더라도 그렇다는 말이다. 이렇게 나는 자문해 보았다. "그렇다면 세상과 인간이란 존재 속에는 조금이라도 그 신망과 존경을 얻기 위해서, 모든 열정과 헌신적인 노력을 해 볼 만한 가치가 있는 위대하고 훌륭하며 중대한 그 어떤 것이 있다고 보는 게 현명한 일인가?" 이와는 반대로 이러한 세상을 위대한 것이라고 존경하는 견해를 가지게 되면, 쉽게 자기모멸감과 자신감 상실로 떨어지게 되는 결과가 되고, 그렇게 되면 세상은 이 수줍음 많고 우매한 어린애를 웃으면서 무시하고 좀 더 사내다운 애인을 찾으러 가게 될 것이다. 그러나 다른 면에서 볼 때, 세상에 대한 이와 같은 견고한 태도와 믿음은 그래도 커다란 이점이 있는 것이다. 왜냐하면 모든 사물이나 인간을 완전하고 중요하다고 생각하는 사람은, 그렇게 함으로써 세상 사람들에게 환심을 사게 되고 또 그것으로 많은 후원을 보장받게 될 뿐만 아니라 자기의 사상과 태도 전부를 열성과 정열 그리고 책임감으로 채우게 될 것이기 때문이다. 그런데 이 책임감이야말로 그로 하여금 사랑을 받을 만한 인물로 만들어 주고 동시에 중요한 인물로 만들어 주면서, 결과적으로 최고의 성공과 영향력을 갖게 해줄 수 있는 것이다. 이렇게 나는 곰곰이 생각을 했고 어느 쪽을 취하고 어느 쪽을 버릴 것인지 저울질했다. 말이 나왔으니 하겠는데, 나는 그것을 본의 아니게 또한 내 성질에 따라서 언제나 제2의 가능성으로 취급했으며,

또 세상을 위대하고 끝없는 유혹적 현상으로 생각했으며, 이 세계라는 현상은 지극히 감미로운 행복을 줄 수가 있는 것으로서 나의 모든 노력과 갈망을 최고로 발휘해서라도 획득할 만한 가치와 품위가 있는 것으로 생각하였던 것이다.

3장

　이런 식의 몽상적인 실험과 사색에 젖어 있던 나는 관습적인 방식으로 살고 있던 그 소도시의 내 동년배이자 학우들로부터 정신적으로 당연히 고립될 수밖에 없었는데, 그래서 다음과 같은 일도 있었다. 즉 포도원의 주인들이나 관리들의 아들인 그곳 소년들은, 곧 나도 깨닫게 되었던 일이지만, 자신들의 양친에게서 나를 경계해야 한다는 주의를 받고 나서 나를 멀리하였다는 것이다. 사실 내가 시험 삼아 그 소년들 중 한 명에게 우리 집에 놀러 오라고 초대했을 때, 그 아이는 내 얼굴에다 대고 우리 가족들이 하는 짓은 모두 점잖지 못하여 나와 사귀는 것도, 우리 집을 방문하는 것도 금지되어 있다고 황량한 한마디를 뱉어 내었다. 그 한마디는 나를 고통스럽게 만들었고, 보통 때 같으면 아무런 신경도 쓰지 않았던 타인과의 교제를 바람직한 것이라고 생각하게 만들었다. 그러나 우리 가정(家庭)에 대한 그 소도시의 이러한 견해는 어느 정도 옳은 것이었음을 부정할 수 없었다.

　훨씬 앞 장에서 이미 나는 우리 집에 베베이 태생의 여자 가정 교사가 있었기 때문에, 우리 가정생활에 파란이 일어났던 것에 대해서 한마디 암시를 했었다. 사실 불쌍한 나의 아버지는 그 여자한테 푹 빠져 그녀를 쫓아다녔고, 그래서 아마 소기의 목적을 역시 달성했을 것이다. 그것 때문에 아버지와 어머니 사이에 불화가 일어났고, 결국 아버지는 수 주일간 마인츠로 가서 그곳에서 독신 생활을 하였는데, 이런 일은 기분 전환을 핑계 삼아 전에도 여러 번 있던 일이었다. 말이 나왔으니 하는 얘기이지만, 나의 어머니는 탁월한 정신적 재능이란 거의 없었고, 별로 눈에 띄지 않는 여자였는데, 불쌍한 아버지를 그렇게까지 가혹하게 다룬 것은 정말로 옳지 못한 일이었다. 왜냐하면 어머니도 누이인 올림피아와 마찬가지로(내 누이는 뚱뚱하고 또 너무도 관능의 육욕에 사로잡힌 여자였으며, 후일엔 오페레타의 무대에 나가서 박수갈채를 받았다.) 인간적인 약점을 지니고 있는 점에서는 내 아버지에 못지않았기 때문이다. 다만 아버지의 낙천적인 성격에는 항상 그 어떤 기품이 있었지만, 어머니와 누이의 둔감한 쾌락욕에는 그런 기품이 거의 없다는 점이 다를 뿐이다. 이 두 모녀는 허물없이 아주 친숙하게 지내며 살았다. 예를 들자면 어머니가 어린 딸의 허벅다리 둘레를 자로 재고 있는 것을 본 기억이 나는데, 그런 일은 나로 하여금 몇 시간 동안 깊은 생각에 잠기도록 해 주었다. 또 한 번은, 물론 다른 시절 일이었고, 내가 그런 것을 꼬집어 말로 표현할 수는 없더라도 어렴풋하게 이해할 수 있었을 무렵에, 나는 그 모녀가 우리 집에 출장 와서 일하고 있던, 흰 웃옷에 검은 눈을 가진 젊은 페인트공에게 합심해서 희롱하며 접근하려는 행태를 몰래 눈여겨보았던 적이 있었다. 결국에는 모녀가 젊은 그 친구를 지나치게 흥분시켜 놓았기 때문에, 그는 일종의 격정에 사로잡혀, 모녀가 그의 얼굴에 칠해 놓은 초록색 유화 물감 콧수염을 한 채, 앙칼지게 소리 지르는 모녀를 건초 창고까지 몰고 갔던 것이다.

서로 격분할 정도로 지루한 생활을 하던 나의 부모님은 마인츠나 비스바덴으로부터 빈번하게 손님들을 초대했는데, 그렇게 되면 우리 집안은 시끌벅적 풍성하고 유쾌한 분위기가 되었다. 이 모임의 손님들은 계층이 다양했는데, 젊은 공장 주인 서너 명, 극장의 남녀 배우들, 훗날 내 누이한테 구혼까지 하게 되었던 병든 보병 중위, 유대인 은행가와 까만 구슬로 수를 놓은 듯한 의상이 사방팔방으로 넘쳐흐를 듯 인상 깊은 그의 마누라, 매번 올 때마다 새로운 여자 친구를 소개하는 앞 머리카락을 기르고 벨벳 조끼를 입은 신문기자와 그 외 기타 등등이었다. 그들은 대개 일곱 시 만찬에 맞추어 나타났으며, 그들이 나타난 이후에는 즐거운 오락, 피아노 연주, 무도의 스텝 밟는 소리, 그칠 줄 모르는 웃음, 연이은 괴성 그리고 환호성이 일어나는 가운데 밤새도록 끝이 날 줄 모르는 것이 보통이었다. 특히 사육제와 포도 수확기가 되면, 환락의 물결은 한층 고조되었다. 나의 아버지는 정원에서 화려한 불꽃을 몸소 쏘아 올렸는데, 이 일에 그는 깊은 조예와 기술을 가진 전문가였다. 불꽃놀이를 할 때면 도자기 형상의 난쟁이들이 마술적인 빛을 받고 나타나며, 익살맞은 가면들을 뒤집어쓰고, 모여든 사람들은 모든 구속에서 풀려난 듯 그야말로 난장판을 이루는 것이었다. 나는 당시 그 소도시의 실업계 고등학교에 어쩔 수 없이 다니고 있었는데, 등교하기 전 아침 일곱 시, 아니면 일곱 시 반에 금방 세수한 얼굴로 아침 식사를 하려고 식당으로 들어가면, 집안 손님들의 모습은 정말 가관이었다. 얼굴은 창백해져 있고, 옷은 쭈글쭈글 구겨져 있고, 아침 햇살에 눈이 부셔 불편해 하면서도 여전히 커피나 리큐어 술을 마시고들 앉아 있다가, 요란스럽게 내게 "안녕!"이라고 인사를 하면서 자기들 가운데로 나를 맞아들이는 것이었다.

나는 아직 미성년자였지만 식사를 할 때나 식사 후에 뒤따르는 오락에는 누이 올림피아와 같이 참석할 수가 있었다. 우리 집에서는 손님이 없을 때도 매일매일의 식사는 사치스러울 정도로 성찬이었으며, 아버지는 점심 때마다 소다수를 탄 샴페인을 마셨다. 그러나 손님이 있을 경우에는 비스바덴에서 초청된 요리사가 우리 집 여자 요리사의 도움을 받아 최고의 맛을 내는 끝없는 코스 요리를 조리해 내었으며, 또 중간중간 생기가 나게 하며 식욕을 되살아나게 하는 음식, 냉요리와 자극성 있는 음식들이 사이에 들어오도록 마련되어 있었다. '로를레이 엑스프라 뀌베'는 물처럼 콸콸 흘러나왔으며 많은 종류의 고급 포도주들, 예를 들면 그 향이 각별히 내 입에 맞았던 '베른캐슬러 독터' 같은 것도 식탁에 올랐던 것이다. 세월이 지난 후 나는 또 다른 고급 포도주의 상표를 알게 되었고, 대수롭지 않은 표정으로 '그랑 뱅 샤또 마르고'라든가 '그랑 끄뤼 샤또 무똥 로드차일드'를 주문할 수 있었는데, 이 두 가지는 정말 고급 포도주였다.

나는 아버지의 모습을 즐겨 회상하곤 하는데, 아버지는 눈처럼 하얗고 뽀족한 수염을 기르고, 새하얀 비단 조끼로 아랫배를 두르고서 식탁 상석에 앉아 계셨다. 아버지는 목소리가 부드러웠고, 이따금 부끄러운 듯한 표정을 하고 눈을 떨구었지만, 윤기가 흐르고 불그레한 그의 얼굴빛으로 보아 그가 즐거워하고 있다는 것을 짐작할 수 있었다. 아버지는 "그렇지!", "기가 막히군!", "그렇고말고, 물론!"이라는 말을 곧잘 사용하면서, 손가락 끝이 휘어서 위로 올라간 손을 아주 요령 있게 움직여 잔이나 냅킨, 식기 등을 쓰는 것이었다. 어머니와 누이는 무지할 정도로 정신없이 폭식에 빠져 있었고, 가끔씩 펼쳐 든 부채로 얼굴을 가리고서 옆 좌석 사람들과 킬킬거렸다.

식사 후, 가스등 샹들리에 주위에 담배 연기가 뭉게뭉게 피어오를 무렵이 되면 춤판과 벌금 놀이 장난이 시작된다. 밤이 깊어지게 되면, 나는 곧잘 잠자리로 쫓겨 갔다. 하지만 음악과 떠들썩한 소리에 잠을 이루지 못하였기 때문에, 대개는 다시 일어나서 붉은 모포로 몸을 휘감고, 파티에 어울리게 옷매무새를 가장하여 모임으로 다시 돌아갔다. 그러면 부인들은 환호성을 지르며 반갑게 나를 맞아 주었다. 그런 다음 모닝커피가 나올 때까지 과즙 포도주, 레몬수, 청어 샐러드, 포도 젤리와 같은 청량음료와 간단한 스낵 과자가 끝없이 들어왔다. 춤은 고삐 풀린 망아지마냥 제멋대로 질척거렸고, 벌금 놀이 장난은 키스와 그 밖에 다른 신체적 접촉을 하는 구실을 만들어 주었다. 가슴골을 드러낸 옷차림의 여자들은 웃어 대면서 의자 등받이에 몸을 숙여 유방을 슬쩍 드러내 보였고, 그러면 뭇 사내들은 흥분을 감추지 못했다. 그리하여 이러한 야단법석의 최고조에 이르러서는 별안간 가스등을 홱 돌려 불을 꺼 버리는 심술궂은 장난이 일어나기 일쑤였으며, 그렇게 되면 이루 말할 수 없는 뒤죽박죽 난장판이 되어 버리는 것이다.

우리 집안의 생활이 그 소도시 내에서 가십거리가 되고 의심을 받게 되었던 것은 특히 이러한 사교적인 오락 때문이었다. 그리고 내 귀에도 들어왔지만, 사람들은 주로 이러한 사건의 경제적인 측면에 관심이 있었던 것이다. 그래서 가련하신 나의 아버지의 사업은 절망적인 상태에 빠지게 되었다고들 하였고, 값비싼 불꽃놀이와 만찬은 사업가로서 그에게 불가피하게 최후의 일격을 가하게 될 것이라는 소문이 떠돌고 있었는데, 그것은 그럴 가능성이 충분히 있는 이야기였다. 감수성이 예민했던 내가 일찍부터 짐작하게 되었던 이러한 공공연한 불신은, 앞에서도 얘기했지만, 내 성격의 어떤 기이함의 요소와 결합하여 고립 상태를 야기시켰고, 그것은 시종일관 나에게 괴로움을 맛보게 한 것이었다. 그러므로 이제 나는, 나의 마음에 더욱더 행복감을 불어넣어 준 어떤 체험이 있었는데, 바로 여기에 특별히 만족하여, 그 이야기를 끄집어내려 한다.

나를 포함한 우리 가족들이 여름철 몇 주 동안을 우리 집과 가까이 있으면서도 매우 이름난 랑겐슈발바흐에서 지낸 것은 내가 여덟 살 때 일이었다. 아버지는 그곳에서 가끔 앓았던 통풍 발작 치료를 위해 진흙 목욕을 하였고, 어머니와 누이는 터무니없이 큰 모양의 모자들을 쓰고 산책로를 활보하고 다니는 바람에 사람들의 화젯거리가 되었다. 다른 곳에서와 마찬가지로 그곳에서 맺은 사람들과의 교제는 그렇게 명예롭다고 할 수 없는 것이었다. 그 근처에 살고 있던 사람들은 여전히 우리를 피했으며, 그 고장의 손님으로 온 고귀한 상류층 사람들은 고귀한 본바탕에 입각하여 자기네들끼리만 서로 아끼고 타인에게는 거절하는 태도로 나왔다. 그래서 우리들과 어울리고 우리들에게 공통점을 드러내었던 사람들은 상류층 사람들이 아니었다. 그럼에도 불구하고 나는 랑겐슈발바흐 도시가 마음에 들었다. 왜냐하면 나는 언제나 온천장에 머무르는 것을 좋아했기 때문이며, 그래서 훗날 내가 활동하는 무대를 몇 번이고 이러한 장소로 옮겨 두기도 했던 것이다. 온천장의 평온함, 아무런 근심도 없는 듯 질서 정연한 생활 태도, 운동 경기장이나 온천장의 정원에서 볼 수 있는 가문 좋고 세련된 사람들의 모습, 이런 것들은 내 마음속 깊이 품고 있던 소원에 상응하는 것이었다. 그러나 내게 가장 강렬한 매력을 주었던 것은 숙련된 오케스트라가 매일 온천객을 위하여 베풀어 주던 음악회였다. 물론, 비록 내가 음악을 연주할 기회는 갖지 못했지만, 음악은 나를 황홀경에 빠지게 했다. 나는 이 몽환적인 예술의 열광적인 애호가였으며, 또 어린애였던 그 당시에도 멋지게 지어 놓은 정자에서 떠날 수가 없었다. 그곳은 몸에 착 들어맞는 제복들을 차려입은 악단이, 집시처럼 보이는 키 작은 악장의 지휘하에 접속곡이나 오페라 곡을 연주하던 곳이었다. 나는 몇 시간이고 그 아름다운 음악당의 계단에 쪼그리고 앉아 우아하고도 질서 정연한 음의 윤무에 흠뻑 빠져 있었으며, 그와 동시에 내 눈은 연주 중인 악사들이 여러 가지 악기를 다루는 몸짓에 열심히 관심을 갖고 추적하고 있었던 것이다. 특히 바이올린 연주자의 몸짓이 내 마음에 들었고, 호텔 숙소로 돌아와서도 나는 하나는 짧고, 하나는 긴 두 개의 막대기를 가지고 제1 바이올린 연주자의 몸짓을 최고로 충실하게 흉내를 내어 보려고 애를 썼다. 그래서 나 자신은 물론이고 가족들까지 기쁘게 해 주었던 것이다. 혼이 가득 담긴 소리를 내기 위하여 왼손으로 휘두르는 동작, 한 곳에서 다른 곳으로 손가락 짚은 자리를 옮기면서 위아래로 부드럽게 미끄러뜨리는 동작, 교묘한 파사주[경과구(經過句)]나 카덴차[종지부(終止符)]에서의 능수능란한 손가락의 움직임, 활을 쓰는 운궁법(運弓法)에서 오른손 팔목을 날씬하게 휘어 감은 모양, 뺨을 비스듬히 바이올린에 갖다 대고 몰두한 채, 귀 기울여 음을 가다듬는 표정—나는 이 모든 것을 재현시키는 데 완벽하게 성공하였으며, 그래서 특히 나의 아버지가 가장 즐겁고 열렬하게 박수갈채를 보내셨다. 온천욕 치료의 효능이 좋아서 기분마저 좋았던 나의 아버지는, 거의 말이 없는 키 작고 긴 머리의 그 악장을 옆으로 끌어내어, 다음과 같은 희극(喜劇)을 보여 주기로 그와 약정한다. 그들은 작은 바이올린 하나를 헐값에 장만하고 거기에 달린 활에 정성스럽게 바셀린을 바른다. 보통 때 같으면 내 복장에 별로 주의를 기울이지 않았지만, 이번에는 큰 상점에서 장식용 레이스와 금단추가 달린 예쁘장한 마도로스 복장, 거기다가 비단 양말과 번쩍거리는 에나멜 구두까지 완벽하게 장만한다. 그리고 어느 일요일 오후 온천객들이 산책할 시간에, 사람들의 이목을 끌도록 치장을 한 나는 음악당 무대 맨 앞쪽에서 키 작은 악장과 나란히 서서 헝가리 무도곡의 연주에 참가한다. 그때 나는 그 작은 바이올린과 바셀린을 칠한 활을 가지고 연주했던 것인데, 그것은 내가 이전에 막대기 두 개로 하던 행위였다. 나의 성공은 완벽했다고 감히 말할 수 있겠다.

　청중들은 지위 고하를 막론하고 사방팔방 물밀 듯 모여들었으며, 그 정자 앞에서는 통행이 불가능할 정도로 사람들로 붐볐다. 사람들은 신동을 보았던 것이다. 나의 몰아의 태도, 연주에 열중해서 창백해진 얼굴 표정, 한쪽 눈을 덮은 물결치는 머리카락, 어깨에서 팔꿈치, 팔목에는 옷이 헐렁헐렁하고 팔꿈치 밑으로 내려갈수록 좁아지는 푸른색 소매로 팽팽하게 싸여 있는 어린애다운 손—간단히 말해서, 감동적이며 감탄을 자아내는 나의 모습이 사람들의 마음을 완전히 매혹시키고 말았던 것이다. 내가 네 개의 바이올린 줄을 힘차게 완전히 긋고서 곡을 끝맺었을 때, 박수갈채의 요란스러운 소리는 청중들의 높고 낮은 함성과 뒤섞여 온천장 공원을 뒤흔들었다. 키 작은 악장이 내 바이올린과 활을 안전하게 한쪽으로 치워 버린 후에, 나는 누군가에게 안겨서 땅에 놓이게 되었다. 사람들은 나에게 찬사를 아끼지 않았고, 애칭을 불렀고, 사랑스럽다고 머리를 쓰다듬어 주었다. 귀족의 신사 숙녀들은 나를 둘러싸고 머리와 볼 그리고 손을 쓰다듬었으며, 나를 가리켜 귀신같은 아이이며 천사같은 아이라고 부르기도 했다. 머리부터 발끝까지 보라색 비단으로 차려입은 백발이 성성한 곱슬머리를 귀 위쪽에 붙인, 러시아의 어느 늙은 후작 부인은 반지를 낀 양손 사이로 내 머리를 잡고서, 땀으로 축축한 내 이마에 입을 맞추었다. 그리고 나서 그녀는 칠현금 모양의 커다랗고 반짝반짝 빛나는 다이아몬드 브로치를 서툴게 만지작거리며 열정적으로 자기 목에서 벗겨 내더니, 그것을 나의 웃옷에다 달아 주었다. 그러면서도 그녀는 쉬지 않고 프랑스어로 말을 해 대는 것이었다. 나의 가족들이 나타났고, 아버지는 성명을 대고 인사하면서 아들의 연주의 미숙함은 아직 나이가 어린 탓이라고 용서를 구하기까지 하였다. 나는 과자점에 끌려갔고, 그곳에서 세 번이나 다른 테이블로 자리를 옮겨 앉아 초콜릿과 크림 과자를 대접받았다. 또 귀족 가문의 아름답고 유복한 아이들, 즉 내가 때때로 동경의 눈으로 바라보았으나 여태까지 내게 오직 쌀쌀한 눈총만 주었던 지벤클링겐 백작의 아이들, 그 아이들도 나와 함께 크로켓 시합을 한번 하지 않겠느냐고 정중하게 청해 왔다. 그래서 쌍방의 부모님들이 커피를 마시는 동안 나는, 가슴에 다이아몬드 브로치를 단 채, 기쁜 나머지 흥분하고 취해서 그 아이들의 초대를 받아들였던 것이다. 그날은 내 일생에서 가장 아름다운 날 중 하루였다. 아니, 어쩌면 무조건 가장 아름다운 날이었을 것이다. 내가 다시 연주를 되풀이해 주었으면 하는 목소리들이 높아 갔고, 온천의 관리자도 그런 의미에서 아버지를 찾아왔다. 그러나 아버지는 이 제안을 거절했는데, 이번에는 단지 예외적으로 허락해 주었던 것이며, 되풀이해서 공개 무대에 서는 것이 나의 사회적인 지위에 어울리지 않는다고 말씀하는 것이었다. 그리고 랑겐슈발바흐 온천에서의 우리들의 체류도 막바지에 이르고 있었다……

4장

이제 나는 나의 대부인 쉼멜프레스터에 대해 얘기를 하려고 하는데, 그는 결코 평범한 사나이가 아니었다. 그의 풍채를 묘사하자면, 키는 땅딸막하고, 일찌감치 머리가 하얗게 세었고, 숱이 적어진 머리카락을 한쪽 귀 위로 가르마를 탔기 때문에 머리카락의 거의 전부가 정수리를 넘어가 한쪽으로 빗겨져 있었다. 면도를 한 얼굴에는 갈고리 모양의 코와 꽉 깨문 합죽이 입이 있었고, 셀룰로이드로 테를 한 과장되게 크고 동그란 안경을 썼으며, 특히 눈 위에 털이 없었는데, 다시 말해 눈썹이 없었기 때문에 매우 두드러져 보였다. 그래서 전체적으로 보았을 때는 날카롭고 신랄한 기질이 엿보였는데, 예를 들자면 나의 대부는 자기 이름에다가 기묘하고도 우울한 의미를 갖다 붙이기가 일쑤였다. 그는 이렇게 말하는 것이었다. "자연이라는 것은 부패와 곰팡이에 불과하며, 나라는 사람은 이러한 자연의 설교자로 태어난 것입니다. 그 때문에 제 성은 쉼멜프레스터[3]입니다. 하지만 이름은 펠릭스[4]라고 불리는데, 그 이유는 신만이 알고 계십니다." 그

---

3) (역주) 쉼멜은 곰팡이를, 프레스트는 성직자를 뜻함.

는 쾰른 태생이었으며, 옛날에는 그곳 일류 가정과 교제를 나누었고, 사육제 때에는 축제 집행자로서 탁월한 역할을 하였다. 하지만 그는 결코 밝힐 수 없는 어떤 사정, 아니면 어떤 사건으로 인해 그곳을 떠나지 않을 수 없게 되었으며, 그래서 우리가 살던 소도시로 은퇴하게 되었다. 여기서 그는 금방, 그러니까 내가 태어나기 몇 년 전에 벌써 우리 집안의 친한 친구가 되었던 것이다. 그는 우리 집의 저녁 모임 때에는 규칙적으로 참여하는 존재, 또한 없어서는 안 될 존재였으며, 모임에 참여한 모든 손님들에게서는 커다란 존경을 받고 있었다. 그가 입을 꽉 다물고, 마치 물건을 검사하듯, 그 올빼미 안경 너머로 주의 깊고 냉정하게 부인들을 들여다볼 때면, 부인들은 자신들을 보호하기 위해서 비명을 지르며 팔을 추켜올리는 것이었다. "으악, 화가 양반!" 하고 그녀들은 소리를 질렀다. "왜 그렇게 쳐다보는 거예요! 아주 그냥 마음속까지 꿰뚫어 볼 작정인가 봐요. 제발, 선생님, 눈을 좀 다른 곳으로 돌려 주세요!" 그러나 사람들이 아무리 그를 숭배하여도 그는 자신의 직업을 원래 대수롭지 않게 생각하였으며, 종종 예술가의 천성에 대해서 상당히 모호한 견해를 피력했다. 그는 말했다. "피디아스는 페이디아스라고도 불렸던 사람인데, 그는 평균 이상의 재능을 가진 사람이었습니다. 그것은 그가 절도죄를 지어 아테네의 감옥에 갇혔다는 사실에서 알 수 있습니다. 왜냐하면 그는 아테나 신상(神像)을 만들기 위하여 그에게 맡겼던 재료인 금과 상아를 횡령했기 때문입니다. 피디아스의 재능을 발굴해 내었던 페리클레스는 그를 감옥에서 탈출하도록 해 주었습니다.(이 사실로 입증할 수 있는 것은, 페리클레스라는 사람은 예술뿐만 아니라, 더욱더 중요한 일이기도 한, 예술가의 본질까지도 이해할 수 있었던 지식인이었

---

4) (역주) 행복을 뜻함.

다는 것입니다.) 그리하여 피디아스 혹 페이디아스는 올림피아로 갔습니다. 그리고 거기서 금과 상아로써 위대한 제우스 상(像)을 만들 것을 위촉받았습니다. 그가 무슨 짓을 했을까요? 그는 또다시 훔쳤습니다. 그리고 올림피아의 감옥에서 죽었습니다. 재능과 도벽이라는 참으로 기이한 조합이라 할 수 있습니다. 하지만 그런 것이 세상인 것입니다. 세상 사람들은 재능이라는 것을 갖기를 원하지만, 재능이란 것은 그 자체가 벌써 이상한 것이지요. 그런데 이런 이상한 것에 관한 한, 꼭 피디아스가 아니더라도 재능과 결합하고 있는 것이며 —아마 필연적으로 재능과 결합하고 있을 것 같은데— 이러한 이상한 것을 세상 사람들은 결코 좋아하지 않으며, 또 이해하려고 하지도 않지요." 나의 대부는 이렇게 말하는 것이었다. 나는 그가 한 말들을 그대로 암송할 수 있었는데, 그것은 그가 그렇게도 자주, 그것도 항상 똑같은 말씨로 되풀이하였기 때문이다.

앞에서 말한 대로, 우리들은 서로 호의적인 감정을 가지고 있었다. 실제로 나는 그로부터 특별한 총애를 받고 있었다고 말할 수 있다. 성장하면서 나는 자주 그의 미술작품의 모델로서 봉사해 주었는데, 그 일은 내게 더욱 더 즐거움을 주었다. 왜냐하면 그가 엄청나게 많이 수집하였던 다양한 의상을 내게 입혀 주며 분장을 시켜 주었기 때문이다. 그의 작업실은 커다란 창문이 있는 일종의 잡동사니 창고라고 할 수 있는데, 라인 강변의 어느 외딴 작은 집의 지붕 밑에 있었다. 그는 그 집을 세를 내어 어느 늙은 가정부와 함께 살고 있었다. 거기서 그가 화폭에 붓으로 칠을 하고, 긁어 내고, 작업을 완성하는 동안에, 나는 대충 조립된 연단에 몇 시간이나 계속해서 —그의 말을 빌리자면— '앉아 있었던' 것이다. 또한 그리스 신화에 모티프를 둔 커다란 인물화를 위해서는 여러 번 나체 모델도 되어 주었는데, 그 그림은 마인츠의 어느 포도주 상인의 식당홀을 장식하기로 되어 있던 것이었다. 그 일을 하고 있을 때 나는 화가인 나의 대부로부터 많은 칭찬을 듣게 되었다. 왜냐하면 나 스스로도 마음에 흡족하고, 나의 몸매는 그리스 신들과 같은 몸매였으며, 사지는 늘씬하고 우아하고 튼튼하였고, 피부는 황금색이었으니, 아름다운 균형의 관점으로 보아서는 조금도 나무랄 데가 없기 때문이었다. ―아무튼 이렇게 모델로서 '앉아 있던' 일은 여전히 독특한 추억을 이루고 있다. 하지만 내 생각에 더욱더 즐거웠던 것은, 내가 분장을 할 수 있었던 일 그 자체였는데, 그것은 나의 대부의 작업실에서만 있던 일은 아니었고 우리 집에서도 있던 일이었다. 다시 말해, 대부가 우리 집에서 저녁 식사를 하기로 되어 있을 때에는 자주 각양각색의 의상, 가발, 무기 등이 가득 들어 있는 꾸러미를 미리 보내왔으며, 식사가 끝나면 그것을 재미 삼아 내게 입혀 보고는, 그의 마음에 최고로 드는 모습을 두꺼운 판지(板紙)에다 스케치를 하였다. "이 아이는 의상의 재능을 타고났어."라고 말하곤 하였는데, 그 의미는 모든 옷이 내게는 어울리고, 어떤 분장을 하더라도 멋지고 자연스럽게 보인다는 것이었다. 아닌 게 아니라 내게 어떤 식으로 분장시켜 놓더라도―즉 짧은 오버스커트[5]를 입고 까만 곱슬머리에 장미의 화환을 쓴 로마의 피리 부는 사람으로 분장되어도, 또 비단이나 나일론 등의 옷을 꼭 끼게 입고 레이스 깃에 깃털 장식의 모자를 쓴 영국의 귀족 소년으로 분장되어도, 또 반짝거리는 짧은 재킷에 챙 넓은 펠트 모자를 쓴 스페인의 투우사로 분장되어도, 또 성직자가 쓰는 모자에 가슴까지 드리운 띠 같은 깃 장식을 하고 작은 외투에다 죔쇠가 있는 구두를 신고 머리에 분을 뿌리던 시대의 젊은 성직자로 분장되어도, 또 하얀 군복에 견장을 달고 칼을 찬 오스트리아 장교로 분장되어도, 또 긴 양

---

5) (역주) 고대 그리스·로마 사람의 소매가 짧고 무릎까지 내려오는 속옷.

말과 징 박은 구두를 신고 초록색 모자에 장식용 영양(羚羊)의 등털을 꽂은 독일 산골 마을 농부로 분장되어도, 이상과 같은 그 어떤 분장에 있어서 거울도 역시 그것을 보증해 주었지만, 마치 내가 바로 그 복장에 안성맞춤으로 태어난 것처럼 보였다. 또한 그 어떤 경우에 있어서도 모든 사람들의 판단에 의하면, 나는 내가 그때그때 분장해서 대표하려고 하는 인간 범주의 전형적인 예를 보여 주었다는 것이다. 어디 그 뿐인가! 나의 대부는 내 얼굴이 의상이나 가발의 도움을 받으면 어떤 사회적 계급이나 지방의 풍토뿐 아니라, 어느 주어진 시기나 시대에도 어울리는 것 같다고 힘주어 말했다. 그가 우리에게 가르쳐 준 바에 의하면, 각 시대는 그 시대의 아이들에게 보편적인 관상학적인 특징을 부여하게 되는 것이라고 하였다. ― 반면에 우리 집안의 친구인 대부를 믿을 수 있다면, 중세 말기 플로렌스의 멋쟁이 의상으로 분장된 내가, 근세에 이르러 상류 신사의 세계에서도 유행이 되었던 화려한 곱슬머리 장식 같은 것으로 치장될 때면, 마치 그 당시의 그림에서 빠져나온 것같이 보였던 것이다. ―아, 그 얼마나 좋은 순간이었던가! 하지만 그런 분장의 짧은 순간이 끝이 나고 다시 멋없고 흔해빠진 일상복을 입을 때면, 억제할 수 없는 슬픔과 동경, 또 형언할 수 없고 끝 간 데 없는 지루함의 감정에 나는 사로잡혔다. 그런데 그런 감정은 나로 하여금 나머지 밤 시간을 황량한 기분에 싸여 깊고 말 없는 의기소침에 빠지도록 해 주었다.

이 자리에서는 이 정도로만 쉼멜프레스터에 대한 이야기를 하기로 한다. 훗날 상처투성이의 내 인생 항로 마지막 즈음에 이 비범한 인물은 단호하게 나의 운명에 관여하며 또 구원의 손길을 보내 주게 되리라……

5장

이제 내가 내 마음속에서 더 많은 어린 시절의 인상을 탐색한다면, 내가 처음으로 가족과 함께 비스바덴의 극장에 갔던 날을 금방 기억하게 된다. 말이 나왔으니 하는데, 여기서 언급하지 않으면 안 되는 한마디는 내 젊은 시절을 묘사함에 있어서 나는 소심하게 연대순을 따라가는 것이 아니라, 이 시절을 전체로서 취급하여 그 전체 속을 내가 원하는 대로 움직이고 있다는 것이다. 대부 쉼멜프레스터를 위하여 내가 그리스 신의 모델로 서 주었을 때는 내 나이 열여섯에서 열여덟 사이였다. 그래서 당시 학교 성적은 매우 뒤떨어져 있었지만 나는 거의 청년이 되어 있었다. 하지만 나의 최초의 연극 관람은 그보다 더 어렸을 때, 즉 열네 살 때의 일이었으니—아무튼 나의 육체적·정신적 성숙은 (곧 아주 자세하게 말할 테지만) 이미 상당히 진전되었으며, 인상에 대한 감수성은 특별히 활발하다고 말할 수 있는 시기의 일이었다. 사실 그날 밤 내가 관찰한 것들은 내 마음속에 깊이 각인되었고, 끝없는 심사숙고의 재료를 내게 제공해 주었던 것이다.

우리들은 먼저 비인 풍(風)의 카페에 들어갔다. 나는 그곳에서 달콤한 펀치를 마셨고, 아버지는 압생트 주(酒)를 빨대로 빨아 마셨는데, 벌써 이런 일들만으로도 내 마음에 깊은 감동을 주기에 충분했다. 하지만 합승 마차가 우리들의 호기심 가득한 목적지로 우리를 실어다 주고, 그곳의 휘황찬란한 관람석이 우리를 맞아 주었을 때 내 마음을 사로잡았던 그 정열을 과연 누가 설명할 수 있을까! 이 층 관람석에서 가슴에 부채질하는 귀부인들, 잡담을 하며 그 부인들이 앉아 있는 좌석 위로 몸을 구부리는 신사들, 우리들이 앉아 있었던 일 층 관람석의 흥얼거리는 관객들, 머리와 의상에서 풍기는 향내와 또 가스등의 냄새와 뒤섞인 향기, 음을 조절하는 오케스트라의 부드럽게 얽히고설킨 소음, 홀의 천장과 무대 막에 있는 호화로운 그림, 벌거숭이 정령(精靈)들의 무리, 심지어 축약시켜 그린 장미색의 계단식 작은 폭포 모습까지도 보였다. 그 모든 것은 어린 내 마음의 눈을 휘둥그레 뜨게 하고, 내 정신에는 범상치 않은 감명을 받도록 해 주었던 것이다. 천장이 높고 화려한 이러한 대전당에 그토록 많은 사람이 모인 것을 나는 그때까지는 단지 예배당에서만 보았을 뿐이었는데, 사실 극장이란 것이 내게는 장엄하게 꾸며진 장소로 보였다. 즉 천장이 높고 밝게 정화된 곳에서 천재적인 인물들이 다채로운 의상들을 입고, 음악에 맞춰서 미리 정해진 걸음을 내딛고, 춤을 추고, 이야기를 하며, 노래와 몸짓을 해 보이는 장소로 보였다. 실제로 극장이란 것은 내게 오락의 예배당으로 보였는데, 교화를 원하는 무리들이 어스름 속에 모여 광명과 완성의 영역을 대면하고 앉아서 입을 벌린 채 자기들 마음의 이상(理想)을 올려다보는 장소라는 생각이 들었던 것이다.

상연된 연극은 소박한 장르의 연극이었는데, 가볍게 행주치마만 두른 시신(詩神) 뮤즈의 작품이라는 것, 말하자면 오페레타였다. 매우 슬프게도 나는 그것의 제목을 잊어버리고 말았다. 사건은 파리를 무대로 전개되는 것이었고(이것은 가련하신 나의 아버지의 기분을 무척이나 고무시켜 주었다.)

그 극장의 스타인 뮐러로제라는 대단히 인기 있던 가수가 어느 젊은 게으름뱅이 혹은 공사관 참사(參事), 매혹적인 난봉꾼이자 색골의 주인공 역할을 맡았다. 나는 그 가수의 본명을 아버지로부터 전해 들었으며 —아버지는 그와 개인적 친분이 있었다— 그의 모습은 영원히 나의 기억 속에 살아남아 있을 것이다. 지금의 그는 아마 나처럼 늙었고 쇠약해졌을 거라는 상상이 가능하다. 하지만 그 당시 그는 나를 포함한 수많은 대중들을 현혹시키고 매혹시키는 재주가 있었는데, 그것은 나의 생애에 가장 커다란 영향을 끼친 인상 중 하나에 속하는 것이었다. 나는 '현혹시킨다'는 말을 했는데, 이 말이 여기서 얼마나 커다란 의미를 지니고 있는지, 그것은 조금 더 지난 후에 설명하겠다. 우선 나는 여전히 생생한 기억을 더듬어 뮐러로제의 무대에서의 광경을 묘사해 보려고 한다.

그가 무대에 처음 등장했을 때 그는 검은 옷차림이었으나 그래도 그에게서는 온통 번쩍거리는 광채뿐이었다. 그의 연기를 보자면, 그는 향락적 상류 사회의 어떤 모임에서 돌아온 듯했고, 약간 취한 상태 같았는데, 그것을 그는 딱 기분 좋을 정도로만 아름답고 고상하게 꾸며 대는 연기를 할 수가 있었다. 그는 공단(貢緞)을 씌운 소매 없는 짤막한 외투에다가 검은 연미복 바지에 에나멜 구두를 신었고, 광택이 나는 흰 가죽 장갑을 끼고 당시의 군인들 간에 유행하던 목덜미까지 가르마를 탄 머리, 이발을 해서 번쩍거리는 머리에는 실크햇이 올려져 있었다. 다리미로 눌러서 잘 고정된 듯, 그의 의상의 모든 것이 흠 없이 완벽하게 차려입혀져, 실제 생활에서는 15분도 버티지 못할 정도였다. 그만큼 손 댈 데가 없었는데, 말하자면 이 세상에 속한 사람의 꼴이 아니었던 것이다. 특히 그의 이마에 태연한 척 비스듬하게 올려놓은 실크햇은 사실 모자로서는 너무도 이상적이고 모범적인 모양이었으며, 먼지도 한 점 없었고 천하지도 않았고, 이상적인 광채가 있어서 마치 그림을 그려 놓은 듯했다. —그리고 한층 더 고귀한 존재의 이 인간의 얼굴, 즉 최고로 좋은 왁스로 세안을 한 듯한 이 얼굴은 그 모자에 잘 어울렸다. 엷은 장미색의 이 얼굴은, 까맣게 윤곽이 있는 아몬드같이 생긴 눈과 짤막하고 반듯한 작은 코와 유난히 선명하게 그려지고 또 산호처럼 붉은 입술을 가지고 있었다. 활 모양으로 휘어진 윗입술 위에는 붓으로 그린 듯하면서도 정확하게 좌우가 같은 크기의 콧수염이 위로 뻗쳐 올라갔다. 비천한 현실 세계에서의 술 취한 사람에게서는 있을 수 없는 우아한 태도로 비틀거리면서, 그는 모자와 지팡이를 하인에게 내주고서 외투를 얼른 벗고 연미복 차림으로 무대에 서 있었는데, 심하게 주름 잡힌 와이셔츠 가슴 쪽에는 다이아몬드 단추가 번쩍이고 있었다. 그는 은 방울 같은 낭랑한 목소리로 얘기하고 웃으면서 장갑을 벗었는데, 그의 손등은 새하얗고 역시나 다이아몬드 반지로 손가락을 장식하였지만, 손바닥은 얼굴과 마찬가지로 장미색이었다. 그는 무대 앞부분의 한쪽 끝에 서서 공사관 참사로서의 생활, 색골로서의 생활이 너무도 경쾌하고 즐겁다는 심정을 묘사하는 노래의 첫 구절을 콧노래로 불렀다. 그러고 나서 그는 뭔가 도취된 듯 양팔을 벌리고 손가락을 딱딱 치면서 무대의 다른 쪽 끝으로 춤을 추며 갔으며, 거기서 둘째 구절을 부르고 퇴장하였으나, 객석의 박수갈채에 의해 다시 등장하였고, 무대 중앙의 프롬프트 박스 앞으로 와서 셋째 구절을 노래하였다. 그러고 난 다음 그는 아무런 걱정 없는 우아한 태도로 연극의 사건 속으로 휩쓸려 들어갔다. 연극 각본에 따르면 그는 대단한 자산가여서, 그것이 그의 용모에 더욱 매력을 부여하고 있었다. 사건이 전개됨에 따라 그는 각양각색의 의상을 입고 나왔다. 즉 붉은 벨트를 두른 새하얀 운동복을 입기도 하고, 호화로운 환상적 제복을 입기도 하였으며, 심지어 아슬아슬하고 포복절도시키는 장면에서는 하늘처럼 푸른 비단

속바지까지 입고 등장하였다. 또 그의 대담하고도, 오만하고, 복잡하게 얽힌 모험적인 생활상이 차례로 펼쳐지게 되는데, 즉 어느 후작 부인의 무릎에 누워 있거나, 두 명의 까다로운 매춘부 여인을 상대로 샴페인을 기울이는 만찬에 앉아 있거나, 너무도 우둔한 연적(戀敵)과 결투장에 나가서 권총을 치켜드는 장면들이 펼쳐지는 것이었다. 힘은 들지만 그래도 멋있는 이런 연기 중 어떤 하나라도, 완벽한 그의 옷차림을 망쳐 놓거나, 다림질한 옷의 주름을 구겨 놓거나, 그가 지닌 광채를 없애거나, 장미색 얼굴을 불쾌한 표정으로 만들어 놓지는 않았던 것이다. 음악의 규칙과 연극의 형식에 얽매이면서도 동시에 의기양양한 모습으로, 그렇지만 일상의 한계에 구속을 받으면서도 자유롭고 대담하고 경쾌한 그의 행동은 비속하고 진부한 구석이 전혀 없는 우아한 것이었다. 그의 육체는 마지막 손가락 하나에 이르기까지 어떤 마력이 뚫고 지나간 듯했는데, 이 마력에 대해서는 단지 '재능'이라고 하는 모호하고 부적절한 용어밖에는 붙일 수가 없었으며, 또 이 마력은 확실히 우리에게도 그 사람 자신에게도 많은 즐거움을 주고 있는 것 같았다. 그가 지팡이의 은(銀) 손잡이를 손으로 쥐거나, 두 손을 바지 주머니에 미끄러지듯 집어넣는 것을 볼 때면 우리들은 진심으로 유쾌한 기분이 들었다. 즉 의자에서 일어나거나, 허리를 구부리거나, 이리저리 걸어 다니는 그의 연기 모습은 우리 관객의 마음을 삶의 기쁨으로 가득 채워 주는 자신만만한 연기였다. 실제로, 사실이 그랬다. 즉 뮐러로제는 삶의 기쁨을 퍼뜨렸던 것이다. 만일 이 말이, 아름다운 것이나 행복스럽고 완전한 것을 볼 때 인간의 영혼 속에 불타오르는 부러움, 동경, 희망, 사랑, 욕망과 같은 달콤하고도 고통스런 감정을 표현하는 것이라고 한다면 말이다.

우리들을 둘러싼 일 층 앞쪽 관람석의 관객들은 시민들과 그 부인들, 점원, 1년 단기로 봉사하는 공익 병사들, 블라우스 차림의 젊은 처녀들로

차 있었다. 그래서 나는 말할 수 없을 정도로 흥에 겨웠지만, 그래도 내 주위를 둘러볼 수 있는 냉정함과 호기심은 가지고 있었으며, 또 나처럼 재미있게 보고 있던 친구들에게 무대의 연기가 끼친 효과를 알아보고자 하였고, 나 스스로의 감정에 기대어 주위에 앉은 많은 사람들의 표정을 해석하려고 하였다. 그 사람들의 얼굴 표정은 우둔해 보이면서도 즐거운 듯하였다. 그들은 멍하니 넋을 잃은 상태로 모두의 입가에 공통된 미소를 띠고 있었다. 그것은 블라우스 차림의 젊은 처녀들에게는 달콤하고도 흥분된 것으로 나타났으며, 부인들에게는 더욱더 졸리고 게을러 몸을 허락하듯 정신을 내맡긴 독특한 징후로 나타났으며, 남성들에게는 평범한 아버지들이 자기들보다도 훨씬 뛰어난 영광스럽고 훌륭한 자식들이 자기들이 못했던 청춘의 꿈을 실현시킨 것을 볼 때와 같은, 그러한 감동과 경건한 호의로 나타났던 것이다. 점원과 공익 병사들에 관한 한, 위쪽으로 쳐다보고 있는 그들의 얼굴에는 눈, 콧구멍, 입 등 모든 것이 활짝 벌어져 있었다. 동시에 그들은 눈웃음을 치고 있었다. 만약 우리가 속바지 차림으로 저 위에 서게 되면 과연 우리는 견디어 낼 수 있을까? 그들은 이렇게 생각하고 있는 듯하였다. 그리고 뮐러로제는 얼마나 대담하고 동등한 입장에서 두 명의 저 까다로운 매춘부 여인을 잘 다루고 있는지! —뮐러로제가 무대에서 퇴장하면, 모든 관객들의 어깨가 축 늘어졌고, 마치 어떤 불가항력적 힘이 그들에게서 빠져나가는 것 같았다. 반면 뮐러로제가 손을 높이 들고 높은 음조를 유지한 채 노래하고, 승리를 과시하듯 폭풍우 같은 발걸음으로 무대 앞 중앙으로 뛰어나오면, 모든 사람들의 마음은 그를 맞이하는 것처럼 부풀어 올랐으며, 여인들의 공단 코르셋의 바느질한 부분도 터져 나갈 것만 같았다. 정말이지 칠흑 같은 이 어두움에 모여 앉아 있는 사람들은, 말도 못하고 보지도 못하며 행복하고 황홀한 마음으로 활활 타오르는 불 속으로 뛰어드는, 무시무시한 야행 곤충의 무리와 흡사하였던 것이다.

나의 아버지는 왕처럼 무척이나 즐기셨다. 그는 프랑스 관습을 따라 모자와 지팡이를 홀에 가지고 들어왔다. 막이 내리자마자 그는 모자를 쓰더니, 열광적으로 박수갈채를 보내며 지팡이로 바닥을 계속해서 두들기며 크게 소리를 내는 것이었다. "대단하군!" 하고 그는 몇 번이나 나지막하고 승복하듯 말했다. 공연이 끝난 후, 아버지는 바깥 복도에서 내게 말을 건넸다. 그때는 모든 것이 끝나 버리고, 우리들 주위에서는 연극에 도취되고 흥분된 점원들이 그날 밤의 주인공을 흉내 내려고 애쓰고 있을 무렵이었다. 마음이 들뜬 점원들은 주인공처럼 걷기도 하고, 말도 하고, 붉은 손을 들여다보기도 하고, 자기들 지팡이를 손에 쥐기도 하였던 것이다. "따라와 보렴, 그 친구하고 악수나 한번 하고 오지 뭘! 뮐러하고 나는 둘도 없는 사이야! 뮐러가 나를 다시 보게 되면 무척 좋아할 거야!" 이렇게 아버지는 내게 말했고, 어머니와 누이에게는 입구에서 기다리라고 명령조로 말해 두었다. 아버지와 나는 정말로 뮐러로제에게 인사를 하려고 나섰다.

우리는 먼저 무대 옆에 있는 이미 불 꺼진 극장 지배인의 사무실로 빠져 나갔다. 그리고 그곳을 지나 좁다란 철문을 통해 무대 뒤로 나섰다. 어두침침한 무대에서는 뒷정리를 하는 사람들이 유령처럼 움직이고 있었다. 연극 무대에서 엘리베이터 보이 역을 연기했던 붉은 제복을 입은 키 작은 여자가, 깊은 생각에 잠긴 듯 벽에 어깨를 기대고 있었는데, 가련하신 나의 아버지는 그녀의 몸에서 가장 넓은 부위인 엉덩이를 장난 삼아 꼬집으며, 우리가 찾고 있던 의상실을 물어보았다. 여자는 매우 불쾌한 표정을 지으며 방향을 가리켜 주었다. 우리는 페인트칠이 되어 있는 어느 복도를 지나갔는데, 그 밀폐된 공기 속에서 차양도 없는 가스등의 불꽃이 타고 있었다. 복도에 접하고 있는 여러 개의 문틈으로부터는 욕설과 웃음소리, 음란한 소리가 새어 나왔다. 아버지는 유쾌한 듯 씩 웃어 가며, 이러한 인간생활의 모습을 보라는 듯 엄지손가락으로 가리키며 주의를 환기했다. 우리는 복도의 아래쪽 좁아진 곳의 맨 끝에 있는 문까지 계속 들어갔으며, 그 문에 아버지가 노크했다. 물론 그 문 안쪽에서부터 똑똑 들리는 손가락의 뼈마디 소리에 귀를 기울이면서 말이다. 안에서 누군가 이렇게 대답했다. "누구세요?" 또는 "뭐, 귀신이신가?"라고 말하는, 낭랑하지만 무뚝뚝한 그 소리를 나는 정확하게 기억하고 있지는 않다. "들어가도 될까요?" 하고 아버지가 물었다. 그러자 정작 대답이 들렸는데, 이곳에 들어오는 것보다는 딴짓을 하는 것이 더 낫겠다는 말이었는데, 그 딴짓이란 이 지면에서 언급할 수 없는 음탕한 말이었다. 아버지는 창피한 듯 조용히 쓴웃음을 띄우고 이렇게 대꾸했다. "뮐러, 날세. ─크룰, 엥겔베르트 크룰일세. 자네랑 악수라도 한번 하는 것쯤은 괜찮을 것 같은데!" 그러자 안에서 웃음소리가 들리더니, "아니, 자넨가, 늙은 방탕객이 왔군그래! 자, 어서 들어오게나!" 이런 말이 들려 왔으며, 우리가 황급히 들어서려고 하였을 때, "나는 지금 벗고 있는데 자네에게 해가 되진 않겠지."라는 말도 계속해서 들렸다. 우리는 안으로 들어섰다. 그러자 잊을 수 없는 지독하게 혐오스런 광경이 어린 애인 나의 눈앞에 나타났던 것이다.

뮐러로제는 지저분한 책상 앞에 걸터앉아 먼지 끼고 얼룩진 거울을 보고 있었는데, 몸에 걸친 것이라고는 회색 메리야스 속바지밖에 없었다. 속옷 차림의 한 사나이는 땀으로 범벅이 된 가수의 등을 수건으로 닦아 주고 있었으며, 가수 자신도 번들거리는 향유(香油)를 짙게 바른 얼굴과 목덜미를 기름에 절어 이미 응고된 커다란 헝겊으로 문질러 지우는 데 정신이 없었다. 그의 얼굴 절반은 이전에 양초를 발라 이상적으로 보이게 하였던 장미색의 덧칠 부분이 그대로 덮여 있었으나, 이제는 이미 화장을 지워 버린 얼굴의 다른 절반의 흐릿한 색과 대조를 이루어 우스꽝스럽게 노랗고도 붉은 그런 색으로 보였다. 공사관 참사로 분장했을 때 그는 가르마를 갈라 붙인 멋진 밤색 가발을 쓰고 있었는데, 그 가발을 이제 벗어 놓았기 때문에 나는 그의 머리카락이 붉은색이라는 것을 알 수 있었다. 아직도 그의 한쪽 눈은 검게 칠해져 있는 상태였고, 속눈썹에는 검게 빛나는 금속성의 분가루가 묻어 있었다. 또 다른 한쪽 눈은 검은 칠이 지워져 생기가 없고, 건방져 보였으며, 문질렀던 탓으로 벌겋게 된 상태로 찾아오는 사람들을 맞이하며 깜박거렸다. 그렇지만 만약 뮐러로제의 가슴, 어깨, 등, 팔뚝에 뾰루지가 생기지 않았다면 나는 그 모든 것을 참을 수가 있었을 것이다. 그 뾰루지들은 정말 보기에 혐오스러웠는데, 그것은 붉은 몽오리가 되어, 끝에 고름이 생겼고, 일부에서는 피가 나기까지 하였다. 지금도 나는 그 생각을 하면 소름이 끼치는 것을 막을 수가 없다. 구토를 일으키게 하는 힘은 우리들의 욕망이 활발하면 할수록 더욱 커지는 것이다. 이 말을 나는 하고 싶은데, 다시 말해, 실제로 세상과 그 세상이 제공하는 물건에 대해서 우리가 집착하면 할수록 구토를 일으키게 하는 힘은 더 커진다는 얘기이다. 냉정하고 인정이 없는 인간이라면 그 당시 내가 사로잡혔던 것과 같은 구토증에는 결코 흔들리지 않을 것이다. 게다가 더욱 참을 수 없었던 것은, 무쇠 난로가 지나치게 가열되었던 그 공간에는 이상한 공기가 가득 차 있었는데, 그 공기는 테이블 위에 놓여 있던 주발과 냄비와 페인트 봉(棒)에서 풍기는 냄새와 땀 냄새가 한데 섞인 공기여서, 처음에는 구역질이 나지 않고서는 일 분 이상 그 안에서 숨을 쉴 수가 없을 것 같은 생각이 들었다.

그럼에도 불구하고 나는 서서 그 광경을 보고 있었다. 우리들이 뮐러로제의 의상실을 방문한 것에 대해서는 더 이상 쓸 것이 없다. 사실이지, 만약 내가 첫째로 나 자신의 재미를 위해서, 둘째로 독자들의 재미를 위해서 이 글을 쓰고 있지 않다면, 나의 최초의 극장 방문에 대해서 그렇게까지 상세하게 다루었다는 것을 나는 아마 부끄러워해야만 할 것이다. 극적 긴장이라든가 조화(調和)를 유지하는 것은 내 의도가 아니며, 또한 그런 것을 나는 작가들에게 넘기기로 한다. 그 작가들은 판타지에서 창작을 하고, 허구의 소재에서 아름답고 질서 잡힌 예술 작품을 생산하려고 노력하는 사람들이다. 반면 나는 단순히 나 자신의 독특한 생애를 언급할 뿐이며, 이 소재를 가지고서 마음대로 처리하려는 것이다. 그래서 나 자신과 세상에 대해 특별한 교훈과 계몽을 가져다주는 경험과 사건이라면, 나는 오래 머물러 하나하나 따지며 써 내려가겠지만, 나에게 아무런 가치가 없는 기타의 것에 대해서는 가볍게 제쳐 두고 빨리 지나가려 한다.

그 당시 뮐러로제와 가련하신 나의 아버지 사이에 일어났던 이야기는 거의 내 기억에서 사라져 버렸는데, 아마도 내가 그 대화를 주의해서 들을 여유가 없었기 때문이었던 것 같다. 왜냐하면 감각을 통해 우리 정신에 전달되는 운동은, 언어가 우리 정신 속에서 일으키는 운동보다도 의심할 바 없이 훨씬 강한 것이기 때문이다. 청중들의 열광적인 박수갈채가 가수의 승리를 보증하였음에도 불구하고, 가수인 그는 끊임없이 나의 아버지에게 자기의 연기가 마음에 들었는지, 어느 정도로 마음에 들었는지 물어보던 것이 생각이 나는데—나는 그의 불안한 기분이 얼마나 잘 이해가 되는지! 그 밖에 대화를 나눌 때 그가 엮어 넣은 천박한 취미조의 농담이 한두 개 기억에 맴돈다. 예를 들자면, 그는 아버지의 어떤 야유에 대해 대답하기를, "주둥아리 닥쳐!" 하고 즉시 "아니면, 돼지 앞발이 더 잘했단 말이지?"라고 덧붙였던 것이다. 그의 정신 상태를 나타내는 이런저런 표현들에 대해서,

이미 말한 바와 같이, 나는 단지 절반만 귀담아 들었다. 그때 나는 늘 하던 대로 나의 감각이 받은 체험을 정신적으로 해명하는 데 열중하고 있었던 것이다.

그렇다면 이 사람 ―다음과 같은 것이 당시의 내 생각이었다―, 화장을 잔뜩 했던 문둥이 같은 이 인간이, 바로 얼마 전에 회색의 군중들이 그렇게도 동경하여 꿈에도 그리던, 군중들의 마음을 사로잡은 자였던가! 이 보기 싫은 가련한 인간이 구원받은 나비의 진정한 형상이었던가! 지금도 여전히 속고 있는 수많은 사람의 눈은 아름다움과 우아함과 완전함에 대한 그들의 은밀한 꿈을 이 나비가 실현시켜 주었다고 믿고 있었던 것이다. 이 사람은 밤이 되면 환상적으로 빛을 발할 수 있는 구역질나는 연체동물과 완전히 똑같지 않은가? 하지만 그렇게도 기분 좋게, 아니 그렇게도 열광적으로 이 사람에게 현혹당한 어른들, 세상사에 대해 대체적으로 알고 있는 어른들이 자기들이 기만을 당하고 있었다는 것을 전혀 알지 못하였단 말인가? 혹은 알면서도 모르는 척 기만을 기만으로 여기지 않았던 것인가? 후자가 아마 더 가능한 이야기일 것이다. 그도 그럴 것이 자세히 생각해 보면, 언제 그 개똥벌레는 진정한 형상으로 나타난 것일까? 그 개똥벌레의 시적인 불꽃이 되어 여름밤을 헤매고 다닐 때인가? 아니면 미천하고 보잘것없는 생물로서 우리의 손바닥에서 꿈틀거릴 때인가? 어느 쪽이었을까? 그것에 대해서 결정 내리기를 삼가라! 오히려 이전에 보았다고 믿고 있는 광경을 생각해 보라! 다시 말해, 유혹하는 화염 속으로 조용히 그리고 미처서 뛰어든 가련한 나방이나 모기들의 거대한 무리들을 다시 생각해 보라! 유혹을 당해 보자는 호의에 얼마나 일치된 마음으로 동의했던가? 여기에는 명백히 하느님 스스로가 인간의 본성에다 심어 놓은 보편적인 욕망이 지배하고 있는데, 뮐러로제의 재능은 이 욕망에 부합하도록 창조되었다는 것이다. 여기에는 의심할 여지없이 인생의 살림살이를 위한 필수불가결한 시설이 되어 있으며, 그 시설의 고용인으로서 이 사람이 채용되었고 또 임금을 받고 있는 것이다. 그가 오늘 저녁 성공을 거두고, 또 틀림없이 매일 저녁 성공을 거두는 것에 대해서 그에게 경탄을 보내는 것은 지극히도 당연한 것이리라! 너의 혐오감을 억누르도록 하라! 그리고 그가 보기 흉한 뾰루지를 남 몰래 의식하고 느끼면서도 사람을 현혹시키는 자신만만한 태도로 대중들 앞에서 행동할 수 있었다는 점을 완전히 느껴라! 물론, 불빛과 지분(脂粉), 음악과 거리 등이 도움이 되었다는 것도 사실이지만, 관중들로 하여금 관중들의 마음의 이상을 자기라는 인물 속에서 들여다보게 할 수 있었고, 그렇게 함으로써 관중들의 마음을 끝없이 위로하여 생기를 불어넣어 줄 수 있었다는 점을 완전히 느껴라!

더욱 많은 것을 느껴라! 무엇이 이 악취미의 익살꾼을 몰아 대어 밤이면 밤마다 자기 자신을 빛나게 할 수 있게 가르쳐 주었는지 스스로 물어보라! 이전에 그의 육체를 손가락 끝까지 꿰뚫고 지배하고 있었던 매혹의 마력이 숨어 있는 비밀의 근원을 물어보라! 그 해답을 얻기 위해서는 개똥벌레한테 빛을 내도록 가르쳐 주는 것이 얼마나 말로 나타내기 어려운 힘이며, 말로써 아무리 달콤한 표현을 해도 당하지 못할 그런 힘이라는 것을 기억하기만 하면 충분하다.(왜냐하면 너는 잘 알고 있을 테니까!) 이 사람은 자기의 연기가 관객의 마음에 들었다고 하는 보증의 말을, 그것도 진실로 보통 이상으로 관객의 마음에 들었다고 하는 보증의 말을 아무리 들어도 만족스럽지가 않다는 것을 명심하라!

순전히 무엇인가를 갈망하고 있던 관중에 대한 애착심과 충동으로 인하여 그는 자기의 예술에 있어서 숙달되었던 것이다. 그리고 그가 관중에게 삶의 즐거움을 나누어 주고, 여기에 대해 관중은 박수갈채로서 그를 포식

시켜 주었는데, 이것은 서로 간에 만족을 주는 행동이 아닐까? 다시 말해
그의 욕망과 관중의 욕망이 서로 만나 마치 결혼식이라도 올린 것이 아니
겠는가?

6장

위에서 말한 것은 나의 정신이 흥분되고 열중하여 뮐러로제의 의상실에서 했던 사고의 경과를 대략 적어 본 것이다. 나의 정신은 그 후 며칠 동안, 아니 몇 주일 동안 거듭 되풀이해서 노력하고 꿈꾸며 이런 사고의 경과에 관여했던 것이다. 이러한 정신의 탐구의 성과는 언제나 깊은 감동이 있었는데, 즉 동경, 희망, 도취, 환희 등 너무도 강렬한 것이어서 내가 무척 피곤함에도 불구하고 지금도 그 일을 다시 생각만 해도 내 심장의 고동이 더욱 빠르게 뛰는 것이다. 그렇지만 그 당시 이러한 감정은 나의 가슴이 으스러질 정도로 아주 강렬한 힘을 가지고 있어서, 사실 어느 정도 나를 병들게 하였으며, 자주 학교를 결석하게 하는 원인이 되었다.

학교라는 저 증오 시설에 대해 점점 커져 가는 나의 반감에 대해 근거를 제시하는 일은 부질없는 짓이라고 생각한다. 내가 살아갈 수 있는 유일한 조건은 정신과 공상이 속박당하지 않는 것이며, 그래서 몇 년간 감옥 생활을 했던 기억이 노예근성과 공포심의 굴레를 기억하는 것보다도 싫지 않았던 것이다. 그 노예근성과 공포심의 굴레란, 소도시의 아래쪽에 있는 궤짝과 같은 회백색의 학교에서의 표면상으로 명예로운 훈육이라는 것이 감수성이 풍부한 어린 영혼에 두들겨 넣었던 것이다. 앞에서 그 원인을 밝혔던 나의 고립상태도 —안 해도 되겠지만— 함께 고려해 본다면, 내가 일찍부터 일요일이나 휴일 외에도 자주 학교를 빠지려고 생각했던 것은 이상한 일이 아닐 것이다.

그때 장난 삼아 아버지의 필적을 흉내 내 보려고 오랫동안 연습했던 것이 학교를 빠지는 일에 상당한 도움이 되었다. 보통 아버지라고 하면, 교양을 쌓아 어른들의 세계에 들어가 보려고 노력하는 어린아이들에게는 언제나 자연스럽고도 가장 가까운 본보기인 존재이다. 체격의 신비적인 친근함과 유사성을 바탕으로, 아이들은 아버지의 행동거지를 습득하는 것을 자랑으로 여기는데, 그것은 필연적으로 아이들이 가진 미숙한 점이 아버지를 찬미하게 된 것이다. 좀 더 자세히 말하자면, 이러한 찬미는 유전의 방식으로 우리 속에 미리 형성되어 있던 것을 반쯤 무의식적으로 자기 것으로 만들고 발달시키는 것이다. 일찍이 아버지처럼 그렇게도 빠르고 사무적으로 가볍게 강철 펜을 휘갈겨 보는 것이 나의 꿈이었다. 그때는 아직도 내가 줄 쳐진 석판(石板)에 까마귀 발자국 같은 서투른 글씨를 쓰고 있을 때였으며, 훗날 아버지처럼 손가락을 유연하게 펜대에다 갖다 붙이고서, 기억을 더듬어 아버지의 필적을 흉내 내어 보려고 얼마나 많은 종잇조각을 사용했는지 모르겠다. 아버지의 필적을 흉내 내기란 어려운 일이 아니었다. 왜냐하면 가련하신 나의 아버지는 초보자용 교습 책에 어울리는 쓰다 만 듯 어린아이 같은 필체로 글씨를 썼기 때문이다. 다만 글씨가 터무니없이 작고, 다른 곳에서는 결코 볼 수 없을 정도로 뻗친 획이 너무 가늘고 길어서 글씨가 제각각 떨어져 있는 것처럼 보였는데, 이런 필법을 나는 곧 내 것으로 만들어 버렸다. 누가 봐도 아버지가 쓴 것으로 착각할 정도로 말이다. 'E. 크룰'이라고 하는 서명에 관한 한, 그 필체는 본문의 뾰족한 고딕식의 서체와는 반대로 로마식의 서체를 보여 주었다. 그 서명은 소용돌이 구름 같은 당초(唐草)무늬 장식으로 둘러싸여 있어서, 모양을 한 번 보아서는 흉내 내기 어려울 것같이 보였다. 하지만 그것은 단순하게 고안된 것이어서, 바로 이 서명(署名)만은 거의 항상 완전하게 흉내 낼 수가 있었다. 즉 에(E)의 아래쪽 절반 부분은 돌출하여 보기 좋게 넓게 휘어 올라갔고, 그 열린 품속에 성(姓)의 짧은 음절이 깔끔하게 기입되어 있었다. 하지만 위쪽에서 볼 때는 갈고리 모양의 우(U)를 시발점으로 하여, 전체를 앞에서부터 휩싸며, 두 번째의 당초무늬가 덧붙게 되고, 이것이 에(E)의 휘는 곳을 두 번 자르고 지나갔으며, 이것과 같은 선상에 장식한 점들이 가로로 늘어서게 되어 활기 있는 에스(S)자 형을 갖추고서 아래로 내려 뻗치고 있다. 서명의 전체 모양은 가로보다는 세로가 더 길었고, 바로크 양식으로 순진무구한 고안물이었는데, 바로 그런 이유로 흉내 내기에 딱 들어맞았던 것이다. 아마 그 서명의 창안자 자신도 내가 쓴 것을 자기가 쓴 것이라고 인정했을 것이다. 그런데 처음에는 나 자신의 기분 전환을 위해 연습해 두었던 그 솜씨를 나의 정신적인 자유를 위하여 이용하려고 한 것은 무척이나 자연스러운 일이 아닐까? 나는 이렇게 썼다. "내 아들 펠릭스가 지난 7일 심한 복통으로 부득이하게 결석하게 된 것을 유감으로 여기며, 이를 증명합니다. E. 크룰." 또는 이렇게도 써 보았다. "펠릭스가 지난 10일부터 14일까지 외출치 못하고 부득이하게 학교를 쉬게 되었는데, 이것은 잇몸의 화농성 종창과 오른팔 탈구 때문이오니 혜량하여 주시기 바랍니다. E. 크룰." 이 일이 성공했을 때, 나는 더 이상 거칠 것이 없었다. 나는 하루 또는 이삼 일 학교를 쉬면서 그 소도시의 근교 일대를 자유로이 배회하며, 푸른 초원이나 나뭇잎 속삭이는 그늘에 드러누워, 청춘의 내 가슴에 떠도는 독특한 생각에 잠겨 보았다. 또 나는 라인 강가에 있는 옛날 대주교 성곽의 벽간에, 그림처럼 아름다운 그 벽간에 숨어서 몇 시간이고 몽상에 잠기기도 했으며, 혹은 춥고 황량한 겨울 날씨에는 대부 쉼멜프레스터의 작업실에 피난처를 찾기도 하였다. 대부는 나의 소행 때문에 꾸짖는 용어를 사용했지만, 그 말투에는 내가 그런 짓을 하는 이유를 존중한다는 의미도 담겨 있었다.

그러나 때때로 학교 가는 날인데도 아프다고 핑계를 대고 집에서 침대에 드러누워 있는 일도 드물지 않았으나, 정신적으로 정당한 이유가 없는 것은 아니었다. 나의 지론에 따르면, 보다 높은 진리에 입각하지 않고 단순히 거짓말에 불과한 사기 행위는 졸렬하고 불완전하여 어떤 사람에게라도 그 속셈을 간파당할 수 있다. 그래서 결코 사기라는 낙인이 찍히지 않으면서, 또 완전히 현실 영역을 침해하지 않으면서도 생생한 진리로 무장한 사기만이 사람들 사이에서 성공하고 또 생동하는 효과를 나타낼 가능성이 있는 것이다. 여기서의 진리란 세상에서 인정을 받고, 또한 받을 수 있기 위하여 필요 불가결한 실질적인 특징을 가진 진리이다. 나는 건강한 아이여서 가볍게 지나가 버리는 소아병을 도외시하면 결코 큰 병에 걸려 본 적이 없었으며, 어느 날 아침 나를 불안과 압박으로서 위협하는 그날 하루를 병자로서 지내야겠다고 결심을 해도, 뻔뻔스러운 속임수는 쓰지 않았던 것이다. 나는 나의 정신이라는 폭군의 힘을 마음대로 마비시킬 수 있는 수단을 가지고 있다는 것을 알고 있었다. 그런 내가 무엇 때문에 뻔뻔스러운 속임수를 쓰려고 했겠는가? 아니다. 앞에서도 명확하게 설명했다시피, 지극히 고통스러웠던 동공의 확대와 위축 작용은 어떤 사고 과정의 산물이었고, 그 당시 그렇게도 자주 나의 마음을 사로잡았던 것인데, 그 힘이 이제 강제 노동과도 같은 하루의 부조화를 혐오하는 마음과 결합하여 하나의 상태를 야기했다. 그런 상태가 나의 기만행위에 견실한 진실의 근거를 마련해 주었으며, 의사나 집안 식구들이 나에 대해 걱정하고 동정하는 분위기를 만드는 데 필요한 표현 수단을 무제한으로 제공해 주었던 것이다.

오늘 한번 나 자신과 자유를 만끽해 보자는 결심이 아주 간단히, 단 몇 분 만에 변경할 수 없는 필연적인 것이 되자마자, 나는 구경꾼이 나타나기를 기다리지 않고, 그 자리에서 나 혼자에게만 벌써 나의 건강 상태를 표명하기 시작하는 것이었다. 기상해야 할 최후의 시각은 뭔가를 생각하다 보면 놓치게 되고, 식당에서는 가정부가 준비한 아침 식사가 식어 가며, 소도시의 굼뜬 아이들은 느릿느릿 학교로 간다. 하루의 생활이 시작된 것이었다. 그리고 나는 홀로 독립하여 하루의 독재적 질서에서 벗어나려는 생각이 확고해지는 것이다. 이러한 내 행동의 대담함은 내 심장과 위장을 엄습하여 불안한 흥분 상태가 된다. 나는 내 손톱이 푸르스름한 빛을 띠고 있다는 것을 확인했다. 아마 이런 날 아침은 추웠다. 그래서 내가 해야 할 필요가 있는 전부는 이삼 분 정도 이불을 젖히고, 방 안의 차디찬 공기를 쐬는 것이었다. 물론 따지고 보면 나를 조금만 더 그대로 내버려 두고 긴장을 풀게 할 필요가 있었는데, 그러면 이빨이 딱딱 맞부딪치고, 덜덜 떨리는 오한의 아주 인상적인 발작을 일으키게 할 수가 있었다. 여기서 말하는 것은 내 성질의 특징을 이루는 것이며, 나는 옛날부터 마음 깊은 곳에서 고뇌하며 남들의 보호를 필요로 하는 성격이었다. 그래서 나의 생활이 실천적으로 활동하며 보여 주는 모든 것은 자기 극복의 소산으로, 아니 보다 높은 도덕적인 성취로서 인정되어야만 할 것이었다. 만일 그렇지 않다면, 그때나 훗날에나 육체와 영혼을 마음대로 느슨하게 풀어 주는 것만으로는 병자다운 확실한 모습을 나 자신에게 보여 주기에 충분치 못했고, 또 필요하다면 주위 사람을 움직여서 부드러운 인간적 감정을 불러일으킬 수도 있었는데 그렇게 하기에도 충분치 못했던 것이었다. 정말 그럴 듯하게 아프다고 속인다는 것은 사지가 멀쩡한 건장한 남자에게는 거의 성공을 거둘 수 없다. 그러나 여기서 구체적인 말투를 쓴다면, 양질의 나무로 조각된 인간은 조잡한 의미에서는 병들었다고 할 수 없지만 언제나 병과 가장 친밀하게 지내고 있어, 내면의 직관을 통해서 그 병의 징후를 조절할 수 있는 것이다. 나는 눈을 감았다가, 그 눈에 질문하고 하소연하는 듯한 표정을 가득 담고서, 갑자기 다시 눈을 부릅떴다. 거울을 들여다볼 필요도 없이 나는 자다 일어나 머리카락이 엉클어지고 흐트러져 이마를 덮고 있었고, 눈을 부릅뜬 순간의 긴장과 흥분으로 얼굴빛이 창백하게 되었다는 것을 잘 알고 있었다. 또한 해쓱하게 보이도록 하기 위하여 내가 혼자서 고안해 내어 시험해 본 방법을 사용했는데, 그것은 뺨의 안쪽 살을 거의 눈에 띄지 않게 살짝 이로 깨무는 것이었다. 그렇게 하면 뺨이 움푹 들어가고 턱이 길쭉하게 보여 밤사이에 무척 말랐다는 인상을 줄 수 있게 되는 것이었다. 코끝의 양쪽 부분이 민감하게 씰룩거리고 눈 끝의 근육이 마치 아프기나 한 듯 빈번히 움직이는 것도 이 효과에 크게 기여했다. 나는 손톱이 푸르스름한 양손을 가슴 위에 깍지 끼고, 옆에 있는 의자 위에 세숫대야를 올려놓고서, 가끔 이빨을 딱딱 맞부딪치며 누군가 나를 돌봐 주려고 오는 순간을 기다리고 있었다.

그 일은 언제나 늦게 일어났다. 왜냐하면 나의 양친은 늦잠 자기를 좋아했기 때문인데, 따라서 내가 집을 나가지 않았다는 것을 알아차리게 되기까지는 벌써 학교 수업 시간에서 두세 시간은 흘러가 버렸던 것이다. 그때쯤 되면 어머니가 계단을 올라와서 내 방으로 들어서며, "어디 아프니?" 하고 말씀하시는 것이다. 그러면 나는 그녀가 누군지 분간하기가 어렵다는 듯이, 혹은 대체 어떻게 된 상황인지 전혀 모르겠다는 듯이 눈을 이상

야릇하게 크게 뜨고 어머니를 쳐다보았다. 그리고 이렇게 대답하는 것이었다. "응, 아무래도 병이 났음에 틀림없어."—대체 어디가 아프냐고 어머니는 다시금 묻는다—"머리가……뼈마디가 쑤시고……왜 이렇게 떨리는지 모르겠어요?" 나는 불안하게 오른쪽, 왼쪽으로 뒤척거리면서 단조롭고 흡사 입술이 마비된 듯 괴물 같은 목소리로 대답하는 것이다. 어머니는 나를 측은히 여겼다. 어머니가 나의 병을 정말로 진지하게 받아들였다고 나는 생각하지 않는다. 하지만 어머니의 감상벽(感傷癖)은 이성을 훨씬 능가하고 있었기 때문에 이런 장난을 끝낼 생각을 하지 못하고, 그 대신 함께 연극을 해 가며 나의 연기를 지지하기 시작하는 것이다. "불쌍한 녀석 같으니!" 하고 말하며 둘째손가락을 내 뺨에다 갖다 대고, 근심스러운 듯 자신의 머리를 흔드는 것이다. "먹고 싶은 게 아무것도 없단 말이지?" 나는 몸을 떨며, 턱을 가슴에 짓누르면서 먹고 싶은 게 없다고 하였다. 내 태도가 강철과 같이 굳세고 철저하기 때문에 어머니는 정신이 번쩍 들어 정말로 나를 걱정하였는데, 말하자면 함께 즐기던 공동의 환상에서 어머니는 따로 떼어 놓게 되었다. 그도 그럴 것이 환상 때문에 먹을 것, 마실 것을 단념한다는 것은 어머니로서는 도저히 이해할 수 없었기 때문이다. 보통 사람들이 현실을 살필 때처럼 어머니는 그런 눈초리로 또다시 나를 살펴보았다. 어머니의 냉정한 주의력이 이 지점까지 도달하면, 나는 어머니가 마음의 결정을 내리도록 하기 위해 가장 힘이 들지만 가장 효과를 볼 수 있는 연기를 하였다. 갑작스럽게 침대 속에서 일어나서 덜덜 떨면서 후다닥 세숫대야를 끄집어내 전신을 무시무시하게 경련시키고, 비틀고, 수축시키면서 세숫대야 위로 얼굴을 갖다 대는 연기였다. 이렇게까지 고통스러워하는 광경을 보고도 마음이 움직이지 않는다면 그 사람의 심장 속에는 분명돌이 들어 있음에 틀림없을 것이다. "속에 든 게 아무것도 없어……." 하고 나는 이따금씩 헐떡거리면서 불쾌한 듯, 괴로운 듯 세숫대야에서 얼굴을 쳐들었다. "밤중에 모조리 토해 버렸어……." 그러고 나서 목을 졸라매는 듯 무시무시한 경련을 일으키는 비장의 무기를 선보여, 다시는 숨을 쉴 것 같지 않게 보일 정도로 오랫동안 발작을 했다. 어머니는 내 머리를 받쳐 들고 내가 정신이 들도록, 또 한 번 기겁을 하며 절박한 소리로 내 이름을 불렀다. 마침내 나의 사지가 느슨해지기 시작하면, 어머니는 완전히 정신이 나가서, "뒤징을 불러와야겠어!" 하고 외치며, 방을 뛰쳐나가는 것이었다. 나는 완전 녹초가 되었지만 무엇이라고 형언할 수 없는 기쁨과 만족감에 가득 차서 베개 위에 쓰러져 버렸다.

이런 장면을 실제로 드러내 보이는 용기를 갖기까지, 나는 얼마나 자주 그런 장면을 머릿속에 그려 보고, 얼마나 자주 마음속으로 연습을 해 보았는지 모를 일이다! 다른 사람이 나를 이해할 수 있을지 없을지 모르지만, 내가 처음으로 그것을 실제로 해 보고 완벽한 성공을 거두었을 때, 나는 행복한 나머지 꿈을 꾸고 있다고 생각했다. 누구나 그런 짓을 할 수 있는 것은 아니다. 한번 해 보았으면 하고 몽상은 하지만, 실제로 하지는 않는 것이다. 사람들은 당장 무슨 감동적인 일이 자기에게 일어나 주었으면 하고 생각하는 것이다. 자기들이 기절을 해서 쓰러지거나, 입에서 피를 토하고 경련이 자기 몸에서 일어나게 되면―그러면 갑자기 세상 사람들의 냉담함이나 무관심은 관심과 공포와 때늦은 뉘우침으로 변하게 되는 것이다! 그러나 육체라는 것은 강인하고 우직할 정도로 인내하며, 또 정신이 오래전부터 동정과 간호를 바라고 있음에도 불구하고 굴복하지 않으며, 또 경종을 울리는 명백한 병적 징후를 보여 주지 않는다. 그 병적 징후란 세상 모든 사람들로 하여금 각자 곤경에 빠진 것을 보게 해 주며, 끔찍한 목소리로 세상 사람들의 양심에 호소할 수도 있다. 그런데 나는 이러한 병적 징후를 만들어 내었던 것이다. 그리고 만일 그것이 내 쪽에서 아무 일도 하지 않았는데 나타났다고 한다면 그 증세는 그대로 계속해서 영향을 미칠 수 있을 것처럼 그렇게 완전한 효과를 발휘했던 것이다. 나는 자연을 개선시키고, 하나의 꿈을 실현하였던 것이다. —그리고 무에서부터, 즉 순전히 사물에 대한 관념적 지식과 직관으로부터, 아주 간단히 말해 공상으로부터, 자기의 몸을 대담하게 활동을 시켜 강제적이면서도 유효한 현실을 창조할 수 있었던 사람은, 그 당시 내가 나의 창조적 과업을 완수하고 쉬고 있을 때 느꼈던 불가사의한 만족감을 이해할 것이다.

한 시간 후에 위생 고문관 뒤징 씨가 도착했다. 그는 나의 출생을 가능하게 했던 그 늙은 메쿰 의사가 세상을 떠난 이래로 우리 가족을 돌보는 주치의였다. 뒤징 씨는 곧추선 회색 머리털에다가, 자세(姿勢)도 나쁘고 꾸부정하였으며, 늘 길쭉한 코를 엄지손가락과 둘째손가락 사이에 끼우고 문질러 대었고, 또 크고 뼈가 앙상한 두 손을 수시로 비벼 대는 습관이 있었다. 이 사람은 하마터면 내게는 위험한 인물이 될 뻔했다. 물론 내가 생각하기에 실력이 약간 부족해 보이는 의사로서 그의 능력 때문만은 아니었다.(학자로서 그리고 과학을 위하여 진지하게 봉사하고 있는 저명한 의사야말로 가장 쉽게 속일 수가 있는 것이다.) 그가 내게 위험한 인물이 될 뻔했던 이유는, 그가 생활에서 졸렬한 잔재주를 부리기 때문이었는데, 이것이 그의 저속한 성격의 특징이었고, 그의 전체 능력은 이러한 영역에 근거를 두고 있었다. 의술의 신 에스쿨라프의 권위를 상실시키는 이 미련하고 우직한 제자는 개인적인 친분 관계와 술집에서 잘 알고 지내는 사람들, 그리고 뒤에서 봐주는 비호자들 덕분에 위생 고문관의 칭호를 획득했으며, 그는 자주 비스바덴으로 오가며 거기서 입신 출세와 승진을 위해 관청에 줄을 대고 있었다. 내가 직접 목격해서 아는 일이지만, 그는 병원에 도착한 순서대로 대기실에 있는 환자들을 그 순서 그대로 질서 있게 진찰하지 않았으며, 돈푼이나 있고 명망 있는 환자일 경우에는 오래 기다리고 있는 일반 환자를 제쳐 두고 공공연하게 먼저 진찰해 주는 게 그의 특색이었다. 그래서 지체 높고 영향력 있는 환자일 경우에는 너무 과하게 걱정해 주며 마치 큰일 난 것처럼 유난을 떨지만, 그와 반대로 가난하고 보잘것없는 환자일 경우에는 매정하고 못마땅한 듯 진찰하였을 뿐만 아니라 그런 환자들이 아프다고 진료를 호소해도 그 병은 아무렇지 않은 것이라고 거절까지 하는 것이다. 내가 확신하기로는, 그가 그렇게 함으로써 상급 관청의 인정을 받거나 어떤 실세들에게 열성적으로 협조하는 일원이라고 추천받을 것이라고 생각하기만 한다면, 그는 어떠한 위증, 어떠한 타락, 어떠한 음모라도 저지를 준비가 되어 있었을 것이다. 그것도 그럴 것이 이런 짓은 그의 천박한 현실 감각에 알맞은 것이었고, 보다 높은 재능이 없던 그는 이러한 천박한 현실 감각으로 성공하기를 바랐다고 할 수 있다. 비록 가련하신 나의 아버지가 당시의 지위는 의심스러웠다 하더라도, 아버지는 실업가로서 또 납세자로서 여전히 그 소도시의 명망가 가운데 한 사람에 속했으며, 더욱이 이 위생 고문관은 우리 집 주치의로서 어느 정도 우리에게 의존하고 있었다. 어쩌면 부패한 짓을 행할 기회를 뒤짐은 언제나 기꺼이 받아들였기 때문이었는지도 모르겠지만, 이런 이유 때문에 이 가련한 친구는 사실나와 공동으로 일을 해야만 할 것이라고 생각했다.

예를 들면, 그가 "이런, 이걸 어떻게 하지?"라고 하든가 "대체 뭐가 문제일까?"라고 통상적인 아저씨 행세를 일삼는 의사 말투를 사용하며 내 침대로 다가와 걸터앉고서 잠깐 나를 살펴보며 물어볼 때면 언제나—나는 이렇게 말하겠는데, 그에게서 어떤 침묵이, 어떤 미소가, 어떤 눈짓이 나를 재촉하여 그에게 몰래 똑같은 방식으로 대답하게 해 주고, 그가 보통 '학교병'이라고 부르고 싶어 하는 것에 걸렸다고 그에게 고백시켜 주려는 순간이 닥치게 되었던 것이다. 나는 그의 충고 내지 조치를 한 번도 받아 주지 않았다. 그것은 내가 조심성이 있어서 그랬던 것은 아니고(왜냐하면 내가 그를 신뢰하지 않을 이유가 없었기 때문에 하는 말이다.), 오히려 자부심과 멸시하는 마음에서 그랬던 것이다. 나와 은근슬쩍 협상해 보려는 그의 시도에 대해서 내 눈은 점점 흐릿해져서 아프기만 하고, 뺨은 꺼져 들어가고, 입술은 이완되고, 호흡은 더 짧고 불규칙하게 헐떡거리고 있었다. 만약 필요하다면 그에게 경련의 발작을 보여 줄 수 있는 만반의 준비를 갖추고서, 나는 전혀 이해 못하겠다는 태도로 그의 충고 내지 조치에 대항했기 때문에, 결국 그는 내게 항복하게 되고, 그 처세에 능한 재주를 버리고, 과학의 도움을 받아 사태를 처리하는 것으로 만족할 수밖에 없었다.

그런 짓으로 인해 그는 아주 기진맥진하게 되었다. 그 이유는 첫째로, 의사로서의 그의 우둔함 때문이었고, 둘째로는 내가 보여 주고 있는 병의 증세는 사실 지극히 일반적이면서도 막연한 증세였기 때문이다. 그는 내 몸 여기저기를 수차례 두드려 보기도 하고 귀에 대 보기도 하며 진찰을 했고, 혀를 누르는 기구인 설압자(舌壓子)로 목구멍을 후벼 가며 자세히 살펴보기도 하며, 체온계로 열을 재어 보는 등 나를 아주 귀찮게 굴었지만, 결국에는 나쁘다거나 좋다거나 둘 중 하나의 결정을 내려야 했다. 그는 "편두통"이라는 진단을 내렸다. "걱정하실 필요는 없습니다. 펠릭스 군에게 이런 병이 걸릴 경향이 있는 것은 누구나 아는 사실이니까요. 유감스러운 것은 위장도 상당히 좋지 않아 무척 괴로울 것입니다. 안정을 취하도록 하고, 손님들 방문을 삼가해 주시고, 대화를 되도록 줄여 주시고, 무엇보다도 방을 어둡게 하는 것이 제일 좋습니다. 그리고 구연산 카페인이 아주 좋은 효과가 있을 것입니다. 그렇게 처방을 내리도록 하겠습니다……." 하지만 때마침 그 소도시에 독감이 좀 발생해 있을 때라면 그는 이렇게 말하곤 했다. "감기입니다, 크롤 부인. 거기다가 위장이 안 좋고요. 네, 그렇습니다. 펠릭스 군도 확실히 감기에 걸렸어요. 기관지의 염증은 아직 뚜렷하지는 않지만 증세가 있기는 합니다. 펠릭스, 기침도 하게 될 거야, 분명해. 그리고 열도 있는 것이 확실한데, 오늘 중으로 더욱 높아질 것입니다. 게다가 맥박이 눈에 띄게 빠르고 고르지 못합니다." 그러고 나서 그는 어리석게도 약국에 있는 달콤하고 씁쓸한 강장제 포도주를 처방해 주었는데, 아무튼 나는 그것을 기꺼이 받아먹었다. 그 강장제 포도주는 전투에서 승리를 거둔 나에게 따뜻하고도 은밀한 만족감을 제공해 주었다.

물론 당연한 일이지만 의사라는 직업도 다른 직업과 별반 다를 게 없는 것이다. 그 일에 종사하는 대다수가 평범한 얼간이라는 점에서도 그렇고, 없는 것을 있다고 보며, 명백한 것을 아니라고 부정할 준비가 되어 있기 때문에 그렇다. 사람의 육체에 대해서 정통하고 그것을 사랑하는 사람이라면 누구나, 의학적 소질이 없다 하더라도 육체의 미묘한 비밀을 아는 데에는 이들 얼간이보다 뛰어나고, 쉽게 이들을 속일 수도 있는 것이다. 내가 진단받았던 기관지 염증이란 것은 나는 전혀 생각해 본 적도 없고, 내 꾀병 연기 속에 암시적으로 넣어 본 적도 없었던 것이다. 하지만 나는 위생고문관에게 내가 '학교병'에 걸렸다는 조잡한 상상을 하지 말라고 강요했기 때문에, 그는 할 수 없이 내가 감기에 걸렸다고 했던 것이고, 이러한 진단을 유지시키기 위하여 내가 기침 기운이 있기를 바랐던 것이며, 내 편도선이 부어올랐다고 주장을 했던 것이지만, 사실 그런 증상은 하나도 없었던 것이다. 몸에 열이 나는 것에 관해 말하자면, 그의 확신은 분명 옳은 것이긴 하였으나, 물론 이것도 그가 이 임상적 현상에 관해서 학교에서 배워 믿고 있는 지식이 거짓말이라는 것을 입증하는 것이었다. 의학에서 열이란 것은 발병 인자에 의한 혈액 중독의 결과에 의해서만 생기는 것이지, 육체적 원인 이외에 다른 원인에서 생기지는 않는다는 것이다. 웃기는 노릇이다. 이 글을 읽는 독자들은 확신을 얻었을 것으로 알지만, 나는 나의 명예를 걸고 독자들에게 다음을 맹세하고자 한다. 즉 위생 고문관 뒤징이 나를 진찰했을 때, 나는 정말로 병이 들었던 것은 아니었다는 말이다. 하지만 그 순간 나는 몹시 흥분했었고, 모험적 의지의 행위에 집중해 있었다. 그것은 일종의 명정(酩酊) 또는 도취라고 할 수 있겠다. 즉 병자로서의 자기 역할에 열심히 몰두함으로써 생겨난 도취라든가, 일이 우스꽝스럽게 되지 않도록 하기 위해 나 자신의 고유한 천성이 매 순간 철저히 대가답게 행해야 했던 연기를 보여 줌으로써 생겨난 도취였다. 또 그것은 일종의 황홀 상태라고 할 수 있겠다. 즉 어떤 비현실적인 것이 나에게나 다른 사람들에게까지 현실이 되기 위해서 필요하였던 긴장감이자 동시에 허탈감이라고 할 수 있는 황홀 상태 말이다. 이 모든 것들의 영향으로 내 존재, 즉 나의 전 기관의 활동이 상승되고 앙양되었으니 사실 위생 고문관은 이런 것들을 체온계로 측정할 수가 있었을 것이다. 맥박이 빨라진 것도 같은 원인에서 간단히 설명된다. 사실 그 위생 고문관의 머리가 내 가슴을 짓눌러서 그 메마른 회색 머리털의 동물 같은 냄새를 내가 맡고 있는 동안, 나는 갑작스레 격렬한 감정을 일으켜 심장의 박동에다 멈춘 듯 천천히, 돌진하는 듯 빠른 템포로 운동을 일으키는 힘에 완전히 사로잡혔던 것이다. 그리고 마지막으로, 뒤징 박사가 언제나, 어떤 진단을 내린다 하더라도 쇠약해 있다고 얘기하는 내 위장에 관해 말하자면, 이 기관은 내게 있어서는 옛날부터 극단적으로 섬세한 성질을 지닌 탓에 쉽게 흥분하였고, 감정이 동요할 때마다 쿵쿵거리며 고동치기 시작하였는데, 그래서 사실 나는 특별한 상황에 처하면 다른 사람처럼 심장이 뛴다고 말하지 않고, 위장이 뛴다고 말할 수 있을 정도였다. 이러한 현상을 위생 고문관은 관찰했던 것인데, 그러한 인상을 그는 제대로 파악하였던 것이다.

이렇게 그는 나를 위하여 아주 신맛이 나는 알약이나 달콤하고 쓸쓸한 강장제 포도주 처방을 써 주었다. 그러고 나서 그는 잠시 더 앉아 내 침대 옆에서 시시껄렁한 농담조의 말들을 내 어머니와 주고받았다. 그러는 동안 나는 축 늘어진 두 입술 사이로 짧고 거친 호흡을 하였고, 생기를 잃은 무거운 눈으로 공허하게 천장을 올려다보는 것이었다. 내 아버지도 가끔 여기에 함께 있게 되는데, 그러면 그는 당혹한 표정을 지으며 나를 똑바로 쳐다보지도 못한 채 내 눈초리를 피했다. 그러면서 아버지는 이 기회를 이용하여 위생 고문관에게 자기의 통풍을 상담하였다. 나는 혼자 내버려진 채 그날 하루를 보내었는데 ―어떨 때는 이삼 일을 보내기도 했다― 음식물 양이 적긴 했지만 바로 그 때문에 한층 더 맛있게 식사를 하였고, 평화와 자유를 만끽하면서, 세상과 미래의 달콤한 꿈을 꾸면서 지내는 것이다. 그렇지만 죽과 비스킷이 나의 왕성한 식욕을 만족시키지 못할 때에는 조심스럽게 침대에서 빠져나와서, 소리를 내지 않고 내 조그만 책상 뚜껑을 열고서 그 속에 거의 항상 상당한 분량으로 저장해 두었던 초콜릿으로 배고픔을 달랬다.

7장

　나는 그 초콜릿을 어디서 가져왔던가? 그것은 특별한, 아니 환상적인 방법으로 나의 소유물이 되었다. 즉 그 소도시 아래 거리에서 비교적 활황을 누리고 있는 상점가의 한 모퉁이에 깔끔하고 매력 있게 장식을 한 식료품 가게가 있었는데, 내 생각이 틀리지 않다면 그 가게는 아마 비스바덴에 있는 큰 상회의 지점이었을 것이다. 그곳은 상류층의 사람들이 주로 물건을 구매하는 장소였다. 나는 매일 통학하면서 식욕을 돋우는 이 장소를 지나치게 되었고, 이미 여러 번 동전을 손에 들고 내가 가진 재력에 맞게 무슨 저렴한 과자나 한두 개의 과일 사탕이나 맥아(麥芽) 봉봉을 사 먹으려고 그 가게에 들어간 일이 있었다. 그러나 어느 날 정오경 그 가게에는 아무도 없었다. 그것도 물건을 사러 온 손님뿐만 아니라 파는 사람들까지도 없었던 것이다. 출입구 문 위에 달린 종은 흔히 볼 수 있는 방울 종으로, 사람들이 문을 열고 닫을 때 짧은 금속봉 끝에 달려 흔들리는 종이 있었는데, 내가 들어서자 그것이 딸랑딸랑 울렸다. 하지만 초록색 주름 천으로 유리창을 가린 문 뒤쪽 방에 있는 주인이 그 소리를 미쳐 못 들었거나, 아니면 마침 그 순간에 그 방에도 아무도 없었거나, 어쨌든 나는 혼자 남아 머물게 되었다. 나를 둘러싸고 있는 이러한 외롭고 조용한 기분에 놀라는 동시에 낯설고 꿈과 같은 심정으로 사방을 둘러보았다. 나는 여태까지 한 번도 이렇게 자유롭고 방해받지 않고서 이러한 향락적인 장소를 구경해 본 적이 없었던 것이다. 가게는 넓다기보다는 좁은 편이었지만, 천장이 상당히 높아서 꼭대기까지 맛있는 과자로 가득 채워져 있었다. 햄이나 소시지가 천장 밑이 어둡도록 꽉 들어차고 가지런히 줄 지어 쌓였는데, 특히 소시지는 흰 것, 황갈색이 나는 것, 붉은 것, 검은 것, 구슬처럼 단단하고 둥근 것뿐만 아니라 긴 것, 매듭진 것, 노끈처럼 꼬인 것도 있었다. 통조림들, 코코아나 차, 마멀레이드나 꿀과 잼이 든 각양각색의 유리병들, 리큐어와 펀치 엑기스가 들어 있는 호리호리한 병과 배가 볼록한 병 등, 이 모든 것들이 장식을 하듯 사방의 벽에 기대어 바닥에서 천장까지 가득 차 있었다. 판매대의 유리 진열장 안에는 고등어, 칠성장어, 넙치, 뱀장어 등 훈제된 생선이 접시나 대접 위에 진열되어 식욕을 돋우고 있었다. 이탈리아풍의 샐러드를 담은 쟁반 역시 그 진열장 안에 놓여 있었다. 얼음 덩어리 위에는 한 마리 왕새우가 가위 모양의 집게발을 벌리고 엎드려 있었다. 차곡차곡 재어 놓은 훈제 청어는 뚜껑 없는 작은 상자 속에서 기름진 황금색을 내며 빛나고 있었다. 정선된 최상품의 과일들, 약속의 땅 가나안을 연상시키는 딸기나 포도송이는 정어리 통조림이나 맛 좋아 보이는 흰색 냄비의 작은 더미로 번갈아 놓여 있었는데, 그 냄비에는 상어 창자인 캐비어와 거위 간이 한데 버무려져 있었다. 살찐 닭들이 위쪽 선반에서 털이 쥐어뜯긴 모가지를 늘어뜨리고 있었다. 그 옆에 기름때 묻은 가늘고 길쭉한 식칼이 놓여 있는 것으로 보아 분명히 얇게 썰어서 파는 육류가 있었고, 또 로스 구이 고기, 햄, 혓바닥, 훈제 연어, 거위 가슴살 등이 그 꼭대기에 쌓여 있었다. 커다란 종처럼 생긴 유리 뚜껑들 속에는 온갖 종류의 치즈들이 들어 있었는데, 붉은 벽돌색이 나는 것, 우유처럼 흰 것, 대리석처럼 다듬은 것, 그리고 은박지 속에서 구미를 돋우는 황금색 물결을 이루고 있는 치즈들이었다. 그 중간중간에 엉겅퀴와 푸른 아스파라거스 묶음과 송로버섯 다발, 그리고 은박지에 든 고가의 조그만 간 소시지 등이 자랑하듯 풍성하게 배치되어 있었다. 또 그 옆에 있는 테이블에는 고급 비스킷이 듬뿍 담긴 뚜껑 없는 양철통이 세워져 있었으며, 갈색으로 반짝거리는 약과들이 엇갈리게 쌓여 있었고, 항아리처럼 생긴 유리 접시들이 높이 쌓여 있었는데, 그 유리 접시 속에는 식후에 먹는 봉봉 사탕과 설탕에 절인 과일들이 들어 있었다.

나는 마법에 걸린 듯 넋을 잃고 서서 머뭇머뭇하면서도 귀를 기울이며 이곳의 달콤한 분위기를 받아들였는데, 그 속에는 초콜릿이나 훈제 생선의 향기가 송로버섯에서 발산하는 기분 좋게 퀴퀴한 냄새와 뒤섞여 있었다. 그때 나의 감각을 사로잡았던 것은 동화적인 이미지였는데, 즉 게으름뱅이들의 천국에 대한 기억과, 행운아들이 아무 거리낌 없이 주머니와 장화 속에 보석을 마구 집어넣을 수 있었던 지하 보물 창고에 대한 기억이었다. 사실 그것은 동화 아니면 꿈이었던 것이다! 나는 일상의 둔중한 질서와 법칙이 폐기된 것 같은 생각이 들었고, 또 일상의 생활에서 욕망을 가로막고 있던 장애물과 번거로움이 즐겁게 제거된 것 같은 생각이 들었다. 완전히 나에게만 종속되어 있는 이러한 풍성한 지상 천국을 보는 쾌감이 갑자기 내 마음을 강렬하게 사로잡아서, 나는 그 기쁨을 전신에 뼈마디가 쑤시듯 안달 나도록 느꼈던 것이다. 그렇게 풍부한 신기로움과 자유에 대한 강렬한 기쁨이 솟아 나와서, 나는 환성을 지르지 않으려고 억지로 자제해야만 했다. 나는 조용한 안쪽을 향하여 "안녕하세요!" 하고 소리쳤는데, 그 당시 내 목소리의 억눌린 부자연스런 음향이 고요함 속으로 사라져 버리는 것을 지금도 여전히 듣고 있는 것 같다. 아무런 대답이 없었다. 그리고 그 순간 내 입속에서는 문자 그대로 침이 샘솟아 물처럼 흘렀다. 나는 아무런 소리도 내지 않고 재빠른 발자국으로 과자를 늘어놓은 옆 테이블 있는 데로 가서, 초콜릿 알사탕이 가득 들어 있는 제일 가까운 데 있는 유리 접시에 손을 넣어 호기 있게 한 주먹 움켜쥐었고, 주먹 속의 그 내용물을 외투 주머니 속에 찔러 넣고, 문 있는 데까지 나와서, 다음 순간에 안전하게 길모퉁이를 돌아서고 있었다.

의심할 바 없이 그때 내가 한 짓은 흔하고 천박한 도둑질이었다고 누군가는 이의를 제기할 것이다. 그렇다면 나는 그것에 대해서 함구하고 뒤로 물러날 것이다. 왜냐하면 만약 누군가 그런 말을 함으로써 만족할 수 있다면, 누구나 그런 지질한 말을 사용하는 것을 나는 금지할 수도 없고 또 금지하지도 않을 것이기 때문이다. 그러나 말이라는 것은 —값싸고, 닳아 빠졌고, 인간의 머리 위로 휙 스치고 지날 뿐인 이러한 말이라는 것은— 행동과는 다른 차원의 것이다. 행동이란 것은 생생하고, 근원적이며, 영원히 젊고, 새로움과 일회성과 비교 불가 속성을 지님으로써 영원히 빛을 발하는 것이다. 다만 습관과 게으름 이 두 가지는 동일한 것이라고 우리는 간주하게 되는데, 사실은 이 말이라고 하는 것은 어떤 행동을 표현하는 한에 있어서는 결코 목표물을 명중시키지 못하는 파리채와 같은 것이다. 게다가 행동이 문제가 될 때면 언제나, 첫째로 그것이 무슨 행동인지, 어떻게 한 행동인지 둘 다 문제가 되는 것은 아니고(비록 어떻게 한 행동인지 그것이 중요하기는 하겠지만), 오로지 누가 한 행동이냐 하는 것이 문제가 되는 것이다. 내가 저질렀던 일은 무엇보다도 *나의* 행동이라는 것이 명백한 것이지, 어중이떠중이의 행동은 아닌 것이다. 그리고 비록 사람들이 나의 행동에 대해서나 무수히 많은 다른 사람들의 행동에 대해서나 똑같은 이름을 나에게 붙였고, 특히 시민 재판권과 같이 법으로 나를 다루었다 하더라도 나는 그것을 감수해야만 했다. 하지만 나에게는 창조적 힘의 총아로서 바로 특권을 부여받은 피와 살의 인간이라고 하는 신비적이지만 흔들리지 않는 감정이 있었으며, 그래서 마음속으로는 언제나 이러한 부자연스러운 동등 취급에 반항했던 것이다. ─혹시 이 글을 읽는 독자들에게는 이같이 순수한 고찰로 탈선하여 추상적으로 얘기한 것에 대해 사과해야 되겠는데, 아마 이러한 탈선은 나처럼 학식이 없고 사유(思惟)하는 것을 직업으로 하지 않는 인간에게는 어울리지 않기 때문이다. 하지만 가능하다면 독자들에게 나의 생애의 특이성을 이해시킬 수 있는 것이 나의 의무라고 생각하는데, 만약 이것이 불가능하다면 더 늦기 전에 독자들이 이 기록을 더 들춰 보는 것을 중지시키는 것이 나의 의무라고 생각하고 있다.

집에 돌아온 나는 외투를 입은 채 내 방으로 들어가, 내가 가지고 온 보물 같은 전리품을 책상 위에 펴 놓고 찬찬히 살펴보았다. 나는 그것이 잘 견디어 실제 그대로 남아 있으리라고는 거의 믿을 수가 없었다. 왜냐하면 귀중한 물건이라는 것은 꿈속에서 곧잘 우리의 손에 들어오지만, 깨어나면 우리의 손은 항상 비어 있기 때문이다. 황홀한 꿈속에서 우리가 받았던 보물이 다음날 밝은 아침이 되어 실제로 우리 손에 넣을 수 있게 이불 위에 있다고, 다시 말해 꿈으로부터 뭔가 남은 것이 있다고 상상할 수 있는 사람만이 나의 뜨거운 기쁨을 나누어 가질 수 있을 것이다. 그 봉봉 사탕은 최고급품으로서 색깔 있는 은박지에 싸여 있었으며, 달콤한 리큐어와 질 좋고 향기로운 크림이 그 속에 들어 있었다. 하지만 사실 나를 환희에 취하게 했던 것은 사탕이 최상품이었다는 것이 아니라, 그 사탕이 내가 현실 속으로 가지고 올 수 있었던 꿈속의 보물처럼 보였다는 상황이었다. 그리고 이 기쁨은 너무나 진심으로 컸기 때문에 가끔 그런 기쁨을 다시 만들어 내려고 마음을 쓰지 않을 수가 없었던 것이다. 누구나 이러한 사실을 원하는 대로 해석해도 좋으리라. ―나 자신은 그런 것에 대해 심사숙고하는 것은 나의 과업이 아니라고 생각했다. 즉 사정은 다음과 같은 것이다. 이 과자 식료품점은 점심나절에는 가끔 비어 있고, 지키는 사람이 없었다. ―그것은 흔한 일은 아니었고, 규칙적으로 그랬던 것도 아니었지만, 길고 짧은 간격을 두고 그런 경우가 있었던 것이다. 그리고 나는 배낭을 등에 메고 그 가게의 유리문을 지나칠 때 그것을 확인하게 되었던 것이다. 만일 가게에 아무도 없으면 나는 안으로 들어갔으며, 또한 나는 가게 문을 아주 신중하게 열고 닫을 수 있었기 때문에 종소리는 결코 나는 일이 없었고, 종 속에 든 추는 종을 흔들지 않고서 오직 소리 없이 스치기만 할 뿐이었다. ―만일의 경우를 대비하여 "안녕하세요." 하고 말하면서 거기 진열되어 있는 것을 재빨리 움켜쥐었지만 결코 염치없게 많이 집어든 것은 아니었다. 즉 한 움큼의 과자, 꿀 케이크 한 개, 초콜릿 한 판, 이렇게 적당하게 골라 집어 들었기 때문에 아마도 뭔가 없어진 것이 한 번도 발각되지 않았던 것 같다. 그러나 이렇게 나의 본질을 비교할 수 없을 만큼 확장시킴으로써, 인생의 감미로움을 과자를 집듯 자유로이 꿈처럼 움켜쥐게 되었으며, 이런 일에서 나는 어떤 사고(思考)의 과정과 그 내적인 탐구에서부터 생긴 결과로 이미 오래전부터 친숙하게 알고 있던 이름 모를 감정을 다시금 분명하게 인지할 수 있었다고 생각하였다.

8장

미지의 독자들이여! 우선 일필휘지로 갈겨쓰고 있는 이 펜을 한쪽 옆으로 내려놓고, 한두 가지 심사숙고를 하며 정신을 가다듬고서, 지금까지의 나의 고백 중에서 이미 다양하게 스쳐 지나왔던 영역으로 이제 들어가 보려고 한다. 하지만 나의 양심적 의무감이 여기서 조금 더 머무르며 자세하게 이야기하라고 강요하고 있다. 미리 말해 두고자 하는 것은, 여기서 내가 조잡한 말투와 지저분한 농담을 할 거라고 기대하는 사람은 실망하게 될 것이다. 오히려 이후부터의 문장에서 나는 이 수기(手記)의 서두에서 약속을 하였던 진솔함과, 도덕과 예절이 명령하는 그런 절제와 진지함을 조심스럽게 결합시킬 작정이다. 나는 사람들이 일반적으로 음담패설을 즐기는 것을 도저히 이해하지 못하며, 또 입이 방종한 것을 언제나 가장 구역질나는 것으로 간주하기 때문에 하는 말인데, 사실 그것은 가장 경솔한 짓이고 나아가 정열이 있다고 해서 변명이 되는 것은 아니기 때문이다. 사람들이 그렇게 농담을 하고 익살을 부리는 것을 듣게 되면, 세상에서 가장 단순하고 우스꽝스러운 일이 바로 문제가 되는 것처럼 보이지만, 사실은 그와 정반대인 것이다. 건방지고 부주의한 방식으로 그런 문제에 관해서

혀를 놀리는 것은, 자연과 인생의 가장 중대하고 가장 신비스러운 것을 천민들의 웃음거리로 만드는 것과 같다. ─그러나 우선 나의 고백으로 돌아가자!

무엇보다도 먼저 나는 앞에서 언급한 그 문제가 아주 어릴 적부터 나의 생활 속에서 어떤 역할을 했고, 나의 사고를 사로잡았고, 나의 몽상과 어린애다운 즐거움의 내용을 형성하기 시작했었다는 것을 말해야만 하겠다. 다시 말해, 내가 그런 문제에 대해서 무엇이라 명명할 수가 있다든가, 아니면 그것이 가진 복잡하고도 일반적인 의미에 대해서 어떤 상상이라도 할 수 있다든가 하기 오래전의 일이었다. 그래서 나는 어떤 관념에 대한 생생한 애착심과 그것으로부터 생기는 온몸을 꿰뚫는 즐거움을 오랜 시간을 통해, 다른 사람은 전혀 이해할 수 없는 완전히 나 혼자만의 특유한 것이라고 생각했던 것이다. 이것은 기이한 것이기 때문에 오히려 말하지 않는 편이 좋을 듯하다. 그것에 대한 본래의 이름이 내게는 없었기 때문에 내게서 일어난 이 감정과 영감을 "최선의 것" 혹은 "커다란 기쁨"이라는 이름으로 일괄 처리하였고, 그것을 귀중한 비밀로 지켜 왔던 것이다. 하지만 질투심을 유발할 정도로 비밀을 잘 지킨 덕택으로, 또 나의 고립 상태의 덕택으로, 또 세 번째로는 다음에 얘기할 또 하나의 덕택으로 말미암아 나는 오랫동안 지적인 무지의 상태에 머물고 있었다. 하지만 그 무지의 상태는 나의 활발한 감각과 거의 조화를 이루지 못했다. 왜냐하면 내가 '커다란 기쁨'이라고 이름 붙인 것은 내가 기억할 수 있는 한 나의 내적 생활 속에서 지배적인 위치를 차지하고 있었던 것이며, 물론 그 활동은 멀리 나의 기억의 한계 저쪽에서 시작되었기 때문이다. 다시 말해, 어린아이들이란 아마도 무지한 존재이며, 그런 의미에서 또한 순진하다고 할 수 있다. 하지만 어린아이들이 진실한 순수함과 천사다운 신성함의 의미로서 순진하다고 말한다는 것, 그것은 의심할 여지도 없이 냉정한 시험에는 견디어 내지 못할 감상적인 미신이라고 할 수 있다. 적어도 나는 이론(異論)의 여지가 없는 출처로부터 (그것에 대해서는 금방 자세한 이야기를 할 것이다.) 다음과 같은 이야기를 들었다. 즉 내가 젖먹이였을 때, 나는 유모의 품 안에서 너무도 명백한 감정 표시를 하였다는 것인데—이것은 언제나 내가 가장 믿을 만하다고 생각하고, 내 열성적인 성격을 잘 설명한 것으로 간주하는 옛날부터 전해 내려오는 이야기이다.

사실 사랑의 향락에 대한 나의 재능은 기적적인 것과 비슷한 점이 있었다. 지금에 와서도 내가 믿고 있듯이, 일반적인 정도를 훨씬 초월하는 것이었다. 이런 것을 추측할 수 있을 만한 이유는 벌써 어릴 적부터 있었다. 하지만 이러한 추측을 확신할 수 있도록 해 준 인물이 있었는데, 그 사람은 내가 유모의 품 안에서 벌써 조숙한 태도를 보였다고 이야기해 주었다. 나는 청춘 시절의 수년 동안 그 인물과 남모르는 관계를 맺고 있었던 것이다. 그 인물은 게노베파라는 이름의 우리 집 잔심부름꾼 계집아이였는데, 우리 집에는 어렸을 때 들어왔고, 내가 열여섯 살이었을 때 그녀는 삼십 초반이었다. 그녀는 퇴역 상사의 딸로서 프랑크푸르트-니더란슈타인 선(線)에 있는 어느 조그마한 역의 역장과 약혼을 한 지 오래였고, 사교적으로 세련된 행동을 하는 데 일가견이 있었다. 그래서 그녀는 비록 천한 일을 하고 있지만 용모와 태도는 하녀와 양갓집 처녀 사이의 중간 정도는 된다고 제 딴에는 주장하고 있었다. 그녀는 덩치가 크고 뚱뚱했으며, 흥분한 듯한 초록색 눈을 가졌고, 귀염성 있는 몸짓을 하는 금발머리 여자였다. 행복한 생활을 영위하는 데 필요한 돈이 없었던 탓으로 그녀의 결혼은 아직도 요원한 상태였으며, 여전히 예측할 수 없는 기간을 기다린다고 하는 것이 그녀에게는 자주 짜증이 나고 불쾌한 것 같았다. 그럼에도 불구하고 그녀는 자기의 꽃다운 시기를 체념 속에서 지내지 않기 위해서, 하층 계급의 군인들이나 노동자, 직공 따위가 그녀의 농염한 청춘에 사귀자고 호소하는 요구를 들어 주겠다는 생각은 결코 하지 않았으리라. 그것도 그럴 것이 그녀는 자신을 그러한 천민으로 생각지 않았고, 천민들의 말과 냄새조차 경멸하고 있었기 때문이다. 그런데 주인집 아들이라면 얘기는 달라질 것이다. 주인집 아들이 건장하게 성장하면 할수록 여자로서 그녀의 호의는 자극되었을 것이며, 그를 만족시켜 주는 것은 그녀에게 어느 정도 집안일을 돌보는 의무감을 의미하는 것이 되었을 것이며, 게다가 상류 계급과 결합하는 것을 의미하였을 것이다. 그래서 나의 소원은 어떠한 심각한 저항도 받지 않게 되었던 것이다.

나는 어느 일화에 대해서 상세하게 드러내 놓을 생각은 전혀 없다. 그 일화는 너무 흔한 이야기여서 세목별로 자세히 얘기하더라도 교양 있는 독자들을 사로잡지는 못할 것이다. 간단히 말하자면 이렇다. 어느 날 밤, 나의 대부 쉼멜프레스터가 우리 집에서 저녁 식사를 하고 난 후에 나에게 여러 가지 새로 들어온 의상을 입혀 보았을 때, ─게노베파의 암묵적인 도움으로─ 내 다락방 문 앞의 어두침침한 복도에서 우리는 우연히 만나게 되었는데, 우리는 한 발자국 한 발자국 방 안으로 들어가 놀게 되었고, 거기서 상대를 완전히 제 것으로 만들게 되었던 것이다. 나는 그 기분을 지금도 기억하고 있다. 그것은 그날 밤에 다시 한 번 나의 '의상의 재능'이 입증된 뒤에 느끼는 나의 의기소침과 비슷한 그런 기분이었다. 즉 가장(假裝)이 끝난 후에 나의 마음을 엄습하곤 했던 그 끝없는 우울함과 냉정함과 권태감이 특히 마음에 사무쳤던 것이다. 그렇게 많은 각양각색의 가장을 해 보고 난 후에 결국에는 다시 입지 않으면 안 되는 일상복 탓에 나는 구역질이 났다. 그래서 나는 그것을 내 몸에서 찢어 내듯 벗어 던지고 싶은 충동을 강하게 느꼈지만, 그것은 여느 때와 마찬가지로 수면을 취하면서 불안한 마음의 피난처를 찾으려고 한 것만은 아니었다. 진실한 피난처는 오직 게노베파의 품속에서만 찾을 수 있다고 나는 생각했다. 사실 모든 걸 털어놓고 말하자면, 그녀와 한계 없는 은밀한 관계를 맺는다는 것은, 저 화려한 저녁 오락의 계속이며 완성이 되었고, 바로 내가 대부 쉼멜프레스터의 가장 의상실 안에서 이리저리 헤매던 목적이 되었던 것 같은 생각이 들었다. 그것은 언제나 같은 사정이겠지만 내가 게노베파의 희고 풍만한 가슴 속에서 맛보았던 쾌락, 즉 마음을 갉아먹는 상상 불허의 쾌락은 어쨌든 글로 묘사하기에 불가능한 것이었다. 나는 소리를 질렀으며, 하늘로 향해 올라가고 있다고 생각했다. 그리고 나의 쾌락은 이기적인 성질의 것이 아니라, 게노베파가 나에 대한 감정을 분명하게 나타나게 됨으로써 생겨난 희열에 의하여 비로소 쾌락의 불로 활활 타오르게 된 것인데, 그만한 힘이 내 본성에 내재하고 있었던 것이다. 자명한 일이지만 여기서는 어떠한 비교의 가능성도 있을 수 없다. 하지만 그 당시 내가 얻은 개인적인 확신은 증명할 수도 없고 반박할 수도 없지만, 내가 줄 수 있는 사랑의 쾌락은 다른 사람의 쾌락보다 두 배나 강하고 감미롭다는 것은 그때나 지금이나 확신할 수 있다.

그러나 태생적으로 내가 가지고 있는 이러한 특수한 지참금(持參金)을 근거로 내가 호색한이자 오입쟁이가 되었다고 생각한다면 그것은 나를 부당하게 평가하고 있는 것이다. 그 점은 간단한 이유에서도 내게는 있을 수 없는 일이었다. 왜냐하면 곤란하고도 위험한 나의 생활은 내가 가진 최대한의 힘을 요구했기 때문이며, 만약 내가 그렇게 진이 빠질 정도로 정력을 소비한다면 나의 힘에 대한 요구는 만족시킬 수 없기 때문이다. 그것도 그럴 것이 내가 관찰한 바에 의하면, 어떤 사람들은 지금 문제가 되고 있는 행위가 사소한 일에 불과해서 그것을 가볍게 해치우며, 또 아무 일도 없었다는 듯이 안하무인격으로 어떤 일이든 해치워 버리지만, 반면에 나라는 인간은 그런 일에 엄청난 희생을 바쳐야 하고, 그 일에서 벗어날 때는 완전히 녹초가 되어 정말로 당분간은 삶에 봉사해 보려는 의욕을 송두리째 빼앗겨 버리기 때문이다. 나는 종종 방탕한 생활을 했다. 왜냐하면 나는 체력이 약했는데도, 세상은 늘 내게 음탕한 요구를 만족시켜 줄 준비가 되어 있었기 때문이다. 그러나 결국에는 그리고 전체적으로 볼 때, 나의 기질은 진지하고 남성적이어서, 정력을 소모시키는 육체의 쾌락에서 엄격하고 긴장된 행태로 될 수 있는 대로 빨리 돌아가기를 요구했다. 또한 동물적으로 사랑을 실행하는 것은 내가 언젠가 한번 본능적으로 '커다란 기쁨'이라고 이름 붙였던 것을 향유하는 데 가장 야비한 방법이 아닐까? 동물적인 사랑의 실행은 너무도 철저하게 우리의 욕망을 만족시킴으로써 우리를 쇠약하게 만들며, 또 한편으로는 당분간 세상이 가진 광택과 매력을 탈취해 버리고, 다른 한편으로는 우리들 자신의 사랑스러운 매혹을 탈취해 버림으로써 우리를 세상을 사랑하기에 아주 서투른 애인으로 만들어 버린다. 사랑이란 매혹은 그것을 갈망하는 사람에게만 있을 수 있는 것이며, 그것에 배부른 사람에게는 없는 것이기 때문이다. 나에 관한 한, 사랑 행위의 마지막에 이르러 욕망을 제한하고 사기꾼처럼 꿀꺽 삼켜 버리는 그러한 야비한 성적 행위보다 훨씬 우아하고 감미로우며 신비스런 만족의 방법을 알고 있다. 그러니까 내가 생각하기에는, 무작정 그러한 성적 쾌락의 목적만 노리고 뛰어드는 작자들은 행복이란 것이 무엇인지 모르는 사람들인 것이다. 내가 노력하고 있는 것은 언제나 커다란 것, 전체적인 것, 넓은 것으로 향하는 것이었으며, 또한 다른 사람들이 찾지 않을 곳에서 미묘하고 향기로운 만족을 채우는 것이었다. 하지만 그렇다고 내가 옛날부터 그러한 노력을 전문가처럼 했다거나 정확하게 그 한계를 정해 놓은 것은 아니었다. 이것이 내가 열정적인 소질을 가지고 있음에도 불구하고 그렇게 오랫동안 모르는 듯 순진하게 동정을 지켰던 이유이며, 사실은 일생을 통해 내가 왜 어린애와 같은 몽상가로 살아 왔는지를 설명하는 원인의 하나이다.

9장

이것으로써 나는 이 주제에서 벗어나려고 하는데, 그것을 취급함에 있어서 예의범절의 규범을 한순간이라도 깨뜨리지 않았다고 믿는다. 이제 큰 걸음으로 급히 서둘러서 나는 내 외적 생활의 전환점에 가까이 가 보려고 하는데, 그 전환점이야말로 내가 양친의 가정에 체류하는 것이 끝장나는 비극적인 순간이었다. 우선 내 누이 올림피아와 마인츠 주둔(駐屯) 나싸우 주 제2보병 제88연대 소속 위벨 중위와의 약혼에 대해 언급하겠는데, 이 약혼은 화려하게 시작했지만 진지한 약혼 생활이 따르지 못하는 결과를 낳았다. 그 이유는 어쩔 수 없는 사정으로 약혼이 다시 깨졌기 때문이며, 신부인 내 누이는 우리 집이 파산한 뒤에 오페레타 무대로 옮겨 가고 말았다. —위벨 중위는 몸이 약했고, 또 세상 물정에도 어두운 사나이로서 우리 집에 파티가 있는 날이면 언제나 빠짐없이 참석하였다. 춤과 벌금놀이와 '베른캐슬러 독터' 포도주에 흥분하고, 여자들이 미리 치밀하게 계산해서 아주 너그럽게 가슴을 드러내 보이는 바람에 열이 올라 위벨 중위는 올림피아에 대한 사랑에 불탔던 것이다. 폐가 약한 사람이 흔히 그렇듯이 온갖 정열을 쏟아서 그녀를 제 것으로 만들려 했고, 또한 아마 젊은 탓으로 우리 집 재정 상태가 견실하다고 지나치게 평가하였는데, 어느 날 저녁 그는 무릎을 꿇고 더 이상 참지 못하여 거의 울먹거리면서 결정적인 말을 끄집어냈다. 그런데 지금까지도 이상하게 생각되는 것은, 위벨 중위의 감정에는 거의 반응을 보이지 않던 올림피아가 어떻게 돼서 그의 어리석은 구혼을 받아들이는 철면피 같은 행동을 할 수 있었을까 하는 것이다. 그것은, 아마 올림피아가 어머니로부터 우리 집의 상황에 대해 나보다 더 잘 가르침을 받았기 때문이라고 할 수 있겠다. 하지만 올림피아는 이렇게 생각했을지도 모르겠다. 비록 언제 쓰러질지 모르는 위험한 지붕이라 하더라도 어떤 지붕 밑으로든 들어가서 일단 피신하고 보자고 말이다. 아니면, 명예스러운 군복을 입은 사람과 약혼하는 것이 —전망이 있건 없건 간에 — 우리 집의 외면적인 지위를 지탱하여 잠시라도 연장할 수 있기에 아주 적당한 행동이라고 스스로에게 타일렀는지도 모르겠다. 가련하신 나의 아버지는 위벨 중위가 곧 자기에게 동의를 구하게 되자, 혼자 당황하면서도 승낙을 하였다. 이러한 가정사는 거기에 참석해 있던 모든 손님들에게 공표되었으며, 또한 손님들의 환성과 더불어 받아들여졌는데, 사람들이 얘기하는 것처럼 '로를레이 엑스뜨라 뀌베'가 강물처럼 '부어졌던' 것이다. 이때부터 위벨 중위는 거의 매일 마인츠에서 와서 그의 병적인 욕망의 대상과 함께 지냄으로써 적지 않게 건강을 해쳤던 것이다. 이 약혼한 남녀가 둘이서만 약 한 시간 정도 지냈던 방에 내가 들어가 보면, 그의 모습은 완전히 녹초가 되어 있었고 마치 송장과도 같았다. 그 후 얼마 안 가서 상황 변화가 있었다는 것은 의심할 바 없이 그에게는 진실한 행복을 의미하는 것이었다.

다시 내 이야기로 돌아가자면, 그때 몇 주 동안 내 마음은 주로 누이의 결혼이 필연적으로 가져다 줄 누이의 성의 변경에 사로잡혀 있었는데, 지금도 뚜렷이 기억하고 있다시피, 나는 그 성의 변경 때문에 내 누이를 질투가 날 정도로 부러워하였던 것이다. 오랫동안 올림피아 크룰이라고 불리던 그녀가 앞으로는 올림피아 위벨이라는 서명을 하게 될 것이리라. 그것은 그 자체만으로도 새로움과 변화라는 매력을 지니고 있었다. 편지나 서류에 일생 동안 같은 이름의 서명을 해야만 한다는 것은 정말 피곤하고 지루한 일이 아니겠는가! 결국에 그 손은 그런 짓을 하다가 권태와 혐오 때문에 마비되고 말 것이다! 그 대신 새로운 이름으로 자기를 소개하고 새로운 이름을 들어 본다는 것은 얼마나 삶이 은혜로우며, 얼마나 삶이 자극을 받고 또 위안이 될 것인가! 적어도 삶의 중반기에 한 번은 성을 변경할 수 있다는 것은 남성에 비해 여성에게 더 큰 이로운 점이 있다는 생각이 드는데, 남자에게는 이러한 청량제(清凉劑)가 법률과 제도에 의해서 금지되고 있는 것이다. 물론 나에 관한 한, 나는 대다수의 사람들처럼 시민 제도의 보호를 받아서 무기력하고 안전한 삶을 영위하도록 태어나지 않았다. 그래서 훗날 나는 발명의 재능을 발휘하여 내 몸의 안전과 오락 욕구에 반대되는 이러한 금지령을 자주 무시해 버렸다. 여기서 나는 내가 쓴 수기(手記)에서 특이하게 아름다운 한 장면을 언급하겠는데, 그 장면에서 나는 처음으로 나의 공적인 이름을 후줄근하고 땀범벅의 옷처럼 휙 벗어 던지고 나에게 —더구나 일종의 권한까지 가지고— 새로운 이름을 부여하게 되었다. 아무튼 이 새로운 이름은 운치도 있고 듣기에도 아주 좋아서 위벨 중위의 이름을 훨씬 능가하는 것이었다.

그러나 나의 누이가 약혼을 하고 있는 동안에 불길한 일이 생겼는데, 비유적으로 말하자면, 파멸은 굳은 손 뼈마디로 우리 집 문을 두드렸다. 가련하신 내 아버지의 경제 상태에 대해서 그 고장에서 떠돌던 악의적인 소문, 사람들이 애써서 우리들에게 보이려고 했던 불신에 찬 거부적인 태도,

우리 가문에 대해 이러쿵저러쿵 얘기되는 불길한 예언—이 모든 것이 여러 가지 사건을 통해서 참혹하게 증명되고, 시인되어, 불길한 예언가들의 불순한 마음을 만족시켰던 것이다. 소비 대중은 우리 집에서 양조하는 샴페인 술에 대해 점점 더 배척하는 태도를 보이는 것이 분명했다. 가격을 낮추어도(물론 그렇다고 품질을 개선시킨 것은 아니었다.), 상당히 유혹적인 광고 도안을 새겨 넣어도 향락을 즐기는 사람들을 우리 상품으로 끌어들일 수는 없었다. 그 광고 도안은 나의 대부 쉼멜프레스터가 양심을 속이고 오로지 회사를 위한 호의에서 고안해 낸 것이었는데 말이다. 결국 상품 주문은 제로에 이르렀고, 내가 열여덟 살 되던 해의 어느 봄날, 가련하신 내 아버지는 그만 파산하고 말았다.

그 당시 나는 어린 나이여서 사업 경험이 전혀 없었다. 그리고 공상과 자기 훈련을 기반으로 해서 구축되었던 훗날의 생활도 상업적인 지식을 획득할 기회는 드물었던 것이다. 그래서 나는 내가 잘 알지도 못하는 일에 대해서 펜을 들어 보려는 일을 그만둘 것이고, 또 로클레이-샴페인 회사의 파산에 대한 전문적인 설명을 하여 독자들을 번거롭게 하는 일도 그만두기로 하겠다. 하지만 그 당시 몇 달 동안 내가 가련하신 내 아버지에 대해서 느꼈던 연민의 정에 대해서는 써 보려고 한다. 그는 점점 말 없는 우울감에 빠졌는데, 그것은 집 안 어딘가에서 그가 머리를 비스듬하게 누이고 의자에 앉아 있는 것을 보고 알 수 있는 일이었다. 그런데 그때 그는 휘어 올라간 오른손 손가락으로 복부를 살살 문질렀으며, 쉬지 않고 아주 급하게 눈을 깜빡거렸다. 그는 마인츠로 자주 여행하였는데—그것은 아마 현금 조달과 새로운 구조책을 찾아내려는 슬픈 여행이었으며, 손수건으로 이마와 눈을 닦으면서 크게 낙담한 채로 돌아오곤 하였다. 오직 그전과 같이 우리 집에서 열렸던 저녁 파티 때만, 즉 식탁에 앉아서 냅킨을 두르고,

포도주 잔을 손에 들고서, 파티를 즐기는 손님들의 상석에 자리 잡았을 때만은 그래도 옛날의 쾌활한 기분이 그에게 돌아오는 것이었다. 그러나 이렇게 지내던 어느 날 밤에 가련하신 내 아버지와 유대인 은행가 사이에 악의적이고 불쾌한 말다툼이 벌어졌는데, 그 은행가는 바로 흑옥(黑玉)으로 온몸을 장식한 부인의 남편이었다. 그 당시 내가 들은 바에 의하면, 그 자는 언젠가 곤경에 처한 부주의한 상인들을 그의 그물망 속으로 유인해 넣었던 가장 냉혹한 고리대금업자 중 하나였다. 그 후 얼마 지나지 않아 심각한 날이 다가왔다. 그날은 중대한 의미가 있는 날이었는데, 그 와중에 내게는 아주 변화무쌍하며 활기를 띠었다고 생각되는 날이 온 것이다. 그날 회사의 양조장과 사무실은 폐쇄를 당했고, 한 무리의 신사 양반들이 입들을 꽉 다물고 차가운 시선을 던지면서 우리의 재산을 차압하기 위하여 우리 집으로 몰려왔던 것이다. 가련하신 내 아버지는 법정에서 세련된 말투를 써 가며, 내가 그토록 교묘하게 모방할 수 있었던 서명을 정성껏 멋있게 장식하여 함으로써 그의 지불 불능을 밝혔으며, 그러고 나서 파산 수속이 엄숙하게 개시되었던 것이다.

그날 나는 학교에 가지 않았다. 그 조그만 도시가 우리 집의 치욕적인 일로 발칵 뒤집혀졌기 때문이다. 앞에서 말했듯이 내가 다니는 학교는 소위 실업계 고등학교였는데, 여기서 덧붙이고 싶은 것은, 불행히도 나는 이 학교를 완전히 졸업할 수가 없었다는 점이다. 그 이유는 첫째로, 나는 그 당시 실업계 고등학교의 속성인 전제적(專制的)인 우둔함에 대한 혐오증을 조금도 참으려고 노력하지 않았기 때문이며, 둘째로는 우리 집 상태에 대한 악평이 돌고 우리 집이 종국적으로 와해되자 선생님들이 나에 대해 악의를 품더니 급기야 나에 대한 증오와 멸시로 가득했기 때문이다. 가련하신 내 아버지의 파산 이후, 그해의 부활절에 가서도 내 졸업장은 나오지 않았다. 나는 두 가지 중 하나를 택하지 않을 수 없었다. 내 나이에 어울리지 않게 한 학년 유급하여 학교를 계속 다니든가, 아니면 졸업과 더불어 누릴 수 있는 사회적인 특권을 단념하고 자퇴를 하든가 둘 중 하나였다. 그래서 그러한 사소한 특권을 잃어도 나의 개인적인 특성이 그것을 충분히 보상할 것이라고 기분 좋게 의식하면서, 나는 자퇴의 길을 택하였던 것이다.

우리 집의 재정적인 파탄은 완전하였다. 가련하신 내 아버지는 파산하면 완전히 거지가 될 거라는 것을 알고 있었기 때문에, 끝까지 파산을 연기하였지만 결국에는 고리대금업자의 그물망 속에 깊이 얽혀 버리게 되었다. 모든 것이 경매에 부쳐졌다. 재고품(그러나 우리 집 샴페인 술과 같이 평판이 좋지 않은 물건에 누가 돈을 지불하려고 하겠는가!) 그리고 부동산도 마찬가지였다. 즉 원래 가격의 삼분의 이 이상이 되는 토지 저당의 부채를 지고 있어 몇 년 동안 그 이자도 갚지 못하는 형편에 놓였던 지하 창고와 주택도 경매에 부치게 되었던 것이다. 정원에 있는 난쟁이상(像)과 버섯상(像), 도자기로 된 동물상(像)들, 어디 그 뿐이랴, 심지어 유리로 된 거울 공과 바람이 불면 울리는 아이올로스의 하프까지도 똑같이 비극적인 길을 걷게 되었던 것이다. 집 안의 정든 장식물들은 모두 떼 내어졌는데, 물레, 솜털 방석, 경대, 향수병까지 경매에 부쳐졌고, 창문 위에 달린 극(戟)[6]이나 각양각색의 갈대로 엮은 운치 있던 커튼까지도 남아나지 않았다. 그리고 문이 닫힐 때 멜로디를 울리는 현관 위의 조그마한 장치가 그 모든 약탈 행위에서 더럽혀지지 않고 깨끗하게 남아서 여전히 우아한 소리로 「그대들 삶을 즐겨라」하는 노래의 첫 소절을 울렸다면, 그것은 오로지 법정

---

6) (역주) 쌍날칼과 창이 함께 붙은 중세의 무기.

집행관들이 그 장치에 주의를 기울이지 않았기 때문이다.

　무엇보다 먼저 가련하신 내 아버지가 실제로 파산한 사람 같은 인상을 주었다고 말할 수는 없었다. 그의 표정은 해결할 길이 불가능하게 보였던 자기의 일이 이제 확실한 사람의 손에 넘어가게 된 데 대하여 일종의 만족 감을 나타내고 있었다. 우리 집의 부동산을 소유하게 되었던 은행이 은총과 자비를 베풀어 우리가 그 저택의 밋밋한 벽 사이에 당분간 체재하는 것을 허락해 주었기 때문에, 아버지는 머리를 덮을 지붕은 가지게 되었다. 선천적으로 낙천적이며 고운 심성을 가진 아버지는 그의 동료들이 자기를 철저히 내칠 만큼 그렇게 잔혹할 것이라고는 믿지 않았다. 사실 그는 그 고장에 있던 샴페인 양조 주식회사에 지배인이 되려고 이력서를 낼 정도로 순진했다. 심하게 수모를 받고 거절을 당했지만, 인생에서 다시 한 번 재기해 보려고 여러 가지 시도를 꾀하였다. 만약 그것이 성공하였더라면 그는 의심할 바 없이 그 즉시 과거에 했던 대로 다시 연회를 열고 불꽃을 터뜨렸을 것이다. 하지만 모든 것이 실패로 돌아가자 그는 절망하였다. 게다가 자기 자신이 우리들에게 방해가 될 뿐이며, 자기가 없어도 우리들이 순조롭게 살아갈 수 있을 거라고 생각했기 때문에, 그는 목숨을 끊을 결심을 했던 것이다.

　그것은 파산 선고가 내려진 후 5개월 만에 일어난 일이었으니, 시간은 가을로 접어들고 있었다. 부활절 이래로 나는 확실하게 등교를 중지했고, 특별한 계획도 없이 당분간 자유로운 과도기 상태를 즐기고 있었다. 우리들은, 즉 어머니와 누이 그리고 나는, 이제 무척이나 빈약하게 차려진 점심 식사를 위해 아쉬운 대로 지낼 수 있게 꾸민 식당에 모여 앉아 가장(家長)이 오기를 기다리고 있었다. 그러나 수프를 먹고 난 후까지도 가련하신 내 아버지께서 나타나지 않았기 때문에, 우리는 그가 항상 애지중지했던 내 누이 올림피아를 그의 서재로 보내어 식사를 하러 모시도록 했던 것이다. 하지만 그녀가 나간 지 3분이 채 되자마자, 우리들은 누이가 길게 비명을 지르면서 계단을 오르락내리락하고 또 목적 없이 다시 계단을 올라가서 온 집 안을 뛰어다니는 소리를 들었다. 등골이 싸늘해진 나는 최악의 상태를 예측하며 단숨에 부친의 방으로 뛰어갔다. 그곳에는 그가 옷을 풀어헤친 채 바닥에 쓰러져 있었으며, 손은 그의 배 위 불룩 솟은 데에 놓여 있었고, 그의 옆에는 그가 부드러운 자기 심장에다 대고 쏜, 번쩍이는 위험한 물건이 있었다. 하녀 게노베파와 나는 둘이서 그를 소파 위에다 눕혔다. 그리고 게노베파가 의사를 부르러 달려가고 내 누이 올림피아는 여전히 비명을 지르면서 집 안을 돌아다니고, 어머니는 식당에서 감히 밖으로 나오지도 못하는 동안에, 나는 한 손으로 눈을 가린 채 나를 낳아 준 아버지의 식어 가는 육체 곁에 서서 하염없이 흐르는 눈물의 공물을 드렸던 것이다.

제2부

1장

이 초고는 오랫동안 책상 서랍 속에 묻혀 있었다. 거의 일 년 동안 의욕도 나지 않고 또 내 계획이 효과가 있는 것인지 의심스러운 채로, 충실하게 순서에 맞춰 원고지를 한 장 한 장 쌓아 올리는 내 고백을 계속하는 짓을 중단하였던 것이다. 내가 이런 회상록을 쓰는 것은 무엇보다도 먼저 나 자신의 일과 재미로 행하는 것임을 앞 장에서 여러 번 확언했음에도 불구하고, 이제 나는 이 점에서도 진실만을 말할 것이며, 또한 솔직히 고백하자면 이 회상록을 쓰면서 남몰래 그리고 신경 쓰지 않는 척하면서도 독서계에 대해 어느 정도 관심을 가지고 있었다. 정말로 그 세계의 관심과 환영을 받을 수 있다는 희망을 고취시키는 힘이 없었다면, 아마도 나의 이 작업을 현재의 지점까지 진척시킬 수 있었던 끈기조차 가질 수가 없었을 것이다. 그러나 이 지점에서 나는 진실하고 겸허하게 현실에 처하면서 자기 자신의 일생의 비밀을 털어놓는 이야기가 과연 소설가의 꾸며 낸 이야기와 경쟁할 수 있을지 없을지 바로 그 문제를 나 스스로에게 제시하지 않을 수 없었다. 즉 그것은 독자들의 총애를 받고자 하는 경쟁을 말하는데, 독자들은 상당히 괜찮은 허구의 예술 작품에 대해서도 식상해서 대개 둔감해져 있다고 생각이 드는 것이다. 하늘은 알고 있을 거라고 나는 혼자서 중얼거려 본다. 표제를 보면 범죄 소설이나 탐정 소설과 같은 부류에 들 것으로 보이는 저작물에서 어떠한 자극과 감동을 기대할 것인지 말이다. ―이에 반해 나의 전기(傳記)는 기묘하고 종종 꿈꾸는 것과 비슷하게 보이기는 하지만, 예상 못했던 클라이맥스나 사람을 흥분시키는 갈등은 전혀 없지 않은가! 그래서 나는 희망을 버릴 수밖에 없다고 생각했던 것이다.

그렇지만 오늘, 우연히 제1부 초고가 다시 내 눈에 띄게 되었다. 감동에 겨워 다시금 내 유년 시대와 청년 시대 초기의 기록을 읽어 보았으며, 무척 고무되어 마음속에서 내 추억의 실마리를 풀어 나갔다. 그리고 나의 생애에 화려했던 몇몇 순간들이 너무도 생생하게 떠올라서, 나는 나 자신에게 이렇게까지 유쾌한 효과를 주는 그 여러 가지 일들이 독서하는 대중들에게도 역시 즐거움을 줄 수 있을 것이라고 생각하지 않을 수 없었다. 예를 들어, 독일 제국의 어느 유명한 도시에서 벨기에 귀족의 이름을 사칭하며, 내가 상류층의 모임 한가운데에 앉아, 마침 그곳에 와 있던 경찰국장과 ―그는 드물게도 관대한 마음의 소유자였고 인정 많은 사나이였는데― 커피를 마시며 여송연을 피워 물고서 사기꾼의 본능과 형법상의 문제를 논의하던 일을 생각하면 그런 생각이 들었다. 또는 그냥 생각나는 대로 예를 들어 보자면, 내가 처음으로 체포를 당하던 운명적인 순간, 그때 몰려들어 온 형사들 중에 젊은 풋내기가 하나 있었는데, 그는 그 순간의 심각성에 흥분해서, 그리고 내 침실의 호화로움에 혼돈되어, 열려 있는 문에 일부러 똑똑 노크하고 조심스럽게 신발을 벗고 들어와서, 나지막한 소리로 "실례합니다." 하고 말을 했는데, 그 때문에 그 형사대를 이끌고 온 뚱뚱한 지휘관으로부터 분노의 눈총을 받던 그 운명적인 순간을 생각하면 그런 생각이 들었다. 그래서 내가 털어놓은 이야기가 노골적인 자극과 천박한 호기심을 만족시키는 점에서는 소설 작가의 꾸며 낸 이야기보다는 더 그늘에 가려지게 되겠지만, 그 대신 어떤 양질의 통찰력과 고매한 진실성으로 그보다 더욱 확실한 위치를 점할 수 있다는 즐거운 희망을 나는 억제할 수가 없다. 그래서 이 회상록을 계속 써서 완성시키겠다는 욕심이 다시 불타오르게 되었다. 그렇게 하는 데 문체의 간결성과 표현의 적절성에 관한 한, 될 수 있는 대로 이전보다도 더욱더 엄청난 주의를 기울여서 최상류의 가정에서도 내 이야기가 통할 수 있도록 할 생각이다.

2장

　나는 내 이야기의 실마리를 앞에서 중단했던 바로 그 지점에서 다시 이어 나가겠다. 즉 불운했던 내 부친이 냉혹한 세상에서 견디지 못해 궁지에 빠지고, 스스로 생명을 끊어 버린 지점에서부터 말이다. 경건하게 종교 의식으로 아버지의 장례를 치르는 데는 많은 어려운 점이 있었다. 왜냐하면 교회가 아버지의 자살이라는 행동에 대해서 숨겨 주려고 했기 때문이었는데, 어찌되었건 규범적 교의에서 자유로운 도덕의 관점에서 보아도 아버지의 행위는 비난받아야 함에 틀림없다. 다시 말해, 생명이 귀중한 것이라고 해서 어떤 경우라도 꽉 붙잡고 매달려야 하는 그런 최상의 보물은 결코 아니다. 하지만 생명은 우리에게 과해진 의무로서, 내가 보기에는, 어느 정도 스스로 선택한 힘들고도 엄숙한 책무라고 생각해야 하며, 이 책무를 확고부동하고 충실하게 수행하는 것은 절대적인 우리의 의무이며, 때 이르게 도망을 친다는 것은 의심할 바 없이 경솔한 행위라고 할 수 있을 것이다. 그러나 부친의 자살이라는 이러한 특별한 경우에는, 나의 판단은 중지되어 지극히 순수한 동정심으로 전도되고 만다. 특히 우리들 유가족은 종교의 축복을 받지 못한 채 고인을 묘지로 보내서는 안 된다는 점을 매우 중

대하게 생각하고 있었는데, 왜냐하면 어머니나 누이는 세상 사람들의 이목에 신경을 썼고 또 맹신적인 경향이 있었기 때문이다.(그들은 열성적인 가톨릭 신자였다.) 그렇지만 나는 천성적으로 보수적인 기질을 가지고 있어, 천박한 진보 사상의 오만불손한 태도보다는 언제나 푸근한 전통적인 형식에 자연스런 애착을 가지고 있었다. 따라서 여자들은 용기가 없었기 때문에, 내가 그 도시 소관 신임 사제인 종교 고문관 샤또를 설득해서 장례식을 담당하도록 하는 역할을 맡았던 것이다.

내가 이 쾌활하고 감각적인 성직자를 만난 것은, 그가 우리 고장에서 직책을 맡은 지 얼마 되지 않았을 때였고, 그때 그는 채소 오믈렛과 우유 한 병으로 두 번째 아침 식사를 하면서도 나를 친절하게 맞아들였다. 그럴 수밖에 없는 것이 종교 고문관 샤또는 세련된 신부로서, 자기 교회의 고귀함과 영광을 몸소 확신을 갖고 구현하려 했기 때문이다. 그는 비록 키가 작고 땅딸막했지만, 훌륭한 풍채와 예법을 지니고 있었고, 걸어갈 때면 허리를 민첩하고 매력적으로 흔들었으며, 지극히 우아하고 원숙한 행동거지를 구사하고 있었다. 그의 화법은 연구를 거듭하여 모범적이었으며, 검은색의 고급 비단 사제복 아래로는 언제나 검은 비단 양말과 에나멜 구두를 신고 있었다. 프리메이슨 회원이나 교황 반대파들은 그가 비단 양말과 에나멜 구두를 신는 것은 오로지 발에서 나는 땀 냄새로 고생하고 있기 때문에 그렇다고 주장하지만, 나는 오늘날까지도 그것은 악의적인 소문이라고 생각하고 있다. 비록 그는 나를 개인적으로 잘 모르고 있었음에도 불구하고, 그는 희고 기름진 손으로 내게 자리에 앉기를 권했으며, 그가 식사하고 있는 것을 내게 함께하자고 하며, 내 이야기를 믿을 수 있다는 듯 사교가적인 태도를 보여 주었다. 내 이야기란 불운했던 내 부친이 오랫동안 사용하지 않던 총을 검사하는 과정에서 예기치 않게 발사된 탄환에 불행하게도 맞아서 쓰러졌다는 내용이었다. 그는 내 이야기를 믿는 것 같았는데 그 것도 정치적 이유에서 그런 것 같았으며(왜냐하면 이런 좋지 못한 시대에 살면서 교회의 은혜를 구하기 위해 비록 그릇된 방법을 취했다 하더라도, 교회로서는 즐거워해야만 할 일이기 때문이다.), 내게 동정적인 위로의 말을 베풀어 주고, 신부로서 자신이 매장과 추도식을 기꺼이 집행할 것이라고 언명하였다. 그런데 그 비용은 나의 대부 쉼멜프레스터가 너그럽게 자기의 의무로 알고 지출해 주기로 되어 있었다. 그러고 나서 샤또 신부님께서는 돌아가신 아버지의 경력에 대해서 몇 가지를 비망록에 적었으며, 동시에 나는 고인이 되신 아버지가 품행 단정하고 쾌활한 성품이었다고 설명하는 데 무척 애를 먹었다. 그리고 마지막으로 신부님은 나 자신의 상황과 장래의 계획에 대해서 몇 가지 물어보았는데, 거기에 대해서 나는 일반적이면서도 대략적인 말로 대답을 하였다. 그랬더니 그는 "당신은" 하고 얼추 다음과 같은 말을 하였다. "보아하니 지금까지 게으른 생활을 한 것 같군요. 하지만 아주 엉망은 아닌 듯합니다. 왜냐하면 당신에게 풍기는 인상이 무척 좋기 때문입니다. 그리고 특히 당신이 남들이 듣기에 편안한 목소리를 가진 것을 칭찬하고 싶습니다. 만약 행운의 여신께서 당신에게 복을 내리지 않는다면, 나는 무척이나 놀랄 테지요. 행복한 미래에 발을 들여놓은 사람들과 하느님 앞에서는 마음이 푸근해지는 사람들을 알아내는 것을 언제나 나는 내 의무라고 생각하고 있습니다. 왜냐하면 인간의 운명이란 그 사람의 이마에 씌어져 있는 기호나 문자인데, 전문가라면 그것을 풀어내기 어렵지 않은 것이지요." 그렇게 말하고 그는 나를 놓아 주었다.

나는 이 성직자의 말을 듣고 기쁜 마음에 급히 내 가족에게로 돌아와서 나의 사명이 다행스런 결과를 거두었다는 것을 그들에게 알려 주었다. 물론 장례식은 교회의 도움이 있었음에도 불구하고 유감스럽게도 우리가 원했던 것처럼 그렇게 훌륭하게 치르지는 못했다. 조문을 온 시민들의 수가 너무나도 적었고, 또한 그것은 그 소도시를 생각해 보면 궁극적으로 이상할 것은 없었기 때문이다. 그러나 가련하신 내 아버지의 형편이 아주 좋았던 시절에 아버지와 함께 불꽃을 구경하고, 아버지의 고급 "베른캐슬러 독터" 포도주를 함께 즐겼던 다른 친구들은 어디에 있었던가? 그들은 장례식에 참석하지 않았다. 하지만 그것은 아마도 그들이 배은망덕하게 은혜를 저버렸다기보다는 오히려 지극히 간단한 이유에서, 즉 그들의 시선을 영원으로 향하게 하는 엄숙한 장례식에 별로 관심이 없었으며 그러한 의식은 왠지 마음이 내키지 않아 피하려고 하는 친구들이었기 때문인 것 같았으며, 확실히 이런 행동은 그 근본이 천하다는 것을 보여 주는 것이라고 하겠다. 오직 단 한 사람, 마인츠 주둔 '나싸우 주(州) 제2 보병연대'의 '위벨' 중위만이 평상복을 입기는 하였지만 그래도 출석을 하였던 것이다. 그래서 흔들리는 관을 따라 무덤 있는 곳으로 함께 갔던 사람이 나의 대부 쉼멜프레스터와 나, 이렇게 단 두 사람만이 아니었던 것은 바로 그의 덕택이었다.

그럼에도 불구하고 그 성직자의 예언 같은 약속은 내 마음속에서 줄곧 반향을 불러일으키고 있었다. 왜냐하면 그의 말은 나 자신의 예감이나 인상과 완전히 일치할 뿐 아니라 이러한 은밀한 문제에 있어서 특별한 권위를 인정할 수 있는 곳으로부터 나온 말이기 때문이었다. 그 특별한 권위를 인정할 수밖에 없는 이유를 밝히기란 우리 일반인의 능력 너머의 일일 것이다. 하지만 나는 최소한 그 이유를 암시할 수는 있으리라 믿는다. 첫째로, 가톨릭의 성직자들이 보여 주는 것과 같은 어떤 존경할 만한 서열에 소속되어 있는 사람은 의심할 여지없이 인간의 위계(位階)를 판단하는 감각을 시민적 차원의 생활이 할 수 있는 것보다 훨씬 더 섬세하게 발달시키는 것이다. 다만 이러한 명백한 사상을 확고하게 만들기 위하여, 나는 계속 논리적이고자 노력하면서 한 발짝 앞으로 나아가려 한다. 지금 여기에서는 어떤 감각, 그러니까 감성(感性)의 한 구성 요소가 문제가 되는 것이다. 그런데 가톨릭의 예배 형식은 초감각적인 것 속으로 끌고 들어가기 위해서 주로 감성에 의지하고 작용하며, 생각할 수 있는 모든 방법을 다해서 감성을 후원하고, 다른 것과는 비교할 수 없을 만큼 감성이 가진 비밀을 깊이 파고 들어가는 그런 유의 형식인 것이다. 가장 숭고한 교회 음악, 즉 천상의 합창을 예감케 하는 역할을 맡고 있는 그 조화음에 익숙해진 귀라고 하는 것은―인간의 목소리 속에 깃들인 내면의 고귀함을 엿들을 수 있을 만큼 민감한 것이 아닌가? 제사의 화려함, 즉 천상의 영광을 대표하는 색채나 형태에 정통한 눈이라고 하는 것은―자연의 조화물이 지니고 있는 것으로서 불가사의하게 혜택을 베풀어 준 그런 우아함을 특히 볼 수 있는 눈이 아닐까? 예배당의 분위기에 젖고 향연에 도취한 후각 기관, 옛날 같으면 신성한 방향(芳香)을 지각했을지도 모르는 후각 기관은―축복과 행운의 총아가 풍기는 무형이면서도 육체적이기도 한 발산물을 느낄 수 있지 않을까? 그리고 이 교회의 최고의 비밀, 즉 살과 피의 신비를 관리하도록 위임받은 사람은―자신의 우수한 촉각으로 고귀한 인간과 비천한 인간을 구별할 수 있는 능력이 있지 않을까? ―이상과 같은 정선(精選)된 말로서 나는 내 사상을 가능한 한 완전하게 표현할 수 있었다고 자처한다.

아무튼 내가 받은 예언은 모두가 나 자신의 감정과 직관이 내게 가장 행복한 형태로 증명해 준 것들이었다. 때때로 나는 우울감에 빠지기도 했는데, 그것도 그럴 것이, 한때는 예술가의 손에 의해서 신화적인 인물로 화폭에 그려졌던 나의 육체가 남루하고 보기 싫은 옷을 걸치게 되었으니, 그 소도시 안에서의 내 지위는 멸시받을 만한 것, 아니 사실은 의심을 받을 만한 것이었다. 소문이 자자한 집안의 사람이요, 파산하고 자살한 인간의 자식이며, 타락한 학생으로서 미래의 전망이 전혀 없었던 나는 그 고장 주민들 사이에서는 어둡고 경멸스런 눈초리의 대상물로 되었다. 비록 그러한 눈초리가 내게는 천박하고 매력도 없는 인간들의 무리에게서 나온 것이라 생각되었지만, 그 눈초리는 나와 같은 성품의 인간에게는 고통스런 상처를 줄 수밖에 없었으며, 또한 내가 이 고장에 어쩔 수 없이 머물러야만 하는 한, 길거리에서 사람들에게 내 모습을 보인다는 것은 감내하기 힘든 일이라는 생각이 들었다. 이즈음에 세상을 피하고 사람을 혐오하는 경향이 더욱 심해졌는데, 이러한 경향은 옛날부터 내 성격의 고질적인 한 부분이 되어 있던 것이며, 또한 세상과 인간을 그리워하는 애착심과도 아주 정답게 손에 손을 잡고 협조할 수 있는 성질의 것이었다. 그렇지만 그러한 멸시의 표정 속에는 —더구나 그것은 그곳 주민들의 부인들에만 국한된 것은 아니었는데— 탐탁지 않지만 그래도 관심은 갖고 있는 듯한 그 무엇이 섞여 있었으며, 또한 그것은 상황이 좋은 경우라면 (세상과 인간들에게 사랑을 받고자 하는) 나의 내면의 노력에 대해서 지극히 아름다운 만족을 약속해 주는 것이었다. 내 얼굴이 수척하고, 내 몸이 늙었다는 징후를 보이고 있는 오늘에 와서도 나는 열아홉 살 때 나의 아름다운 청춘이 약속한 모든 것을 가지고 있었다는 것, 그리고 내 생각으로는 아주 매력적인 청년으로 자라고 있었다는 것을 침착하게 말할 수가 있다. 갈색이 뒤섞인 금발 머리에 광채 있는 푸른 눈, 그리고 입가에는 겸손한 미소를 띠며, 목소리는 베일에 싸인 듯 매력을 지녔고, 왼쪽에 가르마를 타서 알맞게 추켜올려 뒤로 빗어 넘긴 머리는 비단처럼 부드러워 윤기가 흘렀던 나는, 만일 내 찌그러진 처지로 인한 혼란스런 의식이 그들의 눈초리를 몽롱하게 만들지만 않았더라면, 소박한 고향 사람들에게 혹은 지구상의 다른 쪽 더 많은 시민들에게 무척 사랑스런 모습으로 보였음에 틀림없다. 이미 나의 대부 쉼멜프레스터의 예술가적 안목을 만족시킨 바 있었던 내 체격은 결코 건장한 편은 아니었으나, 사지와 근육이 모두 스포츠로 몸을 단련하여 날씬하게 만드는 운동 애호가들에게서나 흔히 볼 수 있는 것처럼 알맞게 균형 잡힌 채 모범적으로 발육하고 있었다. ―하지만 나는 몽상가의 기질이 그렇듯이 옛날부터 육체적인 단련을 끔찍이도 싫어하여, 내 육체의 발육을 위해서 어떠한 외적 활동도 해 본 적이 없었던 것이다. 여기에 덧붙여 말하고 싶은 것은 피부에 관한 이야기인데, 내 피부는 너무도 연약하고 민감했기 때문에 나는 넉넉지 못한 돈에도 불구하고, 부드럽고 품질 좋은 비누를 사용하느라고 애를 쓰지 않을 수 없었다. 질 나쁜 싸구려 물건은 잠깐만 사용해도 피가 나올 지경으로 피부가 상하기 때문이었다.

자연의 선물, 즉 타고난 장점은 그것을 지닌 사람의 마음에 자기 혈통에 대한 경건하고 활발한 관심을 불러일으키곤 한다. 그래서 그 당시 내가 열중했던 일 가운데 하나는 내 선조들의 초상, 즉 사진이나 동판 사진, 혹은 메달이나 영정들을 찾아내서 연구해 보는 것이었다. 선조의 골상이나 용모 등의 인상에서 나라는 인간의 낌새와 암시를 찾아, 내가 그들 중 누구에게 특별한 은혜를 입고 있는지 확인하기 위함이었다. 그러나 나의 성과는 보잘것없었다. 물론 내 부계 친척들과 조상들 모습 속에서의 면모나 자세에서 나는 자연의 유전에 대한 실험 같은 것을 찾아볼 수도 있을 정도로 내가 선조들을 많이 닮았다는 것을 발견하였다.(사실 내가 이미 몇 번 강조한 바와 같이, 불운했던 내 부친 자신이 비만이었음에도 우아함과는 무척이나 친밀한 관계를 맺고 있었다.) 그러나 전체적으로 보자면, 나는 내 혈통에 신세를 진 바가 많지 않다는 것을 확신하지 않을 수 없었다. 그리고 우리 가문의 역사 속에서 확실한 단정을 내릴 수 없는 어느 시기에 비밀스런 변칙 인자가 숨어들었고, 그래서 내 자연적인 선조들 속에는 귀족이나 귀현이 있었다고 가정할 생각이 없다면, 내가 가진 장점의 근원을 캐 보기 위해서 나는 별 수 없이 나 자신의 내부로 파고 내려갈 수밖에 없을 것이다.

그렇다면 도대체 그 종교 고문관의 말이 내게 그렇게도 비상한 감명을 줄 수가 있었던 것은 무엇 때문이었을까? 나는 그것을 그 당시 즉석에서 깨달았던 그대로 바로 지금 이 자리에서도 이야기할 수 있다. 그는 나를 칭찬해 주었다. —그런데 무엇을 칭찬했는가? 내 목소리의 매력적인 울림을 칭찬한 것이다. 하지만 그것은 일반적인 해석에 의하면 어떤 공적과 결코 결부될 수 없는 특징 내지 타고난 재주이며, 또 그래서 누군가가 사팔뜨기라고, 갑상선종이 있다고, 혹은 안짱다리라고 해서 책망할 생각을 못하는 것처럼 그것은 대체로 칭찬할 만한 공적이 없는 특징 내지 타고난 재주였다. 왜냐하면 우리들 시민 세계의 의견에 따르면, 칭찬이나 비난은 오로지 윤리 도덕에만 있을 수 있는 것이며, 자연물에 대해선 해당되지 않기 때문이다. 그래서 만약 자연물을 칭찬한다면, 시민 세계의 의견으로 보아서는 옳지 못하고 경솔한 짓으로 보이게 될 것이다. 그런데 사제 샤또 신부는 이와는 아주 다른 생각을 가지고 있었는데, 이것이 내게는 의식적이고 반항적인 독립의 표명처럼 아주 새롭고 대담한 것 같은 생각이 들었으며, 동시에 이러한 표명은 어딘가 이교도적인 순박한 점을 지니고 있어서, 나로 하여금 행복한 명상에 잠기게 하였던 것이다. 나는 자문해 보았다. '자연적인 공적과 윤리 도덕적인 공적을 엄밀하게 구별하기란 어려운 일이 아닌가?'라고. 삼촌과 숙모, 조부모들의 초상은 사실상 자연적인 유전이란 방법에 의하여 내가 얻은 장점이 정말로 별로 없다는 것을 가르쳐 주었다. 나는 정말 이러한 장점을 형성시키는 데 내면적으로 조금도 기여한 바가 없었단 말인가? 아니면 오히려 거짓 없는 감정이 다음과 같은 사항을 보장해 낸 것이 아닐까? 그러한 장점이 어느 정도까지는 바로 나 자신의 작품이라는 것과 또 만약 내 정신이 지금보다 더 아둔했더라면, 내 목소리는 너무도 쉽게 천박해지고, 내 눈은 정기를 잃고, 내 다리는 꾸부러지게 되었을 것임을 말이다. 세상을 정말로 사랑하는 자는 그 세상의 마음에 들도록 형태를 갖추게 되는 법이다. 그래서 만약 자연물이 윤리 도덕적인 것의 작용으로 만들어지게 된 것이라면, 내 목소리가 좋다고 그 성직자가 칭찬한 것은 겉보기처럼 그렇게 부당한 것도 아니고, 변덕스러운 것도 아니라고 하겠다.

3장

　부친의 유해를 땅에다 내맡긴 며칠 후에 우리 유가족은 모여 앉아 대부 쉼멜프레스터와 의논 내지 가족회의를 열었는데, 바로 그 일 때문에 그는 우리 집안의 친구로서 우리 집을 방문하였다. 새해가 되면 법적으로 우리의 주택을 양도해 줄 의무를 이행해야 했던 것이다. 그래서 우리들이 앞으로 거처할 곳을 신중하게 결정하는 일이 더 이상 미룰 수 없는 필연적인 사실이 되어 있었던 것이다.

　내가 이 대목에서 나의 대부의 조언과 원조에 대해서 아무리 칭찬을 해도 그것은 지나치지 않을 것이다. 이 비범한 인물이 우리들 한 사람 한 사람을 위하여 계획과 지침을 마련해 준 데 대해서는 아무리 감사를 해도 모자랄 것이다. 그리고 그 계획과 지침은 결과적으로 우리 가족의 의도대로 매우 다행스럽고 선견지명 있는 착상이었다는 것이 증명되었다. 한때는 세련과 우아함으로 치장이 되었었고, 그렇게도 자주 흥겨운 잔치 분위기로 가득 찼지만, 이제는 벌거벗고 약탈당하여, 몇 안 되는 가구만이 덩그러니 남아 있는 살롱이 나의 대부와 함께 의논을 하는 슬픈 무대였다. 우리들은 그 살롱의 한쪽 모퉁이에 있는 원래 식당 비품의 하나였던 호두나무 재목으로 테를 두른 등의자에 앉아, 초록색 작은 탁자를 둘러싸고 있었는데, 이 탁자도 사실은 부서지려고 하던 차(茶) 테이블 내지 조리대를 너덧 개 합쳐 조립해서 만든 것이었다.

"크룰!" 하고 나의 대부는 말문을 열었다.(그는 우리 가족들과 무척 정다운 사이였으므로 내 어머니까지도 단지 성만으로 부르는 습관이 있었다.) "크룰!" 하고 그는 그 갈고리처럼 생긴 코와 날카로운 눈을 그녀에게로 돌렸는데, 그 눈이란 눈썹도 속눈썹도 없었고 안경의 셀룰로이드 테로 아주 기묘하게 둘러싸여 있었다. ―"부인! 당신은 의기소침하여 고개를 떨구고 맥이 풀려 있는데, 그런 모습을 보이는 것은 아주 잘못된 것입니다. 왜냐하면 인생의 화려하고 유쾌한 가능성이란, 사람들이 시민적인 죽음이라고 알맞게 부르는 그런 밑바닥까지 드러난 파멸의 저편에서부터 시작되는 것이기 때문입니다. 그러니 우리들의 처지가 더 이상 나빠질 수 없을 만큼 최악의 경우라면, 그때가 바로 인생에서 가장 희망으로 가득 찬 상황이라고 할 수 있겠지요. 부인! 물질적인 경험이 아니라 정신적인 경험을 통해서 이러한 상황을 잘 알고 있는 사나이의 말을 믿어 주십시오. 말이 나왔으니 하겠지만, 사실 당신은 아직 그런 처지에 떨어진 것은 아닙니다. 바로 그렇기 때문에 당신의 정신은 날개를 펴지 못하고 있는 것입니다. 기운을 내세요! 부인! 무엇이든 할 수 있다는 창업의 기개를 가져야 합니다. 이 고장에서는 당신의 역할은 끝났습니다. 그런데 그것이 어떻단 말입니까? 넓은 세상이 당신 앞에 열려 있습니다. 상업은행에 있는 당신 명의의 개인 예금은 얼마 되지 않지만 아직 완전히 없어진 것은 아닙니다. 그 남아 있는 돈을 영복전(迎福錢)[7]으로 생각하고서 그 어떤 대도시의 분망함 속으로 뛰어 들어가 보십시오. 비스바덴도 좋고, 마인츠, 쾰른 혹은 베를린 같은 곳으로 제발 나가 보세요. 당신은 부엌일에는 전문가 수준입니다. ―저의 이런 서툰 표현을 부디 용서하십시오! ―당신은 주워 모은 빵 부스러기로 푸딩을 만들 줄 알고, 엊그제 남은 고기로 다진 요리도 잘 만들 줄 아십니다. 더구나 손님들을 초대하여 대접하고 즐겁게 하는 데엔 일가견이 있습니다. 그러니 몇 개의 방을 빌려서 식사까지 할 하숙인을 싼값으로 받아들이겠다는 광고를 한다는 말씀입니다. 그렇게 한다면 당신은 예전과 다름없는 생활을 계속하게 되는 셈이지요. 다만 지금 이후로는 손님들에게 돈을 지불시키고, 당신은 수익을 얻는다는 점이 다르죠. 문제가 되는 것은, 당신에게 몰려오는 손님들의 기분을 즐겁고 편안하게 해 주기 위하여 인내심과 언제나 웃음을 잃지 않는 얼굴이 필요할 것입니다. 그런데, 만약 그렇게 해도 당신의 하숙이 번창하지도 않고 점점 확장되지 않는다면 그것은 정말 이상한 일이라고 할 수밖에 없지요."

여기서 대부는 우리들에게 찬성이나 감사의 진정한 표명을 할 수 있는 시간을 주기 위해서 말을 끊었는데, 결국에 가서는 어머니도 찬성과 감사의 표현을 하였다.

"룀프헨에 관한 한," 대부는 말을 다시 이었다.(룀프헨이란 말은 대부가 내 누이를 부를 때 쓰는 애칭이었다.) "물론 그 애는 어머니를 도와서 어머니의 손님들이 집에서 체재하는 것이 즐겁도록 만들어 주기에 알맞을 것이라는 생각이 듭니다. 또한 틀림없이 그 애는 훌륭하고 매력 있는 소위 '손님을 잘 모시는 하숙집 딸'이라는 것이 증명될 것입니다. 그러면 자기도 남에게 도움을 줄 수 있다는 이런 기회를 놓치지 않을 것입니다. 하지만 우선은 그 애를 위해 나는 좀 더 좋은 것을 생각하고 있답니다. 그 애는 당신들이 아주 잘살던 시절에 노래를 좀 배워 두었지요. 물론 그것은 대단한 것

---

7) (역주) 돈복이 트인다 하여 항상 지니고 다니는 돈.

도 아니고 또 그 애 목소리가 약하기는 하지만, 그래도 부드러운 고운 목소리가 있고 또 이목을 끄는 아름다운 얼굴이 장점이므로 그 애가 노래를 한다면 효과는 아주 좋을 것입니다. 쾰른에 있는 '살리 메르샤움'은 내 어릴 적부터의 친구인데 그 친구 사업의 주요 부문이 극장 대행업입니다. 그 친구가 올림피아를 우선 급이 낮은 희가극단 혹은 합창단의 예술가 협회 같은 곳에 아무런 어려움 없이 취직시켜 줄 것입니다. 그리고 그 애가 입을 최초의 의상은 내가 가진 잡동사니 속에서 적당한 것을 꺼내어 줄 예정입니다. 그 애의 인생행로의 첫걸음은 어둡고 힘들겠지요. 어쩌면 인생과 필사적으로 싸워야 할지도 모릅니다. 하지만 그 애가 성격의 장점을 발휘하여 (이것은 재주보다도 더 중요한 것이기 때문에 말씀 드립니다.) 여러 가지 재능으로 뭉쳐진 자신의 재주를 활용할 줄 안다면, 그 애의 인생행로는 금방 낮은 곳에서 위로 뻗어 올라갈 것이며 어쩌면 빛나는 높은 자리까지 오르게 될지도 모릅니다. 물론 나로선 내가 할 수 있는 일이란 기준이나 방침을 정해서 그 애의 가능성에 길을 내어 주는 것뿐입니다. 나머지는 당신들이 해야 할 일이지요." 이 말에 내 누이는 너무 기뻐 소리를 지르면서 대부의 목에 매달렸고, 그가 다음 말을 계속하는 동안 그녀는 자기 머리를 대부의 가슴 속에 파묻고 있었다.

　"이번에는," 하고 그는 말했으며, 다음 문제가 특히 그의 마음에 걸린다는 것을 잘 알 수 있었다. "이번에는 세 번째로 우리의 의상 재능아 차례입니다!"(독자들은 이 의상 재능아란 이름 속에 포함되어 있는 암시를 이해할 것이다.) "나는 그의 장래에 대한 문제를 많이 생각해 보았답니다. 그 해결책을 찾는 데 상당히 어려운 점이 많았음에도 불구하고 나는 일시적이나마 다음과 같은 생각이 떠올랐습니다. 심지어 이 일로 인해 저는 외국으로, 정확히 말하면 파리로 서신 교환을 하였습니다. ―잠시 그곳 내력을 말하지요. 제 생각으로는 그에게는 무엇보다 인생의 길을 열어 주는 것이 중요한 것 같습니다. 지금까지 학교 당국 권위자들은 잘못 생각하여 인생에 들어가는 영광스러운 길을 그에게 터 주어서는 안 되겠다고 생각했었지요. 그렇지만 우리가 그를 일단 바깥으로 내보내기만 하면, 파도는 그를 싣고서 아름다운 항구로 인도하게 될 것이라고 나는 확신하고 있습니다. 그래서 호텔업의 경력, 즉 호텔 웨이터의 경력이야말로 그의 경우에는 최고로 유리한 전망을 제공할 것으로 생각됩니다만, 어쨌든 똑바른 방향으로만 나가든지(똑바른 방향만 취하면 이런 경력을 쌓아도 아주 훌륭한 지위에 도달할 수 있습니다.), 혹은 좌우 여러 옆길이나 불규칙한 샛길로 빠지든지 그것은 상관이 없을 것입니다. 행운아에게는 평범한 대로(大路) 옆에 여러 개의 샛길이나 옆길이 나란히 열려 있으니까요. 그런데 아까 잠깐 말해 둔 서신 교환이란, 파리의 생토노레(Saint-Honoré) 거리에 있는 방돔(Vendôme) 광장에서 멀지 않은 (그러니까 파리의 중심 지역이지요. 지도에서 보여 드리겠습니다.) '세인트 제임스 앤드 앨버니' 호텔의 지배인인 이자크 쉬튀르츨리와 나누었던 것인데, 이 친구는 내가 파리에서 살았던 이래로 무척 친한 사이입니다. 이 친구에게 나는 펠릭스의 가정 환경과 인성에 대해 아주 좋은 측면을 부각시켜 써 보냈고, 펠릭스의 예의범절이나 능숙한 점에 대해서는 내가 보증한다고 했지요. 펠릭스는 프랑스어와 영어를 좀 배웠으니, 장차 기회가 닿는 대로 그것을 강화해 나갈 것이라고요. 아무튼 쉬튀르츨리는 내 부탁을 받아 주어, 펠릭스를 시험 삼아 채용해 보겠다고 하였습니다. 물론 당분간은 무급이지요. 펠릭스의 식사와 잠자리는 무료로 제공될 것이며, 또한 근무복도 지급하겠다고 합니다만, 분명히 그 옷도 그에게 잘 어울릴 것으로 생각합니다. 간단히 말해, 이곳에 갈 길이 하나 있는 것이지요. 이곳에 그의 재능을 펼칠 수 있는 공간과 유리한 상황이 있는 것입니다. 나는 우리의 의상 재능아가 '세인트 제임스 앤드 앨버니' 호텔의 고급 손님들이 만족할 수 있는 접대 실력을 발휘할 것으로 믿어 의심치 않습니다."

내가 이 훌륭한 사나이에게 어머니나 누이에 못지않게 감사의 마음을 표했다는 것은 말할 나위도 없다. 나는 기뻐서 웃음을 터뜨렸고, 무아경에 빠져서 그를 포옹했다. 끔찍하리만치 답답한 고향 땅은 벌써 내 마음속에서 사라지고, 어느샌가 광대한 세상이 내 앞에 펼쳐졌다. 그리고 그냥 기억에만 떠올려도 불운했던 내 부친을 평생 동안 나약하게 만들었던 그 도시, 파리가 너무도 찬란한 모습으로 내 눈앞에 어른거렸다. 그러나 이 일은 그렇게 간단한 일이 아니었으며, 오히려 예사롭지 않은 점을 가지고 있었는데, 그것은 사람들이 흔히 '갈고리'라고 속되게 불렀다. 왜냐하면 내 병역 관계가 정리되기 전에는 고향을 떠나 넓은 세상으로 달아날 수가 없었고, 달아나서도 안 되었기 때문이다. 제국의 국경은 나의 여권이 병역에 관한 이러한 상황에 대해 만족할 만한 정보를 제시하기 전에는 결코 넘을 수 없는 장벽처럼 보였고, 더구나 모두가 알다시피, 나는 교양 있는 계급의 특권도 얻지 못했기 때문에 징병 검사에서 합격이라고 인정되면 졸병으로서 입대할 수밖에 없었다. 그래서 이 문제는 점점 더 불안한 양상을 띠게 되었다. 그 당시까지는 가볍게만 여기고 있었던 이런 까다로운 사정이 내가 희망에 넘쳐 주체하지 못하는 그 순간에 내 마음을 무겁게 짓누르게 된 것이다. 그래서 내가 그 이야기를 주저하면서 입 밖으로 꺼냈을 때, 어머니도 누이도 그리고 쉼멜프레스터까지도 이 문제에는 전혀 주의를 기울이지 않고 있었다는 것이 드러났다. 어머니와 누이는 여자다운 무지에서 그랬고, 대부 역시 예술가로서 다분히 국가적이고 공적인 사무에는 조금도 주의를 기울이지 않는 습성 때문에 그랬다. 더욱이 대부는 이런 경우에 완전히 무기력하다는 것을 고백했다. 그것도 그럴 것이 군의관들과 줄이 전혀 닿지 않기 때문이라고 그는 화가 치미는 듯 설명을 하였으며, 따라서 징병 집행관들에게 은밀하게 영향력을 미치는 일도 할 수 없었다는 것이다. 그래서 내 목을 이 올가미에서 어떻게 하면 내가 빼낼 수 있을지 나더러 형세를 지켜보라고 말하는 것이었다.

그리하여 나는 다루기 힘든 이런 경우에 처하여 믿을 수 있는 것은 나 자신뿐이라는 것을 알게 되었다. 독자들은 내가 이 난국을 과연 헤쳐 나갈 수 있을 것인지 나중에 가서 알게 될 것이다. 그 사이 젊고 흔들리기 쉬운 내 마음은, 떠난다는 생각과 닥쳐올 이사와 그 준비 등등으로 여러 모로 산만했고 싱숭생숭하였다. 왜냐하면 어머니는 새해만 되면 셋방살이할 사람과 하숙인을 받아들일 희망을 품었기 때문이며, 그래서 우리들의 이사도 성탄절이 되기 전에 이행되어야 했기 때문이다. 결국 프랑크푸르트 암 마인이 우리의 목적지이자 거주지로서 최종적으로 선정되었다. 그만한 대도시라면 행운을 가져다줄 가능성이 더욱 많을 것이라는 생각에서였다.

저 넓은 세상에 뛰어들려는 이 청년은 경멸감과 무감각한 태도로 그 얼마나 홀가분하게, 그 얼마나 성급하게 비좁은 고향 땅을 등지려 했던가! 고향의 탑이나 고향의 포도밭들을 다시 한 번 더 돌아보려고도 하지 않고 말이다! 그러나 그가 비록 고향에서 감당할 수 없을 만큼 성장에 성장을 거듭한다 해도, 고향 땅의 우스꽝스러우면서도 너무도 정들었던 모습은 그의 의식의 배후에 항상 남아 있거나 몇 해 동안 깊은 망각 속에 있다가도 기묘하게도 다시 떠오르곤 하는 것이다. 요컨대 진부한 것이 존경스러운 것으로 변하는 것이며, 고향을 떠나 살면서 갖가지 행동과 활동, 성공을 하면서도 고향이라는 그 작은 세계에 대해서 남모르게 마음이 쓰이는 것이며, 인생의 기로에 설 때마다 혹은 지위가 향상할 때마다 슬그머니 마음속에서 고향에선 그것에 대해서 무엇이라고 할 것인가 하고 물어 보는 것이다. 더욱이 이런 일은 고향이 그 특별한 청년에 대해서 악의적이고, 정당치 못한 몰이해의 태도를 보일 때 특히 일어나게 되는 것이다. 그는 고향에 의지해야 할 때 고향에 반항했다. 그리고 고향이 그를 놓아 주고, 아마 오랫동안 그를 잊어버렸을 때, 그는 기꺼이 고향한테 자기 인생의 판단을 내맡기고 의견을 들어 보기로 하는 것이다. 그렇다. 그에게 많은 사건이 일어나고 또 변화무상한 세월이 훨씬 흘러간 뒤의 어느 날에 가서 그는 스스로 끌려 고향이라는 출발점으로 되돌아가는 것이다. 그는 인정을 받든 받지 않든지 간에 낯선 곳에서 빛나는 상태에 서게 된 자기를 편협 고루한 고향에 보여 주고 싶고, 마음에는 불안 섞인 조소의 기분을 듬뿍 안고서, 그들이 놀라는 모습을 즐겨 보자는 유혹을 물리치지 못하는 것이다. ─여기에 관한 지점에 이르게 되면 내가 스스로 이야기를 할 것이리라.

파리에 있는 쉬튀르츨리에게 나는 정중하게 부디 조금만 더 참아 주시길 바라며, 지금 나는 당장 국경을 넘을 수 있는 자유가 없고, 징병 검사의 합격 여부라는 결정을 기다릴 수밖에 없다고 써 보내었다. 하지만 이러한 결정은 그것이 장래의 내 직업에 비하면 사소한 문제라는 이유에서 내가 아무렇게나 덧붙여 넣은 것이었는데, 아무튼 십중팔구 뜻대로 잘될 것이라고 써 보내었던 것이다.

눈 깜짝할 사이에 우리 집 재산의 나머지는 운송 화물과 수화물로 변하였으며, 그 속에는 가슴팍에 풀을 먹여 빳빳하게 만든 사치스러운 내의가 여섯 벌 들어 있었는데, 그것은 대부가 이별의 선물로서 내게 준 것이고, 파리로 이사 가면 훌륭하게 사용될 물건이었다. 그래서 어느 겨울 흐린 날, 우리는 서둘러 떠나가는 기차의 창 너머로 세 사람이 모두 몸을 내

밀고 손을 흔들면서, 우리의 친구가 흔드는 붉은 손수건이 안개 속으로 사라지는 것을 보았던 것이다. 그날 이후 나는 이 훌륭한 사나이를 단 한 번다시 만났을 뿐이다.

4장

우리가 프랑크푸르트에 도착한 뒤에 일어난 처음 며칠 동안의 혼란스러움을 나는 빨리 지나치려 한다. 그렇게 부유하고 화려한 상업 도시에서 우리들이 연출할 수밖에 없었던 초라한 역할을 다시 기억하기도 싫고, 당시 우리들의 처지를 구차하게 설명함으로써 독자들의 불쾌감을 건드리지나 않을까 걱정되기 때문이다. 주제넘게도 감히 호텔이란 이름이 붙어 있기는 했으나, 결코 그 이름에 어울리지 않는 더러운 여인숙 내지 여관에 대해서는 얘기하지 않겠다. 어머니와 나는 (누이 올림피아는 쾰른에 있는 극장 대행업자 메르샤움한테 가서 행운을 잡겠다고 벌써 비스바덴 역에서 우리와의 여정으로부터 따로 떨어져 나갔다.) 그런 더러운 여관에서 돈을 절약할 심산으로 며칠 밤을 지냈는데, 더욱이 나의 경우에는 물어뜯고 찔러 대는 벌레들이 우글거리는 소파 위에서 잤던 것이다. 나는 또한 우리들이 그 거대하고 냉혹한 도시, 가난에 적대적인 그 도시 속에서 고통스럽게 헤매던 일도 얘기하지 않겠다. 우리들은 우리들 형편에 맞는 집을 찾아다니다가 마침내 빈민가에서 때마침 비어 있던 집을 찾아냈는데, 그것은 우리 어머니의 생활 설계를 시작하기에 안성맞춤이었다. 그 집은 작은 방이 네 개 있었고, 작은 부엌이 하나 있었으며, 뒤채의 일 층에서는 보잘것없는 마당이 내다보였을 뿐 햇빛은 전혀 들어오지 않았다. 그렇지만 집세가 매월 사십 마르크에 불과했고, 또한 우리가 까다롭게 가릴 처지도 못 되었기 때문에, 우리는 즉석에서 그 집을 빌리기로 하고, 바로 그날로 이사를 했던 것이다.

새로운 것은 젊은이에게 무한한 매력을 행사하는 법이다. 비록 이런 비참한 거처를 고향에 있는 우리의 쾌적한 주택과 비교할 수도 없었지만, 그래도 젊은 나로서는 살아 보지 못한 환경에 오히려 기운이 나고 신바람이 날 정도로 만족스러웠다. 기운이 불끈 솟고 흥겨워진 나는 어머니를 도와 우선 급한 일부터 해치웠다. 가구를 옮겨 놓고, 깨지지 말라고 접시나 찻잔을 싸서 넣어 놓았던 대팻밥을 파헤쳐 꺼내어 놓고, 찬장과 선반을 주방 기구로 장식해 놓았으며, 거부감을 일으킬 만큼 뚱뚱한 사나이로서 아주 천박한 행동을 자행하는 집주인과 불가피하게 해야 할 집 내부의 수선 문제로 협상도 하였다. 하지만 그 돼지 같은 영감이 수선 비용을 내놓을 수 없다고 거절하였기 때문에, 결국 어머니는 우리가 임차하기로 한 집의 거실이며 방들이 을씨년스런 모습을 보이지 않도록 하기 위해서 자신의 주머니를 털어야만 했다. 자기 돈을 내어 수선 비용에 충당한다는 것은 어머니에겐 무척 고통스런 일이었다. 왜냐하면 이사를 해서 입주하는 데 드는 비용도 상당했기 때문이고, 또 만약 우리에게 돈을 지불해 줄 하숙인이 나타나지 않는다면, 제대로 장사를 시작하기도 전에 파산할 위험성도 있었기 때문이다.

바로 첫날 저녁에, 부엌에 선 채로 몇 개의 계란 부침으로 저녁을 먹으면서, 우리들은 우리의 상호를 경건하고도 즐거운 기억이 되도록 '로렐라이 장(莊)'이라고 명명할 것을 결정했으며, 또한 이 결정을 어머니와 나의 공동의 이름으로 엽서에 기재하여 나의 대부 쉼멜프레스터한테 통지하여 그의 결재를 희망했다. 그리고 벌써 그 다음날, 나는 스스로 로렐라이라고 하는 그 시적인 이름을 굵은 인쇄체로 대중의 뇌리에 각인시켜 줄 목적으로, 소박하기는 하지만 유혹적으로 그린 광고를 들고 독자들이 가장 많은 '프랑크푸르트 신문'의 발행소로 달려갔던 것이다. 지나다니는 사람들의 관심을 우리 하숙집으로 끌어 모으기 위해서는 집 밖에다 간판을 달아야만 했는데, 그 비용 때문에 며칠 동안 난감해하고 있었다. 그런데 우리들이 도착한 후 엿새 내지 이레째 되던 날에 수수께끼 같은 모양의 소포가 고향으로부터 도착하였다. 발송인은 대부 쉼멜프레스터였으며, 소포 안에 든 것은 구멍이 네 개 뚫려 있고, 네 귀퉁이를 꾸부려 붙인 양철판이었다. 그 위에는 우리 집 술병의 상표에 있던, 단지 장신구만을 몸에 걸친 여자의 형상(形象)과, 황금색 유화 물감으로 번쩍거리게 쓴 '로렐라이 장'이란 제명(題名)으로 장식되어 있었는데, 바로 이 간판을 그 예술가 자신의 손으로 그린 것이었다는 것을 알게 되었을 때, 우리의 기쁨은 이루 말할 수 없이 컸다. 이 간판은 바위에 걸터앉은 요정이 반지를 낀 채 손을 뻗고 있었는데, 그 손의 방향이 우리 집을 가리키는 모양이 되도록 길가에 있는 앞채의 한 모퉁이에 달아 놓았는데, 그것은 너무도 놀라운 효과를 가져왔다.

실제로 손님들이 몰려들었다. 처음으로 온 사람은 젊은 기술자 내지 기계 기사였는데 행실이 점잖고 과묵하며 까다로웠다. 그리고 자신의 운명에 불만족한 인간이었는데, 그래도 하숙비는 꼬박꼬박 지불하였으며, 처신도 절제 있고 침착하였다. 그가 우리 집에 들어온 지 일주일 정도 되었을 때, 동시에 손님 둘이 갑자기 들어오게 되었는데, 모두 극장 방면에 종사하는 사람들이었다. —다시 말하자면, 한 사람은 목청을 완전히 못 쓰게 되어 실직한 희극 전문의 저음 가수였는데, 외양상 몸집은 비대하고 익살스럽게 생겼다. 하지만 불운했던 탓인지 성격은 사나웠고, 또한 집요한 연습을 통하여 그 목청을 되살려 보려고 하였으나 소용없는 노릇이었다. 그 연습이란 것은 마치 누군가가 큰 통 속에 빠져 질식하게 되어서 살려 달라고 외치는 것처럼 들렸다. 그리고 그가 데리고 온 여자 친구가 있었는데, 그녀는 후줄근한 잠옷 차림에 장밋빛으로 물들인 손톱을 길게 기른 빨강 머리의 합창 단원이었다. —그녀는 애처로울 정도로 비쩍 말랐고, 가슴 쪽에 무슨 문제가 있는 것처럼 보였다. 그런데도 남자 친구인 그 가수는 여자가 무슨 잘못을 저질렀기 때문인지, 아니면 그의 일상적인 분노를 해소하기 위함인지, 가끔 바지의 가죽 멜빵을 사용하여 그녀를 심하게 다루었다. 하지만 그랬다고 해서 그 여자는 그에 대해서나 그에 대한 애정에 대해 한 치의 의심도 하지 않는 것 같았다.

그리하여 이 두 사람은 같이 한 방에 기거했고, 기계 기사는 다른 한 방에 기거했다. 세 번째 방은 식당으로 사용되었는데, 그곳에서 내 어머니는 적은 재료를 사용하면서도 정갈한 음식을 만들어 모두가 식사를 하였던 것이다. 그리고 나는 예의범절이라는 간단한 이유에서 어머니와 함께 방을 쓰고 싶지 않았기 때문에, 부엌에서 간단한 침구류를 덧씌운 긴 의자 위에서 잠을 자고, 부엌 싱크대에서 몸을 씻었다. 그렇게까지 한 이유로는 이러한 상태가 결코 오래 가지 않을 것이며, 내가 가야 할 길은 이렇든 저렇든 조만간 방향 전환을 하게 될 것이라는 생각을 늘 가지고 있었기 때문이다.

로렐라이 장(莊)은 번창하기 시작했다. 내가 지적했듯이 많은 손님들로 인해 우리들은 집 안 한 귀퉁이로 몰리게 되었으며, 어머니가 사업을 확장시키고, 하녀를 구하려고 예의 주시하고 있는 것도 당연한 일이라고 하겠다. 아무튼 경영은 궤도에 올라섰으며, 나의 도움은 더 이상 필요가 없었다. 그리하여 스스로 자유로운 몸이 되고 보니, 내가 파리로 가든지 아니면 군복을 입지 않으면 안 될 때까지, 내 앞에 놓여 있는 것은 다시금 기다란 대기 시간과 한가한 시간이었다. 이러한 시간이란 우수한 청년이 고요한 내적 성장을 하기 위해서 무척 환영할 만하며 대단히 필요한 것이다. 교양이라고 하는 것은 우매한 강제 노동이나 고역으로 얻게 되는 것이 아니라, 자유와 외견상의 나태와의 선물인 것이다. 즉 그것은 노력으로 획득하는 것이 아니라, 호흡처럼 들이마시는 것이다. 숨은 도구들이 교양을 위해서 활동하고 있다. 감각과 정신이 남몰래 부지런히 활동하여 시시각각으로 교양의 재물을 거두어들이는 것인데, 이러한 부지런한 모습은 겉으로 보기에 완전한 나태와 아주 잘 어울리는 것이다. 그리고 선택받은 사람에게는 심지어 잠을 자는 동안에도 교양이 날아와 붙게 된다고 말할 수 있다. 왜냐하면 교양을 얻기 위해서는, 그 몸이 물론 교양을 받을 수 있는 재료로서 구성되어 있어야 하기 때문이다. 태어날 때부터 가지고 있지 않은 것은 어느 누구도 거머쥐지 못하며, 당신에게 생소한 것은 갈망할 수 없다. 천한 목재로 이루어진 자는 교양을 획득하지 못할 것이다. 그러므로 교양을 획득한 자는 결코 무례하지 않은 것이다. 여기서도 개인적 공적과 소위 환경의 은총이라고 부르는 것 사이에 공정하고도 엄밀한 분계선을 긋기는 무척 어렵다. 그것도 그럴 것이 틀림없이 호의적인 운명이 적절한 시기에 나를 대도시로 이식을 시키고, 넘쳐흐르는 한가한 시간을 내게 제공해 주었다 하더라도, 도시의 풍부한 내적 향락 장소와 교육 장소의 문을 열어 줄 수 있는 돈이 내게 전혀 없었기 때문에 그 호의적 운명에서 제외되었고, 그리고 내가 무엇인가 연구를 하는 데 있어서, 말하자면 흥겨운 꽃밭의 화려한 울타리에 내 얼굴을 갖다 대고 밖에서 들여다보는 데 그쳐 버렸기 때문에 나는 그 호의적 운명에서 제외되었던 것이다.

그 당시 나는 거의 지나칠 정도로 잠을 잤다. 대개 점심 식사 때까지 잠을 잤지만, 그 시간을 넘긴 적도 자주 있었다. 그래서 나는 느지막이 부엌에서 두세 가지 데운 음식 내지 찬 음식을 먹었고, 그래도 식후라고 담배를 피워 물었는데, 그것은 손님인 기계 기사가 내게 선물로 준 것이었다.(그는 내가 이 생활의 자극제인 담배를 갈망하고 있으면서도, 나의 재력으로는 충분히 조달할 수 없다는 것을 알고 있었다.) 그러고는 4시나 5시 정도 늦은 오후에야 비로소 로렐라이 장(莊)을 나오는데, 그 시각이면 도시의 상류층은 생활이 최고조에 달해서, 부유한 여인네들은 마차를 집어타고 어디론가 방문을 하거나 쇼핑을 하러 쏘다니고, 카페는 사람들로 붐비며, 상점가의 진열창은 휘황찬란하게 불이 켜지기 시작하는 것이다. 바로 그때쯤에 나는 집에서 나와 어슬렁어슬렁 도심지로 나가서, 프랑크푸르트에서 이름난 거리로 사람들이 넘쳐나는 골목들을 배회하면서 그 재미있는 쾌락과 연구 행각을 해 보는 것인데, 나는 자주 동이 훤히 틀 때나 되어서야 비로소 그 행각을 그만두고, 대체로 풍성한 수확을 얻어 어머니의 부엌으로 돌아오는 것이다.

자, 이제 그런 허술한 옷차림을 한 청년이, 홀로, 친구도 없이, 사람들의 무리 속에서 길을 잃고, 화려한 타향에서 방황하는 모습을 상상해 보시라! 그는 돈이 없어, 진정한 의미에서 문명의 여러 가지 즐거움에 참여할 수가 없다. 아무리 둔감한 사람에게라도 자극을 주어 (반면에 그는 유달리 감수성이 예민한 것이다.) 욕망과 호기심을 일으키게 할 수 있는 선정적인 방법을 사용하는 옥외 광고탑의 포스터에 그런 즐거운 오락이 선전되고 자랑되는 것을 그는 보고 있다. ―그런데 그러한 오락물의 이름이나 읽어 보고, 그런 것의 존재 유무를 아는 것으로 만족할 수밖에 없다. 그는 극장의 정면 입구가 화려하게 개방되어 있는 것을 보고는 있지만, 물밀 듯 들이닥치는 군중들 속에 합류할 수는 없다. 음악당이나 특별 극장에서부터 보도로 내리쬐는 엄청난 불빛 속에 그는 눈부신 채 서서, 그 불빛 아래로 거대한 흑인이 얼굴도 보라색 의상도 흰 불빛에 의해 퇴색되고, 고깔모자에 방울 달린 지팡이를 짚고 동화에 나오는 것처럼 우뚝 솟은 듯이 서 있는 것을 본 적도 있었다. —하지만 그는 흑인이 이를 드러내어 호객 행위를 하고, 알아듣기 힘든 말로 그 오락이 끝내준다는 언질을 하더라도 그의 뒤를 따라 들어갈 수는 없다. 그러나 그의 감각은 활발하게 움직이며, 그의 정신은 주의를 기울이고 잔뜩 긴장하고 있다. 그는 들여다보고, 즐기고, 받아들이는 것이다. 그리고 소음과 여러 가지 환영들이 한데 몰려들어, 느릿느릿 졸린 시골 마을의 청년을 처음에는 혼란스럽고 넋을 잃게, 사실상 불안스럽게 만들기도 하였지만, 청년은 상식과 정신력도 충분히 겸비하고 있어서, 점차적으로 그 혼란을 내적으로 제압하고, 자기의 교양, 자기의 열정적인 연구에 도움이 되도록 만드는 것이다.

쇼윈도란 얼마나 복된 시설인가! 상점, 백화점, 상품 진열장 등 사치품의 판매소나 집산소의 그 보물들을 옹졸하게 안쪽에다 감춰 두지 않고, 오히려 그 보물들을 풍성하고 빠짐없이 골라서 밖으로 내던져 화려한 유리창 안쪽에 진열하여, 빛나도록 멋지게 제공한다는 것은 그 얼마나 즐거운 일인가! 이러한 진열품은 겨울 오후 어느 낮보다 더 밝게 조명이 되어 있었다. 진열된 유리창의 하단에 장치한 몇 줄의 작은 가스 불꽃은 유리창에 성에가 끼지 않도록 하고 있다. 그리고 나는 추위를 막는 물건이라고는 단지 목에 두른 털목도리뿐인 채 (왜냐하면 불운한 내 부친으로부터 유물로 받은 외투는 벌써 헐값으로 전당포에 맡겨져 있었기 때문이다.) 그 앞에 서서 이러한 훌륭하고 귀중한 물건들을 눈으로 삼킬 듯 쳐다보고 있었고, 또 그렇게 하느라고 발에서 허벅다리까지 치밀어 올라오는 냉기와 습기에 전혀 신경을 쓰지 못했던 것이다.

가구점의 진열창에는 모든 가구가 꾸며서 배열되어 있었다. 근엄하고 쾌적하게 꾸민 응접실 코너, 은근한 생활 습관의 세련됨을 드러내 보여 주는 침실 코너, 사람을 부르게 만드는 자그마한 식당 코너가 있었는데, 그 식당에 있는 다마스쿠스 원산의 문직(紋織) 식탁보에 꽃으로 장식되고 앉기 편한 의자들로 둘러싸인 식탁은 은기(銀器)와 정교한 도자기와 깨지기 쉬운 유리그릇이 놓여 눈부시게 번쩍거리고 있었다. 또한 샹들리에 촛대와 난로 그리고 무늬 진 직물을 덮어씌운 안락의자 등을 배치한 디자인을 중시한 품위 있는 객실 코너도 있었다. 그리고 나는 그 고상한 가구들의 다리가 부드럽게 타오르는 듯한 색채의 페르시아 양탄자 위에 너무도 운치 있게 광휘에 싸여 서 있는 것을 보았는데, 아무리 보아도 지겹지 않았다. 더욱이 신사복과 최신 유행 양복점의 진열창은 내 주의를 끌기에 충분했다. 여기서 나는 비로소 잠옷과, 공단을 누벼서 만든 실내용 상의에서부터 야회용의 엄격한 연미복에 이르기까지, 또한 정선된 최신형의 우윳빛 백색 컬러에서부터 화려한 덧버선과 번쩍이는 에나멜 구두에 이르기까지, 또 섬세하게 줄 쳐 있고 반점 모양이 박힌 커프스식 와이셔츠에서부터 고가의 털옷에 이르기까지, 권력 있고 부유한 족속들의 의상을 모조리 볼 수 있었다. 또한 여기에 그들 상류층의 여행 용구가 진열되어 있었는데, 부드러운 송아지가죽 내지 조각조각 모아 놓은 듯이 보이는 값비싼 악어가죽으로 만든 호화스러운 가방이 열린 채 놓여 있었다. 그리고 나는 일반 사람과 구별되는 상류의 고급 생활에 필요한 물품들, 즉 향수병, 솔, 화장 도구, 곽에 든 한 벌의 수저와 최고급 니켈로 된 접이식 알코올 램프 등을 알게 되었다. 환상적인 조끼, 멋진 넥타이, 사치스럽고 향락적인 내의, 모로코산 고급 염소가죽으로 된 덧신, 공단으로 안을 넣은 모자들, 사슴가죽으로 만든 장갑, 얇고 성긴 비단 양말 등등이 유혹적인 배치 기법으로 사이

사이에 진열되어 있었고, 마지막으로 내 눈에 띈 사용하기 쉽게 만든 단단한 단추에 이르기까지 청년인 나는 멋진 신사들이 갖추어야 할 장신구를 기억 속에 각인시켜 두었다. 그런데 내 생각에 미술품 상점의 진열창 앞에 다다르기 위해서는, 주위를 두리번거리면서 마차나 경적을 울리는 시내 전차 사이를 조심스럽고도 재빠르게 슬쩍 빠져나가 길을 건너기만 하면 되었다. 거기서 나는 장식 공업의 보물, 고급스럽게 세련된 눈요기의 대상물, 즉 장인들의 손에서 탄생한 예술적 회화, 여러 동물의 형태를 나타낸 풍치 있는 도자기, 아름다운 형태를 띤 사기 그릇, 청동의 소상(小像) 등을 구경하였는데, 정말로 나는 그렇게 뻗은 듯 균형 잡힌 고귀한 형상들을 애무하고 싶을 정도로 만져 보고 싶었던 것이다. 그러나 몇 발자국 건너서, 경탄을 금치 못하고 있는 나를 그 자리에 꼼짝 못하게 한 것은 도대체 무슨 빛나는 물건이었던가? 그것은 어떤 위대한 보석 상인이자 귀금속 세공사의 진열품이었던 것이다. ―그리하여 그곳에서 추위에 떨며 서 있는 소년의 열망을 동화 나라의 온갖 보물과 분리시키고 있는 것은, 오직 깨지기 쉬운 유리창 이외에는 아무것도 없었다. 다른 어느 곳보다도 바로 여기에서 나는 처음으로 눈부신 황홀감에 사로잡혀 엄청난 지식욕을 갖게 된 것이다. 진주들이 창백하게 가느다란 빛을 발하면서 작은 레이스 식탁보 위에 줄 지어 있으며, 한가운데 있는 것은 버찌 크기만 하고, 좌우로 내려가며 고르게 점점 작아지고, 끝에 가서는 금강석의 자물쇠가 달린 줄에 꿰어 있는 진주 목걸이는 재산의 가치를 톡톡히 할 것이다. 비로도 위에 눕혀 있으며, 무지개의 일곱 색깔로 강렬하게 반짝이는 화려한 귀금속 장신구들은 여왕들의 목이나 가슴과 머리를 장식하기에 부끄럽지 않았으며, 매끈한 황금색 담배 케이스와 지팡이 손잡이는 유리판 위에 유혹하듯 진열되었고, 그리고 그 사이사이에 화려한 색채 변화를 하는 세공한 보석들이 여기저기 아무렇게나 뿌려져 있었다. 말하자면, 피처럼 붉은 루비, 초록색의 유리 같은 에메랄드, 별 모양의 빛을 내는 푸르고 투명한 사파이어, 유기 물질을 속에 간직하고 있기 때문에 아름다운 보라색을 띠는 것으로 전해지는 자석영, 내가 자리를 옮길 때마다 색채가 변하는 진주의 어머니 오팔, 따로 떼어 놓은 황옥, 색채의 농염과 명암 등 모든 서열 상태를 나타내고 있는 환상적인 보석류—나는 그 모든 것에서 내 감각을 즐겁게 하였을 뿐 아니라, 나는 그것을 연구했다. 나는 진심으로 그 속으로 침잠했다. 나는 여기저기 붙어 있는 가격표를 읽어 내려고 애를 썼다. 나는 비교해 보았고, 눈으로 저울질했다. 나는 지상에 있는 보석에 대한 사랑을 처음으로 의식하게 되었는데, 그 사랑이란 흔해 빠진 성분이 단지 자연의 장난스런 심술 덕택에 귀중한 형체로 한데 뭉친 것에 불과한 결정(結晶), 재료 면에서 보면 아무런 가치가 없는 이러한 결정에 대한 사랑이었다. 그리고 훗날 이 마술적인 영역에 통달하게 될 나의 확실한 지식에 대한 최초의 토대를 이루었던 것은, 바로 그 당시의 일이었다.

계속해서 나는 꽃가게 이야기까지 해야 할 것인가. 꽃가게 문이 열려 있을 때면, 기분 좋게 따뜻한 습기를 머금은 천국의 향기가 용솟음치듯 퍼져 나왔으며, 진열창 속에 보이는 꽃을 듬뿍 담은 커다란 공단 레이스로 장식한 꽃바구니는, 여인들에게 보내어 환심을 사려고 하는 것이 아닐까? 문방구점에 관해 말하자면, 거기에 있는 진열품들은 내게 다음과 같은 점을 가르쳐 주었다. 편지를 신사답게 쓰려면 어떤 종이를 사용할 것인지, 또 그 종이 위에 어떻게 이름 첫 자를 인쇄시킬 것이며, 어떻게 왕관 모양과 문장(紋章)을 인쇄시킬 것인지 말이다. 화장품점이나 이발관의 진열창을 보자면, 번쩍거리는 목이 긴 병에 담은 다양한 프랑스산 향수와 화장 원료들이 화려하게 뽐내고 있었고, 사치스러운 상자 속에는 매니큐어나 얼굴 마사지에 사용되는 부드러운 도구들이 들어 있었다. —이렇게 관찰하는 재능, 그것은 내가 천부적으로 타고났으며, 또한 그것은 그 시기에 나의 유일하고도 전부인 재산이었다. —그것은 물질적인 것, 즉 이 세상의 유혹적이면서도 교육적인 진열품이 그 내용물을 이루고 있는 한, 일종의 도구적인 재능이라고 할 수 있겠다. 그러나 관찰한다는 것, 즉 인간들을 눈으로 집어삼킬 듯 관찰한다는 것은 얼마나 심오하게 나의 감정을 사로잡았는지 모른다! 대도시는, 특히 내가 즐겨 배회하였던 상류층이 사는 구역에서는 그런 인간들을 관찰할 기회를 제공하였으며, 그리고 인간들의 세계는, 생명 없는 사물들과 완전히 다른 방법으로, 열심히 노력하는 청년인 나의 갈망과 관심의 대상이 되지 않을 수 없었던 것이다.

오, 아름다운 세상의 여러 가지 장면들이여! 너희들은 나처럼 감수성이 예민한 눈에 너희들 자신의 모습을 보여 준 적이 없을 것이다. 내가 그 당시 마음에 간직한 감동적인 여러 광경 중에서 유독 한 가지 광경이 너무도 깊이 내 마음속에 뿌리를 박고 있어서, 또 너무도 단단히 내 기억 속에 매달려 있어서 —비록 그것은 아무런 의미도 없고 하찮은 일이었음에도 불구하고— 어째서 오늘날에 와서까지도 황홀감으로 내 마음을 채워 주는지 그것은 하늘만 알고 있을 따름이다. 그래서 나는 그 이야기를 여기에 다시 쓰고 싶은 유혹을 이겨 내지 못하고 있다. 비록 작가라고 하는 작자는 —나도 그런 작가로서 이 원고지 위에 뭔가 써 내려가야 하는 판국이지만— 흔히 말하듯 우리가 "사건"이라고 부르고 있는 것을 조금도 진전시키지 못하여 "아무런 결론도 내리지 못하고 있는" 것을 앞질러 얘기해서 독자들을 괴롭혀서는 안 된다는 것도 내가 잘 알고 있지만 말이다. 그러나 혹시 자기 자신의 전기를 쓸 경우에는 예술의 법칙 대신에 심장의 지시를 따르는 것이 어느 정도 허용될지도 모르겠다.

다시 한 번 말하지만 그것은 아무것도 아니었으며, 단지 그것은 매력적인 것일 뿐이었다. 그 광경이 벌어진 무대는 바로 내 머리맡이었다. 즉 프랑크푸르트 궁전이라고 부르는 커다란 호텔의 이 층 발코니였다. 그 발코니 위로 —너무 보잘것없는 이야기라서 미안하지만— 어느 날 오후에 나처럼 젊고, 분명 오누이 아니면 쌍둥이 같은 두 사람이 나타났던 것인데 그들은 서로 무척 닮아 보였다. —어린 신사와 숙녀로서 겨울 날씨의 발코니로 나섰던 것이다. 모자도 없이, 추위를 가리는 어떤 보호 장구도 없이 순수한 기분에 바깥으로 나왔던 것이다. 그 모습이 어딘지 외국인인 듯했는데, 검은 머리에 스페인, 포르투갈 계통의 남미 사람, 아르헨티나 내지 브라질 사람인 것 같았다. —순전히 내 추측이지만— 아니, 어쩌면 유대인인지도 몰랐다. —나는 그렇다고 단언할 생각은 없다. 그리고 그런 단언을 함으로써 나의 몽상이 혼란을 일으키고 싶지 않다. 왜냐하면 이런 족속 중에 사치스럽게 길러진 아이들이란 최고도의 매력을 가질 수 있는 것이기 때문이다. 두 아이는 모두 그림처럼 예뻤다. —얼마나 예쁜지는 말할 수 없지만, 사내아이도 그 계집애에 못지않게 예뻤던 것이다. 두 아이 모두 야회복 차림이었는데, 사내아이는 와이셔츠 앞가슴에 진주를 달았으며, 계집아이는 잘 빗어 넘긴 숱이 풍성한 검은 머리에 금강석 머리핀을 꽂았고, 그 공주 같은 옷의 살색 벨벳이 속이 훤히 들여다보이는 레이스 깃으로 접힌 가슴 쪽에 또 하나의 금강석 브로치가 달려 있었다. 그런데 그 야회복의 소매 역시 레이스로 가공된 것이었다.

나는 두 아이의 단정한 옷차림새를 보고 떨고 있었는데, 그 이유는 습기를 머금은 축축한 눈송이가 흩날려 물결치는 듯한 그들의 검은 머리 가르마에 내려앉았기 때문이다. 또한 그들은 기껏해야 이 분 정도 어린애다운 장난을 치더니, 난간 위에 몸을 기대고, 하하 호호 웃어 가며 길 위에 일어나고 있던 몇몇 일들을 손가락으로 가리키기도 하였다. 그러고는 추위에 익살맞게 몸을 떨고, 서로 옷에 묻은 눈송이를 털어 주며 방 안으로 들어가 버렸다. 다음 순간 그 방엔 불이 켜졌다. 그들이 사라져 버린 것이다. 즉 그 한순간의 매혹적인 환각이 영원히 다시 볼 수 없게 사라져 버린 것이다. 그러나 나는 그대로 오랫동안 서서, 가로등 옆에 몸을 꼿꼿이 한 채, 그들의 생활을 속속들이 머릿속에 그려 보려고 애쓰면서 그 발코니를 지켜보고 있었던 것이다. 그리고 그날 밤뿐만 아니라 그날 이후 여러 날을 두고, 내가 방황하며 관찰하는 일에 지쳐서 부엌의 긴 의자에 몸을 눕힐 때면, 내 꿈속에 그들이 나타났다.

사랑의 꿈들, 황홀과 결합 추구의 꿈들─나는 그것들을 달리 부를 수가 없다. 비록 그 꿈들이 하나의 형상이 아니라 이중의 존재에 대한 것이었지만 말이다. 이 이중의 존재란 내가 순간적으로 마음에 새겨 슬쩍 보았던 남녀 두 성별의 오누이를 말한다. ─한 명은 나 자신처럼 남성이었고, 다른 한 명은 다른 성, 즉 아름다운 성이었다. 하지만 여기에서 아름다움은 이중의 모습으로 나타났으니, 말하자면 사랑스러운 이원론적 존재 속에 아름다움이 있었던 것이다. 아마 그 와이셔츠에 달려 있던 진주알들을 제외하고서 발코니 위에 있던 사내아이의 모습만으로 내가 황홀해졌을는지 무척 의심스러웠다면, 오라비라는 짝이 없는 그 계집아이의 모습만으로 내 마음속에 그렇게 달콤한 꿈들을 일렁이게 할 수 있었을지 의심해 볼 충분한 근거가 마찬가지로 있다고도 하겠다. 사랑의 꿈, 내가 사랑했던 꿈은 이런 것이었으니, 왜냐하면 바로 그들이 ─이렇게 말하고 싶다─ 원래 떨어질 수 없는 것과 모호한 것을 이중적으로 가지고 있었기 때문이며, 다시 말하면 비로소 완전한 의미를 지니는 것, 매혹적인 인간상이 두 개의 성 형태로서 환희에 넘쳐 포옹하는 것이기 때문이다.

'몽상가에다가 나태한 녀석!'이라고 독자들이 내게 부르짖는 소리를 나는 듣는다. 너의 모험은 어디로 갔느냐? 너는 네 책을 온통 그런 구질구질한 잡동사니 같은 이야기로, 소위 너의 탐욕스러운 태만함의 경험으로 늘 어놓을 생각을 하고 있느냐? 생각해 보면 아마 너는 경찰관이 너를 쫓아버릴 때까지, 격조 있는 레스토랑의 내부를 우윳빛 커튼 사이로 들여다보기 위해서 유리창에 이마와 코를 납작하게 들이대었을 것이다. ―지하실 격자(格子) 철창을 통해 주방에서 풍겨 올라오는 온갖 양념 냄새를 맡으며 서서, 프랑크푸르트의 상류층 손님들이 재치 있는 보이들의 대접을 받아 가며, 양초가 든 촛대와 귀한 꽃들로 채워진 크리스털 꽃병이 놓여 있는 작은 식탁에 둘러 앉아 만찬을 하고 있는 것을 들여다보고 있었겠지? ―실제로 나는 그런 짓을 했다. ―그리고 내가 놀란 것은, 내가 사교계의 멋진 생활에서 훔쳐 낸 그런 시각적 즐거움을, 독자들이 정말 똑같이 재현할 수가 있었다는 점인데, 마치 독자들 스스로 위에서 언급한 유리창에 자신의 코를 납작하게 들이대고 있었던 것 같은 생각이 들 지경이다. 그러나 '나태함'에 관한 한, 그런 표현이 틀렸다는 것을 독자들은 곧 알 수 있게 될 것이며, 또한 독자들은 신사로서 사과하고 그 말을 철회하리라 생각한다. 기왕 말이 나왔으니 여기에서 언급하겠으나, 나는 그래도 단순히 구경만 하는 관찰자의 역할에서 벗어나서, 본성이 나를 몰고 갔던 그런 세계와 어느 정도 직접적인 접촉을 하려 했고 결국 접촉에 성공했던 것이다. 말하자면, 극장이 문을 닫을 때쯤 나는 그런 장소의 문 앞에서 왔다 갔다 하면서, 감미로운 예술에 몸이 달아올라 흥분하여 서로 지껄이며 현관으로 몰려나오는 상류층 관객들에게 민첩하고도 친절한 심부름꾼 노릇을 하며 도와주었다. 그들이 탈 합승 마차를 불러 세우려고 기다리고 있는 하인배들을 내가 수배해서 불러 주었던 것이다. 극장 입구의 처마 밑에 서서 내게 마차 수배를 부탁한 손님들을 위하여 나는 마차를 세우려고 길을 막아서기도 하고, 혹은 마차를 잡으려고 길을 한참 뛰어 올라가서 마부 곁에 직접 앉아 데려오기도 하였다. 나는 또 마치 하인배처럼 날쌔게 뛰어 내려와, 기다리고 있는 손님들에게 문을 열어 주면서 허리를 한 번 구부려 인사하면 그들은 이러한 공손한 태도에 꼭 약간이라도 보답하리라는 생각이 들었던 것이다. 더구나 개인 소유의 2인승 마차나 관용 마차를 대령하기 위하여, 나는 온갖 아양을 떨면서 그 복받은 주인 양반들의 성명을 대주기를 청하기도 했다. 그러면 그 이름들을 관직명과 함께 —참의원 의원 쉬트라이잔트 씨! 총영사 아커블로옴 씨! 쉬트랄렌하임 대령 혹은 아델렙선 대령님!— 맑은 목소리로, 그들의 마차를 부르려고, 공중에다 대고 외치면 결코 적지 않은 만족감을 내게 가져다주었던 것이다. 정말 어려운 이름들도 많았다. 그럴 때면 그 이름의 장본인들은 내가 그 이름을 발음할 수 있을까 의심한 나머지, 자기들 이름을 나에게 알려 주기를 주저하기도 하였다. 예를 들자면, 미혼의 딸을 데리고 온 어떤 위엄 있는 부부는 '끄레끼 드 몽땅 플뢰르'라고 하는 이름이었는데, 말하자면 바스락거리는 듯한 소리와 웃는 것처럼 킥킥거리는 발음에서 콧소리 나는 꽃다운 시어로 넘어가듯 배열된 그 이름을 결국 내게 알려 주었다. 상당히 먼 곳에 머물고 있었던 그들의 충실한 늙은 마부에게 그 이름이 마치 새벽녘 닭소리와 같이 청아하게 들리게 되었을 때, 세 사람 모두는 그 정확하고 세련된 발음에 얼마나 유쾌한 감동을 받았는지 모른다! 그리하여 그 늙은 마부는 살찐 황회색 말이 끄는 마차, 즉 고풍스럽긴 하지만 깨끗한 4륜 경마차를 지체 없이 그들 앞에 대령하였던 것이다.

그리하여 그런 손님 부류들을 위해서 봉사한 대가로 반가운 동전 무더기가 내 손에 굴러 들어왔다. 물론 동전은 은화일 때도 드물지 않았다. 하지만 그런 일을 해서 내게 주어진 보답으로서 내 마음에 더욱 높은 가치를 부여하고, 내 마음을 부드럽게 녹이고 내게 확신을 심어 준 것이 있었으니, 그들이 세상의 편에서 내게 주의 깊은 호의와 눈에 보이도록 놀라운 표정을 보여 주었다는 사실이며, 또 유쾌한 듯하면서도 놀라워하는 눈초리를 보여 주었다는 사실이며, 놀라움과 호기심을 가지고 나라는 인물을 눈여겨보면서 웃음을 보여 주었다는 사실이다. 나는 이러한 남모르는 성공을 내 마음속에 무척이나 조심스럽게 간직하여 두었고, 그래서 오늘날에 와서까지도 이 모든 것을 거의 다, 아니 무조건 전부가 의미심장하고 심오한 것이라고 보고할 수 있는 것이다.

냉철하게 관찰해 볼 때, 인간의 눈이라고 하는 것, 즉 모든 유기 구성물 중의 보석이라고도 할 수 있는 이 눈이, 그 축축한 빛을 다른 인간의 모습에 집중시키게 되면, 얼마나 기적적인 상태가 일어나는 것인지! ─눈이란, 모든 피조물처럼 또한 보석들과 비슷하게, 그 소재가 의미가 있는 것이 아니라, 그 소재의 재기 발랄하고 복스러운 조합이 전적으로 의미가 있다는 것을 분명히 나타내는 것과 똑같이, 눈도 역시 평범한 물질로 구성된 아교질의 물건이지만 귀중한 것이다. ─또한 눈이란, 언젠가 한 번은 생명을 잃고, 부패하여 질척거리는 진흙으로 다시 변하여 썩어질 운명을 지니고 해골 한구석에 틀어박힌 점액이긴 하지만, 생명의 불꽃이 그 속에 타오르고 있는 한, 모든 낯섦의 심연을 넘어서, 인간과 인간 사이에 자리 잡고 있다고 할 수 있는 아름답고 영묘한 다리인 것이다.

미묘하고 유동적인 사물에 대해서는, 미묘하고 유동적으로 이야기할 수밖에 없을 것이다. 그래서 여기에 조심스럽게 보충적인 관찰을 삽입하려고 한다. 인간들이 접촉하는 양극에 있어서만, 즉 아직 말이 없거나 더 이상 말이 필요 없는 곳, 다시 말해 눈과 눈이 마주치는 곳과 서로 포옹하는 곳이외에는 원래 행복이란 찾을 수 없는 것이다. 왜냐하면 오직 그곳, 그 경지에만 무(無)구속, 자유, 비밀 그리고 깊은 무의식의 상태가 존재하기 때문이다. 인간들의 상호 관련 속에 개재된 모든 것은 활기가 없고 미온적이며, 형식과 시민적 타협에 의하여 규정되고, 조건 지어지고, 제한되고 있는 것이다. 여기에서는 말이 지배적 역할을 하고 있다. 말이란 지루하고도 냉정한 수단이며, 인간이 길들여지고 절제할 수 있는 예절 문화 과정의 최초의 고안물이며, 자연이 지닌 열정적이고도 신비로운 영역과는 본질적으로 다른 물건이다. 그래서 모든 말은 그 자체로 그리고 그것으로서 이미 허튼 소리에 지나지 않는 것이다. 나는 내 전기를 쓰는 작업에 몰두하면서 지금 이 말을 하고 있는바, 통속적인 표현을 하지 않기 위해 최대한 신중을 기하고 있는 것이다. 그렇다고 해서 나의 본성이 말 한마디마다 그대로 전달하자는 것도 아니다. 나의 진실한 관심사는 그런 것에 있지 않다. 오히려 나의 관심사는 인간관계의 가장 극단적인, 무언의 영역에 해당되는 것이다. 즉 그것은 무엇보다 먼저, 인간이 서로 낯설어하고 서로 관계를 맺지 못하는 시민적 경지가 아직도 자유로운 원시 상태를 고집하고 있어, 눈초리들이 서로 책임지지 않고 꿈과 같은 외설 행위 속에서 서로 얽히는 영역이요, 그 다음은, 그러한 말이 소용없는 원시 상태에 대하여, 가장 가능한 조화, 친교 그리고 융합 상태를 가장 완전하게 부활시키는 영역인 것이다.

5장

 그러나 나는 내 병역 관계라는 골치 아픈 문제에 대한 많은 관심을 내가 완전히 잊어버린 것이 아닌가 하는 염려가 독자들의 얼굴 표정에서 나타난 것을 본다. 그래서 나는 급히 서둘러 단언하지만, 내가 나의 병역 문제를 잊는 일은 전혀 없었고, 오히려 끊임없이 불안스럽게 이 운명적인 문제를 주시하며 왔다. 물론 이 불쾌한 매듭을 풀기로 결심한 후에 그 불안감은 우리들이 어떤 커다란, 아니 지나치게 커다란 과제에 직면해서 자기의 능력을 가늠해 보려고 할 때 느끼는 그런 즐거운 듯 답답한 기분으로 어느 정도 변화한 것도 사실이다. 그리고 여기서 나는 여러 가지를 고려했을 때 지금 이 자리에서 모든 것을 미리 털어놓고 싶은 유혹에서 내 펜을 고삐 잡듯 조금은 더 저항하지 않으면 안 되겠다. 왜냐하면 어찌됐건 내가 지금 쓰고 있는 이 글이 끝을 맺게 된다면, 언젠가 한 번은 인쇄하여 대중에게 내어 보자는 계획이 마음속에서 점점 굳어 가고 있고, 그래서 소설가들이 호기심과 긴장을 유발하려고 사용하는 가장 중요한 규칙과 원리에 따르지 않는다면, 나는 잘못을 저지르게 될 뿐 아니라 내 입맛에 따라 금방 가장 재미있는 대목을 수다스럽게 적어 놓는다면, 즉 때 이르게 내 모든 화약을 폭발시켜 버린다면, 그 규칙과 원리에 심하게 위반될 것이라 생각되기 때문이다.

단지 이것만은 말해 두어야겠다. 나는 매우 치밀하게, 아니 엄밀한 과학적인 태도로 일을 시작했던 것이며, 앞으로 나타나게 될 여러 가지 난점을 얕잡아 보지 않으려고 충분한 주의를 기울였다. 왜냐하면 우물쭈물 뛰어드는 것은 진지한 일에 임하는 나의 방식이 결코 아니었기 때문이다. 오히려 나는, 속된 대중들은 거의 믿을 수 없는 가장 극단적인 모험이야말로 가장 냉철한 숙고와 가장 민감한 조심성과 결부되어야 한다고 생각했다. 그렇지 않으면 그 결과는 항상 패배, 치욕, 웃음거리가 되어 버린다고 믿었고, 그래서 나는 모험에 성공을 거두며 살았던 것이다. 나는 징병 검사 사무의 순서와 집행 및 그 사무의 기초가 되는 여러 법령을 자세히 연구하는 것만으로 충분치 않아서(나는 이 연구를, 일부분은 병역 의무를 마친 우리 집 하숙인인 기계 기사와 이야기함으로써, 또한 일부분은 자기의 교육 정도에 불만이 많은 그 사나이가 자기 방에 꽂아 놓았던 여러 권의 일반 백과사전의 도움을 받음으로써 성취하였던 것이다.) 나의 계획을 대강 일단락 지은 후에, 내가 마차를 불러다 주고 받았던 푼돈을 절약하여, 1마르크 50페니히를 모아, 어떤 서점의 진열창에서 찾아낸 임상 강의식의 어떤 인쇄물을 입수하여 그것을 열심히 읽었으며, 또한 그만한 이익을 거두었던 것이다.

균형을 잡기 위하여 배 바닥에 모래가 필요한 것과 같이, 재능에는 반드시 지식이 필요하다. 하지만 우리는 정말로 그러한 지식들만 받아들이는 것도 확실하다. 그 뿐 아니라, 우리는 그러한 지식에 대해 원래 요구할 권리가 있다는 것도 확실하다. 그러한 지식이란, 특수한 경우에 우리들의 재능이 갈망하고, 허기진 듯 긁어모아, 거기서 필요한 지반과 견고한 현실을 만들어 낼 수 있다는 것도 확실하다. 그 소책자의 교재로 말하자면, 나는 그것을 커다란 기쁨을 가지고 집어삼켰으며, 획득한 그 지식을 한밤중에 부엌에서 혼자 있게 되었을 때 초를 켜 놓고, 거울을 들여다보며 어떤 실제적 목적을 둔 연습으로 옮겨 보았던 교재였다. 그런데 그렇게 연습하는 나의 모습을 누군가 몰래 숨어서 보았더라면, 그 사람은 내가 바보 같은 미친 짓을 하고 있다고 분명 생각할 것이다. 하지만 나는 그런 연습을 통하여, 확실하고도 합리적인 목적을 추구하고 있었던 것이다. 여기서 더 이상 한마디도 하지 않겠다! 독자들은 이 순간의 박탈감, 이 순간의 궁금증을 곧 보상받게 될 것이다.

이미 1월 말에 나는 현행 법규에 따라 출생 증명서와 경찰서에서 교부받은 신원 증명서를 제출하였는데 ─병무 당국에 자필 문서를 가지고 제출했었다─ 출생 증명은 물론 아무런 문제가 없었으나, 경찰 신원 증명은 정중하게 부정하는 식이었다.(즉 나의 행실에 대해서는 어떠한 불리한 것을 당해 관서에서는 모른다는 식이었다.) 그래서 나는 어린애처럼 유치한 마음이 들어 약간 불쾌하기도 하였고 불안한 생각도 들었다. 새들이 지저귀며 향긋한 미풍이 부는 3월이 오고, 봄은 사랑스럽게 자기가 왔음을 알릴 무렵, 법령에 의해 나는 징병 장소에 출두하여 제1차 검사를 받아야만 했기 때문에, 비스바덴으로 가는 사등칸에 올라탔고, 어찌 되었건 매우 편안한 마음으로 징병 검사를 받으러 갔다. 그것도 그럴 것이 바로 그날 결정이 나게 될 일은 거의 없을 것이고, 거의 전부가 상급 보충병 위원회라는 이름 하에, 차세대 청년들의 합격 여부와 병역 편입 여부를 결정적으로 정하는 최종 심사장에 나가게 된다는 것을 나는 잘 알고 있었기 때문이다. 내 예상은 정확하게 맞아 떨어졌다. 수속은 간단해서 금방 끝났고, 별로 중요치 않아서, 그것에 대한 내 기억도 희미해져 버렸다. 키와 몸무게를 측정하였고, 청진기를 대어 보고, 병의 유무를 질문하였으며, 이쪽 질문에 대해서는 아무런 대답도 없었다. 당분간은 방면해 주어서 나는 자유로운 몸이 되었지만, 그래도 긴 동아줄 끝에 매인 것 같았다. 온천으로 유명한 이곳에서 나는 샘이 풍부한 온천장을 장식하고 있는 멋진 공원 지대를 산책하고, 온천 여관에 딸린 주랑(柱廊)의 화려한 매점을 구경하며 눈을 즐겁게 하고서, 바로 그날 내 고향 같은 프랑크푸르트로 돌아왔던 것이다.

그러나 다음 두 달이 지나갔을 때 (5월도 반이 지나가고, 때 이른 한여름의 무더위가 당시 그 지방을 뒤덮고 있었다.) 내가 누릴 수 있던 기한은 끝나게 되어, 내가 비유적으로 말했던 그 긴 동아줄이 이제 감겨서, 거역할 수 없이 징병 검사에 출두해야만 할 날이 다가왔다. 천민 계급의 잡다한 무리들과 같이 다시금 비스바덴행 열차의 사등칸 비좁은 좌석에 끼어 앉아, 증기 기관의 진동을 느끼며, 결정의 장소로 달려가고 있다는 것을 느꼈을 때, 나의 심장은 적지 않게 쿵쿵거리고 있었다. 심한 무더위가 나의 동료들을 꾸벅꾸벅 졸게는 하였으나, 그것이 나의 기력을 빼앗아 가지는 못하였다. 눈을 뜨고, 각오를 단단히 하고서 나는 거기에 앉아 있었으며, 또한 의자에 기대고 싶은 충동을 나도 모르게 피할 수 있었다. 그러면서 나는 나를 증명하게 될 상황을 상상해 보려고 애를 쓰고 있었던 것이다. 그 상황이란 지난날의 경험에 비추어 보면, 아무리 미리 치밀하게 생각을 해 두었다고 해도 예상했던 것과는 전혀 다른 것이 되리라는 생각이 들었다. 말이 나왔으니 하겠지만, 나의 감정은 즐거운 동시에 겁을 먹고 있는 종류의 것이었는데, 그것은 내가 결과에 대해서 심각할 정도로 걱정스러워서 그런 것은 아니었다. 결과는 내가 보기엔 요지부동 확실한 것이었고, 극단적인 상태까지 간다고 해도 감당할 수 있으리라 단단히 결심을 했다. 어디 그 뿐인가? 만일 필요하다면 육체와 정신의 원동력(原動力)을 거기에 바친다는 (내 생각으로는, 이런 각오도 없이 어떤 중요한 일에 뛰어든다는 것은 정말 어리석은 짓이다.) 굳은 결심을 하였고, 그래서 내가 반드시 성공할 것이라는 것은 한순간도 의심치 않았다. 내가 불안한 것은, 목적을 달성하기 위해서는 얼마만한 희생을 바쳐야 할 것인지, 얼마나 격한 흥분과 열광적 희생을 바쳐야 할 것인지, 그 점이 확실치 않다는 것뿐이었다. 말하자면, 나 자신에 대한 일종의 애정이 나를 불안하게 하였던 것이다. 이러한 나 자신에 대한 애정은 옛날부터 내 성격이 가졌던 경향이며, 남성적인 여러 가지 특질이 그것을 바로잡아 균형을 잡아 주지 않았더라면 너무도 쉽게 패기 부족하고 비겁한 성질로 변질할 수 있었을 것이다.

지금에 와서도 내 눈에 역력하게 떠오르는 그 방은 천장이 낮았지만 그래도 넓고 각목(角木)이 그대로 드러난 방이었다. 징병 검사장 근무자들이 군대식으로 거칠게 다루며 나에게 들어가라고 종용하여서 겸손한 태도로 들어가 보았더니, 그곳에는 상당히 많은 수의 청년들이 모여 있었다. 그 도시의 외곽 지대에 있는 쓰러질 것 같은 황폐한 군대 막사의 이 층에 자리 잡은 음침한 그 방은 즐거운 분위기라곤 전혀 없어 보였고, 네 개의 밋밋한 창 너머로 교외의 진흙 바닥의 풀밭이 내다보였고, 그곳에는 깡통, 기왓장, 쓰레기 등이 버려져 있어 무척 보기 흉한 광경이었다. 지저분해 보이는 조리대 뒤에 콧수염을 기른 하사관인지 특무 상사인지 담당관 한 명이 앉아 있었고, 그 앞에는 서류와 필기구들이 놓여 있었다. 그는 입영 대상자들을 벌거벗은 상태로 만들기 위해 문짝도 없는 문을 지나 판자로 둘러친 방에 들어가야 할 사람들의 이름을 불러 대었는데, 그 방은 바로 그 곁에 맞닿은 방, 즉 실제 신체검사가 행해지는 무대에 붙어 있는 것이었다. 그 담당관의 행동은 거칠었고, 의도적으로 청년들을 위협하려는 듯 보였다. 그는 자주 동물처럼 하품을 하며, 손과 발을 쭉 뻗어 기지개를 켜거나, 아니면 장정 명부의 순서에 의해 결정적인 운명이 좌우될 사람들의 교육 정도가 높은 경우에는 그것을 조롱하여 "철학 박사!"라고 부르기도 했고, 마치 "너를 추방시켜 버릴 거야, 이 녀석!"이라고 말하는 것처럼 조롱하며 웃는 것이었다. 이 모든 것이 내 마음에 공포와 혐오의 감정을 불러일으켰다.

징병 사무는 순조롭게 진척되었지만 진행이 더뎠다. 알파벳 순서로 진행되었기 때문에, 이름이 알파벳 뒤쪽 글자로 시작하는 자들은 오랫동안 기다릴 각오를 해야만 했다. 다양한 계급의 청년들이 한곳에 모인 그 방에는 짓눌린 듯한 침묵이 흐르고 있었다. 어쩔 줄 몰라 하는 시골 촌뜨기가 있는가 하면, 도시의 프롤레타리아를 대표하는 반항적 기질의 젊은 친구도 있었다. 좀 점잖은 점원과 순박한 직공도 있었고, 심지어 배우 계급에 속하는 자까지 있었는데, 그 친구의 뚱뚱하고 모호한 모습은 여기저기서 남모르는 웃음을 터뜨리게 하였다. 또한 넥타이도 매지 않고, 찢어진 에나멜 가죽 장화를 신고 온 눈이 쏙 들어간 직업 불분명의 젊은 친구도 있었고, 라틴어 학교를 막 졸업한 젖비린내 나는 풋내기가 있는가 하면, 벌써 뾰족한 수염을 기르고 얼굴빛이 창백하며 학자같이 부드러운 태도를 가진 나이 지긋한 신사도 있었다. 나이 든 그들은 자기들의 품위에 어울리지 않는 상황에 처하여 불안한 듯 고통스러울 정도로 긴장한 채 방 안을 오락가락하고 있었다. 성명 순서로 보아 자기들 차례가 곧 돌아오게 될 서너 사람은 벌써 속옷 바람이 되어, 옷은 팔에 걸고, 구두와 모자는 손에 든 채, 맨발로 문 있는 쪽으로 가서 서 있었다. 다른 사람들은 방 안을 빙 둘러싼 채로 놓인 좁은 벤치에 가서 앉았거나, 한쪽 다리를 창문틀에 올려놓고 인사를 주고받으며, 체격이나 징병 검사의 행(幸)과 불행(不幸)에 대한 자기들의 생각을 낮은 목소리로 주고받고 있었다. 종종 어떤 경로인지 알 수는 없지만, 회의실에서 새어 나온 소문으로 징집에 적합하다고 선발된 자들의 숫자가 이미 무척이나 많기 때문에 아직 검사를 받지 않은 사람들의 행운에 대한 희망이 커졌다는, 어느 누구도 그것에 대해 확증을 할 수 없는 소식이었다. 이미 자기 이름이 불리어져서 거의 완전히 벌거벗은 모습을 보일 수밖에 없었던 한 사람 한 사람에 대한 농담과 야비한 조롱이, 모여 있는 무리들의 입에서 여기저기 터져 나왔고, 자유로운 분위기가 고조되면서 비웃기까지 하게 되었다. 그러다 결국에는 책상에 앉아 있던 제복 입은 담당관이 깨물 듯한 섬뜩한 목소리로 한마디 하자 다시 정숙한 분위기로 회복되었다.

이제 나에 관하여 얘기해 보자면, 나는 늘 그렇듯 따로 떨어져 있어서 쓸데없는 군소리나 거칠고 사나운 농담에는 참견하지 않았으며, 누군가 내게 말을 걸어올 때면 냉랭하고 꺼리는 태도로 대답을 해 주었다. 열려 있는 창가에 서서 (그 방은 사람들의 냄새로 고통스러울 정도가 되었기 때문이다.) 나는 창밖의 황량한 풍경을 내다보기도 하고, 그 방의 잡다한 군상들을 돌아보기도 하며 그렇게 시간을 흘려보냈던 것이다. 나는 징병 사무를 집행하고 있는 군의관의 모습을 훑어보기 위해서 위원들이 판정을 내리고 있는 옆방을 슬쩍 들여다보고 싶었다. 하지만 그것은 불가능한 일이었다. 그래서 나는 스스로에게 강조하듯 이렇게 타일렀다. 그 사나이가 어떤 인물이라 할지라도 내게는 아무런 문제가 되지 않으며, 내 운명은 그의 손에 달려 있는 것이 아니라, 순전히 내 손에 달려 있는 것이라고. 주위 사람들은 지루함에 심하게 억눌려 있었지만, 나는 그런 고통은 받지 않았다. 왜냐하면 무엇보다 먼저 나는 천성이 잘 참는 기질이어서 아무 일도 하지 않고 오랫동안 견디어 낼 수 있었고, 감각을 마비시키는 활동에 의하여 잊지도 못하고, 소비되지도 않으며, 쫓아 버리지도 않는 자유로운 시간을 좋아하기 때문이었다. 그 외에도 나는 나를 기다리고 있는 대담하고 어려운 과제에 착수하는 데 결코 서두르지 않으며, 그 대신 한가한 시간에 기운을 집중시키고, 익숙해져서, 무엇인가 준비할 수 있는 것을 기뻐하고 있었기 때문이다.

알파벳 K로 시작되는 이름이 내 귀에 들려왔을 때는 이미 그날 낮 12시를 가리키고 있었다. 그런데 운명이 정답게 나를 희롱하려는 듯, K로 시작되는 이름은 그날 대단히 많았다. 캄마흐, 켈러매너, 킬리아네, 크놀, 크롤 등의 성명이 끝나지 않고 불리었다. 책상에 앉은 담당관에 의해 내 이름이 불리었을 무렵, 결국 나는 꽤나 맥이 풀리고 기진맥진해져서 규정된 옷차림으로 준비하기 시작했다. 말이 나왔으니 하겠지만, 그 권태로움은 나의 결심을 방해하지 않았을뿐더러 오히려 나를 더욱더 강화시켰다고 얘기할 수 있다.

나는 그 특별한 날을 위해 나의 대부가 인생의 여정을 떠나는 내게 주었던 풀 먹인 흰색 와이셔츠 한 벌을 입고 왔다. 그 와이셔츠를 나는 지금까지 양심적으로 애지중지 아껴 오고 있다. 하지만 징병 검사장에서 그것이 특별하게 문제가 될 수도 있겠다는 것을 미리 짐작하고 있었다. 그래서 나는 남에게 나를 떳떳하게 내보일 수 있다는 의식을 하면서, 세탁한 격자무늬의 목면 와이셔츠를 입은 젊은 친구 둘 사이에 끼여서 탈의실 입구에 가서 서 있었던 것이다. 내가 아는 한, 징병 검사가 진행되는 그 방에서 나에 대한 어떠한 조롱의 말도 들리지 않았다. 심지어 책상머리의 그 담당관은 존경심을 가지고 나를 훑어보았다. 여기서 존경심이란 그 양반처럼 복종하는 데 습관이 되어 버린 졸개들은 그러한 고상한 태도와 우아한 복장에 대해 결코 거절 못하는 성질의 것이다. 나는 그 담당관이 자기가 가지고 있던 명부의 기재 사항과 나의 풍채를 매우 호기심 있게 비교하고 있다는 것을 잘 알 수 있었다. 사실 그는 그 연구에 너무도 정신을 팔고 있어서 내 이름을 적절한 시간에 다시 한 번 불러야 한다는 사실을 완전히 소홀히 하고 있었다. 그래서 오히려 내 쪽에서 들어가도 되느냐고 물어보아야 했는데, 그러자 그는 들어와도 좋다고 하였다. 나는 맨발로 그 문지방을 넘어서고, 그 공간에서 나 혼자, 옷을 벗어서 그곳에 있던 긴 의자 위에 앞사람이 벗어 놓은 옷 옆에다 올려놓았으며, 구두를 그 밑에 내려놓고, 풀 먹인 와이셔츠마저 벗어서 그것을 깨끗하게 접은 후에 다른 옷들과 함께 놓아두었다. 그러고 난 뒤 나는 다음 지시 사항에 귀를 기울이고 있었다.

나의 긴장감은 고통스러울 정도였으며, 심장은 불규칙하게 쿵쿵거리고 있었다. 내 생각에 아마 내 얼굴에서 핏기마저도 없어졌을 것이리라. 그러나 이러한 불안한 마음에는 또 다른 하나의 감정, 즉 즐거운 감정이 뒤섞여 있었는데, 그 감정을 묘사할 말이 언뜻 떠오르지 않는다. 격언의 형식이었는지, 혹은 단상의 형식이었는지, 그리고 감옥에서 책을 읽어 보던 때였는지, 혹은 신문을 들춰 보던 때였는지—언젠가 한 번 내게 떠올랐던 적이 있었는데, 아마 다음과 같은 견해 아니면 잠언일지도 모르겠다. 다시 말해, 자연이 우리를 세상에 배출해 놓은 상태, 즉 나체란 것은 모든 사람을 평등화시킨다는 견해, 그리고 나체의 인간들 사이에는 어떠한 계급도 불공평도 존재하지 않는다는 그런 견해였다. 이러한 주장은 곧 나의 분노와 반항을 일깨워 주었는데, 아마 미천한 인간들에게는 아첨하는 견해로서 명약관화할지 모른다. 하지만 그것은 결코 진실이 아니다. 이 주장을 정정하여 다음과 같이 대답할 수 있을 것이다. 즉 진정한 계급 순위는 근원적인 자연 상태에서 비로소 만들어질 수 있는 것이며, 나체라는 것이 인류가 본래적으로 불공평하고 귀족적인 품위를 좋아하는 성질임을 의미하는 한에서만은 공평한 것이라고 말할 수 있다. 일찍부터 나는 그런 것을 느꼈다. 즉 나의 대부 쉼멜프레스터가 요술을 부려 내 모습을 상당히 중요성 있는 인물로 화폭 위에 그렸을 때 그런 것을 느꼈고, 또 공중목욕탕 같은 곳에서 인간이 우연의 제약으로부터 해방되어 원래 그 자체의 모습을 그대로 드러내는 경우에 언제나 나는 그런 것을 느꼈던 것이다. 그래서 오해를 가져올 수 있는 걸인의 옷차림이 아니라, 자유로운 본래의 모습으로 검사관 일동 앞에서 나를 소개하게 된 기쁨과 강렬한 자부심이 내게 갑자기 솟구쳤던 것이다.

칸막이 탈의실의 좁은 쪽 벽은 검사실 쪽으로 훤하게 트여 있었고, 널빤지로 된 벽이 가로막고 있어서 신체검사의 현장을 내다볼 수 없었으나, 나는 귀를 쫑긋 세워 아주 자세하게 신체검사가 어떻게 진행되는지 그 과정을 파악할 수 있었다. 나는 군의관이 신병에게 명령을 내리는 소리를 들었는데, 그것은 신병으로 하여금 이리저리 몸을 돌리고 사방으로부터 몸을 보이도록 요구하는 것이었다. 또 나는 군의관이 신병에게 제시하는 간결한 질문과 신병의 대답 소리 같은 것을 들었다. 신병은 폐렴에 걸린 일이 있다는 어설픈 말을 늘어놓았지만, 그것은 너무도 속이 들여다보이는 거짓말이어서 자기의 목적을 달성할 수는 없었다. 그리하여 군복무에 가장 적합하다는 '갑종 합격'이라는 판정을 군의관으로부터 받고서 신병은 늘어놓던 말을 그치고 말았다. 군의관이 내린 이 판정은 다른 목소리로 복창되고, 이후의 절차가 계속 진행되고 나서 퇴장 명령이 내려졌고, 저벅저벅 발자국 소리가 다가왔으며, 그리고 곧 그 갑종 합격의 신병은 내가 있는 곳으로 들어섰다. 내가 보기에, 매우 호리호리한 그 친구는 목둘레에 푸른 힘줄이 나왔으며, 둔중한 어깨는 볼품없었고, 팔꿈치에서 어깨까지의 위팔에는 누런 반점이 돋았으며, 무릎은 거칠고, 커다란 발에는 붉은 빛이 감돌았다. 나는 비좁은 공간에서 그와 접촉하기를 꺼렸다. 바로 그 순간 콧소리 섞인 날카로운 목소리로 내 이름이 불리고, 조수 노릇을 하는 하사관이 눈짓을 하며 탈의실 앞에 나타났기 때문에, 나는 널빤지로 된 벽 뒤에서 앞으로 나섰고, 왼쪽으로 몸을 돌려 얌전하면서도 겸손한 태도로 군의관과 신체검사 위원들이 나를 기다리고 있는 쪽으로 걸어갔다.

그런 순간에 사람들은 보통 눈이 멀게 된다. 그래서 내 눈앞의 광경은 모호한 윤곽만이, 흥분한 동시에 마비되어 버린 내 의식 속으로 들어왔다. 아주 기다란 책상 하나가 방의 오른쪽 한구석을 비스듬히 가로질러 놓여 있었고, 앞으로 엎드려 있기도 하고 뒤로 기대기도 하고 있는 신체검사 위원들이 한 줄로 앉아 있었다. 어떤 위원들은 군복을 입고 있었고, 어떤 위원들은 평복을 입고 있었다. 그들이 앉아 있는 왼쪽 끝에 군의관이 자세를 꼿꼿이 하고 서 있었는데, 내 눈에는 그 군의관 역시 그림자처럼 아주 모호한 모습으로 보였는데, 더욱이 창문을 등지고 있었기 때문에 특히 그러했다. 그러나 나는, 나를 뚫어지게 쳐다보는 그 많은 시선에 내심으로 압도당하였으며, 완전히 노출되어 제물이 되어 버린 상태의 꿈같은 감정에 몽롱해지게 되었다. 그러자 내게 든 생각은, 나는 혼자이고, 모든 관계에서 해방되고, 이름도 나이도 없이 자유롭고 순수하게 허공 속에 떠 있는 것 같았다. 그런데 그 느낌은 기분 나쁜 성질의 것이 아니었을뿐더러 오히려 귀중한 성질의 것으로서 기억 속에 간직하고 있는 감정이다. 아무튼 내 몸의 모든 섬유 조직은 계속해서 뒤흔들리고, 맥박은 흥분하여 불규칙적으로 뛰놀았을지 모르지만, 내 정신은 이제 비록 냉정해졌다고 말할 수는 없다 하더라도 완전히 침착해졌다. 그래서 그 다음 단계에서 내가 말하고 행동한 것은 마치 내 육신이 전혀 도와주지 않은 것처럼, 아주 자연스러운 방법으로 나오게 된 것이며, 사실은 나 자신도 그 순간에는 깜짝 놀랄 정도로 그렇게 시작이 되었던 것이다. 여기서 정확하게 말하자면, 오랫동안 연습을 쌓아서 미래를 향해 양심적으로 깊이 파고 들어가면, 그래서 그것을 실제로 응용하는 순간에는 행위와 사건, 능동과 수동 간에 '몽유병적이며 중간적인 것'이 생기게 되어, 여기서는 우리의 주의력이 거의 필요 없게 되는 것이다. 그런데 현실이라는 것은 대체로 우리가 경우에 따라 예상하는 것보다 훨씬 보잘것없는 요구를 하게 되는 것이므로, 그렇게 되면 우리들은, 완전 무장을 하고 전투에 참가했는데, 승리를 거두기 위해서는 오로지 단 하나의 무기만을 슬쩍 조종하면 되는 사나이와 비슷한 상황에 처하게 될 것이다. 그것도 그럴 것이, 명예를 중시하는 자는 가장 어려운 것을 연습하지만 실제는 비교적 쉬운 일에 맞닥뜨리고, 그래서 더욱 익숙한 솜씨를 보이게 되는 것이며, 또한 승리를 거두기 위해서 단지 지극히 부드럽고, 지극히 손쉬운 무기가 필요하다면 무척 기뻐한다. 왜냐하면 그런 사람은 본래 난폭하고 야만적인 수단을 싫어하기 때문이며, 긴급한 때에만 그런 수단을 쓰기 때문이다.

"1년 지원병입니다." 하고 검사 위원들의 책상에서 호의에 찬 굵은 소리가 마치 해설하듯 말하는 것이 들렸다. 그런데 그 말 바로 직후에 앞에서 들렸던 콧소리 섞인 목소리가 지금 말한 것을 정정하며, 내가 단순한 신병이라는 것을 확인하는 바람에 나는 약간 불쾌한 마음이 들었다.

"좀 더 앞으로 나오시오!" 하고 군의관은 말했다. 그의 목소리는 염소처럼 떨리는 목소리로 약간 힘이 없었다. 나는 기꺼이 그의 말에 순종하였으며, 바싹 그의 앞에 다가서서, 약간 어리석기는 하지만 불쾌감까지는 주지 않는 단호한 말투로 이렇게 말했다.

"저는 완전히 갑종 합격입니다."

"그것은 당신이 판정 내리는 것이 아니오!" 하고 군의관은 화가 난 듯 목을 길게 빼고 심하게 흔들면서 대꾸했다. "내가 당신에게 묻는 말에만 대답하시오. 당신 자신의 의견을 진술하는 것은 안 되오!"

"네, 알았습니다. 군의관 사령관님." 하고 나는 나직하게 말했다. 비록 그가 상급 군의관에 불과하다는 것을 잘 알고 있었음에도 불구하고 말이다. 그리고 나는 그를 깜짝 놀란 눈으로 쳐다보았는데, 그때 나는 그 사람을 좀 더 자세히 알아볼 수가 있었다. 그는 약간 마른 편이었고, 군복 상의는 주름이 잡히고, 몸에 헐렁헐렁하였다. 거의 팔꿈치까지 올라오게 단을 접어 넣은 소매는 너무 길어서 손의 절반을 덮었으며, 가느다란 손가락만 보였다. 아래 얼굴 전체에 나 있는 성기고 가는 수염은 곧게 뻗친 머리털과 똑같이 윤기 없는 검은색이었고, 이 수염 때문에 그의 얼굴은 길게 보였는데, 거기에다 반쯤 벌린 입, 쏙 들어간 뺨, 그리고 턱을 떨어뜨리는 습관이 있었기 때문에 더더욱 그의 얼굴은 길게 보였다. 벌겋게 충혈된 날카로운 눈에는 은테두리의 코안경이 매달렸는데, 그것은 휘어져서 한쪽 렌즈는 어색하게 눈두덩에 가로 걸쳐져 있고, 다른 쪽 렌즈는 눈에서 훨씬 떨어져 있었다.

이것이 내가 마주한 상대방의 외모였다. 그리고 그는 내가 군의관 사령관님이라고 불렀기 때문에 멋쩍은 웃음을 짓고는, 눈꼬리로부터 위원들이 앉아 있는 책상 쪽을 살펴보는 것이었다.

"손을 들어 보시오! 사회에서 무슨 일을 했는지 말해 보시오!" 하고 말하면서 동시에, 그는 재단사가 하는 것처럼 하얀 숫자가 적혀 있는 초록색 미터 자를 가슴과 등에 갖다 대었다.

"저는 호텔 사업을 할 계획입니다." 하고 나는 대답하였다.

"호텔 사업? 그래, 그것이 당신의 계획이란 말이지, 그런데 언제 시작한다는 거요?"

"저와 제 가족은 제가 병역 의무를 마친 후에, 이 직업을 시작할 것으로 이야기가 되어 있습니다."

"흠, 난 지금 당신 가족에 대해서 묻고 있는 것이 아니오. 가족이란 누구를 말하지요?"

"저의 대부 쉼멜프레스터 교수와 저의 어머니 샴페인 양조장 주인의 미망인입니다."

"아, 그래요, 샴페인 양조장 주인이군요. 그런데 당신은 지금 대체 무엇을 하고 있소? 당신은 신경과민인가? 왜 그렇게 어깨를 움찔움찔 경련을 하는 것이오?"

사실 나는 여기에 나와서 서 있었을 때부터, 반 무의식적이고 즉흥적으로 결코 강제적은 아니었지만 자주 되풀이해서, 독특한 방법으로 어깨가 경련을 일으킨 듯 움찔움찔하고 있었다. 무슨 이유 때문인지는 몰라도 나는 그 행동이 그 자리에 알맞을 것 같은 생각이 들었다. 나는 심사숙고하며 대답했다.

"아닙니다. 제가 신경과민일지도 모른다는 생각은 여태껏 한 번도 해 본 적이 없습니다."

"그렇다면 그렇게 어깨를 움찔움찔하지 말란 말이오!"

"네, 알겠습니다, 군의관 사령관님." 하고 나는 부끄러워서 그렇게 대답했다. 그런데 그 순간에 또다시 나는 움찔움찔하며 경련을 일으켰다. 그것을 그는 보지 못한 것 같았다.

"나는 군의관 사령관이 아니오." 하고 그는 염소처럼 떨리는 목소리로 날카롭게 나에게 호령을 치면서, 앞으로 내민 머리를 심하게 뒤흔들었기 때문에, 코안경이 떨어지려고 하였다. 그래서 그는 오른손 다섯 손가락을 전부 움직여 그것을 다시 제자리에 고정시키지 않을 수 없었다. 그렇지만 코안경이 원래 휘어져 있다는 근본적인 결점을 제거할 수는 없었던 것이다.

"그렇다면 제가 죄송하게 되었습니다." 하고 나는 창피하여 아주 낮은 목소리로 대답했다.

"그럼 이제 내 질문에 대답하시오!"

아무런 영문을 몰라서 쩔쩔매고 있는 나는 사방을 두리번거렸다. 그리고 마치 호소라도 할 것처럼 위원 나리들을 쭉 둘러보았는데, 그들의 태도에는 꼭 집어 얘기할 수 없는 관심과 호기심이 나타나 있음을 감지할 수 있을 것 같은 생각이 들었다. 결국 나는 한마디 말도 없이 한숨만 내리 쉬었다.

"난 지금 당신의 현재의 직업을 묻고 있는 거란 말이오."

"저는 지금," 하며, 기쁨을 억누르고 금방 대답을 하였다. "프랑크푸르트 암 마인에서 상당히 큰 여관 내지 하숙집을 경영하는 어머니를 도와주고 있습니다."

"대단하구먼," 하고 그는 비꼬는 듯 말했다. 그러고는 "기침을 해 보시오!" 하고 느닷없이 명령조로 말했는데, 이제 그가 가지고 있던 검은 청진기를 내 몸에 대었고, 허리를 구부리면서 내 심장의 고동에 귀를 기울이고 있었던 것이다.

그가 청진기로 내 몸 여기저기를 대고 있는 동안, 나는 여러 번 억지로 기침을 해야만 했다. 그런 다음 그는 청진기 대신 곁에 있는 작은 탁자 위에서 집어든 소형 해머로 바꿔 들고, 타진으로 넘어갔다.

"중병을 치른 적이 있나요?" 그는 타진을 하며 물었다.

"없습니다. 군의관님, 중병을 앓은 적은 한 번도 없었습니다. 또한 제 건강 상태가 약간 불안정하다는 점을 도외시할 수 있다면, 제가 알고 있는 한 저는 아주 건강하였고 늘 그래 왔습니다. 그래서 저는 모든 병과에 최고로 적합한 사람이라고 느끼고 있습니다."

"조용!" 하고 그는 갑자기 청진을 중지하고, 구부린 자세 그대로 화가 난 듯 내 얼굴을 치켜보면서 말을 했다. "당신의 합격 여부는 내가 할 일이니 당신이 나서 쓸데없는 것을 말하지 마시오!" 하며, 그는 정신이 산만한 듯 검사를 중지하고서 몸을 일으켜, 내 앞에서 좀 뒤로 물러나더니, "당신은 계속 쓸데없는 말을 지껄이고 있구먼!" 하고 반복해서 말했다. "당신의 말투에는 그 어떤 절제가 없어요. 아까부터 바로 그것이 이상하다고 생각하는 참이오, 어떻게 된 일인가요? 당신 어느 학교를 다녔지요?"

"저는 실업 중고등학교 6년을 수료하였습니다." 하고 낮은 소리로 대답했다. 그리고 내가 그에게 기이한 느낌을 주어 감정을 해친 것에 대해 걱정하고 있는 것처럼 외견상 보이게 했다.

"왜 7년을 마치지 않았지요?"

나는 머리를 숙였다. 그리고 아래에서부터 위로 그를 얼핏 쳐다보았다. 하지만 그 눈초리는 매우 강렬해서 그 눈초리를 받은 자는 아마 마음에 일격을 당했을 것이다. "왜 당신은 나를 괴롭히는가?" 하고 나는 그 눈초리로 물어본 것이었다. "무엇 때문에 당신은 내게 말을 하도록 강요하는 것인가? 적의(敵意)를 품은 인생이 나에게 가한 깊은 상처를 그래도 나는 정답고 예의 바른 풍채 속에 감출 줄 아는 양질의 특별한 청년인데, 도대체 당신은 그것을 보지도, 듣지도, 느끼지도 않는다는 말인가? 당신이 나의 치욕을 여러 존경스런 위원님들 앞에 폭로하려고 고집을 부리는 것이 과연 사려 깊은 태도인가?" 내 눈초리는 그렇게 말하고 있었다. 판단력 있는 독자들이라면 알 테지만, 비록 내 눈초리의 고통스런 하소연이 그 순간에 있어서 목적 달성을 위한 의식적 노력과 계획의 합작품이었다 하더라도, 나는 결코 사기를 친 것은 아니었다. 왜냐하면 감정이 부당하게 모방되었을 경우에는 당연히 허위와 위선으로 인정받게 마련이기 때문이다. 그 이유는 부당하게 모방된 감정이 나타날 때에는 어떠한 진실과 실제적인 지식도 그 것과 일치할 수 없기 때문이며, 이 모든 것은 일그러짐과 졸렬함이라는 딱 한 결과가 필연적으로 도출될 것이다. 그러나 우리들은 자기의 귀중한 체 험의 표현을 임의의 시기에 목적에 적합하게 사용할 수 있는 것이 아니겠 는가? 나의 눈초리는 재빠르게, 슬픈 듯, 비난하듯, 인생의 불공평과 불운 을 옛날부터 잘 알고 있다는 것을 말하였던 것이다. 그리고 나서 나는 깊 은 한숨을 지었다.

"대답을 해 보시오!" 하고 군의관은 부드러운 말투로 말을 했다.

나는 안간힘을 쓰면서 주저하며 대답을 했다.

"저는 학창 시절 유급을 하게 되어 그 과정을 끝마치지 못했습니다. 그 이유는 반복적으로 찾아오는 몸의 불편함으로 인해 자주 자리에 누워 있 게 되었고, 그래서 당시에 자주 수업을 빠져야만 했기 때문입니다. 존경하 는 선생님들께서도 제가 주의력과 노력이 부족하다고 비난할 수밖에 없었 습니다. 그런데 저로서는 이 점에 대해서 너무나 실망을 했으며 낙담했습 니다. 왜냐하면 저는 제게 어떠한 잘못이나 게으름이 있다는 것을 알지 못 했기 때문입니다. 그렇지만 제가 많은 것을 놓쳐 버리는 일이 자주 있었고, 또 많은 것을 듣지 못했거나, 아니면 들었다 하더라도 제대로 알지 못하는 경우가 자주 일어나기는 했습니다. 예를 들어, 선생님이 말씀하신 교재라 든가 해 오라고 지시하신 숙제 같은 것이 문제가 되었는데, 저는 그 숙제 를 해치우지 못했습니다. 왜냐하면 숙제가 있었는지 전혀 몰랐기 때문이었 습니다. 더욱이 그것도 제가 무슨 딴생각이나 좋지 못한 생각을 하고 있어 서 그랬던 것도 아니고, 선생님이 그런 지시 사항을 내렸을 때, 제가 그 자 리에 없었으며, 또 그 교실에 출석하고 있지 않아서 그랬던 것 같습니다. 이것이 선생님들의 입장에서 보아 제게 꾸지람과 단호한 처분을 내리게 한 동기가 되었던 것이지만, 제 입장에서 보면 너무나도 커다란⋯⋯."

여기에서 나는 더 이상 할 말을 찾지 못하고, 혼란을 일으켜, 입을 다물고, 어깨를 이상스럽게 움찔거렸다.

"그만두시오!" 하고 그는 말했다. "당신은 대체 귀가 먹었소? 저쪽 뒤로 썩 물러나시오! 자, 내가 말하는 것을 복창해 보시오!" 그리고 이번에는 자기의 얇은 입과 가느다란 수염을 아주 익살맞게 일그러뜨리면서, "십구, 이십 칠" 하고 또 다른 몇 가지 숫자를 조심스럽게 속삭이듯 말하기 시작했다. 나는 불쾌하게 생각하지 않고 그 숫자를 바로 정확하게 되풀이해 주었다. 왜냐하면 내 모든 감각이 그렇다시피, 청각 또한 평균적 상태는 되었을 뿐만 아니라, 특별히 예민하고 섬세하기 때문이었으며, 또한 그것을 비밀로 할 아무런 이유도 없다고 생각했기 때문이다. 그렇게 나는 그가 단지 입김처럼 내뱉는 복잡한 숫자를 받아서 복창했는데, 나의 이러한 훌륭한 재능은 그의 마음을 사로잡은 듯했다. 그것도 그럴 것이, 그는 이 시험을 줄기차게 계속했으며, 나를 그 방의 가장 먼 구석에다 보내 놓고, 6미터 내지 7미터 거리에서 천 단위의 네 자리 숫자를 알려 주었다. 아니, 알려 주었다기보다는 감추듯 몰래 말을 했다. 그런데도 나는 절반은 추측해서, 그가 입술에 올려놓았다고 거의 생각하기가 어려운 것을 전부 파악하여 복창을 했는데, 그때 그는 입을 오므린 채, 위원들이 앉아 있는 책상 쪽으로 의미심장한 눈초리를 보내는 것이었다.

"좋아요," 하고 그는 결국 아무것도 아닌 것처럼 짐짓 꾸며 말했다. "당신의 귀는 정말 좋소. 다시 이쪽으로 가까이 오시오, 그리고 가끔 당신의 등하교를 중단시킨 불편한 몸의 상태가 어떤 증세로 나타났는지 한번 자세하게 말해 보시오."

나는 순순히 앞으로 나왔다.

"우리 집 주치의인 위생 고문관 뒤징 씨는 늘 그것을 일종의 편두통이라고 설명하곤 했습니다." 하고 나는 대답했다.

"그래요, 집안 주치의가 있었군요. 위생 고문관이었단 말이지요? 그런데 편두통이라고 그것을 설명했다고! 그럼, 그것이 어떻게 나타난 건가요, 그 편두통이란 것이? 발작의 증세를 설명해 보시오! 두통이 일어났나요?"

"두통도 있었습니다!" 하고 나는 존경에 가득 찬 눈으로 그를 쳐다보며 놀란 듯 대답했다. "그와 동시에 양쪽 귀가 윙윙 울리고, 특히 전신이 괴로우며 또 공포를 느꼈습니다. 아니 오히려 기력이 완전히 없어진다고 해야 되겠습니다. 그것이 결국에는 목을 졸라매는 듯한 경련으로 변화하는 바람에 저는 거의 침대에서 팽개쳐지게 되는 것 같았습니다……."

"목을 졸라매는 듯한 경련이라고요?" 하고 그는 말했다. "그 밖에 다른 경련은 없었나요?"

"네, 다른 경련은 확실히 없었습니다." 하고 나는 완전히 보증하듯 단정적으로 말했다.

"그런데 귀가 윙윙 울렸다는 말이지요?"

"귀가 울리는 것은 자주 나타나는 일이었습니다."

"그러면 언제 그런 발작이 일어났나요? 그전에 무슨 흥분이라도 했을 때인가요? 특별한 원인이 있었을 때 그렇다는 말이오?"

"만약 제 생각이 옳다면," 하고 나는 망설이며 주위를 살피는 듯한 눈초리를 하고 대답했다. "그런 발작은 학창 시절에 여러 번 일어났는데, 그것은 제가 교실 안에서 곤란한 경우를 당했을 때, 즉 아까 제가 말씀 드린 종류의 화가 치미는 경우에는 바로 일어났습니다……."

"당신이 어떤 이야기를 듣지 못했을 경우 말이지요? 마치 당신이 그 자리에 없었던 것처럼 말이오."

"네, 그렇습니다. 군의관 대장님."

"흠." 하고 그는 말했다. "그럼 이제 당신이 그 자리에 없었던 것 같은 그런 우연한 경우보다 선행되어, 그런 경우를 규칙적으로 예고하는 것 같은 어떤 징후를 당신이 감지하였는지 어떤지 한번 잘 생각해서 양심껏 말해 보시오. 수치스럽다고 생각할 것은 없소! 당신이 생각할 수 있는 수치스러움은 극복하고서, 그 당시 그와 같은 징후라고 할 수 있는 것을 감지하였는지 솔직하게 말해 보라는 것이오!"

나는 그를 빤히 쳐다보았다. 힘든 듯, 천천히, 말하자면 쓰라리게 반성이라도 하는 듯이 머리를 끄덕이면서, 상당히 오랫동안 한눈도 팔지 않고, 그의 눈을 들여다보았다.

"네, 저는 자주 이상한 기분을 느낍니다. 예전에도 그랬으며, 유감스럽게 지금도 가끔 이상한 기분을 느낍니다." 결국 나는 할 수 없이 나지막하게, 깊은 생각을 하고 난 후에 얘기하는 듯 대답해 주었다. "저는 종종 난로나 불 근처에라도 다가선 듯한 기분을 갑자기 느끼는데, 그러면 뭔가 아주 뜨거운 것이 사지를, 처음에는 발을, 그리고 다음에는 상체를 스치고 지나가는 것입니다. 그리고 그 뜨거운 것 속에는, 일종의 가려움과 따끔거림이 들어 있어서, 저는 그것이 이상하다고 생각지 않을 수 없는 것입니다. 그와 동시에 여러 가지 색채가 눈앞에 어른거리게 되니 더더욱 놀라게 됩니다. 눈앞에 어른거리는 이 색채는 아름답다고까지 말할 수 있지만, 그럼에도 불구하고 저를 깜짝 놀라게 하는 것입니다. 그리고 다시 한 번 그 따끔거리는 증상으로 되돌아가서 말씀 드리자면, 그것은 개미가 그 위로 달려가는 듯한 기분이라고 말씀 드릴 수 있을 것 같습니다."

"흠, 그런 증상이 있은 후에 당신은 여러 가지 것들을 듣지 못했다는 말이지요."

"네, 그렇습니다, 군(軍) 병원장 각하, 제 천성에 대해 저도 모르는 것이 많습니다. 그래서 집에서도 저는 그것 때문에 당혹스러울 때가 많습니다. 이렇게 말씀 드리는 것도, 제가 식사 중에 가끔 저도 모르게 수저를 떨어뜨리고, 식탁보에다 국물을 쏟아 얼룩지게 만들어 놓았다는 것을 알고 있기 때문입니다. 그러면 어머님은 제게 꾸지람을 하시는데, 나중에 제가 어른이 되어서도 손님들 —주로 무대 예술가와 학자들이지요— 앞에서 무례한 짓을 하게 될 것이라고 말이지요."

"그래요, 수저를 떨어뜨린다는 말이지요! 그런데 시간이 약간 지난 뒤에 비로소 깨닫게 된다는 것이고! 당신은 주치의에게, 그 위생 고문관에게, 아무렴 그가 무슨 사회적 칭호를 가지고 있어도 좋지만, 한 번도 그러한 사소한 이상 증세에 대해서 이야기한 적이 없었단 말인가요?"

나직하게 초연한 목소리로 나는 그의 질문에 아니라고 대답했다.

"왜 말을 안 했소?" 그는 집요하게 물었다.

"창피했기 때문입니다." 하고 나는 더듬거리며 대답했다. "그리고 누구에게도 말하고 싶지 않았기 때문입니다. 또한 그 일을 비밀로 해 두어야 할 것 같았기 때문입니다. 그리고 또한 저는 시간이 지나가면 그것이 없어지리라는 희망을 가지고 있었기 때문이기도 하지요. 그리고 저는 누구에게든지 확고한 믿음을 갖고 있으면서, 가끔 제가 얼마나 이상한 꼴을 당하는지를 그 사람에게 고백할 수 있다고는 전혀 생각하지 않았을 것 같았으니까요."

"흠," 하고 그는 말했다. 그러자 띄엄띄엄 성긴 그의 수염이 조롱하듯 파르르 떨렸다. "누구한테 얘기해도 그것은 모두 간단하게 편두통 때문이라고 설명될 것이리라 생각했다는 것이지요. 당신은," 그는 계속해서 말했다. "당신 아버지가 소주 양조업자라고 하지 않았나요?"

"네, 다시 말하자면, 부친은 라인 강변에 샴페인 양조장을 소유하고 있었습니다." 나는 그의 말을 확인하는 동시에 정정시켜 주면서 정중하게 대답했다.

"그렇지, 샴페인 공장이었지! 그러면 그분은 아마 우수한 포도주 전문가였겠구먼, 당신 부친 말이오."

"그렇다고 생각합니다, 군의관님!" 하고 나는 즐거운 듯 말했다. 한편 검사 위원들 석에서도 눈에 띌 정도로 유쾌한 기운이 감돌았다. "물론 그분은 포도주 전문가였습니다."

"그리고 그의 인품으로 말하자면 역시 비열한 위선자가 아니라, 좋은 술이면 마시는 애주가였을 테지, 그렇지 않나요? 흔히 말하듯, 천하의 주당(酒黨)이었다는 말이지요?"

"제 부친은" 하고 나는 마치 내 기운을 다시 찾은 것처럼 모호하게 대답했다. "인생의 즐거움 바로 그 자체였습니다. 그것만은 저도 동의할 수 있습니다."

"그렇군, 그래. 인생의 즐거움이라. 그런데 어떻게 세상을 떠나셨나요?"

나는 침묵을 지켰다. 그리고 그를 쳐다보며 고개를 떨구었다. 그리고 지금까지와는 다른 목소리로 대답했다.

"대대(大隊) 의학 담당관이신 군의관님께 죄송스러우나, 그 문제에 대해서는 더 이상 묻지 말아 주기를 간곡하게 부탁드리고 싶습니다……"

"여기서는 어떠한 질문도 거부해서는 안 돼요!" 하고 그는 염소처럼 떨리는 날카로운 소리를 내며 대답했다. "내 질문은 다 생각이 있어서 하는 질문이고, 당신의 대답은 중요한 것이오. 당신 자신의 이익을 위해서 경고해 두지만, 당신 부친이 사망한 이유를 있는 그대로 말하도록 하시오."

"부친은 교회에서 장례식을 치렀습니다." 하고 나는 무거운 마음으로 대답했다. 그리고 나의 흥분은 너무도 컸기 때문에, 나는 그 일을 일목요 연하게 이야기할 수가 없었다. "그것에 대해서 저는 증거 서류를 제출할 수 있습니다. 그리고 조회하면 알게 되시겠지만, 여러 명의 장교와 쉼멜프 레스터 교수가 관을 따라갔습니다. 종교 고문관 샤또 씨가 스스로 그 추 도 설교에서 말씀하신 것처럼." 나는 점점 더 격하게 말을 계속했다. "권 총은 부친이 검사하려고 만지다가, 부친도 모르는 사이에 발사하게 된 것 입니다. 만약 부친의 손이 떨렸고 부친 스스로가 자신을 완전히 극복하지 못했다면, 그것은 우리 집안에 커다란 재앙이 들었기 때문에 그랬던 것이 겠지요……." 나는 '커다란 재앙'이란 말을 했고, 그 밖에도 주제넘고 몽상 적인 표현을 한두 가지 사용했다. "파멸이 손가락 마디로 저의 집 문을 노 크했던 것입니다." 하고 나는 심지어 설명을 하려고 집게손가락을 꾸부려 붙이고 하늘에 노크하는 시늉까지 하면서 거의 정신없이 말했던 것이다. "왜냐하면 제 부친이 간악한 인간들, 즉 부친의 목을 자른 고리대금업자 들의 그물 속에 떨어지게 되었기 때문이었습니다. 그래서 집안의 모든 것 을 팔아 버리게 되었고, 거의 내던지다시피 하게 되었던 것입니다……유리 로 된……칠현금," 하고 나는 의미 없이 말을 더듬었으며, 눈에 드러나도 록 안색이 변화되었던 것이다. 이제 뭔가 전적으로 모험처럼 놀랄 만한 일 이 나에게 일어나려고 했기 때문이다. "그 바람의 신[8]……바퀴……" 그리 고 그 순간에 다음과 같은 일이 나에게 일어났다.

나의 얼굴이 일그러졌다. ―그러나 그 말로는 별로 알려 주는 게 없다. 내가 생각하기에 완전히 새롭고 오싹 소름 끼치게 하는 방법으로 얼굴을 일그러뜨렸는데, 그것은 인간의 열정 같은 것이 아니라 오직 악마의 영향

---

8) (역주) 바람이 불면 울리는 아이올로스의 하프를 말한다.

이나 충격만이 인간의 얼굴을 그렇게 일그러지게 할 수 있을 정도였다. 내 얼굴 모습은 글자 그대로 사방으로, 상하좌우로 제각각 분리되어 흩어졌다가, 곧바로 다시 중심부로 강력하게 수축되듯 모여들었다. 그 다음에 한쪽 입을 보기 흉하게 씰룩거리며 이를 드러내 보이면, 처음에는 왼쪽 뺨을, 다음에는 오른쪽 뺨을 찢어 놓은 상태가 되었다. 한편 왼쪽 뺨이면 왼쪽 눈이, 오른쪽 뺨이면 오른쪽 눈이 무시무시한 힘에 의해 수축되었고, 반대쪽 눈이 너무나 크게 확장되어 사과 모양의 눈알이 튀어나오지 않고는 배기지 못할 정도로 뚜렷하고도 무시무시한 느낌을 가지게 되었다. 아무튼 눈알이 튀어나와도 괜찮았다. —아니, 한 번 튀어나왔으면 좋았을 것을! 그런데 문제는 눈알이 튀어나오든 안 나오든 그것이 아니었고, 어쨌든 이런 경우에는 눈알 같은 것에 대한 애정 깊은 걱정을 할 순간이 못 되었다. 그런데 만약 그렇게도 부자연한 표정의 연기가 외부에 대해서 아마, 공포라고 이름 붙일 수 있는, 그런 극단적인 당혹감을 자아내었다면, 그럼에도 그것은 그 다음 몇 초 동안에 내 젊은 얼굴 위에서 연출되었던 발푸르기스의 밤에 열리는 마녀들의 모임 같은 대(大)소란, 즉 마녀의 진짜 얼굴 찌푸리기, 완전한 오만상 찌푸리기 싸움이라 할 수 있는 것이 겨우 시작된 것 내지는 개막한 것에 불과하였다. 모험을 한 것 같은 내 얼굴 모습의 뒤틀림을 개별적으로 하나하나 설명한다는 것, 즉 내 입, 코, 눈썹, 뺨, 요컨대 얼굴의 온갖 근육 전체가 취한 참혹한 모습을 —그것도 자꾸 변화함으로써 똑같은 기형의 표정은 한 번도 되풀이되지 않았지만— 자세히 묘사한다는 것, 그런 서술은 너무나 엄청난 작업이라고 하겠다: 나는 단지 그러한 표정의 현상에 대응하고 있었다고 할 수 있는 심정의 경과 사항만을 말해 두고 싶다. 즉 그렇게도 백치같이 어리석은 유쾌한 감정, 극단적인 경악, 넋을 잃은 환락, 잔인한 고뇌, 그리고 이빨을 드러내고 미쳐 날

뛰는 감정은 아무리 생각해도 이 세상의 것이 아니라, 우리가 사는 지상의 온갖 정열이 끔찍할 정도로 확대되어 몸서리치게 서로 다시 만나는 지옥 세계에 속하고 있음이 틀림없었다는 것만을 말해 두고 싶은 것이다. 그러나 우리의 표정에 의미를 띠는 흥분이라는 것은 어렴풋이나마 그림자 같긴 하지만 진실로 우리의 영혼 속에서 생겨난다는 것은 사실이 아닐까? 그러는 사이에 내 얼굴 이외의 몸은, 비록 내가 제자리에 똑바로 서 있었음에도 불구하고, 가만히 있었던 것은 아니다. 내 머리는 이리저리 흔들렸으며, 수차례 거의 목이 부러질 듯이 뒤틀렸다. 그런 모습은 마치 악마가 내 목을 부러뜨리려고 하는 것과 다를 바가 없었다. 어깨와 팔은 관절에서 비틀어 꼬은 것처럼 보였고, 허리는 뒤틀리고, 무릎은 서로 안쪽으로 향하고 있고, 복부는 구멍이 파인 듯 쑥 들어가 있었으며, 늑골은 튀어져 피부를 찢어 놓을 듯 보였던 것이다. 발가락은 경련이 일어났고, 손가락의 관절은 전부가 환상적인 모양으로 갈고리처럼 꾸부러졌던 것이다. 그리하여, 말하자면 지옥의 고문을 당하는 것처럼 나는 일 분의 삼분의 이 정도, 그러니까 약 사십 초 정도 그런 상태로 있었던 것이다.

그렇게도 가혹한 조건하에서 아주 길게 느껴졌던 시간 동안, 나는 계속해서 의식을 갖지 못했다. 적어도 내 주변과 주변의 목격자들을 생각해 볼 일은 없었다. 나의 상태가 가혹했기 때문에 내 마음속에 그런 생각을 갖는다는 것은 전적으로 불가능하였다. 목이 쉰 듯 거칠게 부르는 소리가 아주 멀리서 들려오는 것처럼 내 귀에 울려 왔지만, 그 소리에 귀를 기울일 형편이 아니었던 것이다. 군의관이 서둘러 내게 밀어 넣어 주었던 그 의자 위에서 나는 제정신으로 돌아왔으며, 나는 미지근하게 변한 수돗물을 몇 모금 벌컥벌컥 황급히 마셨다. 군복을 입은 학자 같은 그가 내게 마시게 하려고 애쓰던 수돗물이었다. 몇몇 검사 위원들은 자리에서 벌떡 일어나더니, 당혹한 얼굴, 격앙된 얼굴, 혐오감을 띤 얼굴들을 하고서 초록색 책상 너머로 몸들을 내밀고 있었다. 다른 위원들은 바로 눈앞에서 받았던 내 인상에 대해서 다소 부드러운 방식으로 그들의 놀란 마음을 나타내고 있었다. 한 사람은 두 손을 오므린 채 귀에다 짓눌러 대고 있었는데, 아마도 일종의 전염에 의한 것인지 자기 얼굴을 찡그리며 일그러뜨리고 있었고, 다른 한 사람은 오른손 두 손가락을 입술에다 대고서 유난스럽게도 눈을 빨리 깜빡거리고 있었다. 그렇지만 나 자신에 관한 한, 당연히 자연스럽게 놀란 꼴이었지만 원래대로 복귀한 표정으로 주위를 둘러보자마자, 나는 잘했다는 생각이 별로 들지 않았던 연극을 서둘러 끝마치고, 어쩔 줄 몰라 하며 의자에서 벌떡 일어나, 군대식 자세를 취하고 그 옆에 섰는데, 물론 그 자세는 나의 순수한 인간적 심리 상태와는 별로 조화를 이룰 것 같지 않았다.

군의관은 뒷걸음질을 쳤는데, 손에는 여전히 물 잔을 들고 있었다.

"정신이 들었나요?" 하고 묻는 그의 목소리에는 노여움과 동정심이 뒤섞여 있었다…….

"네, 그렇습니다, 군의관님." 하고 나는 아부하는 투로 대답을 했다.

"당신이 지금 경험한 것을 기억하겠습니까?"

"죄송합니다. 제가 잠깐 정신이 나갔던 것 같습니다."라고 나는 대답하였다.

검사 위원의 책상에서 짧지만 다소 신랄한 웃음이 그 대답으로 내게 들려왔다. "정신이 나갔다고?" 하는 말을 중얼중얼 되풀이하는 사람도 있었다.

"당신은 정말로 완전히 주의를 집중하고 있지 않은 것처럼 보였다오." 하고 군의관은 냉랭한 태도로 말했다. "당신은 흥분한 상태로 이곳에 출두했나요? 합격의 결정에 대해서 특별히 긴장하며 기다리고 있었나요?"

"네, 인정합니다." 나는 그렇게 대답했다. "불합격이 된다면, 제게는 커다란 실망이 될 것입니다. 그리고 불합격이란 통지를 가지고 어떻게 어머니 앞에 나설지 모르겠습니다. 제 어머니는 옛날에 장교단에 속한 군인들 여러 명을 집으로 초대한 적도 있었고, 또 군대 조직을 너무도 찬미하고 있습니다. 그렇기 때문에 제가 군에 복무하게 될 것에 대해서 특히 신경을 쓰고 있습니다. 군 복무는 제 교양을 위해서도 이익이 될 뿐만 아니라, 특히 가끔 변하기 쉬운 제 건강 상태도 좋게 해 줄 것이라고 어머니는 무척이나 기대하고 있는 것입니다."

그는 내 말을 무시할뿐더러 더 자세하게 물어볼 가치도 없는 것으로 여기는 것 같았다.

"불합격." 하고 말하며, 그는 물잔을 작은 탁자 위에 놓았다. 탁자 위에는 그의 검사 도구들, 즉 미터 자, 청진기, 소형 해머도 놓여 있었다. "병영은 요양원이 아니오." 하고 그는 내 어깨 너머로 이렇게 한마디 던지고 나서, 검사 위원석의 위원들 쪽으로 몸을 돌렸다.

"이 징집 의무자는" 하고 그는 염소처럼 떨리는 가느다란 소리로 설명을 했다. "간질 발작에 걸려 있습니다. 말하자면 이 사람의 복무 자격을 무조건 박탈하기에 충분한 등가물(等價物)입니다. 본인이 검사한 바에 따르면, 음주벽이 있는 부친 쪽에 유전적 질병 소질(素質)이 존재하고 있는데, 그 부친이란 자는 경제적인 파탄이 있은 뒤에 자살을 했습니다. 환자의 설명이 졸렬하긴 했지만, 그것은 간질 발작 전조 증상인 소위 '아우라'라고 하는 현상이 명백했습니다. 게다가 여러분이 들으신 바와 같이, 그로 하여금 자주 병상에 갇혀 있게 만들었던 답답한 불쾌감, 즉 시민 계급의 동료(이 대목에서 다시 한 번 냉담한 조소의 기운이 그의 얇은 입술 주위에 감돌았다.)가 소위 편두통이란 의미로 해석해야 되겠다고 믿었던 그 답답한 불쾌감은,

학문적으로는 선행되었던 발작 다음에 오는 침울 증상인 것입니다. 이 질병의 본성에 대해 가장 특기할 점은, 환자가 자신의 증상에 관해 관찰했던 것을 일체 함구한다는 점이며, 환자는 명백히 이야기를 좋아하는 성격임에도 불구하고, 여러분이 들으신 바와 같이, 그것을 누구에게나 비밀로 하고 있었던 것입니다. 오늘날에도 수많은 간질 병자의 의식 속에는, 고대 세계가 이 신경병에 대해서 품었던 신비적·종교적인 견해가 어느 정도 살아 있다고 생각되는데, 그것은 주목할 만한 가치가 있습니다. 이 징집 의무자는 흥분하고 긴장한 심리 상태로 이 검사장에 왔습니다. 그의 특이한 말버릇이 벌써 저로 하여금 의심이 들도록 만들었습니다. 그리고 신경과민의 체질을 암시하고 있는 것은, 기관 조직으로 보면 흠잡을 데 없지만 극도로 불규칙적인 심장의 활동과, 마치 제어할 수 없는 것처럼 보이는 습관적인 어깨의 경련이라고 할 수 있습니다. 특히 눈에 띄는 증상은 청각이 정말로 놀랄 만큼 민감하다는 점이라고 말씀 드리고 싶은데, 그것은 환자가 그 이후의 검사에서 명백하게 증명한 것입니다. 본인은 주저하지 않고 단정을 내리고 있습니다만, 그러한 이상(異常) 감각의 예민성은, 관찰된 대로 상당히 중증인 발작과 관계가 있다는 것입니다. 발작 그 자체는 아마 몇 시간 전부터 준비되었던 것으로서, 환자에게는 그다지 달갑지 않았던 본인의 질문이 환자를 흥분시킨 직접적 동기가 되어 야기된 것입니다. 내가 당신에게 권하는 것인데," 하고 그는 격식 없이 아무렇게나 위에서 아래로 내려다보며 명령하다시피 나를 향하여, 명쾌하고 현학적인 개관을 끝맺었다.

—"유능한 전문의의 치료를 받도록 하시오, 당신은 불합격입니다."

"불합격." 하고 나는 날카로운 콧소리로, 내가 들은 바 있었던 소리를 복창하였다.

넋을 잃고 나는 서 있었으며, 그 자리에서 조금도 움직이지 않았다.

"당신은 병역 면제가 되었으니 나가도 좋소." 하고 동정심과 호의가 뒤섞인 저음의 목소리가 들렸는데, 그 목소리의 소유자는 민감하게도 나를 1년 지원병이라고 간주하던 사람이었다.

그래서 나는 까치발을 하고 서서, 눈썹을 추켜올리고 애원하듯 말했다.

"한 번 시험해 볼 수 없을까요? 군대 생활이 제 건강 상태를 좋게 할 수는 없는지요?"

위원석의 검사 위원 몇이 어깨를 들썩이며 웃었다. 군의관은 언제까지나 냉혹하고 준엄한 태도를 보였다.

"되풀이하지만," 하고 그는 거칠게 내팽개치듯 내 말을 받아 넘겼다. "병영(兵營)은 요양원이 아니오, 퇴장!" 하고 그는 염소 우는 소리를 냈다.

"퇴장!" 하고 그 날카로운 콧소리가 복창하고, 새로운 이름이 호명되었다. 내가 기억하기로는, '라테'라는 이름이었다. 이제 바야흐로 엘(L)자의 순서가 돌아온 것이다. 어디선가 가슴에 털이 더부룩한 부랑자가 무대에 나타났다. 그렇지만 나는 허리를 꾸부려 종종걸음으로 탈의실로 돌아왔다. 옷을 입고 있는 동안, 조수격인 하사관이 내 동무가 되어 주었다.

행동하면서도 괴로워하며 몰두하였던 경험, 아주 극단적인 경험, 인간적인 것의 영역 내에서는 거의 존재하지 않는 그런 경험을 통해서, 나는 기쁘기는 하였지만 엄숙한 기분이 되었고 좀 지쳤었다. 군의관이 내가 그런 병의 소유자라고 생각했던 그 신비적인 병이, 옛날에는 존경을 받았다는 군의관의 중요한 그 말에 대해서 특히 심사숙고를 하고 있었기 때문에, 나는 파도 모양의 머리와 꼬아 올린 작은 콧수염을 가진 하사관의 친근한 잡담에는 거의 주의를 기울이지 않았다. 나중에 가서야 비로소 그의 단순한 말을 기억에 떠올렸던 것이다.

"유감이네," 하고 그는 나를 쳐다보며 말했다. "당신에겐 섭섭한 일이

네, 크룰이라고 했나요. 뭐 자네 이름이 무엇이든지 당신은 전도유망한 청년일세! 군대에서 어느 정도 성공할 수 있었을 텐데 말일세. 누구든지 우리들이 있는 곳에서 성공할지 어떨지는 그 사람의 모습을 보면 금방 알 수 있다네. 당신에겐 유감이네. 당신은 첫눈에 봐도 소질이 있다네. 분명 당신은 훌륭한 군인이 되었을 걸세. 그리고 당신이 복무연한을 연장한다면 특무 상사가 되지 말란 법이 어디 있겠는가."

내가 말했듯이, 이러한 정다운 대화가 내 의식 속에 도달한 것은 나중의 일이었다. 질주하는 기차가 나를 집으로 싣고 가는 동안, 나는 혼자서 그 사람이 말한 것이 정말 옳은 이야기인지도 모르겠다고 생각했다. 그래, 군복이 내게 얼마나 멋지고, 자연스럽고, 확신을 줄 만큼 어울렸을 것인가. 군복을 입고 있는 한, 나라는 인간은 얼마나 만족하고 그것에 동화되었을 것인가. 이런 상상을 내가 해 보았더니, 그렇게도 잘 어울리는 존재 형식으로 들어가는 입구를, 또한 자연적인 등급에 대한 감각이 분명 미묘하게 발달되어 있는 세계로 들어가는 입구를 고의적으로 무시했다는 것이 거의 유감으로 생각되었다.

훗날 나이가 더 들어 심사숙고한 결과는, 물론 그 세계에 들어가는 것은 역시 큰 잘못이며, 오류였을 것이라고 나는 깨달았다. 아무리 그래도 나는 군신(軍神) 마르스의 별 아래에서 태어난 것은 아니었던 것이다. ─적어도 특별하고 실제적인 의미에서는 말이다! 물론 전사(戰士)다운 엄격함, 자제심, 위험 등이 나의 기구한 일생의 두드러진 특징을 구성하고 있었기는 하지만, 그래도 나의 생애는 우선 가장 먼저 자유라는 예비 조건인 동시에 근본 조건에 기초를 두고 있었기 때문이다. ─다시 말해, 볼품없이 실제적인 처지에 매인 몸이 된다는 것과는 절대로 양립할 수 없을 것이라고 생각되는 조건에 기초를 두고 있었기 때문이다. 따라서 나는 군인과 같은 생활

방식을 취했지만, 그렇다고 내가 군인으로서 살아야만 되겠다고 생각했다면 그것은 아마 어리석은 오해였을 것이다. 사실 자유의 감정과 같은 숭고한 감정을 이성의 측면에서 규정짓고 조정해야만 한다면, 군인처럼 살지만 실제 군인으로 사는 것이 아닌 것처럼, 비유적이지만 글자 그대로가 아닌 것처럼, 비유 속에 살 수 있다는 것은 실제로 자유를 의미한다고 할 수 있을 것이다.

6장

　나는 이러한 승리를 거둔 후 ―그것을 난 골리앗에 대한 다윗의 진정한 승리라고 부르고 싶은데― 파리 호텔에 취직할 때가 아직 되지 않았기 때문에, 우선 앞에서 두서너 줄 묘사한 바 있는 프랑크푸르트 보도 위 생활로 되돌아왔다. ―세계의 소용돌이 속에서의 다정다감한 외로운 생활로 돌아간 것이다. 대도시의 혼잡 속에 불안하게 흔들리고 있었기 때문에 나는 아마, 내가 마음만 먹었더라면, 나와 외관상 유사하거나 동류로서 흥미를 끌 수 있는 각양각색의 존재들과 교환 관계(交換關係)를 맺을 수 있었을 것이다. 그러나 이것은 결코 나의 의도가 아니었다. 나는 오히려 그러한 관계를 완전히 피하거나, 그 관계가 도를 지나치는 친근한 사이로 되지 않도록 애를 쓰고 있었다. 왜냐하면 내 마음속 깊은 곳의 숨은 충동은 내게 옛날부터 그런 접촉이나 우정 혹은 정다운 결합은 내가 받을 몫이 아니며, 나라는 인간은 홀로 자기만을 믿고 엄격하게 비사교적인 태도로 나의 특별한 행로를 개척하는 데 온 힘을 기울여야 할 것이라고 알려 주었기 때문이다. 사실, 좀 더 자세히 말하자면, 나는, 내가 조금이라도 미천한 사람들과 사귀고, 그런 무리들과 우정의 술잔을 나눈다거나, 불운했던 내 부친이 독일어와 프랑스어를 뒤섞어 말씀하셨을지 모르는 그런 '돼지와 형제 사이'같이 추잡한 사람들과 관계를 맺음으로써, 요컨대 방종한 사회적 관계 속에 몸과 마음을 내맡긴다면 그것은 내 본성이 지닌 어떤 비밀에 상처를 주는 것이며, 말하자면 내 생명수에 물을 부어 묽게 만드는 격이 되고, 내 존재의 긴장력인 생명력을 지극히 위험한 지경까지 약화시키고 저하시키게 될지도 모른다는 생각을 하였던 것이다.

그 때문에 나는, 가령 내가 밤늦게 자주 들르곤 했던 조그마한 카페의 축축한 대리석을 깐 작은 테이블에서, 내게 호기심을 가지고 접근해 보려고 하거나 추근거리는 것을 정중한 태도로 응대했다. 이런 정중한 태도는 내 취미나 성격으로 보아 거칠게 구는 것보다는 더 적절한 것이었으며, 더구나 그런 태도는 거칠게 구는 것보다 비교할 수 없을 정도로 튼튼한 방벽이기도 하였다. 왜냐하면 거칠게 굴면 자신도 천하게 되지만, 정중한 태도는 그런 부류와 거리가 있도록 만들기 때문이다. 그래서 나는 달갑지 않은 제안들을 해 올 때면 이러한 정중한 태도를 이용하였는데, 그런 제안들은 내 뜨거운 젊음을 탐하여 —다종다양한 감정 세계를 겪어 본 독자들로서는 그다지 놀라운 일은 아니라고 생각하지만— 항상 어떤 종류의 남성 측에서, 많건 적건 간에 완곡한 외교적 수완을 써 가며 보내오는 것이었다. —사실 자연이 내게 부여한 이처럼 매력적인 귀여운 아이를 보게 되면 그런 제안들도 결코 이상할 것은 없었다. 그리고 나는 일반적으로 매력을 끌 수 있는 조건을 갖추고 있었는데, 그 조건은 남루한 옷차림이나 목에 두른 목도리, 꿰매어 입은 색다른 옷이나 떨어진 구두 등에 의해서도 그 매력을 알아보지 못하는 것은 아니었다. 내가 지금 말하는 족속들, 나와의 접촉을 원하던 족속들은 상류층 인간들이었는데, 그들에게는 이러한 나의 수수한 차림새가 오히려 그들의 욕망에 생기를 불어넣고 더욱 분발시키는 계기가 되었다. 반면에 그런 차림새는 우아한 여성들의 세계에서는 필연적으로 손해를 입게 마련이었다. 내가 말하는 것은, 자연의 은총을 입은 나라는 사람에 대해 우아한 여성들의 세계에서 보여 준 무의식적인 관심의 표시가 전혀 없었다는 의미는 아니다. 그 관심의 표시는 내가 즐겁게 받아 주었으며 잘 기억하고 있다. 얼마나 자주 내가, 백합 향수로 단장한 하얀 얼굴의 여자가 내 눈앞에서 잘난 척하면서도 멍한 미소를 띠우는 바람에 혼란스러웠는지! 또 얼마나 자주 그 여자가 약간 병들어 보이는 나의 약점마저 인정해 주는 것을 보았는지! 수놓은 비단 야회복을 걸친 더할 바 없이 귀중한 그녀, 바로 그녀의 검은 눈이 거의 놀라서 크게 휘둥그레져 나를 쳐다보았던 것이다. 그 눈은 남루한 내 옷을 뚫고 들어왔고, 그래서 나는 탐색하듯 살펴보는 그녀의 시선이 내 벌거벗은 육체에 닿는 것을 느낄 수 있을 정도였다. 그녀의 눈은 다시 의아한 듯 내가 걸친 옷으로 돌아오고, 그녀의 시선은 내 시선을 환영하며 깊이 받아들이고, 그 자그마한 머리는 술을 마실 때 잔을 기울이는 듯 약간 뒤로 젖혀지는가 싶더니 다시 내 시선으로 돌아왔고, 감미롭고도, 불안하게 꿰뚫는 듯, 내 시선을 캐어 보려 애썼다. —그리고 난 다음에 물론 그녀는 "무관심한 듯" 몸을 돌릴 수밖에 없었고, 그녀의 마차로 올라설 수밖에 없었다. 그래도 그녀는 이미 반쯤은 그 비단 마차 속에서 몸이 둥실거리고 있었고, 그녀의 하인은 아버지 같은 너그러운 얼굴빛을 보이며 내게 동전을 몇 개 쥐어 주었다. 황금색 꽃무늬로 장식된 매력적인 그녀의 뒷모습이 오페라 극장 로비에서 비치는 커다란 달과 같은 불빛을 받아 빛이 났고, 그녀는 망설이듯 비좁은 마차 문 앞에서 주저하고 있었다.

아니, 사실 내가 감동을 느끼며 기억에서 소환했던 '고요한 만남'이 전혀 없었던 것은 아니다. 그러나 전체적으로 보아, 그런 황금 야회복으로 몸을 휘감은 여인들이 그 당시의 나 같은 사람하고 무슨 일을 도모할 수 있겠는가? 즉 당시의 내 모습이란, 그런 여인들로부터 어쩔 수 없이 어깨를 움츠린 멸시의 대상이 되는 것 이외에 기대할 것이 없는 청춘이었다. 그래서 거지 같은 모습에, 귀부인을 호위하는 기사다운 점이라곤 하나도 없는 나였으니, 그런 여인들의 눈에는 아주 보잘것없는 인간으로 보였고, 완전히 그녀들의 관심 밖에 놓일 수밖에 없었을 것이다. 여자란 오로지 "신사"에게만 주목하는 법이다. ―그런데 나는 결코 신사가 아니었다. 하지만 홀로 배회하는 신사들이나 몽상가들과는 사정이 전혀 달랐다. 그들은 여자를 찾지도 않지만 그렇다고 남자를 찾는 것도 아니고, 대신에 그 중간의 어떤 근사한 것을 찾고 있다. 그런데 그 근사한 것이 나였던 것이다. 그 때문에 그런 식의 추근거리는 열정을 무마시키기 위해서, 내게는 회피적인 공손한 태도가 상당히 필요하였다. 그래서 사실, 위로할 길 없는 간절한 사람들을 이해시키고 진정시키는 데, 가끔 정신을 팔고 있었던 것이다.

나는 그러한 요구에 대해서 도덕적으로 판단하는 것을 삼갈 것이다. 그러나 나의 경우에 그러한 요구는 이해가 되지 않는 것이라고 생각되지는 않았다. 오히려 나는 라틴어 학자의 말을 빌려도 좋다면, '인간적인 것이라면 무엇이든 기이하게 생각되지는 않는다.'고 말하고 싶다. 그러나 내 개인적 사랑 교육의 이야기에 대해서는 다음의 보고로써 여기에 적절하게 기록되어야만 하겠다.

나의 관찰에 따르면 대도시에서 제공되는 인간들의 여러 놀이 방법 중에서 어떤 한 가지 특별한 놀이는, 그런 것이 단지 시민 사회에 존재한다는 것만으로도 환상을 위해서 적지 않은 자양분을 제공하는 것이지만, 특히 자기 형성의 도상에 있는 청년의 관심을 집중적으로 불러일으키는 것이다. 그것은 바로 매춘부나 기쁨을 파는 아가씨라고 명명되는 여자들의 족속을 두고 이야기하는 것인데, 그들은 또한 단순히 꼭두각시라고도 불리거나 시적인 어조로 말하자면 비너스의 무녀들, 요정(妖精) 또는 프리네[9]라고 불리기도 한다. 그들은 인가된 집들에서 함께 모여 살거나 밤중에 정해진 거리를 배회하면서, 당국의 동의를 받거나 묵인하에서 성적 욕구가 있는 동시에 금전적 지불 능력을 가진 남성들에게 정조를 팔려고 내놓고 있는 것이다. 이러한 제도도, 내 말이 옳다면, 모든 사물이란 것은 그렇게 보아야 한다고 늘 생각이 드는데, 즉 신선하면서도 관습에 사로잡히지 않은 시선으로 보아야 한다는 것이다. 다시 말하면 이러한 현장은 허식으로 가득 찼던 시기의 다채로운 모험의 잔재와도 같이, 우리의 미풍양속 시대 속으로 침입하여 들어온 것이라고 하겠고, 또한 그것은 언제나 내게 기운을 돋아 주고, 아니 단순히 존재한다는 사실만으로도 즐거운 효과를 나타내었다. 그러한 특별한 집들을 찾아간다는 것은, 나의 극심한 궁핍으로 인해 나는 방해를 받았다. 그러나 골목 같은 데서 혹은 밤중에 영업을 하던 카페 같은 곳에서 그러한 유혹적인 존재를 내 연구의 대상으로 끌어들일 기회는 풍부하였다. 이러한 관심은 나 혼자 일방적인 것이 아니라, 만일 내가 어떤 호의적인 주목을 받고서 즐거울 수 있었다면, 그것은 휙 스쳐 지나가는 이러한 밤의 새(鳥)들 측에게도 있었다. 일상적으로 볼 수 있었던 내 수줍은 태도에도 불구하고, 그녀들 중 몇몇과 개인적인 관계를 맺게 되기까지 그다지 오랜 시간이 걸리지는 않았다.

사람들은 보통 작은 종류의 부엉이나 올빼미를 죽음의 새 또는 송장새라고 흔히 부른다. 이런 종류의 새는 밤중에 죽어 가는 병자의 창문에 날아와 부딪치며, '나와 함께 가자.'고 불러 대기도 하며, 불안해하는 정신을

---

9) (역주) 미모와 부로 유명했던 고대 아테네의 창부.

집 밖으로 유인해 낸다고 한다. 이러한 이야기는, 그녀들이 가로등 불빛 아래 배회하며 뭇 사내들을 대담하고 은밀하게 쾌락 속으로 초대하는 이런 외설적인 '여인 세계'에 통용시킨다 해도, 전혀 놀랄 일은 아니다. 몇몇 여자들은 아라비아 왕후처럼 살이 찌고 또 검은 공단을 몸에 꽉 조이게 입고 있었는데, 고운 파우더를 허옇게 뒤집어쓴 통통한 얼굴이 검은 옷과 더불어 요괴 같은 인상을 주는가 하면, 또 다른 여자들은 병든 말라깽이들이었다. 그녀들의 의상과 화장은 유난스러웠으며, 밤거리의 밝고 어두운 명암 효과를 계산에 넣고 있는 것이다. 딸기처럼 붉은 입술은 백묵같이 흰 얼굴에서 타오르고, 어떤 여자는 뺨에다 장미색 연지를 찍어 바르기도 했다. 그녀들의 눈썹은 날카롭고 뚜렷하게 솟아 보였다. 눈은 먹으로 길게 찢어지도록 그렸으며, 아래 눈꺼풀 가장자리를 검게 물들였고, 주사로 약을 주입하여 종종 신비로운 빛을 내기도 하였다. 모조 다이아몬드가 그녀들 귀에서 번쩍이고, 커다란 새의 깃털 모자는 머리 위에서 졸고, 손에는 누구나 작은 주머니, 편물 주머니 내지는 뽕빠두르라고 알려진 물건을 들고 있었는데, 그 속에는 한두 가지 화장 도구와 연지나 분이 들었고 동시에 콘돔 등의 어떤 성교용 물건도 감추고 있었다. 그런 모습을 하고 그녀들은 당신 팔을 자기들의 팔로 스치며, 보도 위에서 당신 옆을 지나쳐 가는 것이다. 그러면 가로등 불빛에 반사되는 그녀들의 눈은 눈꼬리로 당신을 쳐다보고, 그녀들의 입술은 달아오른 음란한 미소를 지으며 일그러진다. 그리고 그녀들은 당신에게 슬쩍 남 몰래 그 죽음의 새와 같은 유혹의 소리를 속삭이며, 머리를 잠시 옆으로 저어 언질을 주는 듯 말 듯 모호하게 암시하는 것이다. 그렇게 눈짓과 속삭임에 이끌려 어딘지 모르는 곳에서 어마어마하고 한 번도 맛보지 못한 끝없는 즐거움을 원하는 용감한 남자를 기다리듯 보이는 것이다.

나는 매우 자주 이러한 눈에 띄지 않는 비밀의 장면을 멀리서 구경했다. 그리고 잘 차려입은 신사들이 냉담하게 반대 표시를 하거나, 아니면 흥정에 들어가는 것을 종종 볼 수 있었으며, 만약 흥정이 성공적으로 이루어지게 되면 그 무례하고 음탕한 여자들은 신사들을 데리고 걸음을 재촉하여 사라졌다. 이런 음탕한 족속들은 이와 같은 목적으로는 나 자신에게 가까이 오지 않았는데, 그도 그럴 것이 내 남루한 옷차림은 그녀들에게 내가 손님으로서 아무런 실용적인 이익도 기대할 수 없기 때문이었다. 그러나 사실 나는 곧 그녀들의 개인적이고도 내 직업을 도외시한 총애를 받아 즐거웠다. 그래서 나로서는 내 경제적 무능을 생각하면 그녀들에게 감히 접근할 수 없었지만, 그녀들이 자기들 편에서 내 인물을 호기심과 호감을 가지고 시험한 후에는, 붙임성 있게 진심으로 내게 말을 건네는 일이 드물지 않게 일어났던 것이다. 그녀들은 내 생활과 직업에 관해 내가 마치 자기들 동료인 것처럼 물었으며, (나는 그 질문에 대해서, 재미삼아 프랑크푸르트에 머물고 있다고 아무렇게나 대답했다.) 또한 복도에서나 대문으로 통하는 길에서 나는 유난스럽게 치장을 한 여자들과 잠깐 이야기를 주고받았는데, 그때 그녀들이 다양한 방법으로 거리낌 없이 버릇없고 야한 말투를 쓰는 데서 나를 좋아한다는 속마음이 드러났던 것이다. 그런 인간들은, 덧붙여 말하자면, 함께 말을 섞어서는 안 된다. 그녀들이 말없이 미소를 짓거나, 쳐다보거나, 눈짓을 할 때는 무척 괜찮아 보이지만, 일단 그녀들이 입을 열게 되자마자, 우리에게 정신이 번쩍 들게 하고, 그녀들의 후광을 잃어버리는 위험한 일이 터지게 된다. 왜냐하면 말이란 신비로움에 대한 적이며, 또한 습관을 폭로하는 잔인한 반역자이기 때문이다.

　아무튼 말이 나왔으니 하겠지만, 그녀들과 나의 정다운 교제는 어떤 위험스러운 자극이 없었던 것은 아니었는데, 사실은 다음과 같은 이유에서

하는 말이다. 즉 인간이 가진 욕망에 직업적으로 몸을 바치고 그것으로 생계를 유지하는 사람이라면 누구나, 자기 자신 쪽에서 결코 이러한 인간 본성에 깊이 뿌리박은 약점에서 벗어난다고는 할 수 없을 것이다. 그도 그럴 것이 그런 사람은 이러한 욕망의 보호, 각성, 만족에 완전히 제 마음과 몸을 바칠 수가 없을 것이기 때문이다. 그런 욕망이 더구나 그 사람의 마음속에 특별히 생생하게 살아 있지 않다면, 아니 그 사람이 자기 자신으로서 욕망의 진정한 자식이 아니라면, 그런 욕망을 잘 이해할 수가 없을 것이기 때문이다. 그래서 모두가 알다시피, 그런 여자들은 그녀들이 직업적으로 몸을 바치는 많은 애인들 외에, 대개는 자기의 진정한 친구이자 개인적인 연인을 갖는 일이 일반적이다. 그런 연인들은 그녀들과 같은 미천한 계층 출신들이며, 그녀들이 다른 사람들의 꿈을 토대로 삼아 사는 것처럼 역시 그자들도 계획적으로 그녀들의 행복에 대한 꿈을 자기들의 삶의 토대로 삼고 있는 자들이다. 왜냐하면 이런 작자들은 대부분 개념 없고 폭력적인 건달들이지만, 그녀들 중 한 여자에게 사사로운 정을 쏟아 그녀에게 기쁨을 마련해 주며, 또한 그녀의 장사를 감독하고 조절하며, 그녀에 대한 일종의 기사도적인 보호 역할을 하고 있기 때문이다. 그래서 그 작자들은 그녀들의 완전한 주인 혹은 지배자로 군림하며, 그녀들이 번 돈을 대부분 갈취하고, 수입이 별로 만족스럽지 않으면 그녀들을 가혹하게 다루지만, 그녀들은 그런 것도 기꺼이 즐겨 견디어 내는 것이다. 치안 당국은 이런 직업을 가진 작자들에게 적의를 품고 항상 그들을 뒤쫓는다. 그 때문에 내가 그녀들과 시시덕거리고 애정 행각을 할 때면 나는 이중의 위험을 무릅쓰고 있었던 것이다. 첫째로는, 풍기 단속 기관으로부터 내가 그런 우악스러운 연인으로 간주되어 고소될지도 모르는 위험이었고, 두 번째로는, 그런 폭군들의 질투를 일깨워서, 괜히 그자들이 자유자재로 휘두르는 비수의 맛을 볼지도 모른다는 위험이었다. 그리하여 이와 같이 양쪽에 주의를 기울여야만 되었으며, 그런 여자들 중 하나가 나와 더불어 한번 그 무미건조한 장사를 소홀히 하고 싶은 나쁘지 않은 욕망을 분명히 보여 주었다 하더라도, 그런 두 가지 주의 사항을 고려하느라 오랫동안 지장을 받았던 것이다. 그러다 결국 그것은 특별한 경우에, 적어도 그 어려운 주의 사항의 절반 정도는 다행스럽게 중지되었다.

어느 날 저녁 —마음을 집중하여 도시 생활의 연구에 각별한 흥미와 열성을 기울이고 있었고, 밤은 이미 깊어졌다— 나는, 떠돌아다니는 데 지치고 흥분하여 그다지 고급스럽지도 않고 저급하지도 않은 어느 카페에 앉아, 펀치 한잔을 앞에 놓고 쉬고 있었다. 거리에는 성난 바람이 쉭쉭 불어대고, 눈 섞인 비가 끊임없이 내려서 꽤나 떨어진 내 집으로의 귀가를 주저하지 않을 수 없었다. 하지만 나의 피난처인 이곳도 무척 황량한 상태에 놓여 있었다. 이미 의자들의 일부는 책상 위에 쌓아 올려져 있고, 청소부는 젖은 걸레로 지저분한 마룻바닥을 닦고 있었으며, 급사들은 게으름을 피우며 반쯤 꾸벅꾸벅 졸면서 기지개를 켜고 있었다. 그럼에도 불구하고 내가 그대로 남아 있었다면, 그것은 다름 아니라 주로 세상의 면전을 피하여 깊은 잠 속에 피난처를 찾고자 하는 일이 그날은 보통 때보다도 결정하기가 훨씬 어려웠기 때문이다.

카페 안엔 을씨년스런 기운이 감돌았다. 한쪽 벽에서는 가축 상인같이 보이는 사나이가 테이블에 엎드려 잠을 자고 있었는데, 그의 뺨을 가죽으로 만든 돈주머니에다 처박고 있었다. 그 사람 맞은편에는 아마 잠을 청하지 못하는 안경 낀 두 노인이 아무런 말도 없이 도미노 게임을 하고 있었다. 그런데 내가 앉은 자리에서 얼마 떨어지지 않은 곳, 단지 책상 두 개 정도 떨어진 곳에, 초록색 리큐어 잔을 앞에 놓고 한 여자가 홀로 앉아 있었다. 그녀가 그런 종류의 여자라는 것은 금방 알 수 있었지만, 여태까지 한 번도 보지 못한 얼굴이었다. 우리는 관심을 가지고 서로 훑어보고 있었다.

그녀는 상당히 이국적인 용모를 가지고 있었다. 그도 그럴 것이 그녀는 붉은 털모자를 정수리로부터 비스듬히 옆으로 눌러 쓰고, 그 밑으로는 짧게 자른 검은 머리털이 윤기 흐르는 다발을 이루고 흘러내려 양쪽 뺨을 부분적으로 덮었는데, 그 뺨이 억세게 튀어나온 광대뼈로 말미암아 부드럽게 우묵 파인 듯이 보였기 때문이다. 그녀의 코는 뭉뚝했고, 입은 컸으며 또 붉게 연지를 발랐고, 한쪽으로 기우듬한 눈은 눈꼬리 쪽이 위로 올라갔으며, 어렴풋이 빛났으나 초점을 잃었고, 색깔은 확실치 않았으며, 아주 독특하여 여느 사람들과는 달랐다. 그녀는 붉은 모자에 꾀꼬리 같은 노란색 재킷을 입었는데, 재킷을 벗으면 상반신의 세련되지 않은 몸매가 빈약하지만 날씬하게 윤곽이 잡혔다. 그리고 나는 그녀가 항상 내 취향에 어울리는 풍만한 스타일의 긴 다리를 가지고 있다는 것을 보았다. 그녀의 손은, 초록색 리큐어를 입으로 가져갈 때면, 손끝이 벌어지면서 휘어 올라갔으며, 왠지 뜨거워 보였다. 그 손은, 나도 그 이유는 모르지만, —아마도 그 손등의 혈관들이 유난히 튀어나왔기 때문에 그런 것 같았다. 게다가 그 이국적인 여인은 아랫입술로 윗입술을 비벼 대면서, 아랫입술을 앞뒤로 밀어 대는 습관이 있었다.

아무튼 그녀와 나는 시선을 교환하였다. 비록 한쪽으로 기우듬하고 어렴풋이 빛이 나는 그녀의 두 눈이 어디를 보고 있는지 뚜렷이 알 수는 없다 하더라도 말이다. 그래도 마침내 우리들이 그와 같이 잠시 서로 훑어보고 난 후에, 나는 그 음탕하고 의심스러운 곳으로 나를 유혹하는 듯 흘겨보는 그녀의 눈짓을 젊은이답게 당황스러워하며 알아차렸다. 그 눈짓으로 그녀들의 비밀 조직에서는 그 '죽음의 새'의 유혹을 따르게 마련인 것이다.

나는 무언극이라도 하듯 한쪽 주머니를 꺼내 밖으로 뒤집어 보였다. 하지만 그녀는 머리를 흔들며, 내가 돈이 없다고 걱정할 필요는 조금도 없다고 응답하는 것이었다. 그녀는 그런 신호를 되풀이하였다. 그리고 그녀는 초록색 리큐어 값을 지불하여 식탁의 대리석 바닥에 놓으면서 일어나 가벼운 걸음걸이로 문 쪽으로 걸어 나갔다.

나는 주저하지 않고 그녀를 따라나섰다. 질퍽한 눈 때문에 보도 위는 지저분하였고 비는 45도 각도로 내리고 있었으며, 그런 비를 동반한 커다랗고 이상하게 생긴 눈송이가 마치 축축이 젖은 부드러운 동물처럼 내 어깨와 얼굴 그리고 소매에 내려앉았다. 그리하여 그 이국적인 여자가 덜그럭거리며 지나가는 마차를 손짓하여 세웠을 때, 나는 정말 만족하였던 것이다. 그녀는 내가 한 번도 들어 보지 못한 거리에 있는 자기의 숙소를 서툰 말투를 써 가며 마부에게 일러 주고 마차에 슬쩍 올라탔다. 나도 덜커덩거리는 문을 뒤로 잡아당기며, 그녀 곁의 낡아 빠진 쿠션에 몸을 던졌다.

저녁 마차가 다시 덜그럭거리며 굴러가기 시작했을 때에야, 비로소 우리의 대화는 시작되었다. ─그 내용을 여기에다 기록하는 것이 망설여지는데, 그 이유는 아무리 내가 필력이 좋다 하더라도 그 적나라한 자유로운 내용을 말할 수는 없으리라는 것을 알 정도로 내게도 생각이 있기 때문이다. 대화는 도입부 없이 그냥 시작되었는데, 예의 같은 번거로운 것은 모조리 생략되었다. 처음부터 그 이야기는, 보통 우리가 꿈의 특징이라고 하는 무책임한 것, 그것도 절대적이며 모든 것으로부터 해방되고 구속을 받지 않는 무책임한 것으로 흘러갔다. 꿈에서는 우리의 자아가 자기 고유의 생활을 갖지 않은 그림자, 즉 자기 자신의 창조물과 교제를 한다. 하지만 그런 무책임한 이야기는 잠을 깬 현실 속에서는 원래 있을 수 없는 일이다. 현실에서는 혈육이 사실상 분리되어 다른 혈육과 맞서게 되는 법이다.

그런데 그런 일이 여기서 일어났던 것이다. 나는 기꺼이 고백하건대, 이런 진기한 경험에 황홀해져 영혼의 밑바닥까지 감동을 받았다. 우리들은 혼자는 아니었지만 둘보다는 적었다. 그도 그럴 것이 보통 두 사람이 모이면 곧 사교적이며 속박을 받는 상태가 생긴다고 하지만, 여기서 그런 것은 아무런 문제도 되지 않았기 때문이다. 정든 그 여자는 자기 다리를 내 다리 위에 올려놓는 독특한 버릇이 있었는데, 그것은 마치 자신의 다리만을 꼬고 있는 것 같았다. 그녀가 말하고 행동하는 모든 것은 이상하게도 거리낌 없었고 대담하며, 구속을 받지 않았는데, 그것은 마치 고독한 사람이 생각하는 것과 같았다. 그리고 나도 가벼운 기분으로 즐겁게 그녀와 같이 말하고 행동했다.

간결하게 요약해서 말하자면, 우리들의 이야기는 우리가 그 짧은 순간에 서로 느꼈던 열렬한 호감을 얘기하는 것을 넘어서, 그 호감을 파고들어 토론하고, 분석하였으며, 또한 그 호감을 여러 가지 방법으로 육성시키고, 완성하여, 이용하는 데까지 서로 합의가 되었다. 내 파트너는 그녀 쪽에서 내게 많은 칭찬의 말을 했는데, 그것은 그 현명했던 성직자, 즉 고향의 종교 고문관이 내게 들려준 말을 어렴풋이 생각나게 만들었다. 단지 그녀의 칭찬에는 좀 더 일반적인 동시에 단정적인 표현들이 있었다. 왜냐하면 전문가가 보기에 첫눈에, 내가 사랑의 봉사를 위하여 창조되었고 또 뛰어난 데가 있다는 것을 인정할 것이라고 그녀는 단언했기 때문이다. 사실 내가 그런 알맞은 직업에 종사하고, 내 인생을 완전히 그런 것을 기초로 해서 영위해 나간다면, 나 자신에게는 물론 세상에도 많은 즐거움과 기쁨을 마련하리라는 것이었다. 게다가 그녀는 내 스승이 되어서 나를 철저하게 교육시켜 주겠다고 하였는데, 그도 그럴 것이 내 재능에는 좀 더 숙련된 솜씨의 지도가 확실히 필요하기 때문이라는 것이었다……. 그녀가 해 준 말중에서 나는 이러한 말을 알아들을 수 있었다. 물론 그것도 짐작에 불과했다. 왜냐하면 그녀의 이국적인 모습과 부합하여, 말도 서툴렀고 배어법도 엉망이었기 때문이다. 사실 그녀는 전혀 독일어를 할 줄 몰랐던 것이다. 그녀의 말과 표현은 종종 완전히 틀린 것이었고, 이상하게 불합리한 것이 되어 버렸는데, 바로 그런 것이 우리들의 만남을 매우 몽환적(夢幻的)인 것으로 만들었다. 그렇지만 특별히 언급해 두고 싶은 것은, 그녀의 거동에는 경박한 쾌활함이 전혀 없었다는 점인데, 오히려 어떤 경우에 ―그런데 그 경우란 것도 때때로 얼마나 이상했는지 모른다― 그녀는 엄숙하고 거의 빈축을 살 정도의 진지한 태도를 지니고 있었다. 그런 태도는 그때도 그랬으며, 또한 우리들이 교제한 기간 동안에도 늘 그랬다.

오랫동안 덜거덕거리던 마차가 멈추자 우리는 내렸고, 내 여자 친구가 된 그녀는 마부한테 삯을 치렀다. 그런 후 가로등에서 그을음 냄새가 나는 어둡고 추운 굴 속 같은 비탈진 골목길을 올라갔으며, 나를 데려온 그녀는 계단 바로 곁에 붙은 방문을 내게 열어 주었다. 그곳은 갑자기 온기가 꽤나 감돌았으며, 지나치게 달아오른 난로 냄새와 화장품의 진하고도 꽃다운 냄새가 뒤섞여 났다. 그리고 현등(懸燈)에 불을 켜니, 진한 주홍색의 희미한 불빛이 방 안에 흘렀다. 비교적 화려한 분위기가 나를 에워쌌다. 플러시[10]를 덮은 소탁자 위에는 종려나뭇잎, 종이꽃 그리고 공작의 깃으로 꾸민 다발을 꽂아 놓은 화병이 놓여 있었고, 부드러운 모피들이 여기저기 깔려 있었으며, 주홍색 바탕의 모직물에 황금색 레이스로 꾸민 커튼을 드리운 천개(天蓋) 달린 침대가 방 안에 떡하니 자리를 차지하고 있었기 때문이다. 그리고 여기저기 많은 거울들이 있었는데, 심지어 그것은 보통 사람

10) (역주) 긴 털이 있는 일종의 벨벳.

들이 있으리라고 생각지도 않았던 곳에 있었던 것이다. 침대의 천개에도 있었고, 침대 옆의 벽 쪽에도 있었다. —그러나 우리들은 그 순간 서로를 완전히 알고자 하는 욕망으로 가득 찼기 때문에 즉시 거사를 치르기 시작했으며, 그리하여 나는 그 이튿날 새벽까지 그녀의 곁에서 지냈던 것이다.

로짜, 이것이 내 상대역의 이름이었다. 그녀는 헝가리 태생이었다. 하지만 그 근본 혈통은 상당히 미심쩍었다. 왜냐하면 그녀의 어머니는 떠돌아다니는 어느 곡마단에서 일하고 있었는데, 비단 종이로 감싼 둥근 훌라후프를 뛰어서 빠져나가는 역할이었고, 또한 그녀의 아버지가 누구였는지는 완전히 어둠에 묻혀 있었기 때문이다. 일찍부터 그녀는 정사(情事)에 대해서 강한 애착심을 품었으며, 아직 어렸을 때 그것도 그녀의 동의도 없이 부다페스트의 사창가로 끌려가게 되었는데, 그곳에서 그녀는 여러 해를 보내면서 그곳 최고의 인기녀이기도 하였다. 그런데 비인에서 온 어떤 상인 하나가 그녀 없이는 못살겠다고 하면서, 온갖 책략을 동원하고 심지어 소녀매매반대동맹의 원조에 힘입어 그녀를 사창가에서 빼돌려 가지고 제집에 들어 살게 하였다. 그 상인은 이미 늙었고 졸도 증세가 있었지만 그녀를 소유함으로써 지나치게 즐거워했다. 그런데 그녀의 팔에 안긴 채 예기치 않게 죽어 버렸기 때문에, 로짜는 자유의 몸이 되었다. 그녀는 자기 특기를 미끼로 여러 도시를 전전하며 살다가 얼마 전부터 프랑크푸르트에 눌러앉게 되었다. 그곳에서 그녀는 단순히 직업적으로 몸을 바치는 데 결코 만족지 못하여 어떤 남자와 굳은 관계를 맺게 되었다. 하지만 그 남자는 —원래 도축업자이기는 했으나 대담한 정력가에 난폭한 사내자식이었는데— 포주 노릇에 공갈 협박, 그리고 각양각색의 인간을 얽어매는 나쁜 짓을 직업으로 삼아 로짜의 지배자 행세를 하였으며, 그녀의 매춘 행위가 그 남자의 중요한 수입의 원천이 되고 있었다는 것이다. 그러나 그 남자는 어떤 유혈극을 연출한 죄로 감옥살이를 하게 되어, 그녀를 오랜 기간 동안 혼자 내버려 두지 않을 수 없었다. 그래서 그녀는 직업적 쾌락이 아닌 개인적인 행복을 단념하고 싶지 않았기 때문에, 내게 눈독을 들였으며, 나처럼 아직 쓴맛, 단맛 모르는 젊은이를 자기의 진정한 동반자로 택하기로 하였다는 것이다.

이런 신상에 관한 간단한 이야기를 그녀는 내게 긴장이 풀려 편안한 시간에 들려주었고, 나도 그녀에게 나 자신의 이력을 간단히 추려서 응답하듯 말해 주었다. 말이 나왔으니 하겠지만, 그때나 그 이후에나 우리들이 사귀는 데 말이나 잡담은 아주 적은 편이었다. 그도 그럴 것이, 그러한 말이나 잡담마저도 실제적인 지시나 약속에 국한되었거나, 아니면 로짜의 어린 시절의 말투, 즉 곡마단에서 사용하던 말투처럼 짧고 격렬한 외침뿐이었기 때문이다. 하지만 우리들의 이야기가 급류가 흐르듯 터져 나올 때도 있었는데, 그것은 서로 번갈아 가며 칭찬과 감탄을 하게 되는 때였다. 왜냐하면 우리가 처음 눈을 마주치고 불꽃처럼 거사를 치렀을 때, 서로 장래를 약속해 주었던 것이 지극히 만족할 만한 확증을 나타냈기 때문이다. 그리고 그녀 쪽에서 보면 내 스승이라고 부를 수 있는 그녀는, 묻지도 않고 여러 번이나 강조하여 내 노련함과 섹스에 대한 능력이 그녀의 생각보다 훨씬 뛰어나다고 확언해 주었기 때문이다.

근엄한 독자들이여, 여기서 나는 ―내가 이 지면에서 한 번 이야기했던 ― 옛날에 생의 감미로운 행복을 맛보았던 때와 비슷한 처지에 놓이게 되었다. 그때도 어떤 행동을 그것에 붙은 이름으로 잘못 판단해서는 안 된다고 경고했고, 또한 생생하게 살아 있으면서도 특별한 그 어떤 것을 천박한 용어로 아무렇게나 처리해 버리려고 해서는 안 된다는 경고를 덧붙여 두었다. 왜냐하면 내가 여러 달 동안, 즉 내가 프랑크푸르트를 떠날 때까지 로

짜와 밀접한 관계를 맺으면서, 그녀의 집에 자주 머물고 또한 길거리에서
도 그녀가 그 흘기는 듯 희미하게 빛나는 눈으로, 아니면 아랫입술로 실룩
실룩 장난을 치며 남성들 마음을 정복하는 것을 은밀하게 구경하고, 심지
어 그녀가 자기 집에 돈을 지불하는 손님들을 맞아들일 때(이 행위에 대해
나는 그녀를 시기할 아무런 근거도 없었다.) 현장에서 그 광경을 숨어서 보고
있었으며, 또한 그녀의 소득에서 약간의 몫을 내게 챙겨 주어 나를 불쾌하
지 않게 하였다는 것을 여기에 적어 놓게 되면, 아마 나의 그 당시의 생활
을 천박하다는 이름을 붙여, 앞에서도 이야기했던 바와 같은, 그런 음흉한
정부(情夫)와 싸잡아 간단하게 얼버무리려고 할지도 모르기 때문이다. 행
동이란 사람을 동등하게 만들어 버린다고 생각하는 사람이라면, 그런 단
순한 사고방식을 가져도 좋다. 하지만 나로서는, 두 사람이 똑같은 행동
을 하더라도 결코 그것이 같은 것이 될 수 없다는 대중적인 지혜를 믿고
있다. 물론 극단적일지 모르지만, 내 생각에는 "주정뱅이", "노름꾼" 혹은
"방탕아" 등의 꼬리표로서는 실제로 살아 있는 개개의 경우를 포괄할 수도
없고 규정할 수도 없을 뿐 아니라, 상황에 따라 그런 꼬리표를 가지고는
개개의 인간 행동을 결코 진지하게 설명할 수 없다는 것이다. 이것이 나의
사고방식인데, 다른 사고방식을 가진 사람이라면 나와 다르게 판단해도
좋다. —고백이라고 하는 것은 내가 내 의지대로 하는 것이며, 마음대로
그것을 감춰 둘 수도 있다는 것을 항상 염두에 두어야 한다.

　그러나 만약 내가 이러한 막간의 작은 사건을 점잖은 투를 벗어나지 않
는 정도로 자세하게 취급하고 있다면, 내가 볼 때 그것은 다름 아니라 나
의 교양을 위해 결정적 의의를 가지고 있는 것이기 때문이었다. 물론 그것
이 세상 물정에 대한 나의 지식을 더 향상시켰다든가, 나의 사회적인 처세
술을 직접적으로 세련시켰다든가 하는 의미에서 하는 말은 아니다. —거기

까지 생각한다면 그녀와 같은 동방의 야생화는 결코 적합한 인물이 아니다. 그래도 이 '세련'이란 말은 여기서 제자리를 차지할 수는 없다. 그 자리를 나는 오직 내가 말하는 의미를 더욱 잘 이해하도록 미리 잡아 둔 것이라고 하겠다. 그것도 그럴 것이, 내 천성은 그녀의 요구가 내 재능과 꼭 들어맞았던 엄격한 애인이자 스승인 여인과의 교제에서 획득한 이익이라는 표현보다 더 적당한 말이 없기 때문이다. 게다가 여기서 생각한 것은 사랑 *속에서의* 세련이 아니고 사랑을 **통한** 세련을 말한다. 이렇게 강조하는 이유를 잘 이해해야 하는데, 그 세련이란 말은 차이가 있으면서도 동시에 수단과 목적을 융합하는 것이기 때문이며, 그 경우 사랑 속에서의 세련은 협소하고 특수한 의미밖에 없고, 사랑을 통한 세련은 좀 더 일반적인 뜻을 가지고 있기 때문이다. 이 글의 어디에선가 내가 미리 말해 두었듯이, 인생이 내 기력에 과도한 요구를 하는 경우에도 나는 신경을 쇠약게 하는 환락 속에 빠져 버릴 수는 없었다. 약간 말을 더듬긴 했지만 용감했던 로짜의 이름으로 대표할 수 있는 그 반년간의 내 삶의 시기에서도 나는 여전히 그러했던 것이다. —다만 이 위생학(衛生學)에서 유래한 "신경을 쇠약게 한다."는 비난 섞인 말을 사용하는 것은, 어떤 중요한 경우에서는 매우 의심스러운 바가 있다. 왜냐하면 신경을 쇠약게 한다고 하는 것은 우리의 신경을 자극하여 우리로 하여금 —만약 특수한 예비 조건이 주어진 것을 전제로 살아야 한다면— 여흥이나 세상에서의 즐거움을 맛볼 수 있도록 해 주는 것이다. 이런 여흥이나 세상에서의 즐거움은 무신경한 사람들에게는 있을 수 없는 것이다. 나는 완전히 즉석에서 우리의 어휘를 풍부하게 만든 '신경을 생기 있게' 하는 이 말을 발견한 것에 대해 무척 자부심을 가지고 있다. 그 말을 사용한 것은 도덕적으로 부정적 의미를 가진 '신경을 쇠약게 한다.'는 말에 대해서 과학적으로 대항할 수 있기 위해서였다. 왜냐하면 내가 로짜의 그 방종한 연애 교육을 받지 않았더라면, 나는 내 인생의 한 부분을 그렇게 멋지고 우아하게 다루지 못했으리라는 것을 내 마음의 저 깊은 곳에서부터 알고 있기 때문이다.

7장

 9월 29일의 미카엘 제(祭)가 다가오고, 나무를 심어 놓았던 거리마다 가을이 나뭇잎을 떨어뜨려 놓을 무렵, 나의 대부 쉼멜프레스터의 소개로 마련되었던 직장에 내가 발을 들여놓을 순간이 다가왔다. 어느 쾌청한 날이었다. 어머니와 다정한 이별을 하였고, 그동안 어머니의 하숙집 경영도 하녀 하나를 고용하여 쏠쏠하게 번창하고 있었으니, 젊은 나는 약간의 짐을 작은 트렁크에 꾸려 가지고 서둘러 달리는 열차에 몸을 실어 새로운 삶의 목적지─그것도 다른 곳이 아닌 프랑스의 수도, 파리로 떠났던 것이다.

 열차는 덜컹덜컹 칙칙폭폭 뒤흔들리면서 서둘러 달렸다. 열차는 누런색의 나무 의자가 있는 삼등칸의 차량을 여러 개 매어 단 것이었으며, 객실 안에는 하층민의 보잘것없는 여행객들이 심란할 정도로 제멋대로 자리를 잡고, 하루 종일 각자 성질을 제대로 발휘하는데, 드르렁드르렁 코를 고는가 하면, 쩝쩝거리며 입맛을 다시고, 왁자지껄 떠들고 카드놀이를 하고 있었다. 아직도 내 마음 한 곳에 관심으로 남아 있는 것은 두 살부터 네 살까지의 어린애들이었다. 비록 그 아이들은 가끔 보채고, 아니 울부짖기도 하였지만 말이다. 나는 어머니가 주전부리로 넣어 준 값싼 크림 과자를 그 아이들에게 나누어 주었다. 그것도 그럴 것이, 나는 언제나 즐겨 나누어 가졌고 후일에 가서도 돈 많은 사람들의 손에서 내 손으로 넘어온 재물을 가지고 착한 일을 많이 하였기 때문이다. 그 어린아이들도 몇 번이고 내게로 아장아장 달려들었고, 끈적거리는 작은 손들을 내게 얹고 내 앞에서 무엇인가를 더듬거리며 말을 하면 나도 아주 똑같이 대꾸해 주었는데, 그것을 그 아이들은 신기한 듯 재미있어 했다. 아이들과의 이러한 교제는 내가 어른들에 대해 신중한 접촉을 피해 왔던 태도에도 불구하고 이 사람, 저 사람들의 호의에 찬 시선을 받게 되었는데—그런 시선을 받으려고 일부러 그런 짓을 한 것은 아니었다. 오히려 그날의 여행은 내게, 인간의 매력에 대해서 영혼과 감각이 민감하면 민감할수록, 천민들의 모습에 더욱더 우울하게 된다는 것을 일깨워 주었다. 이런 사람들이 자기들의 추한 모습에 대해 아무것도 할 수 없다는 것을 나도 잘 알고 있다. 그들은 나름대로 조그만 즐거움이나마 맛볼 것이며 종종 근심 걱정도 있을 것이다. 간단히 말하자면, 동물처럼 사랑하고 괴로워하며 삶의 무게를 견디어 나가고 있다. 도덕적인 견지에서 볼 때, 그들 각각은 의심할 바 없이 우리들의 동정을 요구하고 있다. 하지만 자연이 내게 부여한 그러한 갈망하면서도 섬세한 미적 감각은 내 눈을 그런 사람들로부터 돌려 버리게 하였다. 다만 그들이 내가 대접했던 어린아이들과 같은 연약한 나이가 되었을 때만은 견딜 만하였는데, 나는 그 어린아이들 특유의 말투를 사용함으로써 마음껏 웃길 수 있었으며, 그래서 그동안 사교성이 없었던 것에 대한 대가를 톡톡히 치르면서 나도 사교성이 있다는 것을 보여 주었던 것이다.

말이 나왔으니 하는 얘기이지만, 내가 삼등열차로 그런 불쾌한 친구들과 동행이 되어 여행한 것은 그것이 영원히 마지막이었다는 것을, 나는 어느 정도 독자들을 안심시키기 위해서 여기서 삽입해서 말해 두고자 한다.

우리가 운명이라 부르는 것, 또 근본적으로 따지고 보면 우리들 자신을 뜻하는 것은, 알 수는 없지만 틀림없는 법칙에 따라 활동하며, 그것이 다시 일어나지 못하도록 하는 수단과 방법을 얼마 안 가서 발견한다는 것이다.

내 승차권은 물론 아무런 문제가 없는 것이었으며, 그것이 그렇게 이론의 여지가 없이 합법적이라는 사실을 나는 독특한 방법으로 즐겼다. 다시 말하면 승차권이 문제가 없다고 하는 것은, 결과적으로 나 자신이 이론의 여지가 없는 합법적인 인물이라는 사실이었으며, 그래서 촌스러운 외투를 입은 성실한 차장들이 그날 하루 동안 몇 번이고 내가 앉았던 나무로 된 좌석으로 찾아와 차표를 검사하고, 그 차표에 구멍을 뚫고 나서 그들의 직무적인 만족감을 말없이 나타내며, 내게 그 차표를 돌려줄 때면, 나는 마음이 즐거웠다. 물론 그들은 아무 말도 하지 않았고 아무런 표정이 없었다. 다시 말해, 그들은 거의 무감각하고, 거드름을 피우고 있다고 할 정도로 무관심한 표정을 짓고 있었는데, 그러한 표정은 내게 이제 다시금 모든 호기심을 배제하는 냉담함에 대한 여러 가지 생각을 불어넣어 주었다. 인간들, 특히 공무를 수행하는 사람들은 이런 냉담한 태도로 서로 같은 인간을 대해야만 할 것이라고 믿고 있다. 나의 합법적인 차표를 끊어 준 그 성실한 남자는 그렇게 함으로써 그의 생계를 유지해 나간다. 어디에선가 한 가정이 그를 기다리고 있을 것이다. 결혼반지가 그의 손에 끼워져 있는 것으로 보아 마누라와 아이들도 있을 것이었다. 그렇지만 나로서는, 그의 인간적인 사정에 대한 나의 이러한 생각이 마치 나하고는 완전히 관심 밖의 일인 것처럼 행동해야만 한다. 그리고 내가 그를 오로지 직무상의 인형으로서만 생각하고 있지 않다는 것을 암시할지 모르는 질문들은 아마 완전히 온당하지 않았을 것이다. 그와 반대로 나 역시 나의 특수한 생활의 배경을 가지고 있으며, 그것을 그는 스스로에게 또한 내게도 물어보고 싶겠지만, 한편으로 그것은 그에게 알맞은 일이 아니었고, 또 한편으로는 그의 품위를 손상시키는 일이었을 것이다. 나와 다를 바 없는 인형 같은 여행객과 그가 관계하고 있는 점은 내 차표의 정당성 여부가 문제의 전부일 것이다. 그래서 그는 이 차표가 만약 무효가 되거나 몰수가 되면 내가 어떻게 될 것인지에 대해서는 아주 냉정하게 무시해야만 했을 것이다.

물론 이러한 인간의 태도에는 뭔가 이상한 부자연스런 점과 원래 기교적인 것이 들어 있다. 하지만 이러한 태도를 포기한다면 항상 여러 가지로 지나친 짓을 하게 될 것임을 인정하지 않을 수 없다. 사실 조금만 선을 넘어도 십중팔구 사람을 당황시키게 만드는 결과를 가져오게 될 것이다. 실제로 그날 저녁 즈음에도 각등(角燈)을 허리띠에 찬 차장 하나가 차표를 돌려주며 내 얼굴을 오랫동안 쳐다보았다. 그러면서 그는 씨익 웃었는데, 그 미소는 분명히 내가 아직 어린 탓으로 그랬던 것이다.

"파리로 가나요?" 하고, 내 여행 목적지가 분명하고 명확했음에도 불구하고 그는 물었다.

"네, 차장님." 하고 나는 대답하며 정겹게 머리를 끄덕였다. "그곳으로 가는 중입니다."

"거기 가서 무엇을 하려는 거요?" 이렇게 그는 용감하게도 계속 물었다.

"네, 다름이 아니라, 어느 분의 추천을 받아 그곳에 가서 호텔 영업에 종사하게 되었습니다." 하고 나는 대답했다.

"오, 잘됐군요!" 하고 그는 말했다. "그럼 성공을 빌겠소!"

"저도 차장님의 성공을 빌겠습니다." 하고 나는 되받아 넘겼다. "그리고 차장님 부인과 아이들에게도 안부 전해 주십시오!"

"아, 고맙구려—이거 참!" 하고 그는 약간 당황하며 웃었다. 이렇게 보통 때와 다른 이상한 몇 마디 말을 하고 서둘러 앞으로 가려고 했는데, 그는 발을 약간 헛디뎌 넘어질 뻔하였다. 바닥엔 걸려서 넘어질 게 아무것도 없었음에도 말이다. 나의 인간다운 성정이 그렇게도 그를 당황시켰던 것이다.

국경의 정거장에서도 —그곳에서 우리는 모두 짐을 가지고 차에서 내려야 했는데— 그러니까 세관에서 수하물 검사를 할 때에도 나는 아주 유쾌하고 가벼우며 떳떳한 기분이었다. 왜냐하면 내 작은 손가방에는 검사관의 눈을 속일 물건이라곤 아무것도 들어 있지 않았기 때문이다. 그리고 나는 매우 오랫동안 기다려야만 했지만, (그것은 검사원들이 하찮은 일반 사람들보다도 지체 높은 상류층 여행객들에게 우선권을 주기 때문이라는 생각이 들었다. 상류층의 검사가 끝난 다음에 그들은 더욱 철저하게 하류층 여행객들의 소지품을 모조리 끄집어내고 뒤죽박죽을 만드는 것이었다.) 그것조차도 내 기분이 명랑하게 활짝 개인 것을 흐리게 할 수는 없었다. 마침내 나는 내 소지품을 펼쳐 보일 검사원을 붙잡고 미리 준비했던 대화의 기술을 즉시 선보이기로 하였다. 그런데 그는 처음에는, 어떤 금지된 물건이 내 가방에서 쏟아져 나오지나 않는지, 내의와 양말까지 완전히 탈탈 털어 보려고 하였다. 그때 나는 재빨리 그에게 말을 건네며 그의 환심을 샀으며, 그가 내 소지품을 모조리 털어 보는 것을 그만두게 하였던 것이다. 프랑스 사람들은 특히 화술(話術)을 사랑하고 경의를 표한다. —정말 옳은 일이다. 인간을 동물과 구별되게 하는 점이 바로 이 화술, 즉 '말한다는 것'이 아니겠는가! 그래서 동물과 더 멀리 떨어진 인간일수록 더욱더 말을 잘한다는 가정도 확실히 무의미하지는 않을 것이다. —특히 프랑스 말에 있어서는 더욱 그러하다. 내가 이렇게 말하는 이유는, 이 프랑스인들은 자기 나라 말을 인류의 언어로 생각하기 때문이다. 여기서 바로 생각나는 것은, 마치 그 옛날 그리스 부족 중 한 쾌활한 부족이 자기들의 말을 인간의 유일한 표현 방법으로 간주하고, 다른 말들은 모조리 개 짖는 소리나 개구리 우는 정도로 간주하고 싶어 했던 것과 꼭 같다. ―나머지 민족들은 자기도 모르게 이런 의견에 다소간 찬성하고 있으며, 오늘날 우리가 프랑스 말을 그렇게 생각하듯이, 그들은 어쨌든 그리스 말을 가장 세련된 말로 간주하고 있었던 것이다.

"Bonsoir, Monsieur le comimssaire!(안녕하십니까, 감독관님!)" 하고 나는 '꼬미세르(commissaire)' 단어의 셋째 음절에서 약간 답답하게 노래 부르듯 길게 빼면서 세관 직원에게 다음과 같이 프랑스 말로 인사를 했다.

"저는 제가 가진 모든 것을 당신의 처분대로 맡기겠습니다. 저처럼 이렇게 법을 존중하는 우직한 청년은 없을 겁니다. 저는 또 신고할 것도 하나도 없습니다. 아마 지금까지 이렇게 깨끗한 소지품 가방은 조사하신 일이 없으실 것이라 믿습니다."

"오, 훌륭하군요!" 하고 그는 말하면서 나를 자세히 쳐다보았다. "무척 재미있는 젊은이 같군요. 그런데 표현이 매우 뛰어나신데, 혹시 프랑스 분인가요?"

"생각하기 나름이긴 하지만요." 하고 나는 대답했다. "거의 그렇다고 할 수 있습니다. 절반쯤 그렇습니다. 저는 프랑스를 찬양하고 있으며 알자스 로렌의 병합에 대해서는 철저하게 반대하고 있답니다."

그의 얼굴은 내 말에 무척이나 감동받았다고 말하고 싶을 만한 그런 표정을 보였다.

"젊은이." 그는 엄숙하게 판결 내리듯 말했다. "더 이상 귀찮게 하지 않겠소. 당신의 짐을 넣도록 하십시오. 그리고 세계의 수도로 여행을 계속하시구려. 프랑스의 애국자인 나로서 당신의 앞날을 축복해 주고 싶소!"

그렇게 내가 감사의 말을 전하면서 아직도 얼마 되지 않는 내의를 주섬 주섬 모으는 동안에, 그 세관 직원은 벌써 열어젖혀 놓은 손가방의 뚜껑 위에다 백묵으로 어떤 표시를 하였다. 하지만 내가 급하게 다시 물건을 담아 넣으려고 하는 동안 우연한 일이 발생하였다. 나는 그 일을 어디까지나 우연으로 돌리고 있는데, 그 수하물들이 결백함을 잃어버렸던 것이다. 왜냐하면 전에 들어 있던 것보다 조그마한 물건 하나가 그 짐 속에 섞여 들어왔기 때문이다. 자세하게 말하자면, 내 곁에 양철 지붕으로 된 수하물 카운터가 있었고 그 뒤쪽으로 검사관들이 사무를 집행하고 있었는데, 그곳에는 왜가리 깃으로 장식된 종 모양의 모자를 쓰고 밍크코트를 두른 한 중년 부인이 열어젖혀 있는 그녀의 커다란 가방을 세관원과 사이에 두고서, 그것을 조사하고 있는 세관원과 시비를 하고 있었는데 무척이나 흥분되어 있었다. 보아하니 그 세관원은 그녀의 소지품 중 하나인 레이스 같은 물건을 손에 들고 있었는데, 그것에 대해 두 사람의 의견이 달랐음이 분명했다. 세관원은 그녀의 멋진 소지품 가방에서 문제가 되고 있는 레이스를 끄집어내었는데, 그녀의 가방 속 소지품들은 여러 가지가 뒤죽박죽되어 거의 내가 가진 물건 가까이 널려 있었다. 내 물건에 가장 가까운 곳에는 상당한 귀중품처럼 보이는 거의 주사위 모양의 모로코제 고급 염소가죽 상자가 있었는데, 그것이 내 친구 같은 세관원이 확인 표지를 해 주는 사이에 그만 내 가방 속으로 함께 쓸려 들어온 것이다. 그것은 계획적인 행위라기보다는 자연 발생적 사건이라고 말하는 게 낫겠다. 그것은 완전히 우연하게, 부차적이고 유쾌하게 일어난 일이었다. 그리고 프랑스의 권위에 대한 나의 달변의 우호적 관계로 인해 내게 일어난, 이른바 유쾌한 기분의 산물이라고도 할 수 있는 것이었다. 사실 나는 나머지 여행을 하는 동안에 그 우연한 수확물에 대해서 거의 생각한 적이 없었으며, 다만 그 부인이 짐을 다시 꾸리다가 그 상자가 없어진 것을 알았는지 몰랐는지, 그 의문에 대해 궁금한 생각이 아주 잠깐 떠올랐을 뿐이다. 거기에 대해서 나는 얼마 지나지 않아 자세한 사항을 알게 되긴 하였다.

이렇게 하여 내가 탄 기차는 쉬었다 가기를 반복하며, 열두 시간이나 걸리는 여행 끝에 느릿느릿 북(北) 정거장에 도착하였다. 그러자 짐꾼들이 돈깨나 있는 많은 짐을 가진 여행객들과 흥정을 하느라 떠들썩거리고, 여행객들의 일부는 마중 나온 친구나 친지들을 부둥켜안고 입들을 맞추고 하는 사이에, 또 차장들 역시 그들에게 손가방이나 여행용 담요를 문이나 창문으로 내주는 일에 정신을 파는 사이에, 그 고독한 우리의 젊은이는 이 사회의 삼등객 전용 차량의 혼잡 속에서 조용히 내렸고, 어느 누구의 주의도 끌지 않은 채, 자기 짐을 제 손으로 들고 대합실을 나섰다. 대합실은 시끄러웠고 또 굳이 말하자면 별로 매력도 없었다. 바깥의 지저분한 길에서는 (가랑비가 내리고 있었는데) 여기저기서 삯마차의 마부들이 가방을 들고 있는 나를 보고는 채찍을 들고 강요하듯, "이봐요! 타고 가요. **어린 친구**" 혹은 '어르신' 내지는 그와 비슷한 호칭으로 불러 대었다. 하지만 마차를 탄다면 그 요금은 무엇으로 지불해야 하나? 내 수중에 돈은 거의 떨어지고 없었다. 그리고 그 조그만 상자가 내 금전상의 상태를 향상시켜 줄 것을 의미한다고 하더라도, 그 상자의 내용물을 여기서 아직 이용할 수는 없었다. 덧붙여 말하자면, 내가 앞으로 일하게 될 장소로 마차를 타고 간다는 것은 별로 적절한 일이 아니었을 것이다. 나의 의도는 거기까지 걸어서 가려고 했다. 물론 멀 것이라고 생각은 했다. 그래서 나는 길을 지나가는 사람에게 방돔 광장으로 가려면 (분별 있는 태도로 나는 호텔뿐만 아니라 생토노레 거리도 언급하지 않았다.) 내가 잡아야 할 방향이 어느 쪽인지 예의 바르게 물어보았다. ―여러 번 물었지만, 걸음을 멈추고 내 물음에 귀를 기울이는 사람들은 거의 없었다. 그렇다고 해서 내 행색이 아주 거지꼴을 한 것은 아니었다. 왜냐하면 인자하신 어머니가 내 여행을 위해 이것저 것 준비하라고 적은 돈이나마 내게 기부했기 때문이다. 구두에는 새 창을 깔고 말끔하게 수리했으며, 솔기가 보이는 바깥주머니가 달린 따뜻한 외 투로 몸을 감쌌으며, 거기에다 일종의 스포츠 모자를 썼는데, 그 모자 밑 으로 내 금발 머리가 매력적으로 눈에 띄고 있었다. 하지만 짐꾼한테 일도 시키지 못하고 거리에서 자기의 짐을 스스로 끌고 다니는 젊은이, 마차를 끄는 마부 한 사람 제대로 다루지 못하는 것처럼 보이는 그런 젊은이는, 우리 문명사회의 아들들에게는 어떠한 눈빛도 말 한마디도 건넬 가치조차 없다. 아니 더욱 제대로 얘기하자면, 오히려 그들이 그런 젊은이와 조금이 라도 어떤 관계를 맺게 되지 않을까 하는 불안감에 경계하게 된다. 왜냐하 면 그런 젊은이는 사람의 마음을 불안하게 만드는 특질, 즉 '가난'이라는 의심을 받고 있기 때문이다. 그러나 그러한 일로 더욱 언짢은 것은, 사회 에서는 그러한 사회 자체의 잘못된 소산물에 대하여 아예 눈을 감고 거들 떠보지도 않는 것이 가장 현명한 일인 것처럼 보인다는 사실이다. "가난이 란 결코 죄가 아니다."라고 말은 하지만, 그것은 단지 말뿐이다. 부자들에 게 가난이란 지극히 흉물스러운 것인데, 절반이 치욕이며, 나머지 절반은 뭐라고 규정할 수 없는 비난의 대상물이기 때문이며, 그래서 전체적으로 보아 가난은 매우 불쾌한 것으로서, 가난과 관계를 맺으면 어떤 좋지 않은 결과를 초래하게 될지 모르기 때문에 그렇게 생각되는 것이다.

가난에 대한 인간의 이러한 태도는 자주 고통스럽게 내 눈에 띄었는데, 그때의 경우도 역시 마찬가지였다. 결국 나는 왜 그런지 모르게 키 작은 아줌마 한 명을 붙잡아 세웠는데, 그 아줌마는 낡아 빠진 어린이 수레에 다 어떤 그릇 같은 것들을 잔뜩 싣고서 뒤에서 밀고 있었다. 그래서 바로 그 아줌마가 내가 가야 할 방향을 가리켜 주었으며, 뿐만 아니라 그 유명한 광장으로 갈 수 있는 승합자동차를 탈 정류장까지도 내게 알려 주었다. 승합자동차를 잡아타는 데 치러야 하는 몇 푼 안 되는 프랑스 동전은 나역시 여유 있게 지니고 있었으므로, 나는 그러한 길 안내에 대해서 즐거웠다. 말이 나왔으니 하겠지만, 그 아줌마가 내게 길을 알려 주면서 내 얼굴을 오래 쳐다보면 볼수록, 이가 빠진 그 아줌마의 입은 정다운 미소로 더욱 넓게 일그러지고 있었다. 마침내 그 아줌마는 "하느님의 축복이 있기를 바랄게요!" 하며, 거친 그녀의 손으로 내 뺨을 어루만졌다. 이 애무는 훗날 훨씬 아름다운 손으로부터 내가 받게 된 그렇게 많은 애무보다도 나를 더 행복하게 해 주었다.

그렇게 도착한 정거장에서부터 파리의 거리로 들어서는 여행자에게 그도시의 첫인상은 결코 황홀하지 않았다. 하지만 점점 더 그 도시 심장부의 화려한 곳에 가까워질수록 물론 호화롭고 장엄한 분위기는 더욱 커졌다. 나는 비록 수줍어하지는 않았지만, 사내답게 꾹 참았으며, 놀라움과 경의를 표하면서 그 큰 거리들과 광장의 불과 같이 타오르는 장관을 내다보았다. 손가방을 무릎에 올려놓은 채, 내가 버스 안에서 잡은 비좁은 자리에서 말이다. 내가 본 것은, 마차들이 이리저리 지나가는 번잡함, 밀고 밀리는 보행자들의 혼잡함, 번쩍거리는 물건을 골고루 갖추어 놓은 상점들, 사람을 유혹하는 카페 레스토랑, 백열등(白熱燈)과 아크등(燈)으로 눈이 부시는 극장 정면 등이었다. 그러는 사이에 차장은, 내가 불운했던 내 부친에게서 부드러운 톤으로 자주 들어 보았던 '브루스 광장', '9월 4일의 거리', '까쀠신느 거리', '오페라 광장' 그리고 다른 이름들을 알려 주었다.

신문 파는 소년의 귀를 째는 듯한 외침 소리에 귀가 먹먹했고, 불빛은 감각을 혼란스럽게 만들었다. 카페 앞에는 차양(遮陽) 아래에 모자와 외투를 착용한 사람들이 작은 테이블에 앉아서, 작은 지팡이를 무릎 사이에 낀 채, 마치 전세를 낸 극장 관람석에 앉아 있는 듯, 바삐 지나가는 마차들과 군중들의 왕래를 내다보고 있었다. 그러는 한편, 어두운 형상들이 그들의 발 사이를 더듬어 담배꽁초를 모으기도 하였다. 이런 사람들에 대해 신사 양반들은 별로 신경 쓰지 않았고, 그런 비굴한 직업에 대해서 어떠한 충격도 받지 않았다. 분명한 것은 그들 신사 양반들은 이런 천한 사람들을 문명의 필연적이며, 공인될 수 있는 산물로 간주하고 있었으며, 자기들은 그 문명의 즐거운 혼란을 보면서 자기들의 안전지대에서 즐기고 있었다는 사실이다.

오페라 광장과 방돔 광장을 연결하고 있는 것은 그 이름도 자랑스러운 라 뻬 거리이다. 바로 이곳, 강력한 황제의 입상(立像)이 가장 높은 부분을 장식하는 기둥들이 있는 곳, 여기에서 나는 승합자동차에서 내렸으며, 내 본래의 목적지인 생토노레 거리를 걸어서 찾으려고 했다. 그 거리는 교육받은 양반들이라면 다 알겠지만, 리볼리 거리와 나란히 뻗어 있었다. 나는 그 거리를 생각보다 쉽게 찾을 수 있었는데, '세인트 제임스 앤드 앨버니'라는 호텔의 큼직하고, 불빛에 훤한 간판이 벌써 먼 곳에서부터 내 눈에 들어왔다.

그곳에서는 떠나는 사람도 많고 도착하는 사람도 많았다. 한 무리의 신사들은 짐이 든 트렁크를 가득 실은 삯마차에 오르려고 하면서, 자기들을 돌보아 주던 호텔 종업원들에게 팁을 주고 있었으며, 한편으로 짐꾼들은 새로 도착한 사람들이 지금 막 내려놓은 여행용 가방들을 호텔 안으로 나르고 있었다. 물론 내가 다음과 같은 고백을 하면 독자들은 미소를 지을 것이다. 고백하건대, 나는 이렇게 엄청나고 사치스러우며, 일류 중의 일류에 자리 잡은 그 호텔로 발을 들여놓으려고 할 때, 용감한 마음을 지니려고 하였지만 어떤 막연한 겁을 집어먹었던 것이다. 그렇지만 내게 용기를 북돋아 줄 권리와 의무는 하나로 결합되어 있지 않았는가? 나는 이 호텔에 고용되어 여기에서 일하게 되어 있고, 내 대부인 쉼멜프레스터는 이 기업체의 총지배인과 호형호제하는 사이가 아니었던가? 그럼에도 불구하고 겸양지덕(謙讓之德)은 나로 하여금, 여행자들이 드나드는 이중 유리로 된 회전문 중 하나를 이용하기보다는 오히려 짐꾼들이 이용하고 있는 옆문을 선택하는 것이 좋겠다고 권하고 있었다. 하지만 짐꾼들은 나를 자기들과 같은 부류의 사람이라고 간주하지 않아서 나를 옆문으로 들어가지 못하게 하였다. 그래서 나는 하는 수 없이 작은 손가방을 들고 그 호화스런 회전문 중 하나로 발을 들여놓을 수밖에 없었다. 그런데 너무도 창피하게, 회전문으로 들어가려고 할 때 그곳을 지키던 붉은 연미복 상의를 걸친 종업원 한 명이 내게 시중을 들어 주었다는 사실이다. '하느님의 축복이 있기를 바라오, 젊은 친구.' 하고 나도 모르게 그 종업원에게 인사를 해 주었는데, 그 말은 그 선량한 키 작은 아줌마의 말을 그대로 한 것이었다. —그러자 그 종업원은 기차를 타고 오며 내가 장난쳤던 어린애들의 웃음과 똑같은 정다운 웃음을 터뜨리는 것이었다.

나는 반암(斑岩) 기둥이 들어서 있는 화려하기 그지없는 로비에 들어섰다. 로비의 1, 2층 중간쯤 높은 곳에는 회랑(廻廊)으로 둘러쳐져 있었으며, 로비에는 많은 사람들이 물결치듯 이리저리 움직이고 있었고, 길 떠날 차비를 마친 사람들은 기둥에 거의 붙어 있는 양탄자 위에 자리 잡은 폭신한 안락의자에 파묻혀 기다리고들 있었다. 그 사람들 사이에는 떨고 있는 작은 강아지를 무릎에 올려놓고 있는 부인들도 몇 명 섞여 있었다. 제복을 입은 보이 하나가 어울리지 않는 열성으로 내 손에서 가방을 받아 들려고 하였지만, 나는 그만두라고 하였다. 대신에 오른쪽에 분명히 안내소라고 쉽게 짐작되는 곳으로 몸을 돌렸다. 그곳에 황금빛 레이스가 달린 프록코트를 입은 신사 하나가 있었는데, 그는 생기 없고 차가운 눈초리를 하고 있었다. 그는 비싼 팁을 받는 데 익숙해 있었음이 분명했으며, 안내소로 몰려드는 사람들에게 서너 가지 외국어로 안내를 하였고, 때때로 열쇠를 달라고 하는 호텔 손님들한테는 눈에 띄게 화사한 미소를 지으며 건네주곤 하였다. 나는 거기에서 오랫동안 서서 기다리고 있어야 했다. 그러다 마침내 그 사람에게 물어볼 기회를 얻었는데, 총지배인 쉬트르츨리 씨가 안에 계실 것이라고 생각하는지 그리고 혹시 내가 그분을 만나 뵐 가능성을 알려 줄 수 있는지 물어보았던 것이다.

"쉬튀르츨리 씨를 뵙고 싶다고요?" 그는 놀라며 모욕하듯 내게 물었다. "그런데 당신은 누구신가요?"

"이 호텔에 새로 온 종업원입니다. 총지배인으로부터 직접 추천을 받고 왔습니다만." 하고 나는 대답했다.

"놀라운 일이군!" 하며 그 거만한 사나이는 대답하고는 내 마음 저 밑바닥까지 상처를 주는 조롱 섞인 말을 덧붙였다.

"쉬튀르츨리 씨께서는 몇 시간 전부터 매우 조바심을 내며 당신의 방문을 기다리고 계셨습니다. 의심할 여지가 없지요. 그런데 어려우시겠지만 접수처로 몇 발자국 걸어가 주셨으면 합니다."

"대단히 감사합니다, 안내인 양반." 하고 나는 대답했다. "그리고 앞으로도 사방에서 당신한테 많은 팁이 물 쏟아지듯 들어오기를 바랍니다. 그래서 곧 은퇴하셔서 개인 생활을 즐길 수 있는 처지가 되시기를!"

"바보 천치 같은 놈!" 나는 그가 내 등 뒤에서 이렇게 소리치는 것을 들었다. 그러나 그 정도에는 나는 신경도 안 썼고, 심기가 불편하지도 않았다. 나는 손가방을 끌고 접수처로 갔다. 사실 그 접수처는 안내소에서 몇 발자국 떨어져 있지 않았고, 로비 안에 안내소와 같은 쪽에 자리 잡고 있었다. 접수처는 안내소보다 더 혼잡했다. 수많은 여행자들이 그곳에서 수납을 관리하고 있는 엄격한 예복을 차려입은 두 명의 신사를 괴롭히고 있었는데, 자기들의 예약 상태를 문의하기도 하고, 자기들에게 알려 주는 방의 열쇠를 받기도 하고, 숙박계에 필요 사항을 적기도 하였다. 내가 데스크가 있는 곳까지 헤치고 들어가는 데는 상당한 인내가 필요했다. 마침내 나는 두 사람 중 한 사람과 눈을 맞대고 서 있게 되었는데, 그 사람은 나이가 더 젊었고 꼬아 붙인 콧수염에 코걸이 안경을 걸쳤으며, 거기에다 빛을 쐬지 못한 창백한 얼굴빛을 하고 있었다.

"방을 원하시나요?" 하고, 그 사람은 내가 얌전하게 자기의 말을 기다리고 있다는 것을 알고서, 내게 물었다.

"아, 아닙니다. 하지만—그게 아니라, 지배인님," 나는 미소를 띠면서 대답을 했다. "제가 벌써 그런 말을 해도 된다면 저는 이 호텔 식구에 속하겠지요. 제 이름은 크룰이며, 성은 펠릭스입니다. 제가 이 자리에 온 것은, 쉬튀르츨리 씨와 그분의 친구인 저의 대부 쉼멜프레스터 교수, 두 분 사이에서 이루어진 약속에 따라 이 호텔에서 보조 역할을 하게 되었기 때문입니다. 다시 말씀 드리자면— "

"뒤로 물러나세요!" 그 사람은 나직하고도 재빠르게 명령했다. "기다려요! *아주 썩 물러나요!*" 그렇게 말을 할 때 그의 무기력한 얼굴 표정에는 붉은 빛이 희미하게 감돌았는데, 그는 또 불안스럽게 사방을 이리저리 둘러보았다. 그 모습은 마치 아직 제복을 입지 않은 새로 온 호텔 종업원이 나타나서 자기의 인간적인 약점을 많은 손님들 앞에 드러내 보여 무척 당황한 것처럼 보였다. 실제로 데스크에서 열심히 업무를 보던 사람들의 눈초리가 호기심에 가득 차 내게로 쏠렸다. 사람들은 나를 쳐다보려고 숙박계에 기입하는 것을 멈추고 있었다.

"네, 알겠습니다. **지배인님!**" 하고 나는 나지막하게 대답하고는 내 뒤에 줄을 서 있는 사람들 뒤로 멀찌감치 물러섰다. 어쨌든 더 이상 사람들이 많지 않아서, 몇 분 후에는 일시적이긴 하였지만 그 접수처 앞이 한 사람도 없이 완전히 비게 되었다.

"자, 이제 당신은?" 하고, 이렇게 사람들이 없어진 상황하에서, 멀찌감치 서 있던 나를 향하여 그 무기력한 표정의 신사가 몸을 돌리며 말했다.

"**종업원이 되려고 지원한 펠릭스 크룰입니다.**" 하고, 그 자리에서 나는 한 발자국도 움직이지 않고 대답했다. 그 사람이 나를 더 가까이 초대하도록 억지로라도 마음먹게 하고 싶었기 때문이다.

"자, 그럼 이쪽으로 가까이 오시오!" 그는 신경질적으로 말했다. "왜 그래요. 이렇게 멀리 떨어진 거리에서 당신한테 큰소리로 불러 보는 재미를 내가 원한다고 생각하는 건가요?"

"저는 하라는 대로 했을 뿐입니다, 지배인님." 하고 나는 대답했다. 그리고 나는 흔쾌히 앞으로 다가가면서 "그리고 다음 명령을 지금 기다리고 있던 중입니다."라고 말했다.

"내 명령은 정말로 필요하기 때문에 했을 뿐이오." 하고 그는 말했다. "당신 여기서 뭐하고 있는 건가요? 어떻게 된 일인가요. 그렇게 슬쩍 여행객처럼 로비에 들어와서 다짜고짜로 단골손님 속에 끼어 있다니요?"

"죄송합니다. 천 번 만 번 용서를 구하는 바입니다." 나는 비굴하게 말했다. "그것이 잘못이라면 말입니다. 저는 정면 현관의 회전문을 통과해서 로비로 들어오는 길밖에 몰랐습니다. 하지만 지배인님의 얼굴을 뵙기 위하여 아마 험하고, 어둡고, 은밀한 뒷길이라 하더라도 전혀 개의치 않았을 것을 확신합니다."

"도대체 이게 무슨 말버릇이오!" 하고 그는 대답했다. 그러고는 다시금 그의 창백한 얼굴에 불그스레한 빛이 엷게 타올랐다. 이렇게 얼굴을 붉히는 기질은 무척 내 마음에 들었다.

"당신은," 하고 그는 덧붙여 말했다. "바보 아니면 너무도 지나치게 총명한 것 같군요."

"저는 저의 상사에게 제가 지닌 지성이 올바른 한계 내에서 정확하게 기능하고 있다는 것을 빨리 증명하고 싶습니다." 하고 나는 대답했다.

"그런 기회가 당신에게 찾아올지 상당히 의심스럽군요!" 하고 그는 말했다. "지금 현재 호텔 종업원 전체 인원에는 공석이 없다는 걸 내가 알고 있지요."

"그렇다 하더라도, 죄송하지만 제가 한마디 드리겠습니다. 이 문제에 대해서는 저를 위하여 총지배인님과 그분의 젊은 시절 친구이며 제게 세례를 주신 분 사이에 확고부동한 약속이 되어 있답니다. 저는 의도적으로 쉬튀르츨리 씨를 뵙자고 하는 것이 아닙니다. 왜냐하면 그분이 저를 보시려고 조바심을 내고 있는 것도 아니라는 것을 잘 알고 있기 때문이며, 또 제가 그분을 십중팔구 나중에 뵙는다든지 혹은 결코 뵐 수 없으리라는 그런 망상은 하지 않고 있기 때문입니다. 그러나 그런 것은 별로 중요한 일이 아닙니다. 오히려 저의 모든 희망과 노력은, 지배인님, 당신께 향하고 있는데, 당신께 먼저 문안 인사를 드리고 또 제가 어떻게, 어디서, 어떤 종류의 일을 해야 이 호텔에서 쓸모 있는 종업원이 될지, 당신의 지시를 받고자 하는 것입니다."

"이런, 맙소사!" 하고 그가 중얼거리는 소리를 나는 들었다. 그러면서 그는 할 수 없이 옆에 있는 서류 장롱에서 부피가 두꺼운 책을 끄집어내었다. 그는 오른손 가운데 두 손가락에 자꾸 침을 발라 가며 화가 난 듯 책갈피를 넘겼다. 그가 어느 페이지에선가 멈추고 난 후에 내게 이렇게 알려 주었다.

"아무튼 이제 가능한 빨리 이 자리에서 사라져 버리란 말이오. 그리고 여기보다 당신한테 더 적합한 곳으로 물러나 있도록 하시오! 당신의 채용은 예정되어 있소. 그것만은 엄연한 사실이오."

"중요한 점은 바로 그것입니다." 하고 나는 한마디 언급했다.

"아무렴, 그렇지요! ─이봐요." 하고 그는 그의 뒤쪽에 있는, 발육 부진의 어떤 보이 하나를 불렀다. 그 보이는 손을 무릎 위에 얹고 사무실 안쪽 벤치에 앉아서 어떤 심부름이 떨어질지 노심초사 기다리고 있었다. "여기 이 친구한테 맨 위층에 있는 종업원 숙소의 4번 침실을 알려 주게! 화물 승강기를 사용하도록 하고 말이오! 내일 아침에 무슨 이야기가 있을 것이오!" 하며 그는 내게 한마디를 더 내질렀다. "자, 가시오!"

영국인임이 분명한 주근깨투성이의 소년이 나를 데리고 갔다.

"내 가방을 좀 들어 주어야 하는 것 아닌가?" 하고 가는 도중에 나는 그 아이한테 말을 걸었다. "가방 때문에 내 두 팔이 이미 마비되어 버린 것 같아 그러네."

"가방을 들어 주면 무엇을 줄 건가요?" 하고 소년은 세련되지 못한 발음의 프랑스 말로 물었다.

"난 가진 게 아무것도 없는데."

"그래요, 아무튼 가방을 들어 주겠소. 그런데 4번 침실에 기대를 갖지 말도록 하세요! 아주 지독한 곳이지요. 우리는 모두 열악한 생활을 하고 있어요. 식사도 좋지 않고, 급료도 높지 않아요. 그런데도 파업할 생각은 못하고 있지요. 이곳에 들어오려고 하는 친구들이 엄청 많아요. 이렇게 철두철미 착취하는 집 같은 것은 모조리 잿더미로 만들어야 해요. 나는 무정부주의자라오. 꼭 알아 두세요. 난 그런 **사람**이라오."

그 소년은 무척 재미있고 순진한 아이였다. 우리는 함께 화물 승강기를 타고 육 층에 있는 지붕 밑 방으로 올라갔다. 거기서 그 아이는 가방을 내게 다시 돌려주고, 복도에 있는 문 하나를 가리키더니 '좋은 시간 보내세요.'라는 인사를 하고 가 버렸다. 복도에는 변변치 않은 불이 켜 있었고 지나다니는 사람은 전혀 없었다.

문에 붙은 표찰을 보고 4번 침실이 맞다는 것을 알았다. 조심스럽게 문을 두드려 보았으나, 아무런 대답이 없었다. 그리고 이미 열 시가 넘었는데도 불구하고 침실은 완전히 어둠에 싸여 텅 비어 있다는 것을 알 수 있었다. 천장에 완전히 벌거숭이로 매달려 있는 전구에 불을 켰을 때의 광경은 사실 그다지 유쾌한 기분을 자아내지 못하였다. 회색 담요와 납작한 베개가 있는 침대가 여덟 개 있었는데, 보아하니 베개는 오랫동안 세탁을 하지 않았고, 침대는 선실(船室) 모양으로 두 개씩 포개어 이 층으로 긴 벽에 설치되어 있었으며, 그 침대들 사이사이에는 위쪽 침대까지 닿을 정도의 문짝도 없는 장롱이 벽에 기대어 있었고, 그 장롱 위에는 여기서 밤을 지새우는 친구들의 가방이 보관되어 있었다. 그 외에도 공기가 통하도록 해 놓은 듯한 창문이 딱 하나밖에 없는 그 방은 전혀 쾌적하지 않았으며, 또한 길이에 비해서 폭이 아주 좁았기 때문에 공간적인 여유라고는 조금도 없었다. 그래서 그 방 한가운데에도 편안하게 움직일 수 있는 공간은 거의 남아 있지 않았다. 여기서 숙식하는 친구들은 아마 잘 때에는 자기들의 옷들을 침대 발 부분이나 장롱 속 가방 위에다 올려놓고 자야만 했다.

그런데 내가 생각하기에, 상황이 이렇다면 병영(兵營)에서 벗어나려고 그렇게 애를 쓸 필요가 없을 것이리라. 왜냐하면 군대 막사보다 이 방이 훨씬 더 스파르타식이었기 때문이다. ―아니, 어쩌면 오히려 좀 더 재미있었을지도 모르겠다. 하지만 나는 이미 오랫동안 장미꽃을 침대 삼아 누워 보지 못했는데—하긴 단란했던 고향집이 풍비박산된 이래 한번도 그런 곳에서 자 본 적이 없었다. 또한 나는 인간과 그 환경은 시간이 얼마 지나게 되면 웬만하면 협조해 나간다는 것을 알고 있었고, 더구나 그 환경이란 것이 처음에는 무척 가혹한 것처럼 보여도 항상 그런 것은 아니다. 아무튼 복받은 성격의 소유자에게 환경이란 전적으로 습관에 기인하는 것이 아닌 일종의 탄력성(彈力性)을 지니고 있는 것이다. 이런 관계가 모든 사람 각자에게 똑같이 적용되는 것은 물론 아니다. 그래서 나는, 일반적으로 현실이란 것은 개인의 인격을 통한 광범위한 변화가 있다고, 주장하고 싶다.

　세상에서 일어나는 일들에 대한 소견을 곧잘 진술하는 머리를 가져, 이렇게 탈선하게 된 것을 독자들에게 용서를 구한다. 그런데 나의 머리는 인생을 관찰함에 있어서, 추악하고 난폭한 점보다는 부드럽고 사랑스런 점에 더욱 매력을 느낀다. ―벽에 붙은 장롱이 하나 비어 있었다. 여기에서 나는, 여덟 개의 침대 중 한 개의 침대가 역시 비어 있을 것으로 짐작을 했다. 다만 어떤 것인지를 몰랐다. ―유감스럽게도, 나는 여행에 지쳤고, 젊은 내 육신은 잠을 자고 싶었다. 하지만 어쩔 수 없이 그 방에 있는 친구들이 돌아오기를 기다리는 것 외에는 다른 방법이 없었다. 옆문이 열려 있어서 잠시 동안 나는 옆에 있는 욕실을 검사하면서 시간을 보냈다. 그곳에는 너무도 조잡한 리놀륨 보자기를 덮은 세면대가 다섯 개, 그리고 대야와 물항아리, 양동이 등이 그 옆에 있었으며, 수건들이 선반에 걸려 있었다. 거울은 한 개도 없었다. 그것 대신에 문과 벽에, 물론 침대가 놓인 방도 마찬가지였지만, 공간이 있는 곳이라면 어디에나 잡지에서 오려낸 각양각색의 매혹적인 여자들의 야한 그림들이 압정으로 고정되어 있었다. 나는 별로 위안을 받지 못한 채 침실로 돌아왔으며, 무엇인가 해 보려고 우선 가방에서 잠옷을 꺼내 놓으려고 했다. 그런데 짐을 꺼내다 보니, 세관에서 소지품 검사를 할 때 슬쩍 굴러 들어왔던 보석 상자가 나왔는데, 나는 그것을 다시 보게 되어 기쁜 마음에 살펴보기 시작했다.

상자 속의 내용물에 대한 호기심이 줄곧 내 마음의 은밀한 영역에서 작동하고 있던 것은 아닌지, 그리고 잠옷을 끄집어낸다는 생각은 그 보석 상자와 대면해 보고 싶은 구실에 불과한 것은 아닌지, 어쨌든 그런 것에 대해서는 그대로 내버려 두기로 했다. 아래층 침대 중 하나에 앉아서 나는 그 상자를 무릎 위에 올려놓고 조사를 시작했다. 누군가에게 방해받지 않았으면 하는 절박한 소망을 품고서 말이다. 상자에는 가벼운 자물쇠가 달려 있었는데, 열린 상태였다. 다만 작은 구멍에 갈고리가 꽂힌 채 닫혀 있을 뿐이었다. 상자 속에서 동화에나 나옴직한 보물들을 발견한 것은 아니었지만, 매우 귀중하고 사랑스러운 물건이 들어 있었으며, 그중 몇 개는 정말로 감탄을 불러일으킬 만한 물건이었다. 바로 맨 위쪽에는 벨벳을 안에 받친 속 상자가 들어 있고 이 층으로 나뉘어 있었는데, 거기에는 금속으로 조각한 테두리에 여러 줄로 꿰어 매단 커다란 황옥(黃玉) 장식품이 들어 있었다. 그것은 목과 가슴을 장식하는 것으로 지금까지 내가 어떤 진열장에서도 본 적이 없는 훌륭한 장식품이었다. 그리고 그런 것이 어떤 진열장에서도 나타나기 힘든 이유는, 그것이 현대에 이루어진 세공품이 아니라 지나간 세기에 속하는 시대물이기 때문이었다. 그것은 사실 호화로움의 정수라고 말해도 될 만한 것이었으며, 그 보석의 매력적이면서도 투명하게 반짝이는 꿀 같은 황금빛에 진정으로 나는 매혹되었다. 그래서 내 눈은 한참이나 그 물건에서 뗄 수 없었으며, 다만 약간 망설이면서 밑바닥을 들춰 보려고 그 상자를 위로 들어 보았다. 상자의 밑바닥은 위층보다 깊었고, 또 위층이 황옥 장식으로 가득 차 있는 것에 비하면 내용물이 꽤나 빈약했다. 그럼에도 불구하고 상자 속의 매력 있는 물건들이 나를 향해 웃음을 보냈으며, 나는 그 하나하나에 대해서 정확한 기억을 하고 있다. 거기에는 백금이 박혀 있는 작은 보석들로 된 긴 사슬이 뭉쳐져 무더기로 번쩍거리고 있었다. 그 밖에도 많은 것들이 있었는데, 매우 아름답고 은(銀) 덩굴 모양으로 장식한 자라껍데기 빗은 수많은, 물론 그것도 아주 작은 보석으로 뒤덮여 있었다. 또한 두 개의 걸쇠로 이루어진 가슴 장식용 핀은 백금 고리가 달려 있었는데, 위쪽은 콩알 크기의 보석 열 개로 둘러싸인 사파이어로 장식되어 있었다. 또한 포도송이가 든 바구니를 너무도 예쁘게 세공한 흰색 섞인 황금 브로치도 있었으며, 아래로 내려갈수록 가늘고 뾰족해진 모양의 튼튼하게 보이는 압축 용수철 장치가 달린 팔찌도 있었는데, 이것 역시 백금이었으며 투조(透彫) 세공 보석으로 싸여 있는데다 고상한 백진주가 박혀 있어 더욱 값을 높이고 있었다. 게다가 너무도 매력적인 서너 개의 반지가 또 들어 있었는데, 그중 하나는 회색 진주와 두 개씩 크고 작은 다이아몬드가 박혀 있었으며, 또 하나는 마찬가지로 다이아몬드로 장식되어 있었는데, 어두운 색깔의 삼각형 루비가 박혀 있었다.

이 사랑스러운 보물들을 나는 하나씩 손에 들고서, 그 고상한 색깔들을 천장에 매달린 벌거숭이 전구의 천박한 불빛에 아롱지게 하였다. 도대체 누가 그 경이로움을 표현할 수 있을까. 내가 느낀 그 혼돈스러울 정도의 경이로움 말이다. 그때 나는 그런 재미에 열중하고 있었는데 갑자기 위에서부터 어떤 목소리가 들려 왔다. 무미건조한 억양의 그 목소리는 다음과 같았다.

"너 정말로 끝내주는 상자를 가지고 있구나."

비록 오랫동안 스스로 혼자 있다고 믿고 또한 보는 사람도 없다고 믿고 있다가 갑작스럽게 그런 게 아니었음을 깨닫게 되는 것이 약간 창피한 일이라고 할지라도, 바로 당시의 상황은 그 불유쾌함을 더욱 배가시켰다. 아마 내가 움찔하며 놀랐다는 것은 감출 수 없는 사실이었다. 하지만 나는 완전한 평정을 찾으려고 애썼고, 당황하지 않고 그 보석함을 닫았다. 그리고 역시 침착한 태도를 보이며 그 보석함을 다시 내 가방 속으로 집어넣었다. 그러고 난 다음, 목소리가 들려오는 쪽을 올려다보기 위해 뒤로 물러서며 몸을 일으켰다. 사실 내가 앉아 있던 침대 위층에는 어떤 친구가 누워 팔꿈치를 베고서 나를 내려다보고 있었던 것이다. 주위를 둘러보는 나의 정찰 행동이 철저하지 못해서 나는 사람이 있다는 것을 미리 알아차리지 못했던 셈이다. 그 친구는 아마 이불을 머리 위로 푹 뒤집어쓰고 침대 위층에 누워 있었을 것이다. 그는 젊은 친구였는데 면도를 해야만 할 것 같았다. 턱 밑은 이미 수염으로 시커멓게 덮여 있었으며, 머리는 침대에 누워 있었던 탓으로 엉망진창에다, 구레나룻을 기른 슬라브 사람처럼 윤곽이 뚜렷한 눈을 하고 있었다. 그 친구의 얼굴은 열이 있는 듯 붉었는데, 나는 그가 병들었음이 분명하다는 것을 확신했음에도 불구하고, 화가 나고 황당해서 어색하리만치 졸렬한 질문을 내던졌다.

"그 위에서 무엇을 하고 있나요?"

"나 말인가?" 하고 그는 대답했다. "아니, 네가 그 밑에서 무슨 재미나는 짓을 하고 있는지 오히려 내가 물어보아야 할 것 같아."

"제발, 함부로 말을 놓지 마시오." 나는 화가 나서 이렇게 말했다. "우리는 친척도 아니고, 서로 친한 사이도 아니지 않소."

그 친구는 웃었다. 그리고 그다지 틀리다고도 할 수 없는 말로 이렇게 대답을 하는 것이었다.

"그래, 네가 가지고 있는 것을 내가 보게 되었다는 것은 벌써 우리들 사이에 어떤 신뢰할 수 있는 결속을 만들어 줄 것 같아. 네 엄마가 너의 괴나리봇짐에 그것을 넣어 줬을 리가 없어. 어디 한번 너 손 좀 내밀어 봐. 네 손가락이 얼마나 긴지 말이야. 아니면 네가 얼마나 도둑질을 잘하나 한번 보자고!"

"터무니없는 소리 그만하시오!" 나는 말했다. "본인이 있다는 것을 내게 알리지도 않고 무례한 태도로 나를 주시하고 있었다고 해서, 내 소유물에 대해서 당신한테 보고할 책임은 없는 것 아니겠소? 근데, 말투가 어째 상당히 좋지 않군요."

"그렇지, 너야 내게 욕을 들어도 마땅한 놈이지." 하고 그는 대답했다. "그런 얌전빼는 태도는 당장 그만 둬. 나도 그렇게 게으름뱅이는 아니야. 아무튼 이것만은 네게 말해 두겠는데, 바로 조금 전까지 나는 자고 있었다는 사실이야. 나는 감기에 걸려 이틀 동안 드러누워 있었고 지저분한 두통에 시달리고 있어. 그런데 자다가 깨어나서 바로 소리를 지르지 않고 망설였던 거야. 저 사랑스런 아이가 무엇을 가지고 놀고 있을까 하고 생각했어. 너는 참 잘생겼거든. 누구든 부러워할 만하지. 예쁘장한 얼굴의 너를 데리고 오늘 어디인들 못 가겠니!"

"내 얼굴이 그렇다고 해서 당신이 내게 말을 놓을 하등의 이유는 없는 것이오. 만약 당신이 자꾸 함부로 내게 말을 놓는다면, 나는 이제부터 당신과 한마디도 하지 않겠소."

"오, 하느님 맙소사. 왕자님. 저는 당신에게 '전하'라고 부를 수도 있답니다. 하지만 내가 알고 있는 한, 누가 뭐라 해도 우리는 서로 동료인 거야. 너 새로 들어온 신참이지?

"물론 관리 부서에서 나를 이쪽으로 보냈지요." 하고 나는 대답했다. "그래서 나는 빈 침대를 하나 골랐어요. 내일부터 나는 이 호텔에서 일을 하게 될 겁니다."

"직책이 뭐야?"

"그건 아직 결정되지 않았어요."

"이상하군, 아무튼 나는 주방에서 일을 보고 있어. 말하자면 냉(冷)요리부의 정예(精銳)부대인 셈이지. ─근데 네가 앉았던 침대는 비어 있는 침대가 아니야. 저쪽 하나 건너 침대 윗자리가 비었단 말이야. 도대체 너는 어디서 온 녀석이야?"

"오늘 저녁에 프랑크푸르트에서 왔어요."

"나는 크로아티아에서 왔어. 아그람 출신이지. 그곳에서도 나는 어떤 요리점에서 일을 했었지. 이곳 파리에는 삼 년 전부터 와 있는 거야. 너는 파리에 대해 잘 알고 있어?"

"'잘 알고 있다'니 그건 무슨 말인가요?"

"그건 네가 잘 알고 있겠지. 내가 말하는 것은 다름이 아니라, 네 물건을 어디 가면 괜찮은 가격으로 현금화할 수 있는지 알고 있느냐는 말이지."

"그거야 자연적으로 알게 되겠지요."

"그렇게는 안 될 거야. 그리고 그렇게 주운 물건을 오래 지니고 있는 것은 현명하지 않은 일이지. 만약 내가 확실한 주소를 하나 가르쳐 준다면, 그 돈을 반반씩 나누어 갖기로 하겠어?"

"무슨 말을 하는 거요, 반반이라니! 그까짓 아무것도 아닌 주소를 가지고!"

"너 같은 신출내기에겐 그 주소가 매일 먹는 빵처럼 필요할 거야. 생각해 보라고. 네게 말해 두지만, 그 다이아몬드 목걸이는 말이야─."

이 대목에서 우리 이야기는 중단되었다. 문이 열리고, 여러 명의 젊은 친구들이 들어왔다. 휴식 시간이었다. 붉은 레이스가 달린 회색 제복의 엘리베이터 보이 한 명, 두 줄 금 단추가 달린 목까지 가리는 푸른 조끼와 바지에 금줄을 두른 심부름하는 소년 두 명, 푸른 줄무늬 웃옷을 걸친 키 큰 젊은 친구 한 명도 있었는데 그 친구는 앞치마를 팔에 걸치고 있었다. 아마도 그 방에서 가장 신참이어서 그릇을 닦거나 그와 비슷한 일을 하는 것 같았다. 잠시 후 또 그들의 뒤를 이어 한 패의 보이 계급 친구들이 들어왔다. 그중 한 친구는, 검은 바지에다 흰 웃옷을 걸친 것으로 판단해 보건대 접대인 견습생 아니면 식당 조수인 것 같았다. 그들은 '이런 젠장!'이라고 말했다. 그런데 그들 중에는 독일인도 섞여 있어서, '제기랄!'이라는 말과 '죽일 놈들!'이라는 소리도 들렸다. ―이런 욕지거리는 아마 이제 그들이 끝마친 하루 일을 그렇게 표현하는 것 같았다. ―그리고 침대에 누워 있는 친구를 향해 "어이! 쉬탕코, 지내기 정말 힘들지?" 하고 소리치며, 지나칠 정도로 하품을 하고 나서는 곧 옷을 벗기 시작했다. 나에 관해서는 그들 모두 거의 관심이 없었으며, 기껏 한다는 말이 마치 나를 기다리고 있었던 것처럼 "오, 너 거기 있구나. 호텔을 손님들로 꽉 채우게 하느라고 우리가 얼마나 노심초사했는데!"라는 농담을 던질 뿐이었다. 한 친구가 내게 쉬탕코가 가르쳐 준 위층 침대가 비어 있다고 확인해 주었다. 나는 그쪽으로 기어 올라가서 내 가방을 그 침대에 붙어 있는 벽장에 집어넣고, 침대에 걸터앉은 채 옷을 벗었다. 내 머리가 베개에 닿자마자, 나는 젊은이 특유의 달콤하고도 철저한 깊은 잠 속으로 빠져들었다.

8장

여러 개의 자명종이 요란스럽게 거의 동시에 울리기 시작했다. 여전히 밖은 어두웠다. 그것도 그럴 것이 이제 겨우 6시였기 때문이었는데, 아무튼 가장 먼저 침대에서 나온 친구가 천장에 매달린 전등불을 켰다. 오직 쉬탕코 녀석만은 그 기상 신호에 신경을 쓰지 않았으며 그냥 그대로 누워 있었다. 나는 잠을 푹 잔 덕분에 매우 컨디션이 좋았고 명랑해졌기 때문에, 작은 선실(船室) 같은 비좁은 중앙 통로에서 오만상을 하며 하품을 하는 꼴이나, 기지개를 켜며 잠옷들을 머리 위로 벗는 젊은 친구들이 번거롭게 혼잡을 이루고 있는 것도 그다지 불쾌하지 않았다. 또한 다섯 개의 세면대를 둘러싸고 싸움질하는 꼴을 보아도 ―세수하려는 친구는 일곱 명인데 세면대는 다섯 개밖에 없으니― 내 즐거운 마음은 그렇게 쉽게 수그러들지 않았다. 비록 항아리에 물이 충분치 않아서, 수돗가에서 새로 물을 길어 오느라고 차례차례 알몸뚱이로 뛰어나가야 했음에도 불구하고 말이다. 나도 거기에 합류하여 다른 친구들과 함께 비누칠을 하고 얼굴을 씻었는데, 너무 축축한 수건이 얼어 걸려 얼굴을 말리는 데 별로 도움이 되지 않았다. 그 대신 나는 약간의 뜨거운 물을 얻어 쓸 수가 있었는데, 그것은 엘리베이터 보이와 접대원 견습생이 면도를 하기 위해서 공동으로 알코올 램프에다 끓여 놓은 것이었다. 그래서 나는 몸에 익은 솜씨로 면도칼을 뺨과 입술, 턱에다 문지르면서 그 친구들과 함께 거울 조각을 들여다볼 수 있었다. 그 거울 조각은 실용적으로 사용할 수 있게끔 창문 고리에 걸어 놓고 있었다.

"어이, 잘생긴 친구!" 하고 쉬탕코 녀석이 내게 소리쳤다. 그때 나는 마침 다른 친구들이 하는 대로 침대를 정돈하려고 침실로 돌아왔을 때였다. 물론 나는 옷단장을 했고, 머리도 빗고, 얼굴도 깨끗한 상태였다. "한스? 아니면 프리츠? 너 이름이 뭐지?"

"괜찮다면 펠릭스라고 불러 주시오." 하고 나는 대답했다.

"오, 괜찮은 이름이군. 펠릭스, 미안하지만 아침 식사를 마친 후에 종업원 식당에 가서 내게 밀크커피 한잔 갖다주겠니? 내가 그것도 못 마시면, 어쩌면 점심때까지 오트밀이나 한 그릇 볼 수 있을지 아니면 아무것도 먹을 수 없으니까 말이지."

"좋습니다." 하고 나는 대답했다. "기꺼이 그렇게 하지요. 한잔 먼저 갖다 드리고, 금방 또 한잔 더 가져오겠소."

내가 그렇게 말한 것은 두 가지 이유에서였다. 첫째, 내 가방엔 자물쇠가 달려 있어 안심은 되었으나 열쇠가 없어서 내가 쉬탕코를 혼자 두고 종업원 식당으로 떠날 만큼 그를 믿을 수가 없었기 때문이고, 둘째 그 녀석과 어제 하던 이야기를 다시 끄집어내어서 내게 가르쳐 주겠다고 한 주소를 좀 더 현명한 조건으로 알아내고 싶었기 때문이다.

종업원 식당은 복도를 지나 막다른 곳까지 가야 있었는데, 그 넓은 종업원 식당에는 아침 식사용 음료의 향기로 인해 훈훈하고도 아늑한 기분이 감돌고 있었다. 이곳에서는 식당 관리자와 뚱뚱하고 정다운 그의 마누라가 조리대 뒤에 서서 두 개의 번쩍거리는 기구를 사용하여 차를 따라 주고 있었다. 설탕은 이미 쟁반에 준비되어 있었고, 식당 관리자의 마누라는 밀크를 따라 주고, 각각의 사람들에게 케이크 하나씩을 올려 주고 있었다. 또한 이곳에는 여러 군데의 공동 침실에서 모인 수많은 호텔 종업원으로 커다란 혼잡을 이루고 있었으며, 그 가운데에는 금단추의 푸른 연미복을 입은 정찬실(正餐室)의 접대원도 섞여 있었다. 대개의 경우 그들은 선 채로 마시고 먹었으나 두세 개의 조그만 식탁에서는 앉아서 마시고 먹기도 하였다. 나는 내가 약속했던 것을 지키려고 식당 관리자의 마누라에게 "4호실의 불쌍한 환자를 위해" 한잔을 달라고 하였다. 그랬더니 그녀는 내게 미소를 지어 보이면서 내 얼굴을 들여다보며 커피 잔을 내주었다. 거의 모든 사람한테서 습관적으로 우러나오는 그런 미소였다. "아직 제복을 입지 않았네?" 하고 그녀는 내게 물었으며, 나는 그녀에게 짤막하게 내 입장을 설명해 주었다. 그리고 난 다음 나는 쉬탕코 녀석에게 커피를 갖다주기 위해서 서둘러 돌아왔다. 그리고 내가 곧 다시 올 것이라고 그에게 반복해서 말해 두었다. 그 녀석은 내가 돌아서자 내 뒤에서 조롱 섞인 웃음을 보내었다. 왜냐하면 내가 돌아오는 두 가지 이유를 그 녀석은 너무도 잘 알고 있었기 때문이다.

다시 종업원 식당으로 돌아온 나는 이젠 내 걱정도 하게 되어 내 몫의 밀크커피를 마셨다. 오랫동안 따뜻한 것이라곤 아무것도 입에 대 보지 않았기 때문에 무척이나 맛이 좋았고, 게다가 케이크까지 먹었다. 종업원 식당에 있는 사람들은 흩어지기 시작했다. 이제 점점 7시가 가까워졌기 때문이다. 그래서 나는 방수포를 씌운 작은 식탁으로 가서 편하게 앉을 수가 있었는데, 연미복을 입은 정찬실의 접대원 한 사람과 자리를 같이하였다. 그런데 그는 벌써 나이도 꽤나 들었으며, 마침 담뱃갑을 꺼내서 천천히 한 개비를 피우려고 하고 있었다. 그때 나는 그에게 싱글싱글 미소를 지어 보이고 한쪽 눈을 깜빡했을 뿐인데, 그는 내게 담배 한 개비를 주었다. 그뿐만이 아니다. 내가 그에게 아직도 불안정한 나의 처지에 대해서 이야기를 했는데, 그런 이야기를 포함하여 짤막한 대화를 나눈 후 그는 일어서서 나가면서, 반 갑은 족히 남아 있을 담배를 선물로 놓아두고 갔다.

까맣고 향기로운 값싼 담배의 맛은 아침 식사 후라서 무척 좋았지만, 그렇다고 담배를 피우느라고 시간을 낭비할 수는 없었다. 나는 그 환자 녀석한테 돌아가야만 했다. 그 녀석은 약간 짜증을 내면서 나를 맞았는데, 그 짜증스런 표정이 그 녀석의 얼굴에 그대로 드러나 보이는 것은 쉽게 짐작할 수가 있었다.

"다시 또 왔어?" 하고 그는 투덜거리면서 물었다. "뭐하자는 거야? 네가 상대해 주지 않아도 돼. 난 두통에 목도 아파서 도저히 이야기하고 싶은 생각이 없단 말이야."

"그러면 더 나아지지 않았군요." 하고 나는 대답했다. "그거 참 유감입니다. 커피를 마시고 난 다음에 기분이 좀 좋아졌는지 지금 막 물어보려던 참입니다. 나야 당연한 호의로 커피를 갖다 드린 것이지만 말이오."

"네가 왜 커피를 가져왔는지, 나는 벌써 다 알고 있어. 하지만 나는 네 어리석은 거래에 참견하고 싶은 생각은 없어. 너 같은 멍청이는 일을 그르치고 말 테니까 하는 소리야."

"거래에 관한 얘기를 시작한 것은 바로 당신이지요." 하고 나는 대답했다. "당신이 이렇게 외로울 때 내가 말동무가 되어 주는 것이 왜 안 되는지 모르겠네요. 거래에 관한 얘기는 그만두더라도 말이오. 지금 당장 나에 대해 무슨 신경 쓸 일도 없을 것 같네요. 또한 나는 필요 이상으로 시간이 있소이다. 당신 생각으로는, 내가 그 물건 중에서 한두 개를 당신의 도움을 받아 처분할 수 있을 것이라는 말이지요!"

나는 그가 누워 있는 침대의 아래 침대에 가서 앉았다. 그렇지만 그곳에서는 그를 쳐다볼 수 없어 불편하였다. 그래서 이야기를 할 수 없겠다는 생각이 들어, 나는 부득불 다시 그의 침대 앞에 가서 서 있어야 했다. 그는 이렇게 말했다.

"상당한 발전을 했군. 내가 너를 필요로 하는 게 아니고, 네가 나를 필요로 하는 것임을 알아차리게 됐으니 말이야."

"만일 내가 제대로 이해하고 있다면," 하고 나는 말했다. "당신이 어제 내게 말했던 제안을 암시하고 있는 것이겠지요. 친절하게도 당신은 다시 그 이야기로 돌아가는군요. 그러니까 당신 역시 그 거래에 대해서 어느 정도 흥미가 있다는 것이 판명된 셈이지요."

"이런 제기랄, 난 눈곱만큼도 관심 없어. 너같이 참견을 좋아하는 놈은 그런 장물을 아주 싼값에 날려 버리고 말 테니까. 그런데 그것을 대체 어떻게 네 손에 넣었니?"

"순전히 우연이었지요. 실제로 어떤 행복한 순간이 눈 깜짝할 사이에 그렇게 찾아왔기 때문이지요."

"알았어. 말이 나왔으니 하겠지만 너란 놈은 복을 타고난 모양이군. 너에게는 그런 구석이 있어. 자, 어디 그 하찮은 물건을 다시 한 번 보여 줘 봐. 대충 값이라도 쳐 봐야지."

그 녀석이 그렇게 부드러워진 것을 보고 나는 매우 기뻤다. 하지만 나는 이렇게 말했다.

"차라리 난 그만두는 게 좋을 것 같아, 쉬탕코. 누가 들어오면 쉽게 오해할 것 같으니까 말이야."

"그래, 그럴 필요도 없지." 하고 그는 말했다. "난 어제 모든 걸 꽤나 자세히 보아 두었단 말이야, 그 황옥 목걸이에 대해서 지나친 기대는 하지 않는 게 좋을 거야. 그건 말이야—. ”

훼방꾼이 나타날지 모른다고 생각한 것이 얼마나 옳았는지 바로 증명되었다. 양동이, 걸레 그리고 빗자루를 든 청소부가 세면장에서 물웅덩이를 치우고 잔소리하려고 방으로 들어왔던 것이다. 그 여자가 있는 동안 나는 아래 침대에 앉아 있었고, 우리는 한마디 말도 나누지 않았다. 그 여자가 덜거덕거리는 나막신을 질질 끌고 나가 버린 뒤에야 비로소 나는 그가 말하고자 하는 것에 대하여 물었다.

“내가? 그렇게 말을 했다고?” 그는 다시 시치미를 뗐다. “너는 뭔가 좀 듣고 싶은 모양인데, 하지만 나는 전혀 아무것도 얘기하고 싶지 않아. 내가 너에게 충고해 두고 싶었던 것은 기껏해야 네가 어제 그렇게 오랫동안 탐내며 바라보고 있었던 황옥 목걸이에 대해서 지나친 기대를 하지 말라는 거야. 팔리제 상점이나 티파니 상점에 가서 그것을 산다면, 그런 잡동사니도 아주 비싸겠지. 하지만 판다고 하면 쓰레기나 다름없어.”

“쓰레기라니, 대체 무슨 말을 하는 거요?”

“이삼백 프랑이야.”

“음, 뭐 그저.”

“이 얼빠진 놈. 넌 말끝마다 ‘뭐 그저.’라고만 말하는구나! 내가 화가 나서 못살겠어. 내가 너와 동행한다면 좋으련만. 아니면 그 물건을 바로 내 손으로 들고 갈 수만 있다면야!”

“그렇지요, 쉬탕코. 어떻게 내가 그런 책임을 질 수 있겠어요! 그런데 당신은 지금 열이 높아 누워 있어야만 되니 말이오.”

“그만해, 알았어. 아무튼 나라고 해서 그런 빗이나 브로치를 가지고 기사의 영지 같은 큰 재산을 뚝딱 만들어 낼 수는 없겠지. 사파이어가 박혀 있다고 해도 그 브로치 역시 별거 없어. 그래도 최고로 나은 것은 그 목걸이일 거야. 그건 꽤나 괜찮은 것이어서 만 프랑의 값어치는 거뜬히 될 거야. 그리고 반지들 중에도 역시 한두 개는 내버려서는 안 될 정도로 귀한 게 있어. 적어도 루비나 회색 진주를 생각한다면 말이야. 아무튼 간단히 말해서, 슬쩍 지나치는 눈으로 셈을 쳐 보아도 모두 합쳐서 만팔천 프랑은 될 거야."

"내가 셈을 쳐 보아도 그 정도는 되었어요."

"이것 보게! 네가 그런 것에 무슨 짐작이 간단 말이냐?"

"이거, 무시하지 마세요. 고향 프랑크푸르트에 있는 보석상의 진열창은 언제나 내가 좋아했던 연구실이었지요. 그런데 당신도 내가 만팔천 프랑을 에누리 없이 전부 받아 낼 수 있다고 생각하지는 않겠지요?"

"전부를 받을 수는 없겠지. 이 친구야, 당연히 그렇게 생각하지 않아. 하지만 만약 네가 좀 버틸 줄 알고 말끝마다 '뭐 그저'라는 말을 하지 않는다면, 아마 그 절반쯤은 충분히 받아 올 수 있을 거야."

"그러면 구천 프랑은 되겠네요."

"만 프랑은 받아야지. 사실 그 다이아몬드 목걸이만 해도 그 정도의 가치는 충분히 있을 테니까 말이야. 네가 어느 정도 사내놈이라면, 그 이하로 받아서는 결코 안 된다는 말이야.

"그러면 내가 어디로 가야 하는지 조언 좀 해 주시지요?"

"아하! 이제 내가 이 잘생긴 친구한테 무슨 선물을 해야 한다는 거로군. 이 멍청이 친구한테 순전히 반한 대가로 내가 가진 정보들을 완전 공짜로 제공해야 된다는 말이로군."

"누가 공짜라고 그랬소, 쉬탕코. 물론 나는 당신에게 감사의 뜻을 전할 용의는 있소. 다만 당신이 어제 절반씩 나누자는 말은 좀 지나치다고 나는 생각했고 지금도 그렇게 생각하고 있을 뿐이지요."

"지나치다고? 그런 공동의 거래에서 절반씩 나누어 갖는 것은 세상에서 가장 자연스러운 분배 방식인 거야. 바로 책에 나와 있는 방식처럼 말이지. 너는 내가 없으면 물기 없는 땅 위의 물고기처럼 기댈 곳이 없으며, 게다가 내가 사무실에 가서 너를 고발할 수 있다는 것을 잊고 있는 모양이구나."

"부끄러운 줄 아시오, 쉬탕코! 그런 말은 결코 해서는 안 되오. 하물며 그런 짓을 실제로 한다니 어불성설이오. 당신은 그런 짓을 할 거라고 생각지도 않고 있지 않소. 그리고 당신은 나를 밀고하는 것보다는 아무런 일도 않고 이삼천 프랑 정도 받는 것을 선호할 것이라는 내 확신을 저버려서는 안 되오."

"너는 내게 이삼천 프랑만 주면 만사 오케이라고 생각하고 있지?"

"좀 거리낌 없이 말하자면, 당신의 의견대로 내가 받아 내어야 할 일만 프랑 중에서 그 삼분의 일을 정직하게 당신에게 주면 되는 것이지요. 당신은 내가 내 이익을 위해서 조금은 방어할 줄도 안다는 것을 칭찬해 주어도 좋을 테지요. 또한 내가 어떤 지독한 고리 대금업자한테 가서라도 사내자식의 체면을 세울 수 있다는 것을 좀 신뢰해 달라는 말이오."

"이리 와 봐!" 하고 그는 말했다. 내가 그에게로 다가서자, 그는 나직하면서도 또렷하게 이렇게 말했다.

"하늘 계단 거리 92번지."

"……거리 92번지!"

"하늘 계단 거리라고. 왜? 잘 들리지 않아?"

"무슨 그런 이상한 이름이!"

"하지만 수백 년 전부터 그렇게 부르고 있는데 어떡하겠어? 그 이름이 좋은 징조라고 생각해! 그곳은 아주 작으면서도 점잖은 거리야. 다만 약간 멀기는 하지. 몽마르트르의 묘지 뒤 어떤 곳이야. 제일 좋은 방법은 '사크레쾨르' 쪽으로 올라가면 되는데, 그것은 명확한 목표가 될 거야. 교회와 묘지 사이의 공원을 통과해서 '담레몽' 거리를 따라서 '뇌이' 대로(大路) 쪽으로 가면 돼. 그리고 담레몽 거리가 '샹피오네'와 맞닿기 전에 왼쪽으로 조그만 거리가 하나 있는데, 그것이 '비에르주 프뤼당트' 거리이고, 그 거리에서 구부러지면 네가 찾는 하늘 계단 거리야. 실제로 찾다 보면 절대 실수하지 않을 거야."

"그 사람 이름은 어떻게 되지요?"

"이름이야 아무 상관없어. 그 사람은 자신을 시계 수리공으로 자처하고 있고, 다른 사람들 사이에서도 역시 그렇게 알려져 있어. 제발, 양처럼 온순하게 처신하지 마! 절대로! 난 너를 떼어 버리고 휴식을 좀 취하려고 주소를 알려 줬을 뿐이야. 내 몫의 돈에 관한 한, 내가 언제든지 너를 밀고할 수 있다는 것을 네가 알아 두었으면 좋겠어."

그는 내게 등을 돌리고 누워 버렸다.

"참으로 감사드리는 바이오, 쉬탕코." 하고 나는 말했다. "그리고 확실히 말해 두지만, 사무실에 가서 나를 고발할 어떠한 빌미도 제공하지 않을 테니 그렇게 알아 두시오!"

그렇게 말하고 나는 조용히 마음속으로 그 주소를 되풀이하면서 그곳을 떠났다. 나는 그리하여 이제 완전히 황량해진 종업원 식당으로 돌아왔다. 거기 아니면 내가 어디에서 머물러야 한단 말인가? 나는 밑에 있는 사무실에서 나를 오라고 할 때까지 거기서 기다릴 수밖에 없었다. 꼬박 두 시간 동안 나는 조금도 조바심을 내지 않고, 방수포를 덮은 조그만 식탁에 가서 앉아 있었으며, 내 수중에 있던 값싼 담배 중에서 두세 개비를 꺼내 피웠고, 그리고 어떤 생각에 골몰하고 있었다. 식당에 걸린 벽시계가 10시를 알렸다. 그때 복도에서 거친 목소리로 내 이름을 부르는 소리가 들렸다. 내가 문밖으로 채 나가기도 전에, 보이 녀석은 벌써 식당을 스윽 둘러보며 소리를 지르고 있었다.

"종업원 펠릭스 크룰―총지배인께로 오시오!"

"여기 있소이다, 친구. 나를 좀 데려다 주시오. 비록 그분이 공화국 대통령이라 하더라도, 나는 그분 앞에 나설 준비가 완전히 되어 있어요."

"그만 하면 됐네, 친구." 하고 그 녀석은 매우 건방진 태도로 내 정다운 말을 되받아 넘겼다. 그리고 두 눈으로 나를 재다시피 훑어보고는,

"괜찮으시다면 나를 따라오시오!" 하였다.

우리는 한 층 아래의 사 층으로 내려갔다. 사 층 복도는 우리들이 있는 오 층보다도 넓고 아름다운 붉은 양탄자가 깔려 있었다. 그 녀석은 여기서부터 위아래로 운행되는 손님용 엘리베이터의 하나에다가 버튼을 눌렀다. 우리는 잠깐 기다려야만 했다.

"그 코뿔소 같은 멍청이가 너를 직접 만나겠다고 하다니 어떻게 된 일이오?" 하고 그 젊은 녀석이 물었다.

"쉬튀르츨리 씨를 말씀하시는 거요? 나랑 연고(緣故)가 있는 분이지요. 개인적인 관계가 있지요." 하고 나는 툭 내던지듯 대답했다.

"그런데 왜 코뿔소라고 하시오?"

"별명이라오. 미안해요, 하지만 내가 붙인 별명은 아니오."

"아니, 천만의 말씀이오. 나는 모든 정보에 대해 고맙게 생각하고 있지요." 하고 나는 대답했다.

엘리베이터는 나무로 짠 것으로 무척 멋있었다. 전깃불이 들어오고, 붉은 벨벳 의자가 갖추어져 있었다. 붉은 레이스가 달린 황회색 제복을 걸친 한 소년이 운전대를 조종하고 있었다. 그는 처음에는 너무 높게 승강기를

세우더니, 그 다음에는 너무 낮게 승강기를 세웠다. 그래서 우리는 자연히 생기게 된 가파른 층계를 폴짝 뛰어 승강기를 타지 않을 수 없었다.

"외스타슈! 넌 언제까지나 이놈의 곤돌라 하나 제대로 운전을 못하는구나." 나를 안내하는 녀석이 엘리베이터 소년에게 말을 건넸다.

"어디, 널 위해 땀을 한번 흘려볼까!" 하고 그 소년은 난폭하게 대들었다.

그렇게 서로 싸우는 모습이 내 마음에 들지 않아 나는 이렇게 주의를 주지 않을 수 없었다.

"약자끼리는 서로 멸시해서는 안 됩니다. 그런 짓은 권력 있는 사람들의 눈에 결코 당신의 입장을 견고하게 만들지 못하는 법이지요."

"앗, 저런," 하고 나한테 핀잔을 들은 소년이 말했다. "철학자이시군요!"

우리는 벌써 아래층에 도착했다. 우리가 로비 한쪽 끝에 있는 엘리베이터로부터 안내소를 지나서 걸어가는 동안, 그 엘리베이터 보이가 자꾸 나를 신기한 듯 곁눈질로 쳐다보는 것을 나는 잘 알고 있었다. 나의 매력적인 외모뿐만 아니라 내가 지닌 정신적인 재능으로 다른 사람들에게 깊은 인상을 주는 것이 내게는 언제나 기분 좋은 일이었다.

총지배인 전용 사무실은 안내소 뒤쪽 복도에 자리 잡고 있었는데, 보아하니 그 건너 쪽 문은 당구장과 독서실로 통하는 것 같았다. 나의 안내인은 조심스럽게 노크를 하고 나서, 안에서 뭐라고 중얼거리는 소리를 듣고 문을 열었다. 그리고 모자는 무릎에 꽂은 채, 허리를 꾸부리면서 나를 안으로 밀어 넣었다.

쉬튀르츨리 씨는 덩치가 엄청 큰 사나이로 희끗희끗한 턱 밑 수염을 기르고 있었는데, 그 수염은 둥글게 부어 오른 그의 이중 턱에 제대로 자리를 차지하지 못하고 있었다. 그는 책상에 앉아서 서류를 뒤적거리고 있었는데, 잠시 동안 나를 거들떠보지도 않았다. 그의 모습을 보면 그가 사람들 사이에서 불리고 있는 별명이 정말로 맞구나 하는 생각이 들었다. 왜냐 하면 그의 등이 지나치게 불쑥 솟아 있었을 뿐 아니라, 그의 목도 유난스 럽게 살이 쪄서 살짝 튀어나와 있었고, 또 실제로 그의 코 앞쪽은 뿔 모양 으로 오뚝 솟아 젖꼭지처럼 보였기 때문이다. 그 젖꼭지 같은 것이 바로 그의 별명이 옳다는 것을 증명해 주고 있었다. 그리고 그가 뒤적거리던 서 류를 넓이와 길이에 따라 뭉텅뭉텅 정리하려고 간추리고 있는 두 손은 그 의 전체적 모습과 비교하면 놀랄 정도로 작고 섬세하게 생겼다. 거대한 체 구에도 불구하고 그에게서는 어색함이라고는 전혀 없었고, 오히려 아주 살찐 사람들에게서 이따금 볼 수 있는 것과 같이 그 어떤 우아한 모습을 지니고 있었다.

그는 여전히 서류를 정리하고 간추리는 일을 하면서 스위스 억양의 독 일어로 말하기 시작했다. "그러면 당신이 바로 내 친구 쪽에서 추천해 준 젊은이구먼 ―내 기억이 맞다면 자네가 크룰이지? 아마? ―그렇지―우리 호텔에서 일하고 싶단 말이지?"

"네, 말씀하신 대로 그렇습니다, 총지배인님." 비록 움찔거리는 태도이 긴 하였지만, 나는 약간 가까이 다가서면서 대답을 했다. ―그리고 그때 나는, 결코 처음도 아니고 마지막도 아니었지만, 기이한 현상을 관찰할 수 있는 기회를 가졌다. 내가 이런 말을 하는 것은, 그가 내 눈을 쳐다보자마 자 그의 얼굴이 어떤 역겨운 표정으로 일그러졌기 때문이다. 나는 그 표 정을 잘 알고 있었다. 그 표정은 내가 당시 지니고 있던 청춘의 아름다움 에 그 원인을 돌릴 수밖에 없는 것이었다. 다시 말해, 관능의 관심이 완전 히 여성적인 것에 집중하고 있는 남자들은, 위용 있는 턱수염과 나폴레옹 3세처럼 비만증의 우아한 몸집을 가진 쉬트르츨리 씨가 바로 그런 경우임 이 분명하지만, 자기들과 동일한 성(性)의 인물에 있어서 자기들보다 관능적 매력이 넘치는 사람과 마주서게 되면, 그들은 본능적으로 자기만의 고유한 압박감을 종종 느끼게 된다. 그런데 이러한 압박감은 가장 일반적인 의미에서의 관능적인 것과 그 특수하고 고유한 의미에서의 관능적인 것 사이에 경계선을 그렇게 아주 쉽게 설정할 수 없는 데서 일어나는 것이다. 하지만 그들의 체질은 이러한 협의의 의미의 관능적인 것과 그들의 욕심, 즉 관계를 맺으려는 생각이 서로 혼선이 일어나는 것을 완강하게 저항하고 있기 때문에, 바로 그러한 역겨운 표정의 얼굴을 찡그려 보이는 반사 운동이 일어나게 되는 것이다. 물론 여기서 문제가 되는 것은 심각한 반응이 아닐 수 있다. 왜냐하면 그런 혼란을 당한 남자는 상술한 경계선의 부동적인 성격에 교양 있게 책임을 지게 되는데, 그런 남자는 그에게 그런 반사 운동을 전혀 의식하지 않으며 나타내는 사람보다도, 또한 자기의 역겨운 압박감에 대한 원한을 풀지 않는 사람보다도 한 걸음 앞서서 스스로 책임을 지게 되기 때문이다. 쉬튀르츨리 씨 역시 결코 그런 압박감에 대한 원한을 풀지는 않았다. 그것은 특히 그의 반응에 직면하여 내가 진지하고도 아주 엄숙한 겸손의 태도를 보여 눈을 아래로 내리깔았기 때문이기도 하였다. 정반대로 그는 나를 아주 붙임성 있게 대했고 이렇게 물어보았다.

"대체 내 옛 친구는 무엇을 하고 있지? 당신 아저씨 되는 쉼멜프레스터 말일세?"

"죄송합니다, 총지배인님." 나는 대답했다. "그분은 제 아저씨가 아니라 저의 대부이십니다. 물론 이것은 더욱 중요한 의미를 가지고 있는 것이지요. 대부의 안부를 물어 주시니 감사합니다. 제가 알고 있는 한, 대부께서는 잘 지내고 계십니다. 그분은 예술가로서 라인 지방 전체와 그 밖의 지방에서까지도 명성이 자자하십니다."

"그래, 그래, 참 묘한 친구지. 묘한 놈이야." 하고 그는 말했다. "정말이지? 그 친구가 성공했다고? 글쎄 말이야, 그것 정말 잘됐어. 묘한 녀석이지. 그 당시 우리는 서로 너무너무 가까웠지."

"제가 말씀 드릴 필요도 없겠지만," 하고 나는 계속 말했다. "저는 쉼멜프레스터 교수께 얼마나 감사하고 있는지 모릅니다. 저를 위해 이렇게 좋은 말씀을 총지배인님께 해 주신 것에 대해서 말입니다."

"그래, 그가 그렇게 했지. 그런데 뭐 그 친구가 교수라고? 도대체 어떻게 된 거지? 그건 그렇다 치자고. 그 친구가 당신 때문에 내게 편지를 보낸 것은 사실이야. 그래서 나 역시 모르는 체하지 않았지. 우리는 당시 여기에서 그렇게 서로 장난을 많이 쳤던 사이였으니까 말이지. 그런데 당신한테 하는 이야기지만, 이보게, 약간 어려운 점이 있네. 당신에게 무엇을 시키면 좋겠는가? 당신은 분명 호텔 영업에 전혀 경험이 없을 테니 말이야. 지금까지 배운 게 조금도 없을 테지—."

"제 자랑은 아닙니다만 제가 미리 말씀 드릴 수 있다고 생각하는 것은," 내 대답은 이러했다. "어떤 타고난 민첩한 재질은 제가 배우지 못한 것을 놀랄 정도로 빠르게 보충해 줄 수 있을 것입니다."

"그래?" 하고 그는 익살맞게 말했다. "주로 예쁜 여인들에게서 효과가 입증되는 당신의 그 타고난 민첩한 재능 말이지."

내가 생각하기에 그는 다음 세 가지 이유에서 그런 말을 했다. 첫째로 프랑스 사람은 —그런데 쉬튀르슬리 씨도 물론 옛날부터 그런 사람이었다 — "예쁜 여인"이라는 말을 입에 담기 좋아하기 때문인데, 그것은 자기 자신도 즐겁고 다른 사람도 즐거움을 맛보라는 의도에서 나온 말이다. "예쁜 여인", 이 말은 그 나라에서 가장 대중적인 농담으로서, 이 말만 한다면 금방 유쾌한 공감과 만족의 반향을 얻을 수 있음에 틀림없다. 그것은 뮌헨에서 맥주 이야기를 언급하는 것과 거의 같은 경우라고 보면 되겠다. 그곳에서 일반적인 유쾌한 기분을 자아내려고 한다면 이 말만 입 밖으로 끄집어내면 된다. —이것이 첫째 이유이다. 둘째로는, 좀 더 깊이 파고들어 가자면, 쉬튀르츨리 씨는 "예쁜 여인들"을 화제로 삼으면서 또 여자들을 다루는 나의 추정적인 민첩한 재능에 대해 농담하면서, 그의 본능의 압박감을 극복하고 어떤 의미에서는 나를 벗어나고자 하였다. 말하자면 나라는 인간을 여자 편으로 밀어 던지고자 하였던 것이다. 그것을 나는 너무나도 잘 알고 있었다. 그러나 셋째 이유로는—이렇게 말할 수밖에 없다. 즉 두 번째의 노력과는 모순되게—그는 내게 미소를 띠게 하는 것을 의도했는지 모르지만, 그러나 그것은 다시금 자기의 압박감을 시험하는 결과를 가져올 뿐이었다. 분명히 그는 정신 혼란을 일으키게 되었고, 바로 그것이 그가 원했던 것인지도 모르겠다. 미소를, 이것이 강제적이라 하더라도, 나는 그에게 보여줄 수밖에 없었는데, 그러면서 나는 이런 말을 덧붙였다.

"확실히 그런 방면에서는, 물론 다른 방면도 그렇겠습니다만, 총지배인 님한테는 따라가지 못할 것입니다."

이렇게 아첨 섞인 언사도 헛된 일이었다. 왜냐하면 그는 전혀 그 말을 귀담아 듣지 않았고 오직 나의 미소만 쳐다보았다. 그러다 불쾌한 듯 그의 얼굴은 다시금 인상을 찌푸렸다. 그것은 그가 원했던 바였다. 그래서 내가 할 수 있는 것은 다만 조금 전처럼 엄격한 예의를 갖추고 눈을 내리깔 수밖에 없었던 것이다. 그도 역시 전과 마찬가지로 나에게 원한을 갖지는 않았다.

"그 모든 것은 아무래도 좋아. 젊은 친구." 하고 그는 말했다. "하지만 문제는 당신의 예비 지식이 어느 정도쯤 되는지 하는 거야. 당신은 말하자면 이곳 파리 같은 곳에 눈(雪) 내리듯 떨어져 입성하게 되었는데—그래, 어떻게 프랑스 말이라도 좀 할 줄 아는가?"

이 말은 내 물레방아에 물을 댄 셈이었으니, 완전히 내가 바라던 바가 된 것이었다. 나는 마음속에서 쾌재를 불렀다. 왜냐하면 이 질문과 더불어 우리의 대화는 내게 유리한 쪽으로 방향 전환이 되었기 때문이다. 바로 이 곳이야말로 도시 각 민족들의 각양각색의 언어에 대한 내 재능에 주석을 붙여 놓을 장소이다. 나의 이 재능이야말로 언제나 놀랍고 신비롭기 짝이 없는 것이었다. 외국어에 대한 나의 소질은 탁월했으며 이 세상의 온갖 가능성을 내 속에 지니고 있었기 때문에, 나는 원래 외국어를 배워 둘 필요가 없었다. 비록 외국어에 대해서 예전에 조금 배워 둔 것이 있기는 했지만, 그 말들을 유창하게 구사할 수 있다는 인상을 능히 가장할 수가 있었다. 적어도 단기간에는 말이다. 그것도 각양각색의 외국어에 특유한 몸짓을 아주 과장하여 진짜처럼 흉내를 낼 수가 있었으며, 심지어 익살맞은 것까지도 진짜와 가짜의 경계에 있을 정도로 똑같이 흉내 내었다. 이러한 내 연기의 장난치는 듯한 특징은 그 연기의 신빙성을 위태롭게 만들었을 뿐만 아니라 한 단계 격상시키기도 하였는데, 그것은 내가 나의 입장을 바꾸거나 내 마음이 사로잡힌 외국어의 정신을 복되고 거의 황홀할 지경으로 실현하는 것과 관계가 있는 것이었다. ―말하자면 영감이 일어나는 상태에 사로잡히게 되는 것인데, 이런 가운데 나 스스로 놀랍게도, 그리고 그 놀라움이 나의 그런 연기에 대한 자부심을 강하게 고양시켜 주는 것이기도 하지만, 그 외국어 단어들이 어디서 나오는지도 모르게 그냥 내 마음속에 차례차례로 떠오른다는 것이다.

이제 그 첫 번째로 프랑스 말에 대해서 말해 보자면, 물론 나의 유창한 말재주는 어떤 정신적인 배경을 거의 갖고 있지 않아도 되는 것이었다.

"아, 이보시오, 총지배인님." 하고 나는 불어로 입을 열기 시작했다. 그것도 지극히 과장된 행동을 하면서 말이다. "제가 프랑스 말을 할 줄 아는지 진심으로 알고 싶으신가요? 정말 미안합니다. 그런데 참 재미있군요. 사실 프랑스 말은 저의 모국어(母國語), 아니 차라리 부국어(父國語)라고 할 만하지요. 왜냐하면 불운했던 제 부친은 —천국에서 고이 쉬시기를!— 그 부드러우신 마음속에 거의 정열적이라고 할 만큼 파리에 대한 사랑을 품고 계셨으며, 기회가 닿는 대로 이 훌륭한 도시를 방문하였으며, 그래서 은밀한 구석구석까지 잘 알고 계셨으니까요. 단언하건대, 제 부친은 '하늘 계단 거리' 같은 구석진 골목도 알고 계셨던 것입니다. 간단히 말해—세상 어느 곳보다도 파리에 계실 때가 가장 마음이 푸근하셨지요. 그 결과가 어떻게 되었느냐고요? 결과는 이러했습니다. 즉 저 자신의 교육도 대부분 프랑스식 교육이었고, 회화의 정신이라고 하면 저는 언제나 프랑스식 회화 정신을 생각해 왔습니다. 말을 해야 할 경우라면 저는 프랑스 말로 했으며, 프랑스어야말로 —아, 선생님, 우아하며 문명적이며 정신적이라 하겠으며— 이런 프랑스어야말로 회화를 위한 말이며, 바로 회화 그 자체지요……. 제가 행복했던 어린 시절에 저는 베베이 —스위스에 있는 베베이— 태생의 매혹적인 아가씨와 이야기를 하고 지냈습니다. 그 여자는 훌륭한 집안의 자제들을 돌보는 여자였으며, 그래서 제게도 프랑스 시를 가르쳐 주곤 하였습니다. 그 감미로운 프랑스 시를 저는 시간적 여유가 있을 때면 언제나 마음속에서 되풀이하곤 하였습니다. 그래서 이젠 말 그대로 그 시가 아주 제 혓바닥에 녹아서 붙어 있는 것 같습니다.

내 나라의 제비여
그대는 왜 내 사랑을 말하지 않는가?"

"그만두시오!" 하고 그는 개울물처럼 졸졸 지껄여 대는 내 말을 중단시켰다. "당장 시 낭송을 중지하시오! 나는 시라는 것을 못 참는 사람이오.

시는 내 속을 뒤집어 놓는단 말이오. 우리는 여기 로비에서 가끔 5시쯤에 프랑스 시인들을 등장시켜서 자기들의 시를 낭송하도록 하고 있지요. 그 것도 그들이 입을 우아한 옷이 있다면 말이오. 여자들은 그것을 좋아하지 만 나는 가능한 한 그것을 멀리하고 있소이다. 그 자리에 있으면 식은땀이 난단 말이오."

"대단히 죄송합니다, 총지배인님. 저는 정말 시를 저주하고 싶어졌습니다."

"그만하면 됐소. 근데, 영어를 할 줄 아시오?"

그래, 내가 그것을 할 줄 알았나? 나는 할 줄 몰랐다. 혹은 기껏해야 삼 분 정도 영어를 할 줄 아는 것처럼 할 수 있었다. 그것도 바로 언젠가 한번 랑겐슈발바흐에서나 프랑크푸르트에서 들었던 것인데, 이 말의 억 양 중에서 내 귓전을 스치고 지나간 것, 즉 책의 여기저기서 주워 읽은 영 어 단어의 부스러기 같은 것으로 가능한 한도 내에서 그럴 듯하게 지껄였 을 뿐이다. 중요한 것은, 재료가 하나도 없음에도 무엇이건 그 순간을 위 해 충분히 현혹시킬 수 있게 하는 것이다. 그 때문에 나는, 무지한 인간이 곧잘 영어를 연상하는 것처럼, 뭔가 지루하고 무미건조하게 지껄이는 것이 아니라 입술을 뾰족하게 만들어 속삭이듯이, 그리고 코는 거만스럽게 하 늘로 치켜세우고 이렇게 영어로 말했다.

"네, 영어를 좀 할 줄 알지요. 선생님, 물론입니다. 당연히 하지요, 못할 리가 뭐 있겠어요? 저는 영어를 좋아합니다. 선생님. 영어는 아주 훌륭하 고 유쾌한 언어이지요, 정말 그렇습니다, 선생님. 제 의견으로는 영어는 미 래의 언어입니다. 선생님. 총지배인님께서도 좋아하심에 틀림없지요, 선생 님. 그것은 틀림없이 지금부터 오십 년 내엔 전 인류의 제2의 언어가 되고 말 것입니……."

"대체 당신은 왜 코를 공중으로 이리저리 돌려 대는 거요? 그럴 필요는 없을 것 같은데 말이오. 또한 당신의 이론 역시 필요 없어요. 나는 다만 당신의 영어 지식에 대해 물어보았을 뿐이오. 이탈리아 말을 할 줄 아시오?"

그 순간 나는 이탈리아 사람이 되었다. 그리하여 속삭이는 듯 부드러운 영어의 섬세함 대신 불같은 정열이 나를 사로잡았다. 나의 마음속에서는 이탈리아 말이 즐겁게 용솟음쳤는데, 그것은 종종 오랫동안 그 태양이 풍부한 나라에 가 있었던 나의 대부 쉼멜프레스터의 입에서 얻어 들은 말이었다. 그래서 나는 오므린 손가락 끝을 얼굴 앞에서 움직이다간 갑자기 손가락 다섯 개 모두 활짝 펴기도 하고 또 굴리기도 하면서 노래 부르듯 이탈리아 말로 지껄였다.

"선생님, 이탈리아 말을 할 줄 아느냐고요? 저는 이 세상에서 그렇게도 아름다운 말에 흠뻑 빠져 있습니다. 그저 입을 벌리기만 하면 제가 의도하지 않았는데도 저절로 나옵니다. 완전히 조화를 이룬 절묘한 표현들이 흘러나오지요. 네, 선생님, 그러면 저는 한 치의 의심도 없이 이탈리아 하늘에서 천사들이 말하는 것과 같게 됩니다. 그리고 그 축복받은 족속이 음악적이 아닌 말을 사용할 것이라고는 생각할 수가 없습니다……."

"그만!" 하고 그는 명령을 내렸다. "당신은 벌써 다시금 시적인 것으로 빠지고 있군요. 내가 그런 시적인 말을 들으면 기분이 나빠진다는 것은 당신도 알고 있을 텐데 말이오. 어찌 그 버릇을 버리지 못할까요? 호텔 종업원에게 그것은 어울리지 않아요. 그런데 당신 발음은 나쁘지 않아요. 보아하니 당신은 한두 가지 외국어를 할 줄 아는군요. 그건 내가 기대하던 것 이상이오. 당신을 시험 삼아 한번 써 보기로 하겠소. 크놀 ―."

"크룰입니다, 총지배인님."

"내 말을 정정하려고 하지 마시오! '크날'[11]이라고 부를 수도 있으니 말이오. 그래, 당신 이름은 무엇이오?"

"펠릭스입니다. 총지배인님."

"내가 듣기에 그것도 적당치 않은 이름이군. 펠릭스—펠릭스, 그건 너무 개인적이고 까다로운 이름인 것 같네. 아르망으로 당신을 부르도록 하지……."

"제 이름을 바꾸게 되다니 정말로 기쁩니다. 총지배인님."

"기쁘건 그렇지 않건, 아르망이란 이름은 우연히 오늘 저녁에 일을 그만두는 엘리베이터 보이 이름이었지. 당신이 그 아이 대신 내일부터 일하게 될 것이오. 어디 엘리베이터 보이로 일을 한번 시작해 보시오."

"감히 제가 약속드립니다만, 제가 민첩하다는 것을 증명해 보이고 심지어 제 일을 '외스따슈' 그 친구보다 더욱 잘하겠습니다. 총지배인님……."

"외스따슈가 뭐 어떻다고?"

"그 친구는 엘리베이터를 너무 높이, 너무 낮게 갖다 대어 불편한 계단이 생기게 합니다, 총지배인님. 물론 그가 자기와 비슷한 동료들이 탔을 때만 그랬겠지요. 그런데 제가 들은 바로는, 그가 손님을 모실 때는 한층 더 주의를 기울이는 모양입니다. 하지만 직무를 수행하는 데 일관성이 없다는 것은 제가 생각하기에 칭찬받을 게 없다는 것이지요."

"여기서 당신이 칭찬할 일이 뭐가 있겠소! 아니 근데, 당신 사회주의자요?"

"아닙니다, 그렇지 않습니다. 총지배인님! 저는 이 사회를 지금 있는 그대로 매력적이라고 생각하고 있으며, 그리고 이 사회의 총애를 얻고자 몸이 불타고 있지요. 제가 말씀 드린 것은 오로지, 사람이 제 일을 할 수 있는 능력이 있다면 그 일을 하는 데 절대로 서투른 짓을 해서는 안 된다는

---

11) (역주) 독일어로 '크날(Knall)'은 '폭발하다'라는 뜻이 있다.

것뿐입니다. 비록 그것이 별것 아닌 일일지라도 말입니다."

"사회주의자는 특히 우리 호텔에서는 전혀 필요 없다는 것을 알아 두시오."

"여부가 있겠습니까, 총지배……."

"자, 이제 물러가시오. 크눌! 저 지하실의 창고에 가서 엘리베이터 제복을 입도록 하시오! 그것은 우리가 내어 주는 것이오. 하지만 전용 구두는 없소. 그리고 주의할 것은, 당신 구두는……."

"이것은 완전히 일시적인 실수입니다, 총지배인님. 그 결함은 내일까지 완전히 만족스럽도록 조처하겠습니다. 저는 제가 호텔에 종사함으로써 어떤 책임이 있다는 것을 잘 알고 있습니다. 그래서 제 복장이 어느 면에서도 흠잡을 데가 없도록 할 것을 확실히 말씀 드립니다. 이런 말씀을 드려도 될지 모르겠습니다만, 저는 유난히도 제복 입는 것을 기쁘게 생각하고 있습니다. 저의 대부 쉼멜프레스터는 제게 각양각색의 옷을 입혀 보기를 좋아하셨는데, 제가 어떤 옷을 입어도 너무도 잘 어울린다며 항상 칭찬을 해 주셨습니다. 비록 제 타고난 재능은 칭찬받을 정도는 아님에도 불구하고 말입니다. 하지만 저는 엘리베이터 보이의 제복을 한번도 입어 본 적이 없었습니다."

"그 옷을 입은 자네를 보고 여자들이 마음에 들어 하면 그건 결코 불행이 아닐 것일세." 하고 그는 말했다. "안녕, 그럼 오늘은 당신이 여기에서 할 일이 아무것도 없을 걸세. 그러니 오늘 오후엔 파리나 구경하도록 하게나! 내일 아침 일찍 외스따슈 군이나 아니면 다른 누구하고 엘리베이터를 두어 번 오르내리면서 운전해 보도록 하고, 그리고 그 기계 장치에 대해 조언을 구하도록 하시오. 기계는 간단해서 그렇게 어려울 것은 없을 걸세."

"기계는 사랑으로 다루어야겠지요." 이것이 나의 대답이었다. "엘리베이터 사이에 아무리 작은 턱도 생기지 않도록, 열심히 일하겠습니다. 그 외에 달리 드릴 말씀은 없습니다. 총지배인님!" 하고 덧붙여 말하고 나는 부드러운 눈초리를 해 보였다.

"좋아, 이제 됐네. 근데 내가 할 일이 좀 있구먼." 하고 그는 말하고, 몸을 돌렸으며 다시 얼굴을 아주 역겹게 찡그리는 것이었다. 하지만 그것이 나를 불유쾌하게 만들지는 않았다. 나는 급히 서둘러서 ―앞에서 말한 바 있는 시계 수리공에게 오전 중으로 갈 생각이 없기 때문에― 한 층을 내려가 지하실로 갔다. 그리고 쉽게 "창고"라는 표지가 붙은 문을 찾아 노크를 했다. 키 작은 늙은이 하나가 안경을 쓰고 방 안에서 신문을 읽고 있었다. 그 방은 극장의 의상실이나 잡동사니 창고와 비슷하여 너무도 많은 각양각색의 종업원들 제복이 걸려 있었다. 나는 내가 필요한 이야기를 했고 일은 순식간에 끝나 버렸다.

"그래, 너는 멋지게 차려입고 아름다운 여자들을 위로 아래로 모셔다 드리고 싶다는 말이지." 하고 늙은이는 말했다.

이런 작자는 그런 말을 빼먹지 않는다. 나는 눈을 껌뻑거리며 내 희망과 임무가 바로 그것이라고 그에게 확인시켜 주었다.

그는 나를 흘깃 눈으로 한 번 재어 보더니 붉은 레이스가 달린 황회색 제복, 즉 웃옷과 바지 한 벌을 옷걸이에서 꺼내 들고서, 그것을 아주 간단하게 내 팔에다 안겨 주었다.

"한번 입어 보는 게 좋지 않을까요?" 하고 나는 물었다.

"필요 없어, 필요 없어. 내가 너에게 주는 것이라면 그대로 맞을 거야. 이 궤짝 속의 물건들은 아름다운 여자들의 주의를 끌 만한 것들이지."

이 주름투성이 노인은 사실 다른 생각을 할 수도 있었으리라. 그러나 그는 그저 기계적으로 말을 했으며, 나 역시 기계적으로 눈을 껌뻑거려 보였다. 그와 작별할 때 나는 그를 "아저씨"라 불렀으며, 그에게 나의 성공 여부는 바로 "아저씨"의 힘에 달려 있는 것이라고 맹세하듯 말했다.

여기까지 내려오는 승강기를 잡아타고 나는 육 층까지 올라갔다. 나는 급했다. 왜냐하면 사실 쉬탕코 녀석이 내가 없는 동안에 내 가방을 뒤적거리지나 않을까 하는 의심이 나를 약간 불안스럽게 만들었기 때문이다. 엘리베이터를 타고 가는 도중에 '딩동' 종소리가 났고 여러 번 정지하였다. 손님들이 승강기를 이용하기 때문이었다. 손님들이 엘리베이터를 탈 때마다, 나는 겸손하게 벽 쪽으로 밀착했다. 일 층 로비에서 삼 층으로 가려는 부인이 바로 일 층 로비에서 탔고, 사 층까지 가려는 영어를 사용하는 부부가 이 층에서 탔던 것이다. 엘리베이터에 제일 먼저 올라탔던 부인은 혼자였는데, 내 주의를 끌었다. ―그런데 여기에 주의를 "끈다"라는 단어는, '흥분시킨다'는 뜻도 내포하므로, 전적으로 제격에 맞는 말이다. 왜냐하면 내가 그녀를 심장이 쿵쾅거리며 관찰했기 때문인데, 심장이 쿵쾅거렸다고 하지만 기분이 좋지 않은 것은 아니었다. 나는 그 부인을 알고 있었다. 그녀는 백로 깃털이 달린 종 모양의 모자는 벗어 버리고 차양이 넓고 공단으로 장식한 다른 모자를 머리에 쓰고 있었는데, 그 모자 위에는 흰 베일이 달려 있었다. 그 베일은 턱 밑에서 잡아매었고 그 끄트머리는 외투까지 내려와 있었다. 그리고 그 외투마저도 어제 입던 것과는 달랐는데, 그것은 좀 더 가볍고 밝은 색이었으며 천으로 싼 커다란 단추들이 달려 있었다. 그녀의 차림새가 그렇다 하더라도 그녀는 한 치도 의심할 바 없이 세관에서 내 옆에 있었던 여자였다. 즉 그 보석 상자의 소유권을 둘러싸고 나와 연관이 된 부인이 내 눈앞에 있었던 것이다. 무엇보다 나는 그녀가 눈을 부릅뜨는 것을 보고 바로 그때 그 여자임을 알아보았는데, 그녀는 세관원과 시비를 가리는 동안에 줄곧 그렇게 눈을 부릅떠 보였는데 그것은 그녀가 늘 하는 버릇임이 분명했다. 왜냐하면 지금도 그 여자는 아무런 이유가 없는데도, 계속해서 그 짓을 되풀이하고 있기 때문이다. 그다지 밉지 않은 그녀의 표정을 보면 그녀는 대체로 신경질적인 경련을 일으키는 경향이 있음을 알 수 있었다. 그것 말고는, 내가 보는 한도에선 나이 마흔에 든 이 갈색 머리 여인의 외모에는 내가 그녀에게 품고 있는 정다운 관계를 훼손하는 점이라고는 하나도 없었다. 윗입술 위에 거무스름한 작은 솜털이 있는 것도 보기에 흉하지 않았다. 그녀의 눈 역시 내가 여자들에게서 항상 좋아하던 황금 갈색이었다. 단지 눈만 그렇게 계속해서 불유쾌하게 부릅뜨지 않으면 얼마나 좋을까! 나는 그녀에게 부드럽게 타일러서 그런 부자연스런 습관을 반드시 없애라고 얘기를 해야만 함을 느꼈다.

아무튼 그래서 우리는 동시에 같은 곳에 숙박을 하게 되었던 것이다. ― 만약 내 경우에도 숙박을 하게 되었다는 말을 사용해도 괜찮다면 말이다. 내가 그녀를 얼굴이 쉽게 붉어지는 안내소의 친구 앞에서 만나 보지 못했던 것은 정말 단순한 우연이었다. 승강기의 비좁은 공간에서 그녀와 가까이 있음으로 인해 나는 정말로 이상한 기분을 느꼈다. 나에 대해서 아무것도 모르고, 나를 한 번도 보지도 못했으며, 지금도 역시 나를 알아보지도 못한 채, 그녀는 가방을 비우며 정리하다가 그 조그만 상자가 없어진 것을 알게 된 그 순간부터 ―어제 저녁이나 혹은 오늘 아침이었으리라― 그녀는 나를 무형(無形)으로 생각하고 있었던 것이다. 그녀가 자기 소유물에 적의(敵意)를 표명하고 싶은 이런 마음을 나는 참고 넘어갈 수가 없다. 아무리 그런 짓이 나를 걱정해 주시는 독자 여러분들을 놀라게 할지라도 말이다. 나에 대한 그녀의 생각, 나에 대한 그녀의 의심이 결과적으로 나에 대항하는 방법을 취하는 형태가 될 수도 있다는 것, 어쩌면 그런 방법을 취하고 돌아오는 길인지도 모른다는 것, 이처럼 그럴 듯한 가능성이 일순간 나의 뇌리를 스치고 지나갔다. 하지만 그런 생각은 진정한 신빙성을 나타내지 못하였으며, 또한 지금 의심을 품은 자가 아무런 눈치를 못 채고 자기가 의심하는 당사자와 이렇게 가까이 있다는 상황의 매력에는 비할 바가 못 되는 것이다. 얼마나 내가 유감스러웠는지 모른다. 이렇게 가까이 있을 수 있는 시간이 겨우 삼 층에 다다를 때까지의 그렇게도 짧은 시간뿐이라는 것이 말이다! 또한 우리 두 사람을 위해서도 얼마나 유감스럽게 생각했는지 모른다. 내 생각 속에 자리 잡고 있는 그녀는 내려가면서 붉은 머리의 엘리베이터 보이에게 이렇게 말했다.

"고마워요, 아르망."

그 말은 주목할 만한 것이었고, 도착한 지 얼마 되지도 않은 그녀가 벌써 그 젊은 친구의 이름을 알고 있었다는 것은 그녀의 사교성을 증명하는 것이었다. 어쩌면 그녀는 오래전부터 그 젊은 친구를 알고 있었고, 이 '세인트 제임스 앤드 앨버니' 호텔의 단골손님인지도 모르겠다. 나 역시 바로 그 이름 때문에 더욱 당황하였는데, 우리를 태우고 운전했던 친구가 바로 아르망이었기 때문이다. 승강기 안에서의 이러한 동행은 여러 가지 관계로 풍성했다.

"저 부인이 누구요?" 엘리베이터가 계속 올라가는 중에 나는 붉은 머리 소년에게 물었다.

그 녀석은 무례하게도 전혀 대답을 하지 않았다. 그럼에도 불구하고 나는 오 층에서 내릴 때 이런 질문을 덧붙였다.

"당신이 아르망인가, 오늘 저녁 그만둔다는?"

"상관 말고 네 일이나 잘해." 하고 그 녀석은 거칠고 무례하게 말했다.

"상관이야 내게 좀 있지." 하고 나는 대답했다. "사실 이제는 내가 아르망인 거야. 내가 당신의 뒤를 밟게 됐지. 당신의 후계자란 말이오. 그리고 난 고객들에게 당신보다 훨씬 더 세련된 인상을 줄 생각이야."

"한심한 놈!" 하고 그는 내게 쏘아붙이고는 내 코앞에서 찌잉하고 엘리베이터 문을 천천히 닫아 버렸다.

내가 그 위쪽 직원 숙소 4호실에 다시 들어갔을 때 쉬탕코는 자고 있었다. 급하게 서둘러서 나는 다음과 같은 일을 해치웠다. 벽장에서 가방을 꺼내 들고 세면장으로 들어가 보석 상자를 꺼냈다. 다행히도 쉬탕코 녀석이 손댄 흔적은 없었다. 그리고 웃옷과 조끼를 벗은 후에 그 매력적인 황옥 목걸이를 목에다 걸었는데, 무척 힘들게 압축 용수철 잠금 장치를 채울 수가 있었다. 그런 다음에 벗어 놓은 옷가지를 다시 주워 입고는 그다지 자리를 차지하지 않는 나머지 보석들을, 다이어 목걸이는 별도로, 양쪽 호주머니에 집어넣었다. 이 일을 끝내고 나서, 나는 가방을 도로 제자리에 갖다 놓고, 제복은 복도 문 옆에 놓인 장롱에다 걸고, 외투를 입고 모자를 쓰며 뛰어서 ─내 생각으로는 다시 아르망 녀석과 함께 타기 싫어서 그랬다─ 육 층이나 되는 계단을 모두 내려갔다. '하늘 계단 거리'로 가기 위해서였다.

주머니에 보석이 가득 차 있었지만 나는 버스를 타고 갈 단돈 몇 푼이 아직도 없었다. 나는 걸어갈 수밖에 없었으며 게다가 많은 어려운 점이 있었다. 왜냐하면 사람들에게 올바른 길을 물어보며 가야 했고, 더욱이 마음은 조급하여 언덕길을 올라가는 내 발걸음이 한층 무거워졌기 때문이다. 몽마르트르 묘지에 이르는 데 확실히 45분은 걸렸다. 거기서부터는 쉬탕코가 알려 준 길이 완전히 신뢰할 수 있게 나타났다. 그래서 나는 금방 내가 가야 할 길을 찾을 수 있어서 담레몽 거리를 통과하여 '클루게 융프라우'란 이름의 옆 골목으로 갔다. 그 골목으로 접어들어 몇 발자국 가지 않아서 목표한 장소가 나왔다.

파리와 같은 거대한 도시는 무수한 구획과 공동체가 함께 모여 있지만, 그것들 중에 자기네들이 속하고 있는 이 전체의 존엄성을 가늠케 하는 것은 지극히 드물다. 이방인의 눈에 보이는 대도시의 화려한 전면 뒤에는 소시민적-소도시적인 것이 감추어져 있어서 그들은 그 속에서 자족하는 행위를 하고 있다. '하늘 계단' 거리의 거주민 중에 많은 사람들은 아마도 일 년에 한 번 오페라 대로변의 휘황찬란함이나, '이탈리아 대로'의 엄청난 혼잡함도 구경하지 못했을 것이다. 나는 지금 이렇게 목가적인 풍경에 둘러싸여 있었다. 아이들은 동그란 돌을 박은 협소한 차도에서 놀고 있었다. 이런 평화스러운 거리의 양쪽 보도를 따라 소박한 주택들이 늘어서 있었고, 대지에 접한 일 층 여기저기에는 상점, 잡화점, 푸줏간 혹은 빵가게 그리고 말안장 제조 집이 소박한 물건들을 진열해 놓고 구매를 권유하고 있었다. 시계 수리 및 판매점도 거기 있음에 틀림없었다. 92번지는 금방 찾을 수 있었다. 진열장 옆쪽의 가게 문에서 "삐에르 장-삐에르 시계점"이라는 상호를 읽을 수 있었다. 진열장에는 여러 가지 시계들이 놓여져 있었다. 신사 숙녀용의 주머니 시계, 아연판 자명종 그리고 벽난로 위에 거는 값싼 추시계 등등.

나는 손잡이를 누르고, 종소리가 요란하게 울리는 실내에 들어섰다. 그 종은 문을 열면 작동하게 되어 있었던 것이다. 확대경의 나무 테두리를 눈에 끼고 있는 상점 주인은 진열장처럼 된 책상 뒤에 앉아 있었으며, 유리를 끼운 그 책상 속에도 마찬가지로 시계와 줄들이 널려 있었다. 주인은 어떤 손님이 갖다 맡긴 주머니 시계의 톱니바퀴 장치를 검사하는 중이었다. 여기저기 놓인 책상 시계와 대형 탁상시계의 똑딱거리는 소리가 여러 방향으로 퍼지면서 가게 안을 가득 채웠다.

"안녕하세요, 사장님." 하고 나는 이렇게 말했다. "조끼 주머니에 넣을 시계를 하나 사고 싶습니다. 그리고 예쁜 줄이 달린 것이면 더욱 좋겠습니다만, 그런 게 있을까요?"

"어느 누구도 당신이 그걸 사는 것을 막을 사람은 없을 거요, 어린 친구." 하고 그는 대답했다. 그러면서 그는 확대경을 눈에서 떼었다. "혹시 금으로 된 것을 사려고 하는 건 아니지요?"

"반드시 그런 것은 아닙니다." 나는 대답했다. "전 번쩍거리거나 겉만 번지르르한 것에 아무런 가치를 두지 않습니다. 내용이 좋은 물건, 정확한 것, 바로 그것이 제가 중요하게 생각하는 점입니다."

"건전한 원칙일세. 그럼 은으로 된 게 좋겠군." 이렇게 그는 말하고 진열장 안쪽의 유리문을 열고서 그가 가진 물건 중에 한두 개를 끄집어내어, 진열장 위에 놓더니 내 앞으로 늘어놓았다.

그는 노랗게 희끗희끗한 곧추선 머리칼에 양쪽 볼은 매우 높다랗게 바로 눈 밑에 위치해 있는 모습의 바짝 마른 작은 체구의 사나이였다. 원래 양쪽 볼이 불룩해야 될 얼굴 부분은 홀쭉하게 들어가 있었다. 한마디로 그는 달갑지 않고 별로 유쾌하지 않은 얼굴을 하고 있었다.

그가 내게 권유한 은으로 된 태엽 감는 시계를 손에 들고 나는 그 가격을 물었다. 이십오 프랑이라고 하였다.

"그런데 말이죠, 사장님." 하고 나는 말했다. "이 시계는 정말 마음에 듭니다만 제가 이 시계를 현금으로 지불할 생각은 없습니다. 전 우리들의 거래를 오히려 물물 교환이란 낡은 방법으로 돌아가서 해 보자는 것이지요. 이 반지를 한번 보시지요!" 그러면서 나는 그 회색 진주가 박힌 반지를 끄집어내었다. 나는 그것을 이 순간을 위하여 특별한 곳에, 말하자면 내 오른쪽 윗저고리 주머니에 있는 조그만 속주머니 속에 준비하고 있었던 것이다. "제 생각은 이렇습니다." 하고 나는 설명을 했다. "사장님께 이 예쁜 물건을 팔고, 이 물건 값과 시계 값의 차액을 사장님한테 받으려고 합니다. 다르게 말씀 드리자면 반지 금액에서 시계 금액을 사장님께 지불한다는 얘기입니다. 한 번 더 돌려 말씀 드리자면 제가 완전히 동의하고 있는 이 시계 금액을 간단하게 이천 프랑에서 빼 주셨으면 하고 요청하는 것이지요. 사장님도 틀림없이 이 반지를 이천 프랑 정도는 될 거라고 보실 테지요. 이 작은 거래에 대해 어떻게 생각하시나요, 사장님?"

그는 예리하게 실눈을 뜨더니, 내 손에 있는 반지를 쳐다보았다. 그러고 나서 역시 마찬가지로 실눈을 하더니 내 얼굴을 빤히 들여다보았다. 제자리를 잡지 못한 그의 양쪽 볼에는 가벼운 진동이 일어났다.

"당신은 누구신가, 그리고 이 반지는 어디서 났소?" 그가 압박하는 듯한 목소리로 물었다. "나를 뭘로 보는 거요, 무슨 거래를 나하고 하자는 거요? 당장 여기를 나가시오. 이 가게는 그런 데가 아니오! 여기는 정직하게 물건을 파는 데란 말이오!"

낙심한 채 나는 머리를 떨구었다. 잠시 침묵이 흐른 후 나는 다정한 어조로 말을 이었다.

"장 삐에르 사장님, 잘못 생각하고 계신 것 같군요. 불신에서 나온 오해입니다. 물론 저도 분명 그것은 생각하고 있었습니다. 그렇지만 아무리 그래도 사람을 보는 안목이 있어야 하지요. 제 눈을 보십시오. —자, 어떠십니까? 제가 어떤 놈으로 보이시나요? 제가 어떤 일을 일으킬 두려운 놈으로 보입니까? 저는 사장님의 처음 가진 생각을 비난하지는 않겠습니다. 이해할 수 있지요. 하지만 사장님의 두 번째 생각이—만약 그것이 사장님의 개인적인 인상을 개선시키지 않는다면 저로서는 실망할 수밖에 없지요."

그는 고개를 위아래로 별로 움직이지도 않으면서도 계속해서 반지와 내 얼굴을 번갈아 살폈다.

"내 가게에 대해 어디서 알게 되었소?" 그는 알고 싶어 했다.

"같이 일하는 친구이자 한 방에 있는 사람한테요." 하고 나는 대답했다. "그런데 그 친구는 지금 몸이 좋지 않아요. 사장님이 원하시면 그 친구한테 사장님의 문병 인사를 전해 드리도록 하지요. 그 친구 이름은 쉬탕코입니다."

그는 떨리는 양쪽 볼로 위아래를 살피면서 여전히 망설였다. 그러나 반지에 대한 욕심이 그의 불안한 심정을 압도하고 있다는 것을 나는 잘 알고 있었다. 그는 문 쪽으로 한 번 눈초리를 보내고는 내 손에서 반지를 빼앗아 재빨리 진열장 책상 제자리에 가서 앉았다. 그 물건을 시계 수리용 확대경으로 검사하기 위한 것이었다.

"흠이 한 군데 있군." 하고 그는 말했는데 진주를 두고 한 말이었다.

"이것보다 더 새것은 아무리 찾아도 없을 것입니다." 하고 나는 대답했다.

"그렇게 믿고 싶네. 하지만 그 흠은 오직 전문가만이 볼 수 있지."

"하지만 그렇게 미세한 흠 정도야 감정할 때 별로 고려의 대상이 되지 않는 것 아닙니까? 그럼 하나 더 물어봅시다. 그 다이아몬드들은 어떤가요?"

"엉터리야, 부서진 조각이고, 장미형의 파편 덩어리야. 잡동사니며 단순한 장식품에 불과해—백 프랑." 하고 그는 말하면서 반지를 우리 두 사람 사이에 있는 유리 바닥에 던졌는데, 내 쪽으로 조금 더 가까웠다.

"아마 내가 잘못 들었겠지요!"

"잘못 들었다고 생각한다면, 어이 젊은 친구, 그 파편 조각을 집어 가지고 썩 꺼지게나."

"하지만 그렇게 되면 내가 시계를 살 수 없게 되지 않소."

"그게 나와 무슨 상관 있어, 잘 가게." 하고 그가 말했다.

"들어 보세요, 장 삐에르 사장님." 하고 나는 다시 얘기하기 시작했다. "제가 아무리 예의를 지킨다 한들 저는 사장님이 거래를 소홀히 하는 것을 비난하지 않을 수가 없군요. 사장님은 지나치게 인색하게 굴어 이제 겨우 시작된 흥정을 망쳐 놓고 있습니다. 사장님은 이 반지가, 비록 이 반지가 중요하다 해도, 내가 내 놓을 수 있는 물건의 백분의 일도 안 된다는 가능성은 전혀 생각지도 않고 있지요. 하지만 그런 가능성은 엄연한 사실입니다. 그러니 사장님은 나에 대한 태도를 그런 사항을 참조해서 바꾸어야 할 것입니다."

그가 눈을 둥그렇게 뜨고 나를 쳐다보았다. 그리고 그 꼴사나운 양쪽 볼의 경련이 유난스럽게 심해졌다. 그는 다시 한 번 문 쪽으로 시선을 던지더니 고개를 끄덕이며 나지막이 말했다.

"이쪽으로 들어와!"

그는 반지를 집어 들었다. 그는 내게 진열장을 돌아서 오게 하였고, 창문이 없어 환기도 되지 않는 밀실의 방문을 열어 주었다. 그 방 안 가운데 벨벳과 뜨개질 도구로 덮은 책상이 하나 있는데, 그는 그 책상 위에 매달린 가스등에 아주 밝고 흰 빛이 나는 불을 켰다. 또한 그 방 안에는 "금고" 내지 불에 타지 않는 화폐 장롱이라고 할 수 있는 물건 및 작은 탁자도 있었다. 그래서 그곳은 소시민의 거실과 사무실의 중간 정도 같은 인상을 주었다.

"꺼내 봐! 가지고 있는 게 뭐지?" 하고 시계방 주인이 재촉했다.

"실례지만 이걸 좀 벗겠습니다." 이렇게 말하고 외투를 벗었다. "한결 좋군요." 그런 다음 나는 호주머니에서 하나씩 끄집어내었다. 자라껍데기로 만든 빗, 사파이어가 달린 가슴 장식용 핀, 과일 바구니 형상의 브로치, 백

진주가 박힌 팔찌, 루비 반지 그리고 클라이맥스로서 다이아몬드 목걸이까지 전부를, 그것도 서로 잘 분류해서 뜨개질을 한 보자기가 덮인 책상 위에다 늘어놓았다. 마지막으로 나는 실례한다고 얘기하며 조끼 단추를 끌러 황옥 패물을 목에서 풀어 그것 역시 다른 물건과 함께 책상 위에다 올려놓았다.

"자, 어떻게 생각하십니까?" 하고 나는 은근히 자랑스러운 듯 물었다.

나는 그가 눈에서 빛이 나고 꿀꺽 침을 삼키는 것을 감추지 못하고 있음을 보았다. 그러나 그는 마치 더 나올 것을 기다리기라도 하는 모습을 보이더니, 마침내 냉랭한 어투로 묻는 것이었다.

"이젠 없나? 이게 전부야?"

"전부라니요?" 나는 그가 한 말을 되풀이했다. "사장님, 그러지 마세요. 마치 이런 수집품을 팔려고 하는 일이 바로 얼마 전에도 있었다는 것처럼 그런 말씀은 그만두시지요."

"자넨 이 물건을 정말 처분했으면 좋겠지. 네 수집품 말이야?"

"내가 그러고 싶어서 몸이 달아올랐다는 지나친 생각은 하지 마십시오." 하고 나는 대답했다. "분별 있는 가격만 주면 내가 그 물건을 팔아 치울 생각이 있는지, 만약 그렇게 당신이 물어본다면 나도 찬성이오."

"아무렴 좋지." 그는 되받아 넘겼다. "사실 자네에겐 지금 냉정한 분별력이 필요한 거야, 이 어린 친구야."

이렇게 말하고 그는 책상 둘레에 있던 양탄자 천을 입힌 팔걸이의자를 끌어당겨 앉아서 그 보석류들을 조사하기 시작했다. 초대받지는 않았지만 나도 의자에 다리를 꼬고 앉아 그를 쳐다보고 있었다. 그는 하나씩 손에 들었다가 그것을 살펴보고 그리고 다시 책상 위에다 놓는다기보다는 내동댕이치고 있었는데, 그러는 동안 나는 그의 두 손이 떨리는 것을 똑똑히 보았다. 그런 행동은 욕심으로 인해 손이 떨리는 것을 막아 보려는 의도임이 분명했다. 또한 그는 어깨까지도 자꾸 으쓱거렸는데, 특히 그는 ─두 번 그랬는데─ 다이아몬드 반지를 손에 걸고서 거기에다 입김을 불어 가면서 천천히 손가락 사이로 돌리면서 더욱 그러했다. 마지막에 가서 그가 손으로 그 물건 전부를 쓸어 담으면서 이렇게 말했을 때는 더 한층 사리에 닿지 않는다는 생각이 들었다.

"오백 프랑."

"어떤 것을요? 미안하지만."

"전부."

"농담하는 거지요."

"젊은이, 우리 둘 중에 아무도 농담할 생각은 없어. 그 장물을 오백 프랑에 여기 놓고 가겠는가? 좋아, 싫어 어느 쪽이야."

"싫소." 하고 나는 일어섰다. "내 생각하고는 너무나 거리가 멀어요. 당신이 허락하시면 내 이 물건들을 도로 집어넣겠소. 그렇게 지독하게 체면을 깎이면서까지 사기당하고 싶지는 않으니까 말이오."

"체면이라?" 그는 조롱하듯 말했다. "그건 자네한테 어울리는 말이군. 나이에 비해 자네의 성격이 강한 것도 존경할 만하군. 좋아, 내가 경의를 표한다는 의미에서 육백 프랑을 주지."

"우스꽝스런 영역을 결코 벗어나지 않는 조처일 뿐이군요. 오백 프랑이나 육백 프랑이나 사장님의 흥정은 별로 다를 게 없군요. 사장님, 내가 내 나이보다 젊게 보여서 나를 어린애 취급을 해도 별 도움이 안 될 것이오. 난 이 물건의 실제 가격을 잘 알고 있어요. 그리고 내가 꼭 그 가격을 받아야 한다고 고집할 만큼 그렇게 단순한 놈도 아니지만, 나는 이 물건을 사려는 사람들이 하는 행위가 비도덕적이라고 할 만큼 실제 가격과 동떨어져 있는 것을 참을 수가 없습니다. 마지막으로 이러한 거래에서도 역시 경쟁이란 것이 있다는 것을 나는 알고 있어요. 그러니 나는 그런 경쟁자를 찾을 수가 있겠지요."

"자네는 입에 기름을 친 모양이네그려—자네의 또 다른 재주이구먼. 하지만 자네가 나를 위협하는 경쟁자란 것도 사실 우리 동업자끼리 너무 조직이 잘 되어 있어서 협정 가격이라는 공통된 원칙을 지키고 있다네. 자넨 거기까지는 아직 생각이 미치지 못한 것 같군."

"문제는 간단합니다, 장 삐에르 사장님. *당신이* 내 물건을 사느냐, 아니면 다른 사람들이 그것을 사게 되느냐 하는 것뿐이지요."

"내가 그 물건을 취할 생각은 있지. 하지만 우리가 미리 약속한 대로 분별 있는 가격이어야 하겠지."

"그럼 얼마면 좋겠소?"

"칠백 프랑. —최종적으로 잘라서 하는 말이야. 더 이상은 안 돼."

잠자코 나는 그 보석류들을 다시 챙겼는데, 무엇보다 먼저 다이아몬드 목걸이를 챙기고 나머지 물건들을 내 주머니 속에다 차곡차곡 넣기 시작했다.

그는 양쪽 볼을 떨면서 나를 빤히 쳐다보았다.

"어리석은 녀석." 하고 영감은 말했다. "자넨 굴러온 제 복도 알지 못하는군. 생각해 봐. 그게 어떤 돈이냐구. 칠팔백 프랑의 돈이라면 말일세. —나로서는 어쨌든 그 돈을 내놓아야 될 처지이고, 자네로서는 집어넣는 쪽이 아닌가 말일세! 한번 말해 보세, 팔백오십 프랑이 있으면 자네가 살 수 없을 게 뭐가 있겠는가. —예쁜 계집, 옷, 극장표, 훌륭한 식사 등 이런 모든 것을 다 살 수 있을 걸세. 이런 것 대신 자네는 바보처럼 그놈의 물건을 자네 주머니 속에 좀 더 끌고 다니겠단 말이지. 밖에서 경찰이 자네를 기다리고 있다는 것을 자네는 알고 있나? 나 역시 위험을 무릅쓰고 있다는 것을 자네는 고려하고 있는가?"

"사장님은 이 물건에 대해서 신문에서 뭐 읽은 일이 있나요?" 나는 그의 말을 가로막으며 아무렇게나 대답했다.

"아직은 못 읽었지."

"그것 보시오. 실제 총액이 적어도 일만팔천 프랑이라 하더라도 아무런 말이 없지 않소. 사장님의 모험이란 완전히 탁상공론에 불과하오. 그럼에도 불구하고, 나는 그 액수가 합당하다고 생각하는 것입니다. 왜냐하면 사실 나는 당장에 돈 때문에 곤란을 겪는 처지이기 때문이지요. 그 값어치의 절반, 즉 구천 프랑만 내게 주시오. 그러면 거래는 올바로 성사된 것이겠지요."

그는 나를 보고 크게 웃어 보였다. 그러자 그의 썩은 잇몸 뿌리가 보였는데, 그것은 결코 유쾌한 일이 아니었다. 그는 킥킥 웃어 가면서 몇 번이나 되풀이하여 내가 말한 가격을 반복했다. 그러다 마침내 그는 진지한 태도로 자기 의견을 말했다.

"자네 미쳤군."

"나는 이 말을 사장님이 아까 최종적으로 잘라 말한다고 한 이후 최초로 한 말이라고 받아들이겠소." 하고 나는 말했다. "사장님은 이 말도 바꾸게 될 것이오."

"들어 보게, 젊은이. 자네 같은 풋내기로선 아마 이런 식의 거래가 난생처음 아닌가?"

"그래서 뭐 어떻다는 말인가요?" 나는 쏘아붙였다. "새롭게 등장한 재주꾼의 신선한 출발에 주의를 기울여 보시오! 어리석은 인색함을 부려서 내쫓아 버릴 것이 아니라, 활짝 손을 벌려 그런 사람을 받아들여서 사장님의 이익을 도모하도록 해야 할 것이 아니겠소. 그래야만 사장님보다 훨씬 이득을 잘 볼 줄 알고, 또 전도유망한 것에 감각이 있는 장사꾼한테로 가지 않게 될 것이며, 그렇다면 자연스럽게 사장님한테 이로운 일이 되지 않겠소!"

그는 당황한 듯 나를 쳐다보았다. 의심할 여지없이 그는 자기의 시들어 버린 마음속에서 내가 던진 현실적인 말들을 곰곰이 따져보았을 것이다. 그러면서 그는 그런 말을 했던 내 입술을 쳐다보는 것이었다. 나는 그가 약간 주저하는 틈을 이용하여 이렇게 덧붙여 말했다.

"장 삐에르 사장님, 우리가 전체 가격을 평가하고, 내가 가격을 제시하고 또 사장님이 가격을 제시해 봤자 아무 소용이 없습니다. 이 수집품을 하나씩 평가해서 계산해 보기로 하지요. 그렇게 하려면 우리에게 시간이 있어야 하겠지요."

"나도 그렇게 생각하네." 그는 말했다. "어디 계산을 해 보자구."

여기서 나는 결정적 잘못을 저지르게 되었다. 우리가 만일 총액만을 놓고 싸웠더라면 결코 나는 구천 프랑을 받아 내지 못할 것이 확실했으리라. 우리는 함께 책상에 앉았다. 하지만 그 시계방 주인이 우겨 대는 말도 안 되는 평가 액수를 공책에다 적으면서, 품목 하나하나의 가격 때문에 흥정하고 싸우게 되고 보니 정말 그런 짓에 정나미가 떨어지고 그만 맥이 풀렸다. 그 짓은 오래 지속되었다. 아마 사십오 분, 아니면 그 이상 걸렸다. 그리고 우리가 그렇게 하고 있는 동안에도 가끔 가게 문의 종소리가 나면 장 삐에르는 속삭이듯 내게 이렇게 명령을 내리고 나서 손님에게로 갔던 것이다.

"꼼짝 말고 있어!"

이윽고 그가 다시 돌아왔고 교섭은 다시 진행되었다. 나는 다이아몬드 목걸이의 값을 이천 프랑까지 끌어 올렸다. 하지만 그것이 승리였다면 유일한 승리였다. 황옥 목걸이의 아름다움, 브로치를 장식하고 있는 사파이어의 희귀함, 그리고 백진주 팔찌, 루비와 회색 진주의 훌륭한 점을 내가 하늘에 증언하듯 아무리 추켜올려도 헛수고였다. 반지를 모두 합쳐서 천오백 프랑이 나왔고, 목걸이를 제외한 나머지는 아무리 싸워도 오십에서부터 기껏해야 삼백 프랑의 가격밖에 나오지 않았다. 총계를 따져 보니 사천사백오십 프랑이 나왔다. 그런데 이 악당 같은 양반은 마치 그 액수에 경악한 것처럼 또 자기 자신뿐만 아니라 동업자 전체를 망하게라도 하는 것처럼 호들갑을 떨었다. 그는 또한 이런 사정이라면 내가 사야겠다고 한 은으로 된 시계도 이십 프랑 대신 오십 프랑 정도는 받아야 된다고 했다. ─그러니까 그가 그 매력적인 포도송이처럼 생긴 금 브로치에 지불하려는 그 정도의 가격은 받아야 된다고 하는 것이었다. 결국 최종적으로 도출된 금액은 4400프랑이었다. 그럼 쉬탕코 녀석은 어쩌지? 하고 나는 생각했다. 내 소득이 심한 타격을 받게 되었다. 그럼에도 불구하고 나는 "오케이, 좋아."라고 말하는 수밖에 별 도리가 없었다. 장 삐에르는 철제 금고를 열더니 내가 내놓기 아쉬워 쳐다보고 있는 상황에서 그가 입수한 물건을 그 속으로 집어넣고, 내게는 천 프랑짜리 지폐 넉 장과 백 프랑짜리 지폐 넉 장을 책상 위에 내어놓았다.

나는 고개를 흔들었다.

"잔돈으로 좀 바꾸어 줄 수 없습니까." 하고 나는 말하며, 천 프랑짜리 한 장을 다시 밀어 놓았다. 그러자 그는 이렇게 대답했다.

"그러지, 아무튼 잘했어! 나는 자네 행동을 약간 시험하고자 했을 따름이었네. 보아하니 자넨 물건을 살 때 뭔가 커다란 흔적을 남기고 싶지 않았어. 그게 참 내 마음에 들어. 자넨 정말 내 마음에 들었네." 하며 그는 계속 얘기했다. 그러면서 그는 내게 그 천 프랑짜리 지폐를 백 프랑짜리와 얼마간의 금화, 은화로 바꾸어 주었다. "자네가 사실 내게 그렇게 신뢰감을 보여 주지 않았더라면, 나는 그렇게 관대한 아량을 베풀며 거래하지 않았을 것일세. 보게나, 자네하고는 앞으로 기꺼이 연락을 하고 싶네. 자네는 무슨 특별한 일이 있는 모양이군. 틀림없이 그런 것 같아. 자네는 뭔가 쾌활한 면이 있어. 그래, 자네 이름은 무엇인가?"

"아르망입니다."

"자, 그럼, 아르망, 내게 감사함을 표하려면 자네가 이곳에 다시 오면 된다네. 여기 있네. 자네 시계일세. 내 이 시계 줄을 덤으로 선물로 주지."(그것은 조금도 값어치가 없는 물건이었다.) "잘 가게나, 어린 친구! 또 오게! 이번 거래를 하면서 난 자네에게 좀 반했다네."

"사장님은 사장님의 감정을 잘 조절하셨지요."

"아니, 아니, 정말 서툴렀어!"

이렇게 우리는 농담을 주고받으며 헤어졌다. 나는 하우스만 대로까지 버스를 타고 나와서 그 대로의 옆 골목에서 구둣방 하나를 찾아 들어갔다. 거기서 나는 폼도 나고 동시에 견고하면서도 부드러운 단추 달린 구두 한 켤레를 발에 맞는 것으로 골라서 그 자리에서 신었다. 그러면서 이제 낡은 신은 다시 보고 싶지 않다고 마음속으로 공언했다. 그런 다음 근처에 있는 "쁘렝땅" 백화점에서 여기저기 매장을 서성거리면서, 이것저것 필요한 자질구레한 물건들을 샀다. 칼라 서너 개, 넥타이 하나, 실크 셔츠 역시 하나, 외투 속주머니에 감추고 있었던 챙 모자 대신 소프트 모자 한 개, 산책용 스틱 케이스에 집어넣은 우산 한 개(이것은 유난히도 내 마음에 들었다.), 그리고 노루가죽 장갑 한 쌍과 도마뱀 껍질로 만든 지갑 한 개 등등. 그런 후에 기성복 매장을 가르쳐 달라고 하여, 그곳에서 가볍고도 따뜻한 회색 모직물로 된 멋진 단색 양복을 옷걸이에서 그대로 골라잡아 한 벌 샀다. 그 양복은 마치 맞춰 입은 것처럼 내 몸에 딱 맞았고, 접은 스탠드 칼라와 푸르고 흰 얼룩점이 있는 넥타이와 너무나도 잘 어울렸다. 나는 그 양복 역시 다시 벗어 놓지 않고서, 내가 새 옷을 입으려고 벗어 놓은 낡은 옷을 내게 보내 달라고 부탁하고, 장난삼아 "삐에르 장-삐에르 하늘 계단 거리 92번지"라는 주소를 적어 두게 하였다.

　너무도 새로운 기분으로 스틱 우산 지팡이를 팔에다 걸고, 붉은 노끈으로 잡아맨 흰 포장지로 싼 물건 위의 작은 나무 손잡이를 장갑 낀 손가락 사이에 편안하게 들고서 "쁘렝땅" 백화점을 나섰을 때는 정말로 유쾌하였다. ―나의 모습도 모르고 자기 혼자의 생각 속에 내 모습을 지니고 있을 부인을 생각하니 정말 기분이 좋았으며, 이제야 비로소 나는 그녀와 그녀의 관심사에 지금까지보다는 더욱 어울리는 모습을 찾고 있는 것이라고 생각했다. 확실히 그녀는 내 생각처럼, 내가 나의 외적인 모습을 우리들의 관계 유지에 더욱 어울리는 상태로 만든 것에 대하여 즐겁게 생각했을 것이다. 그런데 이런 일을 치르고 나니 오후가 지나게 되었고, 나는 배고픔을 느꼈다. 어떤 비어홀에서 결코 사치스러운 것은 아니었으나 푸짐한 음식을 주문하였다. 생선 수프, 채소를 곁들인 1등급 비프스테이크, 치즈와 과일 등이 그것이었고 게다가 진한 맥주 두 잔을 마셨다. 만족스럽게 먹은 후에 나는, 어제 버스를 타고 지나가면서 보다가 무척 부러워했던 사람들이 즐기던 생활 상태를 나도 맛보기로 작정했다. 즉 이탈리아 대로에 있는 어느 카페 바깥에 나가 앉아서 오가는 무리들을 구경해 보자는 생각이었다. 사실 나는 그렇게 하였다. 따뜻한 석탄 화로 가까이 있는 작은 테이블에 자리를 잡고 앉아 담배를 피우며 진한 커피를 마셨고, 내 앞에 전개된 인생의 다채롭고 시끌시끌한 행렬을 번갈아 가며 바라보기도 하였

고, 새로 사서 신은 그림처럼 멋있는 단추 달린 구두를 내려다보기도 하였
는데, 사실 나는 다리를 꼬고서 그 구두를 공중에 흔들거리고 있었던 것이
다. 아마 한 시간 쯤은 그곳에 그렇게 앉아 있었으며, 정말 마음에 들었다.
만약 식탁 밑에 떨어진 것을 주우려고 기어다니는 비굴한 인간들이 없었다
면, 그리고 주위에 점점 더 그 수가 늘어나지 않았다면 나는 아마도 훨씬
더 오래 앉아 있었을 것이다. 다시 말해, 나는 내가 버린 담배꽁초를 줍고
있던 누더기를 걸친 늙은이와 그와 마찬가지의 찢어진 누더기를 입은 소년
한테—한 사람에게는 일 프랑을 주었고, 또 한 사람에게는 십 수우(Sous)
를 점잖게 주었는데, 이것은 아마 그들이 믿을 수 없을 만한 행운이었을
것이다. 그래서 바로 이것이 그들과 같은 거지들이 몰려들어 적선하라고
졸라 대는 원인이 되었으며, 나는 나 혼자서 이 세상의 모든 비참을 구제
할 수는 없었기 때문에 결국 물러날 수밖에 없었다. 그럼에도 불구하고 내
가 단지 고백하고 싶은 것은, 그 전날 밤부터 생긴 이러한 베푸는 행위를
해 보고자 하는 생각은 카페에 한번 가서 머물러 보자던 욕심과 더불어 성
취되었다는 것이다.

　말이 나왔으니 하겠지만, 내가 거기 앉아 있는 동안에 특히 걱정한 것은
경제적인 종류의 생각이었는데, 그 생각은 이후의 시간을 보내는 데 있어
서도 계속되었다. 쉬탕코 녀석은 어떻게 할까? 그 녀석을 생각하면서 나는
곤란한 선택의 기로에 서게 되었다. 하나는, 내가 너무도 서투르고 어리석
었기 때문에 내 보석들에 대해서 쉬탕코가 그렇게 단호하게 평가한 가격
과는 너무도 동떨어진 값을 받았다는 것을 고백하고 이런 부끄러운 실패
에 비례해서 기껏 천오백 프랑으로 낙착을 짓자고 하는 것이었다. 혹은 다
른 하나는, 내 명예와 그 녀석의 이익을 생각해서 내가 거짓말을 하여 적
어도 요구한 금액과 근사한 정도까지 갔다고 그 녀석한테 큰소리를 치는

것이었다. 그런데 그렇게 되면 그 녀석한테 전자의 경우보다 두 배나 되는 삼천 프랑을 내주어야 될 판이니, 그 모든 화려한 물건에서 생긴 소득에서 내게 남는 것은 얼마 안 되는 액수가 될 것이며, 그것은 장-삐에르가 맨 처음 염치도 없이 부르던 가격과 거의 비슷한 액수였다. 어떤 쪽을 내가 택해야 할까? 근본적으로 나는 나의 긍지 혹은 나의 허영심이 나의 소유욕보다 더 강하다는 것이 증명되리라고 어렴풋이 예감하고 있었다.

　카페 시간을 마친 후 여가 시간을 보내기 위해, 나는 몇 푼 안 되는 입장료를 지불하고서 찬란한 파노라마 전람회를 구경하는 데 재미를 보았다. 그 파노라마란 불타고 있는 마을들과 러시아, 오스트리아, 프랑스 군대가 우글거리고 있는 아우슈테를리츠의 전투 장면을 광활한 풍경 속에 재현한 것이었다. 너무나 뛰어난 솜씨였기에 그림으로만 그려 놓은 배경과 전면의 실제 모형으로 만들어 놓은 것들, 즉 버려진 무기들과 배낭, 쓰러진 병사들의 모형과의 구별을 거의 인식할 수 없을 정도였다. 어떤 산등성이에서 나폴레옹 황제가 그의 참모들에 둘러싸여 전선의 상황을 망원경으로 관찰하고 있었다. 이러한 광경에 흥분되어 또 다른 구경거리가 있는 곳을 방문했는데, 그곳은 납 인형이나 골동품 따위의 수집소로서 가는 곳마다 깜짝 놀랄 만하고 즐거움을 주는 여러 부류의 군주들과 대(大)사기꾼들, 명성을 떨친 예술가들, 악명 높은 여자 살인범들을 볼 수 있게 되어 있었으며, 금방이라도 그들이 '너', '너' 하고 말을 걸 것 같은 곳이었다. 얼굴에는 너무도 자연스럽게 보이는 사마귀가 있고 길게 기른 백발을 한 채, 수도원장 리스트[12]가 피아노 앞에 앉아서 발로 페달을 밟고 눈은 하늘을 향하고

---

12)　(역주) 본명은 Franz von Liszt이다. 리스트는 1861년에 바이마르를 떠나 로마에 거주하면서 수도원에 들어가 종교에 귀의하고, 1865년에 아베(Abbé)라는 성직을 수여받는다.

있으며, 밀랍 손가락을 피아노의 건반 위에 올려놓고 있었다. 반면 그 옆에는 '바자이네' 장군이 권총을 자기의 관자놀이에 겨누고 있었는데 아직 쏘지는 않은 상태였다. 이런 것들은 젊은이의 마음속에 강렬한 인상을 주었다. 하지만 리스트나 '레셉스'[13] 정도로는 나의 감수(感受) 능력을 지치게 할 수 없었다. 내가 이러한 체험을 하는 사이에 저녁이 찾아들었다. 찬란하고 화려하게 점멸하는 네온사인이 번쩍이며 파리는 어제와 같이 빛으로 장식되었다. 잠시 배회를 한 후에 나는 어떤 '바리에떼' 극장에서 한 시간 반쯤 쇼를 구경하며 시간을 보냈는데, 그곳에선 물개들이 불타고 있는 석유 등잔을 코끝에 올려놓고 재롱을 피웠고, 마술사가 아무 관객의 금시계를 절구통에 집어넣고 짓이긴 후에, 관객석의 훨씬 뒤에 앉아 있던 구경꾼(그는 금시계의 주인과 아무 관계가 없는 관객이었다.)의 바지 뒷주머니에서 조금도 부서지지 않은 채 그 금시계를 끄집어냈으며, 창백한 이야기꾼이 검은색 긴 장갑을 끼고 무시무시한 목소리로 우울한 음담패설을 장내에 터뜨렸으며, 한 신사는 노련한 솜씨로 복화술을 보여 주기도 하였다. 나는 감탄이 절로 나오는 그 프로그램을 끝까지 볼 수가 없었다. 왜냐하면 어딘가에서 코코아라도 한잔 마시고 숙소에 사람들이 모이기 전에 집으로 돌아가려면 서두르지 않을 수 없었기 때문이다.

오페라 가로수 길과 피라미드 거리를 지나서 나는 고향 동네처럼 느껴지는 '생토노레' 거리로 돌아왔고, 호텔 근처에서 끼고 있던 장갑을 벗었다. 왜냐하면 나의 옷차림이 여러 가지로 좋아졌음으로 인해 사람들에게

---

13) (역주) Lesseps, Ferdinant Marie, Vicomte de(1805~1894): 프랑스의 외교관. 마드리드 주재 공사를 지낸 후 1858년 수에즈 운하 회사를 설립하여 1869년 수에즈 운하를 완성하였다. 그 후에 파나마 운하도 계획하여 착공하였으나 정치적 · 경제적 장애로 중지하였다.

어떤 도발적인 생각을 유발시킬지 모른다고 생각했기 때문이다. 그건 그렇다 치고 나는 오 층까지 줄곧 몇몇 손님들과 함께 승강기를 잡아타고 올라갔는데, 나를 눈여겨보는 사람은 하나도 없었다. 내가 한 층을 더 올라가 쉬탕코 녀석이 있는 방에 들어섰을 때, 그 녀석은 눈이 휘둥그레졌으며 천장에 매달린 전구 불빛 속에서 나를 찬찬히 살펴보는 것이었다.

"빌어먹을 놈!" 하고 녀석은 뇌까렸다. "그놈 한껏 폼을 재고 있군. 그러고 보니 거래가 제대로 된 모양이야?"

"뭐, 나쁘지 않았소." 하고 나는 대답했다. 그러면서 외투를 벗어 놓고 녀석의 침대 있는 곳으로 다가갔다. "그럭저럭 무난했다고 말할 수 있소, 쉬탕코. 전적으로 우리들 희망이 충족됐다고는 할 수 없지만 말이오. 아무튼 그 양반은 그런 장사하는 사람 치고는 그다지 독종은 아니었소. 그 양반을 좀 다룰 줄 알고 또 약간 버틸 줄 안다면 그 양반은 충분히 우리랑 거래할 수 있는 친구란 걸 알 수 있었소. 구천 프랑까지 받아 냈다오. 자, 내가 한 약속을 이행하겠소. 이걸 받으시오!" 그리고 나는 나의 단추 달린 구두를 신은 채 아래 침대의 모서리에 올라섰다. 그러면서 그 녀석한테 내 불룩한 도마뱀 가죽 지갑에서 삼천 프랑을 꺼내어 담요 위에 놓았다.

"사기꾼 같은 놈!" 하고 녀석은 말했다. "만이천 프랑 받았지."

"쉬탕코, 맹세코 그렇지 않은데……."

그 녀석은 크게 웃었다.

"친구, 그렇게 흥분하지 말게!" 하고 녀석은 말했다. "난 자네가 만이천 프랑을 받았다고도, 구천 프랑을 받았다고도 믿지 않아. 자넨 많이 받아봤자 오천 프랑 정도 받았을 기야. 이보게, 난 여기 누워 있고 이젠 열도 내렸네. 그렇게 되면 인간이란 살짝 취한 기분이 된 뒤에 무기력해져서 마음이 누그러지고 감상적으로 되는 법이지. 그래서 자네한테 솔직하게 얘기하지만, 사천이나 오천 프랑 정도 기어이 받아 내려는 생각을 나 스스로 이젠 그만두자고 한 것일세. 자, 여기 천 프랑은 도로 받아두게. 우린 둘 다 정직한 친구야, 그렇지 않은가? 우리가 그래서 난 기분이 참 좋아. 어디 한 번 안아 보세! 그리고, 잘 자게나!"

9장

  사실 승강기를 조종하는 것보다 더 쉬운 일은 없었다. 그 일은 거의 즉석에서 다룰 수 있었다. 나는 멋진 제복을 입은 것이 마음에 흡족하였고, 또한 여러 손님들의 시선으로 내가 눈치 챈 것처럼 올라갔다 내려왔다 하는 멋진 세계에서도 나를 마음에 들어 했다. 게다가 지금 내가 가진 새로운 이름에서 나는 대단한 마음속의 활기를 얻었으므로, 그 일이 처음에는 내게 너무도 분명한 즐거움을 주었던 것이다. 그러나 그 자체로 볼 때 어린애 장난 같은 그 일은, 잠시 쉬는 것을 빼놓고는 아침 일곱 시부터 거의 자정에 이르기까지 해야만 할 때는, 너무도 사람을 피곤하게 만들었다. 그 일을 한 날에는 어느 정도 심신이 망가진 듯하여 위층 침대에 기어오르지 않으면 안 되었다. 16시간 동안의 노동이었다. 주방과 넓은 식당 중간에 있는 방에서 교대하면서 식사를 마치는 아주 짧은 시간을 제외한 시간이었다. ─그 식사라는 것도 형편없이 불량한 것이었는데, 이 점은 그 어린 보이 녀석이 말한 게 정말 옳은 얘기였다. 또한 그 식사라는 것도 여러 가지 찌꺼기를 아무렇게나 주워 모아 끓인, 정말 불평할 수밖에 없는 지독한 것이었다. ─나는 이런 의심스러운 스튜나 잘게 썰어 다진 고기 요리, 게

다가 인색하게 따라 주는 시큼한 국산 포도주 한잔을 진심으로 모욕적인 것이라고 생각했다. 사실 나는 감옥 이외 다른 곳에서는 그보다 더 모욕적인 음식을 먹어 본 적이 없었다. ―그래서 그렇게 오랜 시간을 앉지도 못하고 답답하게 손님들의 향수로 가득 찬 공기를 마시며 줄곧 서서, 기계를 운전하고, 신호판을 들여다보며, 올라가고 내려오면서 여기저기에서 멈춰 세우고, 손님을 태우기도 하고, 손님을 내려놓기도 하였다. 그런데 아래층 로비에서 그저 쉴 새 없이 신호기를 누르는 손님들의 미련한 조바심에는 어이가 없어 놀랄 수밖에 없었다. 그들이 부른다고 오 층 꼭대기에서 곧장 내려갈 수도 없는 노릇이었으니, 무엇보다 먼저 위층 엘리베이터에서 복도로 나와서 얌전하게 허리를 구부리고, 온갖 수단을 다하여 미소를 지으면서, 내려가기를 원하는 손님을 태워야만 되었던 것이다.

나는 언제나 미소를 지으며 불어와 영어를 섞어 가면서, "M'sieur et dame―(손님들―)" 하거나 "Watch your step.(발을 조심하십시오.)"이라고 말하였다. 그렇지만 그런 말은 전혀 불필요한 것이었다. 왜냐하면 기껏 엘리베이터 운행을 한 첫 날에나 나는 여기저기 고르지 못하게 정차를 했을 뿐이요, 그 다음부터는 내가 경고를 해야 할 만큼 층이 지게 정차를 한 적이 한 번도 없었으며, 설사 그렇게 잘못 정차가 되었다 하더라도 나는 곧장 완벽하게 조정을 해 정차했기 때문이다. 나이가 좀 든 중년 부인들이 내릴 때면 나는 마치 그들이 내리는 일에 어려움을 겪는 것처럼 생각하여, 그들이 내게 의지할 수 있게 내 손을 그들의 팔꿈치에 갖다 대 주었다. 그러면 그 보답으로 나는 좀 얼떨떨해 하거나 때로는 우울하면서도 애교 섞인 감사의 시선을 그들로부터 받았다. 그 시선은 세상을 오래 산 사람이 젊은이의 정중한 행위에 대해 인정을 해 주는 듯한 것이었다. 물론 어떤 사람은 기쁨의 표출을 억누르기도 하였고, 어떤 사람은 심장이 차디차게 되어 마음속에 오직 계급적인 자부심만 남아 있어 그런 짓을 전혀 필요가 없다고 여기기도 하였다. 말이 나왔으니 하겠지만, 사실 나는 젊은 부인들한테도 그렇게 하였다. 그러면 내가 그렇게 신경 쓰는 것에 대해서 그들은 "merci(고마워요)" 하면서 부드럽게 얼굴을 붉히는 수가 많았다. 내가 그렇게 신경 쓰는 것은 다름 아닌 내게 단조로운 하루하루의 일을 즐겁게 해 주는 것이었다. 왜냐하면 나는 마음속 깊이 오직 그 여인만을 위하여 어느 정도 그런 연습을 하고 있었기 때문이다. 내가 기다리고 있는 그 여인, 그녀는 내가 생생하게 ―그리고 그녀는 나라는 존재를 알지도 못하면서도― 머릿속에 지니고 있는 여인이었다. 즉 그 보석 상자의 주인이며, 내 단추 달린 구두와 지팡이 우산 그리고 내 외출복을 제공해 준 여인으로서 그녀와 더불어 나는 미묘한 비밀 속에 살고 있었다. 그리고 나는 그 여인이 갑자기 다시 떠나 버리지 않았었다면, 더 오래 참고 기다리는 것은 불가능했을 것이다.

벌써 두 번째 날 오후 다섯 시경 ―마침 외스따슈 녀석도 자기가 운행하는 승강기를 타고 아래층에 내려와 있었는데― 그 여인은 이미 내가 전에 본 바와 같이 베일을 모자 위에 덮어 쓰고 로비의 엘리베이터 승차장에 나타났다. 지극히 평범한 그 녀석과 나는 각각 열어 놓은 우리들의 승강기 문 앞에 서 있었는데, 그녀는 우리들 앞 한가운데로 걸어와서 나를 쳐다보면서 잠깐 놀라 어리둥절하더니 어느 쪽 엘리베이터를 탈지 결정하지 못한 채 망설이다가 미소를 지었다. 그녀를 내 승강기에 태우게 될 것임에는 조금도 의심할 여지가 없었다. 그런데 그때 외스따슈 녀석이 이미 옆으로 걸어 나와 손을 벌리고 그녀를 자기편으로 안내하였기 때문에, 그녀도 아마 그 녀석이 운전할 차례가 된 것으로 생각하였는지 아무런 거리낌 없이 어깨 너머로 다시 한 번 놀라 어리둥절한 눈으로 나를 돌아다보려고 하지 않은 것은 아니었지만, 아무튼 그 녀석이 있는 엘리베이터로 들어가서 사라져 버렸다.

　그때는 그것이 전부였다. 그 다음에 내가 다시 외스따슈 녀석과 아래층에서 만났을 때 내가 그 녀석한테서 그녀의 이름을 알아낸 것을 제외하면 말이다. 그녀는 우플레 부인이라 불리었으며, 슈트라스부르크에서 온 여자라는 것이었다. "굉장한 부자야, 알아 둬." 하고 외스따슈 녀석은 덧붙여 말했으며, 나는 그 말에 대해서 다만 냉정하게 "그 여자 좋겠군." 하고 대답했을 뿐이었다.

　다음날 같은 시각. 때마침 다른 두 대의 승강기는 운전 중이었고 나 혼자만 승강기 앞에 대기하고 있을 때 그녀가 다시 나타났다. 이번에는 무척이나 아름답고 길이가 긴 밍크 상의를 걸치고서, 역시 밍크 털로 된 베레모를 쓰고 있었다. 그녀는 물건을 사 가지고 돌아오는 길인 것 같았다. 왜냐하면 그녀가 크지는 않아도 멋지게 포장되고 끈으로 맨 여러 개의 꾸러미를 팔과 손에 들고 있었기 때문이다. 내가 있는 것을 보자 그녀는 만족한 듯 고개를 끄덕이며 내가 허리를 굽히는 것을 눈웃음치며 쳐다보았다. 그렇게 허리를 굽히는 것은 내가 다른 여자에게 춤을 청할 때 공손하게 "마담—"이라 부르면서 하는 행동이었다. 그녀는 나와 더불어 불이 환희 켜져 있는 승강기 속으로 몸을 실었다. 그러는 동안에 오 층에서 신호가 울려 왔다.

　"삼 층으로 가시는 거죠, 마담?" 하고 나는 그녀가 아무 말도 하지 않아 그렇게 물었다.

　그녀는 그 조그만 승강기 안쪽으로 들어가 내 뒤에 서 있는 것이 아니라, 내 옆자리 문 있는 곳에 서 있었으며, 그리고 기계를 붙잡고 있는 내 손과 얼굴을 번갈아 가며 쳐다보는 것이었다.

"맞아, 삼 층이지." 하고 그녀가 말을 했다. "어떻게 알았나요?"

"그거 아는 일이야 간단하지요."

"아? —내가 아는 게 맞다면, 새로 온 아르망이신가?"

"분부만 내리십시오, 마담."

"이번 교체는 종업원 구성에서 일종의 진보를 의미한다고 할 수 있겠구면." 하고 그녀는 받아 넘겼다.

"과찬의 말씀입니다, 마담."

그녀의 목소리는 신경질적으로 진동이 되는 소리였지만 퍽 마음에 드는 알토였다. 내가 그런 생각을 하는 사이에 그녀는 나의 목소리에 대해서 말을 했다.

"당신의 목소리가 너무 유쾌해서 난 당신을 칭찬하고 싶구면." 하고 그녀가 말을 했다. —종교 고문관 샤또 씨의 말씀이지!

"정말 고맙습니다, 마담. 제 목소리가 귀에 거슬리지 않으시다니!" 하고 나는 대답했다.

다시 위층에서 신호가 울렸다. 우리는 삼 층에 와 있었다. 그녀는 덧붙여 말하였다.

"내 귀는 사실 음악적이기도 하고 동시에 민감하기도 하지. 게다가 민감한 것은 청각뿐만이 아니고 말이지."

그녀는 놀라웠다! 나는 그녀가 승강기에서 내릴 때 마치 거기에 뭔가 부축해 줘야 될 것이라도 있는 것처럼 상냥하게 부축해 주면서 이렇게 말했다.

"실례하지만, 이젠 제가 부인을 그 수하물들에서 해방시켜 드리겠습니다. 마담, 제가 부인 방까지 들어다 드리겠습니다!"

그러면서 나는 그녀한테서 꾸러미를 빼앗았다. 그리고 한 개씩 그녀에게서 받아 모아 가지고, 내 승강기는 그대로 내버려 둔 채, 복도를 따라서 그녀 뒤를 따라갔다. 스무 걸음 정도만 가면 되었다. 그녀는 왼편에 있는 23호실을 열었으며, 나를 앞서 자기의 침실로 들어갔다. 살롱으로 통하는 그 방문은 열어 놓은 채 그대로였다. —호화스런 침실이었다. 널마루에 커다란 페르시아 양탄자가 깔려 있으며, 벚나무 가구들이 있고, 화장대 위에는 번쩍거리는 물건들이 놓여 있었고, 겹으로 누빈 공단으로 덮인 널찍한 침대와 회색 우단의 긴 의자도 놓여 있었다. 나는 그 의자 위와 조그만 탁자의 유리판 위에 짐들을 내려놓았는데, 그러는 동안 그녀는 베레모를 벗고 털옷 단추를 풀고 있었다.

"방 심부름하는 아이가 마침 나갔나 보군." 하고 그녀는 말했다. "그 애 방은 한 층 위에 있지. 당신의 그 친절함을 끝까지 보여 주지 않겠소? 내가 이 옷을 벗으려고 하는데 좀 도와주시게."

"암요, 여부가 있겠습니까!" 이렇게 나는 대답하고서 일을 시작했다. 그런데 비단으로 안을 넣은 그녀의 따뜻한 털옷을 어깨에서 벗기는 일을 하는 동안, 그녀는 숱이 풍부한 갈색 머리카락으로 싸인 얼굴을 내게 돌려대고 있었다. 그 머리카락은 이마 위에 흰 다발이 물결치고 나머지 머리카락보다 좀 새파란 빛을 띠고 아무렇게나 도드라져 있었다. 그리고 그녀는 우선 잠깐 놀라 망설이다가, 그 다음엔 다시금 죄어든 눈꺼풀 사이에서 꿈을 꾸듯 몽롱해졌다. 그러면서 그녀는 이렇게 말을 했다.

"네가 내 옷을 벗기는구나. 대담한 녀석이로군?"

믿을 수 없는 여자에다가 무척이나 의미심장한 말이라니! 한 대 맞은 것처럼 어안이 벙벙했지만 정신을 가다듬고서 나는 겨우 다음과 같이 대답했다.

"부인, 지금 하신 말씀의 의미를 파악할 수 있는 시간과 이런 매력 있는 일을 마음대로 계속할 수 있는 시간을 하느님께서 제게 허락해 주셨으면 좋겠습니다!"

"넌 나를 위해서는 시간이 없단 말인가?"

"불행하게도 지금 이 순간엔 없습니다, 부인. 제 엘리베이터가 밖에서 기다리고 있습니다. 위에서 아래에서 엘리베이터를 찾고 있는데 그냥 열어 놓은 채 두고 오게 되었지요. 그리고 아마 이 위에도 손님이 여러 분 모여 계실 겁니다. 제가 그 엘리베이터를 더 오랜 시간 내버려 두게 되면 저는 직장을 잃게 될 것입니다……."

"하지만 넌 나를 위해 시간이 있을 거야. 아니 네가 나를 위해 시간이 있다면?"

"무한히 있습니다, 마담!"

"*언제* 넌 나한테 시간을 낼 수 있겠니?" 하고 그녀는 물었으며, 다시 두 눈을 갑자기 크게 떴다간 헤엄치는 듯한 눈초리로 돌아오기를 몇 번이고 되풀이하였다. 그리고 몸에 꼭 달라붙는 푸른 회색빛이 감도는 맞춤 옷차림으로 내 앞으로 가까이 다가섰다.

"열한 시에 저는 일을 마칩니다." 하고 나는 부드러운 목소리로 대답했다.

"내 너를 기다릴 것이야." 그녀도 역시 부드럽게 말했다. "이것이 징표야." 그러곤 내가 아차 하는 사이에 내 머리는 그녀의 양손 사이에 붙잡혀 있었고, 그녀의 입은 내 입 위에 놓여 있었다. 꽤나 오랫동안의 키스였고—그 키스를 특별한 구속력을 가진 징표로 만들기에는 충분하고도 남았다.

내가 그때까지도 손에 들고 있던 그녀의 털외투를 긴 의자에 내려놓고 물러 나왔을 때, 분명히 나는 약간 창백했음에 틀림없었다. 사실 열려져 있는 승강기 앞에 손님 셋이 어찌할 바를 모르고 서 있었다. 나는 그들에게 나의 급한 용무 때문에 지체되었음을 사과했을 뿐만 아니라, 그들을 밑으로 태우고 내려가기 전에, 먼저 내 엘리베이터에 호출 신호를 보내 왔던 오 층으로 그들을 태우고 올라가야 했기 때문에 그것에 대해서도 사과를 하였다. 하지만 오 층에는 이미 아무도 없었다. 일 층에서 나는 내가 저지른 교통 두절로 인해 심한 욕지거리를 듣게 되었지만, 나는 그 험한 소리를 돌연 실신하여 쓰러진 부인을 할 수 없이 그분의 방까지 데리고 가지 않을 수 없었다는 해명을 함으로써 막아 내었다.

마담 우플레가 실신하다니! 그런 용감무쌍한 여자가! 물론 그 용감무쌍하다는 표현은 그녀가 나보다 훨씬 나이가 많다는 이유와 내가 사회적 지위가 낮은 이유 때문에 꽤나 완화되었다고 나는 생각했다. 나의 사회적 지위에 대해 그녀는 '대담한 녀석'이라는 매우 고상한 표현을 해 주었다. 나를 '대담한 녀석'이라고 부른 그녀—시적인 여자야! '네가 내 옷을 벗기는구나. 대담한 녀석이로군?' 이 흥미진진한 말은 그날 저녁 내내, 그러니까 내가 '그녀를 위하여 시간'을 낼 수 있을 때까지 함께 지내야만 했던 여섯 시간 동안 내 머릿속에서 떠나지 않았다. 그 말은 나를 약간 모욕한 것이었다. 하지만 내게 다시 자부심을 채워 주는 말이기도 하였다. —그것도 대담성에 대한 자부심이었다. 사실 나는 그 대담성을 전혀 갖고 있지 않았고 오로지 그녀가 내게 갖도록 부과해 준 것이었다. 어쨌든 나는 이제 넘치도록 과한 대담성을 소유하고 있었다. 그녀가 그것을 내게 주입한 것이었다. —특히 그렇게도 구속력을 가진 징표로 인하여 그렇게 되었다.

일곱 시에 나는 만찬에 나가는 그녀를 태우고 아래층으로 내려갔다. 그녀가 내 승강기 안으로 들어섰을 때, 승강기 안에는 내가 위층에서 모시고 내려온, 저녁 식사하러 가는 야회복 차림의 다른 손님들도 여럿 있었다. 그녀는 짧은 스커트의 레이스가 달린 흰빛의 진귀한 순견 옷차림에

수를 놓은 코트를 입었고, 허리에는 검은 벨벳 띠를 둘렀고, 목에는 우윳빛으로 어른거리는 흠 하나 없는 모양의 진주 목걸이를 걸고 있었다. 그것이 그 보석 상자 속에 들어 있지 않다는 것은, 장-삐에르 영감에겐 불행이었지만, 그녀에겐 다행이었다. 그녀가 나를 완전히 무시하는 태도에 —그렇게도 깊은 관계로 간 키스를 했는데도 불구하고— 나는 놀라지 않을 수 없었다. 하지만 내가 그녀에게 복수할 수 있었던 것은, 승강기 안의 사람들이 내릴 때 내가 그녀를 제쳐 두고 귀신처럼 화장을 한 노파의 팔꿈치를 내 손으로 부축해 줌으로써였다. 내 생각에, 내가 그렇게 여자에게 정중히 대하는 태도에 대해서 그녀가 미소를 짓고 있는 것을 나는 본 것 같았다.

그녀가 몇 시에 자기 방으로 돌아갔는지 나는 몰랐다. 그러나 언젠가는 열한 시가 되고야 말 것이다. 물론 그 시간이 되어도 일은 계속되지만 단지 승강기 한 대만으로 운행하게 되어 있어서 나머지 두 대의 운전사는 일을 끝마친 후의 자유 시간이 되는 것이었다. 오늘 나는 일을 끝마친 사람 축에 끼어 있었다. 하루의 고된 일을 마친 후에 나는 모든 랑데뷰 중 가장 미묘한 랑데뷰를 하기 위해 기분을 좀 내려고 먼저 우리들의 세면장을 찾아 갔고, 그러고 나서야 걸어서 삼 층까지 내려왔다. 발소리로 인해 시끄럽지 않도록 붉은 양탄자가 길게 깔린 그 삼 층 복도는 벌써 이 시간이면 사람도 지나다니지 않고 조용하였다. 나는 마담 우플레의 살롱인 25호실을 노크하는 편이 예의에 어긋나지 않을 것이라고 생각했다. 하지만 그쪽에선 아무런 대답도 없다. 그래서 나는 그녀의 침실인 23호실의 바깥문을 열고 들어가 안쪽 문에다 대고 귀를 기울이면서 신중하게 노크했다.

약간 놀란 듯한 억양으로 물어보듯, "들어오세요?" 하는 소리가 들려왔다. 나는 그런 정도의 의심은 무시해도 된다고 생각했기 때문에 방으로 들어갔다. 방은 침실용 탁자에 놓인 비단으로 갓을 씌운 조그만 램프에서 어스름한 붉은 빛으로 싸여 있었는데, 켜 놓은 불이라곤 그것 하나뿐이었다. 대담한 그 방 여주인이 —그녀가 내게 부여한 '대담한'이라는 이 형용사를 나는 기꺼이 그리고 응당 그녀에게 돌려 줄 수 있을 것이다— 보라색 공단 누비이불을 덮고 침대에 누워 있는 것을, 재빠르게 주변 상황을 알아보려는 내 눈은 발견했다. 그 화려한 놋쇠 침대 틀은 벽에 기대어 있었고, 그녀의 발쪽에는 긴 의자가 놓여 있었는데 두꺼운 천으로 가린 창가에 비교적 가까이 자리를 잡고 있었다. 여행 중인 나의 여인은 팔을 베개 삼아 머리 뒤로 교차시키고 짧은 소매에 리본으로 부풀어 오르도록 테두리를 친 고운 옥양목의 잠옷을 입고 거기 누워 있다. 그녀는 묶었던 머리를 잠을 자려고 풀었으며, 느슨하게 땋아서 화환 모양으로 머리에 얹었는데 그것이 대단히 잘 어울렸다. 흰 머리 다발은 파도치듯 곱슬거리며 그녀의 주름진 이마에서 뒤로 추켜올라가 있었다. 내가 문을 닫자마자 나는 내 뒤에서 빗장이 걸리는 소리를 들었다. 그 빗장은 침대에 누워서도 줄 한 가닥으로 자유롭게 조작할 수 있었던 것이다.

그녀는 여느 때와 마찬가지로 일순간 금빛 갈색의 두 눈을 크게 떴다. 하지만 그녀는 일종의 신경질적이고 기만적인 표정을 짓고 가볍게 일그러졌는데, 그녀는 이렇게 말을 하는 것이었다.

"어떻게 된 건가? 무슨 짓이지? 일개 종업원이, 말하자면 하인 녀석이, 종업원인 젊은 사내가 이런 시각에 내 방에 들어오다니? 내가 이미 자리에 들어 쉬고 있는데 말이지……."

"부인께서 그런 소망을 하셨지요, 마담—." 하고 나는 그녀의 자리 쪽으로 다가서면서 이렇게 대답했다.

"그런 소망을 했다고? 내가 그랬던가? 넌 '소망'이라고 말하면서, 이건 부인이 어린 심부름꾼인 엘리베이터 보이한테 내린 명령을 뜻하는 것이라고 생각하는 그런 표정을 짓고 있구나. 그런데 너는 사실은 터무니없이 건방지게 '요구'하는, 아니 뻔뻔스럽게 '요구'하는 것이라고 생각하고 있지. '다시 말해 그것은 애끓는 욕망'이라고 완전히 단적으로 당연하다고 생각했지. 왜냐하면 넌 젊고 잘생겼기 때문이지. 정말 예쁘고 정말 젊고, 정말 겁도 없고……. '소망'이라고! 어디 한 번 말이나 해 보렴. 오, 나의 이상, 마음속의 꿈, 제복을 입은 미뇽(애인), 달콤한 헬로트[14]여! 넌 대담하게도 그 소망을 감히 같이 좀 나누어 보자는 것인지!"

그러면서 그녀는 내 손을 잡아 나를 그녀의 침대 모서리의 비스듬한 가장자리에 끌고 갔다. 나는 균형을 잡으려고 그녀 위로 팔을 뻗어서 침대의 등받이에 내 몸을 의지할 수밖에 없었다. 그래서 나는 얇은 천과 레이스로 거의 감추어지지 않은 그녀의 드러난 살갗 위에 엎어지듯 앉아 있게 되었고, 그 살갗의 따스함이 향기롭게 나를 스쳤다. 내가 인정하고 있는바, 나의 미천한 신분을 그녀가 줄곧 되풀이하여 입에 담고 강조하였기 때문에 내 마음은 좀 상했지만―그런 것이 대체 그녀에게 무슨 상관이며, 또 그런 것에 무엇을 기대한다는 것인가? ―나는 대답 대신 그녀에게로 완전히 몸을 숙이고서 내 입술을 그녀의 입술에다 짓눌렀다. 그녀는 이 키스를 오후에 있었던 첫 키스보다 좀 더 깊이 파고들었을 뿐 아니라 ―그때는 내가 그것에 보답을 해 주었는데― 이제 그녀는 버티고 있던 내 손을 잡고서 그 손을 그녀 깃 속의 젖가슴 있는 곳으로 집어넣게 하였는데, 정말 그 젖가슴은 손에 딱 잡히는 탐스러운 것이었다. 그런데 그녀는 내 손목을 잡고서 그녀 신체의 이곳저곳을 끌고 다녀, 그녀도 눈치 못 챌 리 없었지만, 내 남

14) (역주) 고대 스파르타의 국유노예(國有奴隷).

근은 극도로 긴급하게 불끈 솟아오르게 되었던 것이다. 이런 것을 알아차리게 되어 흥분한 그녀는 부드럽게 동정과 환희가 뒤섞인 투로 구구 우는 소리를 냈다.

"오, 사랑스런 청춘이여, 그대는 그대를 불타오르게 할 수 있는 힘을 지닌 내 육체보다 얼마나 더 아름다운가!"

그러고 나서 그녀는 두 손으로 내 웃옷의 칼라에 달린 후크를 잡아 당겨서 그것을 끄르려 했고, 믿을 수 없이 재빠른 솜씨로 단추를 끄르기 시작하였다.

"치워, 치워. 이것을 집어치워, 그리고 이것도." 그녀의 말은 빨라졌다. "벗어요, 그리고 치워 줘. 내 너를 볼 수 있게, 내가 신(神)을 구경할 수 있도록! 자, 빨리. 좀 도와 줘! 자, 시간은 우리를 재촉하는데 교회당에 갈 준비가 아직도 안 되었느냐? 빨리 옷을 벗어라! 시간이 급해! 혼례 의상을 보여 줘봐! 자, 나는 이제 네 성스러운 육체를 부를 거야. 난 너를 처음 봤을 때부터 네 육체를 보고 싶어 견딜 수 없었어. 아, 그래. 아, 이것 봐! 듬직한 이 가슴, 이 어깨, 이 사랑스러운 팔! 마지막으로 이것도 제발 치워 봐 —오, 라, 라, 그렇지. 그래야 기사도라고 부르지! 자, 이리 와. 정말 좋구나! 자, 이리 와요. 나에게로 와요……."

지금까지 이렇게 말 잘하는 여자는 결코 없었다. 그녀가 쏟아 놓은 것은 노래였지, 그 밖의 다른 아무것도 아니었다. 그리고 내가 그녀의 곁에 있을 때, 그녀는 끊임없이 자신의 마음을 털어놓았다. 모든 것을 말로 붙잡아 두는 것이 그녀의 버릇이었다. 그녀는 그녀의 품속에 엄격한 선생이었던 로짜의 제자이자 전문가를 안고 있었다. 그는 그녀를 무척이나 행복하게 만들어 주었고, 그렇게 행동했다는 것을 말로 들을 수 있었던 것이다.

"오, 사랑하는 이여! 오, 너는 사랑의 천사, 욕망의 후손! 아, 아, 너는 젊은 악마, 벌거숭이 소년. 너는 재주가 좋기도 하구나! 내 남편은 전혀 할 줄 모른단다. 정말 아무것도 아니야. 넌 그걸 알아야 되겠구나. 오, 넌 복을 주는 사람. 넌 나를 죽이는구나! 황홀해서 숨도 못 쉬겠구나. 내 심장이 터지고, 나는 너의 사랑을 받으며 죽으려나 보구나!" 그녀는 내 입술을, 내 목을 깨물었다. "나를 '너'라고 불러다오!" 그녀는 절정이 가까워지자 별안간 신음하기 시작하였다. "나를 막 취급해 다오, 내가 굴욕을 느끼도록! 난 굴욕을 당하는 게 좋아! 난 좋아! 오, 나를 능욕하는 어리석고 어린 나의 노예……."

그녀는 황홀경에 빠졌다. 우리들은 황홀경에 빠졌다. 나는 그녀한테 나의 최선을 다해 주었으며, 즐기면서도 진심으로 빚을 갚아 주었다. 그러나 그녀는 절정에 이르자 굴욕이니 어쩌니 하고 중얼거리고 나를 어리석고 어린 노예라고 불렀으니 어떻게 내가 불쾌감을 가지지 않았겠는가? 우리는 아직도 서로 결합한 채로, 아직도 꼭 포옹한 채로 누워 있었다. 하지만 나는 그 "내게 굴욕을 달라."는 데 대해서 기분이 언짢아서, 그녀의 고마움의 키스에 반응도 하지 않았다. 그녀는 내 몸에 입을 대고 또다시 숨을 가쁘게 헉헉거렸다.

"나를 '너'라고 불러 봐, 빨리! 나는 네게서 아직도 '너'라는 말을 들어 보지 못했어. 나는 여기 누워서, 더없이 아름답긴 하지만 너무나 미천한 종업원 아이랑 사랑을 나누고 있지. 그런 행위가 내게 얼마나 재미가 있는지! 내 이름은 디아네라고 해. 그런데 넌 네 입술로, 나를 창녀라고 부르란 말이야. 분명하게 '넌 나의 사랑하는 창녀'라고 불러 달란 말이야!"

"오, 나의 사랑하는 디아네!"

"아니, '넌 창녀'라고 불러 줘. 내가 나의 굴욕을 그렇게 말로 맛보게 해 달란 말이지……."

나는 그녀의 몸에서 내려왔다. 우리는 ―두 개의 심장은 아직도 높이 뛰고 있었지만― 나란히 누워 있었다. 나는 말했다.

　"아니오, 디아네. 당신은 내게서 그런 말은 듣지 못할 것이오. 난 싫소이다. 그리고 솔직히 말해서, 당신이 나의 사랑에서 굴욕을 느낀다는데 난 정말 불쾌감이 치민단 말이오……."

　"너의 사랑으로부터 그런 것은 아니야." 하고 그녀는 나를 제게로 끌어당기면서 말했다. "내 사랑으로부터 그런 거야! 너희들처럼 미천한 애들을 상대로 하는 내 사랑으로부터 그렇다는 말이지! 아, 이런 사랑스러운 미련한 녀석, 넌 그걸 모르니!" 그러면서 그녀는 내 머리를 잡고서 일종의 부드러운 절망감으로 자신의 머리에다 몇 번이고 부딪치는 것이었다. "난 문필가야. 너도 알아 둬야 해. 지성을 가진 여자이지. 디아네 필리베르 ―내 남편이지. 그의 이름은 우플레인데 이보다 더 웃기는 이름은 없지― 나는 소녀 시절 이름으로 글을 쓰고 있는 거야. 디아네 필리베르란 이름으로 말이야. 그것을 필명으로 쓰고 있는 거지. 당연히 너는 그 이름을 한 번도 들어본 적이 없겠지. 네가 어떻게 알겠니? ―그런데 그 이름은 아주 많은 책에 실려 있다는 얘기야. 소설책들이지 뭐겠어? 이해하겠지? 온통 심리학으로 가득 차 있어. 재치 있고 정열적인 시구가 풍부한 시집이지……. 정말이야. 오, 내 가여운 사랑. 너의 디아네로 말하자면, 그녀는 대단한 지성의 소유자이지. 하지만 지성을 가진 사람은 ―아!"― 그러면서 그녀는 아까보다 좀 더 심하기까지 하였지만 되풀이해서 우리들의 머리를 맞부딪치게 하였다. ―"네가 어떻게 그것을 알 수 있을까! 지성을 가진 사람은 말이야……. 무지한 사람한테, 싱싱하고 아름다운 인간한테 그가 어리석다는 점에서 황홀할 지경으로 탐을 내고 반해 버리는 것이지. 아, 바보가 되어도 좋고, 최후의 자기 부정과 자기 거부를 하면서까지 아름다운 것과 숭고한 우둔함에 미쳐 버리는 것이지. 그 앞에 무릎을 꿇고 자기 체념, 자기 굴욕의 환희 속에서 그것을 사랑하지 않을 수 없어. 그리고 그런 우둔한 사람한테 굴욕을 당하게 되면 지성 있는 인간도 감격하게 되는 것이고…….”

“그런데, 자기.” 하고 나는 결국 그녀의 말을 중단시켰다. “부분적으로 좋은 말이야. 그런데 자연이 나를 제대로 만들어 놓았다면─자기는 나를 그렇게 전적으로 덜떨어진 놈으로 취급해서는 안 될 거야. 비록 내가 자기의 소설이나 시를…….”

그녀는 내가 말을 계속하도록 내버려 두지 않았다.

“넌 나를 ‘자기’라고 부르는구나?” 그녀는 소리쳤다. 그러면서 그녀는 나를 와락 거칠게 껴안고, 자기 입을 내 목덜미에 파묻었다. “아, 그 말 참 귀엽네! 그게 ‘사랑하는 창녀’보다도 훨씬 좋아! 그것이야말로 너라는 사랑의 예술가가 내게 베풀어 준 그 어떤 것보다도 훨씬 깊은 황홀감을 주는구나! 벌거벗은 어린 엘리베이터 보이 녀석이 내 옆에 누워서 나를 ‘자기’라고 부르다니, 나를, 이 디아네 필리베르를! 그것 참 희한하네……. 나를 황홀하게 만드는구나! 아르망, 나의 사랑, 네게 상처 주려고 한 것은 아니야. 네가 유별나게 어리석다고 말하고 싶던 것은 아니었어. 모든 아름다움이란 어리석은 것이지. 왜냐하면 그것은 지성에 의하여 찬미되는 대상물이며, 단순히 그것만으로 하나의 존재이기 때문이지. 어디 한번 볼까, 너를 완전히 보여 다오. ─아, 하느님, 너 정말 아름답구나! 가슴은 분명 튼튼하게 벌어졌는데 이렇게 부드럽고 귀엽다니! 이 날씬한 팔, 가슴팍도 이렇게 성스러울 정도이고, 허리는 잘록하게 죄어들었어. 아, 이 헤르메스의 다리는 또…….”

“그만둬요, 디아네. 그건 옳지 않아. 그건 내가 할 말이야. 정말 아름다운 것은 바로 당신이야…….”

"쓸데없는 소리! 너희 사내들은 단지 그렇게 상상만 할 뿐이야. 우리 여자들은 우리들이 가진 봉긋한 유방 등의 완만하고 부드러운 신체 부위가 너희들 마음에 그렇게도 든다는 데 행복하다고 말할 수는 있어. 하지만 신적인 숭고함, 창조의 걸작, 미의 입상(立像)이라고 할 수 있는 것은 바로 너희들이야. 너희들 젊은 남자들, 헤르메스 다리를 가진 완전 젊은 남자들이야. 너는 헤르메스가 누구인지 아니?"

"고백하자면, 갑자기 생각이……."

"오, 하느님! 이 디아네 필리베르는 여태 헤르메스 이야기를 들어 본 적도 없는 사람하고 사랑을 나누고 있었습니다! 이것은 지성을 얼마나 귀엽게 굴욕을 시키는지! 헤르메스가 누구인지 내가 얘기해 줄게, 이 귀여운 바보야! 그건 재치 있는 도적의 신이란다."

나는 멈칫하며 얼굴을 붉혔다. 나는 그녀를 가까이에서 빤히 쳐다보고 의심을 해 보았으나, 이내 그런 의심을 다시 털어 버렸다. 내게 어떤 생각이 떠올랐지만 아직은 좀 더 내버려 두기로 했다. 그 생각에 더빙을 하듯, 그녀 역시 나의 품에 안겨 속삭이듯이 다음과 같은 고백을 함으로써 그런 생각을 지워 버리게 했다. 그리하여 목소리는 다시 온화해졌고 그리고 노래하듯 고조되어 갔던 것이다.

"내 사랑아, 내가 연애의 감정을 가지게 된 이후로 쭉 너만을, 오직 너만을 사랑해 왔다는 것을 믿을 수 있겠니? 물론 바로 네가 아니라, 네게서 느껴지는 너의 '이데아' 말이야. 즉 네가 구현하는 성스러운 순간들 말이다. 모순이라고 해도 좋아. 하지만 나는 수염으로 뒤덮인 다 자란 남자는 싫어하지. 가슴팍에 털이 무성하고, 성숙하여 이제 정말 자기가 잘난 사람이라고 여기는 남자들 말이야. ―무서워. 겁이 나! 잘나긴 나 자신도 잘났지. ―바로 그런 남자들은 성적 도착증이 있다고 난 느끼게 된다는 거야.

즉 사상가와 동침하는 것이라는 생각이 들기 때문이지. 오직 너희 같은 젊은 이들만을 나는 옛날부터 사랑했었어. —열세 살짜리 계집애로서 나는 열 넷, 열다섯 먹은 사내애들한테 미쳐서 날뛰었단다. 이런 성향은 내가 나이가 들면서 좀 확대되기는 했지만 그래도 열여덟 살을 넘기지 못했고, 내 취미와 관능의 동경을 결코 채우지 못했지……. 너는 몇 살이지?"

"스무 살." 하고 나는 대답했다.

"그 나이보다는 어려 보이네. 내 수준으로는 너는 벌써 어느 정도 늙은 편이라고 할 수 있겠어."

"당신 수준으로 볼 때 내가 늙은 편이라고?"

"됐어, 가만 있어 봐! 너의 지금 그대로가 난 좋아. 하늘의 축복만큼 내게는 좋단 말이야. 네게 얘기한다만……. 아마 나의 이런 정열은 내가 결코 어머니 노릇을, 아들을 품은 어머니 노릇을 해 보지 않은 것과 관계가 있을지도 모른다. 만약 그 애가 좀 잘생기기만 하였더라면 —이건 물론 있을 수 없는 일이지만— 만약 그 애를 내가 우플레 씨한테서 태어나게 했더라면, 나는 그 애를 우상 숭배하듯 사랑했을 것이다. 아마 너희들을 향한 이런 애정은 변형된 모성애, 즉 아들에 대한 동경일지도 모른단 말이야……. 너 지금 '불합리'라고 말하는 거니? 그러면 너희들은 어떠냐? 너희들은 너희들에게 젖을 물린 우리의 가슴을 가지고, 또 너희들을 임신했던 우리의 배를 가지고 어쩌자는 것이지? 너희들은 단지 여자의 가슴으로 되돌아가서, 다시 젖먹이 어린애가 되고 싶어 하는 것뿐이지 않느냐? 너희들이 가당치도 않게 여자한테서 좋아하는 건 모성이 아니겠니? 불합리야! 사랑이란 철두철미 불합리한 것이야. 그것은 불합리할 수밖에 어쩔 수 없는 것이지. 네가 원하는 곳이 있어서 거기에 사랑의 침을 놓는다고 하자. 그러면 너는 언제나 잘못 놓았다는 것을 알게 될 거야……. 그러나 아주아주 어린 남자를, 즉 소년만을 사랑하는 여자가 물론 슬프고도 고통스러운 건 말할 것도 없어. 비극적이고 무분별한 사랑이지. 그것은 인정받을 수도 없고, 실제적이지도 않고, 생활에 아무런 도움도 주지 못하고, 또한 결혼할 수도 없는 사랑이지. 사람이란 아름다운 것과는 결혼할 수 없는 거야. 나는 우플레 씨하고 결혼을 했지. 돈 많은 사업가하고 나는 결혼한 거야. 그래서 나는 그 사람의 재력으로 보호를 받아서 내 책들을 —그것은 굉장히 지성적인 책인데— 쓸 수가 있었어. 내 남편은, 아까 말한 것처럼, 적어도 나한테는 전혀 아무런 능력도 없어. 사람들이 흔히 말하듯 '그 사람은 나를 배반했어.' 어떤 연극하는 처녀하고 말이야. 혹시 그 여자한테서는 내 남편이 뭐 좀 능력을 발휘하는지 모르겠어. —근데, 별로 그렇지도 않을 거야. 그런 사내들과 계집들의 세계, 결혼이나 사기꾼들의 세계는 내게는 아무래도 마찬가지야. 나는 이른바 '내 불합리' 속에 살 거야. 다시 말해, 나는 내게 있는 그대로의 모든 것 밑바닥에 있는 내 삶의 사랑 속에 살 거야. 또한 눈에 보이는 이 세계에서는 그 어떠한 것도 젊은 남성의 매력에 당할 것이 없다는 값비싼 저주가 뒤섞인 이 황홀경의 행복과 비참을 맛보며 살 거야. —너희들에 대한 사랑 속에서, 너에 대한, 나의 이상인 너에 대한 사랑 속에서 살아갈 거라고. 그리고 그 이상의 아름다움을 나는 내 지성의 마지막 굴욕으로 간주하고 키스할 거야! 네가 웃을 때 보이는 하얀 치아 위의 불손한 입술에 나는 키스할 거야. 또 네 가슴팍의 부드러운 두 개의 별에도 키스할 거야. 그리고 네 팔 갈색 피부의 황금빛 솜털에다 키스할 거야. 이게 무엇이지? 네 푸른 눈과 금발 그리고 빛나는 청동색 피부색은 어디서 생겼을까? 넌 나를 어쩔 줄 모르게 만드는구나. 정말 넌 사람을 당황시켜! 그대 청춘의 꽃은 늙은 이 내 가슴을 영원토록 취하게 만드는구나. 이 도취 상태는 결코 끝나지 않을 거야. 난 도취한 상태 그대로 죽어 갈 거야. 하지만 내 지성은 너희들을 차지하려고 영원히 매달리겠지. 너 역시, 내 **사랑**, 너도 곧 늙게 될 것이며, 무덤을 파야 하겠지. 하지만 그것이 그래도 내 위안이요 마음의 청량제이기도 한 것을 어떡하겠어. 그대들은 영원토록 존재할지니, 아름다움이란 짧은 즐거움이며, 참으로 우아한 변덕이며, 영원의 순간이어라!"

"당신은 정말 이상한 말을 하는군?"

"왜 그러지? 우리가 열렬하게 경탄하는 것을 시적인 구절로 찬양한 것이 네게는 이상하단 말이냐? 넌 알렉상드랭[15] 시구도 모르고 있는 모양이네. —네 자신이 도적의 신 헤르메스인지도 모르며 거룩한지도 모르지?"

창피했다. 그래서 나는 어린애처럼 고개를 저었다. 내가 고개를 저었다고 해서 그녀가 애무 행위를 그친 것은 아니었다. 그리고 고백하자면, 그 많은 칭찬과 경탄은 —심지어 마지막에 이르러서는 변질되어 시구로 표현되었지만— 내게 강렬한 감동을 주었다. 내가 우리들의 최초의 포옹에서 바친 희생은, 내게는 흔한 일이긴 하지만, 극단의 정력 소모에 비할 수 있는 것이었다. 그럼에도 불구하고 그녀는 내가 또다시 위대한 사랑의 테크닉을 부리는 것을 맛보았으니—그녀는 내가 이미 파악하고 있는 그녀 버릇대로 감동과 황홀감을 뒤섞어서 나를 받아들였다. 우리는 다시 한 번 하나가 되었다. 그런데 그녀가 스스로 지성의 자기 환멸이라고 불렀던 이러한 굴욕의 광대놀이에서 발을 뺄 수가 있었는가? 그녀는 그러지 못했다.

"아르망," 하고 그녀는 내 귀에다 대고 속삭였다. "나를 좀 거칠게 다루어 줘! 난 완전히 네 거야. 네 노예란 말이야! 나를 최하급의 창녀 다루듯 하라고! 나는 그만한 자격밖에 없는 여자야. 그리고 그게 내게는 축복인

---

15) (역주) 6각 단장격(12음절)의 시 형태.

거야!"

나는 이 말에 전혀 주의를 기울이지 않았다. 우리는 다시 한 번 황홀경에 빠졌다. 진이 다 빠진 상태에서 그녀는 곰곰이 생각하다가 갑자기 이렇게 말했다.

"이봐, 아르망."

"응, 말해?"

"네가 나를 좀 때려주면 어떻겠니? 거칠게 때려 달라고. 나를, 이 디아네 필리베르를 말이야. 정말 나를 그렇게 해 주면 너에게 고마운 마음을 가질 거야. 여기 너의 바지 멜빵이 있구나. 이걸 쥐고서 말이다. 내 사랑, 나를 엎드려 놓고 피가 날 정도로 매질을 해 다오!"

"난 그럴 생각 없어, 디아네. 당신은 나를 어떻게 생각하는 거지? 난 그런 종류의 연인이 아니라고."

"아, 너무 섭섭해. 넌 연약한 여자에 대해 함부로 할 수 없다는 그런 커다란 존경심을 가지고 있어."

이때 지난번에 떠올랐던 생각이 되돌아왔다. 나는 이렇게 말을 했다.

"내 말 좀 들어 봐, 디아네! 내 당신한테 고백할 게 있는데, 아마 그것은 내 취미에 맞지 않는다는 이유로 당신한테 거절하지 않을 수 없었던 것을 보상 차원에서 그 손해를 메꿀 수 있는 방법일 수도 있어. 그러니 내게 얘기를 한번 해 봐. 당신이 여기 도착한 후에 트렁크를 풀 때, 큰 트렁크 말이야. 그것을 당신이 풀었거나 풀게 했을 때, 뭐가 없어진 것을 혹시 알았니?"

"없어졌다고? 아니, 참 그래. 넌 어떻게 알고 있지?"

"작은 상자였지?"

"작은 상자, 그래 맞아! 보석이 든 상자야. 도대체 넌 어떻게 알고 있지?"

"내가 그것을 가져갔어."

"가져갔다고? 언제?"

"세관에서 우리가 나란히 서 있었잖아? 당신이 바삐 무슨 일을 보고 있었는데, 그때 내가 그것을 집어넣었어."

"네가 훔쳤단 말이지? 네가 도둑이라고? 거 참 굉장한 일이군! 내가 도둑놈하고 한 침대에 누워 있다니! 이것이야말로 기막힌 굴욕이구나. 흥분할 만한 굴욕이야. 정말 꿈같은 굴욕이군 그래! 일개 종업원일 뿐만 아니라―아주 천한 도둑놈이라니!"

"나는 그것이 당신에게 기쁨을 주리라는 걸 알고 있었소. 하지만 그때는 그것을 몰랐소. 그래서 이제 용서를 구하자는 거요. 우리가 서로 사랑하게 될 것이라고는 미처 알 수가 없었지요. 만약 이렇게 사랑할 줄 알았다면, 당신으로 하여금 그 기묘한 황옥 목걸이와 다이아몬드, 그리고 다른 물건들을 잃어버리게 하여 걱정과 놀라움을 갖게 하지는 않았을 것이오."

"걱정이라고? 놀라움이라고? 없어서 아쉬웠냐고? 오, 내 사랑! 내 계집종 율리엣이 한동안 그것을 찾았었지. 나, 나로서는 그 잡동사니 때문에 단 한순간도 걱정한 적이 없어. 그게 무슨 값어치가 내게 있겠니? 네가 그것을 훔쳤단 말이지, 귀여운 아이! ―그럼 그건 네 것이야. 네가 가져! 그런데 그것을 가지고 대체 넌 무엇을 할 건데? 하긴 아무래도 마찬가지지. 내 남편, 그 양반이 내일 와서 나를 데려갈 거야. 그 사람은 정말 부자야! 변기 제조업자인데, 너도 알고 있어야만 해. 너도 생각할 수 있겠지만, 변기란 누구에게나 필요한 물건이지. 우플레 공장의 슈트라스부르크 변기, 그것은 정말 수요가 많은 물건이야. 전 세계 어디 안 나가는 곳이 없어. 그 사람은 온통 양심에 꺼리는 짓만 해서, 넘치도록 많은 보석을 내게 걸어 주는 거야. 그 사람은 네가 내게서 훔쳐간 물건보다 세 배나 더 굉장한 물건들을 내 목에 걸어 줄 거야. 아, 그 잃어버린 물건보다 내게는 이 도둑놈이 얼마나 더 귀여운지! 헤르메스! 저애는 그게 누군지를 모르고 있어. 바로 내가 그 사람인데! 헤르메스, 헤르메스! ─아르망?"

"무슨 얘기지?"

"내게 좋은 생각이 떠올랐어."

"그게 뭔데?"

"아르망, 네가 나한테서 도둑질을 하는 것이야. 여기 내가 보는 데서 말이야. 다시 말해, 내가 두 눈을 감고서 우리 두 사람 앞에서 마치 내가 잠자는 것처럼 하는 거야. 하지만 은밀하게 나는 네가 도둑질하는 것을 보고 싶어. 자, 일어나 봐. 넌 원래 그렇듯 도둑의 신이잖니? 어디 한번 훔쳐 봐! 너는 내가 지니고 있는 물건을 전부 훔치려면 아직도 멀었어. 그리고 내 남편이 나를 데리러 올 때까지 이삼 일 동안, 아무것도 사무실에 보관해 둔 것도 없어. 저기 구석에 있는 찬장 윗서랍 오른쪽에 내 장롱 열쇠가 들어 있어. 그 장롱 속에는 속옷이 있는데, 그 밑에 여러 가지 물건을 너는 찾아낼 수 있을 거야. 현금도 그 속에 들어 있지. 자, 고양이 걸음으로 살금살금 방 안을 돌아다니며 슬쩍 훔쳐 봐! 넌 너의 디아네한테 이 정도의 사랑은 베풀어 줄 수 있지, 그렇지 않아?"

"하지만, 자기! ─당신이 내 입에서 그런 말을 듣고 싶어 하니까 내가 이렇게 말은 하지만─ 자기! 우리가 이렇게 서로 사랑을 나누었는데……그런 뒤에 이런 짓을 한다는 것은 아름답지도 않고 전혀 신사답지도 않다고 생각해……."

"바보! 그게 우리 사랑의 가장 매력 있는 피날레를 장식하는 거야!"

"하지만 내일 우플레 씨가 올 텐데. 그가 뭐라고 할지? ……."

"우리 남편? 그 사람이 뭐라고 말할 게 있나? 그 사람한테는 내가 지나가는 말로 여행 중에 모조리 도둑맞았다고 얘기하지, 뭐. 그럴 수도 있어, 안 그래? 돈 많은 여자가 정신을 차리지 않으면 늘 그런 일이 일어나는 법이지. 잃어버린 것은 할 수 없잖아. 그리고 도둑놈은 오래전에 줄행랑을 쳤으니 할 수 없어. 아무튼 내 남편은 내게 맡겨!"

"하지만, 사랑스런 디아네. 당신이 보는 데서 어떻게 내가……."

"아, 이거 참. 넌 내 기발한 생각의 매력에 대해 아무런 느낌도 없는 모양이구나! 좋아. 내가 너를 보지 않도록 하지 뭐. 이 불을 끌 거야." 실제로 그녀는 침대 머리의 작은 탁자 위에 놓인 붉은 갓을 씌운 램프를 돌려서 껐기 때문에 암흑이 우리를 휩싸게 되었다. "내가 너를 보지 않을게. 다만 네 도둑 걸음에 널마루가 나직이 삐걱거리는 소리를 들어 볼게. 그리고 네가 도둑질할 때의 네 숨소리만을 들어 볼게. 또 네가 훔친 물건이 네 손에서 딸그락거리는 소리도 들어 볼게. 자, 빨리 내 옆에서 살짝 빠져나가서 살금살금 구부려 다니며 찾아내 봐. 그리고 가져가! 그게 내 사랑의 소원이라고……."

그렇게 해서 나는 그녀의 명령대로 따랐다. 조심스럽게 나는 그녀의 곁을 떠나 방 안에 있는 것을 집었다. ―어떤 것은 훔치는 데 너무도 수월했다. 왜냐하면 바로 침대머리 작은 탁자 위 조그만 접시에 담긴 반지들이 있었기 때문이고, 그녀가 만찬에 갈 때 착용했던 진주 목걸이는 안락의자로 둘러싸인 책상의 유리판 위에 놓여 있었기 때문이다. 어둠이 꽤 깊었음에도 불구하고 나는 또한 구석에 세운 찬장에서 금방 장롱 열쇠를 찾아내었고, 그 장롱의 맨 위 서랍을 거의 소리 나지 않게 열었으며, 그리고 세공품과 귀걸이, 반지, 브로치 그리고 두세 장의 아주 큰 지폐 등을 찾아내기 위해서는 오직 서너 가지 속옷을 들추어 내기만 하면 되었던 것이다. 그 모든 것을 나는 체면상 그녀의 침대에다 갖다 놓았다. 마치 그녀를 위하여 그것을 내가 주워 모으기라도 한 것처럼 말이다. 하지만 그녀는 이렇게 속삭였다.

"어휴, 바보 같으니. 뭘 어쩌자는 거지? 그건 네 사랑과 절도의 노획물이야. 네 옷 속에다 쑤셔 넣어. 빨리 옷을 입고, 그리고 사라지란 말이야! 으레 그렇게 하듯이 말이야! 빨리 서둘러, 그리고 도망쳐! 나는 모든 것을 들었어. 네가 훔칠 때 네 숨소리도 나는 들었어. 이제 나는 경찰에게 전화를 걸 거야. 아니면 그건 차라리 그만둘까? 어떻게 생각해? 어느 정도 됐어? 곧 끝나? 네 제복을 다시 입었어? 그리고 네 사랑과 절도의 노획물을 전부 그 속에 집어넣었지? 분명히 넌 내 구두 단추 고리 훔치는 것을 잊었을 거야. 이거 받아……. 아듀, 아르망! 영원히, 영원히 잘살아. 나의 우상! 네 디아네를 잊지 마. 그녀의 마음속에 너는 영원히 존재한다는 것을 생각하고 절대 잊지 마. 세월이 흐르고 흘러 만일—시간이 너를 시들게 해도, 이 마음은 행복한 순간 속에 그대를 간직하리라. 아무렴, 그렇지. 묘지가 우리를 덮으면 나도 그렇고 너, 아르망도, 내 시와 소설 속에서 살리라. 우리 두 사람 입술 중에 누구도—세상에다 그것을 누설하는 일은 결코 없으리라! 자, 같이 키스하자꾸나. 아듀, 아듀, 내 소중한 사람이여……."

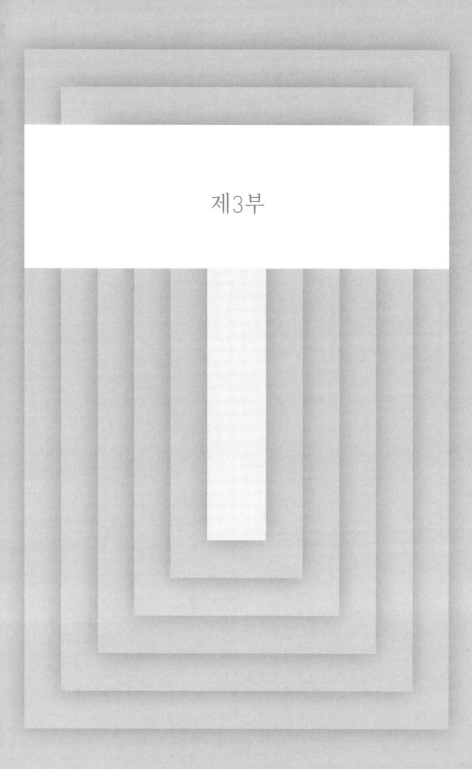

제3부

1장

내가 앞에서 언급한 바와 같은 특별한 에피소드에 완전한 하나의 독립된 장(章)을 바쳤을 뿐 아니라, 그 에피소드로 내 고백의 제2부를 장엄한 결말로 마무리 지은 것을 여러분은 이해해 줄 것이다. 아니 오히려 칭찬할 만하다고 생각해 줄 것이다. 그것은 인생에 득이 되는 체험이었다고 확실히 말할 수 있다. 그러므로 자기를 결코 잊지 말아 달라고 한 그 여주인공의 절실한 간청도 거의 필요가 없는 것이었다. 최고라는 의미에서 디아네 우플레와 같은 진기한 여인이나 그녀와의 그런 놀라운 만남은 언제까지나 잊어버리게 될 것 같지 않았다. 그렇다고 이 말은 독자들이 우리 두 사람에 대해 엿들을 수 있었던 상황들이, 오직 단순한 상황으로서만, 내 인생 행로에서 완전히 하나씩 동떨어져 자리 잡고 있다는 의미는 아니다. 혼자 여행을 하는 여자들, 특히 중년 여자들은 밤중에 자기 침실에서 젊은 사내가 무슨 짓을 하는 것을 발견하면 깜짝 놀라긴 해도 **늘 그렇지는 않으며**, 그런 예기치 않았던 경우에 경고음을 울리는 것이 언제나 그녀들의 유일한 충동적인 행위도 아니고 그대로 내버려 둘 수도 있다. 그러나 만일 내가 그런 경험을 했다면(나는 실제 그런 경험을 했지만), 그 경험은 그날 밤의 두드러지고 특별한 경험에 비하면 훨씬 수준이 뒤떨어지는 것이다. 그리고 나의 계속되는 고백으로 독자들의 흥미가 마비될지도 모른다는 위험을 무릅쓰고라도 내가 말하지 않으면 안 되는 일은, 다음 이야기에서 나오는 일이지만, 아무리 내가 우리 사회에서 높은 곳까지 올라갔다고 할지라도 소위 알렉산드리너 시구로 구애를 받게 되는 체험은 결코 하지 않았다는 것이다.

한 여류 작가의 괴팍한 착상 덕택으로 내 손에 들어오게 된 사랑과 절도의 노획물을 나는 삐에르 장-삐에르 사장에게 갖다주고 그에게서 육천 프랑을 받았는데, 그는 내가 충분한 대가를 받았다고 내 어깨를 수없이 두들겼다. 하지만 디아네의 장롱 서랍은 도적의 신인 내게 현금도 제공해 주었는데, 즉 속옷 밑에 간직했던 넉 장의 천 프랑짜리 지폐까지 제공해 주었기 때문에, 나는 바야흐로 내가 전부터 가지고 있던 것을 합하여 만이천삼백오십 프랑을 가진 부자가 되었다. 말하자면 나는 자본가가 된 셈이었는데, 그 자본을 나는 물론 오랫동안 몸에 지니고 다니질 않았다. 단 며칠 정도 몸에 지니고 다니다가, 아주 좋은 기회를 이용해서 리옹 은행에 아르망 크룰이란 이름으로 당좌 예금을 하였다. 그리고 단지 몇백 프랑의 용돈만을 일 없는 날 오후에 지출하려고 따로 빼놓았던 것이다.

독자들은 나의 이러한 태도에 대해서 갈채를 보내고 안도의 한숨을 쉬며 인정하게 될 것이다. 행운의 여신의 유혹적 은총으로 그런 금전이 생기면 곧 무보수의 직장을 버리고, 아담한 독신자 아파트라도 구해서, 온갖 향락을 제공해 주는 파리에서 세월아 네월아 하며 놀고먹으려는 젊은 건달 녀석은 흔히 상상할 수 있을 것이다. ─물론 가지고 있는 재물이 탕진될 때까지 그러리라고 빤히 내다보이는 일이다. 나는 그럴 생각은 없었다. 만약 그런 생각을 했어도, 내 머리에 떠오르기만 하면 곧 윤리적인 결단성을 가지고 그런 생각을 떨쳐 버렸던 것이다. 그런 짓을 하면 어떻게 될까? 그것은 나의 생활이 얼마나 활기차고 신바람을 내느냐에 달려 있지만, 조만간 그 행운의 보물을 다 써 버리고 나면, 나는 어떤 처지에 놓이게 될 것인가? 나는 나의 대부 쉼멜프레스터가 (그분과는 가끔 짧은 사연을 적은 그림엽서를 주고받고 있었다.) 한 말 —즉 호텔 영업과 그 화려한 출세에 대해서 한 말— 을 나는 너무나도 잘 기억하고 있었다. 그의 얘기는 그런 화려한 출세를 하는 데는 곧장 똑바로 길을 갈 수도 있고 여기저기 갈라져 나간 옆 골목으로 빠지기도 쉬우니, 내가 재빨리 유혹을 이겨 내지 못하면 그에게 배은망덕한 녀석이 될 것이며, 그가 넓게 세상에 닿고 있는 대인 관계에 의해 내게 제공해 준 기회를 떨쳐 버리게 된다는 것이었다. 나는 나의 첫 직장을 개성 있게 고집하면서도 사실은 그가 말한 '목표를 향해 전진하는' 것에 대해서 약간 혹은 아예 생각지 않았고, 나를 접대인 감독이나 접수 사무원 혹은 안내인으로 끝날 사람이라고는 생각지 않고 있었다. 행운의 '옆길'이 더욱더 내 마음속에 자리 잡고 있었고, 여기서 내게 제공된 우연한 막다른 골목을 행복으로 향하는 믿을 만한 지름길이라고 생각하는 일은 절대 조심해야만 했다.

그래서 수표장(帳)의 소유주이면서도 나는 엘리베이터 보이로서 '세인트 제임스 앤드 앨버니' 호텔에 머물러 있었다. 그리고 아무도 모르는 은밀한 금전상의 배경을 가지고 있으면서도 그런 역할을 연출하는 것이 매력이 없지는 않았다. 사실 그러한 금전상의 배경이 있었기 때문에 내게 어울리는 그 제복, 옛날에 나의 대부가 시험 삼아 내게 입혀 보았던 것과 같은 의상의 효과를 내었던 것이다. 내 비밀의 재산은 —내가 이런 말을 하는 것은 내 꿈속에서 갑자기 생긴 재산은 그런 것으로 생각되었기 때문이다— 이 복장과 그리고 이것을 입고 근무하는 직무를 허위 기만으로 만들었으며, 내가 '의상의 천재'라는 것을 단순히 증명해 보이고 있다는 생각을 갖게 했다. 더욱이 나중에 내가 대단한 성공을 하여, 내가 실제 이상으로 보일 수 있었을 때에도 나는 처음에는 실제 이하로 보이게 했다. 그래서 내게 아직도 의문으로 남아 있는 것은, 어떤 기만으로 인해 내가 사람을 홀리는 황당무계한 것에서 마음의 즐거움을 얻을 수 있었는지 하는 것이다.

사치스럽게 값비싼 이 호텔에서 나는 험한 음식을 대접받았고 험한 잠자리를 배당받았다. 그것은 사실이다. 그러나 이런 두 가지 점에서 나는 하다못해 무료로 보호를 받고 있었으며, 비록 내가 아직 어떠한 보수도 받지 못했다 하더라도 나는 그래도 나의 재산을 아껴 쓸 수 있었다. 그뿐만 아니라 적은 돈이긴 하지만 새로운 돈이 팁이라는 형식으로 내게 흘러들어 오기도 하였다. 혹은 —이렇게 말하는 게 내게는 좋긴 하다— 팁이 아니라 **고운 마음씨**였다. 여행하는 사람들이 지나가며 내게 베풀어 주는 고운 마음씨 말이다. —그것은 나와 똑같이 승강기를 운행하는 내 동료들에게도 베풀어지는 것이었지만, 그들보다는 좀 더 좋고 친절하게 나를 대해 주었으니 나를 약간 우대해 준 것이라고 할 수 있다. 그런데 나를 우대하여 주는 그런 심중에는 물질에 대한 섬세한 인간의 감성이 나타나 있는 것이었다. 그리고 이러한 우대를 지혜롭게 처신하여 그 거친 친구한테도 결코 호해를 사지 않았다. 일 프랑 혹은 이 프랑이나 삼 프랑, 오 프랑까지도 받았으며 간혹 남 몰래 무작정 쥐어 주는 것이 그대로 십 프랑일 때도 있었다. —그런 돈은 호텔을 떠나는 사람 아니면 일주일이나 이주일의 간격을 두고 한 번씩 감사의 뜻을 내게 보여 주는 투숙객들로부터 받는 돈이다. 그 돈은 별로 손을 벌리지도 않고, 받을 생각도 않고 있는 내 손에 밀어 넣어 주는 것이었는데, 그러면 나는 얼굴을 돌리거나 미소를 띤 시선으로 고객의 눈을 들여다보는 것이다. —부인들한테서, 그리고 심지어 남자 손님한테서도 받았다. 하지만 그들은 물론 남편으로서 그들과 동반한 부인들로부터 자주 재촉을 받아야만 주머니에서 돈을 꺼내었다. 나는 여러 번 그런 부부간의 조그만 실랑이 장면을 본 것을 지금도 기억하고 있다. 그것은 내가 보아서는 안 될 장면이었고, 또 보지 않고 있다는 모습을 나는 해 보일 수밖에 없었다. 한 부인이 자기 남편의 옆구리를 팔꿈치로 살짝 치면서, 이렇게 중얼거리는 것이다. "저 애한테 돈 좀 주도록 하세요, 좋은 애예요." 그러면 남편은 뭐라고 대꾸하듯 중얼거리며 자기의 지갑을 꺼내는데 꼭 이런 말을 더 듣는 것이다. "안 돼요, 그건 웃음거리일 뿐이에요. 너무 적어요. 인색하게 굴지 좀 말아요!" ─이렇게 해서 나는 매주 십이 프랑에서 십오 프랑까지 받았다. ─이 금액은 호텔 관리자들이 인색하기 짝이 없게 내게 지급하는 액수였지만, 이주일마다 한 번씩 돌아오는 반나절의 휴가를 위한 유흥비로는 흡족한 액수였다.

이런 날 오후와 저녁에 나는 가끔 쉬탕코 녀석과 함께 지내는 일도 있었다. 그 녀석은 벌써 오래전에 완쾌되어 다시 식료품실의 냉(冷)요리 부서, 즉 대식당의 산해진미를 조리하는 데로 복귀해 있었다. 그 녀석은 내게 친절했고, 나 역시 그 녀석을 좋아했다. 그래서 비록 그 녀석과 같이 다니는 일이 결코 자랑거리는 아니었지만, 둘이서 함께 어울려 다니며 카페나 여기저기 오락장에서 유흥을 즐겼다. 그 녀석은 꽤나 불량스럽게 행동했고, 평상복을 입으면 국적 불명의 모호한 냄새를 풍겼으며, 옷에 대한 취미 역시 지나치게 큰 격자무늬나 알록달록한 색깔로 흘렀다. 그러니 그 녀석은 자기 직업에 어울리는 요리사의 높은 아마(亞麻) 모자를 머리에 쓰고 흰 작업복을 입는 것이 의심할 여지없이 훨씬 유리하게 보였다. 사실 그렇다. 노동 계급은 결코 "유행을 따라 멋을 내어서는" 안 되는 것이다. ─도시적이며 부르주아의 기준을 따르려고 해서는 안 된다. 그런 사람은 어색하게 행동할 뿐만 아니라 그의 외관도 보는 사람의 마음에 들지 않을 것이다. 이런 의미에서 나는 여러 번 나의 대부 쉼멜프레스터가 자기의 의견을 개진하는 것을 들은 적이 있었다. 그리고 쉬탕코의 모습은 그분의 말을 기억나게 했다. 그분은 이렇게 말했다. "부르주아에 의하여 세계의 규격 통일이 결과적으로 나타난 것처럼, 유행에 대한 순응으로 생긴 이러한 민중들의 굴욕은 통탄할 일이다. 예전과 같이 농부들이 고유한 축제 의상을 입고 수공업자들이 통일된 동업 조합 의상을 걸치는 것이 의심할 여지없이 훨씬 즐거운 일이다. 볼품없는 여자들이 일요일이면 귀부인 티를 내보려고 깃 달린 모자와 긴 치마를 질질 끌고 다니는 것보다는 말이다. 그리고 공장 노동자의 유행을 좇으려는 예복 역시 서투르긴 마찬가지이다. 그러나 이제 시대가 지나 흘러간 과거가 된 이상, 각 계급의 그림 같았던 고유한 품위는 상호 간에 없어져 버렸고, 계급은 하나의 사회로 된 듯하다. 이런 사회에서는 전적으로 계급이란 자취를 감추고, 하녀도 부인도 없으며, 세련된 신사도 촌스런 놈도 이미 구별이 없어져서 모두가 동일한 옷을 입게 되는 것이다." —정말 귀한 말이다. 내게는 영혼에서 울려 나오는 말처럼 들렸다. 그런데 '나 자신은 무슨 이유로 속옷이나 바지 혹은 혁대를 반대할 것인가?'라는 생각을 해 보았다. 그것으로 끝난 것 아닌가? 그대로 입으면 되지. 그것은 내게 어울릴 것이다. 그리고 쉬탕코 녀석의 수수한 복장 역시 유행을 좇는 어색한 복장보다 더욱 어울려 보일지도 모를 것이다. 대체로 거의 모든 복장이 인간에게 어울리지만, 다만 괴팍한 복장, 우둔한 복장 그리고 정체불명의 복장은 어울리지 않는 것이다.

지엽적인 얘기는 그만하자. 참, 말이 나왔으니 하는데, 그러니까 쉬탕코 녀석과 나는 가끔 카바레나 옥외 카페, 특히 카페 마드리드를 한동안 다녔다. 그곳에서는 극장이 끝날 시간이면 대단히 다채롭고 유익한 일이 많이 일어났다. 언젠가 한 번은 그때 마침 파리에서 이삼 주일 동안 공연 중이던 '스투드베커 서커스단'의 야간 특별 공연도 보러 갔었다. 여기에 대해서는 아무래도 한두 마디 혹은 그 이상 이야기를 좀 해야겠다. 나는 내 펜이 그렇게도 풍부할 정도의 색채를 지닌 그때의 체험에 대하여 조금이라도 그 색채를 그려 내지 않고 그대로 표면만 스치고 지나간다면, 나 자신을 결코 용서할 수 없을 것이다.

그 유명한 서커스단은 원형의 넓은 천막 건축을 '사라 베른하르트 극장'과 센강 근처의 생-자끄 광장에 설치했었다. 관객들은 무시무시할 정도로 몰려들었는데, 그것은 아마도 이번 공연물이 이 방면에 있어서 매우 대담하고도 고도로 세련된 취미를 가진 파리 시민들에게 예전에 제공되었던 것 중 최고의 것과 동등하거나 그것을 능가하는 것이기 때문이었다. 사실 그것은 감각과 신경, 관능에 대해 강렬한 자극을 주었다! 그 공연은 장면을 끊임없이 뒤바꾸어 가며 전개되는 프로그램이었는데, 환상적이면서도, 인간이 지닌 가능성의 한계선까지 닿아 있었고, 가벼운 미소와 손으로 입을 맞추면서 해내는 연기 기술들로 구성되어 있었다. 그 연기 기술의 기본 패턴은 **죽음의 도약**이다. 왜냐하면 그들은 모두 죽음을 무릅쓰고 뼈마디가 부러질 위험을 감수하고 연기를 하기 때문이다. 그들은 음악이 날카롭게 울리는 가운데 극도의 모험을 하면서도 우아할 만큼 훈련되어 있었다. 그 음악의 정상적인 리듬은 이러한 연기의 순수한 육체적 성격과는 일치하고 있었지만, 최고조에 달하는 연기와는 조화를 이루지 못했다. 공연이 최후에 이르러 그들이 성공시키지 못할 것을 그래도 성공시켰을 때는 숨이 막힐 정도였으니 말이다.

연기자는 슬쩍 고개를 숙여 (서커스에서는 절을 할 줄 모르기 때문이다.) 둥근 무대 주위를 가득 채운 무리들의 열광적인 박수갈채에 답례를 한다.

이 독특한 관중들은 구경하기에 광분하는 천민들과 우아한 경마 애호가들의 세계가 한데 모인 것으로, 흥분되고도 불안스러워하고 있었다. 군모를 비스듬히 쓰고 특별석에 앉아 있는 기병대 장교들도 있었고, 깨끗하게 면도를 하고, 외알 안경을 낀 채 누렇고 폭넓은 외투 깃에다 카네이션과 국화를 꽂은 젊은 한량들도 있었고, 파리 교외에 사는 상류층 집안의 호기심에 찬 귀부인들에 섞여 있는 고급 창녀들도 있었는데, 그 창녀들은 회색 프록코트와 회색 원통 모자를 쓴 제비족 사나이들과 같이 왔다. 그런데 그 사나이들의 가슴에는 쌍안경이 경쾌하게 매달려 있었는데, 마치 롱샹 경마장에서 경마 경주를 구경할 때처럼 말이다. 게다가 사람을 현혹시키고 흥분시키는 서커스 단원의 육체, 화려하고 다채로운 의상, 번쩍거리는 장식품, 매섭게 톡 쏘는 듯 어디 가나 풍기는 마구간 냄새, 여자들과 사내들의 나체 등등 이 모든 것이 함께 뒤섞여 있었다. 가슴, 목덜미, 가장 잘 감상할 수 있도록 꾸며진 미인들, 인간의 사나운 매력 등을 통하여 누구의 취미에든 맞게 되어 있었고, 누구나 자기의 흥미에 자극을 받았다. 그런데 인간의 사나운 매력은, 흥분시키는 육체적인 행동을 함으로써 구경꾼들이 원하고 있는 무시무시한 행위에 몸을 바치는 데 있었다. 미친 듯 몸부림치는 헝가리 태생의 기녀(騎女)는 목쉰 소리를 내지르며, 너무도 난폭하고 어지러운 곡예를 하면서 안장도 얹지 않은 눈매가 매서운 말을 잡아타기도 하였다. 몸매가 드러나 보이게 쫙 달라붙는 붉은 바탕의 팬츠를 걸치고, 털을 깎아 버린 불끈 솟은 팔뚝의 체조 선수들도 있었는데, 그들은 여자들로부터 이상할 만큼 냉정한 표정의 눈총을 받았다. 그리고 또 매력적으로 생긴 소년들도 있었다. 나는 재주넘기와 줄타기하는 한 무리가 너무도 마음에 들었다. 그들은 그 환상적인 서커스 복장에서 벗어난, 간소하고 얌전한 운동복을 입고 있어서 마음에 들었으며, 그뿐만 아니라 그들 중 어떤 단원은 머리카락이 곤두설 정도의 무시무시한 연기를 했는데, 그럴 때마다 미리 약속을 하는 것처럼 보이는 그들의 모습도 마음에 들었다. 그들 중의 최고요, 그리고 모든 사람의 총아는 분명 열다섯 살짜리 소년이었다. 그 아이는 탄력 있는 널빤지에서 휘청하며 위로 솟구쳐서 두 바퀴 반을 공중에서 회전한 다음, 조금도 비틀거리지 않은 채 뒤에 서 있는 단원의 — 아마 자기 형 같았는데— 어깨 위에 똑바로 서는 것이었다. 그러나 그 동작은 물론 세 번째 시도에서야 비로소 성공하였다. 두 번은 실패를 했다. 어깨를 잘못 디뎠으며 그래서 떨어졌다. 이러한 실패에 대해 그 아이가 미소를 짓고 또한 머리를 흔드는 태도는 빈정거리는 듯한 그의 귀여운 몸짓만큼이나 매력을 풍겼다. 그런 귀여운 몸짓으로 그 아이는 형의 안내에 따라 그 스프링보드로 다시 돌아갔다. 아마 그런 행동은 모두 의도된 것 같았다. 왜냐하면 그 아이가 세 번째에 가서는 그 '죽음의 도약'을 함으로써 사실 전혀 흔들림 없이 형의 어깨 위에서 가뿐히 일어섰을 뿐 아니라 "나를 보라"는 듯이 —두 손을 벌려— 관중들로부터 우레 같은 박수를 이끌어 낼 때는, 더욱 도취되고 요란스런 브라보 소리에 뒤섞여 관중들의 박수갈채가 저절로 터져 나왔기 때문이다. 하지만 그 아이가 계획적인 실패를 하거나 절반의 의도적인 실패를 할 때는 실제 성공했을 때보다 훨씬 더 척추를 다치기 쉽다는 것은 확실했다.

곡예사들이란 정말 놀랍고 엄청난 인간들이다. 그들이 진정 인간이란 말인가? 예를 들어 익살꾼인 광대를 생각해 보자. 그들은 조그만 빨간 손, 얇은 신발을 신은 작은 발, 빨간 가발 그리고 원추형의 작은 펠트모를 뒤집어쓰고 자기도 모르는 소리를 지껄이며 물구나무서기로 걸어 다니는 장난꾸러기가 아닌가? 그들은 아무데나 걸려 넘어지고 툭하면 쓰러지고, 아무 의미 없이 빙빙 돌며 뛰어다니고, 남을 도와주지만 아무런 도움도 안 되고, 자기들의 진지한 동료의 연기를 ―예를 들어 철사 줄 위에 올라서는 고난도의 연기― 흉내 내려고 하다가 실패해서 쩔쩔매는 꼴로 관객들의 요란스러운 환성을 불러일으키는 이 사람들, 나이도 알 수 없고 제대로 자라지도 못한 '무의미의 자식'들을 보고 쉬탕코와 나는 정말 배꼽을 잡고 웃었다.(하지만 나는 그렇게 웃을 때에도 냉정한 태도를 잊지 않았다.) 그들은 밀가루를 뒤집어쓴 듯 하얗고 완전히 바보처럼 보이도록 화장을 한 얼굴에, 삼각형으로 생긴 눈썹에, 붉은 눈 밑으로는 수직으로 진한 선이 있고, 세상에도 없는 코를 갖다 붙이고, 어리석은 눈웃음을 치느라고 입술 끝은 위로 올라갔으니―그러니 이것은 가면이었다. 즉 그들 의상의 화려한 점에 비하면 정상적으로는 도저히 생각할 수 없는 모순을 보이고 있는 가면 말이다. ―그런데 그 의상은 검은 공단 같은 것이었고, 은빛 나비들로 수놓았으며, 어린애들의 꿈과 같은 것이었다. 그들은, 나는 반복해서 말하지만, 인간일까? 사나이들일까? 상상으로는 어떻든 소시민적이면서 자연적인 사람들 속에 집어넣을 수 있는 인물들일까? 내 생각으로는, 인지상정에 끌려 여자들이나 어린애들과 같이 그들도 "역시 인간"이라고 말하는 것은 단순한 감상주의에 불과할 것이다. 나는 그 광대들에게 경의를 표한다. 나는 인간의 몰취미한 태도에 대항하는 그들을 변호하고자 한다. 이렇게 말하면서 말이다. "아니다. 그들은 인간이 아니다. 그들은 예외적인 자들이며, 포복절도를 시켜 주는 우스꽝스러운 괴물들이며, 인간의 삶에 속하지 않는 불합리의 수도사들이며, 인간과 익살스런 기술이 뒤섞여 생긴 공중제비를 일삼는 자웅 동체 생물이다."

모든 것은 범속한 인간들에겐 "인간적"이어야만 한다. 그들은 자신들이 아직도 놀라울 정도로 온정이 있고 현상 세계의 이면까지도 들여다보아 알 수 있다고 생각하며, 그 속에서 인간적인 것을 찾아내고 또 증명할 수 있다고 주장한다. 그렇다면 안드로마케,[16] 즉 "공중의 여인"이라고 긴 프로그램에 적혀 있는 그녀도 인간적이란 말인가? 지금도 나는 그녀를 꿈꾸고 있다. 비록 그녀의 인품이나 분위기가 익살맞은 것과는 상당히 거리가 멀었지만, 내가 광대들에 대한 생각을 말했을 때 염두에 두고 있었던 것은 원래 그 여자였다. 그녀는 그 서커스의 스타였고, 위대한 존재였으며, 어디에도 비교할 바 없는 공중 곡예를 하였다. 그녀는 그 공중 곡예를 —그것은 가히 충격적인 혁명이었으며, 서커스 역사상 최초의 일이었는데— 아래에 쳐놓는 안전망도 없이, 상대역 한 사람과 더불어 해내었다. 그 상대역은 당당하지만 그녀와는 비교가 안 되는 기술을 가진 사람이었다. 그 상대역의 남자는 개인적으로 소극적이었지만 사실 그녀에게 손을 빌려주었으니 그는 그녀의 활동을 조정하는 역할만 했을 뿐이었다. 그녀가 공중에 매달린 두 개의 심하게 흔들리는 그네 사이에서 대담하고 경이로운 완벽함을 보이며 수행한 여러 장면에서 말이다. 그녀는 스무 살이 되었을까? 아니면 더 어렸는지, 더 나이 많았는지? 아무도 그녀의 나이를 모른다. 그녀의 표정은 엄숙하였고 고결해 보였다. 이상하게 들릴지 모르지만 그녀는 추하지 않았고, 오직 일하기 위하여 완전히 땋아 올린 그녀의 갈색 머리에 쓰고 있었던 탄력 있는 모자 때문에 더욱 깔끔하고 매력적으로 보였다. 그녀가 머리를 땋아 올린 것은, 머리를 묶어 놓지 않으면 몸이 거꾸로 뒤집힐 때 머리가 흐트러지는 게 불가피하기 때문이었다. 그녀는 보통 여자들의 키보다 약간 더 컸으며, 백조 무늬가 있는 쫙 달라붙고 부드러운 은빛 가슴받이 옷을 걸치고 있었다. 어깨에는 "공중의 여인"이란 칭호를 증명하

---

16) (역주) 그리스 신화에 나오는 테베의 왕 에에티온의 딸이자 트로이 전쟁의 영웅 헥토르의 아내.

기 위하여 하얀 깃털로 만든 작은 날개 한 쌍이 붙어 있었다. 마치 그것이 그녀가 공중을 날 때 도와줄 수 있기라도 한 것처럼 말이다! 그녀의 유방은 빈약했고, 골반은 좁았으며, 팔의 근육은 당연한 일이지만 다른 여자들보다 더 강하게 단련되었으며, 움켜쥐는 손의 힘은 사내들의 악력보다는 약했다. 하지만 그녀가, 소원대로, 어쩌면 젊은 사내일지도 모른다는 의심을 완전히 물리칠 수 있을 만큼 손의 힘이 그렇게 약하지도 않았다. 그렇다. 그녀의 유방 모양이 여성스러운 것은 어쨌든 의심할 여지가 없었다. 그리고 전체적으로 몸이 아무리 가느다랗다고 해도, 그녀의 허벅다리 역시 의심할 여지없이 여자의 것이었다. 그녀는 거의 웃지 않았다. 그녀의 아름다운 입술은 다물어져 있지 않고 대개 약간 벌어져 있었으며, 그리스인처럼 생긴 그녀의 코는 약간 아래로 처져 긴장한 듯 팽창해 있었다. 그녀는 관객들한테 어떠한 애교의 눈길도 보내지 않았다. 힘든 대회전을 마친 후 한쪽 그네에서 쉬면서 그녀는 한 손으로 그네 줄을 붙잡고, 다른 한 손을 관객에게 인사치레로 약간 뻗는 둥 마는 둥하였다. 하지만 그녀의 진지한 눈은 관객에게 인사를 하지 않았다. 균형이 잘 잡혀 있고, 찌푸려 있지 않고, 별 미동이 없는 눈썹 밑에서 그냥 관객을 똑바로 내다볼 뿐이었다.

나는 안드로마케를 숭배했다. 그녀는 일어서서 그네를 도움닫기하듯 힘차게 발로 찼다. 그리고 공중으로 날아올랐는데 반대쪽에서 오는 그녀의 상대역 옆을 지나서 날아가 그녀 쪽으로 흔들리며 오고 있는 다른 쪽 그네에 닿자, 남자의 손도 아니고 여자의 손도 아닌 그녀의 손은 둥근 횡목을 잡았다. 그리고 몸을 쭉 뻗은 채 '완전 회전' 혹은 소위 대회전을 함으로써 그 횡목을 중심으로 한 바퀴 회전을 했다. 이런 대회전을 할 수 있는 서커스 단원은 거의 없었다. 그녀는 이 대회전을 함으로써 생기게 된 엄청난 추진력을 원래 제자리로 날아가는 데 이용했다. 그녀는 다시 한 번 상대역의 옆을 지나서 자신이 출발했던 그네, 즉 그녀를 향해 흔들거리고 있는 그네를 향해 날아갔던 것이다. 그 도중에 그녀는 흔들거리고 있는 횡목을 잡기 위해 또 하나의 '죽음의 도약'을 하였고, 그녀의 팔의 근육이 약간 부풀어 오르면서 자기 몸을 횡목까지 끌어 올렸다. 그런 다음 멍한 시선으로 손을 들어 흔들어 보이고는, 횡목 위에 가서 내려앉았다.

그것은 믿을 수 없는 일이었고, 불가능한 일이었는데 그럼에도 불구하고 그녀는 해내었다. 그것을 본 사람들은 감격의 전율을 일으켰으며, 간담이 써늘해졌다. 관중들은 그녀에게 박수갈채를 보냈다기보다는 오히려 존경심을 더욱 갖게 되었으며, 또 죽음과도 같은 고요함 속에서 나처럼 그녀를 숭배하고 있었다. 그 고요함은 그녀의 목숨을 내건 연기와 성공에 있어서 음악을 중단함으로써 뒤따르는 것이었다. 정밀한 계산이 그녀가 시행하는 모든 행동에 있어 생명의 조건이라는 것은 지엽적인 얘기 같지만 엄연한 사실이다. 정확하게 딱 맞아 떨어지는 순간에, 즉 일 초의 몇 분의 일에 해당하는 순간에 상대역이 버리고 온 그네는 그녀를 향해 흔들거리며 오고 있어야만 했으며, 그녀가 저쪽에서 대회전을 하고, 도중에 공중제비를 한 후 도달하려고 할 때에는 그네가 약간이라도 그녀에게서 뒤로 물러나 있어서는 안 되었다. 만일 그 횡목이 있을 곳에 없다면, 그녀의 훌륭한 손은 허공을 잡게 되고 그녀는 떨어졌을 것이다. 떨어져도 아마 거꾸로 떨어졌을 텐데, 그 말은 즉, 그녀의 기술의 구성 요소인 공중에서 척박한 땅으로 떨어졌을 것이다. 그것은 죽음이었다. ―이러한 여러 가지 조건에 대하여 지극히 정밀하게 계산해야만 하는 그 면밀성은 관객들로 하여금 전율을 일으키게 하였다.

그러나 여기서 나는 다시 물어본다. 안드로마케는 정말 인간적인가? 서커스의 외부에서, 그녀의 직업적인 성취나 그녀의 부자연스러움에 가까운 연기, 즉 여자 치고는 사실 부자연스런 연기를 별도로 한다면 그녀는 과연 인간적일 수 있는가? 간단히 말해, 그녀를 아내로서 혹은 어머니로서 상상한다는 것은 어리석은 일이다. 아내나 어머니 혹은 가능한 대로 그 누구이든, 그런 사람은 그네에다 발을 걸고 거꾸로 매달리지는 않을 것이다. 그네가 거의 뒤집혀질 정도로 흔들다가 뿌리치고, 공중을 날아 상대역에게 가면, 상대역 남자는 여자의 손을 잡아 그대로 앞뒤로 흔들었다가, 최고조의 탄력이 생겼을 때 여자를 놓아 주어 그 유명한 공중 돌기를 수행하여 여자는 다른 그네로 돌아오게 된다. 이것이 안드로마케가 남자와 교제하는 방법이었다. 그 외 다른 방법은 그녀에게서 생각할 수 없었다. 왜냐하면 다른 사람들은 사랑을 하기 위해 육체를 내어 주지만, 그녀의 엄숙한 육체는 그 모험적인 기술적 연기로 인해 진작 소진되었다는 것을 너무나 잘 알고 있기 때문이다. 그녀는 여자가 아니었다. 그렇다고 남자 또한 아니었다. 그래서 그녀는 결코 인간이 아니었다. 입술은 약간 벌어지고 콧구멍은 긴장한 듯 약간 팽창한 안드로마케는 대담하면서도 엄숙한 천사였으며, 그녀에 대한 욕정으로 정신 나간 듯 몰두하고 있는 관객들의 머리 위 높은 곳, 서커스 천막 지붕 밑의 공중에 자리 잡은 아마존이었다.

안드로마케! 그녀의 차례가 오래전에 지나가고 다른 차례의 공연자가 나왔을 때에도, 그녀의 모습은 고통스러우면서도 감동을 자아내며 내 머릿속을 차지하고 있었다. 마술(馬術) 교관과 마부들 전부가 두 줄로 늘어선 가운데를 스투드베커 단장은 그의 열두 필의 검은 말을 거느리고 들어왔다. 그는 희끄무레한 콧수염을 기른 멋진 중년의 튼튼한 사나이였고, 야회복을 입고 있었는데, 그 옷 단추 구멍에다 레종 도뇌르 훈장의 리본을 달았고, 한쪽 손에 승마용 짧은 채찍과 세공을 한 기다란 채찍을 한꺼번에 들고 있었다. 그것은, 사람들 말로는, 페르시아 왕이 그에게 선물로 주었고 그는 그 채찍을 휘둘러 희한하게 소리를 낼 줄 알고 있었다는 것이다. 흰 고삐에 매여 자랑스럽게 조종당하고 있는 그의 훌륭한 말들 중 이놈 저 놈을 그가 붙잡고 나직하게 자기들끼리 알 수 있는 이야기를 주고받는 동 안, 그의 번쩍이는 에나멜 구두는 서커스단 무대의 모래를 밟고 서 있었 다. 말들은 그를 둘러싸고 서서 부드러운 음악에 맞추어 스텝을 밟고, 무 릎을 꿇고 방향을 바꾸기도 하고, 그가 치켜들고 있는 채찍 앞에서 뒷발로 일어서 원형 열병식을 보이기도 하였다. 참으로 멋진 모습이었다. 그러나 나는 안드로마케의 모습을 생각하고 있었다. 훌륭한 동물적인 육체를 말 이다. 또한 인간이란 동물과 천사의 중간에 위치하고 있다고 나는 곰곰이 생각했다. 인간은 동물에 더 가까우며, 이것을 우리는 인정하고자 한다. 그러나 그녀는, 내가 숭배하는 그 안드로마케는, 비록 그녀의 육체가 완전 히 순결하며 또 인간적인 것으로부터 제외되어 버린 육체이긴 하지만, 훨 씬 더 천사에 가깝게 위치하고 있었다.

그런 다음에 서커스의 무대는 철책으로 둘러 처졌다. 왜냐하면 사자 우 리가 롤러로 굴려 들어왔는데, 안전하지만 무섭다는 감정을 관객들한테 맛보여 입을 딱 벌리게 할 생각이었기 때문이다. 조련사 무스타파 씨는 귀 에 금귀걸이를 단 사나이였고, 허리까지 벌거벗고 있었으며, 붉은색 폭넓 은 짧은 바지를 입고 붉은 모자를 쓰고 있었다. 무스타파 씨는 재빨리 열 었다가 마찬가지로 재빨리 그의 등 뒤에서 닫혀 버린 작은 문을 통해 다섯 마리의 맹수가 있는 우리 속으로 들어갔다. 그것들이 풍기는 톡 쏘는 맹 수의 냄새는 마구간 냄새와 뒤섞였다. 맹수들은 그를 보자 뒤로 물러났고, 그의 호령 한마디에 여기저기 놓여 있던 다섯 개의 발판 위에 한 마리씩 가 서 반항하듯 주춤주춤 쪼그리고 올라앉았다. 그리고 흉하게 주름이 진 코 로 으르렁거리며 그를 향해 앞발질을 했다. ―아마 친하다는 의미로 그랬겠지만, 그래도 역시 꽤나 분노심이 뒤섞여 있었다. 왜냐하면 맹수들은 또다시 자기들의 본능과 기질을 완전히 무시하고 점프해서 훌라후프 가운데를 통과해야만 하고, 최종적으로는 불이 붙은 훌라후프 속으로 뛰어들어야 한다는 것을 알고 있었기 때문이다. 그 맹수들 가운데 한두 마리는 우레 같은 소리를 질러 공기를 뒤흔들어 놓았는데, 이 소리 앞에 원시림의 연약한 동물들은 겁에 질려 도망을 쳤다. 이럴 때 조련사 무스타파는 권총을 공중에 쏘아서 대응하는데, 그러면 맹수들은 자기들의 포효가 귀청을 뚫는 듯한 총소리에는 당하지 못함을 알고 으르렁대며 움츠리게 되었다. 그런 후에 무스타파는 뽐내듯 담배 한 대를 피워 물었는데, 그것 역시 맹수들은 매우 적개심을 가지고 쳐다보았다. 그러고 나서 그는 아킬레스라든가 네로란 이름을 부르면서, 나직하지만 너무도 단호한 어투로 첫 번째 맹수의 연기를 요구하였다. 사자들은 싫어하면서도 차례차례 그들의 발판으로부터 어슬렁거리며 내려와야만 했고, 또 높이 치켜들고 있는 훌라후프 속을 뛰어 통과했다가 되돌아오는 짓을 해야만 했으며, 최종적으로는 아까 내가 말한 대로 불이 붙어 있는 역청 훌라후프 속을 뛰어들어야 했다. 사자들은 불 속을 곧잘 뛰어넘기도 하고 서투르게 넘기도 하였는데, 그들에게 그것은 어려운 일은 아니었지만 사실 모욕적인 일이었다. 사자들은 그 자체가 벌써 모욕적인 자리인 자기 발판으로 으르렁거리며 돌아가서 붉은 바지를 입은 무스타파를 넋을 빼고 쳐다보았다. 무스타파는 그의 검은 눈으로 사자들의 눈초리를 잡기 위해서 번갈아 가며 가볍게 머리를 이리 돌리고 저리 돌리고 하였다. 그 눈초리는 공포와 동시에 알 수 없는 애착을 느끼면서도 증오로 일그러져 있었다. 무스타파가 등 뒤에서 불안스런 소리를 듣게 될 때는, 그는 즉시 돌아서서 마치 자신도 놀란 듯이 그 맹수를 쳐다보고는 나직하고도 단호하게 이름을 불러 진정시켰다.

조금도 안심할 수 없고 전혀 예측 불가능한 상대자들과 함께 무스타파가 그 속에 있다는 것을 누구나 느끼고 있었다. 그리고 안전한 좌석에 앉아 있는 비천한 관객들이 입장료를 지불하고 얻은 것은 몸이 근질근질하고 기분 좋은 자극이었다. 만약 다섯 마리의 맹수들이 무스타파 앞에서 어쩔 줄 모르고 있는 그들의 미망(迷妄)에서 깨어나서 그를 갈가리 찢어 버린다면, 그의 권총도 별로 도움이 되지 않을 것은 누구나 의식하고 있는 바였다. 만약 그가 어떤 상처를 입거나 피를 보게 되는 일이 일어난다면 그모든 것은 그의 책임이라는 게 나의 인상이었다. 그가 반나체로 사자한테들어간 것은 관객들을 배려한 행동이라는 것도 나는 알고 있었다. 말하자면, 그렇게 해서 맹수들이 ─혹시 그런 일이 일어날지 누가 알겠는가?─ 그 무시무시한 앞발로 후려칠지도 모를 살을 드러내 보임으로써 관객들의 소심한 쾌감을 돋아 보려는 의도였다. 하지만 나는 줄곧 안드로마케의 일을 생각하고 있었기 때문에, 그녀를 무스타파의 애인이라고 일부러 상상을 해 보았는데 그런 상상은 아무리 생각해도 옳다는 생각이 들었다. 단순히 그런 생각만을 해도 마치 칼에 찔린 것 같은 시기심이 내 마음속으로 스며들었다. 사실 그런 생각으로 나는 숨이 막혔다. 그래서 나는 급히 그런 상상을 머릿속에서 지워 버렸다. 죽음에 임박한 친구들, 그것이 그들일 것이며 결코 무스타파의 애인들은 아닐 것이다. 아니, 아니, 그런 역할은 그들에게 어울리지도 않을 것이다! 만약 무스타파가 애인을 가졌다면, 사자들은 그것을 알아챘을 것이며 그리고 그에게 순종하기를 거부하였을 것이다. 그리고 그녀도, 그런 대담한 천사가 여자로서 스스로 굴욕을 당했다면 ─나는 그것을 확신하는데─ 그녀는 잘못 처신한 것이 되었을 테고, 그래서 아마 수치스럽게 땅에 떨어져 죽었을 것이다……

스투드베커 서커스단에서는 이 일을 전후하여 무슨 일이 더 있었는가?

매우 다채로운 일이 있었고, 훈련된 기적 같은 일이 넘쳐흘렀다. 내가 그 모든 것을 전부 여기에 재현한다는 것은 별로 의미가 없을 것이다. 내가 알고 있는 것은, 때때로 내 친구, 즉 쉬탕코 녀석을 나는 옆으로 쳐다보았는데, 그 녀석은 주위의 관객들과 같이, 긴장이 풀리고 시시콜콜한 재미 속에 이러한 눈부시고 교묘한 기술에 끝없이 빠져들었고, 또 아찔하고 취할 듯한 온갖 연기와 구경거리의 다채롭고 대담한 도약에 완전히 넋을 잃고 있었다는 것이다. 하지만 나는 그런 행동은 하지 않았다. 그런 행동은 어떤 현상에 직면하는 나의 태도가 아니었다. 분명 내가 놓쳐 버리는 건 아무것도 없었다. 나는 세부 사항까지도 낱낱이 살피면서 내 마음속에 받아들였다. 그것이 서커스에 몰두하는 태도였다. 그러나 그런 몰두하는 태도는 ―뭐라고 할까― 어딘지 반항적인 데가 있다. 그럴 때 나는 허리를 굽히지 않았다. 나의 정신은 ―이것을 어떻게 말해야만 하는지!― 물밀 듯 밀려오는 온갖 인상에 대항하여 일종의 저항을 하였던 것이다. 그것은 말하자면 ―내가 제대로 표현하지는 못하겠지만 거의 적절하게 표현하자면― 모든 속임수, 기술, 효과를 예리하게 관찰하는 가운데 경탄을 하면서도 어떤 불신 같은 것을 나는 가지고 있었다. 내 주위의 관객들은 이 환락과 오락 속에서 들끓었다. ―그러나 나는, 어느 정도, 그들의 흥분과 열망에 휩쓸려 들지 않았고, '소식통' 혹은 전문가의 한 사람처럼 냉정하였다. 물론 서커스 마술 분야에 대한 전문가, 죽음의 도약 분야의 전문가는 아니다. 하지만 좀 더 일반적인 문제에서의 전문가, 즉 감명을 주고, 인간을 즐겁게 하며, 인간을 매혹시키는 데 있어서의 전문가로서 그렇게 느꼈던 것이다. 그 때문에 나는, 그것과 한번 우열을 가려 보자는 생각은 하지 않고 오로지 그런 자극에 자신을 잃을 정도의 재미에 빠져 그 자극의 희생이 된 많은 관객들로부터 정신적으로 거리를 두고 있었다. 그들은 오직 향락을 즐겼다. 그리고 이 향락이란 어느 누구도 만족할 수 없는 수동적 상태이다. 스스로 활동하고, 스스로 그런 역할을 맡아 수행할 수 있는 천성을 지녔다고 느끼는 사람이라면 말이다.

이러한 태도는 내 옆에 있는 친구, 정직한 쉬탕코 녀석에게서는 전혀 보이지 않았다. 그러므로 우리는 어울리지 않는 친구 사이였고 우리 두 사람의 우정도 그 이상 진전되지 못했다. 우리가 함께 길을 걸을 때 나는 파리 시의 화려하고 광대한 경관에 대해서 쉬탕코보다 더욱 눈이 휘둥그레졌는데, 우리 눈에 그렇게 보이는 화려하고, 믿을 수 없을 만큼 기품이 있는 휘황찬란한 풍경은 언제나 불운했던 내 부친을 생각하지 않을 수 없게 했고, 아버지의 약점까지 드러냈던 **훌륭해! 훌륭해!**라는 말을 연상하지 않을 수 없게 하였다. 그런 말로써 아버지는 언제나 파리의 화려함을 표현했던 것이다. 그렇지만 나는 내가 놀라고 경탄한 데 대해서 한마디도 하지 않았기 때문에 쉬탕코 녀석은 우리들의 감수성에 차이가 있다는 것을 거의 알지 못했다. 그 대신 그 녀석이 점점 알아차리지 않을 수밖에 없었던 일은, 그 녀석에게는 수수께끼 같은 일이었지만, 우리들의 우정이 조금도 진전되지 않고, 우리 두 사람 사이에 올바른 신뢰감이 일어나지 않는다는 것이었다. ─그러나 그것은 오로지 혼자 있기 좋아하고 사교를 꺼리는 내 성격, 즉 고독과 단념 혹은 신중함을 기하는 내적인 고집이라는 이유 외에는 달리 설명할 방법이 없었다. 설령 내가 원했다고 하더라도 그런 것을, 즉 내 삶의 근본 조건을 나는 조금도 변화시킬 수 없었을 것이다.

그것은 바로 다음과 같은 것이다. 내향적이라고 느끼는 사람, 즉 자기는 뭔가 좀 특별하다는 그런 운명을 자랑하기보다 오히려 그런 운명을 시인하는 사람은 자신의 주위에 냉랭한 분위기를 발산시키게 된다. 이런 분위기 속에서는 자기 자신도 유감스러울 정도로, 친구들과 동료들의 진심에서 우러나온 우정의 표시가 —어떻게 그렇게 되는지도 모르게— 질식하고 막혀 버리게 된다. 쉬탕코와 나와의 교제도 그랬다. 그가 내게 신뢰를 보이지 않은 것은 아니었다. 하지만 내가 그것에 응답을 해 주었다기보다도 인내하는 태도로 나왔다는 것을 그는 알고 있었다. 그래서 어느 날 오후, 어떤 술집에 앉아 술을 한잔하면서 그 녀석은 이런 이야기를 했다. 즉 그가 파리에 오기 전에 자기 고향에서 절도 혐의를 받고 일 년간의 징역을 치렀는데, 그 이유는 자기 잘못으로 그렇게 된 것이 아니고, 그 녀석의 한 패였던 놈이 바보 같은 짓을 하였기 때문에 그렇게 되었다는 것이었다. 나는 그 이야기를 기분 좋게 그리고 동조하듯 받아들였으며, 나를 전혀 놀라게 하지 못했던 이러한 고백 때문에 우리의 교제에 상처가 났다고 한다면 그것은 잘못이었다. 하지만 그 다음번에 그 녀석은 한 걸음 더 나아가, 자기가 내게 친절하게 대했던 것은 계산된 저의가 있어서 그랬다는 것을 알아차리게 해 주었다. 이 계산된 저의가 내 마음에 들지 않았다. 그 녀석은 내가 어린애처럼 약아 빠진 행운아이며 함께 일을 잘할 수 있는 솜씨가 있다고 생각하여 내게 이런 제안을 하였다. 내가 그런 공범자 노릇을 할 자격이 없다는 사실을 어리석게도 잘못 판단하고 말이다. 그 제안이란, 녀석이 낌새를 챈 '뇌이 거리'에 있는 어떤 저택에 관한 이야기였는데 거의 아무런 위험도 없이 그곳에서 쉽게 한밑천 건질 수 있다는 것이었다. 내가 무관심한 태도로 거절하자, 그 녀석은 불쾌해 하며 화가 치미는 듯 내게 이렇게 물었다. "네가 뭐 그렇게 정직한 놈이냐? 뭐 그렇게 대단한 놈이라고 잘난 척을 하느냐?" 사실 여기에 관해서는 쉬탕코 녀석이 더 잘 알고 있는 터였다. 나는 늘 나를 잘 안다고 믿고 있는 인간들을 멸시하였기 때문에, 그냥 어깨만을 으쓱하고, "아마 네 말이 옳을지도 몰라. 그렇지만 나는 별로 흥미가 없어." 하고 말을 하였다. 그 말을 듣자 쉬탕코 녀석은 "멍청이!" 혹은

"백치!"라는 말로 끝을 맺었다.

비록 내가 그에게 이런 실망을 주었다 하더라도, 우리들의 관계에 직접적인 균열은 아직 일어나지 않았다. 하지만 우리들의 관계는 열이 식었으며, 느슨하게 되었고, 결국에는 해체되고 말았다. 그래서 우리는 서로 적개심을 갖지는 않았으나, 함께 외출은 하지 않게 되었다.

2장

　어느 한 해 겨울 내내 나는 엘리베이터 일을 보았다. 그리고 자주 바뀌는 많은 손님들로부터 인기를 얻어 즐겁기는 하였지만, 나는 금방 그 일이 지루해지기 시작했다. 내가 겁을 내는 이유는, 앞으로도 계속 이 일만 하게 되어 ―말하자면 엘리베이터 속에서 나는 잊혀― 그렇게 늙어 가서 머리가 희게 되어 버리지나 않을까 하는 것이었다. 내가 쉬탕코 녀석한테 들은 이야기로 인해 나는 더욱 심하게 이러한 근심 걱정을 하게 되었다. 그 녀석은 나름대로, 두 개의 커다란 레인지와 네 개의 고기 굽는 오븐 그리고 화로와 털 뽑는 화덕을 갖추고 있는 요리장으로 승진될 것을 노리고 있었다. 그래서 앞으로 시간이 지나면―주방장까지는 아닐지라도 식당에서 급사들이 주문을 받아 자기에게 가져오면 그것을 요리사들에게 지시하는 부(副)요리장 정도까지는 올라가 보려고 하였다. 그러나 그런 승진의 전망이 매우 미미하다고 그는 생각하고 있었다. 그는 내게 사람이란 한 번 있던 자리에서 벗어나지 못하고 그대로 썩어 버릴 경향이 많다고 하였으며, 나의 경우 언제까지나 견습생은 아니라 할지라도 영원히 승강기에 얽매어 있을 것이며, 그 특수하고도 제한된 관점 외에는 이 세계적인 호텔의 경영을 결코 알지 못할 것이라는 비관적인 예언도 하였다.

　바로 그것이 나를 불안하게 만들었다. 나는 내 승강기 안에 갇혀 있다고 느꼈으며, 또 내가 엘리베이터를 운전해서 오르내리는 것이 마치 수직 갱도를 오르내리는 것과 같다고 느꼈다. 오후 다섯 시가 되면 로비에서 티타임이 열리는데, 그때의 귀중한 사교계의 광경은 나는 볼 수도 없었고 어쩌다 기회가 생겨도 잠깐 멀리서 바라다볼 수 있을 뿐이었다. 그때가 되면 로비에 고요한 음악 소리가 흘렀고, 시 낭독자들과 그리스식 의상을 걸친 무희들이 상류층 손님들한테 오락물을 제공하였으며, 손님들은 늘 앉는 작은 식탁의 등의자에 기대어 앉아서 황금색 음료와 더불어 쿠키와 작은 고급 샌드위치를 맛보고 있었다. 음식을 먹은 후에는 손가락에 묻은 가루를 털려고 손을 가볍게 공중에서 휘저었다. 그들은 꽃다발로 장식된 발코니와 연결되는 화려한 옥외 계단의 양탄자 위에서, 조각된 항아리에서 솟아난 종려나무 잎사귀 사이에 서서 서로 인사를 주고받고, 친한 사이가 되고, 기품 있어 보이는 표정을 짓는가 하면 머리를 적절히 끄덕였다. 그것은 그들의 지성을 나타내는 동작이었고, 농담을 나누고, 경박한 웃음들을 터뜨리고 있었다. 그런 곳에서 엘리베이터 운전을 하면서 오르내리며 기다리는 일은 얼마나 좋겠는가! 즉 부인들이 브리지 게임을 하는 방이나, 예복을 입은 신사들과 장식품으로 번쩍거리는 부인들을 태워서 내려다 주는 만찬 때의 식당 안에서 말이다. 간단히 말해 나는 불안하였다. 그래서 내 생활이 확대되기를 원했고, 세상과의 교섭의 가능성이 증대되기를 간절히 바라고 있었다. 그리고 실제로 내게 호의를 가진 운명, 즉 행운의 여신은 그런 소망을 채워 주었다. 승강기를 운전하는 것에서 벗어나, 새 유니폼을 입고, 보다 넓은 시야를 가진 새로운 활동 장소를 얻고자 하는 나의 소망이 이루어졌던 것이다. 즉 부활절에 나는 웨이터 일로 넘어갔으며 그 일은 다음과 같이 일어났다.

이름이 마샤체크 씨라는 호텔 지배인은 끗발 있는 자리에 앉아 대단한 권위를 가진 사나이였다. 그는 매일같이 새롭게 풀 먹인 내의를 입고 불쑥 솟은 배를 안고 식당을 오가고는 했다. 깨끗이 면도한 그의 달 같은 얼굴은 기름기로 번질번질했다. 그는 아주 품위 있게 팔을 높이 들어 먼 곳을 가리키곤 했는데, 이것은 이 식탁 관리자가 새로 들어오는 손님들을 제자리로 안내하는 몸짓이었다. 그리고 종업원들의 실수나 서투른 점을 그냥 슬쩍 지나가면서 한쪽 입으로 질타하는 그의 방식은 은근하면서도 신랄하였다. 바로 그런 그가 나를 어느 날 오전에 자기한테 오라고 하였다. 내 생각으로는 관리부의 지시에 의한 것이었다. 그래서 나는 호화로운 대식당 옆에 있는 조그마한 사무실에서 면담을 하게 되었다.

"크룰인가?" 그는 말문을 열었다. "오라고 했던 아르망인가? 그래, 그래, 좋아. 내가 당신 얘기는 들었어. —내 첫눈으로 보아하니 그렇게 단점은 없는 것 같고 또 아주 잘못된 것 같지도 않군. 그렇지만 잘못 볼 수도 있지. 당신이 여태까지 이 호텔에서 했던 일은 어린애 장난이었으며, 또 그것이 당신의 재능에 대한 간단한 테스트였다는 것을 당신은 물론 잘 알고 있겠지? 인정하는가? 여기 식당 영업에서 가능하다면 당신을 좀 믿어 볼까 하는데—될 수 있으면 말이지. 당신이 주방 일에 어떤 사명감 같은 것을 느끼고 있는지, 내가 말하는 것은, *어떤* 재능 같은 것이 있는가 하는 것일세. —물론 당신이 내게 보장하는 것처럼 특출하고 뛰어난 재능이 아니어도 괜찮네. 당신이 보장하는 것은, 말하자면 자기 추천을 너무 과하게 포장한 것이겠지. 비록 그 용기가 가상하다고 하더라도 말이지. —그렇지. 이곳에서 어울리는 우아한 접대와 모든 세련된 친절성에 대한 어떤 재능을 난 말하고 있는 것일세. 우리 호텔의 손님 같은 분들과 어느 정도 능수능란하게 응대를 할 수 있는 재능 말이겠지? 타고나야겠지? 당연히 그런 것은 타고난 재능이 있어야 되겠지. 하지만 모든 게 타고난 것이라는 당신의 의견에는 적이 당황스럽군. 그건 그렇다 치고 내가 단지 되풀이해서 말할 수 있는 것은, 그런 건전한 자신감은 손해될 것이 없다는 말일세. 두세 개 외국어에 대한 지식을 가지고 있는지? 내가 말하는 것은, 당신이 얘기하는 그런 해박한 지식이 아니라 가장 기본적인 지식이 있느냐 하는 것이라오. **좋소**. 그 밖에 모든 일은 나중에 가서야 문제될 테니까. 당신은 우리 일을 밑바닥에서부터 시작해야만 된다는 것쯤은 생각하고 있을 거요. 당신이 할 일은 우선 홀에서 나오는 식사가 끝난 식기들에 남아 있는 잔여물을 제거해야 하는 것이오. 본격적으로 세척하려면 설거지하는 곳으로 가야 하는데, 그러니까 그곳에 가기 전에 잔여물을 긁어내는 일이오. 이 일에 대한 한 달 보수로서 당신한테 사십 프랑이 지급될 것이오. ―이 액수는, 당신 표정이 증명하듯, 거의 지나칠 정도로 높은 급료라오. 그런데 별것 아닌 얘기지만 나랑 얘기하는 도중에 내가 미소를 짓기 전에 당신이 내게 미소를 짓는다는 것은 관례가 아니오. 미소를 지으라는 신호를 내려야만 할 사람은 바로 나란 말이오, **좋소**. 식기를 긁어내는 당신의 일을 위한 흰 옷옷은 우리가 지급할 것이오. 어느 날 갑자기 식당에서 설거지를 하게 된다면, 당신은 우리가 입어야 할 종업원의 프록코트를 장만할 여유가 있소? 이것을 장만하는 것은 당신 개인의 비용으로 충당해야 한다는 것은 알고 있겠지? *틀림없이* 그럴 정도의 여유는 있다는 말이지? 훌륭하군. 보아하니 당신하고 일을 한다면 별다른 어려운 문제는 없을 것 같네만. 그리고 필요한 내복과 점잖은 와이셔츠도 당신은 마련되어 있단 말이지? 말 좀 해 보시오. 당신은 상속 재산이 좀 있나요? 전혀 없지는 않다? **그것 참 좋구먼.** 내 생각인데, 크룰, 머지않은 장래에 당신 월급을 오십 내지 육십 프랑으로 올려 줄 수 있을 거요. 우리 호텔 프록코트를 제조하는 양복점 주소는 사무실에 가서 알아보시오. 당신이 원한다면, 언제라도 우리 쪽으로 와서 일할 수 있소. 지금 조수 자리가 하나 비어 있고, 엘리베이터의 공석엔 수백 명의 대기자들이 있으니까 하는 말이오. **그럼 곧 오시오. 젊은 친구.** 지금은 이번 달 중순이 되어 가니까 당신은 이번 달에 이십오 프랑을 받을 수 있을 것이오. 일 년에 육백 프랑으로 우선 시작해 보자는 내 제안 때문이오. 이번에는 당신의 미소가 허락될 만하군. 내가 먼저 웃었으니 말이지. 다 끝났소. 가도 좋소."

마샤체크와 나는 이렇게 얘기를 주고받았다. 이 중대한 대화의 결과로 나타난 것은 무엇보다도 내 생활수준의 하락이었고, 내가 그런 모습을 보여준 것도 부인할 수 없는 사실이었다. 나는 엘리베이터 보이의 제복을 호텔 창고에 돌려주고 그 대신 흰 웃옷을 한 벌 받았다. 그런데 나는 빠른 시일에 거기에 어울리는 바지 하나를 마련해야만 했다. 왜냐하면 내 외출복에 속하는 것을 일할 때 입을 수는 없었기 때문이다. 식사가 끝난 식기들에 남아 있는 잔여물을 긁어내어야 하는 이 일거리는, 어쨌든 지금까지의 좀 고상했던 일에 비하면 다소 창피한 것이었고 또 처음에는 구역질이 나기도 하였다. 어쨌든 말이 나왔으니 하겠는데, 내가 맡은 허드렛일은 설거지하는 곳까지 해당되었는데, 그곳에선 식기들이 손에서 손으로 넘어가면서 일련의 설거지가 한 번 끝나면, 물기를 닦아 내는 사람들한테로 넘어갔다. 때때로 나는 그 사람들 틈에 섞여서 흰 치마를 두르고 일을 했다. 그래서 나는 어떤 의미에서는, 재생산 과정의 처음과 마지막 일을 도맡았다고 할 수 있다.

자기에게 어울리지 않는 일을 하는데 좋은 얼굴 표정을 지으면서, 그 일이 안성맞춤인 친구들과 돈독한 관계를 맺는다는 것은, 만약 "임시"라는 말을 그럴 때 마음속에 지니고 있다면 그다지 어렵지 않다. 그래서 나는 아무리 평등하다고 주장해도 인간에게 깊이 뿌리박은 본능과는 다른 것 그리고 자연적으로 우수한 것이 있음을 확실히 믿고 있었고, 이런 본능에 만족을 주려는 인간의 충동을 확실히 알고 있었다. 그러므로 나는 이 자리에 오래 얽매어 있지는 않으리라고 확신하고 있었다. 그래, 그들은 원래 내게 형식적으로 이 자리를 내어 주었음이 분명했다. 나는 그것을 처음부터 이미, 즉 마샤체크 씨와 내가 대화를 나눈 후 금방 알았으며, 그리고 '세인트 제임스 앤드 앨버니' 호텔의 단체 제복을 만드는 공장에 가서 종업원용 프록코트를 한 벌 주문할 기회를 가졌을 때 이미 확신하고 있었던 것이다. 그 공장은 호텔에서 그렇게 멀지 않은 '인노상' 거리에 있었다. 옷 가격은 그 공장의 회사와 호텔 간의 합의에 의한 특별 가격으로 칠십오 프랑이었다. 돈이 부족한 사람에 대해서는 시일을 두고 그들의 보수에서 차감하여 갚아 나갈 수 있었으며, 나는 물론 현금으로 지불하였다. 그 옷은 제대로 입을 줄만 알면 굉장히 멋있는 제복이었다. 바지는 검정색이었고, 칼라에는 벨벳 조각을 대었으며, 상의는 금단추가 달려 있는 암청색 프록코트였으며, 깃이 깊숙이 파인 조끼에도 같은 모양의 작은 단추가 달려 있었다. 나는 이 제복을 손에 넣고 진심으로 기뻐했다. 그래서 이 제복을 침실 밖에 놓인 장롱 안에, 내 평상복과 함께 걸어 두었다. 그리고 또한 이 제복에 필요한 하얀 장식용 리본과 와이셔츠 소매를 잠글 검정색 에나멜 커프스단추도 마련해 두었다. 식기 세척하는 일을 맡은 지 닷새 후에 이런 일이 있었다. 마샤체크 씨를 돕고 있던, 검은 프록코트에 검은 넥타이를 맨 두 사람의 하급 종업원 중 하나가 내게 말하기를 홀에서 나를 필요로 하니 빨리 제복을 입으라고 지시하는 것이었다. 그래서 나는 그에게, 거기에 나갈 준비가 완벽하게 되어 있으니 언제든지 가서 일하면 된다고 대답할 수 있었다.

　그리하여 나는 그 다음날 벌써 완벽한 옷차림으로 대식당의 점심 식사에 최초로 등장하였다. 대식당은 홈이 파인 기둥들이 들어선 화려하고 교회당처럼 넓은 방이었고, 흰 석회 도료로 칠을 한 기둥의 황금색 상부 장식으로 인해 천장이 안정되었고, 붉은 갓을 씌운 전등이 벽에 달렸으며, 창문에는 펄럭이는 붉은색 주름 장식 커튼과 수많은 흰색 무늬를 넣은 커튼이 있었다. 원탁과 식탁은 난초로 장식되었으며, 그 주위에는 연마용 니스로 윤을 낸 흰 나무에 붉은 쿠션을 깐 의자들이 놓였었다. 그리고 그 식탁 위에는 부채나 피라미드 모양으로 접어 놓은 냅킨과 번쩍이는 수저며, 섬세한 유리잔들이며, 반짝이는 냉장용 철제 용기나 가벼운 바구니에 기대 놓은 와인 병들이 열병하듯 뽐내고 있었다. 그 와인 병을 나르는 것은 종업원 겸 술 창고 감독의 특수한 직책이었는데, 그는 쇠줄을 지니고 술 창고지기의 앞치마를 두르고 있어 누구에게나 쉽게 표가 났다. 점심 식사에 모이는 첫 번째 손님이 나타나기 훨씬 전에 나는 벌써 그 자리에 와 있었으며, 식탁의 특정한 그룹에 배속된 나는 식탁에다 식기를 준비하고 메뉴판을 놓는 것을 도와주었다. 나는 그 그룹에 두 번째 조수, 즉 보조 조수였다. 그리고 최소한 내 상사로 지명된 수석 종업원이나 웨이터들이 마침 그 자리에 있을 수 없게 된 때만이라도, 이 식탁에서 식사를 하는 손님들에게는 눈에 띨 만큼 진심으로 기뻐하는 마음으로 인사를 드렸고, 부인들에게는 의자를 뒤에서 밀어 넣어 주었고, 그들에게 메뉴를 건네주기도 하였으며, 잔에 물을 채워 주기도 하였다. 간단히 말하면, 나는 식당의 소중한 손님들에게, 그들의 각각 다른 매력에도 불구하고 나의 존재를 우호적으로 각인시켜 주었던 것이다.

　처음에는 그렇게 할 권리와 가능성이 내겐 별로 없었다. 나는 주문을 받을 수 없었고, 음식을 손님들께 제공할 수도 없었다. 나의 직무는 오직, 코스 요리 하나가 끝나면 사용한 접시와 수저를 치우고, 앙트르메[17]가 끝나고 디저트가 나오기 전에 솔과 납작한 부삽으로 빵조각들을 식탁보에서 깨끗이 치우는 일이었다. 내 직무보다 더 높은 직무는, 나의 상사이며, 졸린 듯한 표정에 이미 나이도 꽤 있는 엑또르라는 사나이의 일이었다. 나는 곧 그가 첫날 아침 위층 종업원 식당에서 나와 함께 식탁에 앉아 있었으며, 내게 담배를 선사한 그 식당 직원이란 것을 알았다. 그 역시 나를 기억하고 있었으며, "응, 그래, 자네로군." 하며 피곤한 듯 손짓을 해 보였다. 그 손짓은 그의 태도의 특징으로 내 기억에 아직도 남아 있다. 그 손짓은 명령하거나 훈계하는 태도라기보다는 오히려 아예 처음부터 단념하는 태도였다. 그는 분명 단골손님들, 특히 여자들은 늙은이와 젊은이 할 것 없이 그들이 어떤 특수한 조미료, 즉 영국제 겨자나, 우스터 소스, 토마토 케첩 등을 찾을 때에는 내게 의지하여, 그에게 손짓을 하는 것이 아니고 내게 오라고 하는 것을 알고 있었다. 그들의 소망을 위해 나를 부른다는 것은 대부분의 경우 내게는 나를 그들의 식탁으로 끌고 가서 내가 그들에게 "무엇을 도와드릴까요, 마담. 당장 그러겠습니다, 마담."이라고 하는 말을 듣고 그냥 즐기려는 핑계로 보였다. 그리고 내가 그들이 요구한 물건을 갖다 주면, 비스듬하게 위로 추켜올린 환한 눈초리와 더불어 "고마워, 아르망." 이란 소리를 듣게 되는데, 그 말은 내 직무의 성격으로 보아 정당화되기 어려웠다. 며칠 후 엑또르는 내게 이런 말을 했다. 그가 조리대에서 넙치고기의 가시 빼는 것을 내가 도와주고 있을 때였다.

---

17) (역주) 예전에는 로스트 요리와 디저트 사이에 먹는 가벼운 음식을 가리켰음. 요즘에는 식후 디저트 전에 먹는 단 음식을 가리키며 점차 디저트와의 구별이 사라지고 있음.

"네가 손님들에게 음식을 제공해 준다면 손님들이 훨씬 더 좋아할 텐데, 나 대신 말이다. —그들은 모두 네게 반했어, 식도락가들 전부 말이다! 너는 곧 나를 궁지에 빠뜨리고 테이블을 맡아 보게 될 거야. 너는 정말 매력 있는 녀석이야. —게다가 무식하지도 않고 말이지. —보스도 그것을 알고 있어. 그래서 너를 적극 밀어서 전면에 내세우려고 하지. 너 그 얘기 들었지? —물론 너는 들었을 거야. —꼬르도니에 씨가 (이 사람은 나를 여기 식당에서 일하도록 한 부수석 종업원이었다.) 아까 네가 그렇게도 정답게 이야기를 주고받던 스웨덴인 부부에게 하던 이야기야. 그가 이렇게 말하더구먼. '귀엽고 참 매력 있는 아이이지요? 먼 곳에서 오셨네요. —맛있고 재미난 것 많이 즐기세요, 신의 은총을!'"

"말씀이 지나치시네요, 엑또르." 하고 나는 대꾸했다. "당신을 능가하는 게 나의 목적이라면, 그런 목적을 생각하기 전에 나는 당신한테 좀 더 배울 것이 많지요."

나는 내가 생각한 것보다 더 심하게 말을 했다. 왜냐하면 그날 이후 어느 날 만찬이 있었을 때, 마샤체크 씨 자신이 자기 배를 내게로 들이 밀고 와 바로 내 곁에 서서 이런 말을 속삭였기 때문이다. 물론 우리들의 얼굴은 서로 정반대 방향을 쳐다보는 자세를 취하고 있긴 하였다. "좋아, 아르망. 당신 일하는 것이 그다지 나쁘지 않아. 내가 권하고 싶은 말은, 엑또르가 손님들에게 어떻게 접대를 하는지 주의해서 봐 두란 말이야. 너도 언젠가는 그 일을 하게 될 것을 소중하게 생각하고 있으라는 전제로 한 얘기지." —그래서 나 역시 나직한 목소리로 대답했다.

"대단히 감사합니다, 주방장님. 하지만 저는 그것을 잘할 수 있어요. 그 분보다 더 낫게 할 수 있지요. 말하자면, 저는 천성적으로 그것을 할 수 있습니다. —용서해 주십시오. 저를 시험해 보시라고 강요하지는 않겠습니다. 하지만 저를 시험할 생각이 들게 된다면, 그 즉시 제 말이 틀리지 않다는 것을 알게 되실 겁니다."

"이 친구, 농담하는 것 좀 보게!" 하고 그는 말했다. 그는 잠깐 동안 웃으며 배를 불룩거렸을 뿐만 아니라, 그러면서도 이런 짤막한 언쟁을 관찰하던 어떤 여인에게 한쪽 눈으로 윙크를 하며, 머리로는 옆에 있는 나를 가리켜 보였다. 그 여인은 초록색 옷을 입고 있었고, 물들인 금발 머리는 높이 빗어 올려져 있었다. 그러고 난 다음, 그는 상당히 탄력 있는 종종걸음으로 가 버렸다. 그러면서도 역시 다시 한 번 재미있게 배를 불룩거렸다.

얼마 지나지 않아 나는 로비에 나가서도 커피를 접대하게 되었는데, 그 일을 나는 하루에 두 번씩 두세 명의 동료들과 함께 해야 했다. 이러한 직무는 곧 그곳에서 오후 시간에 차를 접대하는 데까지 확장되었다. 그동안에 엑또르는 식당 안의 다른 식탁 그룹으로 자리를 옮기게 되었기 때문에, 내가 조수 역할을 하는 식탁의 접대를 나 혼자서 도맡게 되었다. 그래서 나는 지나칠 정도로 할 일이 많았다. 저녁나절 내게 부과된 다양한 하루의 일이 끝날 무렵에는, 그러니까 로비에서의 만찬이 끝나고 커피나 리큐어, 위스키-소다, 보리수 우려낸 차 등을 서빙하게 될 때쯤에는, 나는 대개 너무나 피곤하여 나와 감각 세계 사이의 공감 교류를 잃어버릴 정도가 된다. 또한 서비스를 하려는 내 동작의 활력은 맥을 못 쓰게 될 위험성이 나타나고, 내 미소는 약간 고통스런 가면처럼 굳어 버리는 것이다.

그렇지만 이튿날 아침이 되면 나의 탄력 있는 천성은 그런 쇠약 상태에서 즐거운 생기가 돋아나고, 또다시 아침 식사하는 방과 음료 만드는 주방 그리고 대(大)주방 사이를 급하게 오가는 나를 볼 수 있었다. 그 이유는 방 청소를 요구하지도 않고, 침대에서 아침 식사도 하지 않는 그런 손님들에게 홍차, 오트밀, 토스트, 통조림, 구운 생선, 시럽에 잰 팬케이크 등을 접대하기 위해서였다. 그런 후 즉시 식당에서 제2급에 속하는 얼간이 녀석의 도움을 받아 내가 맡은 여섯 개의 식탁을 점심시간에 맞춰 정리하는 나를 볼 수 있다. 그때는 푹신푹신하면서도 거칠게 짠 모직의 밑받침 위에다 무늬가 있는 직물을 깔고, 식기를 준비한다. 그리고 낮 열두 시가 되면서부터, 식사를 하러 오는 사람들 테이블에 가서, 손에 메모지를 들고서 주문을 받는 것이다. 사실 나는 일을 아주 잘했다. 무슨 음식을 먹어야 할지 결정을 잘 내리지 못하는 사람들에게 웨이터가 갖춰야 하는 부드럽고도 예의 바른 겸손한 목소리로 상의를 했으며, 모든 접대와 준비를 하는 데 있어서 비난을 받을 만한 무관심한 표정을 멀리하였으며, 급기야 모든 일을 마치 한 사람에 대한 사랑의 봉사를 하는 것처럼 수행하였던 것이다. 허리를 굽히고, 훌륭한 웨이터들이 하는 방식을 따라 한 손은 허리에다 대고서, 음식을 담은 그릇을 손님들에게 내밀었고, 또한 틈틈이 섬세한 기술도 배웠으며, 그 기술로 자기들 앞에 음식을 갖다 놓아 주기를 바라는 손님들에게는 포크와 스푼을 재치 있게, 단지 오른손 하나만으로 모아 잡고 접대를 하였다. 그럴 때면 접대를 받은 사람은, 남자건 여자건 간에, 특히 여자들은 접대하느라 바쁜 내 손을 기분 좋은 놀라움으로 관찰하고 싶어 했던 것이다. 그 손은 결코 범속한 사나이의 손이 아니었다.

요약하자면, 호텔 식당 측에서 나를 "밀어서" 전면으로 내세우려고 한다고 엑또르가 말한 바와 같이, 이 사치스런 호텔의 지나치게 배부른 손님들이 내게 던져 준 호의를 내가 이용하였다는 것은 하나도 이상할 것이 없다. 나는 나를 둘러싸고 부글부글 끓어오르고 있는 호의에 희생이 되었다. 하지만 나는 손님들을 녹일 듯이 친절한 대응을 해 줌으로써 박차를 가하기도 하고, 또 예의 바른 겸손을 보임으로써 제한을 가하기도 했는데, 이러한 태도를 나의 기술로 만들어 준 것도 바로 그 호의였다.

이러한 기억이 독자들에게 나의 성격에 대한 것을 알릴 수 있는 영상을 왜곡되지 않게 유지하기 위하여, 다음과 같은 이야기를 여기에 기록하려 한다. 이것은 나의 명예를 위한 일이기도 하다. 나의 인생철학인 배려가 실현되기를 거부하는 소망을 나라는 인간이 남에게 유발시켰을 때, 그러한 사람의 고통에 대해서 나는 헛되고도 잔인한 쾌감을 결코 가져 본 적이 없다. 타인의 정열에 대해 스스로 느끼는 게 없는 사람, 그런 사람을 대상으로 한 정열에 대하여, 우리 인간의 본성은 ―내 본성과는 다르지만― 아름답지 못한 냉정한 우월감과 다른 사람의 감정을 잔혹하게 짓밟아 버리기 쉬운 그런 멸시하는 불쾌감을 불러일으키는 법이다. 하지만 그러한 본성이 나와는 얼마나 다른지! 나는 그러한 타인의 감정을 언제나 존중해 왔던 것이다. 나는 일종의 죄의식을 가지고 그런 감정을 지극히 소중하게 다루었고, 위로하는 태도를 통해 그런 감정 속에 빠진 사람을 이해시켜서 단념하도록 노력하였다. ―그래서 나는 여기에서 문제가 되고 있는 내 인생의 한 시기에 대해서 두 가지의 예를, 즉 버밍엄 출신의 엘리너 튄티맨과 스코틀랜드 귀족 출신인 킬마너크 경의 예를 들어 보려고 한다. ―그 이유는 다음과 같다. 이 두 개의 예는 각자가 선택한 직업에서 때 이르게 탈선을 꾀했고 또 같은 시기에 일어났지만 다른 종류의 유혹이었기 때문이고, 나의 대부께서 내게 주의하라고 말씀하셨지만, 그러나 어디로 어떻게 될 것인지 충분히 시험할 수도 없었던 그런 옆길로 나를 빠지게 할 수 있는 유혹이었기 때문이다.

튄티맨 씨의 가족, 즉 아버지, 어머니 그리고 딸은 계집종과 함께 여러 주일에 걸쳐 '세인트 제임스 앤드 앨버니' 호텔에서 한가롭게 재미있는 생활을 하고 있었다. 이러한 사실만 본다면 튄티맨 씨는 만족할 만한 재산을 가지고 있음을 추측할 수 있었다. 그것은 튄티맨 부인이 만찬 때면 남들 보라는 듯이 착용하고 있던 호화로운 보석들만 보아도 증명이 되었고 충분히 강조되었다. 그런데 그 부인한테는 보석이 가당찮고 아까운 물건이었다고 할 수 있었다. 왜냐하면 튄티맨 부인은 즐거움이나 낙이 없는 재미없는 여자였기 때문이다. ─보는 사람한테도 그랬거니와 아마 그녀 자신의 의견을 물어보아도 그녀는 재미없는 사람이라고 했을 것이다. ─그녀는 자기 남편이 버밍엄에서 상업적으로 성공한 덕택에 소시민 계층에서 그런 사회적인 지위로 올라서게 되었는데, 그 지위가 그녀를 그렇게 뻣뻣하고 완고한 사람으로 만들어 놓았던 것이다. 붉은 포도주 같은 얼굴을 한 튄티맨 씨에게서 훨씬 더 선량한 맛이 풍겼다. 하지만 그의 유쾌한 성격은 그를 에워싸는 난청 때문에 거의 고갈되어 버렸다고 할 수 있는데, 그것은 그의 푸른 눈의, 멍한 듯 귀를 기울이는 표정을 보면 알 수 있었다. 그는 검정색 보청기를 사용했는데, 그의 부인이 그에게 ─그런 일은 드물었지만─ 말할 것이 있으면 그녀는 그 속에다 대고 말을 해야만 했다. 또 내가 그 사람의 주문을 받으려고 상의를 할 때면, 그는 그 보청기를 나에게 내밀었다. 그의 어린 딸, 즉 열일곱, 열여덟 살쯤 된 엘리너는 내가 담당하고 있는 18번 식탁에 아버지와 마주 앉아 있었는데, 그 아이 역시 그가 눈짓을 하여 불렀는지, 가끔 일어나서 나팔관 같은 보청기 속에다 대고 짧은 대화를 하려고 그 옆으로 와서 앉아 있곤 하였다.

딸에 대한 그의 애정은 분명했으며 사람의 마음을 끌 정도였다. 튄티맨 부인에 대해서 말하자면, 그녀는 모성애가 전혀 없다고 말할 수는 없겠지만, 딸에게 사랑스런 시선을 보내거나 따뜻한 말을 해 주기보다는 딸의 행동을 나무라며 감시하는 말을 주로 하였다. 그래서 튄티맨 부인은 자주 거북껍데기 테 손잡이 안경을 눈으로 가져갈 때마다, 자기 딸의 머리나 행동거지에 대해서 무엇인가 잔소리를 하지 않은 적이 없었다. 그녀는 자기 딸이 둥글게 생긴 작은 빵을 조물거리거나, 손가락의 티눈을 물어뜯거나, 방 안을 두리번거리는 것에 대해 야단을 쳤던 것이다. ―기타 등등. 이러한 모든 통제는 교육을 시키기 위한 불안과 걱정을 의미하는 것이었으며, 또 딸 엘리너에게도 곤란하기 짝이 없는 일이었다. 하지만 엘리너와 내가 가진 마찬가지로 곤란한 경험은 응당 그럴 수 있다고 나로 하여금 인정하기를 강요했다.

그녀는 금발이었으며, 어린 노루같이 생겨서 무척 귀여웠다. 저녁에 그녀가 입은 실크 옷이 가슴 쪽에 약간 파인 것일 때면, 세상에서 가장 매력적인 쇄골(鎖骨)이 드러났다. 나는 옛날부터 앵글로색슨 타입에 대해 치명적 약점이 있을 만큼 좋아서 사족을 못 썼는데, 그녀는 유독 그런 타입을 보이고 있었다. 그래서 나는 그녀를 보는 것이 좋았으며, 나아가 그녀를 줄곧 만났다. 식사 때나, 식사 후에 그리고 내가 접대를 하는 티타임, 뮤직 타임에도 그녀를 만났는데, 퇸티맨 씨의 가족 또한 ―최소한 시작할 무렵만이라도― 그 시간에는 자리를 잡고 앉는 것이 보통이었다. 나는 내 어린 노루한테 잘해 주었다. 진정을 다하는 오빠같이 배려와 관심을 갖고 그녀를 대했으며, 그녀 앞에 육류 요리를 세팅해 주었으며, 디저트는 두 번이나 갖다주었고, 그녀가 무척 즐겨 마셨던 석류 음료를 따라 주고, 그녀가 만찬에서 떠나려고 자리에서 일어날 때에는 자수를 놓은 스카프로 그녀의 눈같이 흰 가느다랗고 조그만 어깨를 애정 깊게 덮어 주곤 하였다. ―대체로 보면 내가 분명 지나칠 정도의 행동을 했고, 너무 감수성이 깊은 어린 영혼에 대해서 경솔하게 죄를 지었다. 내가 원했든 원하지 않았든지 간에 내 존재로부터 그다지 둔감하지 않은 모든 인간에게로 흘러 나가는 특별한 자력(磁力), 즉 인력(引力)을 고려하지 않았기 때문이다. ―감히 내가 이런 말을 하게 되었는데, 궁극적으로 사람들이 말하는 것과 같이, 나의 육체인 "죽어 가는 껍데기", 즉 내 외모가 비록 매력적이지는 않았다 하더라도 여전히 모든 사람한테 그런 자력을 주었을 것이다. 왜냐하면 그 외모란 오직 현상에 불과한 것이며, 더욱 깊은 에너지, 즉 공감의 형상물에 지나지 않는 것이었기 때문이다.

간단하게 말하자면, 그 어린 여자애가 완전히 내게 반했다는 것을 금방 알아차리지 않을 수 없었다. 그리고 그 사실을 물론 나 혼자만 알게 된 것은 아니고, 예리하게 살피던 뛴티맨 부인의 거북껍데기 테 안경도 그 사실을 탐지했던 것이다. 그것을 나는 언젠가 점심 식사를 할 때 내 등 뒤에서 들려오는 뛴티맨 부인의 씩씩거리는 속삭임을 듣고 확증을 얻었다.

엘리너! 저 웨이터를 멍하니 응시하는 짓을 그만두지 않는다면, 난 너를 네 방으로 올려 보낼 거야. 그리고 우리가 떠날 때까지 혼자 식사를 하게 할 거야!

그래, 유감스런 일이었다. 하지만 그 어린 노루는 자제력이 부족했다. 그녀는 어머니 말에 순종할 수도 없었고, 그녀의 신변에 일어난 일, 즉 사랑에 빠진 일을 어떻게 감출 줄도 몰랐다. 그녀의 푸른 눈은 황홀하고 몽상에 잠긴 듯 언제나 나를 좇았고, 간혹 내 눈과 마주치게 되면 얼굴이 주홍빛이 되어, 시선을 접시 위로 떨어뜨렸다. 그러나 금방 그녀는 마치 놓치면 안 되는 것처럼, 자기의 얼굴이 빨갛게 달아오르고 있다는 것도 무시하고 곧 내게로 정신없이 시선을 다시금 쳐들었다. 그녀 어머니의 경계심을 우리는 이해할 수 있을 것이다. 아마도 그녀의 어머니는 딸에게서 보이는 때 이른 조짐에 대한 경계심을 갖게 되었는지도 모르겠다. 즉 버밍엄의 예의 바른 집안의 자식이 자유분방한 성격을 갖게 되어, 거침없이 자신을 정열에 내맡길 수 있는 권리 그리고 의무까지도 있다고 순진하고도 과격하게 믿어 버리게 될 조짐 말이다. 나는 그런 것을 조장시키는 일은 전혀 하지 않았다. 나는 조심스럽게 거의 경고를 하다시피 하면서 물러섰으며, 그녀에 대한 태도에 있어서 직무상 최대한의 친절을 넘어서지 않았다. 그렇기 때문에 엘리너에겐 물론 매우 잔인한 일이었지만, 의심할 바 없이 어머니가 취한 조치를 나는 옳다고 보았다. 즉 두 번째 주일이 시작될 무렵에 퀜티맨 씨의 가족은 내가 담당하고 있는 식탁을 포기하고, 엑토르가 접대하고 있던 식당의 가장 먼 곳으로 이동하고 말았다.

그러나 나의 사나운 어린 노루는 빠져 나갈 길을 알고 있었다. 그녀는 지금껏 그녀의 양친과 똑같이 자기 방에서 아침 식사를 해 왔었다. 그런데 어느 날 갑자기 그녀는, 아침 여덟 시에 내가 있는 아래층으로 아침 식사를 하러 나타났던 것이다. 그녀는 방 안에 들어서자마자 안색이 달라지고 빨갛게 충혈된 눈으로 나를 찾았다. 이 시각이면 아침 식사를 하는 방은 거의 비어 있었기 때문에, 그녀는 곧 내가 담당하고 있는 구역에 너무도 쉽게 자리를 발견하였다.

"안녕하세요, 미스 퀜티맨. 잘 쉬셨나요?"

"별로 못 쉬었어요, 아르망. 아주 조금밖에는." 하고 그녀는 귓속말로 속삭였다.

나는 그 말을 들어서 유감이라는 표시를 해 보였다. "그렇다면 말이죠." 하고 나는 말을 했다. "좀 더 자리에 누워 있는 편이 아마 현명했을 텐데요. 그리고 이제 곧 제가 홍차와 오트밀을 그쪽으로 갖다 드릴 테니까 그것을 위층에서 조용히 드실 수 있으리라 생각해요. 그 방은 참 조용하고 아늑하지요, 침대도 그렇고……." 그녀는 뭐라고 대답했을까? 다음과 같이 참으로 맹랑한 대답을 하였다.

"아니, 난 괴로운 것이 더 좋아요."

"그렇지만 저를 괴롭게 만드시는군요." 하고 나는 메뉴판에서 먹음직한 잼을 그녀에게 가리켜 보이며, 나지막하게 대답했다.

"오, 아르망, 그렇다면 우린 똑같이 괴로워하고 있군요!" 하고 그녀는 피곤해서 눈물 자국이 있는 눈으로 나를 쳐다보며 말했다.

이제 일은 어떻게 될 것인지? 나는 그녀 가족이 떠나기를 진심으로 원했다. 그러나 그것은 자꾸 연기되었다. 그리고 튄티맨 씨가 그 검은색 보청기를 통해서 들었을지도 모르는 자기 딸의 상사병 때문에 파리 체류를 단축하려고 한 것도 사실 이해할 수 있는 일이었다. 미스 튄티맨은 그녀의 부모가 아직 자고 있을 때, 매일 아침마다 내게로 왔다. ―그들은 열 시까지 잠을 잤다. 그래서 만약 어머니가 그녀를 둘러보는 일이 있어도, 아침 식사를 마친 그릇은 룸서비스를 담당하는 보이가 치웠다고 어머니를 속일 수가 있었던 것이다. ―그리하여 나는 그녀로 인해 사랑의 속을 태웠는데, 무엇보다도 그녀의 평판을 지켜 주기 위해서 그랬으며, 그녀의 불행한 처지, 내 손을 잡으려는 그녀의 유혹과 시도, 그 밖에 그녀의 취한 듯한 경솔한 태도를 어떻게든 주위에 앉아 있는 사람들한테 숨겨 보려고 속을 태웠던 것이다. 부모님이 언젠가는 그녀의 아침 식사 비밀을 눈치 채게 될 것이라는 내 경고를 그녀는 들은 체도 하지 않았다. 아니다. 튄티맨 부인은 아침에 가장 깊은 잠을 잤다. 어머니가 깨어 있으면서 감시만 할 때보다 어머니가 자고 있을 때가 그녀에게는 얼마나 좋았는지 몰랐다! 그녀는 엄마를 사랑하지 않았다. 엄마는 거북껍데기 테 안경으로 자기를 날카롭게 대할 뿐이다. 아빠는 딸을 좋아했지만, 딸의 마음을 진정으로 알아주지 않았다. 아무리 잔소리를 하고 악하게 군다 해도 엄마는 딸에게 진정으로 대해 주었다. 그래서 엘리너는 엄마를 용서하고 잘해 주고 싶어졌던 것이다. "그것은 내가 당신을 사랑하기 때문이에요!"

나는 우선 그 말을 못 들은 척했다. 그러나 내가 다시 그녀를 접대하려고 돌아왔을 때, 나는 살짝 부드럽게 이야기를 하며 그녀를 이렇게 설득했다.

"엘리너 아가씨, 조금 전에 '사랑'에 대해 뭐라고 말을 한 것 같은데 그것은 다만 공상에 불과하며, 순전히 난센스입니다. 당신의 아버님께서 진지하게 듣지 않으신다는 것도 완전히 옳은 말씀이며, 또 어머니께서 진심으로 당신을 생각해 주신다는 것도 옳은 말씀입니다. 그러니까 그것이 난센스이지요. 그래서 그것을 막자는 것입니다. 제발, 아가씨, 그런 일을 그토록 진지하게 생각하지 마세요. 아가씨도 괴롭고, 저도 괴롭습니다. 그런 일에 대해서 좀 멸시를 하도록 노력하십시오. —저는 멸시하지 않지요. 물론입니다. 그런 것은 할 생각도 않고 있습니다만 아가씨는 그렇게 해야지요! 도대체 무슨 풍성한 결실이 있겠다고 그러세요? 그건 아주 부자연한 일이지요. 당신은 튄티맨 씨의 따님이십니다. 그분은 백만장자가 되신 분이요, 당신과 이삼 주일 이 '세인트 제임스 앤드 앨버니' 호텔에 머물고 계신 것이지요. 이곳에서 저는 웨이터로서 시중을 들고 있고요. 엘리너 아가씨, 저는 일개 웨이터에 불과합니다. 제가 경건한 마음으로 받아들이고 있는 우리 사회 질서의 미천한 족속이지요. 그런데 아가씨는 이런 사회 질서에 반항적이며 비정상적이십니다. 아가씨는, 그것이 당연한 일일 테고, 또 어머님께서도 응당 바라고 계신 대로 저를 완전히 무시해 버리지 않으니까요. 그뿐 아니라 부모님께서 편하게 주무시느라고 사회 질서 보호를 못하시는 틈에, 아가씨가 몰래 아침 식사를 하러 오셔서 제게 '사랑'이니 뭐니 말씀하시는 것은 정상적이 아닙니다. 그것은 금지된 '사랑'입니다. 제가 손을 내밀 수 없는 사랑이지요. 아가씨가 저를 좋게 봐 주셔서 기쁘긴 하지만, 그 기쁨에 저는 항거해야만 할 지경입니다. 제가 아가씨를 마음속에 품고 있는 한, 저는 아가씨를 좋아할 수 있습니다. 그건 정말 사실입니다. 하지만 아가씨 같은, 튄티맨 씨 부부의 따님이 저를 좋아하신다니, 그 것은 불가능한 일이요, 자연의 이치에도 거스르는 일입니다. 또한 그것은 단지 눈의 착각일 뿐이며, 대부분 이 프록코트 때문에 생긴 것이기도 하지요. 벨벳 깃을 대고 금단추가 달린 '세인트 제임스 앤드 앨버니' 호텔의 프록코트 말입니다. 이것은 제 미천한 처지를 장식한 것 외에 아무것도 아닙니다. 분명하게 말씀 드리는 것입니다! 아가씨가 '사랑'이라고 하시는 것은, 여행 중인 사람에게 곧잘 머리에 떠오르는 것이며 또 이런 프록코트를 봐도 그럴 수 있을 겁니다. 그런데 아가씨가 떠나게 되면 —아가씨도 곧 떠나실 테지만— 다음 정거장에 도착하기 전에 벌써 잊어버리게 되는 것이 그런 사랑이지요. 아가씨, 우리들이 여기서 만났던 추억을 제게 맡겨 두십시오. 그러면 아가씨를 조금도 괴롭히지 않고서 그 사랑에 대한 추억을 어디든지 잘 간직해 두겠습니다!"

　내가 그녀를 위해 무엇을 더 말할 수 있었을까? 그 정도면 좋게 말하지 않았을까? 그러나 그녀는 울기만 했다. 그래서 나는 우리 가까이 있는 식탁이 비어 있던 것을 기쁘게 생각할 수밖에 없었다. 그녀는 훌쩍거리며 나의 잔인함을 탓하였고, 온당한 사회 질서에 대해 알고 싶어 하지도 않았고, 또 자기가 부자연스럽게 흥분하여 이성을 잃었다는 이야기도 듣고 싶어 하지 않았다. 아니 오히려 매일 아침 이런 고집을 부렸다. 단 한 번만이라도 아무런 방해도 받지 않고 둘만 있을 수 있다면, 정말 자유로운 행동을 할 수 있다면 얼마나 좋을까 하고 말이다. 그렇게 된다면 모든 것이 해결되고, 행복하게 정리될 것이다. 하지만 이 말은 내가 그녀를 꽤 좋아한다는 것을 전제로 한 이야기였다. 내가 그녀를 좋아한다는 것은 부인할 수 없는데, 어쨌든 그녀가 나를 좋아하는 것에 대해서 내가 감사하고 있었음은 부인할 수 없었다. 그렇지만 어떻게 정말 자유롭게 둘이서만 랑데부를 실현시킬 수 있었겠는가? 그것은 그녀도 잘 모르고 있었다. 그렇다고 해서 그녀가 자기의 욕망을 뿌리칠 수는 없었다. 그래서 내게 그 실현의 가능성을 찾아내라는 임무를 부과하였다.

간단히 말해, 나는 그녀 때문에 골치가 아팠다. 다만 그 킬마너크 경의 사건이 같은 시기가 아니고, 결코 한꺼번에 일어나지만 않았다면 얼마나 좋았을까! 이것은 결코 사소한 시련이 아니었다. 정말로. 왜냐하면 여기서 문제가 되고 있는 것은 사랑에 빠진 말괄량이 어린 소녀가 아니라, 인류 전체와 견주어 볼 수도 있는 감성을 지닌 진지한 인물이었기 때문이다. 그래서 그에게 그런 감정을 멸시하라고 충고할 수도 없었고, 스스로도 그런 감정에 대해 조롱할 수도 없었다. 적어도 나는 그런 짓을 할 수 있는 젊은 이는 아니었으니까.

2주 동안 우리 호텔에서 묵었던 킬마너크 경은 내가 담당하는 식탁에서 혼자 식사를 했는데, 그는 쉰 살 정도 된 귀족다운 티가 물씬 풍기는 사나이였다. 키도 적당했고 날씬하였으며, 지극히 흠잡을 데 없는 옷차림을 하고 있었다. 아직도 숱이 많고 철색(鐵色)을 띤 회색의 머리는 조심스럽게 가르마를 타서 빗었고, 짧게 깎았지만 역시 약간 희끗희끗한 콧수염은 섬세하리만큼 기품 있는 입 모양을 감추지 못하고 있었다. 너무 크고 거의 통나무 같은 그의 뭉뚝한 코는 결코 기품이 있다거나 귀족다운 점이 있다고 할 수 없었으며, 약간 비스듬히 치솟은 눈썹과 초록색을 띤 회색의 두 눈 사이는 우묵하게 파여 들어갔다. 이러한 그의 눈은 어떤 긴장감과 자제심을 뚜렷하게 나타내고 있었으며, 심하게 곧장 얼굴에서 튀어나와 있었다. 그의 코와 눈에서 이런 것이 좀 섭섭한 점이었다고 한다면, 뺨과 턱은 완전히 그 반대였다. 항상 지나치게 깨끗하면서도 극도의 부드러움을 추구하는 면도 자국이 좋았고, 게다가 경(卿)이 세수를 하고 난 다음 문지른 크림으로 인한 번쩍거림도 좋았다. 손수건에는 오랑캐꽃 향수를 뿌렸는데, 그 향기는 믿을 수 없을 만한, 내가 지금까지 생각지도 못했던 자연스러움과 봄 같은 신선함을 풍겼다.

그가 식당에 들어설 때면, 그렇게 신분이 높은 신사로서는 이상하다고 생각될 만큼 항상 당황한 기색을 보였다. 하지만 적어도 내 눈으로 볼 때, 그의 체면이 손상될 것은 없었다. 오히려 지나친 위엄이 정반대의 결과를 낳게 되어, 사람들은 그를 좀 특별한 사람이라고 추측하게 되었다. 그 때문에 그는 타인의 이목을 끌게 되고 관찰을 당하고 있다고 느꼈다. 그의 목소리는 부드러웠다. 하지만 나는 그보다 더 부드러운 목소리로 응대하였는데, 그것이 그를 위해 좋지 않았다는 것을 너무나 늦게 알아차리게 되었다. 그의 천성은 많은 고통을 겪은 사나이들에게 특유한 우울하면서도 다정한 면을 지니고 있었다. 만약 선량한 성질을 가진 인간인 내가 그를 접대할 때 부드럽고 세밀한 마음씨를 보이면서 그의 다정한 면에 보답을 하지 않는다면 어떻게 될까? 그러나 그런 짓은 그를 위해 좋지 않았다. 분명히 그는 날씨나 메뉴에 대한 짤막한 이야기를 주고받을 때면 거의 나를 쳐다보지 않았다. ―처음 접대할 때 우리의 의견 교환은 날씨나 메뉴 같은 정도에 그쳤다. ―정말 그는 자기의 눈을 전혀 사용하지 않았으며, 자기의 눈을 얼마나 억제하고, 얼마나 절약하였는지 모른다. 마치 그는 자기의 눈을 사용하면 무슨 잘못이라도 저지르지 않을까 걱정하고 있는 듯하였다. 우리 사이의 관계가 부드러워지고 순전히 형식적이며 습관적인 것의 테두리에서 벗어나기까지 일주일이라는 시간이 걸렸다. 그 이후에야 나는 그가 나에 대해 개인적으로 관심이 있다는 것을 그에게서 듣게 되어 만족하였는데, 그 만족감에는 불안한 구석이 없지 않았다. 일주일, 그것은 아마 어떤 한 인간이 낯선 사람과 매일같이 똑같은 교제를 하면서, 어떤 변화를 경험할 수 있기 위한 최소한의 필요 시간이었을 것이다. —특히 자기의 눈을 그렇게도 절약해서 사용하는 사람에게는 말이다.

그런데 이제 그는, 내가 여기서 일한 지가 얼마나 되는지, 내 고향이 어딘지, 내 나이가 얼마나 되었는지 물었다. 그는 내 나이가 아직 어리다는 것을 인지하고는 감동한 듯 어깨를 으쓱하며 "하나님 맙소사!" 혹은 "저런!"이란 말을 덧붙였다. —그는 영어를 프랑스어와 같은 빈도로 자주 사용했다. 그래서 내가 독일에서 태어났다고 말하자, 그럼 왜 프랑스식 아르망이란 이름을 가졌냐고 물었다. 나는 대답하기를, 내가 그 이름을 가진 것이 아니라 단지 상부의 명령에 따라서 그 이름으로 통용될 뿐이라고 했으며, 사실 본명은 펠릭스라고 했다. 그러자 그는 "아, 그것 참 좋은 이름이군. 내가 할 수만 있다면, 난 당신의 실제 이름을 당신한테 돌려줄 텐데 말이지." 하고 말했다. 그런데 그가 자기 자신의 세례명은 넥턴 —즉 이것은 픽트 부족[18]의 어떤 왕의 이름으로서 스코틀랜드의 원주민임— 이라는 이야기를 덧붙인 것은, 그의 우월한 지위와 그렇게 잘 들어맞지 않았고 좀 어울리지 않는다는 인상을 내게 주었다. 나는 존경스런 표정으로 관심을 표명하였지만, 그의 이름이 넥턴이라는 것을 내가 알면 그게 내게 무슨 소용이 있는지 하는 의문이 치밀었다. 그 이름은 내게 아무런 소용이 없었다. 왜냐하면 나는 그를 '어르신(Mylord)'이라고 불러야 했고 넥턴이라고 부를 수는 없었기 때문이다.

차츰차츰 내가 알게 되었던 것은, 그가 '애버딘' 시에서 멀지 않은 성에서 살고 있는데 그곳에서 딱하게도 병든 누나와 둘이서 살고 있다는 것이며, 또 그것 말고 산악 지대의 어떤 호숫가에 별장을 소유하고 있다는 것

---

18) (역주) 로마 제국 시기부터 10세기까지 스코틀랜드 북부와 동부에 거주하던 부족.

이었다. 그런데 그 지역에서는 아직도 주민들이 켈트어를 사용하며(그도 역시 켈트어를 조금 할 줄 알았다.) 산들은 가파르고 험준하며, 공기는 황무지의 향기로운 잡초 냄새로 가득 차 있다는 것이었다. 그것 말고도 인접한 애버딘 시 또한 너무도 아름다우며, 그 도시는 그런 데에 관심을 가지고 있는 사람에게는 모든 오락 시설을 제공하고 있으며, 바람은 발틱해로부터 세차고 신선하게 불어온다고 하였다. 더 나아가 그가 음악을 좋아하며 오르간을 연주한다는 사실도 알게 되었다. 여름철을 위한 산중 호숫가의 집에는 물론 단 한 대의 풍금이 있다고도 하였다.

연관성 있게 얘기하는 것이 아니라, 그냥 지나치다 살짝 한마디씩 던지고 단편적으로 얘기하는 고백, 그리고 그 "넥턴"에 관한 이야기 같은 것을 예외로 한다면 과장된 이야기의 증거로서 그의 고백은, 혼자 여행하는 사람에게 기이한 느낌을 줄 수 있는 것은 아니었다. 혼자 여행하는 그런 사람들은 잡담을 할 사람이라곤 웨이터 외에는 아무도 없었으며, 점심을 접대 받았을 때 그 기회가 가장 좋았다. 그리고 킬마너크 경은 보통 점심때는 커피를 로비에서 마시지 않고, 이집트산 담배를 피우면서 거의 텅 빈 식당의 작은 식탁에 혼자 앉아 있었다. 그는 항상 커피를 몇 잔씩 마셨다. 하지만 그 전에 무엇을 마셨거나, 어떤 것을 충분히 먹은 것도 아니었다. 실제로 그는 거의 아무것도 먹지 않았으며, 그가 소비하는 영양분으로 어떻게 생존을 유지하는지 불가사의한 일이었다. 그는 분명 수프는 접시가 넘치도록 먹었다. 즉 진한 육류 수프, 목 터틀[19]이나 소꼬리 수프는 그의 접시에서 마파람에 게 감추듯 없어져 버렸다. 그러나 그 이외의 것, 즉 내가 좋다고 갖다 놓는 어떤 요리든 그는 단지 한두 번 맛을 볼 뿐 곧 다시 담배

---

19) (역주) 송아지 머리 따위를 사용하여 자라 맛을 낸 수프. 한마디로 가짜 자라 수프이다.

를 피워 물었으며, 어떤 요리든 거의 손도 대지 않고 나더러 치우도록 하였다. 결국 나는 그런 것에 대한 언급을 하지 않을 수가 없었다. "그러나 아무것도 드시질 않고 있지 않습니까. 그렇게 남겨 놓으시면 주방장이 뭐라고 하니까요." 하고 나는 걱정스럽게 말을 했다.

"뭘 어떻게 해, 입맛이 없는걸." 하고 그는 대답했다. "늘 입맛이 없어. 음식을 섭취하는 일—나는 그것에 대해서 심한 혐오감을 가지고 있어. 어쩌면 그것은 어떤 자기 부정의 표시일지도 모르지."

내가 여태까지 들어 보지 못했던 그 말에 나는 적이 놀랐고, 정중하게 대하자는 생각이 들었다.

"자기 부정이라니요?" 하고 나는 나지막하게 소리쳤다. "그 점에서는, 어르신, 아무도 그 말씀에 승복하지 않을 것이며, 찬성하지도 않을 것입니다. 그 말씀에는 틀림없이 강한 반론이 제기될 것입니다!"

"정말로?" 하고 그는 되물었다. 그러면서 시선을 아래로부터, 그러니까 식탁에서 쳐들면서 내 얼굴을 바라보았다. 그의 시선은 항상 부자연스러운 점이 있었으며, 뭔가 자제하고 있는 듯했다. 하지만 이번에는 그런 노력이 자기가 좋아서 생긴 것임을 그의 눈에서 볼 수 있었다. 입은 단아한 우수를 띤 채 웃고 있었다. 그러나 그 입 위에는 커다란 코가 똑바로 그리고 육중하게 솟아 있었다.

도대체 저렇게 잘생긴 입에 어떻게 저런 못생긴 코가 붙어 있는 것일까? 하고 나는 생각했다.

"정말입니다!" 하고 나는 약간 난색을 표하며 확신을 주었다.

"이보게! 혹시 자기 부정이란 것이 다른 사람들이 긍정해 주려는 능력을 높이는 것인지도 모를 테지." 하고 그는 말했다.

그러면서 그는 일어서서 식당을 나가 버렸다. 나는 많은 생각에 잠겨서 내가 치우고 새로 정리하던 작은 식탁에 혼자 남아 있었다.

하루에도 몇 번이나 나와 접촉하는 것이 킬마너크 경에게는 좋은 일이 아니었다는 것은 의심할 여지가 없었다. 하지만 나로서는 그와의 접촉을 중지할 수도 없었고, 또 그에 대한 나의 태도에서 다정한 호의를 완전히 없애 버리고 거칠고 무례하게 굴어, 내가 키운 감정에 상처를 입힘으로써, 그런 접촉에 해를 끼치지 않도록 할 수도 없었다. 그런 접촉을 웃음거리로 만드는 것은 나로서는 어린 엘리너의 경우보다 더욱 가능성이 적었으며, 물론 그녀의 본능을 좇아 그녀와 사랑에 빠질 수 있는 입장도 아니었다. 이런 사정으로 말미암아 어려운 갈등이 생겼고, 그것은 그가 내게 내놓은 예기치 않은 제안으로 말미암아 유혹으로 변할 형국이었다. ― 예기치 않았다고 한 것은 그 구체적인 내용이었지, 그 본질에서는 전혀 그렇지 않았다.

두 번째 주가 끝날 무렵 만찬 후 로비에서 커피를 접대하고 있을 때 그 일은 일어났다. 작은 교향악단이 식당 입구 근처의 꽃밭 뒤에서 연주를 하고 있었다. 거기서 멀리 떨어져 있는, 식당의 다른 쪽 끝에 가서 킬마너크 경은 격리된 작은 식탁 하나를 골라 자리를 잡았다. 말이 나왔으니 하는 얘기이지만, 그는 그 식탁을 벌써 여러 번 이용하였으며, 나는 그 식탁 위에 그의 모카커피를 갖다 놓았다. 내가 다시 그의 곁을 지나갈 때, 그는 내게 여송연을 한 대 주문하였다. 나는 그에게 두 가지 수입산 제품을 가져갔다. 상표를 씌운 것과 안 씌운 것이었다. 그는 그것을 들여다보고 말했다.

"어떤 녀석을 피워야 되지?"

"상인들은 이것을 추천합니다만." 하고 나는 대답하고 상표를 씌운 것을 가리켰다. "저 개인으로서는, 외람되지만, 오히려 다른 쪽 것을 권하고 싶습니다."

나는 그에게 정중한 태도를 선보일 이 기회를 내던져 버릴 수가 없었다.

"그렇다면 네 판단을 따라 보지." 하고 그는 말을 했다. 하지만 그는 한 동안 집어 들지 않았고, 그 대신 내게 그 두 상자를 계속 들고 있게 한 채 그것을 내려다보고 있었다.

"아르망?" 하고 그는 나지막하게 음악 소리와 뒤섞어 물었다.

"네, 어르신?"

그는 다시 호칭을 바꿔서 말했다.

"펠릭스?"

"네, 어르신. 분부를 내리시지요?" 하고 나는 미소를 띠우며 물었다.

"자네 혹시 이 호텔에서의 일자리를 시종(侍從)의 일자리와 바꿀 생각은 없나?" 하고 그는 여송연에서 눈을 떼지 않은 채 이런 말을 했다.

드디어 올 것이 왔다.

"무슨 말씀인가요, 어르신?" 하고 나는 이해가 안 가는 듯 물었다.

그는 내가 "누구 집에서?"라고 물었다고 들었는지, 가볍게 어깨를 으쓱 하고 대답하였다.

"내 집에서 말일세. 그것은 아주 간단하네. 자네는 나를 따라 애버딘과 넥턴홀성(城)으로 가면 되는 걸세. 이 제복을 벗어 버리고, 자네의 지위를 나타내는 멋진 평상복으로 갈아입는다는 말이라네. 그곳에는 여러 시종들 이 있지만 자네가 할 의무는 나 한 사람만 보필해 주는 것으로 국한될 걸 세. 자네는 늘 내 곁에 있게 될 거야. 성에서나 산속 여름 별장에서나 말이 야. 자네의 보수는," 하고 그는 덧붙였다. "아마도 여기서 받는 것의 두세 배는 될 것일세."

나는 입을 다물고 있었다. 그는 내게 눈짓이라도 해서 내가 말문을 열게 재촉하지도 않았다. 오히려 그는 내 손에 든 상자에서 여송연 한 개를 집 어 들고, 그것을 다른 것과 비교하였다.

"그건 아주 신중하게 생각해 봐야 할 것 같습니다. 어르신." 하고 나는 결국 그에게 대답했다. "어르신께서 저를 지극히 생각해 주셔서 그런 말씀을 하셨다는 것은 두말할 나위가 없습니다. 그런데 너무나 갑작스러워서……. 생각해 볼 시간을 주셔야만 되겠습니다."

"생각해 볼 시간이 거의 없네." 하고 그는 대답했다. "오늘이 금요일이지. 나는 월요일에 떠나네. 나하고 같이 가세나! 내 소원일세."

그는 내가 추천한 여송연을 한 개 집어 들었다. 그리고 그것을 이리저리 빙빙 돌려보며 관찰하더니 코에다 갖다 댔다. 그러면서 그가 무슨 말을 하고 있는지, 어떤 관찰자라도 알아맞히지 못할 말을 그는 나직이 말했다.

"이건 고독한 마음을 가진 사람의 소원일세."

어떤 냉혹한 인간이, 내가 느낀 감동에 대해 나를 꾸짖을 수 있을 것인가? 그러면서도 나는 내가 이러한 샛길로 빠지지 않겠다는 결심을 하리라고 나는 이미 알고 있었다.

"어르신께 약속하겠습니다. 말씀하신 기일을 잘 생각해서 신중하게 고려해 보겠습니다." 하고 나는 중얼거렸다. 그리고 이내 물러났다.

'그는 자기가 마시는 커피에 어울리는 좋은 담배를 골랐어.' 하고 나는 생각했다. 커피와 담배라는 이러한 관계는 지극히 유쾌한 것이다. 그리고 유쾌하다는 것은 언제나 행복의 약간 작은 형태이다. 사정에 따라서 사람들은 그 작은 행복에 만족하지 않으면 안 되는 것이리라.

이런 생각은 어르신을 도와 어르신께서 궁지를 뚫고 나갈 수 있도록 해 준 은근한 시도였다. 그러나 이제 하루 이틀 무척이나 답답한 날이 계속되었다. 내가 이런 말을 하는 이유는, 세 끼 식사 때도 그렇고 티타임이 끝난 뒤에도 역시 킬마너크 경은 으레 나를 한 번 쳐다보고 "이젠 결정했나?" 하고 물어보기 때문이었다. 그러면 나는 단지 속눈썹을 아래로 깔았고, 마치 무거운 짐이라도 짊어진 것처럼 어깨를 추켜올렸으며, 그렇지 않으면 걱정스러운 듯 이렇게 대답하기도 했다.

"아직도 결정을 내리지 못했습니다."

잘생긴 그의 입이 눈에 띄게 쓴맛을 다셨다. 하지만 병든 그의 누님도 단지 어르신의 행복만을 주시하고 있을 것이다. —그는 나의 고통스런 역할을 생각해 보았던가? 내가, 그가 말한 바 있는, 수많은 시종들 틈에 끼여서 그리고 심지어 켈트족의 산악 지방 주민들 사이에 끼여서 담당하게 될 그 역할 말이다. 나는 혼잣말로 이렇게 중얼거렸다. '멸시를 받게 된다면, 그것은 지체 높은 양반들의 심술 때문이 아니라 그 심술의 노리개가 된 사람 때문일 것이다.'라고. 그리고 은밀하게 나는 온갖 동정심에도 불구하고 그에게 이기주의자라는 죄를 씌워 버렸다. 그것 말고도 엘리너 튄티맨의 완전한 행동의 자유를 갖고자 하는 욕망을 내가 줄곧 억누르지만 않았다면 얼마나 좋았겠는가!

일요일 정찬 때 식당에서는 대량의 샴페인을 소비했다. 킬마너크 경은 마시지 않았으나, 건너편 튄티맨의 가족들이 있는 곳에서는 병마개가 뻥뻥 소리를 내고 터져 나갔다. 나는 그것이 엘리너한테 좋을 게 없을 텐데 하고 혼자 생각했다. 잠시 후 나의 이러한 우려가 옳다는 것이 그대로 증명되었다.

식사들이 끝난 후 보통 때처럼 나는 로비에서 커피를 접대하였다. 그 로비에 붙어 있으며, 초록색 공단을 친 유리문으로 인해 로비와는 딴 방이 되어 있는 도서실이 있었는데, 그 안에는 가죽 의자와 신문들이 있었다. 그 방은 아주 가끔 이용되었다. 아침에만 겨우 두세 사람이 그곳에 앉아서 새로 나온 신문들을 읽곤 하였다. 이 신문들은 원래 도서실 밖으로 가져가면 안 되었다. 그런데 누군가가 《쥐르날 데 데바》 신문을 로비로 들고 나왔던 것이다. 그리고 그가 로비에서 그 신문을 읽고 자리에서 일어날 때, 자기 테이블 옆의 의자 위에다 놓아 두었던 것이다. 나는 그것을 정리하려고 막대기에 말아서 아무도 없는 도서실로 가지고 갔다. 내가 막 그 넓은 책상 위를 열을 맞춰 똑바로 정리하였을 때 엘리너가 들어왔는데, 그녀에게는 두세 잔의 '뫼르-샹동' 샴페인이 너무 지나친 주량이었음이 확실히 드러났다. 그녀는 내게로 다가오더니, 부들부들 떨면서 벌거벗은 가녀린 팔로 내 목에 매달려 이렇게 더듬더듬 말을 했다.

"아르망, 나는 당신을 절망적으로 어쩔 줄 모르도록 사랑하고 있어요. 무엇을 해야 할지 모르겠어요. 나는 당신을 이렇게 깊고도 모든 것을 바쳐 사랑하고 있으니, 이제 나는 파멸이에요, 파멸, 파멸⋯⋯. 당신은 나를 조금이라도 사랑하시나요? 어디 말 좀 해 보세요?"

"제발 좀, 엘리너 아가씨, 조심하세요. 누가 들어올지도 모르잖아요⋯⋯. 혹시 어머님께서 오실지 몰라요. 도대체 어떻게 어머니에게서 벗어날 수 있겠어요? 물론, 나도 당신을 사랑합니다, 엘리너! 당신은 정말 매력적인 쇄골(鎖骨)을 가졌어요. 모든 점에서 당신은 정말 사랑스런 여자이지요⋯⋯. 하지만 자, 이제 팔을 제 목에서 풀도록 하세요. 조심하시고⋯⋯. 이런 행동은 참으로 위험하답니다."

"아무리 위험해도 난 개의치 않아요! 난 당신을 사랑해요. 당신을 사랑해. 아르망, 함께 도망쳐요. 같이 죽어 버려요. 하지만 우선 제게 키스부터 해 주세요⋯⋯. 오, 당신의 입술, 당신의 입술, 당신 입술을 갖고 싶어 내 속은 불타고 있어요⋯⋯."

"안 돼요, 엘리너." 하고 나는 힘 들이지 않고 그녀의 팔을 내게서 떼어 내려고 하면서 말했다. "우리 그렇게 시작해서는 안 돼요. 그렇지 않아도 아가씨는 샴페인을 드셨어요. 그것도 여러 잔을 마신 것 같군요. 그런데 제가 지금 아가씨 입에 키스를 하게 되면, 아가씨는 이제 완전히 끝나게 될 거예요. 그러면 아가씨는 더 이상 이성적인 생각을 할 수가 없게 된답니다. 튄티맨 씨 부부처럼 부를 통해 높은 지위를 갖게 된 부모님을 모시고 있는 따님으로서, 이래저래 아무렇게나 만난 웨이터 녀석에게 사랑에 빠진다는 것이 얼마나 부자연스러운지, 제가 아가씨께 그렇게도 진심으로 설명해 드리지 않았습니까? 그런 것은 순수한 탈선, 젊음의 실수입니다. 그리고 그것이 아가씨의 성격과 성정에 부합되는 것이라고 하더라도, 아가씨는 사회적인 자연 법칙과 미풍양속을 위하여 그런 일을 극복하셔야 합니다. 그렇지 않아요? 자, 아가씨는 착하고 이해하실 줄 아는 사람이지요. 이제 저를 놓아 주시고, 그리고 어머님한테로 가도록 하세요."

"아아, 아르망, 당신은 어찌 그리 냉정해요. 어찌 그리 잔혹한가요. 그래도 당신은 나를 사랑한다고 하지 않았나요? 날더러 어머니에게로 가라고 했나요? 난 어머니를 증오해요. 그리고 어머니도 나를 증오하지요. 하지만 아버지는, 그분은 나를 사랑해요. 만약 우리가 그분한테 우리 관계가 이렇다는 사실을 알린다면, 그분은 틀림없이 모든 것을 잘 해 주실 거예요. 단지 우리는 도망을 가기만 하면 되지요. ─오늘 밤 급행열차를 타고 도망가요. 스페인도 좋고 모로코도 좋아요. 내가 여기 온 것은 당신에게 이 제안을 얘기하기 위해서였어요. 거기에 가서 우린 숨어 살면 돼요. 그리고 난 당신한테 애기를 낳아 드리겠어요. 그것이 우리의 이런 상황을 종료시키는 일이 될 거예요. 그리고 난 다음 아버지께서도 우리가 어린애를 데리고 발밑에 엎드리면, 할 수 없이 승낙하실 거예요. 그리고 돈을 주실 것이고, 그러면 우리는 부자가 되어 행복하게 살 수 있어요……. 아, 당신 입술 좀!"

그러면서 두려울 게 없고 거침없는 엘리너는 그 자리에서 당장 나의 아이를 가지려는 것처럼 정말 그런 행동을 했다.

"자, 됐어요, 그만 하면 충분해요. 내 사랑 엘리너." 하고 나는 말했다. 그리고 부드럽지만 진지한 태도로 결국 그녀의 팔을 내게서 내려놓았다. "이 모든 짓은 완전히 빗나간 꿈입니다. 그것 때문에 저는 제가 갈 길을 포기할 수 없으며 그런 샛길로 빠질 수도 없습니다. 아가씨께서 이런 식의 간청으로 저를 졸라 대고 또 완전히 샛길로 유혹하려는 것은 전혀 옳지 못한 일이며, 아가씨의 사랑을 보장한다는 말과도 일치되지 않는 것입니다. 그렇지 않아도 저는 힘들고 또 다른 걱정이 있습니다. 당신뿐만이 아니라 이외에도 어려운 일이 많습니다. 아가씨는 정말 이기적이세요, 아시겠지요? 하지만 모든 사람들이 다 그런 식이에요. 그러니 저는 아가씨한테 화를 내지 않고 감사하고 있습니다. 그리고 귀엽고 멋진 엘리너 아가씨를 잊지 않을 것입니다. 자, 이제 로비에서 제 일을 보도록 저를 놓아 주세요."

"흑흑!" 하고 그녀는 울음을 터뜨렸다. "키스도 안 된다! 어린애라서 안 된다! 가련하고 불행한 나! 불쌍한 어린 엘리너, 너는 정말 비참하고 모욕을 당하고 있구나!" 그리고 그녀는 손으로 얼굴을 가리고서 가죽을 씌운 의자에 가서 푹 쓰러지더니 가슴이 미어지는 듯 흐느껴 울었다. 나는 나가기 전에 그녀를 달래며 어루만져 주기 위해서 그녀에게 다가가려고 했다. 그러나 그 역할은 다른 사람에게로 넘어가고 말았다. 말하자면 바로 그 순간에 누군가가 들어왔는데―그 사람은 다름 아닌 넥턴홀의 킬마녀크 경이었다. 잘 차려입은 야회복에, 발에는 에나멜이 아니고 칙칙한 색의 부드러운 새끼 양 가죽으로 지은 구두를 신고, 면도를 한 뺨은 크림을 발라 번쩍거리는 상태로 그가 들어섰다. 그 묵직하게 불끈 솟은 코를 앞세우며 말이다. 머리는 한쪽 어깨 쪽으로 약간 기울인 채 그는 그 비스듬한 눈썹 아래의 눈으로 무슨 생각에 잠긴 듯, 손으로 가리며 울고 있는 처녀를 관찰했다. 그리고 그녀의 의자로 다가서더니, 손등으로 그녀의 뺨을 자비를 베풀

듯 다정하게 쓰다듬었다. 눈에는 눈물이 가득 고이고 입은 벌린 채, 그녀는 당황하면서 그 낯선 사람을 치켜보았고, 그리고 의자에서 벌떡 일어나더니, 족제비처럼 재빨리 유리문과는 반대쪽에 있던 다른 문으로 뛰어 나갔다.

여전히 생각에 잠긴 채, 킬마너크 경은 자기 딸을 내내 쳐다보았다. 그러고 나서 그는 조용히 그리고 굳게 결심한 듯 내게로 몸을 돌렸다.

"펠릭스 군," 하고 그가 말했다. "결정을 내릴 최후의 순간이 왔네. 나는 내일 떠나네. 아침 일찍 말일세. 나를 따라 스코틀랜드로 가려면 오늘 밤에라도 짐을 꾸려야 할 것일세. 그래, 어떻게 결정을 내렸나?"

"어르신," 하고 나는 이렇게 대답했다. "진심으로 감사드리고 또 관대하게 생각해 주시기를 바랍니다만, 제게 제공해 주시려는 일자리는 제가 감당하기에 너무 벅찬 일이라는 생각이 듭니다. 그래서 지금 제가 나아가는 길에서 옆으로 난 샛길로 접어드는 것은 포기하는 편이 나을 것이라는 확신을 가지게 되었습니다."

"능력이 모자란다고 하는 자네 말은 진지하게 받아들이지 않겠네." 하고 그는 말했다. "게다가" 하며 그는 덧붙여 말하면서 출입문 쪽으로 시선을 던졌다. "여기서의 자네 문제는 깨끗하게 끝난 것 같은 인상을 받았네만."

이 말에 나는 그에게 대답하려고 생각을 가다듬었다.

"저는 지금 이 문제 역시 깨끗하게 끝을 맺어야 하겠습니다. 그리고 어르신께서 정말 행복한 여행을 하시라는 축원을 드렸으면 좋겠습니다."

킬마너크 경은 고개를 숙였다. 그리고 다시 고개를 천천히 쳐들고서, 완전히 자기를 억제하는 듯한 태도를 취하며 내 눈을 쳐다보았다.

"펠릭스 군! 자네는 자네 인생에서 가장 중대한 그릇된 결정을 내리는 것에 대해 겁이 나지도 않는가?"

"저도 바로 그것을 두려워하고 있습니다. 어르신, 그래서 저는 그런 결정을 내린 것입니다."

"내가 자네에게 제공한 일자리가 자네가 감당하기에 벅찬 것이라고 생각해서 그러는가? 자네가 무슨 일이든 척척 해 나갈 것이라고 믿는 내 느낌이 자네와 일치하지 않는다면 내 크게 잘못 생각한 것이지. 내가 자네에게 가지는 관심은, 자네가 '아니오.'라고 생각하는 경우에 있어서 자네가 계산하지 못한 가능성을 열어 두자는 것일세. 나는 자식이 없네. 또 나는 자유로운 행동을 할 수 있는 인간일세. 양자를 맞이할 경우도 있다는 말일세……. 어느 날 깨어나 보니 부자가 되어 있더라는 얘기처럼, 자네는 장차 킬마너크 경이 되어 내 재산을 상속하게 될 수도 있는 것일세."

그 말은 심했다. 그의 공격은 정말이지 맹렬하였다. 내 머릿속에는 많은 생각이 맴돌았다. 하지만 내가 거절한 것을 철회하는 데까지는 이르지 않았다. 그가 나에 대해서 관심이 많기 때문에 내게 '경(卿)'이라는 칭호를 준다고 약속하는 것은 무척 의심스럽다. 그것은 보통 사람의 눈으로 볼 때 의심스러우며 또 타인을 수긍시킬 만한 힘을 가지고 있지 않다. 그러나 그것이 중요한 문제는 아니었다. 중요한 문제는, 신뢰할 수 있는 본능이 내 마음속에서 내게 제공된 현실, 그것도 더럽고 질척질척한 현실에 반대하고 나서서 내 편을 들어 준 점이었는데—그 본능은 자유로운 꿈과 유희를 위하여 스스로 생겨 나왔으며, 또 스스로의 은총에서, 즉 환상의 은총에서 생겨 나온 것이었다. 만약 내가 소년으로서 카알이라는 열여덟 살짜리 왕자가 되어 보자는 결심을 하고 잠에서 깨어났다면, 그리고 순수하고도 매력적인 허구를 내가 원하는 대로 자유롭게 고집할 수 있었다면—그것은 정당한 일이었을 것이다. 그래서 그 불끈 솟은 코를 가진 사나이가 내게 관심을 가져서 제공한 것 따위는 문제가 되지 않았다.

나는 내 마음속을 스치고 지나간 것을 매우 조급하게 요약을 했는데, 그것도 그 당시 나의 많은 생각들을 다그치던 때와 같이 성급한 기분으로 핵심만 뽑아서 요약을 하였다. 나는 단호하게 이렇게 말했다.

　"어르신, 제가 제 대답 대신 '좋은 여행 하세요.'라는 말을 되풀이하는 것을 용서해 주십시오."

　이렇게 말하자 그는 파랗게 질렸다. 그리고 그의 턱이 별안간 덜덜 떨리는 것을 나는 보았다.

　이 순간에 나의 눈 역시 붉어지고 어쩌면 촉촉하게 젖기까지 하였는데, 아니 아마 약간 붉어지기만 했다. 그렇다고 해서 나를 비난할 수 있는 냉혹한 인간이 어디 있을까? 동정은 동정인 거다. 하지만 그것에 대해서 전혀 감사할 줄 모른다면 그것은 무뢰한이겠지. 나는 이렇게 말했다.

　"그렇지만, 어르신. 너무 상심하지 마십시오! 어르신께서는 저를 만나서 정기적으로 보시고 제 젊음에 대해 관심을 가져 주셨습니다. 저도 거기에 대해서 신실한 마음으로 감사하고 있습니다. 그러나 그 관심은 단지 우연한 일이었습니다. 그것은 어떤 다른 사람한테도 똑같이 일어날 수 있는 것이겠지요. ―저는 어르신의 기분을 상하게 하고 싶지는 않습니다. 그리고 어르신께서 제게 주신 영광을 깎아 내리고 싶지 않습니다. 하지만 제가 아무리 제 본래의 모습 그대로 단 한 번밖에 여기 존재하고 있지 않더라도 ―누구나 단 한 번밖에 존재할 수 없는 것이지요― 제 나이와 신체 구조를 가진 사람은 수백 만 명 있는 것 아니겠습니까? 아주 작은 특징들을 제외한다면, 그 사람이 그 사람인 것이지요. 저는 어떤 부인을 한 분 알고 있었는데, 그녀는 완전히 전체적으로 똑같은 관심을 가지고 있었습니다. ―어르신께서도 근본적으로 그렇게 되실 겁니다. 좋아하시는 종류는 언제나, 어디서나 있는 것이지요. 어르신께서는 이제 스코틀랜드로 돌아가시지요.

—마치 그곳엔 매력을 풍기는 것이 없는 것처럼, 마치 동정하기 위해서 제가 필요한 것처럼 말씀하시는군요! 제가 아는 바로는 스코틀랜드에서는 맨다리에 격자무늬가 있는 스커트를 입는데, 그것은 정말 보는 사람들을 즐겁게 하는 일임에 틀림없습니다! 그곳에서 어르신께서는 그런 방면에 뛰어난 시종 한 사람을 고르실 수 있을 것이며, 그 사람과 켈트어로 얘기도 하실 수 있고, 결국에 가서는 양자로 삼을 수도 있을 것입니다. 혹시 그 사람이 어르신을 모시는 데 별로 능숙하지 못할 수도 있지요. 하지만 방법이 있을 것입니다. 그리고 최소한 그 사람은 어르신과 같은 나라 사람이 아니겠습니까? 저는 그 사람이 정말 친절할 것으로 생각합니다. 그래서 어르신께서 그 사회에 가시면 여기서 우리가 우연히 만난 것은 완전히 잊어버리실 것이라고 확신합니다. 이곳에서의 추억을 제 것으로 남겨 주십시오. 제가 그 추억을 잘 간직하겠습니다. 어르신께 약속 드립니다만, 어르신께서 제게 보여 주신 정말 짧은 기간의 관심일지라도 오늘 이렇게 제가 어르신을 모시고 담배를 고르는 일에 대해 상의할 수 있었던 것을 따뜻한 존경심을 가지고 영원히 추억하게 될 것입니다. 그리고 제가 이런 말씀을 드려도 괜찮은지 모르겠습니다만, 어르신, 좀 더 많이 드시도록 하십시오! 이렇게 말씀 드리는 것은, 어르신께서 말씀하신 자기 부정에 관한 한, 어떤 사람도 진심으로나 이성을 가지고나 어르신 의견에 찬성할 수 없을 것이기 때문입니다."

나는 이렇게 말을 했다. 그리고 내가 그 화려한 스커트 이야기를 끄집어냈을 때, 킬마너크 경은 머리를 흔들기는 하였지만 그래도 내 말은 그를 기분 좋게 만들었을 것이다. 그는 내가 처음에 그의 자기 부정을 물리쳤을 때처럼 입을 아주 멋지고 또 슬픈 모양으로 만들며 미소를 지었다. 그러면서 그는 손가락에서 너무나도 아름다운 에메랄드 반지를 뺐다. —나는 자주 그의 손가락에 끼여 있던 그 반지를 감탄해 마지않았었는데, 지금 이 순간, 이 글을 적고 있는 이 순간에 그것을 내가 끼고 있다. 아니다. 그는 그 반지를 내 손가락에 끼어 주지 않았다. 그가 그런 행동을 했던 것이 아니라, 다만 그것을 내게 그냥 주었다. 그러면서 그는 아주 나직하게 띄엄띄엄 이렇게 말했다.

"이 반지를 받아 두게. 내 소원일세. 고맙네. 잘 있게나."

그러고 난 다음 그는 몸을 돌려 가 버렸다. 내가 아무리 독자 여러분께 이 사나이의 예의 단정한 태도를 높이 평가한다 해도 아마 충분치 않을 것이다.

이상으로 엘리너 퇜티맨과 넥턴 킬마너크 경에 대한 이야기는 그치도록 하겠다.

3장

이 세상이나 사회에 대한 나의 내적인 태도는 모순으로 가득 찬 것이라고 표시할 수밖에 없다. 세상에 더 애정을 가지려는 모든 욕구에도 불구하고, 나는 자주 신중한 냉정함과 경멸적 관찰 태도에 대한 경향을 지니고 있었는데, 그것은 나 자신도 놀라게 하였다. 그런 것에 대한 하나의 예로서, 내가 마침 식당이나 로비에서 냅킨을 두른 두 손을 등 뒤에 대고 이삼 분 동안 한가하게 서 있거나 푸른 프록코트를 입은 종업원들의 서비스를 받고 있는 호텔 손님들을 관찰할 때면 가끔 드는 생각이 있다. 그것은 '*교체 가능성*'에 대한 생각이었다. 입은 옷이나 분장을 교환한다면 접대하는 사람들도 매우 다양하게 손님 행세를 할 수 있을 것이다. 그리고 여송연을 한쪽 입에 물고 등의자에 몸을 깊숙이 파묻고 노닥거리고 앉아 있는 손님들 중의 여러 명은—접대인 노릇을 할 수도 있을 것이다. 그것이 뒤바뀐 모습이 된 것은 순전한 우연이었다. —즉 부유함의 우연이었다. 왜냐하면 금전상의 귀족 계급이란 교체될 수 있는 우연의 귀족 계급이라고 할 수 있다.

그래서 이러한 생각의 실험은 항상 그랬다고 할 수는 없지만, 나는 자주 성공을 거두었다. 항상 성공을 거두지 못한 이유는, 첫째로 부유함이 습관이 되면 ―내 생각의 놀이를 곤란하게 만들었던― 최소한 표면적인 세련됨은 생길 수가 있기 때문이고, 둘째는 말쑥하게 차려입은 호텔 사회의 친구들 사이에도 언제나 돈으로 갖추긴 했지만, 돈과는 관계없는 진정한 기품을 가진 인간이 간혹 섞여 있었기 때문이다. 만약 이러한 역할의 교체가 환상적으로 성공하려면, 때때로 나 자신이 바로 전면에 나서야만 되었고, 접대인 무리 중에서는 한 사람도 괜찮은 녀석이 없었다. 그래서 경쾌하고 매우 품위 있는 거동을 하는, 정말로 호감이 가는 어떤 젊은 사나이의 경우가 꼭 그랬다. 그는 호텔에 살지 않았고, 가끔 일주일에 한두 번 우리 호텔의 만찬 때 손님으로 왔으며, 그것도 바로 내가 담당하고 있는 구역의 손님이었다. 그럴 때면 그는 마샤체크 씨한테 ―마샤체크 씨는 분명히 그의 특별한 은혜를 노리고 서비스를 할 줄 아는 사람인데― 전화로 일인용 식탁을 예약해 놓았다. 그러면 마샤체크 씨는 미리 내게 눈으로 그 식탁을 가리키면서 이렇게 말했다.

"베노스타 후작이다. 정신 차려."

베노스타 씨는 대략 나와 같은 나이였는데 나하고도 돈독하면서도 자연스러운 거의 친구 같은 관계를 맺고 있었다. 나는 그가 마음 편하고 거리낌 없는 태도로 호텔에 들어오는 것을 즐겨 맞았으며, 마샤체크 씨가 직접 달려들지 않으면 나는 그에게 의자를 똑바로 밀어 넣어 주었고, 그가 나의 안부를 물으면 나는 공손한 태도로 대답을 했다.

"후작님도 안녕하시지요?"

"그럭저럭 지내지. ―오늘 밤 당신들 호텔에선 뭐 좀 먹을 게 있나?"

"뭐, 그럭저럭 그렇지요. ―이 말은 매우 좋다는 의미로서 말하는 것입니다. 후작님께서 말씀하신 경우와 똑같지요."

"이 친구 원, 농담은!" 하고 그는 웃었다. "자네는 내 건강 상태를 잘 알고 있네그려!"

그는 우아한 모습이기는 했지만 잘생겼다고 하기에는 아직 멀었으며, 매우 깨끗한 손과 보기 좋게 곱슬곱슬한 갈색 머릿결을 가지고 있었다. 하지만 그는 지나치게 부풀어 오른 불그스름한 어린애 같은 뺨과, 그 뺨 위로는 작고 교활한 눈이 있었는데, 말이 나왔으니 하겠지만 그 눈은 내 마음에 쏙 들었다. 그리고 그 눈에 나타난 명랑함은 그가 가끔 드러내기 좋아하는 우울한 기분을 거짓말이라고 꾸짖고 있는 듯했다.

"자네는 내 건강 상태를 잘 알고 있구먼. 친구. 그리고 아르망 자네는 얘기를 쉽게 하는군그래. 보아하니 당신은 지금 이 직업에 재능을 가진 것 같구먼. 그래서 행복할 것 같고. 반면에 나는 내 직업에 내가 재능이 있는지 무척이나 의심스럽다는 말일세."

말하자면 그는 화가였다. 미술 대학에 재학 중이었으며, 지도 교수의 작업실에서 누드를 스케치하고 있었다. 그런 이야기와 또 다른 많은 이야기를 그는 우리 사이에 있었던 단편적이며 짧막한 대화에서 내게 했던 것이다. 나는 그런 이야기를 하면서 그에게 만찬을 접대하고 접시를 앞으로 내놓기도 하고 바꾸기도 하였다. 그리고 베노스타 후작 쪽에서도 나의 출신과 내 환경에 대해서 친절하게 묻기도 했다. 이러한 질문은 내가 그에게 특별한 인상을 심어 주었음을 나타내 주는 것이었다. 그래서 나는 이런 인상을 약화시킬지도 모를 지엽적인 이야기는 피해 가면서 대답했다. 그는 나와 이러한 단편적인 의견 교환을 할 때 독일 말과 프랑스 말을 번갈아 가며 사용했다. 그는 독일 말을 잘했는데, 그의 어머니, 즉 '그의 딱한 어머니'는 독일 귀족 출신이었다. 그의 집은 룩셈부르크에 있는데, 거기서 그의 부모님은, 그의 말에 따르면 '그의 딱하신 부모님'은 룩셈부르크 수도(首都)

근방에 있는 17세기에 건축한 성에서 살고 있었는데, 그 성은 공원으로 둘러싸였고 2대째 내려오며, 그의 말에 의하면, 내가 그에게 두 조각의 소고기와 얼음과자를 나누어 준 접시에 새겨져 있던 영국의 성과 똑같아 보였다. 그의 부친은 대공(大公)의 시종장(侍從長)이었으며, "그 직업이 전부"였다. 그러나 부수적으로 혹은 그것이 주업인지 모르겠지만 철강 산업에 손을 대고 있었다. 그래서 그의 아들 루이가 솔직하게 손짓을 해 가며 덧붙인 대로 "제법 부유"하였던 것이다. 그런데 그 손짓은 "당신이 그 아들이라면 무슨 생각이 들겠는가! 당연히 그는 상당히 부유한데 말이지."라는 의미를 나타내는 것 같았다. 마치 그런 것이 그의 생활 방식이고, 보석 단추가 달려 있는 그의 커프스 밑에 굵은 금줄 팔찌와 셔츠 가슴 쪽에 있는 진주는 누가 봐도 그가 부유하다는 것을 알려 주는 것처럼 말이다!

감상적인 습성에 젖은 그는 자기 부모님을 '나의 딱한 부모님'이라고 불렀는데, 그 말 속에는 사실 어느 정도 동정적인 의미도 들어 있었다. 왜냐하면 그의 부모님은 그 자신의 의견에 따르면 정말 아무짝에도 쓸모없는 아들을 가지고 있기 때문이었다. 그는 원래 소르본에서 법률학을 공부해야 했다. 하지만 그는 이 공부를 얼마 안 가서 지나치게 지루한 나머지 내던졌으며, 룩셈부르크에 사는 부모님의 절반의 승낙과 근심 가득한 승인으로 미술로 돌아섰다. ―그런데다가 그는 자기의 재능에 대한 신념도 지극히 적었다. 그의 말을 들어 보면 이런 것이 확실했다. 즉 그는 자기 자신을 어떤 우울한 자부심을 가진 걱정거리 자식으로 간주하고 있었으며, 그것이 그의 부모님을 기쁘게 하지 못하였고, 그렇다고 그런 성격을 조금이라도 고칠 가능성이나 의지를 보여 주지 않았으니, 부모님께서 걱정하시는 것은 당연할 뿐, 자기는 무위도식하고 보헤미안처럼 저급한 생활을 하는 수밖에는 인생의 다른 목표가 없다는 것이었다. 이 두 번째 논점, 즉 저급한 생활에 관한 한, 용기도 없이 게으르게 해 나가던 그의 예술가 생활만이 거기에 관련된 것이 아니라, 신분이 어울리지 않는 여자와의 일도 거기에 관련되어 있었다는 사실을 그 후에 곧 나는 알게 되었다.

말하자면 다음과 같다. 후작은 때때로 만찬에 혼자 오는 것이 아니라 지극히 사랑스럽게 둘이서 왔다. 그럴 때면 후작은 마샤체크 씨한테 좀 커다란 식탁을 예약했고, 마샤체크 씨는 그 식탁에 아주 명랑한 기분이 나도록 꽃으로 장식을 했다. 그는 대략 일곱 시에 너무도 아름다운 여인을 동반하고 나타났다. ―나는 그의 취미를 나무랄 수가 없었다. 비록 그것이 **요염한 젊은 여자**와 놀아나다가 급속히 시들어 버리고 마는 것이라 하더라도 말이다. 일단은, 청춘의 꽃이라고 할 수 있었던 '짜자'였다. ―그는 그녀를 그렇게 불렀다. 그녀는 이 세상에서 가장 매혹적인 존재로서―파리 태생의 여자로, 바람기가 있는 여성이었다. 그녀는 고급 양장점에서 맞춘, 물론 그가 그녀를 위해 주문했을 흰색 혹은 다채로운 색의 야회복을 입었고, 또한 당연히 그의 선물임에 틀림없는 진귀하고 고풍스런 장신구를 착용하여 한층 빛이 났으며―늘 드러내 놓은 아름다운 팔, 약간 환상적으로 뭉쳐서 등허리를 덮고 있는 머리카락, 그리고 날씬하고 알맞게 살이 찐 갈색 머리의 여자였다. 그녀의 머리에는 비스듬히 매달린 은색 술이 달려 있었고, 이마 위에는 깃으로 장식한, 터번같이 생긴 아주 잘 어울리는 천으로 싸여 있었다. ―또한 그녀의 코는 둥그스름했고, 재잘거리는 귀여운 입에 경박하게 추파를 던지는 눈을 가지고 있었다.

그들은 샴페인을 마셔 가며 자기들만의 대화를 주고받았는데, 그 샴페인은 짜자와 동반했을 때면 늘 주문하던 술이었다. 반면 그가 혼자 올 때면 보르도 포도주 반병을 마셨다. 그래서 그 한 쌍의 남녀를 접대하기는 즐거운 일이었다. 베노스타 후작이 넋을 잃도록 그리고 누가 쳐다보든 아무런 신경도 쓰지 않을 만큼 그녀한테 반한 것은 의심할 여지도 없었고—
또한 어떤 기적이라고도 할 수 없었다. 그는 그녀의 귀여운 목덜미와 재잘
거림, 까만 눈의 가벼운 마법에 홀리고 말았다. 그리고 짜지는—내 생각으
로, 그녀는 몸을 바쳐 그에게 애정을 주어 그가 기뻐하면, 그것에 만족하
여 상대했고, 또 그런 애정에다 온갖 수단을 다하여 그의 애간장을 태우려
고 하였다. 그녀는 순전히 그런 애정을 쏟으며 커다란 행운을 뽑아 내었던
것이며, 그 애정을 발판으로 하여 빛나는 장래 계획을 세워 놓고 있었다.
나는 보통 그녀를 "마담"이라고 불렀다. 그러나 언젠가 한 번, 아마 네 번
째 아니면 다섯 번째 우리 호텔에 왔을 때, 나는 그녀를 "후작 부인"이라고
불러 보았다. 그것으로 나는 커다란 효과를 거두었다. 그녀는 화들짝 놀라
면서도 기뻐서 얼굴을 붉혔고, 자기 남자 친구한테 물어보는 듯한 정다운
눈초리를 내게 보냈다. 베노스타 후작은 그 호칭을 재미있어 하는 눈으로
받아들이긴 하였으나, 그의 두 눈은 한편으로는 좀 난감한 듯 음식이 담겨
있는 자기의 접시 위로 내려앉았다.

물론 그녀는 나를 가지고도 농을 부렸다. 그러면 후작은 그녀의 행동
을 백 퍼센트 안심할 수 있었음에도 불구하고 질투하는 모습을 보이는
체했다.

"짜자, 넌 나를 미치게 만들고 있어. —네가 이 아르망하고 눈짓을 교환
하는 것을 집어 치우지 않는다면 말이다. 이중 살인의 책임을 지면 네게
이로울 것은 하나도 없어. 게다가 내가 자살하는 것까지 덧붙인다면 말이
야……. 솔직히 말해 봐. 넌 이 사람이 턱시도를 입고 너랑 이 식탁에 앉아
있고, 내가 푸른 프록코트로 너희들을 접대한다고 하면 조금도 반대를 하
지 않을 테지."

내가 심심할 때면 즐겨 하는 나 혼자만의 사고방식의 실험, 즉 역할을

뒤바꾼다는 은밀한 실험을 그가 자기 쪽에서 입 밖에 꺼냈다니 얼마나 이상한 일인가! 나는 두 사람에게 디저트를 고르도록 각각 메뉴판을 내주면서, 짜자 대신 이렇게 말할 만큼 대담했다.

"그렇게 되면 어려운 역할을 하게 되는 거지요, 후작님. 접대인의 일이란 손놀림이기 때문입니다. 하지만 후작 역할을 한다는 것은 지극히 단순한 일이니까요."

"대단해요!" 하고 짜자는, 재미있는 말을 들었을 때 그녀 같은 여자들이 흔히 반응하는 그런 만족감을 나타내며 크게 소리치며 웃었다.

"그럼 자네는 내가 손놀림을 하는 것보다 자네가 그런 지극히 단순한 존재 역할을 더욱 잘한다고 확신하고 있다는 말이지?" 하고 그는 물었다.

"후작님께 접대인으로서의 특별한 소질을 전가시켜 드린다는 것은, 예의도 아니며 적절하지도 않다는 생각이 듭니다만." 하고 나는 대답했다.

그녀는 무척이나 재미있어 했다.

"웨이터가 끝내주네. 너무 재미있는 사람이야!"

"너의 그 칭찬은 나를 죽음으로 내몰지." 하고 그는 연극배우 같은 절망의 몸짓을 하며 말했다. "하지만 그는 결국 대답을 회피했을 뿐이야."

나는 그 정도로 끝내 두고 물러났다. 그러나 그가 상상해서 내게 입히고, 자기 자리에 대신 앉게 하였던 그 턱시도가 이제 내 수중에 있었는데 —아주 최근에 나는 그것을 마련했던 것이다. 그리고 그것을 다른 물건들과 함께 조그만 방에 감추어 두었다. 내가 이제 기어이 세를 내고 얻어 놓았던 조그만 방에다 감추어 두었다. 그 방은 호텔에서 멀지 않았으며, 도심지의 조용한 모퉁이에 있었다. 나는 잠을 자려고 그 방을 얻은 것은 아니며 —그런 일은 아주 예외적으로만 있었다— 내 개인 소유의 의상들을 그곳에 보관하고, 또 휴무일 저녁에 내가 쉬탕코 녀석과 시간을 보내는 것보다 좀 더 고급 생활을 즐기려면, 사람 눈에 띄지 않고 옷을 갈아입을 수 있는 방이 필요해서였다. 내가 세를 든 그 집은 어떤 작은 주택 단지에, 즉 격자 철문으로 막아 놓은 연립 주택 단지에 있었는데, 거기에 가려면 조용한 '봐시 당글라' 거리를 지나야 했다. 그 부근에는 상점도 없었고 레스토랑도 없었다. 오직 두세 개의 작은 호텔과 개인 주택들만 있었는데, 그 구조는 수위실이 길 쪽으로 났고 그 열려 있는 문을 통해 뚱뚱한 수위가 사무를 보는 것이 보였으며, 그 수위는 술 한 병을 마시고 있었고, 그 곁에는 고양이가 앉아 있었다. 아무튼 그런 구조로 된 집에서 나는 얼마 전부터 셋방살이를 하였는데, 집주인은 친절하고도 내게 마음이 기울어진 중년의 과부였다. 그 과부는 삼 층의 절반, 즉 방이 네 개나 되는 아파트에 살고 있었다. 그중의 하나를 그녀는 그다지 비싸지 않은 월세로 내게 세를 주었던 것이다. —그 방은 일종의 침실 겸 거실이었는데, 야전 침대와 대리석 벽난로가 있었으며, 그 위에는 거울이 걸려 있었고, 벽난로 선반에는 탁상 추시계가 놓였으며, 흔들거리는 의자 등이 놓였다. 그리고 방바닥까지 잇닿은 창문에는 주름이 많이 진 벨벳 커튼이 걸려 있었다. 그 창문을 통해 빽빽하게 집으로 둘러싸인 마당과 아래층의 유리 지붕을 덮은 부엌이 보였다. 거기서 더 위쪽으로 시선을 펼치면 '생토노레' 교외의 고급 주택들의 뒷면이 내려다보였는데, 그곳은 저녁이 되면 불을 켜 놓은 주방들과 침실들에서 하인, 하녀, 요리사들이 왔다 갔다 하는 것이 보였다. 그곳 위쪽 어딘가에는 모나코 공작의 저택이 있었는데, 이렇게 평화로운 작은 주택 단지 전체가 그분의 소유였으며, 그분이 마음만 먹는다면 그 주택 단지를 팔아 사천오백만 프랑을 받을 수가 있었다. 그렇게 되면 이 집들은 철거될 판이었다. 그러나 그분은 그 돈이 필요하지 않은 것처럼 보였다. 그래서 나는 계약이 끝날 때까지 이 군주국의 손님으로서, 이 거대한 도박장의 손님으로서 머물러 있었다. 이런 생각의 기묘한 매력을 나는 알고 있었다.

"쁘렝땅"에서 가져온 멋진 내 외출복은 직원 침실 4호 앞 복도에 있는 옷걸이 속에 걸어 두었다. 그러나 새로 마련한 것들, 즉 턱시도와 비단으로 안감을 넣은 저녁 외투—그것을 고를 때 나는 나도 모르게 늘 신선하게 남아 있던 어린 시절의 인상, 즉 부관이며 색골이었던 밀러로제 씨에 대한 기억에 의하여 결정을 하였던 것이다. 게다가 밋밋한 색조의 실크햇과 한 켤레의 에나멜 구두 등을 호텔에서 남의 눈에 보이도록 해서는 안 되었다. 그래서 나는 그 물건들을 내가 세든 방의 "의상 캐비닛" 안에, 다시 말하면 커튼용 면직 천으로 그것을 싸서, 벽지를 바른 골방 안에 준비해 두었다. 그리고 약간의 흰 내복, 검은 비단 양말 그리고 넥타이 등은 그 방의 루이 16세 시대풍의 옷장 속에 들어 있었다. 공단 깃고대가 달린 야회복은 바로 치수에 맞추어 지어 입은 것이 아니라 그대로 진열장에 걸린 것을 사 입은 것이며, 다만 약간 고쳤을 뿐이다. 그런데 그 야회복이 내 몸에 완전히 딱 맞아서, 내가 그 옷을 값비싼 양복점에서 맞추어 입었다는 것을 절대 믿지 않는 사람을 나는 보고 싶을 정도였다. 무엇 때문에 나는 그 야회복과 그 밖의 아름다운 의상들을 조용한 내 개인 셋방에서 입었단 말인가?

하지만 나는 그것을 이미 말해 두었다. 그것을 입고 때때로, 말하자면 시험 삼아 그리고 연습 삼아, 상류 생활을 하기 위해서였다고 말이다. '리볼리' 거리나 '샹젤리제' 거리의 우아한 레스토랑에서 혹은 내 호텔과 동급 정도 되는 호텔에서, 아니 가능하다면 좀 더 훌륭한 곳에서, 예를 들어 리츠, 브리스톨, 모리스 같은 곳에서 식사를 하고, 식사를 하고 난 후에는 일류 극장 같은 곳에 들어가서—그곳이 행동은 없이 말만 하는 연극을 상연하는 곳이건 아니면 희가극[20]인 오페라 코미크나 정(正)가극인 그랜드 오페라를 상연하는 곳이건 간에 특별석인 칸막이 관람석에 앉아 있기 위함이었다. 그런 행동은 보다시피 일종의 이중생활을 하는 결과가 되었고, 그 생활의 품위는 어떤 모호함에 있었는데, 그러니까 어떤 모습이 본래의 '나'이며, 어떤 모습이 꾸민 '나' 혹은 가장한 '나'인지 확실치 않은 데에 있었다. 즉 내가 식당의 제복을 걸친 '세인트 제임스 앤드 앨버니' 호텔 보이로서 아침을 해 가며 접대할 때의 모습이 본래의 '나'인지, 아니면 아무도 모르는 귀한 신사로서 승마용 말을 탄 모습을 보일 때가 본래의 '나'인지, 그리고 어쩌면 자기 자신의 만찬을 끝내고 여러 군데 회원 조직의 특별 살롱을 찾게 되면, 테이블에 앉아 내가 알기에, 나의 이러한 소질에 따라올 수 있는 사람은 아무도 없을 것같이 생각되는 접대인들에게 내가 서비스라도 시킬 때가 본래의 '나'인지 말이다. 그러니까 어쨌든 나는 꾸미고 가장을 하였다. 그리고 이 두 가지 현상의 형식 사이의 가면을 쓰지 않은 현실, 즉 '나-스스로의-존재'라고 하는 것은 규정지을 수 없는 것이었다. 왜냐하면 사실 그런 것은 존재하지 않기 때문이다. 또한 나는 내가 그 두 가지 역할 중의 한쪽 사람이라고 말하고 싶지 않다. 즉 내 말은, 아무리 단호하게 그 훌륭한 점을 인정한다고 하더라도 고귀하신 신사의 역할을 하는 사람이라고 말하고 싶지 않다는 것이다. 나는 너무도 훌륭하고 성공적으로 접대를 하였으므로, 내가 남에게 접대를 시키는 경우엔 무조건 좀 더 행복하게 느껴야만 하리라. ―어쨌든 사람에게 접대를 시키는 데도 다른 것과 마찬가지로 자연스러우면서 확신을 줄 수 있을 만한 소질이 필요한 것이다. 나를 이러한 나의 특별한 소질과 유희에 대한 재능, 즉 귀인다운 행세를 할 수

20) (역주) 18세기 후기 프랑스의 오페라의 한 양식. 장대한 서사적 비극인 그랜드 오페라의 반대어. 처음에는 코미컬한 내용인 것에 국한되어 있었으나, 그 후 대사가 들어 있는 모든 오페라를 뜻하게 됨.

있는 재능과 관련을 맺게 하였던, 그것도 결정적으로 그리고 두말할 필요 없이 지극히 기쁘게 하는, 아니 취하게 하는 방식으로 관련을 맺게 하였던 저녁이 다가오고야 말았다.

4장

그날은 아직 국민 경축일 전 7월의 어느 저녁이었다. 국민 경축일에는 극장 시즌도 끝이 났다. 나는 2주일마다 한 번씩 호텔 상부에서 베풀어 주는 휴가로 즐거운 나머지 옛날에도 한두 번 그랬던 것처럼, '생제르망 불레바르'에 있는 '앙바사되르 그랑 호텔'의 아담하게 정원 모양으로 꾸민 옥상 테라스에서 만찬을 하기로 작정했다. 그 하늘 높은 곳에서는 난간에 올려놓은 화분 너머로 파리 시내를 센강 쪽으로 훤히 조망할 수 있었는데, 한쪽으로는 꽁꼬르드 광장과 마끌레느 사원이 보였고, 다른 쪽으로는 1889년 세계 박람회 때의 기적적인 건물 작품인 에펠 탑을 볼 수 있어 좋았다. 그 위까지 가기 위해서는 엘리베이터로 육칠 층을 올라갔는데, 그곳은 시원하고 나직한 목소리로 얘기를 주고받는 귀빈들로 붐볐으며, 그들의 시선은 하나같이 호기심을 꺼렸다. 그리고 나는 이런 손님들 속에서 쉽게 흠잡을 데 없이 적응을 하였다. 갓을 씌운 작은 전등이 달린 식탁 주위에는 부인들이 안락의자에 앉아 있었는데, 그들은 엷은 색 옷차림에다 유행인, 부피가 크고 대담하게 휘어 올라간 모자를 쓰고 있었고, 또 나처럼 깔끔한 야회복을 입고 수염을 기른 신사들도 앉아 있었는데, 한두 사람은 심지어 연미복을 입었다. 물론 나는 연미복을 하나도 가지고 있지 않았지만 나의 우아함으로도 완전히 만족할 수 있었다. 그래서 아무 걱정 없이 나는 여기서 일을 맡아 보고 있는 수석 웨이터가 지시하여 준, 비어 있는 식탁에 가서 앉을 수 있었는데, 수석 웨이터는 그 식탁에 놓여 있던 여분의 식기를 치우게 하였다. 나는 유쾌한 식사 후에 있을 즐거운 저녁을 고대하고 있었다. 왜냐하면 내 호주머니에 오페라 코미크의 표 한 장이 들어 있었기 때문인데, 오늘 그곳에서는 내가 좋아하는 별세한 구노의 풍부한 선율로 싸인, 대작 「파우스트」를 공연하고 있었던 것이다. 나는 그것을 이미 한 번 들어 보았고, 그 당시의 매력적인 인상을 새롭게 재생할 것을 기쁜 마음으로 기대하고 있었다.

그러나 그것은 그렇게 되지 않았다. 완전히 다른 일, 그리고 내 인생에서 중요한 일이 이날 밤의 운명을 선점하고 있었다.

나는 막 메뉴판을 손에 들고 나에게로 몸을 구부린 웨이터에게 내가 원하는 것을 말하고 또 주류 메뉴판을 가져와 달라고 요구하고 있었는데, 그때 나의 눈은 식사를 하고 있는 손님을 천천히 그리고 의도적으로 약간 피곤한 듯 이리저리 굴러가다가 다른 사람의 두 눈과 마주쳤는데, 그것은 익살맞고 영리한─젊은 베노스타 후작의 눈이었다. 그는 나와 같은 옷차림이었고, 내게서 약간 떨어진 곳에서, 혼자, 1인석에 앉아 자기의 음식을 먹고 있었다. 당연한 일이었지만 나는 그를 먼저 보았다. 그가 나를 보기보다 더 빨리. 그가 나를 제대로 보았을까 하고 생각하기보다는 내 눈을 믿는 것이 훨씬 더 쉬운 일이었으니까 말이다. 그는 잠깐 이맛살을 찌푸리더니 그의 얼굴에 아주 유쾌한 놀라움이 떠올랐다. 내가 이런 말을 하는 것은, 내가 그에게 인사를 할 것인지 망설였음에도 불구하고(그런 행동이 요령 있는 것인지 아닌지, 나는 완전히 확신하지 못했다.), 나는 나도 모르게 눈

웃음을 쳤기 때문이다. 그렇게 눈웃음을 치면서 나는 그의 눈초리와 맞부딪쳤는데, 그는 내가 동일 인물 ―즉 신사와 접대인의 동일 인물― 이 확실한지 뚫어지게 쳐다보고 있었다. 그는 머리를 비스듬히 뒤로 젖히고, 가볍게 두 손을 벌리면서 자기가 약간 놀랐으며 그리고 재미있다는 표시를 내게 전했다. 그러고 나서 자기의 냅킨을 내려놓더니 식탁 사이로 걸어서 내게로 건너왔다.

"이봐, 아르망. 자네 맞는가? 아님 자네 아닌가? 근데 내가 잠깐 의심했던 것을 용서하게! 그리고 습관대로 자네 이름을 부르는 것도 용서해 주고―불행히도 난 자네의 성을 모르고 있었으니 말이지. 아니면 내가 까먹었을지도 모르겠구먼. 우리에게 자네는 언제나 그냥 아르망이었으니까……."

나는 몸을 일으키고 손을 내밀어 그와 악수했다. 물론 여태까지는 한 번도 손을 내민 일이 없었다.

"그렇지요, 지금껏 성은 모르셨으니까요." 하고 나는 웃으며 말했다. "그 말씀이 맞습니다. 후작. 아르망은 다만 저의 **전시(戰時)**의 이름 혹은 직업명에 불과합니다. 사실대로 말씀 드리자면 제 이름은 펠릭스 ―펠릭스 크룰― 이라고 합니다. 후작을 뵙게 되어 반갑습니다."

"이보게, 크룰. 어떻게 내가 잊을 수 있겠는가? 나도 참 반갑네! 정말이네! 어떻게, 잘 지냈는가? 겉으로 보기에는 아주 좋아 보이네그려. 하긴 외관이 좋아 보여도……. 나 역시 외관은 좋아 보이네만, 그런데도 좋은 일은 없다네. 그래요, 그래. 좋지 않지. 그건 내버려 두세. 그런데 자네는― '세인트 제임스 앤드 앨버니' 호텔에서 그렇게 즐겁게 일했는데 혹시 그만두기라도 했는가?"

"그렇지는 않습니다, 후작. 그 일도 병행하고 있지요. 아니면 지금 여기 이

짓이 병행하고 있는 일이라고 할까요? 저는 여기도 있고 거기도 있습니다."

"정말 재미있네. 자네는 마술사군. 그런데 내가 자네를 귀찮게 하고 있구먼. 당신에게 맡기겠으니……. 아니, 오히려, 우리 함께 모이는 게 좋겠구먼. 당신을 내 식탁으로 넘어오게 할 수도 있지만, 내 식탁이 너무 작네. 그런데 보아하니, 당신한테 자리가 있구먼. 나는 벌써 디저트를 들었네만, 자네가 좋다고 하면 여기 자네 자리에서 커피를 마시겠네. 아니면 혹시 자네는 혼자 있기를 원하는가?"

"그렇지는 않습니다. 환영합니다, 후작." 하고 나는 태연하게 대답했다. 그리고 호텔 보이에게 향하여, "이분한테 의자를 하나 드리시오!" 하고 말했다. 일부러 나는 즐거운 마음을 나타내려고 하지 않았고, 이렇게 만나서 반갑고 영광이라는 둥 그런 말은 조금도 입 밖에 내지 않았다. 대신에 그의 제안을 좋은 생각이라고 말하는 것으로 그쳤다. 후작은 건너가서 내 정면에 앉았으며, 내가 나의 만찬을 주문하고, 그에겐 커피와 "핀(Fine)", 즉 만찬의 마지막 코스인 꼬냑이 접대되는 동안에, 그는 식탁에 약간 몸을 구부려 열심히 나를 관찰하는 것을 그치지 않았다. 분명히 나의 분열된 이중적인 인생이 그의 마음을 빼앗았으며, 그는 그것을 좀 더 잘 이해하려고 애쓰고 있는 듯이 보였다.

"어떤가요," 하고 그는 말했다. "내가 있다고 해서 당신 식사에 방해가 되는 것은 아니겠지요? 당신이 부담을 느낀다면 제가 불행할 것 같군요. 그래도 내가 고집을 부려 당신이 조금이라도 부담을 느끼지 않도록 하고 싶군요. 고집이란 언제나 좋지 못한 아동 교육의 특징이라고 할 수 있지요. 교육을 받은 인간은 모든 것을 은근슬쩍 넘어가 버리고, 묻지도 않고 사건들을 승인해 버리지요. 내가 보기에 나도 그렇다고 할 수 있지만, 이것이 세상의 이치에 밝은 사람들의 특징이지요. 좋아요, 나도 그런 사람 가운데 한 사람이니까 말이오. 하지만 그렇게 많은 기회가 있을 때, 예를 들어 이번 같은 때에 나는 내가 세상 물정에 대한 지식도 없는 속인이란 것을 알게 되오. 즉 생활에 대한 경험이 없다는 것을 알게 된다는 말이오. 그 생활에 대한 경험이란 것은, 너무도 다양한 현상을 대범한 인간답게 슬쩍 넘겨 버릴 수 있는 권한을 원래 우리에게 줄 수 있는 것이지요. 우둔하면서도 대범한 체하기란 그다지 유쾌한 일은 아닐 것이오……. 당신도 알겠지만, 우리가 여기서 만난 것이 내게는 신기하고도 즐거우며 또한 내 지식에 대한 욕구를 자극하고 있소. 당신이 '병행'이나 '여기와 거기'라고 한 말은 어떤 술책을 포함하는 것 ―경험이 없는 사람에게는― 이라고 시인해 주시오. 아니, 제발 계속 드시고 한마디도 하지 마시구려! 내가 떠들도록 내버려 두시고, 분명히 나보다 훨씬 더 세상을 알고 있는 동년배인 당신의 생활 방식을 내가 설명하도록 내버려 두시오. **자아** 어서, 당신은, 오늘 여기서 처음 보는 게 아니라 항상 보아 왔던 바에 의하면 훌륭한 가문 출신이지요. ―우리들 귀족 세계에서는, 이런 억센 말을 사용하는 것을 용서해 주시오, 단순히 '무슨 가문(家門)'이라고 할 뿐이오. 하긴 부르주아 집안만 **훌륭한** 가문일 수 있는 것이지요. 웃기는 세상이랍니다! ―아무튼 훌륭한 가문(gute Familie) 출신으로서―당신의 출신과 상응하는 목표에 분명히 다가갈 수 있는 직업을 택하였다는 말이지요. 그리고 말단에서부터 출발하여 임시적으로 그런 일자리를 가지는 것은 특히 중요하지요. 예리한 눈을 갖지 못한 사람은 그것이 하류 계급의 인간과 관계가 있는 것이 아니라, 소위 변장한 신사와 관계가 있다는 것을 알아보지 못하게 된단 말이지요. 옳습니까? ―**그건 그렇다** 치고, 영국 사람들이 '신사'란 말을 이 세상에 퍼뜨려 놓았다는 것은 참 좋은 일이지요. 그래서 그나마, 귀족은 아니더라도 그만한 자격이 있는 사람들을 표시하는 말을 우리가 갖게 되었으니까요. 아니, 귀족과는 달리, 즉 우편물에 '각하(Hochgeboren)'라는 명칭이 붙는 사람들과는 달리 그에 상응하는 자격이 있는 사람들을 표시하는 말을 우리가 갖게 되었으니 말이에요. 반면에 신사에 대해서는 다만 '귀하(Hochwohlgeboren)'라고만 할 뿐이거든요. —'다만' 그렇다는 말이지요. —그런데 그 말엔 'wohl'이란 글자가 하나 더 붙어 자세히는 되었지만⋯⋯. 자, 듭시다!(Ihr Wohl!) 내가 금방 또 하나 가져오도록 주문하겠소. 당신이 그 반병을 비운 후에 우리 같이 또 한 병만 더 하자는 이야기요. 'Hochgeboren'이란 말과 'Hochwohlgeboren'은 바로 'Familie'와 'gute Familie'란 말처럼 완전히 유사한 단어지요[21]⋯⋯. 내가 하고 있는 짓이 쓸데없는 잔소리가 아니라면 말이오! 그것은 당신이 그렇게 해서 편안하게 식사를 하라는 얘기이고 괜히 나 때문에 신경 쓰지 않았으면 해서 그러는 것이오. 그 오리고기는 먹지 말아요. 그건 잘못 구웠소. 그 양의 허벅다리 고기를 드셔 보시오. 그건 수석 웨이터가 보증한 음식이라서 정말 좋다고 생각했고, 우유에 충분히 재워 두었던 것이라더군요⋯⋯. 자, **마지막으로!** 내가 당신에 관해서 무슨 얘기를 했던가요? 당신이 말단에서 출발하여 성공을 거두는 일이 당신을 하류 계급 사람처럼 보이게 만들었지만 —그것은 당신에겐 참 재미있을 것이라고 나는 생각하오만— 당신은 물론 마음속에서는 신사로서의 당신의 입장을 고수하고, 가끔 오늘 저녁과 같이 형식적으로나마 그 입장으로 돌아간다는 이야기지요. 그것 참 정말, 정말 좋은 일이군요. 그런데 내게는 완전히 새롭고, 당황스런 일이었소. —그러니 한 인간이 세상을 아는 인간이라 하더라도, 인간 생활의 진상에 대해서는 얼마나 모르고 있는 것인지 알 수 있지요. 용서하시오. 기술적으로 보

---

21) (역주) gut과 wohl은 독일어에서 '좋은', '훌륭한' 등의 뜻임.

아 '여기와 거기'라는 것도 아주 간단한 일은 분명 아니겠지요. 당신은 원래 재산이 좀 있었다고 나는 생각하오만. ─당신은 뭐라 그럴지 모르지만, 그게 아주 명백하다고 내가 생각을 해서 그런 말을 한 것은 아니오. 그러니까 당신은 당신의 직무용 의상 이외에 신사로서의 의상을 장만할 수 있는 능력이 있다는 말이지요. 그런데 그 옷을 입은 당신은 다른 사람이 입은 것과 꼭 마찬가지로 그렇게 잘 어울리니, 그것 참 재미있는 일이군요."

"옷이 사람을 만들지요. 즉 옷이 날개지요. 후작. ─아니면 말을 거꾸로 하는 게 더욱 좋겠네요. 사람이 날개를 만들지요."

"그러면 내가 당신의 생활 형식을 어느 정도 제대로 알아맞혔나요?"

"아주 정확했습니다." 그리고 나는 그에게 얼마간의 재산을 정말로 내가 가지고 있다는 것을 얘기했으며 ─아, 매우 보잘것없지만─ 시내에 작은 아파트를 하나 가지고 있어서, 그곳에서 내 옷을 바꿔 입을 수가 있으며, 지금은 그 옷을 입고 그와 마주앉을 수 있는 재미를 보고 있다고 말했다.

후작이 나의 식사하는 매너를 주의 깊게 관찰하고 있다는 것을 나는 잘 알고 있었다. 그래서 나는 모든 거드름을 삼가면서, 어느 정도 예의 바르고 엄격한 태도를 취하여, 몸을 꼿꼿이 가누었고, 나이프와 포크는 팔꿈치를 오므려 붙이며 다루었다. 나의 태도가 그에게 흥미를 주었다는 것은 그가 외국 사람들의 식사하는 습관에 대해서 몇 마디 얘기를 하는 것을 보아 알 수 있었다. 어디서 들은 얘기라고 하면서 그가 말하기를, 미국에서 유럽 사람은 포크를 왼손으로 잡고 입으로 가져가므로 구별이 금방 되며, 미국 사람은 모든 것을 먼저 잘라 놓고 그 다음에 칼을 내려놓고서 오른손으로 먹는다는 것이다. "좀 어린애들 같은 구석이 있지요. 그렇지 않나요?" 잠시 덧붙여 말하자면, 그는 그것을 오직 들어서 알 뿐이라고 하였다. 그는 미국으로 건너가 본 적이 없으며, 그곳을 여행할 마음도 전혀 없다고 하였다. —전혀 없다고— 하나도 없다고 말했다. —내가 세상 구경을 좀 한 일이 있느냐구요?

"천만에요. 전혀 없습니다, 후작. —아, 그런데 다른 의미로는 했습니다. 몇 군데 아름다운 타우누스[22] 온천장 이외에 마인 강변의 프랑크푸르트를 보았지요. 그리고 난 다음 파리에 왔습니다. 파리면 대단하지요."

"파리면 전부지!" 하고 후작은 강조하여 말했다. "내게는 그것이 전부야. 파리를 떠나기보다는 차라리 난 죽을 거야. 그런데도 떠나야만 된단 말이야. 여행을 해야만 한다고. 정말 답답한 노릇이지. 떠나고 싶은 생각도 없고 원하지도 않는데 말이지. 나는 귀족의 자식으로 태어났다네. 이보게, 크룰 —난 당신이 어느 정도 집안인지도 모르고, 어느 정도 집안의 구속을 받고 있는지 모르지만 말일세— 당신이야 그냥 훌륭한 집안 출신 아닌가? 그런데 나는, 제기랄, 그놈의 귀족 출신이란 말일세……."

나는 아직 뻬슈멜바[23] 디저트를 아직 다 먹지도 않았는데, 그는 앞서 우리 두 사람이 계획하고 있었던 '라피뜨' 포도주 한 병을 주문했다.

"이걸로 한잔 시작하겠소." 하고 후작은 말했다. "당신이 커피를 마시고 나면, 나와 한 번 건배를 합시다. 그 사이 내가 너무 지나치게 마셔 버리게 되면, 또 하나 새 것을 주문하지요."

"그런데 후작. 지금 와서 보니 후작은 술을 참 좋아하시는군요. '세인트 제임스 앤드 앨버니' 호텔에서 제가 접대할 때는 후작께선 적당히 마시곤 하셨지요."

---

22) (역주) 독일 중부 헤센주 남쪽에 있는 도시. 타우누스 산지는 라인 편암(片岩) 산지로 라인 강·마인강·란강에 둘러싸여 있다.

23) (역주) pêche·melba: 복숭아를 설탕에 절인 것.

"걱정, 근심, 고민 때문이지요. 이보게, 크룰! 당신은 무엇을 원하시오? 내게는 오직 술잔만이 위안이 될 뿐이오. 그리고 박카스의 선물을 높이 평가할 줄 알지요. 이름이 그렇지 아마? '박카스'라고 하지 '바커스'가 아니고 말이지. 편하니까 대개 그렇게 부르는 것이지요. 나는 어감이 억센 말을 쓰지 않으려고 일부러 편하다는 말을 쓴 것이오. 당신, 신화에 대해 잘 아시오?"

"그렇게 잘 알지는 못합니다, 후작. 내가 아는 건, 예를 들자면, 헤르메스 신이 있지요. 하지만 그 이외엔 별로 아는 것이 없습니다."

"그것이 당신한테 무슨 필요가 있겠소! 박식함, 더구나 까다로운 박식함 같은 것은 신사의 소관이 아니지요. 그건 귀족에게서 전해 오는 것이며 시대의 귀중한 유산이지요. 귀족들이 그냥 품위 있게 말을 탈 수 있으면 되고 그 밖에 전혀 아무것도 배우지 않아도 되며, 읽기와 쓰기까지도 배우지 않았던 시대 말이오. 책 같은 것은 성직자들에게 내맡겼지요. 그런 성향의 사람들이 우리 계급에서는 많이 남아 있소. 그들 중 대부분은 우아한 멍청이들이고, 매력 있는 녀석은 전혀 없단 말이지요. ―당신은 승마를 하시오? ―자, 이젠 내가 근심 걱정을 없애 주는 술 한잔 따를 테니 용서하시게! 다시 한 번 그대의 건강을 위하여! 오, ―내 건강을 위해? 뭐 당신 좋도록 생각하시고 축배를 드시구려. 내 건강에 그다지 도움이 될 수는 없을 것이오. ―그래, 당신은 승마를 하지 않는다고? 내가 확신하는 바이지만, 당신은 정말 승마에 소질이 있소. 다시 말해 당신은 말을 타기 위해 세상에 태어났으며, 그리고 말 타는 기사들을 모조리 무찔러 버릴 수 있을 것 같소."

"솔직하게 말씀 드리자면, 후작. 저 자신도 거의 그렇게 생각하고 있지요."

"그건 건강한 자기 신뢰이지요. 이보게, 크룰. 나는 그것을 건강하다고 얘기하지요. 왜냐하면 나도 그것을 가지고 있으며, 나 스스로가 당신한테 신뢰감을 가지고 대하고 있기 때문이지요. 이 점에서만은 아니지만……. 자, 솔직히 털어놓고 이야기합시다. 나는 당신이 원래 신뢰할 수 있는 사람이며 또 가슴을 열고 얘기할 수 있는 사람이라는 인상은 받지 않았소. 마지막에 가서는 당신은 항상 뒤로 물러난단 말이오. 어떤 비밀이 당신한테 있는 것 같소이다. 용서하시오. 나는 좀 분별이 없지요. 내가 이렇게 말하고 있는 것은 당신에게 나 자신의 방종한 행동과 이야기하기 좋아하는 내 태도를 보이는 것이오. 그것이 바로 당신에 대한 나의 신뢰감이구요……."

"거기에 대해선 저는 진심으로 감사를 드립니다, 후작. 실례가 될지 모르지만, 짜자 양의 안부를 물어봐도 괜찮은지요? 저는 당신이 그녀와 함께 오지 않아서 깜짝 놀랄 지경이었습니다."

"그 여자의 안부를 묻다니, 당신 정말 친절도 하네요! 당신도 그 여자가 매력적이라고 생각하지요, 그렇지 않나요? 당신이 어찌 그렇지 않다고 생각하겠소? 난 당신한테 동의하겠소. 온 세상 사람들이 그 여자가 매력적이라고 생각하는 데 나는 동의할 것이오. 하지만 나는 그 매력을 세상에서 빼내어 가지고 온전히 나 혼자만을 위해서 가지고 싶단 말이오. 사랑스런 그녀는 오늘 저녁, 그녀가 소속된 소극장 '폴리 뮈지깔르'에서 공연을 하고 있소. 그녀는 익살역을 하는 소프라노 가수 중의 한 사람이지요, 모르셨나요? 현재 그녀는 작품 「선녀의 선물」에 출연 중이지요. 그러나 나는 그 연극을 벌써 몇 번 보았으니, 매 상연 때마다 가서 앉아 있을 수도 없단 말이오. 또 그녀가 꾸플레[24]를 부를 때 의상을 너무 적게 착용해서 신경질이

---

24) (역주) 대개 반복 운을 가지는, 가벼운 시사 풍자적인 노래.

좀 나기도 하지요. ―의상을 적게 착용하는 것이 물론 어울리기는 하지요. 하지만 너무 적게 착용했어요. 내가 그녀에게 미치도록 푹 빠진 것이 애초부터 잘못임에도 불구하고, 나는 지금 그 때문에 고민하고 있는 것이지요. 당신은 언제 한 번이라도 정열적으로 사랑을 해 본 적이 있소?"

"후작, 저도 후작을 따라갈 만한 정도는 충분히 된답니다."

"아, 당신이 연애 문제에 일가견이 있다는 것은 당신이 보증하지 않아도 나도 알 수 있소. 그런데 당신은 사랑을 스스로 적극적으로 하기보다는 사랑을 받는 스타일같이 보이는구먼. 내 말이 틀렸소? 좋소, 그 문제는 내버려 둡시다. 짜자는 3막에서 아직 노래를 부를 것이 남아 있소. 그 다음에 내가 그녀를 데려올 것이오. 그리고 우리는 다 같이 내가 그녀에게 마련해 준 작은 아파트에 가서 차를 마시게 될 것이오."

"축하 드립니다! 그 말은 우리가 이 술을 빨리 마셔 버리고, 이 재미있는 대화를 곧 끝마쳐야만 될 것을 의미하는군요. 사실 저는 오페라 코미크의 표 한 장을 갖고 있습니다."

"그렇소? 난 뭔가 서두르는 것을 좋아하지 않소. 나는 그녀에게 전화를 해서 좀 늦을 테니 집에 가서 기다리라고 할 수도 있소. 그런데 당신은 2막 공연 때쯤 특별석인 당신 좌석에 가면 안 되겠소?"

"뭐 그리 신경 쓰지 마십시오. 「파우스트」는 매력 있는 오페라이긴 하지요. 하지만 후작께서 짜자 양한테 끌리시는 것처럼 어떻게 그 오페라가 제 흥미를 더 간절하게 끌겠습니까."

"사실은 내가 당신하고 좀 더 자세한 이야기를 하면서 당신한테 내 걱정을 얘기하고 싶다오. 이런 말을 하는 것은 다름이 아니라, 내가 지금 곤란한 지경에 빠져 있어서 그렇다오. 그것도 매우 어려운 지경에 빠져 있단 말이오. 당신은 내가 오늘 저녁에 얘기했던 여러 가지 이야기에서 그것을 벌써 알아챘겠지요."

"네, 알고 있었습니다, 후작. 그래서 저는 후작께서 당황하고 있는 것이 어떤 내용인지 제가 관심을 가지고 물어볼 수 있는 기회를 기다리고 있었습니다. 그것은 짜자 양과 관련된 일이지요?"

"그녀가 아니라면 누구겠소! 근데 당신은 내가 여행을 떠나야 된다는 이야기를 들었지요? 일 년간 여행을 할 거라는 것을 말이오?"

"꼭 일 년 동안인 거지요! 대체 왜죠?"

"아, 이보게, 친구. 이야기인즉슨 이렇다네. 나의 불운했던 양친께서 ─ 내가 당신한테 그분들에 대한 이야기를 틈틈이 했지만─ 벌써 일 년 동안이나 계속된 나와 짜자의 관계를 알게 되셨지요. ─그 사실을 알게 되는 데는 소문도 필요 없었고 익명의 편지도 필요 없었소. ─나 자신이 유치하면서도 터놓는 성격이라서, 부모님께 편지를 쓸 때 내 행복과 장래 희망에 대해서 여러 가지를 새어 나가게 만들었던 것이라오. 내가 너무 솔직했던 것이지요. 그래서 아시다시피, 내가 마음속에 품은 것을 쉽고도 간단하게 글로 써 버렸던 것이오. 당연한 일이지만, 그 노인 두 분들은 내가 진정으로 그 일을 생각하고 있고, 그 여자와 ─혹은 그분들이 말씀하시듯 그 '인물'과─ 결혼할 생각을 가지고 있다는 인상을 받은 것이지요. 그래서 그분들은, 내가 달리 어떤 기대를 가져 볼 수도 없었지만, 그 일에 대해서 제정신들이 아니었던 게요. 부모님은 이리로 오셨고 엊그제까지도 여기에 계셨지요. ─난 무척 힘든 며칠을 지냈으며, 일주일간 끊임없이 언쟁이 오갔소. 아버지는 아주 깊은 목소리로 말씀하셨고, 어머니는 아주 높고도 떨리는 목소리로 눈물을 흘리며 말씀하셨지요. 한 분은 프랑스 말로 하셨고, 한 분은 독일 말로 하셨지. 아, 오해하지 마시오. 결코 심한 말이 쏟아진 것은 아니었고, 다만 자꾸만 '그 인물'이란 말이 나왔는데, 그 말은 사실, 그분들이 나를 얼간이라든가, 무능력자 혹은 집안의 명예를 더럽힌 놈이라고 하신 것보다도 더욱 내 마음을 아프게 하였소. 물론 그런 말들을 그분들은 하지 않으셨지만, 그분들은 다만 자꾸 되풀이해서 내게 간청하였소. 그분들이나 사회에 대해서, 그런 욕을 하도록 만들 이유가 없지 않느냐고 말이오. 나 역시 무척이나 깊고도 떨리는 목소리로 확실하게 말씀 드렸소. 그분들께 심려를 끼쳐 드려서 괴롭기 그지없다고 말이오. 왜냐하면 그분들은 나를 사랑하고 또 내가 가장 좋아하는 것을 원하고 계셨기 때문인데, 다만 그것이 무엇인지 잘 모르고 계셨을 뿐이기 때문이지요. —사실 너무도 모르셔서, 내가 그 파렴치한 계획을 관철시킬 경우엔 그분들은 내게서 상속권 박탈 운운까지 했다오. 물론 그분들이 그런 말을 사용한 것은 아니며— 프랑스 말로도 독일 말로도 그런 말씀을 하지 않으셨소. 사실은, 내가 말했던 것처럼, 그분들은 나를 사랑하기 때문에 그런 심한 말은 일절 삼가고 계셨던 것이지요. 그러나 그분들은 그럴 가능성에 대해서 암시를 하셨는데, 그것도 시종일관 위협적이었다오. 하긴 아버지의 지위로 보더라도, 그리고 아버지가 룩셈부르크의 강철 공장과 맺고 있는 관계를 고려해 보더라도, 상속분이 설정되어 있기 때문에 아직도 넉넉하게 살아갈 수는 있으리라 생각했소. 그러나 내게도 짜자에게도 상속권 박탈이란 사실 도움이 전혀 되지 않는다는 것이지요. 짜자만 해도 그래요. 상속권을 박탈당한 자와 결혼한다는 것이 기쁘지는 않을 것이오. 당신도 이해하겠지요.”

“네, 잘 알겠습니다. 어쨌든 저는 짜자 양의 마음을 짐작할 수 있겠습니다. 그런데 여행이라니 무슨?”

“그 저주받은 여행에 대한 이야기는 이렇소. 즉 양친은 나를 떼어 놓으려고(loseisen) 한다는 거요. —‘너를 한번 떼어 놓아야만 하겠다.’ 하고 아버지께서 말씀하셨는데, 그분은 프랑스 말을 쭉 하시다가 도중에 이런 독일 말을 썼던 것이지요. —그런데 그 말은 '얼음(Eis)'하고 관련이 있는 것인지 혹은 '쇠(Eisen)'하고 관련이 있는 것인지, 아무튼 완전히 부적절한 단어였소. 왜냐하면 내가 극지 탐험가처럼 얼음 속에 앉아 있는 것도 아니고 —짜자의 잠자리가 훈훈한 것과 그녀의 달콤한 육체를 생각하면 이런 비교가 우스꽝스럽기만 하지요— 또 나를 붙잡아 매 놓는 것은 쇠사슬이 아니기 때문이오. 나를 붙잡아 매 놓는 것은 너무도 사랑스러운 장미의 사슬인데, 나는 그 사슬이 견고하다는 것을 전혀 부인하지 않는다오. 하지만 그 사슬을 끊어 버려야 한다는 것이지요. 적어도 시험 삼아 해 보기라도 하라는 것이 그분들의 아이디어지요. 그러기 위해서 세계 일주 여행이 필요하다는 것이지요. 부모님께서는 그 여행을 위해 내게 물 쓰듯 돈을 지원해 주려고 하고 있소. 그분들의 의도는 사실 괜찮은 것이지요! 나는 한번 떠나야만 하리라. —그것도 오랫동안— 이 파리에서, '폴리 뮈지깔르' 극장에서, 짜자한테서 떠나야만 하리라. 그리고 외국과 낯선 인간들을 보아야만 하리라. 그렇게 함으로써 다른 생각이 들게 되고, 내 머릿속에서 '망상'을 내쫓아 버려야 한다는 것이지요. —'망상'이라고 그분들은 명명했지요— 그래서 완전히 다른 사람이 되어서 돌아오라는 것이랍니다. 완전히 다른 사람이 되다니! 당신은 딴 인간, 즉 있는 그대로의 당신과 전혀 다른 인간이 되는 것을 바라시오? 당신은 불확실해 보이는군요. 그러나 나는, 나는 그것을 조금도 원하지 않고 있소. 나는 지금의 나처럼 머물고 싶고, 내게 처방을 내린 수학여행을 통해서 내 마음과 머리를 전환시키고, 내가 나를 몰라보도록 만들어 짜자를 잊어버리고 싶지는 않단 말이오. 물론 그것은 가능한 일이지요. 오랫동안 떠나 있고, 적당한 전지 요양을 하고, 수천 가지 새로운 체험을 통해서 실현될 수도 있을 것이오. 하지만 바로 그것이 이론적으로 가능하다고 생각하고 있기 때문에, 나는 이런 실험을 그렇게도 철두철미 싫어하는 것이라오."

"아무튼 생각해 볼 문제입니다." 하고 나는 말했다. "만일 당신이 완전히 다른 사람이 되어야 한다면 당신은, 즉 현재의 후작께서는 과거의 후작 자체가 없어서 섭섭해 하지 않을 테고, 또 그것을 슬퍼하지도 않을 터입니다. 왜냐하면 그 이유는 간단하게 말해, 즉 후작께선 이미 과거의 후작은 아니기 때문이지요."

"그것이 지금의 나에게 무슨 종류의 위안이 된단 말이오? 대체 어느 누가 잊기를 원할 수 있겠소? 잊는다는 것은 이 세상에서 가장 비참하고도 가장 원하지 않는 것이지요."

"그렇지만 사실 당신은 알고 계시지요. 당신이 그런 실험을 싫어한다고 해서 그것이 성공하지 못하는 데 대한 보증이 전혀 되지 않다는 것을 말입니다."

"그래요. 물론 이론적으로는 그렇소. 하지만 실제에 있어선 그것은 문제가 되지 않소. 나의 부모님은 온갖 사랑과 보호를 함으로써 한 가지 감정의 살해를 시도하려고 하고 있소. 그분들은 실패할 것이오. 거기에 대해서 나는 나 자신처럼 확신을 가지고 있다오."

"그것도 무언가를 의미하겠지요. 그런데 후작의 양친께서는 그런 실험을 그대로 실험으로서 받아들일 준비가 되어 있으신지 묻고 싶습니다. 그리고 만일 실패로 끝난다면, 후작의 소원과 또 시련을 겪은 그 소원의 저항력에 양친께서 감당할 각오가 되어 있으신가요?"

"나 역시 그것을 물어보았지요. 그러나 어떠한 명확한 긍정의 말을 받을 수가 없었소. 우선 한번 나를 '떼어 내놓는 것', 그것이 그분들에게는 가장 중요한 것이오, 그 이상은 그분들이 생각하지 못하고 있소. 공평하지 못한 점은, 나는 약속을 한 가지 해야만 하는데 그에 대한 아무런 약속도 받지 못했다는 것, 바로 그것이오."

"그렇다면 당신은 여행에 동의하셨나요?"

"달리 내가 무엇을 할 수 있었겠소? 짜자에게 상속권 박탈이라는 것을 방치할 수는 없지 않소. 나는 내가 여행한다는 약속을 했다고 그녀한테도 말을 했지요. 그녀는 펑펑 울었소. 한편으로는 오랜 이별 때문이고, 다른 한편으로는 물론 내 양친의 조치가 성공함으로 인해 내가 딴생각을 하게 될지도 모른다는 불안감 때문이었겠지요. 나는 이런 불안감을 이해하오. 때때로 나 자신도 그런 감정을 느끼지요. 아, 이보게, 이 무슨 딜레마란 얘기인가! 나는 여행을 해야만 하는데 그러고 싶지 않고, 여행할 의무를 지녔는데—그렇게 할 수도 없네. 어떻게 해야 되겠소? 누가 나를 도와 거기에서 구해 줄 수 있겠는가 말이오?"

"정말, 딱하게 되셨군요, 후작." 하고 나는 말했다. "저는 전적으로 당신에게 공감합니다. 그러나 당신이 짊어지신 의무를 그 어느 누구도 당신 대신 떠맡을 수는 없습니다."

"없겠지, 아무도."

"한 사람도 없을 겁니다."

이야기는 잠시 중단되었다. 후작은 손가락으로 자기 술잔을 돌리고 있었다. 그러다 갑자기 몸을 일으키고서 말을 했다.

"내가 깜빡 잊어버릴 뻔했구먼……. 그녀에게 전화를 걸어야만 하겠어. 잠깐 기다려 주겠소? ……."

그는 사라졌다. 그 옥상 테라스에는 벌써 자리가 상당히 비게 되었다. 불과 두 테이블에서만 웨이터들이 서빙을 하고 있었다. 나머지 대부분의 웨이터들은 할 일 없이 서 있었다. 나는 담배를 피우면서 시간을 보냈다. 이윽고 베노스타 후작이 돌아왔다. 그는 오자마자 '샤또 라피뜨' 포도주 한 병을 새로 주문하고 나서 또다시 이야기를 시작했다.

"이보게, 크룰. 나는 지금 당신한테 내 양친과의 갈등에 대해 이야기를 했소. 그것은 부모님이나 나나 양쪽 다 고통스러운 일이었다오. 내가 하는 말 속에 당연히 들어 있어야 할 효심과 존경의 말들이 모자라지 않았기를 나는 바라며, 또한 그분들이 나의 반항심에도 불구하고 내게 쏟아부은 사랑의 배려에 대한 고마움에 있어서도 모자라는 데가 없었기를 바라고 있다네. 무엇보다도 그분들의 관대하신 제안 ―그것은 그분들의 사랑의 배려를 나타낸 것이지만― 비록 그것이 어떤 명령이나 강제적인 제안의 성격을 지니고 있다 하더라도, 그 관대한 제안에 대한 고마움을 표현하고 싶소. 단지 나의 특수한 상황 때문에 온갖 정성을 베푼 이 세계 여행으로의 초대가 사실 참을 수 없는 부당한 요구처럼 되어 버렸소. 그래서 결국에 가서는 내가 어떻게 여기에 동의하게 되었는지 나도 거의 이해할 수가 없소. 다른 모든 청년들에게는 그들이 귀족 출신이건 훌륭한 집안 출신이건 간에, 이런 초대는 진기함과 모험의 온갖 빛깔로 싸여 있는 하늘이 내리신 선물이었을 것이오. 나 자신은, 심지어 나조차, 현재의 상황으로 볼 때 나의 환상 속에서 그러한 일 년간의 여행의 화려한 매력을 상상할 때면 깜짝 놀라지요. ―그것은 마치 짜자에 대한 배신이고 우리들의 사랑에 대한 배신인 것 같기 때문이오. 그런데 사실 받아들일 수 있는 능력만 있다면, 분명히 필연적으로 따르게 될 것들이 있지요. 여러 가지 풍광을 맘껏 구경할 수 있을 테고, 사람들도 만날 테고, 많은 경험도 할 테고, 재미도 좀 볼 수 있을 것이오. 생각해 보시오. ―이 넓은 세상을, 동양, 남아메리카와 북아메리카, 동아시아를 말이오. 중국에서는 하인들을 얼마든지 거느릴 수 있다고 하는군요. 젊은 유럽 녀석 하나는 열두 명씩이나 거느리고 있다고 하더구먼. 미리 명함을 가지고 다니면서 그것을 전하는 일만 하는 놈도 하나 있다고 하고. ―그놈이 명함을 가지고 앞서 뛰어다닌다는 말이지. 열대 지방의 어느 군주 이야기를 들은 일이 있네. 그는 말에서 떨어져서 앞니가 여러 개 부러졌는데, 파리에서 금니를 해서 박았다고 해요. 그런데 각각의 치아 중간에다 다이아몬드를 박았다는 거예요. 그의 후궁은 전통 의상을 입고 다니는데, 다시 말해, 값비싼 비단으로 그녀의 발을 휘감아 그 유연하고 잘록한 허리 밑에서 앞으로 잡아매었다는 거지. 아무튼 동화에 나오는 소녀처럼 예쁘다고 하더군. 목에는 서너 줄의 진주를 휘감고 있었는데, 그 속에도 역시 서너 줄씩이나 되는 어마어마하게 커다란 다이아몬드를 걸고 있더란 거요."

"후작의 존경하는 양친께서 그런 말씀을 하시던가요?"

"꼭 부모님께서 그런 얘기를 하신 것은 아니오. 그분들은 그곳에 계시지 않으셨지요. 하지만 그런 것은 정말 있을 법한 일 아닌가요? 충분히 상상할 수 있는 일이지요, 특히 그 유연한 허리는 말이오? 내 당신한테 하는 말이지만, 특별 손님들한테는, 말하자면 고귀한 손님들에게는 그런 군주는 자기의 후궁을 상황에 맞게 양도해 준다고 하는군요. 물론 이 얘기도 부모님께 들은 것은 아니지요. ―그분들은 내가 세계 여행을 하면 어떤 경험들을 하게 될지 전혀 모르고 계시지요. 그러나 내가 아무리 그런 것을 받아들이지 못한다고 하더라도, 그분들의 관대하신 명령에 이론적으로는 지극히 감사해야 하는 게 아니겠소?"

"무조건 그러셔야죠, 후작. 그런데 후작께선 제가 해야 할 역할을 맡아 하셨군요. 말하자면 제 입을 가지고 말씀하신 거지요. 제가 생각한 것은 말입니다, 후작께서 그렇게 싫어하시는 여행에 대한 생각을 가능하다면 후작께서 타협을 짓도록 하면 좋겠다는 것이었지요. 즉 그 여행이 후작한테 제공할지 모르는―제공하게 될 모든 장점을 지적하면서 말입니다. 그래서 후작께서 전화를 걸고 계시는 동안에, 바로 그런 이야기를 해 보자고 마음을 먹었지요."

"당신은 소귀에 경 읽기를 할 뻔했소. ―그리고 그 허리 때문만이라도, 당신은 나를 너무도 부러워한다는 이야기를 수백 번 고백하였을 것이오."

"부러워한다고요? 아, 후작. 그것은 완전히 맞는 얘기라고 할 수는 없습니다. 제가 선의의 비난을 하는 데에 그런 부러움이 나를 고무시킨 것은 아니지요. 저는 여행을 별로 좋아하지 않습니다. 파리 시민이 세상 구경을 하러 나설 필요가 있을까요? 그렇지요, 세상이 바로 파리로 몰려들지요. 세상은 제가 있는 호텔로 몰려옵니다. 그리고 연극이 끝날 때쯤 마드리드 카페의 테라스에라도 앉아 있게 되면, 저는 세상을 편안하게 가까이에서 바라볼 수 있지요. 제가 당신에게 그것을 자세히 설명할 필요는 없을 것입니다."

"없지요. 그러나 내게 그 세계 여행을 이해시키려고 생각했다면, 당신은 당신의 냉담한 태도로 볼 때 지나친 생각을 하였소."

"오, 후작, 그럼에도 불구하고 저는 시도해 보겠습니다. 후작이 저를 신뢰해 주신 데 대하여 어떻게 제가 감사의 뜻을 보일 생각을 하지 않겠습니까? 벌써 저는 후작에게 제안할 것을 생각하고 있었소. 후작이 여행하는 데 짜자 양을 그냥 데리고 가시는 겁니다."

"그건 불가능하오, 크룰. 당신 무슨 생각을 하는 거요? 좋은 의도인 것은 알겠지만 그게 무슨 생각이란 말이오! '폴리 뮈지깔르' 극장과 짜자와의 계약에 대해서 나는 말하지 않겠소. 계약이야 깨질 수도 있는 거지요. 하지만 나는 짜자와 같이 여행할 수도 없고 또 그녀를 숨길 수도 없소. 어떻든 자기 부인이 아닌 여자를 세상 밖으로 데리고 다닌다는 것은 어려운 점이 있는 법이지요. 더구나 나는 감시를 받게 될 것이오. 내 양친은 여기저기 접촉하고 있는 데가 많지요. 만일 내가 짜자를 동반하는 바람에 양친께서 의도한 그 여행의 목적과 의의를 저버리게 되면, 그분들은 한편으로는 공식적인 방법으로 알게 될 테고, 아무튼 그것은 불가피한 사실이겠지요. 그러면 그분들은 흥분해서 이성을 잃어버리겠지요! 그분들은 내 여행 수표를 부도 수표로 만들어 버릴 것이오. 예를 들자면, 아르헨티나의 에스탄시아에 있는 어떤 가정에서는 상당히 오랫동안 체류하게 되어 있소. 그 가정은 양친과 프랑스의 어느 온천에서 알게 된 것이오. 그런데 내가 짜자를 일주일 동안이나 혼자 부에노스아이레스에 내버려 두어서 그 거리의 온갖 위험 속에 빠지게 할 수가 있겠소? 당신의 제안은 전혀 생각할 여지가 없다오."

"저도 그런 제안을 할 때 거의 짐작하고 있었습니다. 그것은 철회하겠습니다."

"그 말은 곧 당신이 나를 곤경에 빠뜨리는 결과가 된다는 것을 의미하지요. 당신은 내가 혼자 여행해야만 한다는 것에 그대로 따른다는 말이군요. 당신은 순응도 참 잘하는군! 하지만 나는 그럴 수가 없소. 나는 여행을 해야만 하고 또한 여기에도 있고 싶소. 다시 말하자면, 불가능한 일을 시도해야 하는데, 여행도 하고 동시에 여기에도 있어야 된다 그 말이오. 다시 한 번 말하면, 나는 나를 이중으로 만들고 둘로 쪼개야만 하오. 루이 베노스타의 한 부분은 여행을 해야만 하고, 다른 한 부분은 파리에 있는 짜자 곁에 머물러 있어야 한단 말이오. 후자의 경우가 내가 가치를 인정하고 있는 중요한 일이지요. 간단히 말해서, 여행은 병행해야만 하니 루이 베노스타는 여기도 있어야 하고 저기도 있어야 될 것이 아니오. 내 생각의 고리를 당신은 따라올 수 있겠소?"

"한번 시도해 보지요, 후작. 다른 말로 하자면, 그러니까 *이렇게 보여야*

*된다*는 말이지요. 당신은 여행을 하고 있지만 사실은 집에 있어야 된다는 것처럼 보이도록 말이지요."

"바로 그 말이오!"

"하지만 상당히 어렵겠지요. 후작처럼 생긴 사람이 없기 때문에 말입니다."

"아르헨티나에는 어느 누구도 내가 어떻게 생겼는지 알지 못하오. 내가 다른 곳에서 어떻게 보이든지 난 반대하지 않을 것이오. 지금 여기서보다 거기에서 더 좋게 보인다면 그것도 또한 재미있는 일이겠네요."

"그러니까 당신의 이름이 여행을 해야만 하는군요. 후작이 아닌 다른 인물과 결부되어서 말이죠."

"하지만 아무나 그 인물이 되어서는 안 되지요."

"저도 같은 생각입니다. 아무리 고르고 골라도 충분치 않겠지요."

그는 잔에 가득 와인을 부어, 한숨에 들이켜고 나서 잔을 테이블 위에 조심스럽게 내려놓았다.

"크룰, 내가 문제 삼고 있는 것, 즉 내 선택은 끝났다네." 하고 그는 말했다.

"그렇게 빨리요? 별로 찾아보지도 않고서요?"

"우린 벌써 꽤 오랜 시간을 서로 마주보고 앉아 있었네."

"우리라고요? 후작께선 무슨 생각을 하고 계시죠?"

"크룰," 그는 되풀이했다. "난 당신을 당신의 이름으로 부르는데, 그 이름은 훌륭한 집안 출신의 한 사나이의 이름이지요. 설령 그 이름 때문에 귀족 출신의 사나이라는 존경을 받게 될망정, 사람들은 그 이름을 쉽게 또는 단지 일시적이라도 부인할 수는 물론 없겠지요. 혹시 당신은 한 친구를 곤경에서 건져 낼 수 있지 않을까요? 당신은 여행을 좋아하지 않는다고 내게 말하였지요. 그러나 여행을 좋아하지 않는다고 하지만, 파리를 떠나야만 하는 나의 공포나 혐오에 비하면 그다지 중요하지 않을 것이오! 당신은 또 내게 말하기를, 물론 우리는 그 점에서 일치하였지만, 내가 나의 양친에게 약속한 것은 어느 누구도 내게서 인수해 갈 사람은 없을 거라고 했지요. 당신이 그것을 내게서 인수해 가면 어떻겠소?"

"아, 후작. 당신은 환상의 세계로 빠져들고 있는 것 같군요."

"왜? 왜 당신은 환상적인 세계에 대해서 당신과 전혀 관계가 없는 낯선 영역인 것처럼 말하시오? 당신도 좀 특별하지 않소, 크룰! 나는 당신의 그 특별함에 술책적인 성질이 있다고 했소. 심지어 최종적으로는 은밀하고 신비롭기까지 하다고 했지요. 그래, 내가 그런 말 대신에 '환상적'이라고 말했다고 해서—당신은 내게 화를 내시겠소?"

"그럴 리가 있겠어요. 후작께선 악의로 말씀하시는 건 아닐 테니까요."

"당연히 그렇지요! 또 그랬다고 해서 당신이란 인물이 나를 이런 생각이 들도록 한 데 대해서 당신이 화를 낼 수도 없을 테니까. —즉 우리들이 이렇게 만나서 얘기하는 동안 나의 선택은—나의 아주 까다로운 선택은!—바로 당신한테 떨어졌다는 것이오. 그렇다고 당신이 나에게 화를 낼 수 있겠소!"

"그러니까 바깥세상에 나가서 당신의 이름을 사용하는 사람으로서 저를 택하셨단 말씀이지요. 사람들의 눈에 당신이 될 수 있는 사람, 후작의 부모님의 아들이 될 수 있고, 후작 가문의 사람일 뿐만 아니라 후작 자신이 될 수 있는 사람으로서, 후작께서는 저를 선택하셨다는 거지요? 후작께선 이 일에 대해서 응당 생각해야 할 것들을 충분히 심사숙고하셨나요?"

"내가 실제로 있는 곳, 그곳에서 나는 사실 나로서 존재하게 되는 거라오."

"하지만 바깥세상에서는 후작께서 다른 사람이 되어야 하지요, 즉 제가 되어야 하지요. 사람들이 당신을 저라고 보아야 하지요. 세상의 눈에 보이기 위하여 당신은 후작이란 인물을 제게 넘기시는 겁니다. '내가 실제로 있는 곳'이라고 당신은 말씀하셨습니다. 그렇지만 후작께서 실제로 계신 곳이 어디겠습니까? 만약 그게 불확실하지 않다면 제게도 좋고 후작께도 좋은 일 아닙니까? 그러니 이러한 불확실성이 제게도 좋은 일이라고 한다면, 그것은 역시 후작께도 옳은 일이 아니겠습니까? 후작은 다만 상당히 국지적으로만 후작 자신일 수 있고, 여타의 나머지 세상에 있어서는, 그러니까 주로 후작께선 저로서, 저를 통해서, 제 안에서 존재하게 됩니다. 그것에 대해 불쾌하지 않겠습니까?"

"괜찮소, 크룰." 하고 그는 온화한 마음을 보이며 식탁 너머로 내게 손을 내밀었다. "난 괜찮다오. —당신도 나한테 불쾌할 게 없지요. 당신이 내게 당신이란 인물을 양도하고 내가 당신의 모습으로 돌아다닌다고 한다면, 그러니까 내 이름이, 사실 이제부터 당신만 좋다고 하면, 바깥세상에서 당연히 그런 경우가 되는 것처럼, 내 이름이 당신의 모습과 결합이 된다고 하면, 이 루이 베노스타에게는 그다지 나쁠 것이 없다오. 나는 이러한 결합이 자연적으로 생겼다고 해도, 다른 사람들은 결코 불쾌하게 생각하지 않으리라는 의심을 어렴풋하게 품고 있지요. 그자들은 현실에 만족해야만 하고, 그자들의 심술은 내게 별로 걱정거리가 아니라오. 왜냐하면 나는 내가 짜자 곁에 있는 곳에 사실 존재하기 때문이지요. 그러니 당신이 다른 곳에서 루이 베노스타라고 해도 내게는 좋은 거지요. 나는 지극히 만족해서 사람들 앞에 당신 행세를 하고 나타날 것이오. 당신은 여기서나 저기서나 특이한 친구이니, 즉 두 가지 모습으로, 다시 말하면 신사로서 혹은 식당 웨이터로서도 행세하고 있지요. 당신은 내 신분 계층의 여러 친구들한테도 뒤지지 않을 만한 예의범절을 알고 있소. 당신은 외국어도 할 줄

알고, 그리고 얘기가 신화에 미치면 ─그런 일은 거의 일어나지 않겠지만
─ 당신은 헤르메스에 대한 얘기로도 충분할 것이오. 그 이상은 어떤 사람
도 귀족인 당신에게 요구하지는 않을 것이오. ─심지어 당신은 시민적인
인간으로 보이도록 해야 되겠다는 말까지 할 수 있을 것이오. 당신이 여러
가지 결정을 내리는 데 당신은 이렇게 가볍게 생각하는 것을 고려해야 할
것이오. 자, 그러면 당신은 승낙한 거지요? 당신은 내게 이런 위대한 우정
의 행동을 증명해 주겠지요?"

　"후작께선 이런 것에 대해 분명하게 알고 계시지요?" 하고 나는 말했다.
"후작, 우리는 지금까지 현실과 동떨어진 공중에서 헤매고 있으며, 사실에
대해서는 아무것도, 다시 말해 계산에 넣어야 하는 백 가지 어려운 점에 대
해서는 아직 전혀 얘기가 되지 않았다는 것 말입니다."

　"당신 말이 옳아요." 하고 그는 대답했다. "무엇보다도 내가 다시 한 번
전화를 걸어야 한다고 상기시켜 준 것이 옳았소. 나는 짜자에게 설명해 주
어야 하겠소. 우리들의 행복의 운명이 결정될 이야기에 정신이 팔렸기 때
문에 내가 그렇게 금방은 갈 수 없다고 말이오. 그럼 실례하겠소!"

　그러고서 그는 다시 사라졌다. ─아까보다도 더 오래 돌아오지 않을 것
같았다. 파리 하늘에 어둠이 내려앉았다. 벌써 오래전부터 옥상 테라스는
아크등의 흰 불빛으로 물들어 있었다. 이 시간이 되니 자리는 완전히 비었
고, 아마 극장이 끝난 뒤에야 비로소 다시 활기를 띠게 될 것 같았다. 나는
호주머니에 든 오페라 티켓이 무효가 되는구나 하고 생각했다. ─보통 때
같으면 나에게 고통을 주었을 이러한 은밀한 일의 경과에 대해서 별로 주
의를 기울이지도 않은 채 말이다. 내 머릿속에서는 여러 가지 생각이 떠올
랐다. 그런데 그것은 이성에 의하여 감시를 받고 있었다고 말할 수도 있겠
다. 그런데 그 이성은 여러 가지 생각을 ─아무리 수고스럽다 하더라도─

신중하게끔 독려하고서 도취 속으로 떨어지는 것을 허용하지 않았다. 나는 잠시 혼자 있게 되어서 무척 기뻤다. 그래서 아무런 방해를 받지 않고 지금의 상황을 검토할 수 있었고, 이야기가 계속될 경우 논의되어야 할 사항을 나 자신이 미리 생각해 볼 수가 있었다. 옆길, 나의 대부께서 스스로 그런 여러 가지 기회를 예를 들어 가며 내게 말씀하셨던 행운의 옆길이, 여기에 깜짝 놀랍게도 나타났다. 그것도 아주 유혹적인 모습으로 나타나서, 나를 꾀어 내는 것이 막다른 골목이 아닌지 이성으로 검토해 보기도 정말 부담이 될 정도였다. 이성은 내게 비난을 퍼부었는데, 내가 발을 들여놓을 길은 위험한 길이며 그 길을 걸어가면 안심할 수 있는 발을 소유하고 있어야 한다고 말이다. 이성은 그것을 힘껏 강조하였으나 결국에 가서는 나의 모든 재능을 용감하게 증명할 수 있는 모험의 매력을 더욱 높여 놓을 뿐이었다. 어떤 일을 하려면 용감한 사람에게 용기가 필요하다고 증명하여 경고하는 짓은 무익한 일이다. 나는 내 상대자가 돌아오기 오래전에 그 모험 속에 뛰어들 것을 결심했다는 이야기를 주저하지 않고 말하고자 한다. 사실 나는 내가 그에게 *어느 누구도* 그의 약속을 맡아 줄 사람은 없다고 말을 했던 바로 그 순간에 이미 그렇게 하기로 결심하고 있었다. 그리고 나의 근심 걱정은, 그 계획을 수행함에 있어 닥쳐올 실제적인 곤란함 때문에 생긴 것이 아니라, 오히려 그런 곤란한 문제를 처리하는 교묘한 나의 솜씨로 인하여 그의 눈에 의심스러운 빛을 띠게 되었던 위험성 때문에 생긴 것이었다.

말이 나왔으니 하겠지만, 후작의 눈에는 나에 대한 의혹의 불빛이 있었다. 즉 그가 나의 삶의 방식에다 부여했던 말들, '술책'이니 '신비스럽다'느니 '환상적'이라고까지 한 말들은 벌써 그런 의혹을 나타내고 있었다. 나는 그가 자기의 제안을 아무 남자들에게나 하지 않았으리라는 데 대하여는 조금도 의심을 품지 않았다. 그가 내게 하였던 그런 제안은 나를 대우해 주기는 했으나 약간 의심의 성격이 짙은 것이었다. 그럼에도 불구하고 나는 그가 내 손을 잡았을 때의 온화한 느낌을 잊을 수가 없다. 그는 내 손을 잡으며 확언하기를, 바깥세상에 나가서 나라는 인물로 변화해도 "불쾌하지는 않을" 것이라고 했다. 그리고 나는, 만일 여기서 내가 어떤 나쁜 장난을 저지르게 된다면, 자기의 양친을 속이려고 혈안이 되어 있는 그 후작이, 아마 내가 그 장난에 적극적인 가담자라고 하더라도, 나보다는 훨씬 더 관심이 클 것이라고 혼자 생각해 보았다. 그가 전화를 끝마치고 돌아왔을 때, 나는 그의 아이디어가 대부분은 자기 자신을 위한 것으로서, 장난을 치겠다는 바로 그 생각이 그에게 활기를 주고 그를 고무시켰다는 것을 아주 분명하게 알 수가 있었다. 그의 어린애 같은 뺨이 무척 충혈되었는데, 그것은 술 때문만은 아니었다. 그리고 그의 눈에서는 교활한 빛이 떠돌고 있었다. 아마도 그는 아직도 짜자의 은(銀)같이 맑은 웃음소리가 귓가에 쟁쟁한 듯하였다. 후작이 그녀에게 암시를 준 데 대하여 그녀가 대답했을 것이라고 짐작이 가는 그 웃음소리 말이다.

"이보게, 크룰." 하고 그는 다시 내 앞에 와 앉으며 말했다. "우리는 진작부터 늘 사이가 좋긴 하였지만, 이렇게까지 가까운 사이가 될 줄이야 조금 전까지도 누가 생각이나 했겠는가! —서로 혼동을 일으킬 만큼 가까워졌으니 말이네! 우리는 이제 너무도 재미있는 일을 생각해 내었네. 혹은 아직 생각해 낸 것이 없다면, 우리는 적어도 계획을 짰는데 정말 나는 재미있어 견딜 수가 없을 지경이오. 그런데 당신은? 너무 그렇게 심각한 표정을 짓지 마시게! 난 당신한테 유머를 호소하고 싶다네. 멋진 농담을 할 수 있게 당신의 취미에 호소하고 싶단 말이라네. —농담을 만들어 내기에 애를 쓸 보람이 있을 만한 그런 훌륭한 것을 내놓을 수 있게 말이오. 물론 사랑하는 한 쌍에 대한 그 필요성은 제외하고 이야기하는 것이네. 그러나 당신에게는, 즉 제3자한테야 농담을 해 봤자 아무것도 이익 될 것이 없다고 주장하려는 것은 아닐 테지. 많은 이익이 있지요. —모든 농담은 원래 당신에게 이익이 될 것이오, 당신은 그것을 부정하고 싶소?"

"저는 인생을 농담으로서 해석하는 데는 전혀 습관이 되어 있지 않습니다, 후작. 경솔한 것은 제 스타일이 아닙니다. 바로 농담은 더욱 그렇지요. 왜냐하면 매우 심각하게 받아 주기를 원하는 농담들이 있기 때문입니다. 아니면 그것은 아무 쓸모가 없기 때문입니다. 훌륭한 농담은 오직 모든 진지함을 그 농담에다 바칠 때만 생길 수가 있는 것이니까요."

"대단히 좋소. 우리 그렇게 합시다. 당신은 여러 가지 문제점, 난점에 대해 말을 했지요. 우선적으로 어디에 그런 것이 있다고 당신은 생각하시오?"

"후작, 가장 좋은 방법으로 제게 몇몇 질문을 하도록 해 주십시오. 명령으로 당신에게 부과된 여행은 어디로 가는 코스지요?"

"아, 내 아버지께서는 마음을 많이 쓰셔서 나나 다른 모든 사람들에게 무척 재미있고 지극히 매력적인 코스를 정하셨소. 남북 아메리카와 남양군도 그리고 일본, 게다가 이집트, 콘스탄티노플, 그리스, 이탈리아 등등으로 흥미진진한 바다 여행을 하는 것이지요. 책 속에도 있는 바와 같은 교양 여행이라고도 할 수 있어요. 만일 짜자만 아니라면 나로서는 더 바랄 나위 없는 여행인 셈이지요. 그게 이젠 당신 몫이 되었으니, 내가 그것을 축하해 주어야 하겠소."

"비용에 관해서는 후작의 어르신께서 부담하시나요?"

"당연하네. 그분은 내가 신분에 맞는 여행을 해야 한다는 관점에서 이만 프랑 이상을 그것 때문에 내놓으신 것이오. 내가 제일 먼저 가야 할 리스본까지의 기차 티켓과 아르헨티나까지의 선박 티켓은 그 비용 속에 들어 있지도 않소. 아버지께서는 그것을 나를 위해 마련해 주셨고, '캡 아르꼬나' 호에 나를 위해서 선실 하나를 예약해 놓으셨소. 아버지는 그 이만 프랑을 프랑스 은행에 예금하셨는데, 이른바 회람 신용장 형태로 되어 있지요. 그 신용장은 여행 중에 중요한 체류지에 있는 각 은행이 지정되어 있는 것이라네. 그 신용장이 지금 내 수중에 있다는 걸세."

나는 기다렸다.

"물론 나는 그 신용장을 당신에게 넘겨주겠소." 하고 그가 덧붙여 말했다.

그래도 나는 여전히 잠자코 있었다. 그는 보충해서 이렇게 말했다.

"이미 사 놓은 기차 티켓, 선박 티켓도 물론 드리겠소."

"후작께서 저라는 인물에게 후작의 돈을 써 버린다면, 후작께서는 무엇으로 살아가려고 하시나요?" 하고 나는 물었다.

"무엇으로 내가 살아가느냐고. ─아, 그렇군! 당신은 나를 완전히 당황시키는구면. 당신이 질문하는 형태는, 마치 내가 절망적인 상태에 빠질 것을 알아채고 하는 소리 같구면. 그래. 이보게, 크룰. 우린 대체 어떻게 하면 좋겠소? 나는 사실 내가 내년에는 어떻게 무엇으로 살아야 할 것인지에 대해 깊이 생각해 보는 것 따위는 전혀 익숙하지 않다네."

"저는 후작께서 이름을 빌려 주신다는 것이 그렇게 간단한 일이 아니라는 것에 대해 단지 주의를 환기시켰을 뿐입니다. 하지만 그 문제는 보류하기로 하지요! 저는 그 문제의 해답을 억지로 끌어내고 싶지는 않습니다. 왜냐하면, 즉 다시 말씀 드리자면, 제게 있어서 교활한 것 같은 것이 전제가 되어야 하기 때문입니다. 그러나 교활한 것에 관한 한, 저는 쓸모가 없는 사람입니다. 교활하다고 하는 것은 신사답지 못한 것이니까요."

"이보게, 친구. 나는 자네가 자네의 다른 삶의 방식에서 신사로서의 품위는 잃지 않으면서 무언가 교활한 것을 살려 내는 데 충분히 성공할 수 있을 것이라고 생각할 뿐이네."

"그 두 가지 삶의 방식을 연결하고 있는 것은 뭔가 남에게 부끄럽지 않은 태도에서 나온 것이지요. 제게는 소시민적인 저축이 좀 있습니다. 다시 말씀 드리자면, 얼마간 당좌 예금이 있답니다……."

"나는 무슨 일이 있어도 그것에 손을 댈 수는 없다네!"

"우리는 그것을 어떤 방법으로든 우리들의 계산에 집어넣어야만 합니다. 어쨌든 그건 그렇다 치고 후작께선 뭔가 쓸 펜 같은 것을 가지고 계십니까?"

그는 급히 자기 주머니를 만져 보았다.

"있네. 내 만년필이 있어. 그런데 종이가 없군."

"여기 있습니다." 그리고 나는 내 수첩에서 한 장을 뜯어내었다. "후작께서 서명을 어떻게 하는지 보았으면 좋겠습니다."

"무엇 때문에? ―자네가 원한다면야."

후작은 손과 만년필을 왼쪽으로 무척이나 비스듬히 세워서 자기의 서명을 휙 갈겨쓰고 그것을 나한테 내밀어 놓았다. 벌써 거꾸로 보았을 때도 그 글씨는 매우 익살맞게 보였다. 마지막 획에선 당초무늬 수법을 무시했는데, 오히려 처음 획을 그 수법으로 시작했다. 도안상으로 무척 과장된 L자는 그 아랫부분의 뻗친 획을 오른쪽으로 길게 뽑아내어, 그 획을 아치형으로 둥글게 돌려 제자리로 돌아오게 하였고, 이름 첫 글자 자체를 왼쪽에서부터 줄을 그어 지우고, 그 다음으로, 먼저 만들어진 타원형에 싸인 듯, 자간이 좁고 왼쪽으로 기울어진 글자체로―ouis Marquis de Venosta가 계속되는 것이다. ―나는 웃지 않을 수가 없었다. 그러나 잘했다고 호의적으로 그에게 고개를 끄덕였다.

"물려받은 서명입니까? 아니면 후작 자신이 개발한 서명입니까?" 하고 나는 만년필을 받아 쥐며 그에게 물었다.

"물려받았다네." 하고 그는 말하고, "아버지도 꼭 이렇게 쓰시지. 다만 이렇게 잘 쓰진 못하시지."라고 덧붙였다.

"그럼 후작께서 아버님보다 나으시군요." 하고 나는 기계적으로 말했다. 이렇게 말을 한 것은 내가 흉내를 내는 최초의 시도를 하고 있었기 때문이다. 그것은 좋은 성과를 거두었다. "제가 후작보다 더 잘 쓸 필요가 없으니 얼마나 다행인지요. 사실 그렇게 쓰면 오히려 틀리지요."라고 하면서 나는 두 번째 모사(模寫)를 끝마쳤다. ―첫 번째보다는 덜 만족스럽게 되었다. 그러나 세 번째 것은 흠 잡을 데가 없었다. 나는 처음 두 개에다 찍찍 줄을 긋고서 그에게 종잇조각을 넘겨주었다. 그는 무척이나 놀랐다.

"믿을 수 없어!" 하고 그는 소리쳤다. "바로 내 글씨야. 판에 박은 듯이 닮았어! 그런데도 당신은 교활하다는 것에 대해 아무것도 모르는 제하는 것이구먼! 하지만 난 당신이 생각하는 것처럼 그렇게 미련하진 않네. 당신이 무엇 때문에 그 서명을 연습하는지 잘 알겠소. 당신은 신용장의 돈을 인출하는 데 내 서명을 필요로 하는 것이지."

"후작께선 부모님께 편지를 쓸 때 어떻게 서명을 하시나요?"

그는 놀라서 멈칫하며 소리를 질렀다.

"물론, 머무는 곳 최소한 두세 군데에서 그 노인들한테 편지를 써야지. 엽서 정도는 말일세. 이 사람, 당신은 생각하지 않는 게 없군! 집에서는 나를 룰루라고 부르네. 어릴 때 내가 나를 그렇게 불렀기 때문이지. 자, 나는 이렇게 쓴다네."

그는 아까 썼던 완전한 자기 이름과 똑같은 것을 그려 놓았다. 즉 그 과장한 L을 그렸고, 그것을 타원형으로 늘렸고, 그것과 교차되게 처음부터 아라비아 당초 무늬를 그렸다. 그러자 그 원 속에 loulou란 글자가 비스듬히 왼쪽으로 가파르게 뻗어 나갔다.

"좋습니다. 그건 할 수 있겠습니다. 그런데 후작께서 직접 쓰신 것 중 아무거나 가지고 계신 게 있나요?"

후작은 가지고 있지 않아서 유감이라고 말했다.

"그럼 좀 써 주시지요." 나는 그에게 새로운 종이를 내주었다. "이렇게 써 보십시오. '**존경하는 아버님**, 사랑하는 어머님. 여기 불초소생의 여행 중 중요한 지점에서 그리고 무척이나 매력적인 이 도시로부터 저는 부모님께 감사의 안부를 여쭈어 봅니다. 저는 지금 새로운 여러 가지 인상들 속에 가슴이 부풀어 있사오며, 그것은 제게 전에는 없어서는 안 될 것 같았던 많은 일들을 잊도록 해 주고 있습니다. 불초소생 룰루'. 대강 이렇게 써 보시지요."

"아니, 정확하게 그렇게 쓰겠네! 그것 참 훌륭하구먼, 크룰. **경탄할 만한 노릇이야!** 당신은 어찌 그리 손쉽게 해치우는 건지—." 그러고서 후작은 내가 부른 문장을 손을 왼쪽으로 비틀더니 크고 똑바른 글씨체로 써 내려갔다. 그 글씨체는 돌아가신 내 아버지의 글씨가 자간이 서로 떨어져 있던 데 비하면 서로 훨씬 비좁게 함께 얽혀 있었다. 그래서 아버지의 글씨체보다는 훨씬 쉽게 모방할 수 있었다. 나는 그 견본을 받아 주머니에 넣었다. 나는 후작에게 그의 성(城)에서 일하고 있는 사람들의 이름을 물었다. 요리사인 페르블란티르, 클로스만이라고 하는 마부, 그리고 후작의 시종에 대해서도 물었는데 그는 이미 70대에 접어들어 몸을 약간 떠는 늙은이였고 이름이 라디퀼레라고 했다. 그리고 후작 부인의 시종은 아델라이데라는 이름을 가지고 있다는 것도 알았다. 심지어 집에서 기르는 동물들까지도 물어보았는데, 승마용 말, 그레이하운드 종의 개 프리뽄, 후작 부인의 말타섬 종(種)의 발바리, 설사 때문에 늘 고생하는 미니메라는 놈까지 자세하게 캐물었다. 앉아서 나누는 이야기가 오래 지속될수록 우리들의 명랑한 기분은 커졌다. 그러나 룰루의 지성적 명석함과 판단력은 시간이 지남에 따라 상당히 지하되는 것처럼 보였다. 나는 그가 영국 런던에도 가려고 하지 않는 것이 이상했다. 그 이유를 드는 것이, 그는 이미 영국을 알고 있고 또 런던에서는 어떤 사립학교의 생도로서 2년 동안이나 지냈다고 하는 것이다. "그럼에도 불구하고," 하고 그는 말했다. "런던이 방문 계획 속에 포함될 수 있다면 무척 좋겠지. 그렇게 되면 내가 아주 쉽게 그 노인네들의 추적을 피할 수가 있을 텐데 말이지. 그리고 여행 도중에 거기에서 이곳 파리로 휘잉 날아와서 짜자한테로 올 수 있을 테니 말이지!"

"그렇지만 사실 당신은 내내 짜자 양 곁에 계실 게 아닙니까!"

"맞아!" 하고 그는 소리를 질렀다. "그것이야말로 진짜 트릭이구먼. 나는 진짜 재미있는 트릭과 비교도 되지 않는 가짜 트릭을 생각하고 있었네 그려. 미안하네. 정말로 대단히 미안하게 되었소. 용서하게. 트릭이라는 것은, 내가 새로운 여러 가지 인상들 속에 가슴이 부풀어 오르는데, 그러는 동안에 짜자 곁에 있다는 사실 바로 그것이지. 그러니까 아시다시피, 나는 조심해야만 하며 또한 여기서부터 라디퀼레나 프리뿐, 미니메 얘기를 물어봐서는 안 되는데, 한편 나는 같은 시각에 아마 상시바르에서부터 그들의 안부를 물어볼 수 있다는 거라네. 그것은 물론 하나가 될 수는 없는 일이네. 하긴 두 사람이 —서로 아주 멀리 떨어져 있는 것이지만— 하나로 합쳐지는 일임에도 불구하고 말이지……. 자, 들어 보게. 상황이 이렇게 되었으니 우리는 서로 말을 편하게 놓는 사이가 되어야 할 것이 아니겠는가! 당신은 반대하려는가? 만약 내가 나 자신한테 말을 한다고 하면, 나도 나 자신에게 존칭을 쓰지는 않을 테니 말이오! 동의하겠소? 그런 의미에서 한잔합시다! 자네 건강을 축복하네, 아르망! —아니, 펠릭스 —아니, 룰루. 잘 알아 두게. 자네는 파리에서는 클로스만이나 아델라이데에 대해 물어보아선 안 되네. 대신에 상시바르에서만 물어보게. 내가 이 말을 하는 것은, 내가 알고 있는 한, 나는 결코 상시바르에 가지 않을 것이기 때문이네. 그러니까 자네도 안 가는 셈이지. 그러나 뭐 아무래도 좋네. ―내가 주로 어디에 가 있든 간에 내가 여기 머무는 한에서는, 아무튼 나는 파리에서 없어져야 할 테니까. 내가 얼마나 예리하게 현명하게 생각하고 있는지 자네도 알 걸세. 짜자와 나! 즉 우리는 사기꾼들의 말투로 한다면 36계 줄행랑을 놓아야 된단 말이네. 사기꾼들은 '36계 줄행랑을 놓는다.'고 말하지 않나? 그렇지만 자네 같은 신사가, 그리고 귀족 출신 청년인 자네가 어찌 그것을 알 수 있겠는가! 나는 내 방들을 내놓아야 하네. 그리고 짜자 방도 마찬가지겠지. 우리는 함께 어디 교외로 이사를 할 걸세. 아름다운 교외로 말이지. 불로뉴도 좋고, 세부르도 좋지. 그러면 내게 무슨 문제라도 남아 있는 것―그것은 이제 충분해. 짜자 곁에 있으니 말이지. 아마 다른 이름을 갖는 것도 좋을지 모르겠구먼. ―논리적으로 보아 나는 내 이름을 크룰(Krull)이라고 해야 할 것 같네. ―물론 그러려면 나도 자네 서명을 배워야만 하지. 그런데 바라건대, 나도 그걸 배우는 데 나의 교활함이 충분했으면 하네. 그래서 내가 여행하는 사이에 베르사유에서 혹은 더 멀리 가서, 나는 짜자와 나의 사랑의 보금자리를 마련할 생각이네. 행복한 사기꾼의 보금자리……. 그런데 아르망, 아니, 내가 말하는 건 룰루라네." 그리고 그는 자기의 그 작은 눈을 될 수 있는 대로 크게 부릅떴다. "만약 자네가 할 수 있다면, 내가 묻는 한 가지 질문에 대답을 해 주게나. 우리는 무엇으로 살아가야 하겠나?"

나는 그에게 그 문제는 벌써 해결된 것이라고 대답했다. 물론 그냥 스치고 지나가는 대답이긴 했지만 말이다. 만이천 프랑 이상의 은행 예금을 제공할 것이고, 그의 신용장과 교환하면 그것은 후작 마음대로 사용할 수 있다고 나는 말해 주었다.

그는 눈물을 흘릴 정도로 감동했다. "신사구먼!" 하고 그는 소리를 질렀다. "머리에서 발끝까지 자네는 귀족일세! 자네가 미니메나 라디퀄레한테 인사를 시킬 권리가 없다면, 대체 누가 그런 권리가 있겠는가? 우리 양친께서 진심 어린 감사의 답장을 그들의 이름으로 할 걸세. 신사의 축복을 위해 마지막 잔을 드세나. 우리가 바로 신사일세!"

여기 이 옥상에서의 우리들의 합석은 극장 공연 시간의 조용한 몇 시간이 지났을 때까지 계속되었다. 그 옥상의 테라스가 부드러운 밤으로 싸인 가운데 다시 사람들로 붐비기 시작했을 때, 우리는 자리를 떴다. 내가 극구 말렸음에도 불구하고 그는 두 사람의 식사대와 라피뜨 네 병 값을 치렀다. 그는 즐겁기도 하고 동시에 술을 마신 탓에 정신이 아주 혼란스러웠다. "한꺼번에 계산해. 전부 한꺼번에 말야!" 하고 그는 계산을 하는 수석 웨이터에게 지시를 내렸다. "우리는 동일 인물인 게야. 아르망 데 크룰로스타가 우리들의 이름이지."

"네, 잘 알겠습니다." 그 웨이터는 모든 것을 참고 넘기려는 미소를 보이며 응대했다. 후작의 팁이 엄청났기 때문에, 그는 훨씬 쉽게 미소를 띨 수 있었을 것이다.

베노스타는 삯마차 한 대를 잡아타고 내가 사는 동네까지 나를 데려다 내려 주었다. 함께 가는 도중에 우리는 또다시 만날 것을 약속하였는데, 그때 나는 그에게 현금 재산을 주기로 했고 그는 내게 신용장과 그가 가지고 있던 기차표를 넘겨주기로 했었다.

"안녕히 주무십시오. 또 뵙겠습니다. 후작 나리." 하고 그는 헤어지며 내 손을 잡고 흔들면서 취중의 위용을 보이며 말했다. —나는 그 후작이란 호칭을 처음으로 그의 입에서 들었다. 그리하여 본질과 —인생이 내게 내어준— 가상과의 평형에 대한 생각이 내 마음속에 넘쳐흘렀고, 또 인생이 존재에게 당연하게 덧붙여 주려는 그 가상에 대한 생각이 내 마음속에 기쁘게 넘쳐흘렀다.

5장

우리들 유년 시절의 꿈들을 실현해 줄 수 있는 인생이란 얼마나 독창적인가! ─말하자면 그 유년 시절을 모호한 상태에서 확고부동의 상태로 바꾸어 놓을 수 있다니 말이다! 내가 잠시나마 접대하는 나의 직업을 계속해 나가면서 지금 맛보고 있는 익명의 매력을 나는 환상적인 방법으로 이미 소년 시절에 미리 맛보았던 것이 아니었을까? 그렇지 않다면 어느 누구도 나의 왕자다운 점에는 예감조차 하지 못한 게 아니었을까? 그때는 정말 재미있고도 즐거운 어린이들의 유희였다. 이제 그것이 현실이 되어 버렸다. 그것도 어느 정도인가 하면, 그 일정한 기간 동안 ─그 이후까지 걱정하는 것은 나 스스로 거부하였다─ 즉 일 년 동안 소위 후작의 작위 수여증을 주머니에 넣고 다니는 단계에까지 이르렀던 것이다. 옛날처럼 눈을 뜨는 순간부터 하루 종일 지니고 다녔던 이 귀중한 의식(意識)을 나의 환경, 즉 내가 푸른 프록코트를 입고 접대인 행세를 했던 그 호텔에서 예상했던 사람은 하나도 없었던 것이다.

동감하는 독자들이여! 나는 매우 행복했다. 나는 내가 소중했고, 스스로를 사랑했다. ─그렇지만 나 자신에 대한 사랑이 바깥으로 보일 때는 다른 사람에 대한 친절이나 호의로서 드러나도록 하는 그런 사회적으로 유익할 수 있는 방식으로만 나 자신을 사랑했던 것이다. 내가 그 속에 거닐고 있던 의식을 바보 같은 친구가 가졌더라면, 그는 아마도 오만불손한 태도를 보이게 되고, 상사에 대해선 반항적이며 건방진 태도를 갖게 되었을 것이며, 아랫사람들한테는 거만하고 우애를 그르치는 일을 하게 되었을 것이다. 그러나 나에 관해 말한다면, 그 당시에 며칠간보다 식당 손님들에 대한 나의 예의가 더 매력적인 날은 없었으며, 내가 그들에게 말할 때의 목소리가 더 부드러운 적도 없었으며, 나를 자기들과 같은 계급의 친구로 여기던 사람들, 즉 접대인 친구들이나 위층의 잠자리 친구들에게 나의 행동이 더 명랑하고 정다웠던 때는 없었다. —나의 비밀로 인해 윤색이 되었을지도 모르고 입가에 미소를 띠었는지도 모르지만, 그러나 그 미소는 이러한 비밀을 누설하기보다는 더욱 감추는 것이었다. 즉 그것은 순전히 신중을 기하기 위하여서도 그 비밀을 지켜야 했다. 왜냐하면 나는 적어도 처음에, 이제 내 진짜 이름을 가질 사람이 혹시 우리의 회담이 있던 이튿날 아침에 제정신을 차려 그 약속을 후회하게 되어 그것을 철회할지도 모른다는 데 대해서, 무조건 확신할 수는 없었기 때문이다. 나는 나한테 먹을 것을 주는 사람에게 하루아침에 직장을 그만두겠다고는 하지 않을 만한 조심성은 가졌었다. 그러나 근본적으로 나는 나의 일에 대해서 확신할 수 있었다. 베노스타는 그 발견해 놓은 —그가 발견한 것보다는 내가 앞질러 발견해 놓은— 해결책에 대해 너무 행복했으며, 그리고 짜자가 가진 흡인력은 내가 보기에 그의 성실함에 대한 보증이었다.

나의 짐작은 잘못되지 않았다. 7월 10일 저녁에 우리의 대대적인 약속은 이루어졌다. 그리고 24일 이전에는 나는 그 다음에 있을 그와의 최종 만남을 위하여 시간을 낼 수가 없었다. 그런데도 벌써 17일, 아니면 18일에 나는 그를 만났는데, 다름 아니라 어느 날 저녁 그가 자기 연인을 동반하고 내가 있는 식당에서 우리와 함께 만찬을 했던 것이다. 그는 자기의 비밀 유지를 확실히 하려고 나의 고집을 강조하였다. "참아야만 한다네. 그렇지 않은가?" 하고 그는 접대하는 내게 중얼거렸다. 나의 대답은 "잘 알겠습니다."라고 하는 아주 확고부동하면서도 예의 바른 말이었다. 나는 그를 존경심을 가지고 접대하였고, 그 존경심은 근본적으로 볼 때 결과로서 자신을 존경하게 되었다. 그리고 나는 장난꾸러기 같은 눈 장난과 은밀한 눈 깜빡거림을 빼놓지 않는 짜자를 한 번이 아니고 여러 번 "후작 부인"이라고 불렀는데—말하자면 감사한 마음에 대한 간단한 공물이었다.

그 후에는 이제 더 이상 경솔하게 생각할 수 없었다. 그래서 가정 사정으로 할 수 없이 8월 1일에 '세인트 제임스 앤드 앨버니' 호텔의 일을 그만두겠다고 마샤체크 씨한테 털어놓았다. 그는 내 말에 대해 전혀 귀를 기울이려 하지 않았으며 오히려 이렇게 말했다. 즉 내가 규정에 있는 이직(離職) 통고의 기한을 놓쳤고, 나는 호텔에 없어서는 안 되는 인물이며, 내가 그만둔 뒤에는 결코 다시는 직장을 얻지 못하게 될 것이며, 돌아오는 달의 내 월급은 지급되지 않을 것이라고, 그것도 지금 당장부터라는 것이다. 그가 그렇게 해서 얻은 결과는 오직 다음과 같은 것뿐이었다. 즉 나는 겉으로는 못 이기는 체 머리를 숙이면서 그 집을 8월 1일이 되기 전에, 그것도 금방 떠날 것을 결심했던 것 말이다. 그것도 그럴 것이, 내가 새롭고 더욱 높은 존재로 발을 들여놓을 때까지 시간은 아직 내게 많이 남았던 것 같았지만—실제적으로 그 시간은 너무나 짧기 때문이었다. 다시 말해, 여행 준비를 하려면 나의 새로운 신분에 맞춰서 마련해야 할 장비를 준비할 시간이 너무나 짧기 때문이었다. 8월 15일에 내가 탈 '깝 아르꼬나'가 리스본을 출항한다는 것을 나는 알고 있었다. 그래서 일주일 전에 미리 리스본까지가 있어야만 되겠다고 나는 생각했다. —그러다 보니 꼭 필요한 일을 마치고 물건을 사 들이는 데 내게 남은 기간이 정말 별로 없다는 것을 알 수 있었다.

또한 이런 것을 나는 여기 집에 머물러 있게 되는 여행자인 베노스타 후작과 상의를 하였는데, 그것은 내가 내 현금의 재산을 찾아낸 후에, 다시 말하면 그의 이름, 즉 나의 이름으로 그것을 양도한 후에, 내 사적인 피난처로부터 '크르와 데 쁘띠 샹' 거리에 있는 방이 세 개나 되는 그의 멋진 주택으로 그를 찾았을 때였다. 나는 아무도 모르게 아침 일찍 호텔을 나와 버렸다. 멸시에 가득 찬 눈으로 내 제복들을 그대로 남겨 두고 그리고 내 마지막 월급은 무관심하게 단념한 채 말이다. 베노스타의 주택의 문을 열어 준 하인에게 나의 낡아 빠지고 이미 불쾌하게 되어 버린 이름을 대는 데는 어느 정도 자기 극복의 정신을 요하였다. 그리고 다만 내가 마지막으로 그 크룰이라는 이름으로 나를 표시한다는 생각만이 그런 것을 참고 넘길 수 있게 해 주었다. 루이는 나를 즐겁고 진심 어린 마음으로 맞이하였는데, 우리의 여행을 위하여 그렇게도 중요한 회람 신용장을 내게 넘겨주는 일 외에 더 급한 일은 아무것도 없다는 태도였다. 그 신용장은 이중 서류로서 그 일부분은 원래의 신용 기록, 즉 자기 은행 부담으로 여행자가 총액의 한도 내에서 인출할 수 있다는 은행의 보증서였고, 다른 부분은 신용장의 소유자가 방문하려고 생각하고 있는 여러 도시의 거래 은행들 리스트가 실려 있다. 이 소책자 속의 안쪽에는 확인의 수단으로 권리자의 서명을 기입하게 되어 있었는데, 룰루는 내가 완전히 잘 알고 있던 모양의 그의 서명을 이미 해 놓았었다. 그 다음에 그는 포르투갈의 수도로 가는 기차표와 부에노스아이레스로 가는 선박 티켓을 내게 넘겨주었을 뿐만 아니라, 그 친절한 젊은이는 또한 나를 위해 서너 개의 아주 멋진 이별의 선물을 준비하여 놓았다. 낙관이 찍힌 금딱지의 납작한 레몽뜨와르 시계, 그것과 더불어 정교한 세공의 백금 시곗줄과 역시 금으로 L.d.V.라고 박은 야회용의 검정 견사 샤뜰렝[25]과 게다가 조끼 안쪽에서 바지 뒷주머니까지 내려오는 금줄 등등을 선물로 주었다. 당시에는 라이터, 칼, 연필 그리고 고상하면서도 역시 금딱지로 된 담배 케이스 등을 그런 줄에다 매달기를 좋아했다. 이 모든 것이 그냥 즐거웠다. 그런데 그가 내게 자기의 인장 반지의 완전한 모조품을 손가락에 끼워 주는 순간에는 말할 수 없이 장엄한 기분이 일어났다. 그는 현명하게도 그런 것을 만들게 하였던 것인데, 그것은 공작석(孔雀石)에다 집안 문장을 아로새긴 것으로서 탑으로 둘러싸이고 그라이프[26] 신에 의하여 경호되고 있는 성문이 새겨져 있었다. 이런 행동, 즉 판토마임으로 "나같이 되어라!"고 하는 행동은 우리들 어린 마음에 친숙한 변장 이야기와 출세 이야기에 대한 너무 많은 추억을 일깨워서, 마치 그 추억은 내가 느껴서는 안 되는 것 같았다. 그러나 룰루의 그 작은 눈은 어느 때보다도 교활하게 웃고 있었으며, 자기의 장난을 세밀한 데까지 하나도 놓치지 않으려는 것이 그에게는 중요한 문제임이 정말 분명하게 나타났다. 그 장난은 그 자체로 또 그 목적을 도외시하고 그에게 가장 큰 재미를 안겨 주었다.

우리는 베네딕트 리큐어를 여러 잔씩 마시고 고급 이집트 담배를 피워 가며, 그렇게도 많은 이야기를 줄곧 주고받았다. 그의 필적 때문에 그는 이제 조금도 걱정하지 않았다. 또한 내가 도중에 그의 양친으로부터 받게 될 편지를 이미 확정된 그의 새 주소(Sevre, Scine et Oise, Rue Brancas)로

---

25) (역주) (시계 따위를 매다는) 허리 사슬, 목에 거는 사슬.
26) (역주) 그리스 신화에 나오는, 독수리 머리와 날개를 갖고 사자 몸을 한 괴수(怪獸).

보내겠다는 나의 제안을 좋다고 하였다. 나는 그렇게 함으로써, 좀 늦기도 하고 뒤좇는 경우가 되더라도, 가정적 또는 사교적 형태로 생길 수 있지만 미리 짐작할 수 없는 자세한 일들을 그의 지시에 따라서 취급할 수 있을 것이었다. 그 외에 그의 머리에 떠오른 일은, 그가 그림 연습을 하고 있기 때문에, 나는 그의 입장에서 적어도 가끔씩이라도 그 분야에 대한 흔적을 보여 주어야 된다는 것이었다. 제기랄! 어떻게 내가 그것을 한단 말인가! —그래도 나는 말하기를, 그것 때문에 우리가 낙담해서는 안 된다고 하였다. 그리고 나는 그의 스케치북을 달라고 하였는데, 거기에는 두세 장 조잡한 종이 위에 아주 부드러운 연필이나 크레용으로 그린 풍경화가 그려져 있었는데, 지웠다 그렸다 한 자국들이 보였으며, 그 밖에는 여러 장의 부인의 초상화, 반나체, 완전 나체 그림들이 그려져 있었다. 그 나체화들의 모델로는 분명히 짜자가 서서 포즈를 취했든가, 아니면—누워 있었던 것 같았다. 초상화의 머리 부분은 —이렇게 말하고 싶다— 부당하다고 말할 정도로 대담하게 스케치되어 있어서 닮은 것을 인정할 수 있었다. —그다지 대단치는 않았지만, 그래도 어쨌든 그런 것이 있었다. 풍경 스케치에 관해서는, 뭔가 다루기 힘든 그림자 같은 것과 대상을 거의 인식할 수 없는 것이 표현되어 있었다. 그렇게 보이는 원인은 모든 선이, 거의 드러나지 않은 채, 파지 집기로 이렇게 저렇게 집어 올린 것처럼 지워 놓아 흐릿하고 모호하였기 때문이다. —그것이 예술적 수법인지 혹은 엉터리 수작인지 분간할 자격이 나는 없었지만, 엉터리라고 부를 수 있건 없건 간에 나도 그 정도는 할 수 있다고 금방 단정을 내려 버렸다. 나는 그의 그 부드러운 연필과 붓대를 달라고 하였다. 그 붓대는 그가 여러 번 사용해서 이미 완전히 시커멓게 되어 버린 펠트 모자가 달린 젓가락 같은 것이었다. —그는 그것을 가지고 자기 그림을 모호하게 만들어 놓은 것이다. —어쨌든 나는 잠시 허공을 바라본 후에, 졸렬하기 짝이 없는 것이었으나, 시골 교회당을 그렸고 그 옆에는 폭풍우로 쓰러진 나무들을 그려 보았다. 그 작업을 하는 동안에 나는 그 어린애 장난 같은 그림을 털 지우개의 도움으로 아주 독창적인 분위기를 갖게 만들었다. 내가 그 그림을 보여 주자 루이는 좀 놀란 듯했다. 그렇지만 그는 꽤나 좋아하면서 그 정도면 남에게 충분히 보여 줄 수 있을 것이라고 말했다.

루이는 후작의 체면과 관련해서, 런던에 갈 시간이 내게 없다는 것을 안타깝게 생각했다. 내가 런던에 간다면, 루이 자신이 자주 드나들던 유명한 재단사 파울한테서 내가 필요한 양복들, 즉 연미복, 프록코트, 고운 줄무늬 바지가 달린 모닝코트,[27] 밝은 네이비블루 콤비 신사복 등을 맞춰 입을 수 있을 거라고 하면서 말이다. 그래도 그는 더욱 기분 좋은 감동을 보여 주었는데, 왜냐하면 내가 필요로 하는 것, 즉 내 신분에 어울릴 아마 직물이나 견직 내의들, 또는 다양한 구두, 모자 그리고 장갑 같은 치장물에 대해서 내가 자세하게 알고 있다는 것을 알았기 때문이다. 그중 여러 가지를 나는 아직 파리에서 마련할 수 있는 시간적 여유가 있었다. 사실 당장에 필요한 한두 벌의 옷들을 아직 여기서 맞추어 입어도 괜찮았다. 하지만 이런 성가신 짓을 나는 즐거운 이유를 내세워 그만두기로 하였다. 그런 대로 수수한 기성복이라면 내게는 아주 비싼 맞춤옷을 입는 것이나 다름없이 잘 어울린다는 이유 말이다.

내가 필요한 물건의 일부를 마련하는 것, 특히 열대 지방용 흰 의상은 리스본에 가서 하기로 연기하였다. 베노스타는 내가 파리에서 구입할 품목을 위하여 수백 프랑을 내놓았는데, 그것은 양친이 그의 여행 준비금으로

---

27) (역주) 남자들의 예복. 상의 앞쪽은 짧고 뒤쪽은 아주 긴 검정 또는 회색의 재킷.

그에게 남겨 놓은 금액이었다. 그리고 그 금액은 내가 그에게 갖다준 자금에다 몇백 프랑을 더 보태어 훨씬 많아졌다. 나는 그에게 이 돈을 여행을 하면서 경비를 절약해 돌려주겠다고 자발적으로 약속했다. 그는 스케치북과 연필 그리고 쓸모 있는 지우개 또한 내게 주었고, 우리들의 이름과 그의 주소를 새겨 넣은 명함 한 상자를 주었다. 그리고 그는 자유분방한 웃음을 터뜨리고 내 등허리를 두들기면서 나를 포옹하였다. 그러면서 새로운 많은 인상 속에서 최대한의 즐거움을 누리기를 바란다고 말하고 나서 그 먼 곳으로 나를 떠나게 하였던 것이다.

호의적인 독자들이여, 2주일하고도 며칠 뒤에 나는 그 먼 곳을 향하여 떠났는데, 훌륭한 시설을 갖춘 남북 급행열차 일등칸의 거울 장식과 회색 벨벳으로 둘러친 반 독방을 차지하고 말이다. 나는 창가에 있는 소파 벤치의 접어 올릴 수 있게 된 팔걸이에 팔을 올리고, 편하게 되어 있는 등받이의 레이스 커버에 뒷머리를 파묻고, 발은 꼬고 앉아 있었다. 내가 입은 옷은 말쑥하게 다림질된 영국제 플란넬이었고, 에나멜 목구두 위에다가 밝은 색 각반을 쳤다. 빈틈없이 꾸린 나의 선실용 트렁크는 맡겨 버렸고, 송아지가죽과 악어가죽으로 만든 손가방은 —이것에는 전부 다 L.d.V.라는 낙관과 끝이 뾰족한 아홉 갈래의 왕관이 찍혀 있었는데— 내 머리 위의 그물 속에 얹혀 있었다.

나는 아무 일도 하고 싶지 않았고, 뭔가를 읽어 볼 생각도 없었다. 나는 앉아서 그냥 그대로 있었다. —그 밖에 무슨 재미가 필요했겠는가? 나의 영혼은 꿈과 같은 포근함으로 가득 차 있었다. 그러나 이러한 나의 만족스런 기분이, 오로지 혹은 주로, 이제 내가 이렇게도 귀한 몸이 되었다고 하는 상황에서 나온 것이라고 생각하는 사람이 있다면 그것은 잘못된 생각일 것이다. 그렇다. 그것은 내 낡아 빠진 자아 전체가 변화하고 갱신되었다는 것, 즉 회개하여 새사람이 되었다는 것, 그것이 원래 나를 벅차게 한 것이며, 복되게 만든 것이었다. 다만 내 머리에 떠오른 것은, 이러한 존재의 변혁에는 귀중한 기분 전환뿐만 아니라 나의 내심의 이름 모를 공허감도 결부되어 있다고 하는 것이었다. ―즉 이제 가치가 없어져 버린 나의 과거에 속한 온갖 추억을 내 영혼으로부터 추방해 버릴 수밖에 없는 점에 한해서는, 공허감도 있었던 것이다. 내가 여기에 앉아 있음으로 인해 나는 그 추억에 대해서 이제는 어떠한 주장을 할 권리도 없다. ―그것은 확실히 아무런 손실도 아니었다. 나의 기억들! 그것이 이제는 내 것일 수 없게 되었다고 해서 결코 손해될 것은 없었다. 다만 다른 기억들, 즉 지금의 내게 당연히 속하게 된 기억들을 상세하게 제자리에 앉히는 일이 아주 쉬운 것은 아니었다. 기억 감퇴, 아니 기억 상실의 특이한 감정이 호화스런 찻간에 앉아 있는 나를 엄습하려 들었다. 그리하여 나는 나의 유년 시절과 소년 시절의 초기를 룩셈부르크의 어느 귀족 저택에서 보냈다고 하는 기억 이외에 나에 관한 기억이 아무것도 없다는 것을 알았다. 그리고 기껏해야 라디뀔레나 미니메 같은 두세 개의 이름이 나의 새로 생긴 과거에 몇 개의 정확성을 부여하였다. 그렇다. 사실 나는 내가 그 속에서 자랐던 성벽(城壁)의 외관만이라도 자세히 눈앞에 그려 보고 싶었다. 그래서 한때, 미천한 존재로서, 음식물의 찌꺼기를 벗겨 내어야 했던 나는 도자기 접시에 그려진 영국 성벽의 그림을 도움으로 끌어들여야만 했다. ―그러니 이것은 내가 벗어 버린 기억을 이제 나 혼자에게만 귀속되고 있는 기억과 전혀 허용될 수 없는 혼합을 시키는 결과가 되었다.

기차가 규칙적으로 흔들거리면서 성급히 달리는 동안, 이러한 깊은 생각과 여러 가지 관찰이 이 몽상가의 머릿속을 뚫고 지나갔는데, 그런 것이 내게 걱정거리를 마련해 주었다고 나는 결코 말하지 않겠다. 그와 반대로,

내적인 공허감, 즉 나의 기억에 대한 어렴풋한 모호함은 일종의 우울한 빛을 띠고 적절한 방식으로 나의 우아한 기품과 합치된 것같이 생각되었다. 그래서 나는 앞을 바라보는 시선에다 은밀하게 꿈꾸는 듯, 조용한 우수에 싸인 듯, 기품 있는 무지의 표정을 즐겨 나타내도록 하였다.

기차는 여섯 시에 파리를 떠났다. 황혼은 내려앉고 객실에 불이 들어왔다. 그러니 나의 칸막이 객실은 더욱 아담하게 보였다. 이미 나이도 지긋한 차장이 가볍게 문을 두드리며 들어오겠다고 허락을 구하고, 손은 모자에 대고 인사를 하였으며, 내게 차표를 돌려줄 때도 그 존경의 표시를 되풀이하였다. 충직하고 신의를 지키는 심성을 그 얼굴에서 찾아볼 수 있고, 기차 속을 왔다 갔다 하며 이 사회 각계각층의 사람들과 또한 수상쩍은 사람들과 사무적으로 접촉하던 그 우직한 차장에게는 이 사회의 꽃봉오리 같은 청년과 인사하게 된 것이 확실히 유쾌한 모양이었다. 내 마음속의 다정하고도 고상하며, 단순히 쳐다보기만 해도 심정이 정화되는 듯한 꽃봉오리 말이다. 만일 내가 그의 승객이 아니었다고 한다면, 그는 진정 나의 생활에 대해서 아무런 관심도 가질 필요가 없었을 것이다. 나로서는 그의 가정생활에 대한 인간적인 안부를 묻는 것을 대신해서 은근한 미소를 보내고 고개를 위에서 아래로 끄덕여 보였다. 그런데 그런 행동은 보수적 성향의 이 차장을 싸움이라도 불사하려는 지경으로까지 이끌고 가 그의 몸을 굳어 버리게 하였다.

식당차에서의 만찬을 위하여 식당 지정 좌석권을 주러 온 남자 역시 조심스럽게 문을 두드리고 들어왔다. 나는 그에게서 번호 하나를 받아 들었다. 잠시 후에 밖에서 식사 시간을 알리는 공 소리가 울렸을 때, 나는 기분을 좀 새롭게 할 목적으로, 잘 정돈해 놓은 일회용 세면도구용 손가방의 도움을 빌렸다. 그리고 나는 거울 앞에 서서 넥타이를 고쳐 맨 후에 두서너 칸 떨어져 있는 식당차로 건너갔다. 단정하게 생긴 식당차 직원이 들어오라는 몸짓을 하며 나를 자리로 인도했으며, 그리고 내게 의자를 밀어 넣어 주었다.

식탁에는 벌써 '오르되브르'[28]를 앞에 놓고, 어떤 곱상한 외모의 중년 신사가 앉아 있었다. 그는 유행에 좀 뒤진 옷차림을 하고 있었으며 (지금도 그의 목에 낀 빳빳하고 높은 칼라가 내 눈에 선하다.) 그리고 얼마 되지 않는 희끄무레한 수염을 기르고 있었다. 내가 점잖게 저녁 인사를 하자, 그는 별처럼 반짝거리는 눈으로 나를 올려다보았다. 나는 그의 눈에서 느껴지는, 별처럼 반짝이는 눈빛이 어디에서 기인하는지 말할 수가 없다. 그의 동공은 특별히 맑고, 온화하고, 빛났던가? 틀림없다. 분명이 그랬다. ─그러나 그렇다고 해서 그게 바로 별처럼 반짝이는 눈이라고 할 수 있을까? "동공"은 "눈의 별"이라고도 한다. 물론 그것은 흔한 말이며, 그것은 오직 어떤 육체적인 것을 간결하게 나타낸 이름에 불과하기 때문에 결코 별처럼 반짝이는 눈이라는 명칭과 일치될 수는 없다. 그래서 그런 명칭은 내게 많은 의혹이 떠오르게 했는데, 그 이유는 누구나 가지고 있는 동공으로부터 "별처럼 반짝이는 눈"이 생겨 나오게 될 때에는 어떤 특수한 도덕적인 요소가 관계하고 있어야만 되기 때문이다.

그 신사의 시선은 그렇게 금방 내게서 물러나지 않았다. 그 시선은 내가 착석할 때도 따라왔고, 나의 시선도 단단히 붙잡고 있었다. 처음에 그 시선은 오직 온화한 열성을 가지고 들여다보기만 하였는데, 잠시 후에는 어느 정도 긍정의 미소로 깜박거렸다. 아니, 이렇게 말하는 게 좋겠다. 그 시

---

28) (역주) 서양식 식사에서 정해진 식사 메뉴 코스에 앞서 식욕을 돋우기 위하여 대접하는 소품의 음식, 전채(前菜).

선 속에 찬성의 미소가 깜박거렸으며, 동시에 입가의 조금 기른 수염에도 싱글벙글거리는 웃음이 떠돌았다고 말이다. 그의 입은, 아주 뒤늦게, 즉 내가 이미 앉아서 메뉴판을 손에 들었을 때, 내 인사에 대한 응답의 말을 했다. 그것은 마치 내가 그런 인사의 예절을 소홀히 하여, 그 신사가 내게 그 점에 대해서 교훈적인 모범을 보여 주려고 하는 형국이 되고 말았다. 그래서 나는 나도 모르게 나의 "안녕하십니까, 선생님."을 되풀이하였다. 그러나 그는 나의 인사에 이렇게 말을 이었다.

"네, 많이 드세요. 선생." 하고 말하더니 "젊은 분이니 무엇인들 맛이 없겠소만 말이오." 하고 덧붙였다.

별처럼 반짝이는 눈의 사나이가 일상적이지 않은 태도로 실례되는 줄도 모르고 이것저것 떠든다고 생각하면서, 나는 미소를 띠고 고개만 숙임으로써 응대해 주었다. 덧붙여 말하자면 나는 벌써 내게 제공된 식탁 위의 '기름에 담근 정어리'와 채소 샐러드며, 셀러리 샐러드에 손을 대고 있었다. 나는 목이 말라서 영국 맥주 에일 한 병을 주문했는데, 그 수염이 흰 신사는 청하지도 않은 참견을 하여 비난당할 것을 겁도 내지 않고, 다시금 몇 마디 시인하는 말을 던졌다.

"아주 현명하오." 하고 그는 말했다. "선생이 저녁 식사에 영양이 풍부한 맥주를 주문한 것은 아주 현명한 일이지요. 포도주는 대개 사람을 흥분시키고 잠을 설치게 하는데, 맥주는 사람을 안정시키고 잠을 재촉하지요. 물론 과하게 마시는 것을 제외하고 말이오."

"그건 제 기호에 상당히 어긋날 것 같은데요."

"그럴 줄 알았소. ―말이 나왔으니 하는 얘기이지만, 우리가 밤잠을 아무리 실컷 자도 우리를 방해할 것은 아무것도 없어요. 점심 전에는 리스본에 도착하지 못할 테니까 말이오. 혹은 선생은 리스본에 가기 전에 내리는

가요?"

"아닙니다. 저는 리스본까지 갑니다. 먼 여행이지요."

"아마 선생께서 여태까지 하신 중에 제일 먼 여행일 테지?"

"하지만 아주 사소한 거리입니다." 하고 나는 그의 질문에 직접 대답을 하지 않고 말했다. "아직 제가 가야 할 전체 여정에 비한다면 말씀입니다."

"저런!" 하고 그는 대답했으며, 머리와 눈썹으로 농담조로 놀랐다는 표정을 지었다. "선생은 우리가 사는 이 별과 현재의 거주민에 대한 중대한 시찰을 계획하고 있는 것이로군."

그가 지구를 "별"이라고 명명한 것은 그의 눈의 생김새와 관련이 되어 내게 기묘한 생각이 들게 하였다. 게다가 그가 "거주민"이란 말에다 갖다 붙인 "현재"란 말이 곧 중대하고 광대한 어떤 감정을 내게 자아내게 하였다. 그리고 그의 말투와 그에 따른 표정은 꼭 어린애와 함께 이야기를 하고 있는 것 같았다. 물론 그 어린애는 똑똑한 아이이기는 했지만 말이다. ―아무튼 뭔가 좀 순하고 익살맞은 데가 있었다. 그래서 나는 그가 실제 나이보다 더 젊어 보인다는 의식을 하면서 그런 짓거리도 좋게 생각해 주기로 했다.

그는 수프를 돌려보냈었다. 그리고 할 일 없이 나와 마주 앉았는데, 기껏해야 가끔씩 비시(Vichy)²⁹⁾ 광천수를 따르는 일에 몰두하였다. 그런데 그것도 차가 몹시 흔들려서 아주 조심스럽게 할 수밖에 없었다. 나는 식사를 하다가 좀 어이없다는 태도로 그를 넘겨다보았으며, 그의 말에 더 깊이 들어가지는 않았다. 그러나 분명히 그는 그런 대화를 중단하고 싶어 하지 않았다. 그가 다시 이렇게 말을 꺼내었기 때문이다.

---

29) (역주) 프랑스 중부의 도시로 제2차 세계 대전 중 프랑스의 임시 정부 소재지. 온천지로 유명하다.

"그런데 선생이 아무리 그렇게 먼 곳까지 간다고 하더라도—이제 겨우 시작했을 뿐이라고 해서, 첫발을 디뎌 놓은 것을 그렇게 무시해서는 안 되지요. 지금 선생은, 여행을 좋아하는 사람이라면 누구나 감사한 마음을 가질 수밖에 없는 나라, 위대한 과거를 지닌 흥미진진한 나라로 가는 겁니다. 사실 지난 몇 세기 동안 그 나라는 여행자들에게 너무도 많은 길을 처음으로 열어 주었기 때문입니다. 리스본—그곳에 가서 너무 수박 겉핥기식으로 둘러보지 않기를 바랍니다. 리스본은 한때 신대륙 발견의 항해 덕택으로 세계에서 가장 부유했던 도시지요. —유감스러운 것은, 선생이 오백 년 전에 그곳에 방문하지 못했다는 것이랍니다. —그 당시 같았으면 선생은 해외 제국의 향신료의 향기 속에 싸여 있는 것을 알 수 있었을 것이며, 황금을 삽으로 퍼내는 광경을 목격했을 겁니다. 역사는 이러한 멋진 해외 자산에 퇴행적 제한을 가했지요. 그렇지만 선생은 그 나라와 국민들에게 아직도 매혹적인 데가 남아 있는 것을 보시게 될 겁니다. 내가 사람들 얘기를 한 이유는, 모든 여행 욕구 속에는 겪어 보지 못한 인간들에 대한 동경이 상당 부분 숨어 있고, 낯선 눈과 낯선 인상을 구경하고, 미지의 인간들의 육체나 생활 태도를 보고 즐기자는 새로움에 대한 욕구가 상당 부분 들어 있기 때문입니다. 그런데 선생은 어떻게 생각하시오?"

내가 무슨 의견을 피력할 수 있었겠는가? 그가 여행 욕구를 부분적으로 그런 식의 호기심이나 "새로움에 대한 욕구"로 귀결한다면, 의심할 여지없이 그의 말은 옳다고 나는 말해 주었다.

"그래서 선생은," 하고 그는 계속했다. "지금 가고 있는 나라에서 그 다양한 인간들을 통하여 정말 흥미진진한 종족 혼합의 실태를 보게 될 겁니다. 선생도 물론 알고 있겠지만, 원주민인 이베리아 족속에도 이미 켈트족의 피가 섞여 있었지요. 그러나 이천 년을 내려오는 동안에 페니키아, 카르타고, 로마, 아라비아, 반달, 수비 그리고 서고트 등의 인종, 게다가 특히 아라비아와 무어 인종이 지금 선생을 기다리고 있는 유형의 인간을 창조하는 데 협조를 하였던 것입니다. ─수많은 흑인종 노예들에 의한 니그로의 피가 좀 섞인 것도 잊어서는 안 되지요. 그 노예들은 아프리카 해안을 완전히 점유했던 시대에 수입되었답니다. 선생은 머리카락의 품질이나, 이상한 입술, 뭐라고 말할 수 없는 우울한 짐승 같은 눈초리에 놀라서는 안 됩니다. 가끔 선생의 눈에 띌 것입니다. 그러나 무어인과 바바리아인의 요소가 결정적으로 우세한 것을 선생은 보게 될 겁니다. ─그것은 아라비아인의 장기간에 걸친 지배의 결과이지요. 전체적인 결과로 볼 때 정말 용맹하다고는 할 수 없지만 너무도 사랑할 만한 인종입니다. 검은 머리에 약간 황색의 피부를 가졌고, 그리고 체격은 아주 아담하며, 예쁘장하고도 지성적인 갈색 눈의 인간들이지요…….

"솔직히 저는 참 즐겁습니다."라고 나는 말하고 이렇게 덧붙였다. "실례지만, 선생님 자신도 포르투갈 분이신가요?"

"아니, 그렇지 않아요." 하고 그는 대답했다. "하지만 벌써 오랫동안 나는 그곳에 뿌리를 박고 있지요. 단지 지금 잠깐 파리에 가 있었지요. ─일 때문에요. 공적인 용무예요. ─내가 얘기하고자 하는 것은, 선생이 잠깐만 둘러보아도 아라비아적-무어적인 특징이 그 나라의 건축에도 도처에 남아 있다는 것이지요. 리스본에 관해 얘기하자면, 나는 그 도시에 역사적인 건축물이 적다는 것을 선생에게 미리 말해 둬야 하겠습니다. 그 도시는, 아시겠지만, 지진 지대의 중심부에 위치를 잡고 있어요. 그래서 지난 세기에 일어났던 대지진 하나만으로도 그 도시의 3분의 2가 폐허로 되었지요. 이제 그 도시는 새롭게 단장된 멋진 곳이 되었으며, 선생에게 일일이 지적할 수 없을 만큼 많은 명승지를 제공하게 되었지요. 서쪽 구릉지에 있는 우리의 식물원을 선생은 첫 번째로 가 보아야 할 겁니다. 유럽 전체를 통해 보아도 그 식물원과 비견할 수 있는 것이 없지요. 기후 덕택이지요. 그 기후에서는 열대 식물뿐 아니라 온대 식물도 같이 번식하니까요. 열대 전나무, 대나무, 파피루스, 유카 그리고 모든 종류의 종려나무로 식물원은 가득 차 있지요. 하지만 선생 자신의 눈으로 거기 있는 식물들을 보게 되겠지만, 그것들은 원래 우리가 살고 있는 지구에 현존하는 식물들이 전혀 아니라 과거의 식물, 즉 양치류(羊齒類)에 속하는 것이지요. 금방 방문하도록 하시오. 그리고 그 석탄기(石炭紀) 시대의 고사리과 식물들을 한 번 보시오! 그것은 숨 가쁜 문화사 이상의 생명을 지니고 있지요. 그것이야말로 이 지구적 연령의 생명이지요."

다시금 모호한 광대한 어떤 감정이 나를 엄습했는데, 그것은 그의 이야기가 내게 지난번에 한번 불러일으킨 감정이었다.

"제가 꼭 방문하겠습니다." 하고 나는 다짐을 했다.

"용서하시오." 하고 그는 이런 말을 덧붙여야 되겠다고 생각한 것 같았다. "내가 선생에게 이런 방식으로 방향을 잡아 주고 선생의 발길을 인도하고자 하는 것을 용서해 주시오. 그런데 선생은 내게 무엇을 생각나게 하는데, 그게 무엇인지 아시오?"

"좀 말씀해 주셨으면 합니다." 하고 나는 미소를 띠며 대답했다.

"'갯나리' 같다는 말이오."

"그 말씀은 상당히 아첨하는 말처럼 들리는군요."

"그 이유는 단지 그게 꽃 이름처럼 들리기 때문일 거요. 하지만 갯나리는 꽃이 아니고, 깊은 바다에 정착하고 있는 동물의 일종이지요. 극피동물(棘皮動物)과에 속하고, 그중에서도 아마 가장 원시적인 부류일 겁니다. 우리는 그런 화석들을 많이 소장하고 있습니다. 제자리에 밀착하고 있는 그런 정착동물은 꽃 같은 형태로 되는 경향이 있지요. 말하자면 별처럼 또는 활짝 핀 꽃처럼 둥글고 좌우 동형이지요. 오늘날의 '바다나리'는 과거에 있던 갯나리의 자손으로서 그 유년기에만 줄기에 매달려 해저에 밀착하고 있지요. 그러다가 그것은 떨어져 나가 자유의 몸이 되어 떠다니며 모험을 하고 해안가 여기저기 기어오르는 것이지요. 선생은 그런 현대적인 갯나리처럼 생겼소. 이런 사고의 연상을 용서해 주시오. 그렇지만 선생은 이제 줄기에서 떨어져 나와 시찰 여행을 떠나는 것이지요. 그래서 처음 움직이기 시작한 그런 신참에게 약간 충고를 주고자 한 것이지요……. 참, 나는 쿠쿡이라고 하오."

아주 잠시 나는 그 사람이 무슨 문제가 있는 사람 같은 생각이 들었지만, 다음 순간, ―비록 그가 나보다도 훨씬 나이가 많았음에도― 그 사람이 나에게 자기소개를 했다는 것을 이해했다.

"베노스타입니다." 나는 약간 비스듬히 고개를 숙이면서 그에게 서둘러 대답을 했다. 왜냐하면 마침 왼편에서 웨이터가 생선을 내밀어 놓았기 때문이다.

"베노스타 후작이신가요?" 하고 그는 눈썹을 추켜올리면서 물었다.

"네." 하고 나는 대답했지만, 그 대답은 상대방의 재량에 맡기는 식이었고 사실상 거의 거부하는 어투였다.

"룩셈부르크 계통이시지요. 나는 선생의 로마 계통 아주머니 되시는 분을 영광스럽게도 알고 지낸답니다. 그분은 '꽁떼사 빠올리나 센뚜리오네'라고 하는 분인데, 그분의 생가가 베노스타이고 이탈리아 혈통이시지요. 이탈리아 베노스타 집안은 다시 빈의 스쩨세니스의 집안, 그러니까 갈랑 따의 에스떼라지 집안과 인척 관계가 된답니다. 선생도 아시다시피, 선생은 여기저기 종형제 되시는 분들과 먼 친척 되시는 분들을 가지고 있습니다. 후작, 내가 훤히 알고 있다고 선생은 놀라실 것 없습니다. 성씨학(姓氏學)과 계보학(系譜學)은 내 취미입니다. —더 좋게 말하자면 내 직업이지요. 교수 쿠쿡이라고 합니다." 하고 그는 자기소개를 다음과 같이 보충하며 끝을 맺었다. "고생물학자이며, 리스본 자연사 박물관장입니다. 내가 창설한 박물관이지만 아직 유명하지 않습니다."

그는 주머니를 뒤지더니 나에게 명함을 넘겨주었다. 그래서 그에게 내명함도, 즉 룰루의 명함도 내놓게 되었다. 그 사람의 명함에는 그의 이름인 안토니오 호세, 그의 학위, 그의 직함 그리고 그의 리스본 주소 등이 적혀 있었다. 고생물학에 관한 한, 그는 자기의 전문 분야에 관계된 이야기를 함으로써 내게 짐작을 하게 해 주었다.

우리 두 사람은 존경과 만족의 표정을 지으며 읽었다. 그러고는 서로 잠깐 감사하는 뜻으로 고개를 숙이면서, 양쪽의 명함을 각자 집어넣었다.

"교수님, 확실히 저는 좌석 지정에 있어서 행운을 가졌다고 할 수 있겠습니다." 하고 나는 점잖게 덧붙여 말했다.

"아닙니다. 내가 행운을 가졌던 것 같군요." 하고 그는 대답했다. —우리는 그때까지 프랑스어로 이야기를 했었는데, 이제 그는 다음과 같이 물었다.

"내 짐작인데, 선생은 독일어를 잘 하시지요. 베노스타 후작? 내가 알기에는 선생의 어머님께서는 고타 출신이시고 —참고로 얘기하면 제 고향이지요— 내가 잘못 알았는지 모르겠지만, 생가가 플레텐베르크 남작 댁이시죠? 어떻습니까! 내가 잘 알고 있지요. 어쩌면 우리는 아마……."

어떻게 루이 녀석은 내 어머니가 플레텐베르크 가문이란 것을 일러 주기를 까먹을 수가 있었는가! 나는 그것을 새로운 사실로서 받아들이고 내 기억을 풍부하게 하는 재료로 이용하였다.

"아, 그럼요." 하고 나는 교수의 제안에 말을 바꿔서 대답을 했다. "제가 어렸을 때는 독일어로 얼마나 많이 지껄인 줄 아십니까? 어머니하고만 말한 게 아니라 우리 집 마부인 클로스만하고도 말했지요!"

　"그런데 나는," 하고 쿠쿡 교수는 대답했다. "내 모국어인 독일어를 말하는 습관을 거의 완전히 버리게 되었지요. 그래서 이제는 다시 한 번 그 말을 할 수 있는 기회만 있으면 얼씨구나 하고 사용하지요. 난 지금 쉰일곱이니까. ―내가 포르투갈로 온 지 벌써 이십오 년이나 되는군요. 나는 이 나라 포르투갈 여자와 결혼을 했지요. ―우리가 이미 이름과 가문 얘기를 나눈 김에 내가 얘기하자면 내 처는 '다 크루쯔'라는 집안으로서―포르투갈의 오래 된 순수혈통이지요. 그런데 그 사람들한테는, 만일 외국어로 말을 해야 할 상황에 처하면, 프랑스어가 단연 독일어보다 더 가깝다는 말이지요. 우리 딸아이 역시, 나에 대한 애교가 철철 넘치지만, 말을 하는 데 있어서는 아비 뜻을 따르지 않아요. 그래서 딸아이는 포르투갈어 외에 프랑스어를 아주 멋있게 지껄이는데 너무 좋아하지요. 정말 매력적인 아이랍니다. 우리는 그 아이를 쑤쑤라고 부릅니다."

　"짜자가 아니고요?"

　"네, 쑤쑤입니다. 수잔나의 애칭이지요. 어떻게 짜자가 될 수 있겠소?"

　"거기에 대해 제가 아무리 해도 뭔가 말씀 드릴 수가 없군요. 제가 그런 이름을 가끔 접할 기회가 있었거든요―예술가 그룹에서요."

　"예술가들과 교제가 있으신가요?"

　"그럼요. 그 외에도 저 자신이 좀 예술가 행세를 하지요. 화가이기도 하고, 도안가(圖案家)이기도 합니다. 저는 에스똥빠르 교수, 미술 대학의 아리스띠드 에스똥빠르 교수한테서 공부 중이랍니다."

　"오, 어쨌든 예술가이시군. 그것 참 즐겁군요."

"그런데 교수님, 교수님께서는 아마 교수님의 박물관 일 때문에 파리에 가셨겠지요?"

"맞습니다. 내 여행의 목적은 고대 동물학 연구소에서 우리에게 중요한 해골 조각 두서너 개를 얻으려는 것이었지요. ―이미 절멸되어 버린 맥(貘) 짐승 일종의 두개골, 늑골, 견갑골 같은 것이지요. 그 맥 짐승에서 파생되어 여러 가지 진화 단계를 넘어선 뒤에 생겨난 것이 현재의 말(馬)이랍니다."

"뭐라구요? 말이 맥 짐승으로부터 생겼다는 말씀입니까?"

"그래요. 그리고 말은 무소에서 나왔지요. 사실 후작의 승마용 말도 다양한 형태를 거쳐서 생긴 것이지요. 비록 말은 말이라 해도, 한때 왜소한 모양을 하고 있던 적도 있었지요. 오, 우리는 이 모든 과거에 있던 상태 혹은 원시적인 상태에다 학명을 붙이고 있는데, 그것은 모두 '히포스(hippos)', 즉 '말'이란 뜻으로 끝나고, '에오히포스(Eohippos)'로 시작되는 것이지요. ―그런데 맥 짐승 일종은 지구의 '제3기 하층 시대'[30]에 살고 있었다오."

"제3기 하층 시대요? 쿠쿡 교수님, 그것 좀 설명해 주십시오. 언제를 제3기 하층이라고 말하지요."

"얼마 안 되지요, 그것은 지구 연령의 근대였어요. 처음으로 유제동물류(有蹄動物類)가 나타난 때는 수십만 년 전쯤 된답니다. ―어쨌든 선생도 예술가로서 우리들 전문가가 하고 있는 일에 흥미를 가질 거라고 생각합니다. 과거의 모든 동물의 형상을 그 해골 발굴에 의거해서 지극히 구체적이고 생생하게 살아 있는 놈 모양으로 복구를 시키는 기술이지요. 인간 역시

---

30) (역주) 시신세(始新世)라고 하기도 하며 제3기의 두 번째 오래된 시기이다.

매한가지랍니다."

"인간도요!"

"인간도 마찬가지예요."

"제3기 하층의 인간 말입니까?"

"그것은 좀 알기 어렵지요. 솔직히 얘기하자면, 초기의 인간은 꽤나 암흑 속에 빠져 있었지요. 인간이 현재의 모습이 된 것은 좀 늦게 되었는데, 포유동물의 진화 단계의 테두리 안에서 비로소 이루어졌다는 게 학문적으로 정설이 되어 있지요. 우리가 아는 얘기지만, 인간은 이 지구에 늦게야 나타난 존재이지요. 그래서 성서의 창세기에서, 인간을 천지창조의 정점으로 위치시킨 것은 완전히 타당합니다. 다만 그 창조 과정을 좀 대담하게 축소를 해 놓았지요. 지구상의 유기적 생명의 연령은 아무리 못 잡아도 오억오천만 년의 역사를 가지고 있습니다. 유기적 생명이 인간에 이르기까지의 시간이 그렇게 걸린 것이지요."

"교수님, 제가 선생님의 이야기를 듣고 얼마나 감동을 받았는지 모릅니다."

정말 나는 그랬다. 너무도 비상한 감동을 받았었다. ─듣는 순간에도 벌써 그랬고, 그러고 나서 점점 그 강도는 심해졌다. 그렇게도 긴장해서, 그리고 내 마음속 깊이 가득 채워 주는 관심을 가지고 나는 교수님에게 귀를 기울였고, 그 때문에 나는 거의 식사하는 것을 잊어버릴 정도였다. 내게 음식을 담으라고 그릇을 내밀면, 나는 그것을 떠서 내 접시에 놓고 한 입 정도 입으로 가져가긴 했다. 하지만 그런 다음에 턱을 움직이지 않고 가만히 있으면서 그의 이야기에 귀를 기울였고, 포크와 나이프는 손에 든 채 놀리지 않았으며, 그의 얼굴을, 그의 "별처럼 반짝이는 눈"을 쳐다보았던 것이다. 나의 영혼은 그가 계속적으로 이야기한 모든 것을 주의력을 가지고 흡수하였는데, 그것을 나는 주의력이라고 말하지는 못하겠다. 하지만 만약 내가 주의력을 가지지 않고, 즉 그러한 열성을 가지고 이해를 하지 않았더라면, 오늘날에 와서까지, 이렇게 여러 해가 지나간 후에 이르기까지, 그때의 이야기를 요점만이라도 한마디 한마디, 아니 내 생각에는 아주 띄엄띄엄이라도 다시 재현할 수가 있을까? 아마 불가능했을 것이다. 교수님은 여행 욕구의 본질적인 구성 요소를 이루고 있는 것은 호기심 혹은 새로움을 좇는 욕구라고 말씀을 하셨는데, 벌써 그 말 속에 어떤 독특한 것, 도전적이며 감정 속으로 파고드는 그 무엇이 있었다고 나는 기억하고 있다. 바로 이러한 은밀한 열정에서 생긴 일종의 자극과 접촉은 교수님의 이야기와 설명이 계속되는 동안에 무한정으로 도취된 흥분으로까지 상승하게 될 수도 있었을 것이다. 비록 교수님은 그 이야기를 줄곧 아주 조용하고, 냉정하고, 신중하고, 때때로 미소를 띠우면서 계속 했음에도 불구하고 말이다 …….

"생명체가 아직도 그만한 기간을 앞으로 살아갈 수 있을지," 하고 그는 계속 말했다. "즉 그것이 여태까지 살아온 기간만큼 살 수가 있을지는 어느 누구도 장담하지 못하지요. 물론 생명체의 강인성도 대단하지요. 특히 하등 동물류에서는 더욱 그렇습니다. 선생은 어떤 세균의 포자(胞子)가 이 우주 공간의 불쾌한 온도, 즉 영하 이백 도에서도 죽지 않고 육 개월을 버틸 수 있다는 말을 믿을 수 있겠소?"

"그것 정말 경탄할 만하군요."

"그렇지만 생명체의 발생과 존속은 일정하면서도 한계가 뚜렷한 조건과 결부되어 있지요. 과거에도 그랬고 또 미래에도 그렇듯 언제쯤 제공될지 알 수 없는 조건이지요. 어느 하나의 별에 서식할 수 있는 기간이란 한정되어 있다는 것이지요. 생명체가 과거에 항상 존재했던 것도 아니며, 또 미

래에도 어느 때까지 항상 존재할 것도 아니라는 말이죠. 생명이란 삽화적
이야기, 즉 에피소드랍니다. 더구나 영겁(永劫)의 척도에서 볼 때는 지극히
순간적인 것이지요."

"저도 그와 똑같은 생각을 가지고 있습니다." 하고 나는 말했다. "'그와
똑같은'이란 말을 나는 순전히 흥분해서, 그리고 나를 공식적이고도 직접
대놓고 (독일어로) 나타내고 싶었기 때문에 사용한 것이다. "왜, 이런 게 있
지 않습니까?" 하고 나는 덧붙였다. "노래인데 말입니다. '그대들, 인생을
즐기게나. 등불이 타고 있을 동안.'이라는 노래 말입니다. 제가 아주 어릴
때 들은 것인데요, 늘 좋아했습니다. 그렇지만 교수님께서 '순간적인 에피
소드'라고 하신 말씀은 물론 더욱 확대된 의미를 가진 것이겠지만 말씀입
니다."

"그리고 유기적 생명체들이 그 종자와 형태를 발전시키는 것이 얼마나
빠른 줄 아십니까?" 하고 쿠쿡 교수는 이야기를 계속했다. "그것은 마치
그들이 등불은 영원히 타지 않으리라는 것을 알고 있었던 것 같았지요. 특
히 그것은 유기적 생명체의 초창기였습니다. 캄브리아 층에 있어서는 ―우
리는 지각(地殼)의 최하층, 즉 고생대기(古生代期)의 가장 깊은 지층을 이렇
게 부르지요― 그 층에는 식물계는 물론 아직도 빈곤하였답니다. 해조류,
해초 이외에는 아무것도 없었다는 말입니다. ―생명은 짠물에서 그리고 따
뜻한 태고의 바다에서 생겼다고 이해해야 합니다. 그러나 그때 갑자기 동
물 세계는 단세포의 원시 동물뿐만 아니라 강장동물(腔腸動物), 연형동물
(蠕形動物), 극피동물(棘皮動物), 절족동물(節足動物)이 대표적인 것이 되었
지요. 그것은 즉 척추동물을 제외한 온갖 부문의 동물이었다고 말할 수 있
을 겁니다. 그런데 그 당시 두서너 개 나타난 최초의 척추동물이 수중에서
육지로 올라가게 되었을 때까지는 그 오억오천만 년 중에서 오천만 년도

걸리지 않았던 것 같습니다. 그런 다음 이억오천만 년 후에는 노아의 방주에 파충류까지도 합치게 될 정도까지 진화가, 즉 종(種)의 분리가 진전되었답니다. —다만 조류와 포유동물이 아직 없었을 뿐이었지요. 그리하여 이 모든 사실은 한 가지 이념을 가능케 하는데, 그 이념은 초기 시대에 있어서의 이 자연을 포착한 것이었고 또 인간이 탄생하는 데 이르기까지 중단되지 않고 줄곧 활동해 내려온 것이랍니다."

"그 이념이란 것을 제게 말씀해 주십시오!"

"오, 그것은 단지 세포의 공존이란 이념이지요. 즉 원생물(原生物)과 원시 유기물의 유리 같은 점액질 덩어리를 홀로 방치하지 않고, 처음에는 그 덩어리의 몇 안 되는 것에서, 그 다음에 가서는 수백만의 덩어리에서 고등 생명체와 다세포 동물, 큰 개체(大個體)를 창조하고, 그것을 살로, 피로 만드는 착상 말이지요. 그러니까 우리가 '육(肉)'이라고 이름 붙인 것과, 종교계에서 인간의 약점이자 죄악이며 '오직 죄일 뿐'이라고 비난하고 있는 것도, 다름 아닌 이러한 유기적으로 특수한 기능을 가진 작은 개체(個體)와 다세포 조직의 집합체 이외 아무것도 아닌 것이지요. 자연은 자기의 하나밖에 없고 귀중한 기본 이념을 진정한 열성을 기울여 추구했고 —때로는 지나친 열성을 보여— 두서너 번은 그러다가 극단적인 탈선행위에 휩쓸려 들어가 후회도 하였답니다. 사실 자연은 포유동물 단계에서 이미 정지되었는데, 이십 마리의 코끼리에 해당하는 괴물이라고 할 수 있는 고래 같은 생물이 번창하게 되었을 때, 육지에서는 지탱할 수도 없고 먹이를 댈 수도 없게 되었지요. —그래서 자연은 그놈을 대양으로 보냈던 것이고, 그 속에서 그놈은 거대한 지방 덩어리가 되어, 뒷다리는 퇴화해 버리고, 지느러미와 기름진 눈을 가지고, 그 거대한 몸짓에 비하면 보잘것없는 즐거움을 맛보며, 지방(脂肪) 산업의 밀렵에 쫓기면서, 불편한 자세로 자식새끼한테 젖을 먹이거나 갑각류(甲殼類)를 집어 삼키고 살아가고 있다는 말이오. 그런데 벌써 그보다 훨씬 전에, 그러니까 지구의 중세 초기라고 할 수 있는 삼첩기층(三疊紀層)[31]에 있어서 아직 조류가 공중을 난다거나 활엽수들이 푸르기 훨씬 전에 괴물들, 즉 거대한 파충류와 공룡(恐龍) 등이—말하자면 이 땅에 살기에는 적합하지 않을 만큼 넓은 공간을 차지하는 놈들이 살고 있었던 것을 알 수 있지요. 그런 놈들은 집채만큼이나 크고, 기차처럼 길며, 무게는 사만 파운드나 되었지요. 그 목덜미는 파초 잎사귀처럼 생겼고, 머리는 전체에 비해 우스꽝스러울 만큼 작았답니다. 이렇게 비대한 몸집을 가진 놈이었으니 아마도 전봇대처럼 미련한 놈이었음에 틀림없을 것입니다. 내가 이런 말을 하는 것은, 항상 무익한 녀석이 그런 것처럼 그놈들도 순하긴 하였을 겁니다……."

"그러면 그렇게 살이 많은 놈이었음에도 불구하고 어쩌면 죄는 짓지 않았을지 모르겠군요."

"그래요, 미련해서 아마 죄도 안 지었을 게요. —공룡에 대해서 내가 무엇을 더 얘기해야 할까? 아마도 이런 게 있지요. 그놈들은 꼿꼿이 서서 다니는 직립보행의 경향이 있다는 말이오."

그리고 쿠쿡 씨는 그 별처럼 반짝이는 눈을 내게로 돌렸으며, 그의 시선을 받으니 뭔가 당황스런 감정이 나를 엄습했다.

"그러면," 하고 나는 일부러 무관심한 척하며 말했다. "그놈들이 그렇게 직립보행을 했다고 하지만 헤르메스하곤 비교가 안 되었겠군요."

"헤르메스는 어떻게 생각하게 되었소?"

"미안합니다. 성(城)에서 제가 교육을 받을 때 신화를 늘 중시했습니다.

---

31) (역주) 중생대의 최하층.

제 가정 교사의 개인적인 취미라고 할까요······."

"오, 헤르메스," 하고 그는 대답했다. "우아한 신이지요—난 커피를 마시지 않네." 하고 그는 웨이터에게 일렀다. "내겐 비시 광천수를 한 병만 더 갖다주게나! —네, 우아한 신이지요." 하고 그는 되풀이했다. "체격이 균형 잡혀 있고, 작지도 않고 크지도 않아, 인간의 크기 내지 치수라고 하겠지요. 어떤 늙은 건축가가 늘 입버릇처럼 말하는 것을 들었는데, 집을 지으려고 하는 자는 우선 인간의 형태, 즉 인체를 완전히 알아야 한다고 했답니다. 그 이유는, 인체 속에 조화의 궁극적인 비밀이 숨어 있기 때문이라는 것이지요. 균형에 대한 신비를 말하는 사람들은, 인간이란 —그러니까 인간의 모습을 가진 신도— 그의 몸집이란 면에서 보면, 완전히 큰 세계와 완전히 작은 세계 사이의 정확한 중간을 유지하고 있다고 주장하고 있지요. 그들은 말하기를 우주 최대의 물체인 붉은 거성(토성)은 인간보다 훨씬 큰데, 이것은 마치 우리가 백 조(兆)로 직경을 확대해야 눈에 보일 수 있게 되는 원자의 최소의 구성 요소가 인간보다 작다는 것과 똑같다, 다시 말해 가장 큰 것과 가장 작은 것을 인간과 비교해 볼 때, 그 차이는 똑같이, 작고 크다는 것이지요."

"그러니 크기에서 중용을 유지하지 않으면 꼿꼿이 걷는 직립보행도 아무 소용이 없다는 것을 알 수 있지요."

"들은 바에 의하면, 그는, 선생의 그 헤르메스는, 그리스적 균형 정신을 지니고 모든 일에 꾀가 많았던 모양이지요." 하고 내 식탁의 친구는 계속했다. "신에 대해서도 이런 말을 할 수 있는지 모르겠으나, 헤르메스의 뇌수의 세포 조직은 그러니까 각별히 교묘한 형태를 취하고 있었던 모양이죠. 그러나 문제는 바로 이것이지요. 즉 그를 대리석이나 석고로 만들었다든가 혹은 불로장수의 영약을 먹었다고 생각하지 않고, 그 대신 인체 구조로 살고 있는 존재라고 상상을 한다면, 역시 그에게 있어서도 자연의 연령은 뒤져 있는 것이지요. 그래서 뇌수와는 반대로 인간의 팔다리가 원시 그대로 남아 있다는 것은 정말 주목할 만하지요. 인간은 가장 원시적인 육상 동물(陸上動物) 시절에 이미 가지고 있던 모든 골격을 그대로 보존하고 있단 말이지요."

"그것 참 감동적입니다, 교수님. 선생께서 제게 말씀하신 것 중 최고로 흥미진진한 이야기입니다. 그리고 가장 감동적인 말씀에 속하기도 합니다. 인간 팔다리의 골격이 태고의 육상 동물 때와 같다고 하시다니! 그 말은 저를 놀라게 했다기보다는 벅찬 감동을 주었습니다. 저는 그 유명한 헤르메스 다리에 대해서 얘기하는 것이 아닙니다. 그렇지만 매력적인 아주 날씬한 여인의 팔을 생각해 보세요. 우리가 운이 좋다면, 우리를 포용해 줄 그 팔 말이지요. ―이런, 제기랄― 미안합니다. 나쁘게 생각한 것은 아닙니다. ―하지만 이런 생각은 해서는 안 되겠지요."

"후작, 선생한테는 일종의 사지(四肢) 예찬주의의 경향이 있는 것처럼 보이는군요. 그것은 발 없는 벌레와는 반대로 진화한 생물들이 가진 혐오감의 표현이라고 완전히 이해할 수 있지요. 하지만 날씬하기 짝이 없는 여인들의 팔에 관한 한, 그 팔은 시조새의 할퀼 수 있는 날개나 어류의 가슴 부분에 붙은 지느러미 외 아무것도 아니라는 사실을 잊어서는 안 될 것입니다."

"좋습니다, 좋아요. 차후에는 그것을 생각하도록 하지요. 저는 쓴맛을 다시지 않고, 감흥도 깨뜨리지 않고, 오히려 애정을 가지고 그 말씀을 생각할 수 있을 거라고 확언해 둘 수 있습니다. 그런데 늘 듣는 얘기지만, 정말 인간은 원숭이로부터 나온 것입니까?"

"이보시게, 후작. 우리 좀 더 좋게 말해 봅시다. 인간은 자연에서 파생

되었으며, 그 뿌리는 자연 속에 있는 것이라고 말이지요. 해부학적으로 보아 고등 원숭이가 인간과 유사점이 있다고 해서, 우리는 혹시 현혹되는 일이 있어서는 안 되겠지요. 우리 인간은 거기에 대해서 너무나 호들갑을 떨었습니다. 속눈썹이 있는 돼지의 작고 푸른 눈이나, 돼지의 살가죽이 어떤 침팬지보다도 인간과 더욱 닮았지요. ―그렇소. 사실 인간의 벌거벗은 몸뚱이는 자주 돼지를 생각나게 하지요. 그리고 우리의 두뇌는, 그 고도의 구조로 볼 때, 쥐의 두뇌와 가장 가깝지요. 선생은 어디를 가나 동물의 인상을 인간들 사이에서 발견하고 그 유사성에 대해 놀랄 것이오. 선생은 인간들 사이에서 물고기 같은 사람도 있고, 여우나 개, 물개, 독수리, 염소와 같은 사람도 있다는 것을 알게 될 거요. 다른 측면에서 보면, 전체 동물 세계에 대해 우리가 눈을 뜨게 되면, 그 세계가 우리에게는 인간의 얼굴이며 우울한 마술을 부린 것으로 보일 수가 있지요⋯⋯. 오, 정말 그렇다오. 인간과 동물은 정말로 닮았지요, 닮았어! 그리고 혈통이나 기원에 대해 따져 보아도, 인간은 동물에서 파생된 것이며, 그것은 대개 유기물이 무기물에서 유래한 것이나 마찬가지지요. 뭔가 다른 것이 덧붙여진 것이지요."

"덧붙여졌다고요? 그게 무엇인지 말씀해 주시겠습니까?"

"덧붙여졌다는 것은 아마도 '존재'가 '무'에서 발생했다고나 할까요? 선생은 '자연 발생'이란 것에 대해서 들어 보신 적이 있나요?"

"아, 정말 그 이야기를 듣고 싶습니다."

쿠쿡 씨는 슬쩍 주위를 둘러보고는, 뭐라고 말할 수 없는 정다운 태도를 보이며 털어놓았다. ―그가 그렇게 털어놓는 이유는 단지 내가 바로 드 베노스타 후작이기 때문임이 분명했다.

"한 가지의 자연 발생이 아니고, 세 가지의 자연 발생이 있었지요. 즉 무에서 존재의 발생, 존재에서 생명의 각성 그리고 인간의 탄생이 그것이지요."

쿠쿡 씨는 이 말을 마치고서 단숨에 비시 광천수를 들이켰다. 그러면서 그는 컵을 두 손으로 움켜쥐고 있었다. 기차가 덜커덩거리며 커브 길을 돌고 있었기 때문이다. 식당차에 앉았던 사람들도 이미 거의 자리를 뜬 상태였다. 웨이터들은 대개 할 일 없이 서 있었다. 먹는 둥 마는 둥 식사를 끝마치고 나는 이제 다시 한 번 커피를 마셨다. 그러나 나를 지배하고 있던 점점 커 가는 흥분은 이런 상황 탓으로만 돌릴 수는 없었다. 나는 허리를 구부리고 앉아 내 길동무 이야기에 귀를 기울였다. 내 기묘한 길동무는 내게 존재와 생명 그리고 인간에 대해—모든 것이 그곳에서 생겨나고 그곳으로 돌아간다는 무에 대해서 얘기를 들려주었다. 그가 말하기를, 이 지상에서의 삶이란 의심할 여지없이 비교적 급속도로 지나가는 에피소드에 지나지 않을 뿐 아니라, *존재 자체도*—무와 무 사이에 자리 잡은 *에피소드적 성질과 같다*는 것이다. 존재라는 것은 과거에 항상 있었던 것도 아니고, 앞으로 항상 있을 것도 아니라는 것이다. 시초라는 것이 있었으면 종말이라는 것도 있을 것이고, 그러면 공간과 시간도 종말을 고할 것이다. 왜냐하면 공간과 시간은 오직 존재를 통해서만 존재하고, 존재를 통해서 상호 결부되어 있기 때문이다. 그가 말하기를, 공간이란 물체 상호 간의 질서나 관계 이외에 아무것도 아니라는 것이다. 공간을 점유하는 물체 없이는 공간도 존재하지 않으며, 시간 역시 존재하지 않는다. 왜냐하면 시간이란 오직 물체의 현존에 의해서만 가능하게 된 사건의 질서이기 때문이다. 시간은 운동의 산물이며 원인과 결과에서 나온 것이고, 이 원인과 결과의 연속이 시간에 대해서 방향을 부여하는 것이며, 그것이 없으면 시간도 존재하지 않는다는 것이다. 그러나 무공간성과 무시간성, 그것이 무의 조건이라는 것이다. 그리하여 무라는 것은 어떤 의미로나 범위가 없는 것이며, 불변의 영원인 것이다. 그래서 다만 임시적으로 공간적-시간적 성질을 가진 존재에 의해서 무는 중단된 것이다. 더 많은 기간이, 아니 영원무궁한 기간이 생명보다는 존재에게 부여되고 있다. 그러나 언젠가는 확실히 그것은 끝장이 날 것이다. 그리고 그와 똑같은 확실성을 가지고 시초는 종말과 일치하게 될 것이다. 과연 언제 그런 일이 시작된 것인가? 거부할 수 없는 필연성을 가지고 이미 '망할지어다'를 자기 속에 내포하고 있던 '이루어지리라'[32]고 하는 성서의 명령에 의하여, 무로부터 튀어나오게 된 존재의 최초 발작은 언제였던가? 아마 이러한 생성의 '언제'는 결코 오래 되지 않았으며, 소멸의 '언제'도 그리 오래지는 않을 것이다. ─다만 삼사 조(兆) 년 정도라고 예측할 수 있을지……. 그러는 동안에 존재는 이 측정 불가능의 공간 속에서 자신의 요란한 축제를 벌이는 것인데, 이 공간이란 존재의 작품이며 이 공간 속에 존재는 소름끼치는 공허로 충만한 거리를 만들어 낸다는 것이다. 그리고 쿠쿡 씨는 내게 그런 축제의 거대한 무대, 즉 우주에 대해서 이야기를 하였다. 영원한 무(無)의 죽어 가는 자식인 우주는 헤아릴 수 없는 물체들, 유성, 위성, 혜성, 성운, 수백만 개의 별 등으로 가득 차 있다. 또한 이 수백만 개의 별들은 상호 간 인연을 맺고, 상호 간 그들의 인력권(引力圈) 내에서의 활동을 통해 질서가 잡혀져서 적운(積雲)으로, 운하(雲霞)로, 은하수로 그리고 은하수의 초조직체(超組織體)로 된다. 그 하나하나는 작열하는 태양이나, 회전하며 떠도는 유성들, 희박하게 된 기체의 무더기 그리고 얼음, 돌, 우주 먼지의 냉각된 파편들 따위의 산더미로 구성되어 있다는 것이다……

　나는 그의 얘기에 감동한 채 귀를 기울이고 있었다. 그리고 이러한 이

---

32)　(역주) 창세기에 나온 신의 명령.

야기를 받아들일 만한 특권이 내게 있다는 것도 확실히 알고 있었다. 다시 말해서, 그러한 특권은 내가 귀한 존재라는 덕택이고, 또 내가 데 베노스타 후작이면서 로마에 꽁떼사 센뚜리오네라는 분을 숙모로 모시고 있는 덕택이었다.

우리들의 은하는, 몇 조(兆) 중의 한 개로서 거의 그 변두리에, 그리고 거의 담장 꽃처럼 그 중심부에서 삼만 광년 떨어진 곳에 우리의 이 국부적인 태양계는 위치하고 있다. 태양계는 거대하기는 하지만 다른 것과 비교했을 때 전혀 중요하지 않은 불덩어리를 가지고 있다. 비록 그것이 부정관사를 사용할 정도의 가치밖에는 없지만, 정관사를 사용한 "그" 태양이라 불린다 하더라도 말이다. 그 태양의 인력권 내에 충성을 다하는 유성들이 있는데, 그중에 지구가 있다. 이 지구의 욕구와 임무는 시속 천 마일의 속도로 지축을 중심으로 회전하고, 초속 이십 마일씩 전진하면서 태양의 주위를 도는데, 이것으로 인해 일(日)과 연(年)이 생기게 된다는 것이다. ─이 일(日)과 연(年)은 주의해야 하는데, 그것은 전혀 다른 일(日)과 연(年)도 있기 때문이라고 하였다. 즉 수성 같은 것은 태양에 가장 근접하고 있는데, 우리의 일수로 따져서 88일에 그 회전을 끝마치며 또한 그동안에 자전 역시 한 번 하게 된다. 그래서 수성에서는 일 년과 일일은 동일하다는 것이다. 이 대목에서 시간이 어떤 것이라는 것을 알 수 있을 테고─무게 역시 이와 마찬가지로 어디에서나 보편타당한 것은 아니라는 것이다. 예를 들면 시리우스별은 지구보다 단지 세 배 큰 천체인데, 그 백색의 수반물(隨伴物)은 그 밀도의 상태로 보아, 그곳의 1입방 인치(1인치³)는 우리 지구상의 1톤의 무게가 나갈 것이라고 하는 것이다. 지구상의 물질, 암석투성이 산맥, 인간의 육체 등은 그와 비교할 때 가장 느슨하고도 가벼운 거품이라는 것이다.

나는 또 다음과 같은 이야기를 들을 수 있는 특권을 가졌다. 지구가 태양을 돌고 있는 동안에, 지구와 지구의 달은 상호 간에 주위를 돌고, 그러면서 국지적인 우리의 태양계 전체는 좀 더 광범위하고, 그러면서도 여전히 국지적인 성좌권의 테두리 안에서 운동을 하는 것이며, 그것도 결코 느릿느릿하지 않다는 것이며—이러한 태양계는 다시, 엄청난 속도로 은하계 내부에서 회전하고 있다. 하지만 이러한 우리의 은하계도 더욱 먼 곳에 있는 자매들인 동종의 은하계들과 관련을 가지고, 마찬가지로 상상할 수 없는 속도로 진행해 나가고 있다. 그때 이 모든 속도에 덧붙여, 가장 먼 거리에 위치한 물질 존재의 복합체는 너무 빨라서 포탄 파편의 비행은, 그 속도를 비교해 보면, 정지하고 있는 것이나 마찬가지이며, 또 포탄의 파편이 사방으로 튀는 것과 흡사한데, 이렇게 그 물체들은 '무' 속으로 휘몰아 가고 있고, 이런 '무' 속에다 열광적으로 공간과 시간을 설정하고 있다는 이야기였다.

이런 상호 간의 회전과 자전, 선회, 또 운무 상태에서 물체로의 응고, 이러한 화재, 화염, 냉각, 폭발, 비산(飛散), 낙하, 돌진 등등은 무에서 생긴 것이며, 무를 일깨워 놓은 것인데, 아마도 그것은 차라리 잠든 상태에 있었더라면, 아니면 다시 잠들기를 기다리고 있다면 더 좋았을지도 모르겠다고 하는 것이었다. —이런 것이 존재라고 하는 것이며, 또한 자연이라고도 불리고, 그리고 어디서나 모든 것 속에 그 존재가 있다는 것이다. 나는 모든 존재, 즉 자연이 완결된 통일을 이루고 있다는 것을 의심하고 싶지 않다. 생명이 없는 가장 단순한 물질로부터 가장 생명이 왕성한 것에 이르기까지, 그리고 아주 날씬한 팔을 가진 여성과 헤르메스 형상의 남성에 이르기까지 자연은 통일체를 구성하고 있다는 것을 말이다. 우리 인간의 뇌수, 신체, 골격—이런 모자이크도 별이나 성진(星塵)이나 자욱한 연무와 동일한 요소로서 구성되어 있다는 것이다. 연무는 별들 상호 간의 공간을 떠돌 아다니는 어두운 안개이다. 그리고 생명 —한때 존재가 무에서 생겨난 것 처럼, 존재에서 생겨난 이 생명— 존재의 꽃이라고 할 수 있는 이 생명은 무생물계와 모든 기본 물질을 공유하고 있으며 단 하나만이라도 무생물계 에만 속하고 있는 것을 증명할 수는 없다. 단순한 존재, 즉 무생물에서 생 명이 뚜렷이 구별될 수 있다고는 아무도 말할 수 없다. 생명과 무생물 간 의 경계는 희미한 것이다. 식물 세포는, 태양 정기(精氣)의 도움을 받아 광 물계에 속하는 물질을 개조해서 생명을 획득할 수 있는 자연적 가능성을 가지고 있다. 그러니까 푸른 이파리의 자연 발생적인 능력은 무기적인 것 으로부터 유기적인 것이 발생할 수 있는 한 가지 예를 우리에게 제시해 주 는 것이다. 또 그 반대 현상도 없지 않다. 동물성 규산질(珪酸質)에서 광석 을 형성시킬 수도 있다. 미래의 대륙의 산맥들이 가장 깊은 해저에서 미미 한 생물들의 잔해에서부터 생겨날지도 모른다. 생명은 유동하는 결정(結 晶)의 가상 생명체나 반생명체 안에서 명백하게 한 자연계가 다른 자연계 로 넘어가는 작용을 일으키는 것이다. 그러므로 유황화(硫黃華)나 창에 낀 성에의 예에서 볼 수 있듯이, 만약 자연이 무기물 속에 유기물이 있는 것처 럼 요술을 부려 우리를 속인다면, 언제나 그것은 자연이란 동일한 것에 불 과하다는 것을 우리에게 가르쳐 주려는 것이다.

유기물 자체도 그 종류들 간에 명백한 경계선을 가지고 있지 않다. 동물 적인 것이 줄기에 정착하고 둥근 대칭형을 갖고 식물의 형태를 취하면, 동 물적인 것이 식물적인 것으로 변이하는 것이고, 또 식물적인 것이 광물에 서 생명에의 요소를 흡수하는 대신 동물을 사냥해서 먹으면, 식물적인 것 이 동물적인 것으로 변이하는 것이다. 인간은 그런 동물적인 것에서 파생 되었는데, 흔히 말하는 혈통을 통해서였다. 하지만 실제로는 생명의 본질이나 존재의 기원과 같이 뭐라고 이름을 붙일 수 없는 부가물을 통해서였다. 그러나 언제부터 이미 인간이 되었고 더 이상 동물이 아니었는지, 혹은 언제부터 동물만은 아니었는지 그러한 점은 규정하기가 어렵다. 생명이 무기적인 것을 자신 속에 보존하고 있듯이 인간은 동물적인 것을 보존하고 있다. 왜냐하면 인간을 형성하는 궁극의 구성 요소, 즉 원자들 속에서는 생명은 '더 이상 유기적일 수 없는 것', 혹은 '아직 유기적일 수 없는 것'으로 변이되기 때문이다. 그러나 그 가장 내부에 있어서는, 즉 보이지 않는 원자 속에 있어서는 물질은 비물질적인 것 혹은 더 이상 육체적이라고 할 수 없는 것으로 도망쳐 들어가 버린다. 왜냐하면 그 속에서 활동하고, 그 중 상층구조라고 할 수 있는 원자, 그것은 거의 존재의 예속하에 놓여 있기 때문이다. 또한 그 이유는, 존재는 공간 속의 특정한 장소를 점유할 수 없고, 제대로 된 물체에 대하여 부여할 수 있는 바와 같이, 또한 이름을 붙일 만한 공간 양(量)을 가지고 있지 않기 때문이다. 존재는 '이미 거의 없던 존재(Kaum-schon-Sein)'로부터 형성되었으며, '거의 더 있을 수 없는 존재(Kaum-noch-Sein)' 속으로 흘러 들어가고 있다는 것이다.

자연의 가장 초기의 형태, 즉 거의 아직도 비물질적이며 가장 단순한 형태에서부터 그 가장 진화하고 고등한 생물의 형태에 이르기까지의 모든 자연은, 언제나 한곳에 모여 살았고 서로서로 함께 존속해 나간다. 즉 성운(星雲), 광석, 연충(蠕虫)과 인간은 항상 함께 살아간다. 그러나 많은 동물 종(種)이 절멸했다는 사실, 나는 도마뱀이나 매머드가 더 이상 존재하지 않는다는 사실, 이러한 사실들은 인간과 더불어 이미 고정된 형태를 갖춘 원생동물이 살아 나가는 데 아무런 방해가 되지 않는다. 즉 식량을 보급하고 배설하는 구멍을 그 세포체에 가진 단세포 동물이나 적충류(滴蟲類) 혹은 세균 등이 살아가는 데 방해될 것은 없다는 것이다. ―대체로 보아, 동물 행세를 하고 인간 행세를 하는 데 그 두 가지 구멍 이외에 필요한 것은 없다. 더 이상 필요한 것이 무엇이 있겠는가.

이 말은 쿠쿡 씨가 통렬한 농담을 한 것이었다. 나와 같은 세속적인 청년한테는 그런 통렬한 농담을 좀 해 줄 필요가 있다고 아마 교수는 생각했던 것 같았다. 그래서 나도 떨리는 손으로 여섯 번째, 아니 아마 여덟 번째의 설탕을 탄 모카커피 잔을 입으로 가져가며 웃었다. 이미 말을 했지만 내가 다시 한 번 밝히자면 나는 비상한 감동을 받고 있었던 것이다. 그것도 나의 식탁 친구가 존재, 생명 그리고 인간에 대한 이야기를 함으로써 생긴 감정의 팽창, 내 본성에게 거의 지나칠 정도의 긴장을 시킨 그런 팽창을 통해서 감동을 받고 있었던 것이다. 이런 말이 이상하게 들린다 하더라도 아무 상관이 없다. 하지만 이런 압도적 팽창은, 내가 어릴 때 "커다란 행복"이라고 불렀던 꿈과 같은 어휘와 밀접하게 관계를 가지고 있는 것 혹은 원래 그것 이외에 아무것도 아니었다. 그 커다란 행복이란 처음에는 어떤 다른 말로는 표현할 수 없는 특별한 것을 표현하고자 했던 천진난만한 신비로운 어휘였으나, 일찍부터 그 말은 광범위하면서도 도취시킬 수 있는 뜻을 가지고 있는 것이었다.

쿠쿡 씨는 그런 농담을 하고 난 다음 계속해서 말하기를, 진보라는 것은 있다고, 그것도 의심할 여지없이 진보란 존재한다고 하였다. 즉 직립원인 피테칸트로푸스[33]에서부터 뉴턴이나 셰익스피어에 이르기까지는 멀고도 결정적인 상승의 도정이었다는 것이다. 그러나 진보란 다른 자연계에서 이행되는 것과 똑같이 인간 세상에서도 이행되는 것이다. 다시 말하자면, 이곳 인간 세상에도 항상 모든 것이 모여 있으니, 먼저 문화와 도덕

---

33) (역주) 자바 원인. 19세기 말 자바섬 트리닐 부근에서 발견된 화석 인류.

의 온갖 상태가 있고, 초기 시대에서부터 최근 시대에 이르기까지, 가장 어리석은 자에서부터 가장 현명한 자에 이르기까지, 가장 원시적이고, 가장 둔감하고, 가장 난폭한 친구에서부터 가장 발전한 인간이면서도 가장 섬세한 인간에 이르기까지, 언제나 이 세상에는 함께 존재하고 있는 것이다. 그런데 사실 가장 섬세한 인간이 종종 자기 스스로 피로하여 원시적인 것에 흠뻑 빠져서, 취한 듯 광포하게 될 수도 있다는 것이다. 여기에 관한 이야기는 이제 끝이 났다. 하지만 그는 인간에 대해서 인간으로서의 의무를 다할 것이라고 했으며, 나, 즉 드 베노스타 후작한테도 모든 다른 자연, 즉 유기적 자연이나 단순한 존재에 대하여 호모사피엔스[34]로서 찬양받고 있는 것을 인정하겠으며, 아마도 이것은 인간이 동물 세계에서 떠날 때, "부가(附加)된" 것과 일치하는 것이라고 하였다. 그리고 이런 것이 인간이 가진 지식의 시초이며 끝이라는 것이다. 나는 인생에 대해 내 마음을 사로잡은 매력적인 말로 가장 인간적인 것을 표현했는데, 그것은 바로 '인생이란 단지 에피소드에 불과하다.'는 말이다. 그런데 인간의 무상성(無常性)을 비난할 생각은 없고, 그것은 모든 현존하는 것에 대해서 가치와 존엄과 호의를 베푸는 바로 그런 말이라는 것이다. 오직 에피소드적인 것, 즉 처음이 있고 종말이 있는 것만이 흥미롭고 공감을 자아내는 것이며, 무상성에 의하여 생명을 얻게 되는 것이다. 그러나 이 모든 것은, 즉 전체 우주의 존재는 무상성에 의하여 그 생명을 얻게 되지만 영원한 유일한 것과, 생명도 얻을 수 없고 공감의 가치도 없는 것은 '무'뿐이며, 이 '무'로부터 존재는 파생되어 그것이 곧 즐거움인 동시에 고역이 된 것이다.

---

34) (역주) 고인류를 분류한 학명의 하나. 생각하는 사람이라는 뜻으로, 네안데르탈인과 현생 인류를 포함한다. 도구를 만들어 사용하는 본질을 가진 현대의 인간.

존재는 행복이 아니다. 그것은 즐거움이며 부담이다. 그리고 모든 공간적·시간적인 존재, 모든 물질은 —비록 깊고 깊은 잠 속에서나마— 이 즐거움에, 이 부담에, 그리고 이것을 지각하는 데에 참여하고 있는 것이며, 이러한 지각(知覺)이 인간에게, 가장 활발한 지각의 소유자인 이 인간에게 보편적인 공감을 일깨워 주는 것이다. —"보편적인 공감을 말이오." 하고 쿠쿡 씨는 되풀이해서 말했다. 그러면서 일어나려고 양손으로 식탁에 의지하였고, 별처럼 반짝이는 그의 눈으로 나를 쳐다보고는 머리를 끄덕였다.

"안녕히 주무시게, 드 베노스타 후작." 하고 그는 말했다. "보아하니 우리가 식당차에서의 마지막 손님인 것 같소. 잠자리에 들 시간이 되었구려. 후작을 리스본에서 다시 만나기를 바라오! 원하시면 내가 우리 박물관 안내인 역할을 해 주겠소. 안녕히 주무시게! 존재와 생명에 대한 꿈을 꾸어 보시게! 자기들의 존재의 즐거움과 부담을 지니고 있는 은하계의 혼잡한 회전에 대한 꿈을 꾸어 보시구려! 원시의 골격을 가진 날씬한 팔과 태양의 정기 속에서 생명이 없는 존재가 분열되어 생명 있는 육체로 변할 수 있는 들판의 꽃을 꿈꾸시구려! 그리고 수천 년 전부터 산골 물가에서 거품과 물결에 목욕하고 냉각하고 씻기는 이끼 낀 돌을 꿈꾸는 것을 잊지 마시구려! 공감을 가지고 현존하는 것들을 들여다보고, 가장 명석한 존재로서 지극히 깊이 잠든 것들을 들여다보시게! 그리고 그들에게 창조의 이름 아래 인사를 보내도록 하시게나! 존재와 행복이 서로 어떻게든지 일치할 수 있다면 모든 존재는 만사형통이라고 하겠지요. 정말로 안녕히 주무시구려!"

6장

내가 이렇게 말을 한다 해도 누구나 나를 믿어 줄 것이다. 잠에 대한 나의 타고난 사랑과 소질에도 불구하고, 보통 때 같으면 원기를 회복시켜 주는 감미로운 무의식의 고향으로 쉽게 방문했던 습관과는 반대로, 그리고 일등석의 내 여행 침대가 잘 만들어져 있는 것이었음에도 불구하고, 그날 밤에는, 아침 시간이 다 되도록 잠은 거의 나를 버리고 달아나 버렸다고 말이다. 급속도로 앞으로 내닫고, 흔들거리고, 덜컹거리고, 간혹 정차도 하고, 간혹 삐걱거리다가 다시 떠나는 기차에서 보내야 할 첫날밤을 눈앞에 보면서, 무엇 때문에 나는 잠자리에 들기 전 그렇게도 많은 커피를 마셔야만 했던가? 흔들거리는 내 새로운 침대만으로는 내가 잠을 이루지 못하게 되었을 테니, 아예 그것은 방자하게도 내 잠을 박탈하고 말았다. 그러나 내가 일곱, 여덟 잔의 모카커피를 마신 것이 다만, 박력 있고 내 마음에 이루 말할 수 없는 흥미를 돋우는 쿠쿡 교수의 담화가 식탁에서 벌어졌기 때문에 생겼던, 나도 모르는 동반 행위였던가? 지금과 똑같이 그 당시에도 그 이유를 금방 알았다고 하더라도 나는 침묵을 지킬 것이다. —민감한 독자들이 그 이유를 스스로 말하고 싶어 할 테니 나는 그것에 대해 함구할 것이다.(사실 나는 단지 그런 민감한 독자들을 위해서만 나의 고백을 하고 있다.)

간단히 말해, 나는 실크 파자마를 입고 (아마도 그냥 가볍게 세탁한 침구에 눕기에는 그런 파자마를 입고 자는 것이 내의를 입고 자는 것보다도 사람을 더욱 잘 보호하여 줄 것이다.) 아침이 되기까지 그날 밤을 뜬눈으로 누워 있었으며, 한숨을 쉬어 가며 모르페우스[35]의 팔에 안기는 데 도와줄 수 있는 위치를 찾으려 애썼다. 그럼에도 불구하고 결국 나도 모르게 선잠이 들어 버리자, 나는 깊지 않으면서 제대로 휴식도 가져다주지 못하는 잠이 만들어 내는 것과 같은 여러 가지 얽히고설킨 꿈을 꾸었다. 맥(貘) 짐승의 해골에 올라앉아 나는 은하수(銀河水) 위를 달리고 있었다. 나는 그것이 우유로 이루어졌든지[36] 아니면 우유로 덮여 내 골격만 남은 동물의 말굽이 그 속에서 철썩거려서, 그러한 이름을 가진 것이라고 알고 있었다. 나는 매우 어설프고 불편한 자세로 그 짐승의 척추에 올라앉아 양손으로 늑골을 꼭 잡고 있었고, 그 짐승이 심술궂게 걷는 바람에 이리저리 기분 나쁘게 뒤흔들리고 있었는데, 그것은 아마 급히 달리는 기차의 흔들거림이 내 꿈속으로 옮아온 듯했다. 하지만 나는 그것을 바로 내가 승마를 배우지 않은 탓이라고 해석했고, 만약 내가 귀족 출신의 젊은 사나이로서 행세하려면, 서둘러서 승마를 배워야만 하겠다고 내게 타일렀다. 한 무리의 화려한 옷차림을 한 작은 인간들, 즉 소년과 소녀들이 나를 향해서 오더니 은하의 우유를 철썩거리며 내 옆을 스쳐 지나갔다. 그들은 가냘프게 생겼고, 피부색이

---

35) (역주) 그리스 신화에 나오는 꿈과 잠의 신.
36) (역주) '은하, 은하수'는 독일어로 'Milchstraße'라고 하는데, Milch는 '우유', Straße는 '길, 거리'라는 뜻이다.

노랗고, 즐거운 듯한 갈색 눈을 가졌으며, 알아듣지 못하는 말로 —아마도 그것은 포르투갈어로 생각되었다— 내게 뭐라고 소리치는 것이었다. 그런데 한 여자가 프랑스말로 이렇게 외쳤다. "이봐요, 호기심 많은 나그네!" 그 말을 듣자 나는 그녀가 프랑스 말을 하고 있으며, 또한 그녀가 쑤쑤라는 것을 알았다. 한편으로 든 생각은, 그녀의 어깨까지 드러내고 있었던 날씬한 팔은 나를 자극하여 오히려 —혹은 당장에라도— 짜자와 볼일이 생겼다는 것이다. 나는 있는 힘껏 그 짐승의 늑골을 잡아당겼는데, 그랬더니 그 짐승은 걸음을 멈추었고, 나를 내리게 해 주었다. 왜냐하면 나는 쑤쑤 혹은 짜자와 어울리고 싶은 생각이 간절하였기 때문이고, 그녀의 매력적인 팔의 골격이 원시적 성질 그대로라는 것을 그녀와 함께 이야기해 보고 싶었기 때문이다. 그러나 내가 타고 온 짐승은 내가 잡아끄는 데에도 고집을 부리고 뒷발질을 하여 나를 은하의 우유 속으로 내동댕이쳤다. 그러자 검은 머리를 한 작은 인간들은, 쑤쑤 혹은 짜자와 함께 껄껄 웃음을 터뜨리는 것이었다. 그리고 이 웃음 속에서 그 꿈은 사그라져 버리고, 다른 망상, 그것도 역시 잠을 자고 있긴 하지만 쉬고 있지는 않은 내 뇌수의 우스꽝스러운 망상에 자리를 내주었다. 그래서 예를 들면 나는 꿈속에서 경사진 점토질의 해변을 엉금엉금 기어 올라갔는데, 내 뒤에는 길고 덩굴같이 생긴 줄기를 질질 끌고 갔다. 그런데 그 줄기로 인해 내 마음속에는 내가 동물인지 식물인지에 관한 불안감이 생겼고—그것은 또한 그의 자존심을 부추기는 의심을 자아내었는데, 왜냐하면 그것은 '갯나리'란이름을 연상시켰기 때문이다. 이렇게 꿈은 계속되었다.

결국 먼동이 틀 무렵에야, 나는 깊은 잠에 빠졌다. 영문은 모르겠지만 꿈이 없어져 버린 덕택이었다. 그러고 나서 겨우 점심 전에야, 그리고 리스본에 도착하기 직전에야 잠에서 깼다. 그렇기 때문에 나는 아침 식사 생각은 전혀 하지 못했고, 잠깐 세수만 했을 뿐이다. 그것도 내가 가진 악어 가죽 손가방에 잘 갖추어진 도구들 덕분이었다. 플랫폼의 혼잡 속에서 나는 더 이상 쿠쿡 교수를 찾아볼 수가 없었다. 나는 짐꾼을 따라서 무개 마차가 있는 우아한 무어 양식의 역(驛) 건물 앞 광장까지 나왔는데, 그곳에서도 쿠쿡 교수의 모습을 볼 수가 없었다. 날은 맑게 개었고 햇빛이 좋았으며, 그렇게 덥지도 않았다. 짐꾼한테서 찾은 내 선실용 가방을 마부석의 짐칸에 올려놓은 젊은 마부는 왜소한 인간 축에 정말 꼭 끼일 만했다. 은하에서 맥 짐승에 의해 내동댕이쳐졌던 나를 보고 웃어 댄 그 왜소한 인간들 말이다. 아담한 몸집에 얼굴빛은 노랗고, 쿠쿡 씨의 일반적인 특징 묘사에 따르자면, 꼬아 붙인 수염 아래의 약간 뒤집힌 입술 사이에다 담배를 문 채, 그는 관자놀이까지 내려온 꽤나 덥수룩한 검은 머리에 둥근 모자를 약간 비딱하게 얹고 있었다. 그리고 그의 갈색 눈이 그렇게도 생기 있게 쳐다보는 것도 무의미한 일은 아니었다. 왜냐하면 내가 그에게 미리 전보로 예약을 해 두었던 호텔 이름을 대기 전에 그 친구 자신이 약삭빠르게 내 의중을 간파하여 "사보이 팔라스 호텔로 가시죠?" 하고 말하였기 때문이다. 그는 내가 그 호텔로 갈 것이라고 어림짐작했던 것이며, 내가 그 호텔에 투숙할 만한 사람으로 그에겐 보였던 것이다. 그리하여 나는 그의 결정을 다만 "그래, 맞아." 하는 말로써 확인시켜 줄 수가 있었다. 마부는 서투른 외국어로 웃으면서 내 말을 되풀이하였으며, 자기 자리로 뛰어오르더니 고삐로 말을 한 대 때렸다. "그래, 맞아. 맞아." 그는 그리 멀지 않은 호텔로 가는 도중에 재미가 나는지 그 말을 노래 부르듯 몇 번이고 되풀이하였다. 호텔에 이르는 데는 단지 좁은 골목길을 조금만 빠져나가면 되었다. 그 다음엔 넓고 훤한 대로변으로 나섰는데, 그것이 '아베니다 다 리베르다데'라는 지금까지 내가 생각해 보지도 못한 화려한 길이었고, 삼중으로 길이 나 있었다. 가운데 길은 멋진 자동차나 마차가 혼잡을 이루고 왕래하는 차도로서, 그 양쪽으로는 잘 포장된 두 개의 도로로 되어 있어, 화단과 동상들이며 분수로 장식되어 정말 멋지게 뻗은 길이었다. 이 호화로운 길에 실제로 궁전처럼 보이는 내가 묵을 호텔이 자리 잡고 있었는데, 이것은 지난날 파리의 '생토노레' 거리에 있던 호텔에서의 궁핍했던 사정과는 전혀 다른 도착의 모습을 띠고 있었다.

금줄을 늘어뜨린 서너 명의 호텔 보이들과 푸른 앞치마를 두른 하인이 금방 내 마차에 와락 덤벼들어, 내 커다란 트렁크를 내리고, 손가방이며 외투 그리고 여행용 모포를 재빠르게 끌면서, 마치 내가 단 일 분이라도 허비해서는 안 된다는 것처럼 나보다 앞서 현관으로 들어갔다. 그렇기 때문에 나는 마치 산책이나 하는 듯이 상아 손잡이에 은장식이 달린 스페인 등나무 단장을 손에 걸고, 로비를 가로질러서 안내소까지 느릿느릿 갈 수가 있었고, 이젠 그곳에 가서도 얼굴을 붉히지도 않았고, "물러나요! 썩 물러나란 말이오!"라는 소리도 듣지 않았다. 그 대신에, 내가 이름을 대는 것에 대한 대답으로서 알겠다고 하는 환영의 미소와 더불어 종업원들이 허리를 굽실거리는 모습이 즐거웠고, 혹시 마음이 내키시면 호텔 숙박계에 필요 사항을 좀 기입해 주셨으면 하고 아주 부드러운 말투로 간청하는 그런 소리를 듣게 된 것이었다……. 모닝코트를 입은 말쑥한 남자가 내 여행이 유쾌하였는지 정답게 물으면서 나를 안내하여 이 층으로 올라가, 거기에서 내가 예약했던 객실들, 즉 살롱과 침실, 그 밖에 타일을 붙인 욕실로 안내를 하였다. 창으로 '아베니다' 거리를 내려다볼 수 있는 그 방들의 모습은 내가 드러내어 표현할 수 있는 이상으로 더욱 나의 마음에 들었다. 만족감, 아니면 사실은 —그 방들의 고상한 아름다움이 내게 불러일으킨— 쾌활한 기분을 나는 아무렇게나 좋다는 몸짓을 해 보여 깎아내리고서, 나를 안내한 그 남자를 내보냈다. 그렇지만 혼자 남겨져 짐짝을 기다리면서 어린애 같은 즐거운 기분으로 내게 지정된 그 방들을 두루 살펴보았는데, 그런 즐거운 기분은 나 자신에게도 원래는 허용해서는 안 될 것이었다.

내가 특별히 우쭐거리고 싶은 것은 살롱 벽의 장식이었다. ―황금색으로 치장을 한 모르타르 세공으로 꾸민 이 높은 장식 벽지를 나는 늘 소시민적인 벽지보다도 훨씬 좋아했다. 마찬가지로 드높고 흰 바탕에다 황금색으로 장식을 하였으며 우묵하게 들어가 박힌 문들과 함께 이 장식 벽지는 그 방을 눈에 띄게 궁전과 같은 당당한 풍모를 자아내게 하였다. 그 방은 대단히 넓었으며, 훤히 트인 아치로 두 개 부분으로 나뉘어 있었다. 방하나는 본실과 분리되어 작았는데, 마음이 내키면 개인적인 식사를 하기에 적합한 곳이었다. 그리고 그 옆 넓은 방에도 역시 언제나 내가 기분 좋게 바라보았던 수정 샹들리에가 달려 있었다. 그 수정 샹들리에에는 번쩍거리는 프리즘 유리를 꼬아 매달았고, 또 그것은 높은 천장으로부터 상당히 얕은 데까지 내려와 매달려 있었다. 마루에는 푹신푹신하고 휘황찬란하며 넓게 단을 댄 양탄자가 깔려 있었고, 그중 하나는 엄청나게 큰 것이었다. 그리고 그 마루 여기저기에는 윤기가 흐르게 왁스로 닦은 곳이 드러나 보였다. 마음에 드는 그림들이 천장과 그 호사스런 문들 사이에 있는 벽면을 장식하고 있었다. 그리고 시계와 중국 도자기들이 놓인 가느다란 다리의 장식용 장롱 위의 벽에는 직조 그림 양탄자가 고상하게 걸렸는데, 그곳엔 신화에 나오는 부녀자 약탈 장면이 나타나 있었다. 아름다운 프랑스풍 안락의자들은 쾌적하고 고상한 분위기를 연출하며 타원형의 작은 탁자 하나를 둘러싸고 있었는데, 그 작은 탁자 위에는 유리판이 깔려 있었고, 그 유리판 밑에는 레이스가 덮여 있었다. 그리고 그 위에는 손님들의 심심풀이를 위해 과실용 나이프와 포크, 여러 가지 과일을 담은 작은 바구니, 비스킷을 담은 접시, 그리고 깨끗한 핑거볼[37]이 준비되어 있었다. —그것은 호텔 영업부 측의 서비스에서 나온 선물로 이해되었는데, 두 개의 감귤 사이에 그 명함이 꽂혀 있었다. 유리창이 달린 작은 진열장도 있었는데, 그 속에는 도자기로 만든 무척 귀여운 인형들이 들어 있었다. 그 인형들은 과장되게 멋을 부린 남자와 (속버팀으로 부풀게 한) 부인용 스커트를 입은 여자를 나타낸 것이었고, 여자의 옷 뒷자락은 찢어져 있었다. 그래서 그녀의 둥그스름하게 드러난 엉덩이 부분이 아주 선정적으로 보였으므로 그녀는 무척 당황한 채 그곳을 돌아다보고 있는 모습이었다. 비단 갓을 씌운 스탠딩 등(燈), 날씬한 대좌(臺座) 위에다 상징적인 세공을 한 청동제 나뭇가지 모양 촛대, 베개와 공단 이불이 덮인 풍취 있는 낮은 침상, 이런 것들이 그 방의 설비를 완전하게 꾸미고 있었다. 그러한 광경은 나의 빈곤한 눈을 무척 흐뭇하게 해 주었으며, 동시에 휘장이 달린 침대가 있으면서 푸르고 회색빛이 감도는 침실의 호화로움도 좋았으며, 그 침대 곁에는 명상에 잠길 수 있고, 자기 전의 휴식을 취하면 좋을 것 같은 넓은 안락의자가 쿠션을 넣은 팔걸이를 벌리고 있었다. 또한 부드러운 기분을 자아내는 바닥 전체에 깔린 양탄자, 잠자기 전 긴장을 풀어 줄 것 같은 엷은 푸른색의 가로줄 무늬가 있는 벽지, 높다란 스탠딩 거울, 우윳빛 유리 조명 기구, 화장대, 황동 손잡이에 광택이 나는 희고 넓은 장롱 문들, 이런 것들이 내 마음에 흡족하였다…….

내 트렁크가 들어왔다. 아직 내가 부릴 수 있는 시종은 없었으며, 시간이 약간 지난 뒤에야 임시로 한 명의 시종이 나의 일을 맡게 되었다. 그래서 나는 몇 가지 필수품을 장롱들의 영국식 서랍에다 챙겨 넣었고, 옷걸이

---

37) (역주) 식사 중에 손가락을 씻을 수 있도록 물을 담아 놓은 작은 그릇.

에 두서너 벌 양복도 걸었으며, 목욕을 하고, 아주 세심하게 몸차림을 하였다. 그러한 세심함은 몸차림을 할 때 항상 보이는 나의 독특한 습관이었다. 그런 행동은 늘 배우들의 분장과 닮은 점이 있었다. 비록 내가 내 외모의 지속적인 젊은 모습에 대하여 사실상 화장을 해서 더욱 멋지게 보이려고도 하지 않았지만 말이다. ―내의를 새로 갈아입고, 이곳 기후에 알맞은 가볍고 밝은 플란넬 옷을 꺼내 입고서 나는 아래층의 식당으로 내려갔다. 기차를 타고 여행을 하는 중에 나는 이야기에 정신이 팔려 저녁 식사를 등한히 했고, 또 늦잠을 자서 아침 식사도 놓쳤기 때문에 상당한 허기증을 느꼈다. 그래서 식당에서 아침도 아니요 점심도 아닌 사이참으로 조개로 만든 고급 스튜, 석쇠에 구워 격자 자국이 난 비프스테이크, 최상품의 초콜릿 수플레[38]를 정신없이 맛있게 먹었다. 하지만 나의 생각이 먹는 것에 정신이 팔려 있기는 했어도, 여전히 어제 저녁 이야기에 가 있었으며, 그 우주적인 매력은 너무도 깊이 내 마음속에 파고들었다. 그 일에 대한 기억은 일종의 고급스런 즐거움을 마련해 주었으며, 그 즐거움은 나의 새로운 존재의 고상함에 대한 만족감과 결부되어 있었다. 그리고 내 아침 식사보다도 더욱 큰 관심사는 오늘 중이라도 쿠쿡 씨와 어떻게 연락을 취할 수 있을까 하는 의문이었다. ―혹시 그냥 그대로 단순하게 그의 집으로 찾아가 볼 것인지 하는 의문이었다. 그래서 그의 박물관을 방문하는 것을 그와 약속할 뿐만 아니라, 또한 더 중요한 일이 있었으니, 쑤쑤와 서로 인사를 해 보려는 생각이 들었던 것이다.

그러나 그것은, '너무 급해서 문짝을 안고 그 집 속에 뛰어드는' 식으로 보일까 봐, 즉 경솔하게 불쾌한 말을 입 밖에 낼까 봐 무서워서 나는 그에

---

38) (역주) 달걀 흰자위에 우유를 섞어서 구워 만든 과자.

게 전화하는 것을 내일까지 연기하기로 했다. 그렇지 않아도 잠을 실컷 자지 못한 터라 오늘의 내 활동은 시내를 몇 군데 구경하는 것으로 그치자고 결정을 했고, 그래서 커피를 마신 후에 거리로 나섰다. 무엇보다 먼저 호텔 앞에서 다시 마차를 하나 잡았는데, 그 마차를 타고 나는 '도 꼼메르치오' 광장으로 가서, 그곳에 있으면서 마찬가지로 '도 꼼메르치오' 은행이라고 불리는 내 은행으로 갈 예정이었다. 왜냐하면 내 지갑에 든 회람 신용장으로 제일 먼저 돈을 찾아서 호텔 숙박비와 필요한 경우 발생하게 되는 비용으로 충당하자는 생각에서였다. '도 꼼메르치오' 광장은 매우 장엄하면서도 의외로 조용한 광장이었다. 광장의 한쪽은 항구 쪽으로 길이 나 있고, 그 넓은 포구에 '따조(Tajo)' 강기슭의 돌출부가 접한 것이 내다보였다. 하지만 다른 삼면은 아케이드나 녹음으로 뒤덮인 보도(步道)로 둘러싸였는데, 그 안에 세관과 중앙 우체국이며 여러 관청, 그리고 내가 신용장을 개설하고 있던 은행이 있었다. 그곳에서 나는 검은 수염을 기르고, 신뢰감을 자아내는 점잖은 태도의 남자와 용무를 보았는데, 그는 조심스럽게 나의 신용장과 신분증을 받아 들고, 내가 요구하는 것을 기꺼이 귀담아 듣고 하더니, 익숙한 솜씨로 장부에 기록을 하였고, 그런 다음 정중한 말투로 영수증에 서명을 하도록 펜을 내게 건네주었다. 진정으로, 나는 룰루의 서명을 그대로 모방하기 위하여 부(副)서류에 있는 그 서명을 곁눈질해서 볼 필요가 없었다. 나는 그 아름다운 내 이름을 비스듬히 왼쪽으로 기울어진 글자체로서 타원형의 획 속에다 감싸듯이 즐겁고 사랑스러운 기분으로 기꺼이 영수증 아랫부분에 써 넣었다. "참으로 독창적인 서명이군요." 하고 그 은행원은 참지 못하고 한마디 했다. 나는 어깨를 으쓱해 보이며 미소를 보냈다. "일종의 세습 서명이지요." 하고 나는 반쯤 미안하다는 뜻을 보였다. "몇 대째 우리는 이렇게 서명하지요." 그는 정중히 허리를 꾸부렸고, 나는 내 악어가죽 지갑을 밀레이스[39] 지폐로 불룩하게 만들어 가지고 은행을 나왔다.

거기서부터 나는 가까운 곳에 있는 우체국으로 갔으며, 그곳에서 다음과 같은 전보를 내 집인 '몽레퓌주'성(城)으로 보냈다. "기체만강하신지요? 저는 여기 사보이 팔라스에 안착했음을 알립니다. 새로운 인상에 가슴이 벅차 있으며, 곧 자세하게 사연을 올리기로 하겠음. 올바른 길로 가지 못했던 제 생각도 어떤 전환점을 강구하고 있음. 두 분께 감사드리는 룰루."
—이 일도 무사히 끝내고서 나는 항구와 반대쪽에 자리 잡은 상업 지구에서 이 도시의 가장 화려한 거리, '루아 아우구스타'로 뻗어 있는 일종의 개선문 내지 기념문을 지나갔는데, 그 거리에서 나는 공적인 사무를 마칠 생각이었다. 확실히 나는, 만약 내가 이곳 어느 공관 빌딩 이 층에 있는 룩셈부르크의 공사관에 내가 공식적인 방문을 한다면, 그것은 적절한 행동이고 또 양친의 뜻을 받드는 행동이라고 생각했다. 그래서 나는 그렇게 실행하였다. 내 고국의 외교 사절인 폰 휘온 씨 혹은 그 부인이 있는지 없는지 물어보지도 않고, 문을 열어 준 하인에게 그대로 내 명함 두 장을 내어 주었다. 그리고 그중 한 장에다 내 주소를 갈겨썼고, 하인으로 하여금 그것을 드 휘온 부부에게 전해 달라고 일렀다. 하인은 백발이 성성하고, 귀에는 귀고리를 하고, 좀 두툼한 입술에다가, 뭐라고 할까 일종의 우울한 동물 눈초리를 가진, 나이가 지긋한 사나이였다. 그의 눈초리를 보면 누구나 그의 혈통이 섞여 있다는 생각을 갖게 되지만 오히려 나는 호감을 가지게 되었다. 나는 헤어질 때 특별히 친근하게 고개를 끄덕였는데, 그것은 그가 정말로 어느 정도는 식민지 전성시대와 세계의 향료를 독점했던 황금시대

의 후손 같았기 때문이었다.

　나는 '루아 아우구스타'로 도로 나와서 왕래가 심한 그 길을 따라, 호텔 문지기가 이 도시에서 가장 중요한 광장으로서 '돔 빼드로 까르또' 광장 혹은 흔히 사람들이 친근하게 "오 로치오"라고 부른다고 추천해 주는 광장을 향해 계속 올라갔다. 명확하게 하기 위해 한마디 덧붙이지만, 리스본은 부분적으로 상당히 높은 구릉에 둘러싸였으며, 그 언덕의 직선으로 뻗어 있는 신시가의 길 좌우에는 높게 자리 잡은 주택가의 흰 집들이 즐비하게 늘어서 있었다. 이 높은 지대 어느 곳에 쿠쿡 교수의 집도 있다는 것을 나는 알았고, 그 때문에 그 언덕 위를 자꾸 쳐다보았으며, 정말로 어떤 경찰관한테 물어보기도 하였는데(나는 특히 경찰관하고 이야기하기를 늘 좋아했다.), 이야기를 하고 있다기보다는 오히려 손짓 몸짓으로 쿠쿡 씨의 명함에 적혀 있던 '루아 종 데 까스띨로스'를 물었던 것이었다. 그 경관 역시 팔을 뻗어서 이 주택가 지역을 가리키며 자기 나름대로 뭐라고 지껄였다. 그 말은 내가 꿈속에서 들었던 것과 같이 전혀 이해할 수 없는 것이었는데, 무엇인가 전차니, 케이블카니, 물로스[40]라고 하는 말을 했는데, 분명히 내가 타고 갈 것을 염두에 두고 하는 말인 것 같았다. 나는 프랑스 말로 그에게 전혀 급하지도 않은 내 질문에 대답을 해 주어서 감사하다고 몇 번 말했더니, 그 경관은 짤막하지만 손짓 몸짓 섞어 가며 했던 즐거운 이야기를 끝마치게 되자 자기 손을 여름 헬멧에다 갖다 대며 경례를 붙였다. 공공질서를 도맡은 경관, 간소하지만 멋있는 제복을 입은 경관한테 그런 경례를 받는다는 것은 얼마나 매력적인 일인가!

　그러나 나는 이러한 감탄을 일반화시키고 싶으며, 또한 나는 평범한 기

---

40)　(역주) 나귀가 끄는 마차.

준을 초월하는 감수성과, 언제나 그리고 전혀 생각할 수 없는 때에도 효과적인 감수성을 태어날 때부터 점지받은 인간을 행복하다고 찬양하고 싶다. 의심할 여지없이 이러한 하늘의 선물은 감수성 일반의 고양을 의미하는 것이며, 둔감과는 반대되는 것이다. 그러니 다른 사람들은 맛보지 못하는 많은 고통 역시 가져다주는 것이다. 그러나 나는 그러한 선물이 가져다주는 인생의 즐거움에 대한 이익이 그 손해보다 —그것이 같은 정도라면 — 훨씬 크다고 인정하고 싶다. 나의 대부 쉼멜프레스터가 그다지도 예리하게 비판을 가하였던 이름, 그리고 나의 최초이자 원래의 이름, 즉 '펠릭스'란 이름이 어느 때나 진정으로 타당하다고 생각게 하였던 것은 바로 아주 미미한 자극도 받아들일 수 있는 감수성이자 일상생활에서의 매력까지도 받아들일 수 있는 감수성이었다.

쿠쿡 씨가, 여태까지 겪어 보지 못한 인간들에 대한 활발한 호기심이 모든 여행 욕구의 중요한 요소라고 말한 것은 얼마나 진실한 말이었던가! 나는 정다운 관심을 가지고, 왕래가 심한 그 거리의 주민들을 구경하였으며, 또 그 검은 머리의 인간들이 활발하게 눈알을 굴리고 남국인답게 자기들의 이야기를 손으로 그려 보이는 것을 구경하였으며, 그들과 개인적으로 접촉해 보려고 애를 썼다. 비록 나는 내가 향해 가고 있는 그 광장의 이름을 알고 있었음에도 불구하고, 때때로 이 사람 저 사람 지나가는 사람이나 그 거리의 주민, 즉 어린아이들, 부인들, 소시민과 선원들한테 그 이름을 묻곤 하였다. —그것은 오직 그들이 거의 언제나 공손하고 자세하게 대답을 해 주는 동안, 그들의 얼굴과 표정을 관찰하고 그들의 낯선 말이나, 흔히 볼 수 있는 좀 외국적인 목 쉰 말소리에 귀를 기울이고 싶었기 때문이고, 그리하여 그들과 친하게 되어 헤어지고 싶었기 때문이다. 또한 나는 어느 한 맹인의 구걸 접시에 적선을 해 주었는데, 그 금액은 그를 놀라게 한 것 같았다. 그 맹인은 어느 집인지 아무 집에서나 의지하고, 보도 위에 앉아 있으면서 걸인(乞人) 막대기에다 자기가 장님이라는 것을 나타내고 있었다. 그리고 나는 내게 무엇이라고 중얼댄 한 중년 늙은이에게도 상당한 금액으로 도움을 베풀어 주었는데, 그는 메달이 달려 있는 프록코트를 걸치고는 있었으나 다 떨어진 구두에, 칼라도 없었다. 그는 대단히 감동을 받은 것처럼 보였고 약간 울기까지 하였다. 그러면서 내게 허리를 굽혀 보였는데, 그 모습 속엔 그의 성격상의 결함으로 인해 그가 이 사회의 높은 계급에서 현재의 곤궁한 생활 속으로 미끄러져 내려간 것 같았다.

두 개의 청동제 분수, 기념 기둥, 이상한 물결 모양으로 깔아 놓은 모자이크 보도가 있는 "로치요"에 내가 도착해 보니, 어슬렁거리고 다니는 사람들이나 그 분수의 가장자리에 걸터앉아 태양을 쬐고 있는 한가한 사람들에게 물어볼 경우가 더욱 많았다. 다시 말해서, 그 광장의 변두리에 서 있는 집들 위로 푸른 하늘에 그림같이 높다랗게 솟은 건물이라든가, 폐허가 된 고딕 양식의 어느 교회, 그리고 지금 막 진행 중인 새로운 건물 등등이 있었고, 그 새 건물은 구청 혹은 시청이라고 하였다. 광장 한쪽은 어떤 극장의 정면이 있는 바람에 차단이 되어 있었고, 다른 두 쪽은 상점과 카페 혹은 레스토랑으로 둘러싸여 있었다. 그리하여 나는 호기심을 구실로 삼아 이런저런 아이들을 붙들고 그런 낯선 사람과 접촉을 해 보는 재미를 충분히 만족시킬 수 있었기 때문에, 어떤 카페 문 앞에 내놓은 작은 식탁 중 하나에 가서 걸터앉았다. 쉬면서 차라도 한잔 마실 요량이었다.

내 옆자리에는 기품 있게 보이는 세 사람의 무리가 앉아 있었는데, 그들 역시 오후의 시원한 음료를 마시고 있었다. 그들은 곧 나의 관심을 독차지하였는데, 나의 관심이란 예의를 잃지 않으면서도 은밀하게 가지고 있는 관심이다. 그 자리엔 아무리 보아도 모녀라고 생각되는 —한 사람은 젊고 또 한 사람은 중년인— 여자 둘과, 독수리 같은 코에 안경을 걸친 중년이 될까 말까한 신사가 함께 앉아 있었는데, 그 신사의 머리카락은 파나마 모자 밑에서, 장발에 예술가처럼 윗저고리의 칼라 있는 곳까지 내려 덮고 있었다. 그의 나이는 그 부인의 남편이면서 그 소녀의 아버지가 되기에는 좀 모자라는 듯싶었다. 그는 자기의 아이스크림을 먹으면서 아마 신사로서 예의를 지키기 위해 그랬는지 자기 무릎 위에다 두서너 개 깨끗하게 졸라맨 물건 보따리를 올려놓고 있었고, 그 여자들 앞 테이블 위에도 그와 똑같이 생긴 물건이 두서너 개 놓여 있었다.

나는 바로 옆에 있는 분수의 물놀이에 흥미를 느끼고 구경을 하거나 저 위에 있는 폐허가 된 교회 건축을 연구하는 모습을 보이기는 하였으나, 이따금 옆자리에 앉아 있는 인물들에게 곁눈질을 했었는데, 나의 호기심과 다정한 관심은 그 모녀에게로 쏠렸다. —모녀라는 관계로 나는 두 사람을 보았는데, 그들 둘의 각각 다른 매력이 그런 모녀라는 관계의 상상 속에서 황홀하게도 내게는 한데 용해되었기 때문이다. 이런 것은 나의 감정 생활의 특징적인 것이었다. 이 책의 앞부분에서 나는 내가 받은 어떤 감동을 이야기한 일이 있다. 즉 한때 고독하고 거리의 젊은 청년이었던 내가 길거리 전신주에 기대어 프랑크푸르트 호프 호텔의 발코니에 몇 분 동안 나타났던 귀엽고 부유한 오누이의 모습을 보고서 감동하여 마음속에 아로새긴 이야기를 했을 것이다. 분명히 그때 깨달은 일이었지만, 내 마음이 매혹된 것은 두 인물 중 어느 한 명 때문에 일어난 것은 아니다. 즉 그 사내 아이 때문도 아니고 그 계집 아이 하나 때문도 아니었고, 그것은 그들의 이원적 존재, 그 귀여운 남매의 정(情)이 내 마음을 매혹한 것이었다. 그러므로 박애주의는 '이중적인 것에 대한 감격의 성향'이, 즉 '닮지 않은 한 쌍에 매혹되기 쉬운 성향'이 여기서는 오누이 관계 대신 모녀 관계로서 증명이 되었다는 데 흥미를 가질 것이다. 어쨌든 나는 그것에 대단한 흥미를 느꼈다. 그러나 단지 내가 덧붙여 두고 싶은 것은, 나의 매혹은 여기서 우연이란 것이 불가사의한 장난을 치고 있다는 추측이 갑작스럽게 일어남으로써 증대되었던 것이다.

다시 말하자면, 그 젊은 여자는 짐작건대 열여덟 살 정도였고, 동일한 천의 밴드로 졸라서 맨 여름옷을 입었는데, 그 옷은 수수하고 느슨하며 푸른 줄무늬가 있었다. 그런데 놀랍게도 그녀는 첫 눈에 짜자를 연상시켰다. —물론 이렇게 말을 하면서도 "이것만은 제외하고"란 말을 반드시 써야 하는 것을 의무로 생각하고 있지만 말이다. 또 다른 짜자—다만 그녀의 아름다움은 제외하고, 혹은 그것이 너무 방자한 말이라면 그리고 오히려(여기에 대해서는 나는 곧 설명을 하겠다.) 그녀의 어머니에게 적합한 말이라면— 어쨌든 그녀의 아름다움은 이른바 증명할 수 있을 정도로 분명한데, 룰루의 연인 짜자의 아름다움보다도 더 진솔하고 소박하다는 것을 제외하면, 또 다른 짜자라고 할 수 있었다. 짜자에 있어서는 모든 것이 단순히 유혹적인 옷이요 작은 불꽃이며, 그리고 더 자세히 살펴볼 필요도 없는 눈속임이었다. 그러나 여기 있는 젊은 여자는 —만일 도덕적인 세계에서 차용한 이런 말을 매력의 세계에다 적용할 수가 있다면— 신뢰성이 있다고 하겠다. 또한 천진난만한 솔직성이 있다고 하겠다. 여기에 대하여 나는 나중에 아연실색할 사실을 알게 되었다…….

또 다른 짜자였다. —사실 너무도 달랐다. 그래서 내가 아무리 눈으로 보고 믿었다고 할지라도 정말로 닮은 점이 없는가 하고 뒤늦게 자문할 정도였다. 단지 내가 짜자를 보고 싶어 했기 때문에 혹시 그녀를 본 것이라고 믿었던 것인가, 내가 —말하기도 이상하지만— 짜자와 꼭 닮은 사람을 찾고자 하였기 때문이었던가? 이 점에 관해서 나는 완전히 나 자신에게 순수하지 못하다. 분명히 파리에서의 나의 감정은 그 선량한 룰루의 감정과 결코 경쟁하지 않았었다. 아무리 짜자가 내게 즐겨 눈짓을 하였어도 나는 그의 짜자한테 결단코 반하지 않았다. 내가 그녀한테 반한 사실이 내 새로운 동일인 속에 수용되었을 수도 있을까? 뒤늦게 그녀한테 반했다는 것도 있을 수 있으니 외국에 나와 어떤 짜자를 만나기를 희망했다는 것도 있을 수 있는 일이 아닌가? 쿠쿡 교수가 이름이 유사한 자기 딸에 대해서 맨 처음 언급했을 때 내가 귀담아 듣던 것을 생각한다면, 나는 이런 가설을 완전히 배제할 수가 없다.

유사성? 열여덟이라는 나이와 검은 눈이 유사한 생각이 든다고 굳이 원하신다면, 유사성이기는 하다. 그러나 이쪽 사람의 눈은 저쪽 사람의 눈처럼 휙휙 돌아가거나 추파를 던지지 않았으며 대개는 두툼한 눈두덩에 좀 짓눌려 재미있는 웃음을 머금은 채 빛났는데, 그럴 때면 기분이 언짢은 듯 탐색하듯 쳐다보았으며, 그녀의 목소리와 더불어 젊은이다웠다. 그녀의 목소리는 짧은 이야기를 할 때 한두 번 내 귀에 들어왔는데, 결코 은방울 굴리듯 번지르르한 소리가 아니었고, 오히려 무뚝뚝하고 좀 거칠게 들렸다. 또한 아무런 꾸밈새도 없고 오히려 정직하고 솔직하였으니 바로 젊은이다운 목소리였다고 하겠다. 그 조그만 코는 전혀 유사성이 없었다. 그것은 짜자와 같이 뭉툭한 코가 아니었고, 그렇게 얇은 콧방울이라고는 할 수 없었으나, 대단히 기품 있는 콧등을 가졌다. 입에 대해서는, 그래, 닮은 구석이 있다. 거기에 대하여는 오늘날에 와서까지도 닮았다는 것을 인정하겠다. 이곳 사람이나 파리 사람이나 그 입술은(파리 사람은 생활력으로 붉었지만, 의심할 여지없이 이쪽 사람은 순수한 자연적인 붉은색이었다.) 윗입술이 말려 올라간 탓에 항상 떨어져 있었다. 그래서 그 사이로 이가 드러나 보였으며, 그 밑으로 오목하게 들어간 곳, 즉 부드러운 목까지 내려 닿은 귀여운 턱의 곡선도 역시 짜자를 연상시켰다. 내 기억에 의하면 그 밖에 모든 것은 유사성이 없었다. ―파리적인 것이 이베리아풍의 이국적인 것으로 성격 변화를 일으켰으니, 특히 불쑥 솟은 거북등 빗 때문에 그랬는데, 그 빗으로 목덜미에서 위로 추켜올린 검은 머리를 꼭대기에다 고정시키고 있었다. 이마에서는 그 머리를 그와는 반대로 추켜올려 그대로 내버려 두었는데, 그것이 아주 매력적으로 매달려 있었으며 귀 옆으로 한두 가닥 삐죽 나온 것 역시 남국적이며 이색적인 효과, 즉 스페인적인 효과를 나타내고 있었다. 귀에는 장신구가 매달려 있었는데―그것은 그 어머니가 달고 있는 것과 같은, 길고 흔들거리는 흑옥(黑玉) 귀고리가 아니라, 상당히 크고 작은 진주들로 싸인 오팔 조각이었다. 그것도 그녀의 전체적인 모습이 이국적으로 보이는 데 도움이 되었다. 쑤쑤는 ―이렇게 나는 후다닥 한 번 불러 보았다― 남국적인 상아색 피부를 가지고 있었는데, 그것은 어머니와 같았다. 물론 그 어머니의 타입과 태도는 전혀 다른 종류였는데, 쑤쑤는 위엄이 있다기보다는 뭔가 당당한 데가 있었다.

그 어머니는 매력적인 자기 딸보다는 키가 약간 컸으며, 이제 더 이상 날씬하다고는 할 수 없었지만 결코 지나치게 비대한 몸집은 아니었고, 목 부분이 단순하기는 하나 고상하게 파이고 소맷부리는 레이스 모양으로 얼기설기한 크림색 아마포 옷을 입었고, 거기에다 길고 검은 장갑을 끼었으니 이 부인은 노(老)귀족 부인이라고 할 나이는 아직 안 되었지만 거의 그에 가깝다고 할 수 있었다. 그리고 당시의 유행을 좇은 그녀의 검은 머리에는 희끗희끗한 곳이 있을 것으로 짐작할 수 있었다. 그 머리는 한두 송이 꽃으로 장식한 유난스런 밀짚모자 밑에 감춰져 있었다. 그녀는 까맣고 은을 박은 공단 리본을 목에 걸고 있었는데, 흔들거리는 흑옥 귀고리와 더불어 그녀에게 매우 잘 어울렸고, 그녀의 기품 있는 머리 자세에 도움이 되고 있었다. 그런데 그것은 일종의 강조된 위엄으로, 어쨌든 그녀의 전체 모습을 지배하고 있었고 또 그녀의 상당히 커다란 얼굴에 나타나 있었다. 그녀의 얼굴을 보자면, 거의 우울하고도 준엄하다고 할 만큼 거만스럽게 꼭 다문 입술과 팽팽한 콧구멍에다 눈썹 사이에 두 줄기 깊은 주름이 잡혀 있었다. 그 강조된 위엄이란 남국 특유의 준엄함이며, 많은 사람들은 남국은 알랑거리듯 감미롭고 부드러우며, 준엄함이란 북국에서 찾을 수 있다고 하는 생각에 사로잡혀 완전히 오해하고 있는 것이다. —그것은 완전히 잘못된 생각이다. "추측건대, 켈트족의 특징이 섞인 고대 이베리아인의 혈통"이라고 나는 혼자 생각했다. "그리고 각양각색의 피, 즉 페니키아, 카르타고, 로마 그리고 아라비아도 관계하고 있을 것이다. 아마도 그녀와는 친해지기 어려울 것이다." 그리고 나는 생각 속에서 덧붙이기를, 이런 어머니의 보호를 받는다면 이 어린 딸도 어떤 남성의 보호보다도 더욱 안전할 수가 있을 거라고 믿었다.

그러는 동안에 내게는 그러한 사람이 한 명 —분명히 그 두 부인을 이런 공개적인 장소에서 적절하게 보호하기 위한 것이긴 하였으나— 더 있었다는 사실은 별로 환영할 것이 못 되었다. 긴 머리에 안경을 낀 그 신사는 세 사람 중에서 나와 가장 가까이 자리를 잡고 있으면서 나와 거의 어깨와 어깨를 맞대고 앉아 있었다. 그것은 그가 자기 의자를 식탁에서 옆으로 내어 놓고 앉았기 때문이었는데, 그래서 상당히 특징 있는 그의 옆얼굴을 내게로 돌려 대고 있었던 것이다. 윗옷 칼라 있는 데까지 내려 덮인 목덜미의 머리칼이 나는 정말 보기 싫었는데, 왜냐하면 그것은 시간이 지나면 틀림없이 기름기가 흐르게 만들 것이기 때문이었다. 하지만 나는 내 예민한 감수성을 극복하고서 그녀들의 기사 역할을 맡은 사나이한테로 몸을 돌렸다. 그러면서 동시에 나는 미안하다는 눈초리로 두 여인을 훑어보았다.

"미안합니다, 어르신. 저는 지금 막 이곳에 도착한 이방인입니다. 저는 이 나라 말도 몰라서, 응당 여기 말을 사용하는 웨이터들과도 의사소통을 할 수가 없으니, 이 무례함을 용서하여 주십시오. 다시 한 번 말씀 드립니다. 용서하십시오!" —그런데 나의 눈초리는 마치 보아서는 안 될 것을 보는 것처럼 그 여인들 쪽으로 갔다. —"귀찮게 해서 어르신께 방해가 되었습니다! 하지만 저는 이 고장 사정에 관한 설명을 듣는 것이 대단히 중요합니다. 저는 저 위쪽 거리의 주택가에 있는 어느 집을 찾으려고 하는 희망과 유쾌한 사교적인 의무를 가지고 있습니다. 그런데 그 거리 이름은 '루아 종 데 까스띨로스'란 이름입니다. 제가 찾고 있는 그 집은 —어느 정도 제 신분을 밝히는 의미에서 덧붙여 말씀 드리는 것이지만— 저명한 리스본의 학자이신 쿠쿡 교수 댁입니다. 미안하지만 제가 그 윗동네로 잠깐 올라가는 데 이용할 수 있는 교통 기관을 아주 간단하게 말씀해 주시겠습니까?"

세련되고 마음에 드는 표현 수단을 구사한다는 것과, 좋은 문체에 대한 재능을 나누어 가지고 있다는 것은 대체 얼마나 은혜를 받았으며 얼마나 이로운 일이냐! 그 재능이란, 내게 마음을 두신 정령께서 정다운 손길로 내 요람에 놓아두었고 또 지금 여기 진행되고 있는 고백록에 너무도 필요한 것이니 말이다! 나는 마지막 몇 마디에 가서 약간 마음이 흔들리기는 하였으나 내가 얘기한 것에 대해서 만족하였다. 즉 그것은 다음과 같은 이유에서였다. 그 나이 어린 소녀는 내가 거리의 이름을 대고 쿠쿡이란 이름을 입 밖에 내자, 재미있다는 듯이 킥킥거렸는데, 사실 웃음을 터뜨리기 전에 일종의 재채기 같은 것을 하는 게 내 귀에 들어왔기 때문이다. 내가 말해 두지만, 이것이 나를 약간 당황하게 만들었다. 왜냐하면 그것은 단지 나로 하여금 이야기를 하게 만든 혐의를 확인시켜 주는 것 같았기 때문이다. 그 부인은 위엄 있게 나무라는 듯, 고개를 가로 저으며 자기 딸이 폭소를 터뜨리는 모습을 쳐다보았다. 그러나 그 다음에는 그 부인 스스로가 꼭 다문 자기 입술에 번지는 미소를 참아 내지 못했다. 그래서 그 부인의 윗입술에는 수염의 아주 희미한 그림자가 어렸다. 그러나 그 긴 머리의 신사는 —그 두 여인과는 반대로, 내가 주장할 수 있는 것은— 내 존재에 대해서 전혀 아무런 주의도 기울이지 않고 있었기 때문에, 당연히 좀 놀라긴 했지만, 다음과 같이 매우 공손하게 대답을 했다.

"미안하긴요. 천만에요, 선생. 거기 가는 데는 여러 가지 가능성이 있어요. —자세히 덧붙이자면, 모두 똑같이 좋다고는 할 수 없어요. 삯마차를 타고 갈 수도 있지요. 하지만 그곳까지 올라가는 길은 매우 가파른 언덕이어서, 어느 지점에 가서는 마차와 함께 걸어야만 하지요. 언덕을 잘 오르내릴 수 있는 나귀 마차를 이용하시는 편이 좀 더 현명한 방법이겠지요. 그러나 가장 많이 이용되는 것은 케이블카인데 선생은 그 승차구를 곧 찾을 수 있을 거요. 그것은 선생도 이미 확실히 알고 있는 아우구스타 거리에 있으니까요. 그 케이블카를 이용한다면 선생은 편안하게 그리고 곧장 '종 데 까스띨로스' 거리 가까운 곳까지 직접 가실 수 있지요."

"잘 알겠습니다." 하고 나는 대답했다. "제가 필요한 것은 그것뿐입니다. 뭐라고 감사의 말씀을 드려야 좋을지 모르겠습니다. 어르신. 어르신의 충고는 제게 결정적이었습니다. 진심으로 감사합니다."

그리고 나는, 이제 더 이상 괴롭히지 않겠다는 확고한 태도를 보이면서 곧 내 의자에 돌아와서 앉았다. 그러나 내가 이미 쑤쑤라고 부른 그 소녀는 자기 어머니의 위협적인 비난의 눈초리도 전혀 겁나지 않다는 듯이 그래도 자꾸만 재미있다는 태도를 보였다. 그래서 결국 그 부인도 딸의 이러한 버릇없는 태도를 변명하려고 어쩔 수 없이 내게 말을 걸지 않을 수가 없었다.

"어린아이의 쾌활함을 용서하세요, 신사 양반." 하고 그녀는 딱딱한 프랑스어로 말했다. 아름다우면서도 정통한 알토 목소리였다. "그런데 제가 '종 데 까스띨로스' 거리에 사는 쿠쿡의 아내예요. 이 아이는 제 딸, 수잔나이고요. 이분은 미구엘 후르타도 씨, 제 남편의 학문상의 협력자이지요. 그런데 제 추측이 틀리지 않을 것으로 생각해서 말씀 드리는 것인데요, 당신은 아마 '돔 안토니오 호세' 하고 여행을 같이하신 드 베노스타 후작이 맞으시지요. 제 남편이 오늘 도착했을 때 후작님과 만났다는 이야기를 했어요……."

"이거, 놀랍군요. 부인!" 하고 나는 거짓 없는 기쁨으로 대답하고 그녀와 그 어린 소녀 그리고 후르타도 씨를 향해 허리를 굽혔다. "정말로 매력적인 우연의 장난이군요. ―그렇습니다. 제 이름은 베노스타입니다. 그리고 사실 파리서 여기까지 오는 도중에 잠시 부인의 바깥주인과 동석해서 무척 즐거웠습니다. 더 이상의 그런 유익한 여행은 여태까지 해 본 적이 없었다고 말씀 드릴 수 있지요. 교수님의 얘기에 마음이 고무되었어요……."

"의아하게 생각하지 마세요, 후작님." 하고 어린 수잔나는 말참견을 했다. "후작님께서 물어보는 것이 재미있었어요. 후작님은 질문이 참 많으세요. 저는 후작님이 광장에 계실 때부터 지켜보고 있었는데, 후작님은 지나가는 사람을 누구나 붙잡고 무엇이든 물어보시더군요. 그런데 이젠 돔 미구엘한테 바로 우리 집을 물어보시니……"

"너 주제넘게 나서는구나, 쑤쑤." 하고 그녀의 엄마는 그녀가 말하는 것을 나무랐다. ―그런데 내게는 나 자신이 벌써 은밀하게 그녀에게 붙였던 그 애칭으로 그녀가 불리는 것을 듣는 것이 놀라웠다.

"미안해요, 엄마." 하고 딸이 대답했다. "하지만 젊은 나이의 사람이 말을 하면, 모두 주제넘은 것이지요. 그리고 후작님도 아직 젊으시고, 저보다 나이가 그렇게 많을 것 같지 않아요. 그런데 후작님이 저 식탁에서 이 식탁으로 건너 대고 말을 꺼내시니 좀 주제넘은 것이라고 할 수 있지요. 말이 나왔으니 하는 얘기이지만, 저는 하려고 했던 말을 아직 전혀 하지 않았어요. 무엇보다 저는, 아버지께서 우리들과 재회하자마자 그렇게 바로 성급하게 후작을 만나셨다고 말씀하시지 않았다는 것을, 저분한테 확실히 해 두고 싶었어요. 엄마가 한 말에서 거의 유추되듯이 말이에요. 아버지는 베노스타 씨하고 저녁 식사를 하셨다는 말씀을 정말 지나가는 말로 하셨어요. 먼저 여러 가지 다른 얘기를 우리에게 먼저 해 주시고 난 다음에요……."

"애야, 진실한 이야기라도 주제넘게 나서서는 안 되지." 하고 원래 '다 크루즈'란 성을 가진 그 여인이 머리를 흔들며 다시 나무랐다.

"그렇군요, 아가씨." 하고 나는 말했다. "그것은 제가 결코 의심해 보지 않았던 사실이군요. 저는 상상하지 못하겠는데요."

"좋아요, 그게 좋아요. 후작님은 상상하시지 않는 것이 좋아요!"

어머니: "쓰쓰!"

어린 딸: "저런 이름을 가진 젊은 사람은 말예요, 어머니. 그리고 우연히 저렇게 잘생긴 젊은 사람이 이것저것 모든 상상을 한다는 것은 매우 위험해요."

이런 말을 듣고 나니 그저 기분 좋게 웃어넘길 수밖에 별 도리가 없었다. 후르타도 씨 역시 웃음을 터뜨렸다. 나는 이렇게 말을 했다.

"수잔나 아가씨는 더욱 커다란 위험성이 있다는 것을 간과하면 안 되겠는데요. 아가씨 자신이 저렇게 잘생겼으니, 좀 자랑하고 싶은 생각이 들겠지요. 더군다나 그런 훌륭한 아버님과―그리고 어머님도 자랑하고자 하는 자연스러운 유혹도 있을 테니 말이지요."(나는 그러면서 부인에게 허리를 굽혔다.) 쑤쑤는 얼굴을 붉혔다. —그것은 어느 정도 그녀의 어머니를 생각해서였다. 어머니는 얼굴을 붉힌다는 생각이 조금도 없는 분이셨다. 그렇지만 아마 어머니에 대한 시기심도 있었을 것이다. 어린 그녀는 어처구니없는 방법으로 그렇게 얼굴을 붉힌 것을 무시해 버리고, 머리로 나를 가리키면서 아무렇게나 다음과 같이 말을 하였다. 그녀가 얼굴을 붉힌 것은 사실이 아니었다는 식으로 말이다.

"저분은 정말로 귀여운 치아를 가지고 계셔!"

내 일생을 두고 그런 솔직한 이야기를 들어 본 적은 없었다. 그러나 이런 말이 다소 난폭한 말이라고 하더라도, 그녀가 "너 정말 못하는 소리가 없구나!"라고 하는 엄마의 말에 대하여 다음과 같이 대답한 것에 비하면 아무것도 아니었다.

"그렇지만 저분은 사실 항상 이를 드러내고 있잖아요. 저분은 분명히 그런 말을 듣고 싶어 할 거예요. 그리고 사람은 그런 것에 대해 침묵하면 안 되지요. 침묵은 건전하지 못해요. 사실의 확인은 저분에게도 또 다른 사람에게도 정말 해로울 것이 없어요."

굉장한 계집애였다. 정말 굉장한 계집애였다. 그녀의 품성은 일반인이 받아들일 수 있는 관습을 너무도 벗어나고 그녀가 사는 사회적·국민적 환경과 너무나도 어울리지 않았다. 이것은 나중에 가서야 내게 명백해질 것이었다. 이 소녀가 정말 무시무시할 정도의 솔직한 마음을 가지고서, 내게는 매우 이상야릇하게 들리는 그녀의 문장인 "침묵은 건전하지 못해요."란 원칙에 따라 행동하는 버릇이 있다는 것은, 나는 나중에 가서야 정말 경험하게 되었다.

이야기가 약간 당황하게 되어 막힘이 있었다. 쿠쿡 부인, 다 크루즈 여사는 탁자 바닥을 손끝으로 가볍게 두드렸고 후르타도 씨는 안경을 만지작거렸다. 나는 다음과 같이 말을 함으로써 궁지에서 벗어났다.

"우리는 모두 수잔나 양의 교육적인 재능을 찬양하는 것이 좋을 것 같습니다. 이미 아까부터 수잔나 양은 정말 옳은 이야기를 했어요. 경애하는 아버님께서 그분의 여행담을 저라는 사람에 대한 이야기로 시작하셨다는 전제가 우스꽝스러웠다는 것 말이지요. 분명 아버님께서는 파리 여행에서 필요한 물건을 취득하여 가져오게 됐다는 이야기부터 하셨을 것입니다. 즉 대단히 중요하지만 유감스럽게도 이미 절멸해 버린 맥 짐승의 골격, 제3기 하층 시대에 살던 그 맥 짐승의 골격을 얻으신 것에 대해서 말씀하셨을 것입니다……."

"완전히 정확히 맞추셨네요, 후작님." 하고 부인이 말했다. "바로 그런 말을 남편인 돔 안토니오는 제일 먼저 했어요. 아마 후작님께도 그 이야기를 한 것으로군요. 그리고 여기 그 물건에 대해서 특별하게 좋아하시는 분이 계십니다. 그것을 가지고 연구를 해야 하기 때문이지요. 제가 여기 계신 후르타도 씨를 남편의 학문상의 협력자라고 후작님께 소개를 했지요. ─이분은 훌륭한 '동물 재(再)제조가'이십니다. 이분은 우리 박물관을 위해 현재 살고 있는 각양각색의 동물을 아주 그대로 복제하실 뿐만 아니라, 화석의 잔해물을 입수하여 이미 없어져 버린 동물을 그들 모습 그대로 재생하는 기술을 부리시기도 하지요."

그래서 상의 칼라까지 머리를 길렀군, 하고 나는 생각했다. 그렇다고 그게 절대적으로 필요한 것은 아니겠지. 나는 큰소리로 이렇게 말했다.

"그런데요, 부인. ─그런데 후르타도 선생님─ 어떻게 더 잘 들어맞겠습니까! 생각해 보십시오. 선생님의 경탄할 만한 활동에 대해서도 쿠쿡 교수는 제게 여행 중에 말씀을 하셨습니다. 그런데 운 좋게도 이 도시에 첫발을 들어놓자 선생님과 인사를 나누게 되었답니다……."

이때 그 쑤쑤 아가씨는 얼굴을 돌린 채 무슨 말을 했을까? 그녀는 감히 이런 말을 해 버렸다.

"얼마나 기쁘실까! 금방 목이라도 서로 껴안아 보시지 그러세요! 아마 저희들과 알게 되신 것쯤은 후작을 보고 환호하는 여자들하고는 전혀 비교할 수가 없겠지요? 그리고 후작은 과학에 특별히 흥미를 가지신 것처럼 그렇게는 전혀 안 보이는데요. 아마 후작의 진짜 관심은 발레나 말 같은 데 있을 것 같은데요."

그녀의 이야기에 관해서는 전혀 마음에 둘 필요가 없는 것 같았다. 그런데도 나는 이렇게 대답할 수밖에 없었다.

"말(馬) 말인가요? 그래요, 아가씨. 첫째로, 말은 제3기 하층 시대의 맥 짐승과 아주 관계가 깊지요. 그리고 발레 역시 학문적인 생각을 하게 할 수 있지요. 다시 말해서, 무대에 등장하는 아름다운 다리에 대한 원시 시대의 골격 구조에 대한 생각을 통해서 말이지요. 이런 이야기를 해서 미안합니다. 하지만 발레 이야기를 시작한 것은 아가씨 자신이었어요. 게다가 저를 매우 천박한 관심밖에 안 가진 젊은 사람으로 간주하고, 좀 더 고상한 것, 즉 우주나 세 가지 자연 발생설이나 보편적인 공감에 대해서는 아무런 감각도 없는 젊은이로 간주하는 것은 아가씨의 자유입니다. 이미 말씀 드렸다시피 아무렇게 생각하셔도 좋습니다. 하지만 그것은 혹시 저를 부당하게 취급하게 될지도 모르지요."

"그게 너의 의도가 아니었다는 말씀을 드려야만 하겠구나, 쑤쑤." 하고 어머니는 말했다.

그러나 쑤쑤는 완고하게 입을 다물고 있었다.

그에 반해 후르타도 씨는 눈에 띄게 비위를 맞추어 가며, 이젠 나의 만족스러운 인사말에 대단히 정중한 태도로 응해 왔다.

"아가씨는 놀리기를 좋아해요, 후작." 하고 그는 미안한 듯 말을 했다. "저희 남자들은 그것을 감수해야만 하지요. 저희들 중에 누가 그런 용기가 없겠습니까? 아가씨는 저도 잘 놀려 댑니다. 그래서 저를 박제사(剝製師)라고 부르지요. 사실 처음에는 그것이 제 생업이었기 때문이지요. 저는 죽은 애완동물들, 카나리아, 앵무새 그리고 고양이 등을 박제로 만들고 예쁘장한 눈알을 박아 넣는 일을 함으로써 생활비를 벌었지요. 그리고 난 다음엔 물론 저도 좀 나은 일로 옮겨 갔습니다. 조형 복제술로 말이지요. 그러니까 수공업에서 예술로 넘어간 것이지요. 이제는 외관상 완전히 살아 있는 놈처럼 보이게 하기 위해서, 더 이상 죽은 동물이 필요치 않게 되었습니다. 그렇게 되려면 능숙한 솜씨 이외에, 자연을 많이 관찰해야 하고 연구해야 합니다. 정말이지 사실입니다. 이런 분야의 제 재주 때문에 저는 벌써 몇 해 전부터 우리나라 자연사 박물관에 봉직하고 있습니다. ─하긴 저 혼자가 아니고, 같은 분야의 예술가 두 사람도 저처럼 쿠쿡 선생의 창조 사업에 종사하고 있습니다. 다른 지질 시대에 속하는 동물, 그러니까 선사 시대의 동물들을 복원해 내는 데는, 자명한 일이지만 확고한 해부학적 근거가 요구됩니다. 그래서 거기서부터 전체의 모습이 논리적으로 나오게 마련인데, 저는 쿠쿡 교수께서 이런 과거의 유제동물(有蹄動物)의 골격 중 긴요한 것을 파리에서 입수하는 데 성공하신 것을 그래서 대단히 만족스럽게 생각하고 있지요. 저는 지금 우리에게 주어진 것을 이미 보완하는 작업을 하고 있습니다. 그 동물은 여우보다 더 크지도 않고 앞발에 네 개, 뒷발에 세 개의 완전히 진화된 발굽을 확실히 볼 수 있습니다……."

후르타도는 아주 정다운 태도로 이야기를 했었다. 나는 그가 그런 훌륭하고 영광스러운 과제를 맡게 된 것을 진심으로 축복해 주었다. 그리고 이미 일주일만 있으면 내 배가 떠나기 때문에—내 배가 부에노스아이레스로 떠나기 때문에, 이런 그의 대단한 일의 결과를 기다릴 수가 없을 거라는 게 다만 유감이라고 하였다. 그러나 가능한 한, 지금까지의 그의 작품을 많이 보려고 작정했다고 말했다. 또 쿠쿡 교수께서는 친절하게도 자청하고 나서서 제게 손수 박물관을 안내하겠다고 하셨는데, 그분과 확정한 약속은 이제 준비하고 있어야 할 것이라고 말했다.

그것은 곧 될 수 있을 거라고 후르타도는 말했다. 내가 내일 점심쯤, 대략 열한 시 정도에 박물관으로, 여기서 멀지 않은 '다 프라타' 거리로 와 줄 수 있으면 된다는 이야기였다. —그러면 교수와 미천한 소생도 그 시각에는 거기에 가 있을 것이라는 말이었고, 한 바퀴 돌며 관람을 하시는 데도 함께 참여할 수 있게 되어 영광이겠다는 이야기를 했다.

정말 굉장한 일이었다. 나는 바로 손을 내밀어 알았다는 표시를 했고, 거기에 있던 여인들도 다소간 호의를 가지고 그 약속을 좋다고 해 주었다. 부인의 미소는 겸손하였고, 쑤쑤의 미소는 조소하는 듯하였다. 그러나 그 다음에 계속된 짤막한 대화에서는 후르타도 씨가 "놀려주기"라고 명명한 장난을 치지 않은 것은 아니었지만, 그래도 꽤나 예의바르게 참견을 했다. "돔 미구엘"이 정거장으로 마중 나가서 교수를 집까지 모셔 왔으며 그리고 집에서 점심 식사를 하였다는 이야기를 나는 들었다. 식사를 끝마친 후에는 부인들이 물건을 사는 데 어울리게 되어 결국에 그들은 이러한 좀 쉴 곳으로 안내를 하게 된 것인데, 이런 장소에 남자의 호위 없이 여자들이 발을 들여놓는 것은 이 나라의 풍습이 허락하지 않는다는 것이었다. 또한 내가 계획하고 있는 여행에 대해서도 이야기가 있었다고 들었다. 룩셈부르크에 계신 나의 양친이 내게 —그들이 애지중지하시는 하나뿐인 아들— 베풀어 주신 1년간의 여행 말이다.

"그것 참 좋은 표현이군요." 하고 쑤쑤는 끼여드는 버릇을 버리지 못했다. "물론 그런 것을 아마 애지중지한다고 말할 수 있겠지요."

"아가씨는 계속 저의 겸손한 태도 때문에 걱정이 되시는 모양이군."

"아마 희망 없는 걱정이겠지요." 하고 그녀는 대꾸했다.

그녀의 어머니는 이렇게 그녀를 훈계했다.

"애야, 젊은 처녀는 '예의 바름'과 '풍자적인 태도'를 구별하는 법을 배워야 하는 것이란다."

하지만 언젠가 한 번 —날짜가 아주 촉박하긴 했지만— 이 매혹적으로 삐죽 나온 입술에 입을 맞출 수 있는 희망을 내게 준 것은 바로 이런 풍자적인 태도였던 것이다.

나의 이런 희망에 용기를 북돋아 주었던 것은 쿠쿡 부인 자신이었다. 왜냐하면 온갖 예의를 갖추어 부인이 나를 이튿날 점심에 초대해 준 일이 일어났기 때문이다. 후르타도 씨는 내가 명승고적을 둘러보는 데 내 짧은 시간을 어떻게 이용해야 할 것인지, 거기에 몰두하여 길게 이야기를 늘어놓았다. 그는 시가(市街)와 강을 내려다볼 수 있는 전망 좋은 곳을 추천하며, 그런 전망을 '파시오 다 에스트렐라' 공원 위에서부터 즐길 수 있다고 했다. 또한 곧 있을 투우 경기에 대해서도 얘기를 했었고, 베렘 수도원을 건축 기술의 진주라고 칭찬을 했으며, 그리고 '신트라'성(城) 역시 좋다고 했다. 나는 그에게 고백하듯 이렇게 대답했다. 즉 내가 들은 것을 종합해 볼 때 가장 흥미를 끄는 것은, 우리들이 살고 있는 이 유성의 현존하는 식물보다도 석탄기(石炭紀)에 속하는 식물, 즉 양치류(羊齒類) 식물이 있다고 하는 식물원이라고 하였다. 또한 그것이 모든 다른 것보다도 더욱 내게 감동을 줄 수 있는 것이며, 자연사 박물관을 제외하고는 무조건 그곳이 나의 첫 행선지여야 한다고 했다.

"산책이지요. 그 이상 아무것도 아니지요." 하고 부인은 말했다. "편안하게 산책한다는 기분으로 다녀올 수 있어요. 가장 간단한 방법은 '종 데 까스띨로스' 거리에 있는 박물관을 방문한 뒤에 가족끼리 점심 식사를 하고, 오후에 가서 돔 안토니오 호세가 같이 오건 안 오건 식물원을 둘러보시면 될 거예요."

부인은 기품 있는 태도를 보이며 이런 제안을 했고, 또한 초대를 했다. 그리고 내가 이것을 정중한 놀라움과 감사함으로 받아들였다는 것은 말할 필요도 없을 것이다. 나는 이튿날의 프로그램을 오늘보다 더 즐겁게 기대해 본 적이 한 번도 없었다고 말했다. 이런 약속이 이루어진 후에 모두들 가려고 일어섰다. 후르타도 씨는 자기와 여인들 몫의 계산을 웨이터에게 치렀다. 후르타도 씨뿐만 아니라 쿠쿡 부인과 쭈쭈까지도 헤어질 때 내게 손을 내밀었다. 그리고 "내일 또 만나요!"를 되풀이하였다. 쭈쭈까지도 "내일 또 만나요!"라고 하였고 "우리 엄마의 환대를 받으셨으니 축하합니다." 하고 조롱하듯 덧붙였다. 그러고는 눈을 약간 내리깔면서 "저는 누가 말하라고 해서 따라 하는 건 싫어해요."라고 말하였다. "그 때문에 제가 후작님을 부당하게 다룰 의도가 아니었단 말씀을 드리려고 했는데, 그것을 미루었던 것이지요."

나는 그녀의 신랄한 태도가 이렇게 갑자기 부드러워져서 정말 놀랐다. 그래서 그녀를 잘못하여 짜자라고 불렀다.

"아니에요. 짜자 양……."

"짜자!" 하고 그녀는 웃음을 터뜨리며 내가 한 말을 되풀이해서 말하고는 내게 등을 돌렸다……

나는 그녀의 등 뒤에다 밋밋하게 이렇게 소리칠 수밖에 없었다.

"쭈쭈! 쭈쭈! 미안해요. 저의 실수를 용서하세요."

나는 무어 양식의 중앙 정거장을 지나서 '로시오'와 '리베르다데' 가로수 길을 연결하고 있는 '도 프린시페' 거리로 들어서서 호텔로 돌아오는 동안, 내 혓바닥이 짜자라고 잘못 놀렸기 때문에 나 스스로를 책망했다. 짜자! 그녀는 오로지 자기를 사랑하는 룰루와 단둘이서만 있는 바로 그 여자였다. —자부심 강하면서 고대 이베리아족인 어머니와 같이 있는 소녀가 아니다. —그것은 엄청난 차이가 있는 것이었다!

7장

　리스본의 자연사 박물관은 '다 프라타' 거리에 있었고, 아우구스타 거리에서 몇 걸음만 가면 다다르는 곳이었다. 건물 전면은 수수했고, 입구로 올라가는 계단도 없었고, 원주가 늘어선 입구가 있는 것도 아니었다. 사람들은 그냥 그대로 들어서면 되었으나, 입장 요금 징수원의 옆에 있는 회전 개찰구 ―그 옆에는 사진과 그림엽서를 테이블에 벌려 놓고 있었는데― 를 지나가기 전에 현관홀의 크기와 넓이에 깜짝 놀라게 되는 것이었다. 현관홀에는 들어서자마자 방문객의 마음을 사로잡는 자연의 풍광이 인사를 하고 있었다. 말하자면 그 현관홀의 중간쯤에는 무대 장치와 같이 바닥엔 풀이 깔리고 배경은 무성한 숲이 있었는데, 일부는 그린 것이었고, 일부는 실제 나무들과 잎으로 덮여 그늘지게 되어 있는 것을 볼 수 있었다. 그런데 그 숲 앞에서는 지금 막 그 속에서 뛰어나온 것처럼, 풀밭 가운데 흰 사슴 한 마리가 날씬하게 다리를 오므리고 서 있었다. 그 사슴은 손바닥 모양의 뿔과 한 갈래의 뿔로 이루어진 어마어마한 뿔이 높이 솟았고, 그 모양은 위풍당당하고 동시에 조심스럽고도 민첩하게 보였으며, 뿔 밑에 옆으로 팽팽해진 귓구멍은 앞쪽을 향하고 있었고, 미간이 많이 벌어져 있지만 무척 반짝이며, 조용하면서도 경계하는 듯한 두 눈은 입장객들을 마주 보고 있었다. 현관홀 천장의 전등은 바로 이런 풀밭과 뽐내면서도 조심스러운 동물의 번쩍이는 모습을 비추고 있었다. 입장객이 한 발자국만 앞으로 내딛면, 그 사슴은 껑충 솟아 숲처럼 만들어 놓은 어둠 속으로 뛰어들어가지나 않을지 겁이 날 지경이었다. 그래서 나는 그 안에 있는 외로운 짐승의 경계심에 사로잡혀, 후르타도 씨를 곧 알아보지도 못하고 내 자리에 주저하며 그대로 서 있었다. 그는 뒷짐을 지고 그 무대 발치에 서서 나를 기다리고 있었다. 그는 거기에서부터 내게로 다가오면서, 요금 징수원에게 입장료를 받지 말라고 손짓을 하였고, 정다운 인사말과 더불어 내게 그 개찰구의 십자형 차단기를 열어 주었다.

"후작께선 우리의 입장 안내인인 저 흰 사슴에 매혹되셨군요." 하고 그는 말했다. "당연히 그러셨겠죠. 정말 훌륭한 작품이지요. 아니, 그런데 제가 제작한 것은 아닙니다. 제가 박물관과 손을 잡기 전에 다른 사람의 손에 의해 이루어진 거지요. 교수께서 후작님을 기다리고 계십니다. 자, 가시지요……."

그러나 그는 내가 우선 그 현란하고 멋진 동물의 모습을 가까이에서 자세히 보려고 ─다행스럽게도 그 동물은 사실상 도망을 갈 수가 없었다─ 그쪽으로 다가가는 것을 웃으면서 허용할 수밖에 없었다.

"황록(黃鹿)이 아닙니다." 하고 후르타도는 설명을 했다. "진귀한 적록(赤鹿)의 일종인데 그놈은 가끔 흰색일 수가 있습니다. 그런데 혹시 내가 전문가 앞에서 주름잡는 것은 아닌가요? 후작님은 사냥을 하실 거라고 생각이 드는데요?"

"가끔 갈 뿐입니다. 사교적인 모임에 어쩔 수 없이 가야 되는 경우에만 말입니다. 그런데 여기에는 사냥꾼 못지않은 의의가 제게 있네요. 저런 사슴에 총부리를 겨눌 수는 없다고 생각합니다. 저것은 정말 어딘지 전설에 나오는 것 같은데요. 그런데 후르타도 씨, 사슴은 아마 반추 동물(反芻動物)이지요?"

"그렇지요, 후작님. 그 사촌이라고 할 수 있는 순록(馴鹿)이나 대록(大鹿) 따위와 같습니다."

"그리고 소와도 같지요. 아시다시피. 자, 좀 보세요. 그놈 어딘지 전설적인 분위기가 있지 않나요? 그렇게 보이지요? 그놈은 예외적으로 흰색이고, 그놈의 뿔은 뭔지 모르게 숲속의 왕자의 품격이고, 걸음걸이는 우아하지요. 그런데 몸은 가문을 속일 수가 없군요. ─사실 이론의 여지가 전혀 없지요. 저 몸통과 뒷부분을 자세히 보면 어딘지 말을 생각나게 하지요. ─그건 좀 탐스럽지만요. 말 얘깁니다. 비록 그놈도 맥 짐승에서 생겼다는 것은 다 아는 사실임에도 말이지요. ─그래서 사슴은 '왕관을 쓴 소' 같다는 생각이 들 수도 있지요."

"당신은 비판적인 관찰자이시군요, 후작님."

"비판적이라구요? 아니, 그렇지 않습니다. 저는 생명과 자연의 형태와 성격에 대해서 관심을 가지고 있지요. 그것뿐입니다. 거기에 대한 감정이라고 할까요. 일종의 열정이지요. 반추 동물은, 제가 아는 한에서는, 아주 기이한 위장을 가지고 있습니다. 그놈의 위장은 몇 개의 저장실이 있어서, 그중 한 곳에서 먹은 것을 다시 아가리로 밀어내지요. 그런 다음 그놈들은 누워서 맛있게 그 덩어리를 다시 한 번 제대로 철저하게 씹는다지요. 그런 습관을 가진 놈이 숲속의 왕자로 군림하는 것이 이상하다고 선생께서는 말하고 싶겠지요. 그러나 저는 그렇게 다양한 착상을 보이는 자연을 숭배하며, 그런 반추 동물의 습관도 완전히 이해할 수가 있지요! 결론적으로 말하면 무엇인가 보편적인 공감 같은 것이 있지요."

"의심할 여지가 없지요." 하고 후르타도 씨는 약간 놀라며 말했다. 그는 사실 내 고상한 표현 방식에 약간 당황하였다. ─마치 그 '보편적 공감'이 나타내는 것보다 더 고상한 말은 없는 것처럼 말이다. 그러나 그가 이렇게 당황해서 멍하니 슬픈 듯 쳐다보자, 나는 박물관장님이 우리를 기다리실 것이라고 그에게 서둘러 말을 했다.

"참, 그렇지요. 후작님. 당신을 여기 이렇게 오래 지체하도록 하다니, 제 잘못입니다. 그럼, 왼쪽으로 들어가실까요? ……."

복도 왼쪽에 쿠쿡 씨의 사무실이 있었다. 우리가 들어서자 그는 별처럼 반짝이는 눈에서 안경을 벗어 들었다. 그리고 그는 사무 책상에서 몸을 일으켰는데, 나는 그 별처럼 반짝이는 눈을 예전에 꿈속에서 본 듯한 느낌을 가지고 다시 알아보았다. 그의 인사는 살가웠다. 그는 내가 자기 집 여자들과 자리를 같이하고 또 이런 약속을 하게 된 우연에 대해서 만족감을 표명했다. 몇 분 정도 우리는 그의 책상을 빙 둘러 앉아 있었다. 그리고 그는 내 숙소와 리스본에 대한 내 첫인상을 물었다. 그러고 난 다음에 그는 이렇게 제안을 했다. "그럼, 우리 한 바퀴 돌아볼까요, 후작?"

우리는 구경을 하러 나섰다. 밖에 있던 사슴 앞에는 이제 초등학생들이 모여 있었는데, 열 살쯤 되어 보이는 아이들로 선생님이 그 동물에 대한 설명을 하고 있었다. 아이들은 제각각 동등한 존경심을 보이며 사슴과 선생님을 번갈아 쳐다보고 있었다. 그 다음에 그들은 홀 주위에 진열된, 갑충류와 나비의 수집품이 들어 있는 유리 진열장 있는 곳으로 안내되었다. 우리는 그곳에서 걸음을 멈추지 않고, 열려 있는 엄청 큰 방들이 즐비한 오른쪽으로 들어섰다. 그 방들은, 내가 자랑했던 '생명의 성격에 대한 관심'을 충분히 만족시킬 만했다. 그 만족감은 주체하지 못할 정도의 압도적인 것이었다. 방과 홀은 자연의 품에서 솟아나온 형상들로 빽빽하게 차 있어서, 걸음을 옮기는 곳마다 공감의 시선을 던지게 하였다. 그 형상들은 초기 단계의 실험적인 것과, 동시에 아주 정교하게 발전된 것도 있었으며, 그 종류 중에 가장 완성된 형태를 가진 것 등을 볼 수가 있었다. 유리 속에다, 한 조각의 해저(海底) 모양을 나타낸 것이 있었는데, 그 땅 위에는 초기의 유기적 생물, 식물 같은 것 혹은 일부는 어딘지 모르게 불안정한 형태의 물건들이 스케치를 한 것처럼 무성했다. 그리고 바로 그 옆에는 지층의 가장 하부에서 생긴 조개류의 단면도를 볼 수가 있었다. ─그리하여 이러한 머리 없는 연체동물은 그 껍질에 보호되어 수백만 년 동안 부식되지 않고 내려왔는데 그 껍질 내부의 꼼꼼한 마무리를 보면, 원시 시대에 자연이 얼마나 면밀한 솜씨를 가지고 그런 것을 만들어 낼 수가 있었는지 감탄할 수밖에 없었다.

개별적인 방문객들, 즉 일반 입장료를 치르고 들어왔을 사람들을 우리는 만났는데, 그들은 안내하는 사람도 없어서 ─그들의 사회적인 위치는 특별한 취급에 대한 동기를 제공하지 않았으니까 그렇겠지만─ 진열된 물건에 마련되어 있는, 그 나라 말로 적은 설명에 의존하게 되어 있었다. 그들은 호기심에 차서 우리 소그룹을 쳐다보았고, 아마도 나를 어느 외국의 왕자라서 관리자가 박물관의 공식적인 경의를 표하는 것으로 생각하는 모양이었다. 그런 일들이 유쾌했다는 것을 나는 부정하지 않겠다. 게다가 나는 나의 세련됨과 우아한 모습과, 지금 내가 잠깐 지나치면서 보게 되는, 종종 보기에도 흉한 자연의 실험의 산물인 원시 갑각류(原始甲殼類), 두족류(頭足類), 완족류(腕足類), 엄청나게 오래된 해면류(海綿類)와 내장이 없는 극피동물류 화석의 원시성과의 대조를 은밀한 매력으로 느꼈다.

그런데 이런 생각을 하면서 내 마음속에서 활발하게 움직이고 있던 것은 다음과 같은 생각이었다. 비록 이 모든 것들은 일종의 고유한 자존심과 자기 목적성을 잃고 있지만 그들의 첫 시작은 나를 향해서, 즉 다시 말해 인간을 향해서 예비적 실험을 하고 있었다는 것이다. 그리하여 이런 생각은 나로 하여금 공손하고 얌전한 태도를 갖게 하였다. 나는 이런 태도를 가지고 예를 들면, 불모(不毛)의 피부와 뾰족한 주둥이를 가진 바다 파충류를 상상해 보았는데, 여기에는 대략 오 미터 정도의 그런 파충류 모델이 유리 수조 속에서 헤엄을 치고 있었다. 그런데 여기서 보는 바의 크기를 훨씬 넘을 수도 있는 이놈은 파충류였다. 하지만 이놈은 어류의 형태를 가졌고, 돌고래와 흡사했다. 그렇지만 돌고래는 포유동물인 것이다. 그래서 그놈은 종속(種屬)이 확실치 않고 모호했는데, 아무튼 그놈은 곁눈으로 나를 노려보고 있었다. 한편 쿠쿡 씨의 이야기를 들으면서 나의 눈은 이미 그 다음 방들로 들어가고 있었다. 그곳엔 여러 방을 지나가면서 붉은 벨벳의 줄로 사람들이 들어오지 못하도록 칸을 막고 그 속에 정말 원시 파충류가 완전히 실물 크기로 구축되어 있는 듯이 보였다. 박물관이나 전람회란 사실 으레 그렇지만, 너무 많이 보여 준다. 그래서 사실은 그 풍부한 전시품 중에서 한 가지나 몇 개만을 조용히 관조하는 것이 아마도 정신과 기분을 위하여 더욱 생산적일 것이다. 사람들은 어떤 대상물 앞에 나서면, 벌써 시선은 다른 대상물이 있는 곳으로 먼저 달려가고, 그 진열품에 대한 매력은 앞선 진열품에 대한 관심 때문에 혼란을 일으키게 마련이다. 그래서 사람들은 진열품 전부를 제대로 보지도 못하고 스쳐 지나간다. 말이 나왔으니 하는 얘기이지만, 나는 단 한 번의 경험에서 이런 말을 하는 것이다. 왜냐하면 훗날 내가 다시 한 번 그런 교육적인 장소를 방문한 적은 거의 없었기 때문이다.

이 볼품없는 존재에 관하여 말을 하자면, 그것은 자연에 의하여 불쾌하게 버림받았던 것을 이제 그 파묻혔던 화석을 기초로 하여 원형에 충실하게 복원해 놓은 것인데, 그 용적을 수용할 만한 공간을 이 박물관은 소유하고 있지 않았다. ─그놈의 키는 사실, 답답한 노릇이었으나, 사십 미터의 길이였다. 그래서 그놈을 위하여 넓게 아치형으로 벽을 터 두 개의 방을 연결하여 공간을 마련하였다. 그런데 이것도 겨우 그놈 사지의 적절한 배치를 통해서만 그놈이 요구하는 필요한 공간을 쓸 만하게 만들 수 있었다. 우리는 방 하나를 지나가며 그놈의 거대하고 꼬불꼬불 감아 놓은 가죽 꼬리와, 피부같이 만든 뒷다리 그리고 불룩한 허리 부분을 보았다. 그 옆방에서의 그놈 전면의 형태는 나무토막 같은 것을 ─혹은 뭉뚝한 돌기둥 같은 것이었나?─ 세워 놓고, 그 위에 그 불쌍한 놈은 반쯤 몸을 일으켜 세우고 한 발로 디디고 있었는데, 그 모습은 기괴한 우아함이 없다고도 할 수 없었다. 반면 보잘것없는 대가리를 가진 끝없이 긴 모가지는 침울한 생각에 잠긴 듯 ─그러나 참새 대가리로 무슨 생각을 할 수 있겠는가?─ 그 발 쪽으로 기울어져 있었다.

나는 이러한 원시 파충류의 모습에 무척 감동되어 마음속으로 그놈에게 이렇게 말을 했다. "그대 슬퍼하지 말라! 분명히 그대는 버림을 받았고 또한 절도(節度)를 잃었기 때문에 자연으로부터 추방되었다. 하지만 그대도 보다시피, 우리는 그대의 모습을 똑같이 복제해 놓고 그대를 기념하노라." 그렇지만 나의 관심은 결코 박물관의 이 자랑거리에 완전히 집중되었던 것이 아니라, 동시대적 매력에 의하여 분산되었다. 즉 천장에 매달려 날아다니는 원시 파충류가 날개를 활짝 펴고 있었고, 게다가 막 파충류에서 파생되어 나온 것으로서 꼬리와 발톱 달린 작은 날개가 돋친 시조새도 있었다. 또 그 곁에는 새끼를 넣는 주머니를 가진, 알을 낳는 포유동물들도 있었으며, 그 밖에 둔중한 얼굴을 가진 아르마딜로속(屬) 동물도 보였는데 그놈들의 본성은 두터운 골격판으로 이루어진 배갑(背甲)과 측갑(側甲)의 보호 장치로 자신들을 조심스럽게 보호하고 있었다. 그러나 아르마딜로속 동물들을 탐내어 집어 삼키는 검치호(劍齒虎) 동물의 본성은 꼭 그놈에 알맞게 마련되어 있어, 아르마딜로속 동물의 골격판을 으깨어 죽이고 그 육체로부터 아마도 매우 맛있을 법한 고기를 크게 찢어 놓을 만큼 억센 턱과 강한 이빨들을 갖도록 단련되어 있었다. 이렇게 잡아먹히기만 해서 불쾌한 아르마딜로속 동물이 더 크고 두텁게 무장을 하면 할수록, 그놈의 등에 좋아서 달려드는 동물의 턱과 이는 점점 더 억세어 가게 되었다. 그러나 어느 날 —쿠쿡 씨는 이렇게 설명을 했는데— 기후의 변화와 식물의 성장 조건은 이런 거대한 아르마딜로속 동물에 대하여 일대 타격을 가하여 별 것 아닌 그들의 먹이를 더 이상 찾아내지 못하고 소멸하게 되는 형국이 되었고, 이런 온갖 경쟁을 해 오던 끝에 검치호 동물도 그 억센 턱과 이빨을 사용하지 못해서, 급격히 딱한 처지에 떨어지게 되고, 결국 생존을 끝마치게 되었던 것이다. 자라나는 어린 아르마딜로속 동물 때문에 검치호 동물은 모든 짓을 다해서 뒤지지 않으려고 하였으며, 껍데기를 깨물기 위하여 충실히 공을 들였던 것이다. 역으로, 자기 육체를 좋아하는 놈이 없었더라면, 아르마딜로속 동물도 그렇게 크고 살이 찌게 되지 않았을 것이다. 그러나 자연이 점점 파괴하기 힘들 별갑(鼈甲)을 높이 자라게 함으로써 아르마딜로속 동물을 검치호 동물로부터 보호하려고 원했다면, 그렇다면 왜 자연은 줄곧 천적이었던 동물의 턱과 이빨을 동시에 억세게 만들었던 것일까? 자연은 양쪽 다 보호한 셈이다. —그러니까 두 놈 중에 어느 한 놈의 편도 들어 주지 않았던 것이다. 자연은 단지 그놈들을 데리고 장난을 쳤던 것이고, 그놈들이 지닌 가능성의 절정까지 다다르게 해 놓고는 그놈들을 내던져 버리고 말았던 것이다. 자연은 무슨 생각을 하고 있는 것일까? 자연은 전혀 아무것도 생각하지 않으며, 따라서 인간 역시 자연을 놓고 아무것도 생각할 수가 없는 것이고, 오로지 자연의 활동적인 냉담함에 놀랄 따름이다. 그래서 인간인 나는 존귀한 손님으로서 자연의 다채로운 형상들 속을 거닐면서 좌우를 향해 호의를 베풀었던 것이다. 자연의 다채로운 형상들은 너무도 아름다운 모델들로 —그중 일부는 후르타도 씨에 의해 제작된 것이지만— 쿠쿡 씨의 박물관의 방들을 가득 채우고 있었다.

내게 소개된 진열품은 다음과 같다. 위로 휘어 올라간 공격용 이빨을 가진 털북숭이 매머드[41]가 있었는데 그것은 이미 지구상에서 멸종한 동물이었다. 또, 두꺼우면서 축 늘어진 껍데기로 덮인 무소가 있었는데, 그 동물은 형태가 약간 달라졌어도 아직 서식하고 있다. 또, 야행성 원숭이가 나뭇가지에 쭈그리고 앉아, 지나치게 크고도 반짝이는 눈으로 내려다보고 있었다. 나는 그놈의 날씬한 모습을 영원히 잊을 수 없는데, 눈은 차치하고라도 그렇게도 예쁜 작은 손을 가졌고, 그놈도 그의 작은 팔에 물론 원시적인 육지 동물의 골격 구조를 감추고 있었으며, 또한 찻잔 같은 눈에 길고 가느다란 작은 손가락을 가진 개구쟁이 원숭이 타르지우스[42]란 놈은 가슴에 양손을 얹고 있었으며, 아주 널브러진 납작한 발가락을 가졌다. 자연은 이런 개구쟁이를 데리고 우리를 웃기려는 것이다. 그러나 나는 그놈들의 모습을 보고도 심지어 웃음까지도 참고 견디었다. 왜냐하면 비록 그놈들이 가면을 쓰고 슬픈 듯 장난을 친다 하더라도 결국에는 그놈들에게는 나와 같은 인간이 될 조건이 너무나도 명백히 구비되어 있기 때문이었다.

어떻게 내가 그 박물관이 보여 주는 온갖 동물들의 이름을 모조리 대고

---

41) (역주) 원시 시대의 거대한 코끼리.
42) (역주) '마키(Maki)'라고도 하는 마다가스카르산 원숭이.

칭찬을 할 수 있겠는가! 새들만 해도 그렇다. 집을 짓는 백로도 있고, 까다로운 올빼미도 있고, 성큼성큼 걷는 홍학도 있고, 독수리도 있으며, 앵무새, 악어, 물개, 개구리, 두더지, 사마귀 모양의 맹꽁이들도 있었으니, 기고 날고 하는 놈들이 어찌 그리 많은지 누가 알았겠는가! 조그만 여우 놈도 있었는데, 그 생김새가 너무도 익살스러워서 나는 결코 잊을 수가 없다. 그리고 그 밖에 여러 가지가 있었으니 여우, 살쾡이, 나무늘보와 담비 종류들 그리고 나무에 올라앉은 표범 같은 재규어도 있었는데, 그 눈은 사팔뜨기에다, 초록색에 위장도 잘 하고, 음흉하였으며, 성난 얼굴 표정은 자기에게 지정된 이런 역할이 맹수에 어울리지 않아서 마음이 찢어지고 참담하다는 꼴이었다. —이 모든 동물들을 나는 즐겨 위로하여 머리털을 쓰다듬어 주었고, 진열품 대상에 손을 대는 것은 금지되어 있었음에도 불구하고, 여기저기 손을 대 보기도 했다. 무슨 자유인들 내가 누려서는 안 되었을까? 모든 자유를 나는 누렸다. 꼿꼿이 일어서서 걷는 곰에게 내가 손을 내밀거나 또 자기 손마디를 깔고 앉은 야행성 원숭이란 놈의 어깨를 내가 기운을 내라고 두들겨 주면, 동행하던 쿠쿡 교수와 후르타도 씨는 좋아서 쳐다보는 것이었다.

"그런데 인간은요? 교수님!" 하고 나는 말했다. "인간을 보여 주시겠다고 약속하지 않으셨습니까? 어디 있지요?"

"지하실에 있습니다." 하고 쿠쿡 교수는 대답했다. "이곳을 다 보셨으면, 후작, 우리 내려갑시다."

"올라간다고 하셔야 되지 않나요, 그래도 인간인데." 하고 나는 재치 있게 끼어들었다.

지하실에는 인공 조명이 켜져 있었다. 우리가 들어간 곳에는 유리창 속에 작은 무대가 벽 쪽으로 설치되어 있었는데, 그것은 인간의 원시생활을 보여 주는 실제 크기의 입체적 모조 장면들이었다. 그래서 우리는 그 각각의 앞에 가서 관장님의 설명을 들으면서 서 있었으며, 나의 요구에 의하여 다음 장면으로 갔다가는 다시 이전 장면으로 돌아와 보기도 했는데, 아무리 거기에 오래 서서 보아도 시원치 않았다. 아마 친절한 독자들은, 내가 어린 시절에 눈에 띄도록 특출한 나의 재능의 근원을 알아보고자 하는 호기심에서, 여러분 선조들의 사진 속에서 나 자신에 대한 최초의 암시를 찾아보려고 살폈던 일을 기억하고 있을까? 어렸을 때 경험한 것은 일생을 두고 강화되어 되돌아온다. 그래서 나는 이제 진실을 캐려는 절박한 눈과 쿵쿵 뛰는 심장을 부둥켜안고서 그 어둠에 싸인 시대로부터 나를 목표 삼고 있었던 것을 구경하게 되었을 때, 그런 일에 다시 열중하고 있음을 전적으로 느꼈던 것이다. 아아, 저기 조그맣고 털이 숭숭 나 있는 그 무엇들이 겁이 난 듯 무리지어 쪼그리고 앉아 있는 것일까? 마치 그들은 언어 이전의 언어를 가지고 응얼응얼하고 중얼중얼하며, 더 유효한 장비와 강력한 무기를 몸에 지닌 동물이 지배하고 있던 이 지구상에서 어떻게 하면 살아남고, 어떻게 하면 생계를 유지할 수 있을지 의논이라도 하고 있는 것 같지 않은가? 저기에 있는 것들은 내가 들은 바 있는 자연 발생이 벌써 일어났던 걸까? 그래서 벌써 동물적인 것으로부터 이탈한 것일까? 아니면 자연 발생이 아직도 완전히 일어나지 않았던 것인가? 누가 내게 묻는다면, 나는 그들이 벌써 자연 발생이 발생했고, 동물적인 것에서도 이탈했다고 하겠다. 그 증거로서 그들은 뿔도 송곳니도 억센 턱도 없으며, 게다가 별갑(鱉甲)도 쇠갈고리 주둥이도 없이, 이 세상에 버림받은 이 털북숭이들은 어찌할 바를 모르고 불안스러워하고 있는 것이다. 그러나 그들은 이미, 내가 확신하는 바에 의하면, 그들이 다른 진열 대상들처럼 세련된 나무로 조각된 인간이라는 것을 알고 있었고, 은밀하게 쪼그리고 앉아서 의논을 하고 있는 것 같았다.

　동굴이 들여다보였다. 상당히 넓었으며, 그곳에서 네안데르탈인들이 불을 지피고 있었다. ―벌거숭이에 땅딸막한 사람들. 확실하다. ―그러나 이들 외에 어느 누가, 가장 위엄 있는 숲속의 왕자라 할지라도, 그들과 대적할 수가 있으며 불을 지피고 쑤셔 돋울 수 있겠는가! 그렇게 하려면 왕자의 품격 이상이 필요했을 것이며, 다른 무엇이 부과되어야만 했을 것이다. 특히 어느 부족의 우두머리 같은 한 사나이가 있었는데, 그의 목덜미는 대단히 거칠고 짧았으며, 입은 삐죽하고, 등허리는 둥글게 휘었으며, 무릎은 벗겨져서 피가 흘렀고, 팔은 그 몸매에 비해 지나치게 길었고, 손에는 그가 때려잡아 지금 막 동굴로 끌고 들어온 사슴의 뿔이 쥐어져 있었다. 그들은 모두 목이 짤막하고, 팔은 길며, 자세가 곧지 못했다. 불 옆에는 가족들처럼 보이는 사람들이 있었다. 즉 자기들의 부양자이며 수렵군인 사나이를 존경하는 시선으로 마주보는 소년과 어린애를 가슴에 품고 젖을 먹이며, 동굴 안쪽에서 나오고 있는 여인이 있었다. 그런데 어린애는 오늘날의 갓난애와 완전히 똑같았으며, 성인들의 상태보다 훨씬 현대적이었고 진화하였지만, 아마 성장하면서 다시 그 성인들과 같은 상태로 원상 복귀하게 되는 것 같았다.

　나는 그 네안데르탈인들과 나 자신을 떼어 놓을 수가 없었다. 그리고 그 다음에 있는 기인(奇人)한테서도 역시 나 자신을 떼어 놓고 싶지 않았는데, 그 기인은 수십만 년 전에 홀로 풀도 안 난 암벽의 동굴 속에 웅크리고 앉아서 놀랄 정도의 열성으로 그 벽들에다, 야생의 소나 사슴 그리고 다른 수렵 동물들, 게다가 사냥꾼까지도 그려 놓았다. 그의 동료들은 분명히 밖에서 실제적인 수렵을 하고 있었을 것이다. 하지만 그 기인은 그런 그림을 울긋불긋한 액즙으로 그리고 있었고, 일을 할 때 왼손으로 벽을 짚고 있었기 때문에, 물감이 묻은 그 왼손으로 인해 그림 사이에 손자국이 여러 개 남아 있었다. 나는 오랫동안 그 기인을 응시했으며, 우리가 벌써 지나쳐 버렸음에도 다시 한 번 그 부지런한 기인한테로 돌아가 보고 싶었다. "그 러나 여기 또 한 사람 있지요." 하고 쿠쿡 씨가 말했다. "이 사람은 자기 머리에 떠오른 것을 가능한 한, 돌에다 새겨 넣으려고 하지요." 그러고 보니 열심히 돌에다 새겨 넣으면서 엎드려 있는 그 원시인도 상당히 감동적이었다. 그리고 그 무대 위에서 개를 데리고, 성난 멧돼지와 창으로 대항하고 있는 사나이도 용감무쌍하게 보였다. 그 멧돼지도 마찬가지로 상당히 전투력 있게 덤벼들었지만, 자연의 서열에서 역시 인간에게는 당하지 못하였다. 두 마리의 개—그것은 이상하게 생겨서 오늘날에는 더 이상 볼 수 없는 종자였는데, 쿠쿡 교수가 명명하는 것처럼, 인간이 수상가옥(水上家屋) 시대에 길들인 수상견인 '토르프스피츠'라는 개였다. —그 개들은 벌써 멧돼지의 코에 찍혀서 풀 속에 쓰러져 있었다. 그렇지만 다른 것도 볼 것이 많았고, 개들의 주인은 창을 쳐들고 뭔가를 겨냥하고 있었다. 그 일의 결과는 의심할 여지가 없었기 때문에, 우리는 발을 옮겼으며, 그 멧돼지는 인간에게 잡아먹히는 불쌍한 운명에 내팽개쳐지고 말았다.

아름다운 바다의 풍경도 볼 수 있었는데, 그곳 바닷가에는 어부들이 피흘리지 않으면서 고기를 잡는 뛰어난 솜씨를 부리고 있었다. 다시 말해서, 그들은 납작한 그물을 가지고 훌륭하게 고기를 잡고 있었던 것이다. 그러나 그 옆에 있는 무언가는 다른 어떤 것과도 완전 달랐고, 네안데르탈인이나 멧돼지 사냥꾼, 그물질하던 어부들 그리고 부지런한 기인들보다도 더욱 중요한 것이었다. 즉 그곳에는 돌기둥이 몇 개 서 있었으며, 지붕 없이 서 있어서 그것은 마치 원주로 둘러싸인 방과 같았으며 단지 하늘로만 지붕을 삼았다. 바깥의 수평선에는 지금 막 태양이 올라오고, 붉게 타오르면서 세계의 끝에서 고개를 쑥 내밀고 있었다. 그런데 지붕도 없는 그 방에는 엄청나게 힘세게 보이는 사나이가 팔을 치켜들고 떠오르는 태양을 향해 꽃다발을 선사하고 있었던 것이다! 여태까지 그런 것을 본 사람이 누가 있을까? 그 사나이는 노인도 아니었고, 어린이도 아니었다. 인생의 황금기의 젊은이로 정정하였다. 그리고 그 사나이가 그렇게 힘차고 강했기 때문에, 그것이 그의 행동에 특별한 부드러움을 부여하고 있었다. 그와 함께 살고 있었고 그를 어떤 사적인 이유에서 선발해서 그런 직무를 수행하도록 했던 사람들과 그는, 아직 집을 짓는 것을 몰랐고 지붕을 올릴 줄 몰랐다. 그들은 단지 돌을 포개 세워서 기둥으로 만들 수 있었고, 그 기둥으로 그런 행사를 할 수 있는 영역을 꾸민 것이었으니, 힘이 센 그 사나이에 의하여 완성을 본 것이었다. 그런 거친 돌기둥은 전혀 자랑할 만한 이유가 없다. 여우굴이나 곰의 굴 혹은 훌륭하게 엮은 새 둥지가 훨씬 더 나은 지혜와 기술을 보여 주었다. 하지만 그런 것은 유용하다는 것 외에는 보잘 것이 없다. ─몸을 숨긴다든가, 알을 품는 일 외에는 그들의 생각은 아무 데도 미치지 못하는 것이다. 그런데 기둥의 영역은 뭔가 좀 다르다. 그것은 몸을 숨기고 알을 품는 것과는 아무런 관계가 없다. 그들은 지혜의 필요성을 떠나서 고상한 필요성으로 비약하려는 그들의 뜻에 지배를 받고 있는 것이다. ─그래서 이 자연계 속에서 그 누가 진실로 인간과 비견될 수가 있으며, 회귀하는 태양에다 직무상의 일로 그 누가 꽃다발을 바칠 생각을 할 수 있었을 것인가!

그렇게 다급하고 흥미진진한 구경을 함으로써 나의 머리는 가볍게 열이 나는 정도로 뜨거워졌는데, 나는 이러한 도전을 신나게 마음속으로 받아들였던 것이다. 나는 쿠쿡 교수가 이렇게 말하는 것을 들었다. "이제 다 보았으니 다시 위층으로 올라갑시다. 그리고 부인들이 점심 식사에 우리를 기다리고 있는 '종 데 까스띨로스' 거리로 곧장 가시지요!"

"구경하느라고 자칫하다간 그것을 잊을 뻔했군요." 하고 나는 대답했다. 하지만 결코 잊고 있었던 것은 아니었다. 오히려 박물관을 돌아다닌 것은 그 모녀와의 재회를 위한 준비로 생각하고 있었던 것이다. ―그것은 식당차 안에서의 쿠쿡 씨의 이야기가 이런 관람을 위한 준비였던 것과 아주 유사한 것이었다.

"교수님." 하고 나는 짧은 최후 진술이라도 하려는 생각에서 입을 열었다. "저는 제 어린 시절에 그리 많은 박물관을 관람하지는 못했습니다. 하지만 교수님의 박물관이 제일 감동적이었다는 것은, 의문의 여지가 없습니다. 이 도시와 나라는 그와 같은 박물관을 창립하신 데 대하여 교수님께 감사해야 할 것이며, 저는 교수님께서 친히 안내해 주신 데 대해 정말 고맙게 생각하고 있습니다. 또한, 후르타도 선생께도 진심으로 감사를 드리는 바입니다. 선생은 그 불쌍하고 어마어마하게 큰 공룡을 충실하게 복원해 내셨습니다! 맛있는 아르마딜로속(屬) 동물도 말입니다! 그러나 이제, 저는 이곳을 떠나기가 정말 섭섭하지만, 쿠쿡 부인과 쑤쑤 양이 결코 우리를 기다리게 해서는 안 될 것입니다. 어머니와 딸―그것도 역시 감동적인 속성을 지니고 있지요. 오누이의 관계. 좋지요. 그것도 역시 마찬가지로 커다란 매력을 종종 지니고 있지요. 하지만 모녀의 관계는, 솔직히 말씀 드려서 ―그것이 약간 열광적으로 들릴지는 모르겠으나― 이 지구라는 별 위에서는 누가 뭐라 해도 가장 매력을 풍기는 이중(二重) 영상이라고 하겠습니다."

8장

그리하여 여행 중에 나의 마음을 그렇게도 심하게 흔들어 놓았던 이야기의 주인공의 집으로 마침내 나는 안내되었다. ―내가 이미 여러 번 탐색하듯 아래 도심지에서부터 위쪽으로 쭉 찾아보았던 높은 언덕에 있는 그 집으로, 그리고 그 사람의 여자 식구, 즉 모녀와 뜻하지 않았던 인사를 하게 되어, 더욱 마음이 끌렸던 그 집으로 나는 안내되었던 것이다. 후르타도 씨가 말한 그 케이블카는 우리를 태우고 신속하고도 편안히 그곳으로 데리고 올라갔으며, 그 케이블카의 종점이 '종 데 까스띨로스' 거리 근처에 있다는 것도 알게 되었다. 그래서 우리는 그곳으로부터 몇 걸음 더 가서 쿠쿡 씨의 저택 앞에 다다르게 되었는데, 그 집은 언덕 위의 많은 다른 집과 마찬가지로 작은 하얀 집이었다. 조그만 잔디밭이 집 앞에 있었고, 그 한가운데에 꽃밭이 있었으며, 그 안쪽에는 수수한 학자의 가정이 있었다. 그 집은 크기와 실내 장식으로 보아 도심지에 있는 내 숙소의 호화로운 분위기와 극도의 대조를 이루고 있었다. 그래서 나는 그 집의 조망의 위치와 방들이 아늑한 것을 칭찬함에 있어서, 멸시하는 감정을 떨쳐 낼 수가 없었다.

잠시 덧붙여 말하자면, 이러한 감정은 내 마음을 압박해 오는 다른 대조 인물, 즉 주부인 쿠쿡 다 크루즈 부인의 모습으로 인하여 소심해질 정도로 급속히 약화되었다. 부인은 우리를 —특히 나를— 지극히 소시민적인 조그마한 살롱으로 안내하여 마치 왕후의 알현실에 앉아 있는 것같이 흠잡을 데 없는 위엄을 보이며 인사를 했다. 쿠쿡 부인이 전날 내게 보여 준 인상은 다시 만나 보니 더욱 강렬했다. 부인은 어제와 다른 옷차림으로 자기를 드러내 보이는 일을 중요시했던 것이다. 그것은 아름답게 재단된 치마였는데, 그 폭이 널찍하고 좁기는 하나, 주름을 잡은 소매에 검은 벨벳의 리본이 젖가슴 밑에 높다랗게 달린, 아주 고운 흰 물결무늬 옷이었다. 메달이 달린 고풍의 금목걸이가 그녀의 상아색 목에 걸려 있었는데, 그리하여 목덜미의 색조는 그 새하얀 옷의 빛깔과 대조를 이루어 한층 더 검게 보였다. 그 목덜미의 색조는 흔들거리는 양쪽 귀고리 사이의 커다랗고 엄숙한 얼굴의 색조와 같았다. 이마에 몇 가닥 흘러내린 곱슬곱슬한 새까만 머리는 오늘은 모자를 쓰지 않아, 흰 머리카락이 드문드문 보였다. 그러나 곧추선 그 몸매는 얼마나 완벽하게 잘 유지되었으며, 얼마나 머리를 높이 뒤로 젖히고서 우쭐거림에 거의 지친 듯 항상 눈 아래로 나를 내려다보는지! 그 부인이 나를 수줍게 만들었고, 동시에 그녀 행동의 근거가 되던 그런 특성을 통하여 내가 그녀에게 특출한 매력을 느꼈다는 것을 나는 부인하지 않겠다. 침울할 만큼 기품 있는 그녀의 성격은 좀 명망 있는 학자의 부인이라는 위치에 근거를 두고 있는 것만은 아니다. 거기에는 무엇인지 순수한 혈통 같은 것과 인종적인 자부심도 함께 작용을 하고 있는데, 그 인종적인 자부심이란, 뭔가 동물적인 성질과 바로 그런 것에서 생긴 흥분을 자극시키는 속성을 지니고 있다.

　　그러면서도 나는 마음속에서는, 마리아 피아 부인보다는 내 나이와도 비슷하고 흥미도 비슷한 쑤쑤를 속으로 기다리고 있었다. ─마리아 피아라는 부인의 이름을 나는 쿠쿡 교수에게서 들었는데, 교수는 응접실의 벨벳으로 만든 책상보를 덮은 탁자 위에 여러 개의 컵으로 둘러싸인 유리병을 들고 우리에게 붉은 포도주를 따라 주었다. 나는 오래 기다릴 필요가 없었다. 우리가 아뻬리띠프[43]를 마시고 나자, 쑤쑤가 들어왔다. 쑤쑤는 먼저 어머니한테 인사를 했고, 그 다음에는 후르타도 씨한테 거의 친구 사이인 것처럼 인사를 했고, 마지막으로 나에게 인사를 했다. ─아마 그것도 교육적인 이유에서 그랬을 것이고, 따라서 나는 어떠한 다른 생각도 하지 않았다. 그녀는 쿤하, 코스타, 로포스 따위의 이름을 가진 젊은 친구들과 테니스를 치다가 돌아오는 길이라고 하였다. 그녀는 이 사람 저 사람의 경기에 대해 칭찬도 하고 비판도 하였는데, 그것으로 미루어 짐작하면 그녀가 자기 자신이 최고로 잘한다고 여기고 있다는 결론이 도출되었다. 그녀는 어깨 너머로 고개를 돌리면서 내가 테니스를 쳤는지 물었다. 그런데 나는 가끔가다, 옛날에 프랑크푸르트에서 테니스장 주변의 울타리 손님으로서, 멋진 젊은이들이 경기하는 것을 구경하였을 뿐이며 ─하긴 대단한 열성을 가지고 구경을 하였다─ 그리고 심지어는 기회가 있을 때마다 용돈이 궁해서, 그런 테니스장에서 공 줍는 아이 노릇까지 하였고, 멀리 달아난 공을 주워서 경기를 하는 사람한테 던져 주거나 그들의 라켓 위에다 갖다 놓기도 하였다. 내가 한 일이라곤 그런 짓이 고작이었다. ─하지만 나는 이렇게 가볍게 대답했다. "내가 어렸을 때는 몽레퓌주성(城) 안의 테니스장에서 결코 호락호락한 상대자는 아니었지요. 그렇지만 그 후에는 연습할 기회가 거의 없었답니다."

43) (역주) 식욕 촉진을 위해 식사 전에 마시는 음료 혹은 술.

그녀는 어깨를 으쓱했다. 그녀의 귀 앞쪽으로 내려온 귀여운 머리털이며, 말려 올라간 윗입술, 반짝거리는 치아, 매혹적인 턱과 목의 곡선 그리고 고르게 뻗은 눈썹 밑의 검은 눈동자가 언짢은 듯 살펴보는 눈초리, 이러한 모습들을 다시 보게 되니 나는 얼마나 기쁜지 몰랐다! 그녀는 귀여운 팔을 거의 완전히 드러내다시피 한 짧은 소매가 달린, 수수한 흰 아마포 옷을 입고 있었고 가죽 허리띠를 착용하고 있었다. 더욱 매력을 풍긴 것은 그녀의 팔이었다. 그녀가 두 손으로 그녀의 머리를 장식하고 있는 황금빛 리본을 푸는 데 그 팔을 구부리는 것을 보니 말이다. 물론 마리아 피아 부인의 인종적인 고고함도 내 몸이 떨릴 정도의 감동을 주었다. 내 마음이 받은 충격은 누가 뭐라 해도 그녀의 귀여운 딸에게서 온 것이었다. 그리고 이 쑤쑤가 지금 여행 중에 있는 룰루 베노스타의 짝자이거나 짝자가 돼야 할 것이라는 생각은 나의 공상 속에 점점 집요하게 파고들어 갔다. 비록 이러한 공상을 수행하는 데 방해가 되는 여러 가지 엄청난 어려움을 내가 잘 의식하고 있었지만 말이다. 내가 배를 탈 때까지 남아 있는 6, 7일이라는 기간이 이런 곤란한 상황하에서 그 입술에다 혹은 그 귀엽게 생긴 팔에다(그 태곳적 골격을 지닌 팔에다) 첫 번째 키스를 하는 데 어떻게 충분할 수 있겠는가? 바로 그때 즉시 내 마음속에 떠오른 생각은 배 타는 일을 하루 미루는 것이었다. 나는 너무도 촉박한 기간을 어떻게 하든지 연장을 하고, 내 여행 일정을 변경하여 쑤쑤와의 관계에 대한 시간을 벌고 또 진전을 보기 위해서였다.

얼마나 어리석은 생각이 내 머릿속을 스치고 지나갔는지! 집에 눌러앉아 있는 나의 또 다른 자아가 결혼을 결심했는데, 이것이 이제 내 생각 속의 일부가 되었던 것이다. 기분 전환을 위해서 마련된 이 세계 여행에 대해 룩셈부르크에 있는 부모님을 속이고, 그리고 쿠쿡 교수의 매력 있는 딸한테 구혼을 하고, 그녀의 남편으로서 리스본에 주저앉아야 될 것 같은 생각이 들었다. ―그렇지만 나는, 지금의 나라는 존재의 불안정한 상태와 제2의 자아의 이런 미묘한 생활은 그와 같은 방식으로 현실을 받아들일 것을 완전히 금하고 있다는 것을 너무도 괴롭도록 명백하게 알고 있었다. 말했다시피, 이것이 나를 괴롭혔다. 그러나 사회적 지위가 있는 친구, 또 세련된 나의 실체에 어울리는 새로운 친구를 그래도 다시 만나게 되었다는 것은 얼마나 기쁜 일인지!

그러는 동안에 우리는 식당으로 건너갔다. 그곳에는 호두나무 찬장이 방을 위압하고 있었는데, 그것은 공간에 비해 너무 크고, 무거워 보이며, 조각투성이였다. 쿠쿡 교수가 식탁의 상석에 자리를 잡았다. 내 자리는 안주인의 옆이었고, 후르타도 씨와 쭈쭈는 내 건너편에 앉았다. 유감스럽게도 금지된 내 결혼의 꿈과 결부되어, 그녀 옆에 나란히 앉아 있는 사람, 즉 후르타도 씨는 나로 하여금 일종의 불안감을 가지고 두 사람의 태도를 살피도록 만들었다. 머리를 길게 기른 후르타도 씨와 귀여운 쭈쭈가 서로 허락된 사이일지 모른다는 생각은 수긍이 가는 일이었고, 또 내게 걱정이 가게 했다. 그렇지만 여태까지 두 사람의 관계는 조금도 흥겹지 않았고 냉담하게 보였기 때문에, 나의 의구심은 점차 수그러들게 되었다.

솜털이 많은 중년의 하녀가 음식을 가지고 들어왔는데, 그것은 아주 훌륭하였다. 포르투갈 명물인 청어가 섞인 전채에다 구운 양고기에, 디저트로는 슈크림이 나왔고, 그 후에 과일과 치즈 과자도 있었다. 도수가 강한 붉은 포도주가 그 모든 것에 곁들여 나왔는데, 여인들은 거기에다 물을 탔으며, 쿠쿡 교수는 전혀 마시지 않았다. 그는 한마디 해야겠다고 생각했는지, 자기 집에서 제공하는 요리는 당연히 사보이 팔라스 호텔의 산해진미와 경쟁할 수가 없을 것이라고 말했다. 그 말에 대해 쭈쭈는 내가 대답도 하기 전에 금방 끼어들더니, 나는 오늘 점심을 사실은 내가 좋아서 택한 것이고, 아마 뭐 사람들이 특별히 나 때문에 마음을 쓸 것이라고는 기대하지 않았다고 했다. 물론 사람들이 어느 정도는 마음을 *썼었지만*, 나는 그 점은 무시해 버리고 단지 이런 말을 했다. 즉 나로서는 아베니다 호텔의 요리를 그리워할 어떠한 이유가 없으며, 이렇게 매력적이고 어느 모로 보나 마음에 드는 가정 내에서 식사를 할 수 있는 것이 유쾌하며, 내게 이러한 호의를 베풀어 주신 분을 잊지 않을 것이라고 하였던 것이다. 그렇게 말을 하면서 나는 부인의 손에다 입을 맞췄으며, 이때 나의 눈은 쑤쑤를 향하고 있었다.

그녀는 내 시선과 날카롭게 부딪쳤다. 그녀의 미간은 약간 찌푸려져 있었고, 입술은 열렸으며, 콧구멍은 팽창되어 있었다. 그녀가 돔 미구엘 후르타도 씨와 대화를 나눌 때는 다행히도 마음의 평정을 잃지 않고 있는 데 비해 나에 대한 그녀의 태도 속에는 그런 마음의 평정을 찾아볼 수 없다는 것을 나는 즐거운 마음으로 확인했다. 그녀는 내게서 거의 눈을 떼지 않았으며, 나의 모든 움직임을 관찰하는 데 자기의 행동을 감추려 들지 않았고, 마찬가지로 나의 모든 말에 대해서도 솔직하고 자세히, 말하자면 미리부터 화가 난 듯 귀담아 들었는데, 그럴 때 그녀는 결코 어떤 표정을 —예컨대 미소라도— 짓는 법이 없었고, 대신에 경멸하듯 짤막하게 콧방귀를 종종 뀔 뿐이었다. 한마디로 하자면, 내가 동석함으로써 그녀가 갖게 된 감정은 신랄하면서도 묘하게 전투적으로 덤벼들 듯한 신경질이 확실했다. 그러므로 —적의가 있다고 하더라도— 나라는 인물에 대한 이러한 종류의 관심이 냉담한 태도보다 더욱 낫고 또 더욱 희망적이라고 내가 생각하는 것을 어느 누가 나쁘게 생각할 것인가?

대화는 프랑스 말로 진행이 되었다. 그러면서 쿠쿡 교수와 나는 가끔 한

두 마디 독일어를 교환했으며, 이야기는 나의 박물관 시찰과 또 보편적 공감까지 일으킨 여러 가지 인상을 둘러싸고 벌어졌는데, 나는 그 인상을 그의 덕택으로 얻게 되었다고 표명했다. 그리고 식후에 방문할 식물원으로의 소풍 이야기도 나왔었고, 내가 절대 빼놓아서는 안 된다는 그 도시 근교에 있는 유명한 건축물 이야기도 나왔다. 나는 내가 흥미를 가지고 있다는 말을 했다. 그리고 리스본을 수박 겉핥기식으로 돌아보지 말고, 연구하듯 시간을 바치라고 한 나의 존경하는 여행 친구였던 쿠쿡 교수의 충고를 머릿속에 담아 두고 있다고 말했다. 그러나 시일 때문에 좀 불안하다고 했으며, 나의 여행 계획에 의하면 그렇게 둘러볼 시간이 너무도 적다고 말했다. 그리고 사실상 나는 어떻게 하면 여기서의 체류 기간을 연장할 수 있을까 하는 문제에 대해 생각해 보기 시작했다.

쑤쑤, 나를 무시하고 나에 대해서 삼인칭으로 말을 하기 좋아하는 쑤쑤는 신랄하게 다음과 같이 말했다. 후작님을 꼭 붙잡아 놓으려고 한다면 그 사람은 확실히 옳지 못한 것이다. 그녀의 생각으로는 그런 짓은 나의 습관을 잘못 알고 있는 것인데, 그 습관은 의심할 여지없이 오히려 나비의 습관과 비교할 수 있겠는데, 나비란 꽃에서 꽃으로 날아가 어디에서나 단지 잠시 감미로운 꿀을 조금 맛보려고 흔들거리고 날아다닐 뿐이라는 것이었다. 나는 그런 말투를 흉내 내면서 이렇게 대답해 주었다. 아가씨께서 약간 틀리기는 했지만 나의 성격에 관심을 보여 주는 것은 정말 매력적이다. ─특히 그렇게 문학적 표현을 사용해서 말해 주니 참 좋다고 했다. 그랬더니 그녀는 더욱 신랄해져서 쏘아붙이기를, 나라는 인물에게서 발산되는 그 숱한 광채를 보고 시적(詩的)으로 빠져들지 않기는 어려울 것이 아니냐는 것이었다. 그녀의 말 속에는 자신이 화가 많이 나 있었으며, 사람은 사물을 정확하게 표현해야 하며 그리고 "침묵은 건전하지 못하다."는, 이전에 표명했던 확신이 병행하고 있었다. 두 신사는 웃었으나 반면에 쑤쑤의 어머니는 머리를 흔들면서 그러면 안 된다고 이 심술쟁이 아이를 훈계했다. 나로 말할 것 같으면, 나는 다만 경의를 표하는 뜻으로 쑤쑤를 향해 술잔을 높이 쳐들었다. 쑤쑤는 분개하여 씩씩거리고 있었기 때문에 하마터면 그녀도 자기 잔을 잡으려고 했던 것이다. 하지만 얼굴을 붉히더니 거기서 손을 떼고는 예의 경멸하듯 짤막하게 콧방귀를 뀜으로써 궁지를 벗어났다.

또한 리스본에서의 체류를 그렇게도 불쾌하게 단축시켜 놓으려는 내 여행의 다음 계획에 대해서도 우리는 이야기를 나누었다. 특히 아르헨티나의 농장주 가정에 대해서 이야기를 했는데, 그 가정은 나의 양친이 트루빌르에서 알고 지냈고 그 집안사람들이 친절한 마음으로 지금 나를 기다리고 있을 거라는 얘기였다. 나는 집에 남아 있는 룰루가 내게 일러 준 그대로 그들에 대한 설명을 했다. 그 사람들은 간단히 마이어라고 불리었는데 '노바로'라고도 하였다. 그것은 그들의 자식들, 즉 마이어 부인의 전 남편에서 생긴 아들과 딸의 이름이 그랬기 때문이다. 그 마이어 부인은 베네수엘라 태생이며 아주 젊었을 때 국가 공무원인 아르헨티나 사람과 결혼을 하였는데, 그 사람은 1890년 혁명 때 총살을 당하였다고 한다. 1년간의 상복 기간을 마치고 난 후에 그녀는 유복한 마이어 영사와 결혼하게 되었으며, 자기의 '노바로' 자식들을 데리고서 부에노스아이레스의 집과 그 도시에서 상당히 떨어진 산중에 자리 잡은 넓은 소유지 '엘 레띠로'로 따라 들어가게 되었고, 그 집안은 거의 언제나 그 엘 레띠로에 살고 있다는 것이었다. 마이어 부인의 거액의 미망인 연금은 그녀가 재혼을 할 때 그 자식들한테로 이전되어, 그 자식들은 유복한 마이어 부인의 장래 상속자일 뿐만 아니라, 벌써 현재 상태로도 유복하고 그리고 저희들 자신이 가진 것만 해도 유복한 젊은이라는 것이었다. 그들의 나이는 열여덟, 열일곱 살이라고 하였다.

"마이어 부인은 아마 미인이겠지요?" 하고 쑤쑤는 물었다.

"저는 몰라요, 아가씨. 그러나 그분이 그렇게 금방 다른 구혼자를 찾은 것을 보면, 그다지 보기 싫게 생기지는 않으셨겠죠."

"아이들도 마찬가지라는 생각이 들겠지요. 그 노바로의 두 애 말예요. 후작님은 그 아이들 이름을 벌써 알고 계세요?"

"제 양친께서 그런 말씀을 하셨던 기억은 없어요."

"그렇지만 그것을 알고 싶어 후작님이 노심초사하고 있는 것은 틀림없는 사실이지요."

"왜 그렇지요?"

"저도 모르겠지만, 후작님은 그 애들에 대해서 아주 명백한 관심을 가지고 말씀하셨으니까 말이지요."

"그건 저도 의식을 못했는데요." 하고 나는 살짝 당황해서 말했다. "저는 그 아이들에 대해서 아직 생각해 본 일이 없어요. 하지만 기품 있는 오누이의 모습은 옛날부터 그 어떤 매력을 제게 주었다는 것은 시인하지요."

"저는 후작님한테 이렇게 독신으로 그리고 혼자서 대항할 수밖에 없으니 유감스럽군요."

"첫째로," 하고 나는 허리를 굽히면서 말했다. "독신이라는 것만으로도 매력을 충분히 가질 수 있지요."

"그럼 둘째는 뭐지요?"

"둘째요? 나는 정말 아무 생각 없이 '첫째로'라는 말을 했군요. '둘째로'라고 말한 이유는 머리에 떠오르지 않아요. 고작해야 오누이라는 조합 이외에도 다른 매력 있는 조합이 있다는 것을 '둘째로'라고 말씀 드릴 수 있겠지요."

"파타티파타타!"

"그런 소리를 하면 못써요, 쑤쑤." 하고 어머니가 이야기에 끼어들었다. "후작님께서 너의 가정교육에 대해서 가슴 아파하시겠구나."

나는 쑤쑤 양을 존경하는 내 생각이 그렇게 쉽게 궤도를 벗어나지는 않을 것이라고 확신했다. 식사를 마치고 커피를 마시기 위하여 모두들 살롱으로 건너갔다. 쿠쿡 교수가 말하기를, 자기는 우리들이 식물원으로 산책하는 데 함께 가지 못하겠고, 자기 사무실로 돌아가 봐야 한다고 했다. 그래서 그는 우리들과 함께 단지 시내까지 내려와 리베르다데 거리에서 작별을 했다. ―그는 내가 자기의 박물관에 대하여 나타낸 관심에 대해 아주 정다운 태도로 감사의 말을 했다. 그는 말하기를, 자기와 자기의 가족한테 나는 대단히 유쾌하고 귀중한 손님이었고, 리스본에 머무는 동안에는 언제라도 자기 집에 오는 것은 대환영이라고 하였다. 그리고 만약 내가 테니스를 다시 시작해 볼 흥미와 시간이 있다면, 자기 딸은 나를 그녀의 클럽에 끌어들임으로써 크게 만족을 느낄 것이라고 했다.

쑤쑤는 감격해서 '그럴 용의가 있다.'고 말을 했다.

쿠쿡 교수는 나와 악수하면서, 쑤쑤 쪽을 가리켜 보이며 머리를 설레설레 흔들고는 미소를 지었다. 그 미소는 그녀를 관대하게 내버려 두기도 하고 또 제발 좀 그런 표정을 지으라고 하는 것이었다.

우리가 헤어진 그곳에서부터 사실은 편안하게 우리의 목적지인 유명한 식물원으로 뻗어 있는 언덕길을 더듬어 갈 수가 있었는데, 그곳에는 호수와 연못이 여기저기 있었고, 구릉이 늘어서고 동굴도 있고 나무가 별로 없는 작은 산들도 있었다. 우리는 서로 짝을 뒤바꾸면서 걸었다. 다시 말해서, 돔 미구엘 씨와 내가 쿠쿡 부인의 옆을 가고 쑤쑤는 앞에서 어슬렁거리며 걸을 때도 있었고, 때로는 나 혼자서 그 자부심 강한 부인 곁에 있을 때도 있었다. 그럴 때면 쑤쑤가 후르타도 씨와 우리 앞을 걸어가고 있는 것을 보았다. 또한 내가 딸과 짝을 짓는 일도 있었는데, 그럴 때면 부인과 박제사(剝製師) 후르타도의 뒤에 처질 때도 있고 앞지를 때도 있었다. 그러나 박제사는 식물 세계의 기적이 보여 주는 풍경에 대해서 내게 설명하려고 자주 나와 함께 걷게 되었는데, 그것이 내게는 가장 좋았다는 것을 고백한다. ―그러나 그것은 "박제사"나 그의 설명 때문이 아니었다. 그것은 부정당한 그 '둘째로'가 옳다는 것이 되기 때문이었고, 또 모녀가 매력 있는 한 쌍으로서 내 앞에 가는 것을 볼 수 있었기 때문이다.

여기서 다음과 같은 이야기를 해 두는 것이 좋을 것 같다. 즉 자연이 아무리 정련되고 아무리 볼 만한 것이라고 할지라도, 만약 인간에 대한 것이 우리의 흥밋거리가 되고 또 인간적인 것에 의하여 우리의 마음이 사로잡히게 되면, 자연은 우리의 주의를 거의 끌지 않는다. 그렇게 되면 자연은 아무리 요구를 해도 우리 인간의 감정의 막후 역할 내지 배경 역할, 즉 단순한 장식의 역할을 넘지 못하는 것이다. 그러나 물론 그러한 장식의 역할만으로도 자연은 인정할 만한 가치를 지니고 있다. 거대하게 자란, 약 오십 미터쯤 되는 송백과(松柏科) 나무들은 우리의 경탄을 자아내게 했다. 선형(扇形) 파초에서부터 깃털 모양 파초에 이르기까지 온갖 종류의 그리고 전 대륙의 파초란 파초가 이 공원에 무성하게 있었는데, 그 식물의 번식으로 말미암아 어떤 곳은 원시림같이 뒤얽혀 있었다. 이국적인 갈대류, 대나무, 파피루스 등이 관상용 연못에 무성하고, 그 물 위에는 울긋불긋 화려한 색의 신부오리와 만다린 오리, 일명 원앙이 놀고 있었다. 잎사귀 술이 암록색이며, 또 커다란 다발에서 흰 종같이 생긴 꽃들이 치솟아 올라오는 유카 난초는 참으로 감탄할 만했다. 그리고 그곳에는 제3기 하층 시대의 양치목(羊齒木)들 역시 여러 곳에 얽혀서 정말 같지 않은 작은 숲들을 이루고 있었다. 그 밑 둥지에는 무성하게 뿌리가 나오고 또 억센 잎들의 총채 모양 두관(頭冠) 쪽으로 뻗어 나가고 있는 가늘고 긴 줄거리를 가지고 있는, 그 총채 모양으로 된 것은 포자낭(胞子囊), 즉 포자를 담은 용기라고 후르타도 씨는 우리한테 일러 주었다. 이곳을 제외하고 이러한 양치류가 있는 곳은 지구상에서 아주 드물다고 그는 말했다. 그러나 그가 덧붙여 말하기를, 양치식물은 대체로 꽃이 피지 않으며, 원래 종자도 없어서 원시인들은 아주 먼 옛날부터 그 식물에 여러 가지 신비로운 힘이 있다고 믿었으며, 특히 그것은 사랑의 마력에 무척 좋다고 믿었다는 것이다.

"피이!" 하고 쑤쑤가 투덜댔다.

"왜 그러시지요, 쿠쿡 양?" 하고 나는 그녀에게 물었다. "아무런 정확한 이미지도 떠오르지 않는 그런 '사랑의 마력' 따위의 과학적이며 실용적인 말에 대해서 그런 감정적인 반응을 보게 되다니 놀랐는데요. 그 말의 어떤 부분에 대해서 반대하시지요?" 하고 나는 알고 싶어 했다. "사랑에 대해서 반대하는 건가요? 혹은 마력에 대해서 반대하는 건가요?"

그녀는 대답하지 않고, 대신에 그러면 재미없다는 듯이 눈짓까지 해 보이며 언짢은 듯 나를 쳐다보았다.

이런 대화를 주고받았음에도 불구하고 그녀와 나는 이제 우연히 그 동물 미술가 후르타도 씨와 인종적 자부심이 강한 모친의 뒤에서 걸어가게 되었다.

사랑은 그 자체가 마력입니다, 하고 나는 말했다. 이 지구상에는 항상 모든 것이 동시에 그리고 병행하여 모여 있다고는 하지만, 소위 양치류(羊齒類) 시대의 인간이라고 할 수 있는 원시인들이 아직도 존재하여, 이런 원시인들이 그런 것을 가지고 마법을 부린다니 기적이 아니냐고 하였다.

"그것은 점잖지 않은 화제이군요." 하고 그녀는 물리쳤다.

"사랑이 말예요? 정말 심하시군요! 인간은 아름다운 것을 사랑하지요. 인간의 감각과 영혼은, 마치 꽃이 태양을 향하듯, 아름다운 것을 지향하는 것이지요. 아가씨는 미라는 것을 아까처럼 '피이' 하는 외마디 소리로서 생각해 치우려는 것은 아니겠지요?"

"보란 듯이 스스로 아름다움을 지니고 다니면서 아름다움에 대해 이야기를 꺼내는 것을 저는 아주 악취미라고 생각해요."

이런 솔직한 말에 대하여 나는 다음과 같은 대답을 해 주었다.

"아가씨는 정말 밉살스러워요. 쑤쑤 양. 그럼 얌전한 외모를 가졌다고 해서 감탄하는 권리까지 박탈당해야 하나요? 추하다는 것이 오히려 벌을 받는 것이 아닐까요? 저는 항상 추하다는 것은 일종의 나태에서 생겨났다고 말합니다. 저에게 기대하고 있는 세상에 대해 천성적으로 배려하는 버릇 때문에, 저는 자랄 때 제가 그들의 눈을 더럽히지 않으려고 주의를 해 왔습니다. 그것뿐이지요. 저는 그런 것은 자기 수양의 문제라고 생각하고 있답니다. 그 밖에도 만약 누가 유리집 속에 앉아 있다면 돌을 던져서는 안 될 것입니다. *당신*은 얼마나 아름다운지 몰라요. 쑤쑤. 이 작은 귀 앞의 비할 바 없는 곱슬머리가 얼마나 매혹적인지요. 저는 이 곱슬머리를 아무리 보아도 시원치 않아서 벌써 그림을 그려 보기까지 하였지요."

그 말은 사실이었다. 오늘 아침 내 살롱의 아담한 식당에서 아침 식사를 하고 난 후에 나는 담배를 입에 문 채, 룰루가 그린 짜자의 나체화에다 쑤쑤의 귀 옆 관자놀이의 머리칼을 그려 넣었던 것이다.

"뭐라고요! 후작님께서 마음대로 저를 그리셨다구요?" 그녀는 이빨 사이로 소리를 죽여 가며 외쳤다.

"아, 네. 그렇게 됐어요. 허락을 받았다고도 할 수 있고 안 받았다고도 할 수 있지요. 아름다움이라는 건 감정의 공유 재산이니까요. 아름다움이란 자기가 불어넣은 감정을 방해할 수도 없고, 그 아름다움을 묘사하려고 시도하는 것을 금지할 수도 없으니까요."

"그 그림 보고 싶어요."

"보여 드릴 수 있을지 저도 잘 모르겠군요. —제가 말씀 드리는 것은, 제 그림이 당신 마음에 들지 어떨지 말이지요."

"그것은 아무래도 좋아요. 저는 후작님께서 그 그림을 제게 보여 주실 것을 요구하겠어요."

"여러 장이에요. 언제, 어디서, 당신 앞에서 그것을 보여 드릴 수 있을 것인지 한번 생각해 보아야겠습니다."

"시간과 장소야 당연히 있겠지요. 보여 줄 수 있다, 없다는 것이 문제예요. 후작님께서 제가 보지 않는 등 뒤에서 하신 일, 그것은 제 소유물이에요. 그리고 지금 막 '공유 재산'이라고 말씀하신 것은 매우, 아주 매우 파렴치한 말씀이세요."

"저는 결코 그런 의도가 아니었어요. 제가 당신한테, 제 교육에 대해 심사숙고하실 만한 근거를 드렸다면 슬픈 일입니다. '감정의 공유 재산'이라고 저는 말씀 드렸지요. 그 말이 대체 옳지 않다는 말인가요? 아름다움이란 우리 감정에 대해서 저항력이 없습니다. 아름다움은 감정에 의해서 조금도 동요되지 않고 감동을 당하지 않을 수도 있으며, 그것은 감정과 조금도 관계할 필요가 없다는 것이지요. 그러나 그것은 감정에 대해서 저항력이 없습니다."

"당신은 끝내 화제를 바꾸시지 못하시나요?"

"화제를요? 좋습니다! 혹 좋아하지 않는다 해도 가볍게 바꿀 수 있지요. 자, 그러면 예를 들어서— " 하고 나는 큰소리로 비꼬는 듯한 말투로 말을 계속했다. "쑤쑤 양이나 쑤쑤 양의 부모님께서는 룩셈부르크 공사와 그 부인인 '폰 휘온' 부부를 알고 계신지 여쭈어 보아도 괜찮겠습니까?"

"몰라요. 룩셈부르크가 우리랑 무슨 상관이에요."

"또 한 번 옳은 말씀을 하셨군요. 제게는 그곳을 방문하는 것이 합당한 태도였지요. 저는 제 부모님의 뜻을 받들어 그렇게 한 것이지요. 지금 저는 그곳에서 점심이나 저녁 식사 초대가 올 것이라고 기다리고 있지요."

"재미 많이 보세요!"

"저는 그뿐 아니라 다른 생각이 있지요. 그것은 폰 휘온 씨를 통하여 국왕 폐하께 알현할 기회를 갖고자 하고 있어요."

"그러세요? 당신은 궁신(宮新) 행세도 하시는군요?"

"그런 명칭을 붙이고 싶다면 마음대로 붙이세요. —저는 오랫동안 부르주아 공화국에서 살아 왔지요. 제 여정이 왕국에 이르게 될 것이라는 것이 판명되자, 즉시 저는 그 군주한테 알현할 것을 은밀하게 계획하였답니다. 당신은 그것이 어린애 같은 짓이라고 생각하시겠지만, 그러나 그것은 여러 가지 제 욕망을 채워 주게 될 것입니다. 오직 왕 앞에서만 허리를 굽히는 것처럼 그런 식으로 허리를 구부리는 것이 제게는 즐거운 일이고, 대화 중에 자주 '폐하'라는 말을 쓰게 되니 즐겁지요. '폐하, 황공하오나 폐하의 은총에 대하여 소신의 감사하는 마음을 받아 주시기를 폐하께 꿇어 간청하나이다. —' 이런 식으로 말이지요. 그리고 국왕보다는 오히려 교황께도 알현할 기회를 신청해서 꼭 한번 실행을 할 작정이지요. 그곳에 가서는 무릎까지도 꿇어야 하는데 그게 저에게는 여간 재미있는 게 아녜요. 그리고 그곳에선 '성하(聖下)'란 말을 쓰지요."

"후작님은 신앙심에 대한 후작님의 욕망을 제게 설명할 작정이신가요?"

"신앙심에 대한 것이 아니지요. 미적 형식에 대한 욕망이지요."

"파타티파타타! 사실상 후작님께서는 후작님의 대인 관계나 후작님이 공사관에 초대받은 이야기를 해서, 후작님은 어디나 드나들 수 있고 또 인간 사회의 높은 곳으로 다닌다는 인상을 주려고 하시는 거지요."

"어머님께서 파타티파타타 같은 말을 제게 하는 것을 금했을 텐데요. 그리고 그것 말고도……."

"엄마!" 하고 그녀는 외쳤다. 그러자 쑤쑤 어머니가 몸을 돌렸다. "얘기하지 않으려고 했는데, 나는 지금 막 또 한 번 후작님한테 '파타티파타타'란 말을 했어요."

"너 우리 집 젊은 손님하고 싸움을 하면 말이다," 하고 그 이베리아 여인은 퍽 마음에 드는 허스키한 알토 목소리로 말했다. "그러면 너는 그분과 더 이상 함께 걸어가서는 안 돼. 이리 와 봐. 돔 미구엘 씨가 너를 데리고 가시도록 해야겠구나. 내가 그동안 후작님과 이야기를 해야겠어."

"부인, 단언컨대," 하고 나는 완전히 짝을 바꾼 후에 말했다. "싸움 같은 것은 아무것도 없었답니다. 쑤쑤 양이 가끔 보여 주시는 귀여운 솔직한 태도에 누군들 매혹당하지 않겠어요."

"우리가 너무 오랫동안 후작님께 애를 상대하시게 했나 봅니다, 후작님." 하고 흑옥 귀고리가 흔들거리는 위엄 있는 남국 여인은 대답했다. "대체로 젊은 남자가 젊은 여자를 상대하기에는 너무 어리지요. 나이 많은 사람과의 교제가 탐탁지는 않겠지만, 결국에 가서는 그게 더 유익한 거예요."

"어떠한 경우든 부인이야 젊은 사람들에겐 더욱 영광이지요." 하고 나는 의례적인 말 속에 신중한 다정다감을 집어넣으려고 애쓰면서 대답을 했다.

"자, 그럼 우리는 여기서 산책을 함께 끝마치기로 하지요." 하고 그녀는 말을 계속했다. "산책이 흥미 있으셨나요?"

"정말 좋았습니다. 무엇이라 말씀 드릴 수 없이 재미있었어요. 그리고 확실한 게 하나 있는데요. 즉 제가 여행 중 부인의 훌륭하신 남편 분과 대화를 ─한쪽 사람만이 감격하여 귀를 기울이는 역할을 하는 것을 '대화'라고 말할 수 있다면 말입니다─ 나눌 수 있게 된 행운이 제게 마련되지 않았다면, 이런 재미도 그 강도가 반쯤밖에는 되지 않았을 것입니다. 또 리스본이 제게 준 인상, 즉 사물과 인간을 통한 인상─더 좋게 말해서 인간과 사물을 통한 인상을 받아들이는 제 감수성도 그 열정이 반쯤밖에는 되지 않았을 것입니다. 그리고 이런 말로 표현해도 괜찮으시다면 말씀이지만, 쿠쿡 교수님의 가르침에 의해 알게 된 고생물학적인 조직연화(組織軟化)가 없었더라면 재미는 반감되었겠지요. 그러니까 그런 인상, 즉 인종적인 인상을 얻기 위하여 열광적으로 받아들일 수 있는 지반 위에 생긴 조직연화 작용 없이는, 그리고 상이한 여러 시대에 흥미로운 요소를 주입하게 되어 그것이 눈이나 마음에 당당한 혈족의 위엄을 나타낸 원시 포르투갈인에 대한 이야기를 제가 듣지 않고서는 그 재미는 반감되었을 것이란 말씀이지요…….” 나는 한숨을 돌렸다. 나와 같이 걷던 부인은 긴장했던 그녀의 자세를 더욱 긴장시키면서 낭랑하게 헛기침을 했다.

“그것은 바꿀 수가 없군요.” 나는 계속 말했다. “'원시', '초기' 등의 접두어가 모든 제 생각과 말 속에 몰래 들어오는 것을 말입니다. 그것은 제가 말씀 드린, 바로 고생물학적인 조직연화의 결과이지요. 그런 것이 없었다면 우리가 구경한 양치식물 따위가 무슨 의미가 있었겠습니까? 원시적 견해에 따라 그것이 사랑의 마력을 지니고 있다는 것에 대해 제가 알고 있었다고 한들 말입니다. 저는 교수님의 말씀을 들은 이후 모든 것이 ─사물과 인간이─ 너무도 중요하다는 생각이 들었습니다. 아니, '인간과 사물'이 말입니다…….”

“후작님의 감수성의 진실한 근거는, 후작님이 가지신 젊음이겠지요.”

“부인, 부인의 입에서 '젊음'이란 말을 듣게 되다니 얼마나 기쁜지 모르겠습니다! 부인께선 그 말을 어른다운 자애심으로 말씀하시는군요. 보아하니 쓰쓰 양은 오직 젊은 것에 대해선 그냥 화가 나시는 것 같군요. 그것은 부인이 말씀하신 그대로입니다. 젊은 사람은 대개 젊은 사람한테 너무 어리다고 하신 말씀 말입니다. 그 말씀은 어느 정도 저에게도 타당합니다. 젊은 사람들만으로는 제가 생각하는 매력이 생겨 나오지 않을 것 같습니다. 제가 선호하는 것은, 짝을 이루고 있는 데서, 그러니까 어린이답게 활짝 핀 것과 위엄 있는 성숙함을 눈으로 볼 수 있는 것입니다……."

간단히 말해서, 나는 아주 유려하게 이야기를 했다. 또한 나의 달변은 품위 없게 받아들여지지도 않았다. 왜냐하면 내가 다시 쿠쿡 씨의 저택으로 싣고 갈 케이블카의 아래쪽 정거장에서 나의 동행자들과 호텔로 돌아가려고 작별하게 되었을 때, 부인이 내가 떠나기 전에 가끔 또 만났으면 좋겠다고 말을 했기 때문이다. 돔 안토니오도 사실 내가 마음에 있으면 쓰쓰의 스포츠 친구들과 함께 한번 어울려 보라고 격려를 해 주었던 것이다. 그동안 내가 게을리했던 테니스 기술을 다시 살려 볼 겸해서 말이다. 그것은 결코 나쁜 생각이 아니었다.

좀 무모한 생각이긴 했지만 사실 나쁜 생각은 진정 아니었다! 나는 쓰쓰한테 눈으로 물었다. 하지만 그녀는 얼굴 표정과 어깨로 내게 대놓고 승낙을 하기에는 불가능한 중립적인 태도를 보였기 때문에, 즉석에서 오늘부터 사흘 후 아침에 원정 경기를 한 번 하기로 약속이 되었고, 그것이 끝난 후에는 "작별 인사"로 다시 한 번 집에서 점심을 같이하기로 되었다. 나는 허리를 구부려 마리아 피아 부인과 쓰쓰의 손에 입을 맞추고 또 돔 미구엘과도 진심 어린 악수를 한 후에, 다가올 미래의 구상을 하면서 길을 떠났다.

9장

리스본에서, 1875년 8월 25일

존귀하신 부모님! 사랑하는 어머님! 경애하고 존경하는 아버님!
이 글은 제가 이곳에 도착했음을 알리는 전보를 보낸 이후의 것이 되겠습니다. 그동안 소식을 전하지 못해서 두 분께서 걱정을 하셨을 것이라는 두려운 생각이 듭니다. 그러나 두 분의 기대와 우리들의 약속과 그리고 저 자신의 생각과 상반되는 제 편지의 현재 날짜를 보시면, 아마 그 걱정은 두 배가 되시겠지요. ―저도 유감이지만 그것을 잘 알고 있습니다. 두 분께서는 제가 열흘 전부터 대양을 건너고 있을 것으로 생각하셨겠지만 저는 이 편지를 아직도 저의 최초의 여행 목적지인 포르투갈의 수도에서 쓰고 있습니다. 이제 저는 아버님, 어머님께 저 자신도 예상 못했던 사실과 동시에 제가 그 사이 아무런 소식도 전하지 못했던 이유를 말씀 드리고, 그럼으로써 두 분의 걱정스런 불만의 싹을 초기에 자르려고 합니다.
모든 일은 제가 이곳으로 오는 도중에 쿠쿡 교수라고 하는 훌륭한 학자 한 분과 인사를 나누게 된 데서 발단이 되었습니다. 그분과 나눈 대화는 제가 그러했던 것과 똑같이, 틀림없이 두 분의 정신과 마음을 사로잡을 것이며 또한 영감을 불어넣을 것이라 생각합니다.

그분은 그 이름이 말하는 바대로 독일 태생이며 고타 지방 출신입니다. 사랑하는 어머님, 어머님과 같은 곳 출신이랍니다. 그리고 훌륭한 집안에서 태어난 사람이며, 그렇다고 물론 귀족은 아닙니다만, 전문은 고생물학이며, 오래전부터 이 리스본에서 원주민과 결혼하여 살고 있으며, 이곳 자연사 박물관의 창설자이며 관장입니다. 그분과 알게 된 이후 저는 그 박물관을 관장께서 직접 안내를 해 주어 구경을 하였사오며, 그 고(古)동물학이나 고(古)인간학과 관계된 계통의 학문상의 전시품은 (이런 표현들에 아버지, 어머니께서도 곧 익숙하게 되실 것입니다.) 제 마음에 특별한 관심을 심어 주었습니다. 그분으로 말씀 드리자면, 제일 먼저 제게 저의 세계 여행의 출발점을 그것이 단지 출발점에 불과하다고 해서 가볍게 취급하지 말라고 했으며, 리스본과 같은 도시를 수박 겉핥기식으로 슬쩍 보아서는 안 된다고 경고를 해 주었으며, 또 제가 이런 위대한 과거와 다양한 현재의 명소를 [저는 여기서 다만 원래 석탄기에 속하는 식물원의 양치목류(羊齒木類)만 말씀 드려 두겠습니다.] 가진 고장에 체류하는 데 너무 짧은 기간을 잡지 않았나 하는 걱정을 해 주신 분이었습니다.

사랑하는 아버님, 어머님. 자애롭고 현명하신 두 분께서 제게 이런 여행을 마련해 주셨을 때, 솔직하게 말씀 드려, 제가 미숙해서 사로잡혀 있는 망상을 전환시켜 주자는 생각만 하신 것은 아닐 테고, 귀족 집안의 젊은 사람의 교육을 완성시키는 데 도움이 될 수 있는 교양 체험도 할 수 있다고 생각하셨을 것입니다. 부모님께서 의도하신 그런 여행은 이제 여기 쿠쿡 씨의 집안과 정다운 교제를 함으로써 즉각 그런 의의를 가지게 되었습니다. 그 집의 세 식구는, 혹은 네 식구라고도 할 수 있겠으나 (교수의 학문상의 조수인 후르타도라는 박제사가, 이 말이 두 분께 더 친밀한 말인지 모르겠으나, 어느 정도 그 집 식구에 속하고 있기 때문에 그렇습니다.) 아무튼 이 네 식구가 제 교양을 위하여 엄청나게 큰 역할을 해 주었습니다. 솔직하게 말씀 드려서 그 집 여자들과는 별로 신통한 교제를 못하고 있습니다. 그 여자들과 저의 관계는 지나간 몇 주일 동안 진정으로 다정다감한 기분을 가질 수 없는 것이었으며, 아무리 따져 보아도 앞으로도 마찬가지일 것 같습니다. 원래의 성이 '다 크루즈'이고 이베리아 사람인 그 부인은, 위압을 줄 만큼 엄숙한, 아니 냉혹한 여인이며, 보라는 듯이 거만한 태도를 지니고 있습니다만 그 근거가 무엇인지 저로서는 전혀 알 길이 없습니다. 그리고 저보다 나이가 약간 어린 것 같은 딸이 있는데, 그 딸의 이름을 저는 아직 모르고 있습니다. 하지만 아무리 보아도 극피동물의 족속에 속한다고나 할 수 있을 만큼, 그렇게 그녀의 태도는 냉소적인 데가 있는 여자입니다. 그 외 저의 미숙한 경험으로 상황을 판단해 본다 해도, 위에서 말씀 드린 바 있는 돔 미구엘(후르타도) 씨는 분명히 그녀의 장래의 약혼자나 남편으로 간주되는데, 그렇게 되었기 때문에 저로서는 그 사람을 부러워할 수 있을지 의심스러운 점이 한두 가지가 아닙니다.

제가 가까이하고 있는 사람은 이 여자들이 아니고, 바로 그 집의 주인인 쿠쿡 교수이며 그리고 기껏해야 그의 협력자라고 할 수 있습니다. 그런데 협력자인 후르타도 씨는 전 세계 동물 형태에 대한 깊은 지식이 있으며, 그의 천재적인 복원 능력으로 인해 박물관은 크게 도움을 받고 있습니다. 저의 교양을 위해 필요한 여러 가지 계발(啓發)과 가르침을 받고 있는데 바로 이 두 사람으로부터, 특히 당연한 일이지만 K교수로부터 개인적으로 받고 있습니다. 그러한 가르침은 리스본 시의 연구와 근교의 귀중한 건축물을 연구하기 위한 안내를 넘어서서, 문자 그대로 모든 존재와 동시에 자연 발생을 통해 그 존재로부터 생긴 유기적 생명, 즉 돌에서부터 인간에 이르기까지 관계하고 있는 것입니다. 훌륭한 이 두 사람은, 옳은 생각이지만 저를 줄기에서 떨어져 나간 갯나리, 즉 행동하는 데 있어서 충고를 필요로 하는 풋내기라고 생각해 주고 있는데, 그들 때문에 저는 여기서의 제 계획에 어긋나는 체류 연기(延期)가 정말 좋고 가치 있는 것이라고 생각되었으며, 또 두 분께서도 그것을 허락하여 주실 것을 지금 간절히 기원하고 있는 중입니다. 하지만 그 두 분이, 제가 체류 연기를 하게 된 동기가 되었다고 말씀 드린다면 그것은 너무 지나친 생각이라고 하겠습니다.

오히려 외적인 동기는 다음과 같습니다. 저는 우리나라 외교 대표자인 '폰 휘온' 부부한테 명함이라도 남겨 놓고 이 도시를 떠나는 것이 아버님, 어머님의 뜻에 따른 행동이라 믿었으며 옳은 일이라고 생각하였습니다. 이러한 형식적 예의를 저는 여기에 도착한 첫날 바로 착수했습니다. 그러나 저는 계절상으로 보아 그 이상의 어떤 일이 있을 것이라고는 생각지도 않았습니다. 그런데 며칠 후에 저는 제가 머물고 있는 호텔에서, 이미 제가 방문하기 전에 정해진 것으로 생각되는 공사관에서의 남자만의 야회에 참석해 달라는 초대장을 받았던 것입니다. 하지만 그 기일은 이미 제가 배를 타야 할 일자에 너무나 임박해 있었습니다. 어쨌든 배를 타는 날짜를 변경해야겠다는 필연성은 그때까지는 없었습니다. 이 초대에 응하고 싶다는 제 소원을 이루려고 하였을 때까지는 말입니다.

저는 그 초대에 응했습니다. 그래서 아우구스타 거리의 공사관에서 대단히 유쾌한 하루 저녁을 보냈는데, 그날 저녁에 —두 분을 사랑하는 마음에서 숨기지 않으려고 합니다만— 저는, 물론 아버님과 어머님의 교육 덕택이겠지만, 개인적인 성공을 거둘 수 있었습니다. 그 모임은 루마니아의 왕자인 요한 페르디난트 공에게 경의를 표하기 위하여 개최된 것이었는데,

그분은 저보다 그렇게 나이가 많지 않았으며, 그분의 현재 군사 훈육관인 삼피레스크 대위를 동반하고 마침 리스본에 체류 중이었습니다. 그 모임이 남자들만의 야회 성격을 띠게 된 이유는, 폰 휘온 부인이 당시 포르투갈의 리비에라에서 해수욕을 하기 위하여 머물고 있었기 때문인데, 이에 반해 그의 남편은 일이 있어 휴가를 중단하고 수도 리스본으로 귀환하지 않을 수 없었기 때문이었습니다. 초대된 사람들의 수는 제한되어 거의 열 사람 정도였습니다만 처음부터 우리는 무릎까지 오는 바지에 레이스가 달린 웃옷을 걸친 하인들로부터 환영을 받아 위세가 대단했습니다. 우리들은 왕자(王子)에게 경의를 표하기 위하여 모두 연미복을 착용하고 훈장을 달기로 되어 있었습니다. 그리하여 저는 나이와 몸집에 있어서 거의 전부가 저보다는 앞선 사람들의 십자 훈장이나 가슴에 단 별 모양의 훈장을 즐겁게 구경하였던 것입니다. ―고백하자면, 저는 그 사람들이 그런 고귀한 것들을 달고서 자기들의 몸차림을 두드러지게 나타낸 것을 좀 부러워했습니다. 그렇지만 저 역시 아무런 장식도 없는 야회복을 착용하기는 했지만, 제가 살롱에 발을 들여놓은 순간부터 제 이름을 통해서뿐만 아니라 그들과 어울릴 수 있는 사교적인 예의를 갖추고 있었기 때문에, 그 집 주인과 손님들의 공통된 호의를 얻을 수 있었다고 저는 ―두 분이나 저에 대한 쓸데없는 자랑 없이― 단언할 수 있습니다.

널빤지를 대고 마루를 깐 식당에서 만찬을 하게 되었을 때에는 물론, 이런 본토인도 포르투갈인도 있고, 외교관, 무관, 대기업가들이 모두 한데 모였는데 그중에는 마드리드에서 온 오스트리아-헝가리의 대사관, 참사관도 있었습니다. 그는 페스테틱스 백작으로서 모피로 장식한 헝가리의 고유한 옷차림에, 위가 뒤집힌 장화를 신고, 초승달 모양을 한 칼을 차고 있어서, 마치 그림에서 보는 것처럼 유난히 눈에 띄었습니다. 저는 그런 사람들 틈에 섞여, 커다란 콧수염이 달린 벨기에의 해군 중령과 탕아와 같은 외모를 가진 포르투갈의 포도주 수출 상인 사이에 자리를 잡았습니다. 그런데 그 포도주 수출 상인은 그의 오만불손한 태도로 보아 대단한 부자인 것 같았는데, 화제의 중심이 저와는 너무 동떨어진 정치·경제 문제를 싸고 돌았기 때문에 어느 정도 저는 권태를 느꼈습니다. 그래서 제가 할 수 있는 대화 참여로서는 오랫동안 대단한 흥미라도 가진 듯한 표정을 짓는 것에 국한될 수밖에 없었습니다. 그러나 그 후에, 나와는 비스듬하게 마주 앉아 있던 왕자는 피곤한 듯 우윳빛 얼굴을 하고 있었음에도 나직하게 더듬거리는 어투로 파리에 대한 이야기에 저를 끌어들였고, 그 이야기에 모두가 금방 참견을 하게 되었습니다.(누가 파리에 대해서 이야기하는 데 좋아하지 않겠습니까!) 저는 왕자의 부드러우신 미소와 나직하게 더듬거리는 어투에 기운을 얻어 잠시 대화를 감히 독점하기도 하였던 것입니다. 더구나 식사가 끝나고, 공사의 흡연 살롱에 모여서 편안하게들 쉬면서 커피도 마시고 리큐어도 마실 때, 저는 저도 모르게 귀하신 손님 옆의 자리를 잡게 되었으며 그분의 다른 쪽에는 집주인인 공사가 앉아 있었습니다. 폰 휘온 씨의 몇 가닥 되지 않는 머리와 물빛의 푸른 눈에다, 가늘고 길게 뻗친 수염과, 전혀 흠잡을 데 없지만 창백한 외모는 아버님이나 어머님께도 틀림없이 낯익은 얼굴일 것입니다. 요한 페르디난트 왕자는 전혀 그 사람 쪽으로는 얼굴을 돌리지도 않았고 저한테만 이야기를 시키셨는데, 이런 것은 우리를 대접해 주는 집주인에게도 괜찮은 일인 것같이 보였습니다. 아마도 생각건대 제가 받았던 갑작스런 초대는 공사의 배려였는데, 그 모임에서 왕자의 혈통을 따져서 왕자와 교제할 자격이 있는 동년배의 사람을 왕자에게 불러들이자는 소원에 의하여 이루어진 것 같았습니다.

저는 그분을 대단히 기분 좋게 해 드렸다고 말씀 드려도 좋을 것입니다. 그런데 그것은 지극히 단순한 방법이었는데, 그 방법이 마침 그분한테 꼭 들어맞는 것이었습니다. 저는 그분에게 성(城) 안에서의 저의 어린 시절과 초기 청년 시절의 이야기를 해 드렸으며, 늙고 선량한 우리 집의 라디뀔레 영감의 노망에 대해서도 말씀을 드렸는데, 그의 흉내를 제가 내었더니 그분은 어린아이와 같은 환성을 지르기까지 하였습니다. 왜냐하면 그분은 그 흉내에서, 아버지로부터 물려받은 그분 자신의 부카레스트에 사는 시종인이 떨면서 일처리를 잘 못하는 모습이 다시 연상되었기 때문이라고 하는 것이었습니다. 그리고 터무니없는 새침데기 아델라이데 하녀 이야기도 하였습니다. 어머님, 아델라이데가 선녀처럼 이 방에서 저 방으로 떠다니듯 다니는 꼴을 눈에 보이듯 말씀을 드렸더니, 역시 마찬가지로 그분은 킥킥거리며 재미있어 하셨습니다. 그 외에도 개들에 대한 이야기, 즉 프리뽄과 프리뽄이 이빨을 덜덜 떠는 이야기도 하였습니다. 그렇게도 작은 미니메가 일시적인 특정한 상태에서 하는 행동이지요. 성을 지키는 개 치고는 매우 작은 개로서, 불안하고 늘 위험한 위치에 있으며 또한 어머니, 당신의 야회복을 그렇게 여러 번이나 못 쓰게 만들어 놓았던 이야기도 하였습니다. 이런 프리뽄 녀석의 이빨을 덜덜 떠는 이야기라든가 그 밖에 이야기를 저는 그 남성 모임에서 우아한 말투로써 정말 잘 이야기할 수가 있었으며, 어쨌든 그 왕가의 피를 받은 분은 미니메의 그런 미묘한 약점에 대한 이야기에 웃음을 참을 수가 없어 뺨에서 눈물까지 씻어 낼 지경이었으니 저는 왕자에게 꼭 들어맞는 이야기를 하였다고 생각했습니다. 그분처럼 혓바닥에 장애가 있어 더듬거릴 수밖에 없는 인물이 그렇게도 풀어져서 유쾌해진 것을 보니, 뭔지 모르게 찡한 느낌이 들었습니다.

아마도 어머님께서는, 어머님이 사랑하시는 연약한 자식을 제가 스스로 놀림감으로 만들어 버렸으니, 마음이 좀 상하지 않으셨는지 모르겠습니다. 그러나 제가 그렇게 함으로써 얻게 된 효과는 어머님의 상한 기분을 저의 비밀 누설과 상쇄할 수가 있을 것입니다. 모든 사람들이 방자하게 깔깔대며 웃었고, 왕자께서도 그중에 끼어 허리를 꾸부리고 웃는 바람에 그분의 군복 깃에 달린 대십자 훈장이 흔들거렸으며, 자신도 모르는 사이에 그런 분위기 속으로 휩쓸려 들어갔던 것입니다. 모든 사람들이 왕자님과 함께 라디쀌레와 아델라이데 그리고 미니메 이야기만 듣겠다고 했으며, 처음부터 다시 이야기하라고 야단들을 쳤습니다. 모피로 장식된 옷을 입은 헝가리 사람은 아플 정도로 허벅다리를 손으로 두들기는 짓을 그치지 않았으며, 뚱뚱하고 자기 재산 덕분에 가슴에 여러 개의 별을 단 포도주 수출 상인은 너무 심하게 자기 배를 뒤흔들어 조끼에서 단추가 하나 떨어져 나갔습니다. 이런 상황이어서 우리의 영사는 지극히 만족하였습니다.

그러나 이러한 결과로서 생긴 일은 다음과 같습니다. 그날 야회가 끝나갈 무렵에 그 공사는 저와 단둘만 있을 때, 제가 떠나기 전에 국왕 폐하인 돔 까를로스 1세에게 알현하자는 제안을 하였던 것입니다. 국왕께서 마침 수도에 머물고 계셨던 것이지요. 하긴 성(城) 옥상에 브라간짜 왕실의 깃발이 나부끼는 걸로 보아 국왕이 계시다는 것은 저도 알고 있었습니다. 폰 휘온 씨는 제게 룩셈부르크 상류 사회의 자제로서 교양 여행 중이며, 더구나 "훌륭한 재능"을 가진 젊은 분을 국왕께 알현을 알선하는 것은 어느 정도 자기의 의무라고 말을 하는 것이었습니다. 그뿐만 아니라, 국왕의 고귀하신 정서는 예술가의 정서이니, 폐하께서는 유화를 즐겨 그리신다는 것이며, 게다가 학자적인 정서도 지니고 계시는데 그것은 그런 귀하신 몸으로 해양학의 애호가, 즉 대양과 그곳에 서식하는 생명체 연구의 애호가라는 것이었습니다. ―그런데 이러한 국왕의 정서가 정치적인 걱정으로 우울하게 되었는데, 그 정치적 걱정이란 육 년 전 그분이 즉위하신 직후부터 중앙아프리카에서 포르투갈과 영국과의 이해관계가 충돌해서 생기게 된 것이라는 이야기였습니다. 그 당시 그분의 유화적인 태도는 일반 대중으로 하여금 그분에게 반기를 들게 하였는데, 그분은 포르투갈 정부가 형식적인 항의로서 영국의 요구 조건에서 벗어날 수 있게 만들어 주었던 영국의 최후통첩에 대하여 전적으로 감사하고 있었다는 것이었습니다. 그러나 그 때문에 전국의 비교적 큰 도시에서 위험스런 소요 사건이 벌어지고 리스본에서는 공화주의자의 봉기를 진압하지 않을 수 없었다는 것입니다. 그러나 이번엔 포르투갈 국영 철도의 숙명적인 적자 재정이 드러났습니다. 그것은 삼 년 전 중대한 재정적인 위기와 국영 은행의 파산이란 결과를, 즉 국가적인 여러 가지 부채를 법령에 의하여 삼분의 이를 삭감시키는 결과를 가져오게 되었다고 합니다. 그것이 공화당들한테 강력한 자극을 주게 되었으며 이 나라의 급진 분자의 음험한 선동을 용이하게 하였다는 것입니다. 폐하께서는 자신에 대한 암살 음모를 경찰이 미연에 발견했던 그런 우울한 경험을 여러 번이나 겪지 않으실 수가 없었다고까지 합니다. 저의 알현은 일상의 틀에 박힌 접견 행사의 일환으로서 그 귀하신 분에게 혹시 기분 전환을 시키게 하고 신선한 기운을 드리게 될지도 모른다는 것이지요. 혹시, 이야기가 될 수만 있다면, 오늘 저녁 그 딱하신 요한 페르디난트 왕자가 그렇게도 진심으로 반응을 보이신 바 있는 미니메에 대한 이야기를 들려주도록 했으면 좋겠다는 것이었습니다.

아버님, 어머님, 두 분께서도 이해하실 줄로 압니다만, 엄격하고도 기쁘게 왕당주의를 따르려는 저의 생각에 비추어 보아, 그리고 정통성 있는 국왕 앞에 머리를 숙여 공경하고자 하는 저의 열광적 성향에 비추어 보아, (여기에 대해서는 아마 두 분께서도 거의 모르고 계실 것이라 생각됩니다마는) 이러한 공사의 제안이 저로서는 강한 매력을 풍겼다는 것입니다. 이러한 공사의 제안에 방해가 되었던 것은, 알현의 시기가 결정이 날 때까지는 며칠, 즉 나흘이나 닷새가 요구된다는 곤란한 사실과 그렇게 되면 "깝 아르꼬나" 호에 승선할 기일이 지나 버린다는 것이었습니다. 제가 어찌했으면 좋았을까요? 국왕 폐하 어전에 서 보려는 저의 소원은, 리스본과 같은 도시를 그렇게 수박 겉핥기식으로 슬쩍 구경을 해서는 안 된다고 한 학자 멘토인 쿠쿡 교수의 경고와 함께 결합되어서, 마지막 순간에 배를 하나 먼저 보냄으로써 저의 계획을 변경해 보자는 결심에 도달케 하였던 것입니다. 여행사를 방문하여 제가 알게 되었던 것은, 같은 항로의 그 다음 선편은 "앙피트리뜨" 호로서 이주일 후에 리스본을 떠날 예정이며, 벌써 거의 만원이 되었다고 하면서, "깝 아르꼬나" 호와는 비할 바가 못 되어 저의 신분에 맞을 만한 쾌적한 설비를 제공하지 못할 것이라는 이야기였습니다. 그러므로 가장 현명한 방법은 "깝 아르꼬나" 호가 돌아올 때까지, 즉 이달 15일부터 계산하여 육칠 주 정도 기다려서 제가 예약한 것을 그 배의 다음 선편으로 바꾸어 놓고, 9월 말 내지 10월 초까지라도 저의 항행을 연기하는 것이라고 여행사 직원이 제게 일러 주는 것이었습니다.

아버님, 어머님. 두 분께서는 제가 결정을 빨리 내리는 성격이라는 것을 알고 계실 겁니다. 그래서 저는 그 여행사 직원의 제안에 동의를 표하고, 그에 필요한 지시를 하였으니, 제가 아버님, 어머님의 친지이신 마이어-노바로 댁에 적절히 전보 연락으로 저의 여행이 지연된다는 것을 알려드렸으며 10월이 되고서 저를 기다려 달라고 부탁을 해 놓았던 사실을 여기 덧붙일 필요는 거의 없겠습니다. 두 분도 보시다시피 이런 식으로, 물론 저의 이곳에서의 체류 기간도 제가 원했던 것보다는 훨씬 여유가 생기게 되었습니다. 그러나 거기에 대해 걱정은 하지 마십시오! 저의 호텔에서의 생활은 과장 없이 말씀 드렸다시피, 견딜 만합니다. 그리고 제가 승선하게 될 때까지, 여기서의 교육적인 흥미 거리는 결코 모자라지 않을 것입니다. 그러하오니 저는 두 분께서 승낙해 주실 것이라고 확신해도 괜찮을는지요?

부모님의 승낙이 없다면 저의 마음이 편하지 않을 것은 물론입니다. 하지만 그동안에 갖게 되었던 국왕 폐하를 알현한 과정이 지극히 복되고 감격적이었다는 것을 들으시게 되면 두 분께서도 더욱 쉽게 승낙해 주실 것으로 믿고 있습니다. 폰 휘온 씨가 황송하게도 허락이 나왔다고 제게 통지를 하여 주었고, 오전 중에 정해진 좋은 시간을 봐서 폰 휘온 씨는 자기의 마차로 저를 호텔에서부터 왕궁까지 안내하고 갔었습니다. 우리는 그 왕궁 안팎의 위병소를 그의 신임장과 그가 입고 있었던 관복 덕택으로 별 성가심도 없이 특별 취급을 받아 가며 통과할 수가 있었습니다. 우리는 왕궁의 바닥에 한 쌍의 여신상이 무리하게 아름다운 포즈를 취하며 좌우를 호위하고 있는 정면 계단을 올라가서 늘어선 응접실로 들어섰는데, 그 방들은 국왕의 알현실에 들어가기 전에 있는 방으로서, 역대 국왕들의 흉상이나 그림 그리고 수정-샹들리에로 장식이 되어 있었으며, 대개는 붉은 비단으로 벽을 꾸몄고 역사적 양식의 가구가 배치되어 있었습니다. 그 방들 중 하나에서 두 번째로 건너가는 데에는 많은 시간이 걸렸으며, 두 번째 방에 들어서자 궁내성의 담당 직원이 우리들에게 잠시 자리를 잡고 앉아 달라는 청을 하였습니다. 그 장소가 휘황찬란한 것을 제외한다면, 거듭 지연이 되풀이되어 환자들이 지정 시간을 훨씬 넘도록 기다려야만 하기 때문에 진찰 시간이 점점 늦어지게 된, 번창하는 병원과 다를 것이 없었습니다. 그 방들은 각양각색의 국내외의 고위 고관들로 만원을 이루고 있었으며, 제복을 입은 사람, 예복을 입은 사람들이 나직하게 담소하며 무리 지어 서 있거나 소파에 앉아 지루한 시간을 보내고 있었습니다. 모자에 술을 단 사람도 보였고, 레이스가 달린 칼라에 훈장을 찬 사람도 보였습니다. 공사는 우리들이 들어서는 새로운 살롱에서 자기가 알고 있는 이런저런 외교관들과 정의가 두터운 인사를 주고받았으며, 저를 소개하여 주었습니다. 그래서 이렇게 제 인생에서의 저의 위치가 자꾸 새로운 확증을 얻게 되어 저의 진가가 발휘되고 있는 것 같아서 —저는 그것이 즐거웠습니다— 우리가 기다려야만 했던, 사십 분이란 시간은 정말 빨리 흘러가고 말았습니다.

견장을 차고, 손에는 명단을 든 시종 무관이 마침내 우리에게 국왕의 집무실로 통하는 문 앞에 자리를 잡으라고 일러 주었습니다. 문 앞에는 분을 칠한 가발(假髮)을 쓴 하인 둘이 지키고 서 있었습니다. 근위대장 복장을 한 나이 지긋한 신사 한 분이 그 방에서 나왔는데, 그분은 아마 무슨 은총을 입은 데 대하여 감사라도 한 것 같았습니다. 시종 무관이 우리의 도착을 보고하려고 들어갔습니다. 그리고 난 후에 두 하인에 의해서 황금색 장식을 박아 넣은 문이 우리를 위하여 활짝 열렸습니다.

국왕 폐하는 이제 막 삼십을 넘은 것 같은데 벌써 머리가 드문드문하고 몸집이 약간 비대하였습니다. 붉은 깃이 달린 올리브 초록색의 복장에 가슴에는 오직 한 개의 별 모양 훈장이 달렸는데, 그 별 한가운데에 독수리 한 마리가 왕홀(王笏)과 왕권 표시로서 십자가를 단 지구의(地球儀)를 보듬고 있었습니다. 국왕 폐하께서는 집무 책상에서 일어서시면서 우리를 맞으셨습니다. 많은 대화를 나누느라 그분의 얼굴은 빨갛게 상기하여 있었습니다. 그분의 눈썹은 석탄처럼 새카맸지만, 수염은 숱이 좋고 뾰족하게 꼬아 붙였으며 벌써 조금 하얗게 세기 시작하였습니다. 그리고 공사와 제가 깊이 허리를 꾸부려 인사 드린 데 대하여 그분은 수없이 은총을 내린 익숙한 손짓으로 대답을 해 주셨으며, 그 다음 폰 휘온 씨에게 눈짓을 하시면서 인사를 하셨는데 그 눈짓에는 사람을 즐겁게 하는 친근감이 깃들여 있었습니다.

"경이구려, 대사. 늘 그렇지만 경을 맞으니 즐겁구려……. 그대도 시내에 남아 있었소?……. 알아요, 알아……. 이 새로운 협상……. 그러나 이 문제는 거기에 정통한 경의 특별한 능력에 의하여 쉽사리 해결될 테지……. 경애하는 드 휘온 부인은 안녕하신가?……. 좋다구? 참 즐겁구려! 정말 즐겁군 그래!……. 그런데—오늘 경은 웬 아도니스[44]를 대동하셨소?"

아버님, 어머님. 국왕 폐하의 이러한 인사말은 순전히 농담으로 하시는 말씀이며, 사실은 전혀 근거 없는 의례적인 말씀이었다는 것을 이해하실 줄 압니다. 아버님 덕택으로 이렇게 좋은 체구를 가진 저의 몸에는 예복이 확실히 유리하긴 하지요. 그러나 동시에 저와 두 분께서 아시는 바와 같이, 저의 보르스도르퍼[45] 사과 같은 볼과 거울을 들여다볼 때마다 불쾌한 마음이 드는 작고 째진 눈을 가진 제게서는 조금도 신화적인 것을 발견할 수가 없으니까요. 저는 그래서 국왕 폐하의 조롱 섞인 말씀에 대해서 유쾌한 단념의 몸짓을 해서 답변을 대신하였지요. 국왕 폐하께서도 서둘러서 그런 말씀을 접으시고 잊게 하시려는 것처럼, 저의 손을 잡으시고 곧 이렇게 은총 가득히 말씀을 계속하셨습니다.

"경애하는 후작. 리스본에 오신 것을 환영하오! 말할 필요도 없겠지만, 짐은 경의 이름을 잘 알고 있는 터, 한 나라의 귀족의 젊은 후예를 여기서 보게 되니 즐겁구려. 그대의 나라와 우리 포르투갈과는 우호적인 관계를 맺고 있으니, 그것은 특히 경을 안내한 우리 공사의 활동 덕분이지요. 어디 이야기를 들어 봅시다—." 하고 그분은 제가 무슨 말을 할 것인지 잠시 동안 곰곰이 생각에 잠기셨습니다. "어떻게 여기까지 오시게 되었소?"

---

44) (역주) 그리스 신화에 나오는 미소년.
45) (역주) 사과의 한 종류.

사랑하는 부모님, 제가 국왕 폐하께 얼마나 매력 있고, 얼마나 우아하고 동시에 겸손하며 부드러운 솜씨로 대답을 해 드렸는지는 이제 말씀 드리지 않기로 하겠습니다. 다만 두 분이 안심하시고 만족하시도록 제가 확실하게 말씀을 드릴 것은, 제가 어설프지 않았고 또 말을 제대로 못하지는 않았다는 점입니다. 저는 폐하께 부모님의 아량으로 마련된 일 년간의 세계 일주 여행과 교양을 위한 여행에 대해서 말씀을 드렸으며, 지금 제가 파리의 거주지에서 떠나 첫 번째 체류지인 이 비할 바 없는 도시까지 오게 되었다는 말씀을 드렸습니다.

"아, 그럼 리스본이 경의 마음에 드시오?"

"폐하, 그렇습니다. 폐하의 수도인 이 도시의 아름다움에 저는 완전히 넋을 잃었습니다. 이 도시야말로 폐하같이 거룩하신 군주께서 거주하시기에 정말 합당한 곳이라 생각하옵니다! 소신은 이곳에 하루 이틀 정도만 체류할 예정이었사옵니다. 그러나 이런 계획이 어리석다는 것을 깨달았사오며, 억지로는 결코 이곳을 떠나고 싶지 않아서 최소한 몇 주일만이라도 이곳에 머물러 있고 싶어, 소신의 전체 여행 계획을 완전히 바꾸었사옵니다. 정말 아름다운 도시입니다. 폐하! 이 아름다운 길! 그리고 공원들, 산책길, 전망 등 정말 모두가 훌륭하옵니다! 개인적인 관계도 생기게 되었사오며, 제일 먼저 쿠쿡 교수의 자연사 박물관을 알게 되었사온데—정말 훌륭한 연구소였습니다. 폐하, 소신 개인적으로서는 특히 그 박물관의 해양학적 관계 양상에 흥미가 있사온데, 그곳엔 사실 그 많은 전시물들이 해양에서 발생한 모든 생명체의 유래를 매우 교훈적으로 알 수 있도록 해 놓았으니 말씀이지요. 그런 다음에 식물원의 기적, 폐하, '아베니다' 공원의 기적을 보았사오며, '깡보그랑드'와 '빠세이오 다 에스트렐라'의 시가지와 강을 조망할 수 있는 경치도 비할 바가 없었사옵니다…… 자연의 이런 광경, 즉 하늘의 복을 받고 인간의 손에 의해 모범적으로 다루어진 이런 이상적인 광경을 보았을 때, 약간 —아주 약간— 저의 예술가다운 눈이라고 할 수 있는 저의 눈이 촉촉해진다면 그것은 기적일까요? 솔직하게 말씀 드려서 소신은 —예술 분야에 조예가 깊으시다고 알려진 폐하께는 비할 바가 아니오나— 파리에서 조형 미술을 약간 연구하였사오며, 미술 대학의 에스통빠르 교수 밑에서 재능이 없는 별 볼일 없는 학생이긴 했지만 노력하여 그려 보았던 것입니다. 그러나 그런 것은 말씀 드릴 가치가 없는 것이옵니다. 소신이 말씀 드리고 싶은 것은, 즉 폐하께옵서는 이 지구상의 가장 아름다운 나라들 중의 하나, 아마 제일 아름다운 나라를 다스리는 통치자로 존경받을 수 있다는 것이옵니다. 왕궁 친트라스의 고지에서 에스트레마두라 쪽으로 보이는, 오곡과 포도나 남국의 과일이 화려하고 풍성하게 열린 광경과 비교할 수 있을 만한 전망을 가진 곳이 이 세상 어디에 또 있겠사옵니까?……."

아버님, 어머님. 여기서 잠깐 덧붙여 말씀 드릴 것은, 저는 아직 그 섬세한 건축 양식을 곧 말씀 드리기는 했지만 친트라스의 성지와 벨렘 수도원은 아직 찾아가 보지는 않고 있었습니다. 여태까지 저는 그곳을 방문할 상황이 못 되었는데 그것은 쿠쿡 씨의 가정을 통해 알게 된 얌전한 젊은이들의 클럽에 속하여, 제가 가진 시간의 대부분을 테니스를 치는 데 보냈기 때문이었습니다. 그러나 그것은 어떻든 상관없습니다! 저는 국왕 폐하의 귀에다 대고 아직도 보지 않은 여러 가지 인상에 대해 찬미하는 말씀을 들려 드렸고, 폐하께서는 황송스럽게도 저의 감수성을 높이 평가하시는 말씀을 제게 해 주셨습니다.

폐하의 말씀에 기운을 얻어서 저는 저에게 주어진 아주 유창한 말투로써 이야기를 이어 나갔습니다. 그 유창한 말투는 그런 이례적인 상황이 저에게 선물로 주었다고 할 수 있는 것이었지요. 아무튼 국왕 폐하께 포르투 갈의 국토와 국민을 칭찬하였습니다. 저는 이렇게 말씀 드렸습니다. 사람 은 사실상 단지 그 나라를 보려고 방문할 뿐만 아니라 —아마 더욱 중점을 두는 것은— 국민 때문에 방문을 하는 것이며, 이렇게 말씀 드릴 수 있는 지 모르겠지만 여태까지 겪어 보지 못한 인간들에 대한 호기심에서, 즉 이 국인의 눈이나 이국인의 표정을 살피고자 하는 욕망에서 한 나라를 찾는 것이라고 말씀입니다……. 저는 제가 서투르게 제 심중을 표현하고 있다는 것을 의식하고 있으나, 제가 폐하께 말씀 드리고자 하는 것은 미지의 인간 의 육체와 행동거지를 보고 즐기자는 소원을 가지고 있는 것이라고 말씀 드렸습니다. 포르투갈—좋아요, 브라보. 그렇지만 포르투갈 사람, 즉 폐하 의 백성들, 그 사람들이 원래 저의 주의를 완전히 끌었던 것이라고 하였지 요. 페니키아, 카르타고, 로마, 아라비아 세계의 역사적인 각양각색의 혈 통이 혼합된 켈트적 원시 이베리아의 요소가 —점차 매력 있고 사람의 마 음을 사로잡는 인간성을 산출하게 되었으며— 어떤 때는 수줍은 귀염성을 풍기고 또 어느 때는 외경심을 일으키는 자부심, 네, 그렇습니다, 겁을 먹 게까지 하는 인종적인 자부심이 피 속에 섞인 때도 있을 것이라고 말씀을 드렸습니다. "이러한 매혹적인 국민을 다스리시는 군주일 수 있으시니, 국 왕 폐하께 아무리 축복을 드려도 넘침이 없을 것이라고 사료되옵니다!"

"그런가? 음, 그럴 테지. 훌륭하오. 참 정중하군." 하고 돔 까를로스 왕 께서는 말씀하셨습니다. "경애하는 후작, 나는 경이 포르투갈의 국토와 국 민에 대해서 그런 우호적인 관찰을 해 주는 것에 대해서 감사를 드리는 바 이오." 저는 폐하께서 이 말로써 저희들의 알현을 끝마치시려는 것으로 생 각을 했지만, 폐하께서 정반대로 이렇게 덧붙여 말씀하셔서 놀랍기도 하고 즐거웠습니다.

"그런데 좀 앉지 않겠소? 경애하는 대사, 잠시 우리 앉아 보시지요!"

의심할 여지가 없이 폐하께서는 처음에는 알현을 선 채로 그칠 생각이었습니다. 오직 저를 소개하는 것이 문제였으니 그것은 몇 분이면 끝날 수가 있었을 테니까 말이지요. 그런데 이제 그것이 연장이 되었고, 더욱 편한 분위기가 되었다면, 아버님, 어머님께서는 —이것은 제 허영심을 채우려고 한다기보다는 오히려 두 분께 즐거움을 선사하려고 말씀 드리는 것입니다만— 저의 유창한 이야기가 그분을 즐겁게 할 수 있었고, 저의 전체 행동거지의 매력 때문이었다고 생각하셔도 좋을 것입니다.

국왕 폐하와 공사 그리고 저는 격자 철창으로 안전하게 막아 놓은 대리석 난로 앞에 놓인 가죽 안락의자에 가서 자리를 잡았습니다. 그 대리석 난로 위에는 진자가 달린 시계와 가지 달린 촛대며, 동양풍의 화병들이 놓여 있었습니다. 우리를 에워싼 널찍하고 최상의 가구가 비치된 집무실에는 두 개의 유리문이 달린 책장이 있었고, 그 바닥에는 엄청나게 커다란 페르시아 양탄자가 깔려 있었습니다. 무겁게 보이는 황금 액자에 끼운 한 쌍의 그림이 난로 곁의 벽에 걸려 있었는데, 그중 하나는 산악 지대의 풍경이었고, 다른 하나는 꽃이 만발한 평야의 풍경이었습니다. 폰 휘온 씨는 제게 눈짓으로 그림을 가리키며 동시에 국왕 쪽을 가리켰는데, 국왕께서는 때마침 조각되어 있는 흡연 탁자에서 은딱지 담배 상자를 꺼내어 오시는 중이었지요. 저는 폰 휘온 씨의 눈짓을 이해했습니다.

"폐하." 하고 저는 말씀을 드렸습니다. "황공하오나 잠시 저의 주의를 폐하의 인물평에서 여기 이 걸작의 그림으로 돌리는 것을 용서하여 주시기를 바랍니다. 이 그림은 제 눈초리를 강제로 끌어가고 있습니다. 조금 더 자세히 관찰해도 괜찮으시겠는지요? 오! 참으로 훌륭한 그림입니다! 천재적인 솜씨입니다! 서명을 제가 완전히 알아볼 수는 없지만, 두 점의 그림이 모두 폐하의 나라 포르투갈의 일류 예술가의 손에서 나온 것일 테지요."

"일류라고?" 하고 국왕은 미소를 띠우시며 물으셨지요. "어떻게 그런 생각이 드시오. 그 그림은 내 손으로 그린 것이오. 왼쪽 그림은 내가 수렵용 별장이 있는 '세라 다 에스트렐라'에서 본 전망이고, 오른쪽 그림은 내가 자주 도요새 사냥을 하러 가는 우리나라 습지의 정취를 표현해 보고자 한 것이오. 보시는 바와 같이 그 평원을 많이 뒤덮고 있는 물푸레나뭇과의 치스트꽃의 사랑스런 모습을 제대로 나타내 보려고 애를 썼던 것이라오."

"마치 그 꽃향기가 풍기는 것 같습니다." 하고 저는 말을 했지요. "정말 놀랍습니다. 이런 솜씨 앞에선 아마추어들은 얼굴을 붉히게 되겠는데요."

"그것도 뭐 아마추어를 벗어나지 못한 것이겠지." 하고 돔 까를로스 왕은 어깨를 으쓱하며 대답을 하셨는데, 그러는 동안 저는 마치 그림에서 떠나는 것을 거역하듯, 폐하의 작품에서 떨어져서 제자리로 돌아와 앉았습니다. "사람들은 왕이 하는 짓을 언제나 아마추어로만 여겨 줄 뿐이지요. 언제나 네로 왕이나 그가 가졌던 예술적 야망과 같은 것일 뿐이라고만 생각하지요."

"그런 편견에서 벗어나지 못하고 있는 자들이 딱한 인간이옵니다! 가장 귀한 분이 가장 귀한 것과 결부되어 있다면, 즉 귀하게 태어난 은총과 뮤즈 신의 재능이 결부되어 있다면, 사람들은 그런 행운을 기뻐해야 할 것이옵니다."

국왕 폐하께서는 그 말을 듣고 눈에 띄게 기뻐하셨습니다. 폐하께서는 편안하게 뒤로 기대어 앉으셨습니다. 반면에 공사와 저는 우리 의자의 비스듬한 등허리의 쿠션에 기대는 것을 적절하게 피하고 있었습니다. 폐하께서 말씀하셨습니다.

"경애하는 후작, 나는 경의 감수성에 대해서 기쁨을 느끼고 있소. 그리고 경이 사물이나 세상, 인간 그리고 작품을 관찰함에 있어서 그렇게 즐겁고 거리낌 없는 공평한 태도를 가진 데 대하여, 또한 경이 행동함에 있어서 남들이 부러워할 만큼 아름다운 순진무구함을 가진 데 대하여 나는 나대로의 기쁨을 느끼고 있다오. 그런 태도는 아마 경이 속해 있는 바로 그런 사회적인 계층에서만 가능할 것이오. 인생의 추악함과 쓴맛은 오직 이 사회의 맨 밑바닥에 있는 사람과 그 맨 꼭대기에 있는 사람만이 알고 있을 것이오. 미천한 사나이는 그것을 경험할 것이오. ―또한 정치의 독기(毒氣)를 호흡하는 위정자(爲政者)도 그것을 알고 있을 것이오."

"폐하의 말씀은," 하고 나는 대답했습니다. "정말 통찰력이 넘치십니다. 황공하오나 소신은 오직 소신의 관심이 사물의 유쾌하지 않은 밑바닥에는 들어가 보려고 전혀 애도 쓰지 않고서 그 피상적인 면에만 집착하여 어리석게 좋아하고 있다고 생각하시지 않기를 바라옵니다. 소신은 폐하께, 포르투갈과 같은 영광스러운 나라를 다스리는 군주이신, 진정으로 부러워할 만한 운명에 대하여 경하 드리는 축복의 말씀을 드렸습니다. 그러나 이러한 행복을 어둡게 하려는 어떤 그림자에 대해서 소신은 모르고 있는 것이 아니며, 폐하 생애의 황금의 술잔 속에 음험한 물방울을 떨어뜨리는 쓰디쓴 담즙(膽汁)과 약쑥, 즉 원한과 고뇌에 대해서도 저는 알고 있사옵니다. 저는 여기에도, 아니 이렇게 말씀 드려야 하겠습니다, 바로 이곳에도 그런 무리들이 없지 않다는 것을 알고 있사옵니다. ―자기들을 급진적이라고 부르는 무리들 말씀입니다. 그자들은 아마 두더지같이 이 사회의 뿌리를 갉아 먹으니 급진적이라 하는 것이겠지요. ―저는 그자들에 대한 저의 감정을 항상 적절한 표현으로 말씀 드리고 있습니다만, 그자들은 국가의 온갖 곤란, 온갖 정치적·재정적 위기를 자기들의 음모 책동에 이용하는 데 안성맞춤이라고 생각하는 극악무도한 무리들입니다. 그자들이 민중의 편이라고들 말하지만, 사실에 있어서 그들이 민중과 관련을 맺고 있는 유일한 점은, 그들이 민중의 건전한 본능을 갈기갈기 찢어 놓고, 불행하게도, 분명하게 단계가 있는 그들의 사회 위계질서의 필연성에 대한 확신을 민중에게서 탈취해 가는 데 있는 것입니다. 그 방법이 무엇이냐고요? 그들은 민중한테 철두철미 반자연적이며, 그래서 또한 민중과는 유리된 평등의 이념을 주입시키고, 천박한 웅변을 통하여 망상에 사로잡히게 만들어 놓는 것이 그들의 방법입니다. 즉 그들은 그 가능성에 대해서는 침묵을 지키고 ―근본과 혈통의 차이, 부귀와 빈곤, 고귀함과 미천함의 차이― 이것은 자연이 아름다움과 결합하여 영원히 유지해 나가려고 하는 차이인데―그런 차이를 없애 버리는 것이 필요하며 혹은 최소한 바랄 만한 일이라고 하는 것입니다. 누더기에 싸인 걸인은 굴욕적으로 내민 손에다 적선을 해 주는 자랑스러운 신사나 마찬가지로 ―물론 그것을 만지기는 가능한 한 피하겠지만― 이 세상의 다채로운 형상을 유지해 나가기 위하여 동일한 협력을 하고 있는 것입니다. ―그리고 폐하! 걸인도 그것을 알고 있사옵니다. 걸인은 세계 질서가 자기에게 부여한 특별한 가치를 스스로 의식하고 있으며, 마음속 가장 깊은 곳에서는 다른 누구도 아닌 바로 자기 자신이 되기를 원하고 있사옵니다. 그런 걸인의 맡은 바 아름다운 역할에 혼란을 일으키게 하고, 그런 걸인에게 인간은 평등해야만 한다는 반항적인 망상을 갖게 하려는 데는, 좋지 못한 이념을 가진 자들의 선동이 필요한 것이옵니다. 그들은 평등하지 않습니다. 그들은 그것을 통찰하기 위해 이 세상에 태어난 것입니다. 인간은 귀족적인 감각을 지니고 이 세상에 나온 것이옵니다. 소신이 이렇게 비록 어리지만, 그것은 저의 경험이옵니다. 인간은 그 누구라 할지라도, 즉 그가 교회 조직의 일원인 성직자 혹은 성직자와는 다른 군인계급의 일원인 병영 내의 충성스런 하사관이건 간에―사람은 미천한 존재인지 혹은 귀하고 우수한 존재인지, 누구나 그 만들어진 재질에 대한 통찰력과 감각, 즉 분명한 촉감을 나타내게 마련이옵니다……. 그러므로 민중의 친구란, 조야(粗野)하고 비천하게 태어난 자들에게서 그들을 능가하는 것에 대한 즐거움, 부귀에 대한 즐거움, 혹은 상류 사회 계층의 고상한 풍습과 형식에 대한 즐거움 등을 빼앗고서, 그 즐거움을 시기, 탐욕, 반항심으로 변화시키는 자들이옵니다. 한마디로 민중의 친구란 진실로 빛좋은 개살구라 할 것이옵니다! 그자들은 경건하고 복된 울타리 속에서 대중들을 보호하고 있는 종교를 대중들로부터 앗아 가고, 국가의 형태를 변혁시킴으로써만 모든 것은 성취될 것이기 때문에, 군주국은 쓰러져야 하며, 공화국을 건립함으로써 인간의 본성도 변화하게 될 것이고, 행복과 평등도 도래할 수 있다고 그들은 기만하고 있사옵니다……. 폐하, 이제 소신이 이렇게 감히 말씀 드린 심정 토로를 황공하오나 너그러이 받아 주시기를 폐하께 간청 드릴 시간이옵니다."

국왕께서는 공사를 바라보시며 눈썹을 높이 추켜올리시고 고개를 끄덕이셨으며, 거기에 대하여 공사는 무척 기뻐하였습니다.

"경애하는 후작." 하고 폐하께서는 말씀하셨습니다. "경은 오직 칭찬받을 수 있는 신념을 피력하였소. ─더구나 그런 신념은 경의 가문에 상응하는 것일 뿐만 아니라, 또한 경 개인에게도 사적으로도, 이런 말을 덧붙이는 것을 허락해 주시오, 꼭 어울리는 신념이오. 그럼, 그렇지요. 나는 생각한 대로 말을 하였소. 말하는 김에 덧붙이자면, 경은 선동 정치가들의 '불에 기름을 붓는' 수사(修辭)와, 그자들의 위험한 설득 기술에 대해서 언급을 하였소. 사실상 불행하게도 그런 인물들, 즉 변호사, 야심만만한 정치가, 자유주의의 사도들 그리고 현존하는 질서의 적대자들에게서 우리는 아주 교묘한 말솜씨를 구사하는 자들을 많이 볼 수 있소. 현존하는 질서나 제도에 대한, 지성 있고 재치 있는 변호인을 찾기는 아주 드문 일이오. 정당한 일을 위하여 훌륭하고 매력 있게 이야기하는 것을 한번 들어 보는 것은 예외적인 일이기도 하고 또한 매우 유쾌한 일이기도 하오."

"소신은 바로 폐하께서 '유쾌하다'고 하신 말씀이 얼마나 제게는 영광이 오며 얼마나 저를 행복하게 하는지 이루 말할 수가 없습니다." 하고 저는 대답했습니다. "한 단순한 젊은 귀족이 주제넘게 국왕 폐하를 유쾌하게 해 줄 수 있다고 한다면, 그것은 아마 우스꽝스럽게 보일지도 모르겠습니다. ―하지만 솔직하게 말씀 드려, 바로 이것이 제가 노력하는 목적입니다. 이러한 노력을 함에 있어 저를 지탱시켜 주는 것은 무엇일까요? 동정심입니다. 폐하! 그것은 소신의 외경심에 한몫을 들고 있는 동정심입니다. ―이것이 불손한 말씀이라 하더라도, 소신은 바로 이러한 외경심과 동정심 이외에 더욱 정이 넘치는 감정의 혼합물은 거의 없을 것이라고 주장하고 싶습니다. 젊은 소신이 폐하의 심려에 대해 알고 있고 또 폐하께서 옹호하시는 원리와 폐하의 존귀하신 인격까지도 위기에 몰아넣은 적대감에 대해 알고 있다는 것, 그것이 제 마음을 아프게 하는 것입니다. 그래서 그런 우울한 장해로부터 기분을 돌리시고 가능한 한 명랑하게 마음을 푸실 것을 기원하지 않을 수가 없는 것이옵니다. 폐하께서 미술이나 그림에서 뭔가를 찾고 발견하시고 있는 것도 의심할 여지없이 바로 이것이라고 생각합니다. 게다가 폐하께서 즐겨 사냥의 즐거움에 몰두하신다는 것은 기쁘게 들리는 소식입니다만……."

"경의 말이 옳소." 하고 왕께서 말씀하셨습니다. "내 고백하지만, 나는 이 나라 수도와 정치의 권모술수에서 멀리 떨어져, 대자연 속에서 그리고 들판이나 산중에서 친밀하고 신뢰할 수 있는 소수의 사람들을 거느리고 사냥을 할 때 가장 유쾌함을 느끼고 있소. 경은 사냥을 하시오, 후작?"

"사냥을 한다고 말씀은 못 드리겠습니다. 폐하, 의심할 여지없이 사냥은 기사적인 오락이라 하겠지요. 그러나 소신은 화기(火器)에 대해선 전혀 일가견이 없습니다. 그러니 오직 초대를 받을 때에나 이따금씩 참여할 뿐이옵니다. 그럴 때 제게 제일 기쁨을 주는 것은 개들이옵니다. 그놈들이 가진 정열을 억제하지 못하고, 코는 땅에다 박고서 꽁지를 이리저리 휘둘러 대며, 모든 근육을 긴장시키는 그런 포인터나 세터의 무리들 말씀입니다. ―그놈들은 의기양양한 열병식 때와 같은 걸음으로 그 매력 있는 머리를 쳐들고서 날짐승이나 토끼를 입으로 물어 옵니다. ―소신은 그런 것을 일생 동안 즐겨 구경하고 있습니다. 간단히 말씀 드려서, 저는 진정한 개 애호가임을 시인하겠사오며 또한 인간의 이 오래된 친구와 어렸을 때부터 사귀어 왔습니다. 먹이를 노려보는 그놈의 눈초리는 얼마나 강렬한지요. 그리고 그놈을 데리고 장난을 치면, 그놈은 딱 벌어진 입으로 웃기도 합니다. ―웃을 수 있는 동물은 그놈이 유일하지요― 그리고 어색하게 정다운 체하는 꼴이나, 놀 때의 그 우아한 모습이며, 혈통이 좋은 놈일 경우 그 걸음걸이의 탄력 있는 아름다움 등 이런 모든 것이 저의 마음을 흐뭇하게 해 줍니다. 그놈의 원조가 늑대인지 혹은 재칼인지, 대다수의 개 종류를 살펴보아도 남아 있는 그 흔적은 거의 없습니다. 말에게서 맥 짐승이나 무소의 흔적이 남아 있지 않는 것과 마찬가지로 대체로 사람들은 개에게서 늑대나 재칼의 흔적을 찾아볼 수가 없습니다. 이미 수상 가옥 시대의 수상견인 '토르프스피츠'는 더 이상 이 혈통을 연상시키지는 않습니다. 그리고 털이 긴 스패니얼 종, 닥스훈트, 삽살개, 배로 기어 다니듯 보이는 스코틀랜드의 테리어 종, 혹은 무지하게 선량한 세인트 버나드 종을 보고 누가 늑대를 연상하겠습니까? 개의 종류가 얼마나 많은지 모릅니다! 다른 동물은 그렇게 많지가 않습니다. 돼지는 돼지에 불과하며, 소는 소에 불과한 것입니다. 그러나 덴마크의 맹견 불도그는 송아지만큼이나 크지만 그것이 발바리의 일종인 '아펜핀서'하고 같은 동물이라고 할 수 있겠습니까? 그리고"라고 저는 계속 이야기를 해 나갔으며, 저는 이제 의자에 등을 대고 저의 자세를 편하게 취하였습니다. 그러자 공사 역시 그렇게 자세를 편하게 취하였지요. "그리고 이 동물은 그들의 몸집이 거대하건 왜소하건 간에 그것을 의식하지 않으며 또 자기들 상호 간의 관계에 그것에 대해 아무런 고려도 하지 않는다는 인상을 갖게 합니다. 사랑놀이는 완전히 —폐하, 이런 주제를 건드리게 되어 황송합니다— 어울리는 놈이나 어울리지 않는 놈이나 어떤 놈이든 모든 정신을 잃게 마련이지요. 저의 집 성(城) 안에는 프리뽄이라고 하는 러시아산 그레이하운드가 한 마리 있습니다만, 그놈은 위대한 신사라고 할 만하지만, 성질은 소극적이며, 인상은 거만하고 졸리는 듯한 놈인데, 이것은 그놈의 뇌수가 빈약한 것과 관련이 있다고 볼 수 있지요. 한편 저의 모친의 무릎에서 노는 말테산 미니메란 놈도 있는데, 이놈은 흰 비단 같은 털북숭이며 거의 제 주먹만한 크기입니다. 그런데 프리뽄이란 놈은 떨고 있는 이 조그만 공주 미니메가 어느 특정한 점으로 볼 때 결코 자기의 적절한 상대자가 될 수 없다는 견해를 굽히지 않는다는 점을 사람들은 생각해 보아야만 합니다. 그러나 미니메의 여성으로서의 특질이 눈에 보이게 되면, 프리뽄 그놈은, 미니메와 멀리 떼어 놓았음에도 불구하고 실현될 수 없는 짝사랑을 하여, 방 하나 거리를 떨어져 있어도 들릴 정도로 이빨을 떠는 것입니다."

이빨을 떤다는 그 말에 대해서 국왕께서도 흥이 나셨습니다.

"아," 하고 저는 이야기를 서둘러서 계속했습니다. "이제 폐하께 그 말씀드린 바 있는 미니메에 대한 이야기를 곧 해야만 되겠군요. 그 강아지는 부자연스런 동물이며, 그놈의 체질은 사람 품에서 노는 발바리로서의 자기 역할에 어울리지 않게 불안해하고 겁을 집어먹고 있었습니다." 이런 식으로 해서, 사랑하는 어머님, 저는 전날 밤 제가 창작한 이야기를 더욱 화려하게 그리고 세부까지도 흥미진진하도록 자세히 되풀이하였사오며, 미안한 말씀이오나, 그놈이 어머님 품 안에서 일을 저지른 이야기며, 놀라서 짖어 대고 초인종을 울리는 이야기를 해 드렸으며—그러면 아델라이데가 빠른 발걸음으로 쫓아오고, 그 곤경을 통해 그녀의 전례 없는 애정은 더욱 고조되며, 그녀는 그 발버둥치는 불행한 귀염둥이를 데리고 나간다는 이야기, 혹은 어머님의 곤경을 보고 부삽과 재떨이를 들고 나서서 도와 보겠다는 라디퀼레 영감이 몸을 제대로 가누지 못하는 모습 등 이런 것을 그림을 그리듯이 이야기해 드렸습니다. 저의 성공은 바랄 수 있는 최상의 것이었습니다. 국왕께서는 포복절도를 하셨습니다. —그리고 사실, 국내의 선동적인 무리들로 인해 근심 걱정이 이만저만이 아닌 국왕이 그렇게 넋을 잃은 듯 즐거워하시는 것을 보아서 진정으로 기뻤습니다. 대기실에서 귀를 기울이던 사람이 있다면, 이번 알현에 대해서 무엇을 생각했을지 저는 모릅니다. 그러나 확실한 것은, 폐하께서, 제가 제공해 드린 사심 없는 기분 전환 이야기를 아주 특별하게 즐기셨다는 사실입니다. 그리고 결국에 가서 폐하께서는 공사의 —저를 안내함으로써 국왕의 행복을 위하여 공헌하였다는 것에 대해 무한한 긍지와 행복감을 느꼈던 공사였습니다— 이름과 저 자신의 이름이 결코 시종 무관이 가진 명단의 맨 마지막이 아니라는 것을 기억하셨습니다. 그리고 웃음 뒤의 눈물을 가볍게 닦으시며 자리에서 일어서심으로써 알현이 끝났다는 표시를 보이셨습니다. 하지만 우리들이 깊숙이 허리를 굽혀 작별의 인사를 드리자, 국왕께서는 "마음에 들어, 참 마음에 드는 사람이야!" 하고 두 번씩이나 폰 휘온 씨에게 치하를 하시는 말씀을, 아마 저로서 들어서는 안 될 말씀을 들었던 것입니다. —사랑하는 아버님, 어머님. 이것은 의심할 여지없이 두 분에 대한 제 효심의 작은 위반과, 제가 이곳에서 체류하는 것에 대한 좀 독단적인 연기에 대해 그래도 호감을 갖도록 보이게 할 것입니다. —이틀 후에 저는 궁내성으로부터 소포를 하나 받는데, 그 속에는 포르투갈 기사단의 붉은 사자 이등 훈장이 들어 있었습니다. 황송하게도 국왕께서는 그것을 제게 수여하셨는데, 그것은 붉은 장식 띠로서 목에 걸 수 있는 것이었지요. —저도 이제부터는, 공사한테 초대받았을 때 그랬듯이, 공식적인 기회에 아무것도 장식되어 있지 않은 연미복으로 등장하는 일은 더 이상 없게 되었습니다.

저는 남자의 진정한 가치를 가슴팍에 붙인 그런 에나멜을 칠한 물건에 두는 것이 아니라, 가슴 깊은 곳에 간직하고 있어야 한다는 것을 잘 알고 있습니다. 그러나 인간들은 —두 분께서 저보다도 인간에 대해서는 훨씬 오래전부터 그리고 훨씬 더 잘 알고 계시겠지만— 눈에 보이는 것, 외관, 상징물 그리고 매어달 수 있는 명예 훈장 등을 원하고 있습니다. 그렇다고 해서 저는 그런 사람들을 비난하지는 않습니다. 저는 사람이 살아감에 있어서 그런 것도 필요하다는 데 대하여 전적으로 관대한 이해성을 가지고 있습니다. 만약 제가 장래에 그들의 어린애다운 감각에 그 붉은 사자 이등 훈장으로 봉사할 수 있을 것에 대하여 기뻐한다면, 그것은 순수한 동정심이고 이웃을 사랑하는 마음에서입니다.

사랑하는 아버님, 어머님. 오늘은 여기까지만 쓰겠습니다. 미련한 녀석이 자기 분에 넘치는 일을 하지요. 저의 체험과 넓은 세상에서의 경험에 대하여는 곧 계속해서 쓰겠습니다. 이러한 것도 다 두 분의 관대하신 마음 덕택이옵니다. 그리고 상기의 주소로 두 분의 답장이 제게 오게 되어 제가 두 분의 평온하심을 확실히 알게 된다면, 그것은 저 자신의 건강을 위하여서도 아주 값진 도움이 될 것이옵니다.

두 분을 사랑하고 진심으로 공경하는 소자

룰루 올림

이러한 서명을 한 편지, 그것도 내 손으로 쓴 편지가 룩셈부르크 몽레퓌 주성의 나의 부모님께 발송되었다. 이 편지 속의 서명은 무척 열심히 연구되었고, 가볍게 왼쪽으로 기울어뜨린 직립 자체(字體)로 썼으며, 일부는 독일어, 일부는 프랑스어를 섞었으며, 사보이 팔라스 호텔의 작은 편지지를 한 묶음이나 사용하면서 타원형 속에 싸여 들어간 서명이었다. 나는 그 편지에 공을 많이 들였다. 왜냐하면 그것은 나와 그렇게도 가까운 분들과의 서신 연락으로서 내게는 정말로 중요한 것이었고, 진심으로 호기심을 가지고 그 답장을 기다리고 있었기 때문이다. 답장은 아마 후작 부인으로부터 올 것이라고 나는 생각했다. 며칠을 두고 나는 그 작은 작품을 가지고 끙 끙 씨름하였는데, 그것은 어쨌든 첫머리의 몇 가지 사실의 은폐를 제외하고 내가 체험한 것을 완전히 사실대로 재현한 것이었고, 폰 휘온 씨가 나를 국왕한테 소개하겠다고 제안하여 내 소원을 앞질러서 성취시켜 준 것까지도 사실이었다. 내가 그 편지에 기울인 그런 주도면밀한 태도는 더욱 높이 평가해야 되겠는데, 그것은 그 편지를 쓰기 위한 시간을 쿠쿡 씨 집 안과의 열성을 기울인 교제에서 빼어 낸 것이기 때문이다. 그 교제란 것은 예의의 한계를 지키느라 커다란 어려움이 있었는데 —누가 그런 생각을 했겠는가— 다른 것도 마찬가지지만 여태껏 해 본 일이 없는 운동 경기를, 즉 쑤쑤와 그녀 친구들과의 테니스 시합을 핑계 삼은 것이었다.

그런 약속에 동의하고 실행하는 것은 내 쪽에서 보면, 결코 조그만 대담성으로는 되지 않는 일이었다. 그러나 할 수 없이 사흘째 되던 날, 약속한 대로 오전 시간에 나는 멋진 운동복을 걸치고 쑤쑤의 집에서 결코 멀지 않으며 아주 깨끗하게 손질해 놓은 두 개의 코트가 있는 곳에 도착하였다. 나는 흰 플란넬 바지에 허리띠를 매었고, 눈같이 희고 목 부분이 트인 운동 셔츠, 그 위에는 임시로 푸른 웃옷을 걸쳤고, 아마포 운동화를 신고 있었다. 그 운동화는 소리도 나지 않고, 고무로 가볍게 창을 갔고, 무용가와 같은 동작을 더욱 유리하게 해 주는 신발이었다. 그 코트의 사용은 쑤쑤와 그녀의 친구들을 위하여 날짜와 시간을 정해서 예약되는 방식이었다. 나는 옛날에 가슴이 답답하긴 하였으나 모험을 하듯 즐거운 기분으로 마음을 단단히 먹고서, 징병 검사관 앞에 나서던 때와 아주 꼭 같은 기분이 되었다. 결심만 하면 모든 게 끝난다. 확신에 찬 나의 옷차림과 발에 신은 날아갈 듯한 신발에 고무되어서, 눈으로 보고 익히기는 하였으나 사실은 한번도 해 보지 못한 이 운동 경기에서 눈을 현혹시키도록 나라는 사나이의 위신을 세울 결심을 했다.

나는 너무 일찍 도착했다. 아직 나 혼자만 운동장에 있을 뿐이었다. 운동장에는 작은 건물이 하나 있었는데 그곳은 선수들이 옷을 벗어 놓고, 운동 기구들을 보관하는 곳이었다. 그곳에서 나는 내 웃옷을 벗어 놓고, 라켓과 두서너 개 아주 예쁘장하고 석회같이 하얀 공을 들고 나와 운동장에서 그것들을 장난하듯 익숙하게 다루어 보려고 애를 쓰기 시작했다. 공을 탄력성 있게 얽어맨 라켓에서 튀게 하였으며, 땅바닥에 떨어져 튀어 오르게도 하고, 그것을 라켓으로 공중에서 잡아 보기도 하였고, 땅에 떨어져 있는 것을 누구나 아시다시피 가볍게 삽질하는 듯한 동작을 하며 집어 올리기도 하였다. 팔을 자유롭게 움직여서 타구에 필요한 힘을 시험하려고, 나는 공을 계속해서 포핸드와 백핸드 스트로크 수법으로 네트 너머로 쳤다. ─가능하다면 그것을 넘겨 보려고 하였다. 내가 이렇게 말하는 것은 대개 내가 친 것이 네트 안쪽에 떨어지거나 터무니없이 상대방 코트의 라인을 넘어갔기 때문이다. 사실 내가 온 힘을 다해 연습했을 때는, 공이 그 운동장의 높다랗게 둘러친 철망을 넘어서 바깥으로 나가기까지 하였다.

그렇게 나는 그 아름다운 라켓의 손잡이를 즐기듯 움켜쥐고서, 상대방도 없이 혼자서 이리 뛰고 저리 뛰고 하였다. 그때 쑤쑤 쿠쿡이 나를 발견하고 역시 흰 옷을 입은 젊은 사람 둘, 즉 총각과 처녀 두 사람과 함께 어슬렁거리며 다가왔다. 그러나 그들은 오누이가 아니었고, 사촌 남매간이었다. 그 남자는 '코스타' 아니면 '쿤하'라고 했고, 그 여자는 '로페스' 아니면 '까뫼스'라고 하는 이름이었다. ―지금으로선 더 이상 그렇게 정확하게 기억할 수 없다. "저기 봐. 후작님이 혼자서 연습을 하고 있어. 아주 잘 칠 것같이 보이네." 하고 쑤쑤는 조롱하듯 말을 했고, 귀엽기는 했으나 그녀 자신의 매력에는 비교도 안 될 만큼 뒤떨어지는 젊은 사람들을 내게 인사를 시켰다. 그런 후에도 더욱 많이 모여든 그 클럽의 남성, 여성의 회원들과도 인사를 나누었는데, 살다카, 빈센떼, 데 메네쩨스, 훼레라 등과 비슷한 이름을 가진 사람들이었다. 아마도 나를 포함하여 열두 명 정도의 참가자들이 모여들었지만, 그중 여러 명은 즉시, 임시적 구경을 하기 위하여, 코트 철망 밖에 놓인 벤치에 가서 이야기를 주고받으며 걸터앉았다. 각각 네 명씩 그 두 개의 코트에 시합을 하려고 들어섰다. ―쑤쑤와 나는 같은 코트에 다른 편으로 갈라섰다. 아주 키 큰 젊은이 하나가 우리 코트의 높다란 심판석에 기어 올라갔는데, 그가 점수 획득과 실패, 라인아웃, 승리한 게임 혹은 세트 수를 기록하고 알려 주기 위해서였다.

쑤쑤는 네트 가까이 전방에 자리를 차지하였다. 반면 우리 진영에서는 그 자리를 내 편의 여자 선수인 누런 피부에 초록색 눈을 가진 파트너에게 내맡겼으며, 나는 정신을 바짝 차리고, 몸은 극도로 긴장시키고서, 후방을 맡았다. 쑤쑤의 파트너인 그 키 작은 사촌이 처음에 서브를 날렸는데 매우 어려운 서브였다. 그러나 나는 뛰어서 쫓아가며 그의 공을 낮고 날카롭게, 상당히 정확하게 리시브하였다. 시작으로는 대성공이었고, 쑤쑤도 "자, 좋아." 하고 소리를 지를 정도였다. 그 후로 나는 얼토당토않은 플레이를 저질렀으며, 기운이 좋아 이리 뛰고 저리 뛰고 미끄러지며 내 실력 부족을 감추려 하였지만, 오히려 그런 짓으로 상대방에게 점수를 빼앗기게 되었다. 또한 나는 이 경기를 장난삼아 하고 전혀 진지하게 생각하지 않는 것처럼 보라는 듯이 어수선한 행동을 하였고, 튀어 다니는 공을 쫓아 백 가지 속임수와 곡예를 보여 주었는데 이런 짓은, 내가 저질러 수습할 수 없는 실패처럼 구경꾼들에게 명랑한 기분을 북돋아 주었다. —그러나 이런 모든 짓은 가끔씩 순전한 천재성을 발휘하여 기막힌 플레이를 하는 데 방해가 되지 않았으며, 그런 기막힌 플레이는 빈번하게 나타난 나의 어설픈 솜씨와는 정반대의 것이어서 상대방으로 하여금 판단을 못 내리게 하였고, 내 능력을 감추고 단순히 아무렇게나 경기에 임한다는 인상을 갖게 만들 수가 있었다. 나는 한두 번 가공할 정도의 날카로운 서브를 리시브해서 상대방을 당황시켰고, 또 내게 날아오는 공을 미리 짐작으로 받아치거나, 완전히 불가능한 볼을 되풀이해서 받아넘겨 놀라게 해 주었다. —이 모든 것을 나는, 쑤쑤가 거기 있다는 사실로 인해 자극을 받은 나의 육체적 영감(靈感) 상태 덕분으로 수행했던 것이다. 지금도 나는 낮게 날아오는 포핸드 드라이브를 한 발을 쭉 내 뻗고 다른 발은 무릎을 꿇은 채 리시브하던 내 모습이 눈에 선한데, 그것은 정말 그림 같은 포즈를 만들어 냈음에 틀림없었다. 왜냐하면 관중석으로부터 박수갈채를 받았기 때문이다. 또 그 키 작은 사촌이 우리 편 전방을 사수하는 여자의 머리 위를 넘겨서 쳐 넣은 높은 볼을 내가 힘을 주어 적의 코트 안으로 스매싱하려고 가공할 정도로 높이 뛰어 올랐던 모습도 눈에 선한데, 그때도 마찬가지로 박수와 브라보 소리가 요란했던 것이다. —그리고 그것 말고도 펄펄 날뛰듯이 감격적으로 성공한 동작이 이따금 있었다.

쏘쏘에 관한 한, 그녀는 훌륭한 기술과 침착한 정확성을 가지고 경기를 했다. 그녀는 나의 부끄러운 플레이에 대해서도 —가령 내가 서브하려고 공중에 던져 올린 볼을 내가 라켓으로 헛스윙하였을 경우에도— 웃지 않았고, 내가 그 상황에 어울리지 않는 바보짓을 하여도 웃지 않았다. 그렇다고 나의 예기치 않았던 일류 프로 선수다운 솜씨나 관중석에서 내게 보냈던 박수갈채를 보고 들어도 아무런 표정을 짓지 않았다. 내가 멋지게 플레이한 그런 장면이 너무도 드문드문 일어난 탓으로—우리 편 여자 선수의 착실한 경기에도 불구하고, 쏘쏘 편이 이십 분 후에 네 게임 승리를 거두는 것을 막아 내기에는 역부족이었고, 다시 십 분 후에는 세트를 내주고 말았다. 그리고 난 다음에 우리는 다른 그룹들이 경기를 하도록 하고 운동장을 떠났다. 모두들 후끈 열이 올랐으며, 우리 넷은 벤치에 가서 함께 자리에 앉았다.

"후작님의 경기는 재미있네요." 하고, 그렇게 자주 내가 우리 편 경기를 망치게 해 놓았던, 누런 피부의 초록색 눈을 가진 내 편 여자 선수가 말을 했다.

"근데, 좀 환상적이야." 하고 쏘쏘는 대답을 했다. 자기가 나를 소개했으니 나의 행동에 대해서 자기도 책임이 있다고 느꼈기 때문이다. 그러나 동시에 내가 그녀의 눈에서 간파할 수 있었던 것은, 나의 그러한 "환상적인 플레이"로 인해 잃은 것은 아무것도 없었다는 사실이다. 나는 너무 오랜만에 테니스를 친 탓이라고 용서를 청하고, 내가 옛날에 가졌던 기술을 빠른 시일 내에 다시 습득하여, 자기편 선수나 상대편 선수에게 어울릴 수 있도록 하겠다는 희망을 말했다. 우리들이 코트에 새로 등장한 사람들을 구경하고 그들의 멋진 경기를 즐기면서 잠시 이야기를 주고받고 났을 때, 피넬리오라는 이름의 신사가 우리에게로 다가오더니, 그 사촌이라는 사람과 누런 피부의 초록색 눈을 가진 내 편 여자에게 포르투갈어로 말을 걸었다. 그리고 그들은 무슨 상의할 것이 있다고 우리들 있는 데서 그 둘을 데려갔다. 쓰쓰와 단둘이서 남게 되자마자, 그녀는 이렇게 말했다.

"참, 그런데 그 그림 말예요. 후작님? 그 그림은 어디 있나요? 제가 그것을 보고 싶어 하고 갖고 싶어 하는 걸 알고 계시지요."

"하지만 쓰쓰," 하고 나는 대답을 했다. "그것을 이쪽으로 가져온다는 것은 불가능하지요. 어디에다 그것을 놓아둘 것이며, 또 어떻게 그것을 보여 드리겠어요? 들킬지도 모를 위험성이 어느 때나 있는 이런 장소에서 말입니다……."

"무슨 그런 말투가―'들키다니요'!"

"네, 좋아요. 제가 당신을 생각해서 몽상적으로 그린 작품은 제삼자의 눈에는 하나도 중요치 않아요! ―그 작품이 당신과 좀 관련이 있느냐 없느냐 하는 문제는 제쳐 놓더라도 말예요. 정말이지, 저는 이곳 상황이, 당신의 집도 그렇고 어디를 가든 가는 곳마다, 당신하고 은밀한 일을 꾸밀 수 있는 가능성을 만들어 주지 않는다는 것을 말하고 싶었던 거지요."

"은밀한 일이라고요! 제발, 후작님. 말을 조심하세요!"

"그렇지만 모든 상황으로 보아 성공하기 매우 어려운 은밀한 일을 당신은 내게 자꾸 요구하고 있잖아요."

"전 그 그림들을 제게 넘겨 주실 기회를 포착하는 것은 후작님의 능숙한 솜씨에 달려 있다고 생각할 뿐예요. 능숙한 솜씨는 후작님한테 당연히 있지요. 후작님은 경기할 때 능숙한 솜씨를 보였지요. ―아까는 내가 좋게 말해서 환상적이라고 하였지만요. 그리고 어떻게나 그렇게 자주 서툰 짓을 하셨는지, 하마터면 후작님은 전혀 테니스를 배운 적이 없었던 것처럼 생각할 수 있을 정도였지요. 그렇지만 능숙한 솜씨이긴 했지요."

"얼마나 행복한지 모르겠군요. 쑤쑤, 당신 입에서 그런 말을 듣게 되다니……."

"어째서 저를 이따금 쑤쑤라고 부르시는지요?"

"세상 전부가 당신을 그렇게 부르니까요. 그리고 저는 당신의 그 이름을 참 좋아합니다. 그 이름을 처음 들었을 때 나는 귀담아 두었지요. 그리고 그것을 곧 제 가슴에 품어 두었답니다……."

"어떻게 이름을 가슴에 품을 수가 있단 말인가요!"

"이름이란 그것을 지니고 있는 인물과 불가분으로 결합되어 있지요. 그때문에 쑤쑤 당신의 입에서 ―정말 당신의 입에 대해서 말하기란 얼마나 기쁜지!― 저의 초라한 경기에 대한 너그럽고 절반은 칭찬하는 비평을 듣게 되니 저는 정말 행복합니다. 그래도 그런 서투른 짓을 하면서도 그런대로 볼 만하였다는 것을 믿어 주십시오. 당신의 귀엽고 매혹적인 검은 눈이 지켜보는 데서 제가 움직이고 있다는 의식에 저는 완전히 사로잡혀 있었기때문이었다는 것을 말예요."

"무척 아름답군요. 후작님, 당신이 지금 하시는 행동이 아마 젊은 처녀의 환심을 살 수 있다는 것이지요. 그런 행동은 후작님의 테니스 경기의 환상적인 면보다 독창성이 훨씬 떨어지는군요. 여기에 있는 대부분의 젊은 사람들은 테니스를 다소간 그런 보기 싫은 수작을 하려는 구실로 삼고 있지요."

"보기 싫은 수작이라, 쑤쑤? 왜인가요? 얼마 전만 하더라도 당신은 사랑을 점잖지 못한 화제라고 명명해서, 그것을 '피이' 하고 깔보듯 말했지요."

"저는 그것에 대해 다시 말하겠어요. 당신 같은 젊은 남자들은 모두가 점잖지 못한 것만 알고 있는 보기 싫고 방탕한 사람들이에요."

"오, 그런데 만약 당신이 일어나서 가 버리려고 한다면, 그렇다면 당신은 제게서 사랑을 변호할 가능성을 빼앗아 가는 것이 될 거예요."

"그것은 저 역시 바라는 바예요. 우리는 벌써 너무 오래 여기에 둘이서 앉아 있었어요. 첫째, 그것은 예의에 벗어나는 일이에요. 둘째로는, (저는 첫째라고 한번 말하면 두 번째 이야기는 빼놓지 않는 버릇이 있기 때문이랍니다.) 후작님은 한 사람에 대해서는 별로 흥미가 없고, 오히려 쌍으로 된 것에 대해 황홀해 하신다니까요."

'쑤쑤 너는 어머니를 질투하고 있구나.' 하고 나는 아주 기쁜 마음으로 혼잣말을 했다. 그녀는 내게 "안녕히"라는 한마디를 하고는 사라졌다. "제발 여왕 같은 이베리아인, 즉 쑤쑤의 모친도 자기 딸에 대해서 그렇게 질투하기를! 그러면 그것은 한 사람에 대한 나의 감정이 다른 한 사람에 대한 감정 때문에 자주 품게 되는 질투와 상응할 것이다."

운동장에서 쿠쿡 씨의 저택까지 가는 길을 우리는 쑤쑤와 어울려서 왔던 젊은 사람들과 같이 걸었다. 즉 자기들의 집을 가려면 쿠쿡 씨 저택을 지나가야 한다는 사촌 남매들이었다. 작별의 식사가 되었어야 할 그 조촐한 점심 식사는 이제 그런 의미는 이미 없어졌다고 여겨지며, 이번에는 후르타도 씨가 빠졌기 때문에 네 사람만이 하게 되었다. 점심 식사는 나의 테니스 경기에 대한 쑤쑤의 조롱과 비웃음으로 흥이 돋우어졌다. '도나 마리아 피아' 부인은 미소를 지으며 테니스 경기에 대해 이것저것 물어봄으로써 그 어떤 호기심에 찬 관심을 가지고 있다는 것을 폭로하게 되었다. 왜냐하면 특히 그것은 자기 딸이, 내가 간간이 보인 뛰어난 플레이에 대해 이야기하는 것을 억지로 참고 하였기 때문이었는데. —억지로 참고 했다고 한 것은 다름 아니라, 이를 악물고 눈썹을 모아 찡그린 채, 마치 매우 화가 난 듯 말을 했기 때문이다. 내가 쑤쑤에게 그것에 대해 지적했더니, 그녀는 다음과 같이 대답하였다.

"화가 났냐고요? 그렇지요. 그런데 화를 낸 것과 후작님의 서투른 솜씨하고는 상관이 없어요. 그것은 부자연스러웠어요."

"오히려 초자연적이라고 말하렴!" 하고 교수는 웃었다. "내가 보기에 그 일은 너의 편이 이기도록 하려고 후작께서 관대하셨기 때문에 일어난 것 같구나."

"아버지는 스포츠와 너무 거리가 머세요." 하고 그녀는 화를 꾹 참으며 대답했다. "스포츠에서 관대하다는 것이 무슨 소용이 있다고 그러세요. 그리고 아버지는 여행 동무라고 그런 터무니없는 플레이를 아주 관대하게 설명하시는군요."

"아버지야 늘 관대하시지 않니." 하고 부인은 그 화제에 끝을 맺었다.

그날 점심 식사 후에는 우리는 산책을 하지는 않았으나, 그 다음 몇 주일 동안 나는 쿠쿡 씨의 집에서 여러 번 그와 같은 점심을 즐길 수가 있었다. 그리고 리스본 시의 교외로 소풍을 나가는 일도 그 후에 여러 번 있었다. 거기에 대한 몇 가지 이야기를 곧 다음 장에서 쓰려고 한다. 여기서는 나는 오직, 내가 편지를 부친 지 열나흘째부터 열여드레 되는 때에 도착된 내 어머니의 편지가 내게 제공해 준 기쁨에 대해서만 말하고자 한다. 그 편지는 내가 외출했다가 돌아왔을 때, 호텔 문지기가 내게 건네주었던 것이다. 독일어로 쓴 그 편지는 다음과 같았다:

플레텐베르크가(家) 출신 빅토리아 데 베노스타 후작 부인 발신
몽레퓌주성에서 1895년 9월 3일

사랑하는 룰루 보아라!

지난달 25일자 네가 보낸 편지는 아버님과 내게 제대로 건네졌단다. 우리 두 사람은 너의 성실하고, 분명 흥미진진한 상세한 편지에 대해서 고마움을 느낀단다. 너의 필적은, 사랑하는 룰루야, 아직 생각해 볼 여지가 있고 예전이나 마찬가지로 부자연스러운 점이 없지도 않으나 너의 문체는 예전과 다르게 아주 세련되었고 매력적일 만큼 광택이 나고 있더구나. 나는 그것을 말과 재치를 즐기는 파리의 분위기가 일부 네게 점점 유효한 영향을 주었기 때문이라고 생각하고 있다. 네가 그렇게 오랫동안 호흡하였던 파리의 분위기가 아니었니? 그뿐 아니라 네가 지닌 특성인 훌륭하고 매력 있는 형식에 대한 감각은, 우리가 네 마음속에 심어 놓은 것이기 때문에, 세상 사람 전부가 가져야 할 것이며, 또한 그것은 인간의 육체적인 행동에만 그치지 않고 모든 생활에 대한 개인적인 표현, 그러니까 글로 쓰거나 입으로 말하거나 그 표현 방식에도 영향을 미치게 된다고 하는 것은 아마도 사실인가 보다.

그렇다고 해서 나는 네가 편지에 쓴 것처럼 사실 그 정도로 카를 국왕 폐하께 웅변적이고—우아하게 말씀을 드렸다고는 생각지 않고 있다. 그것은 분명 서간체 방식의 허구일 것이다. 너는 우리한테 그것으로 적지 않은 즐거움을 주었으나, 무엇보다도 네가 폐하께 말씀 드릴 수 있는 기회를 가졌던 신념을 알게 되어 즐거웠는데, 그것은 네가 폐하에 대한 것과 마찬가지로 너의 아버지께나 내게도 그 정서에 따라 말한 것이다. 우리 두 사람은, 이 세상에 부귀와 빈곤, 귀함과 천함의 구별이 있는 것은 하나님의 뜻이며 또 거지라는 계급이 필요하다는 네 생각에 완전히 동의하고 있다. 만약 빈곤이나 비참함이 없다면, 자선 사업이나 그리스도교적 의미에 따른 선행을 해 볼 기회가 어디에 있겠는가?

이것으로 서두를 마치련다. 나는 아르헨티나로 가는 네 세계일주 여행이 겪게 된 상당한 기간의 일정 연기는 사실 좀 독단적인 처사로서, 처음에는 우리 두 사람 마음을 약간 아프게 했다는 사실을 네게 감추지 않으려 하며, 또 너도 너 나름대로 그러리라 생각했을 것임에 틀림없을 것이다. 하지만 우리는 네가 열거한 이유들이 들을 만한 것이기에 그것으로 만족하고, 그래, 타협을 짓기로 했다. 그러니 이제 너는 결과적으로 너의 결정이 옳다고 말을 해도 괜찮을 것이다. 물론 내가 첫째로 생각하고 있는 것은, 네가 국왕 폐하의 은총을 입고, 너의 매력 있는 태도 덕택으로 그분한테 붉은 사자 훈장을 받게 된 일이며, 그 일에 대해서 아버지와 나는 네게 진심으로 축하하고 있다. 그것은 그렇게 젊은 연배의 사람으로는 얻기 어려운 정말 훌륭한 자랑거리이며, 비록 이등 훈장이라고는 하지만 이등이라고 부를 수는 없는 것이다. 그것은 우리 온 집안의 명예가 되기에 충분하다.

이 멋진 일에 대하여는 네 편지와 거의 동시에 내가 받은 이르민가르트 폰 휘온 부인의 편지에도 언급이 되어 있다. 그분은 편지에서 자기 남편 이야기라고 하면서 너의 사교적인 여러 가지 성공에 대해서 내게 알려 주었다. 그 부인은 그렇게 해서 이 어미의 마음을 기쁘게 해 주려고 소망했으며, 그 목적을 또한 완전히 달성했던 것이다. 그럼에도 불구하고 나는, 너의 마음을 상하게 하려는 것은 아니지만, 내가 그 부인의 설명 내지는 공사의 설명을 약간 놀라면서 읽었다는 사실을 네게 말하지 않을 수 없구나. 물론 너는 늘 농담을 잘하는 아이였다. 그러나 네가 국왕을 포함한 전체 모임에서 모두의 웃음보를 터뜨리게 하고, 걱정 근심에 싸인 국왕의 마음을 거의 왕답지 않게 유쾌한 기분으로 해방시킬 수 있을 만한 그런 익살맞은 재주와 우스꽝스러운 희롱의 재능이 네게 있었다고는 우리는 믿어지지 않는구나. 그러나 폰 휘온 부인의 편지가 네 자신의 이야기를 확인해 주고 있으니 그 정도로 됐다. 그리고 이번에도 성공은 수단을 정당화하다고 인정해야만 하겠다. 룰루야, 나는 우리 가족끼리만 알고 있었으면 좋았을 우리 집안 생활의 상세한 일들을 네가 네 이야기의 밑바탕으로 삼았다는 것을 용서할 수 있을 것이라 생각했다. 내가 이 글을 쓰고 있는 동안 미니메는 내 품 안에 누워 있고, 만약 우리가 그 일에 대한 미니메의 작은 생각이나마 이해할 수가 있다면, 미니메는 우리들의 관대한 처사에 동의할 것임에 틀림없다. 너는 심한 과장과 괴이한 공상으로 네가 만들어 낸 이야기에 죄를 범했으며, 더구나 네 어머니가 딱하게도 옷을 더럽히고 반쯤 넋을 잃고 의자에 누워 있다든가, 혹은 늙은 라디퓔레 영감이 부삽이나 재떨이를 들고서 도우러 와야만 된다는 이야기를 해서 네 어머니를 극히 우스운 인상을 받게 해 놓았다. 나는 재떨이라는 것에 대해서는 아는 바가 없다. 그것은 네가 흥을 돋우려고 열성을 보인 나머지 생각해 낸 물건이었을 테고, 또한 그것은 그런 즐거운 결실을 맺게 되었다고 하니, 그것이 내 개인적 체면에 대해 방자스럽게 모욕하는 일이라고는 결국 말할 수도 없게 되었구나.

또한 네가 사방팔방에서 특별하게 잘생겼다고, 아니 정말 젊은이다운 아름다움을 지녔다고 간주되고 또 사람들이 그렇게 말들을 한다고 한 폰 휘온 부인의 보장은 어느 정도까지는 역시 우리한테 놀라움을 주는 이야기지만, 그것도 어미의 마음을 배려해 준 데서 나온 것이라고 생각했다. 솔직하게 말해서, 너는 사람의 마음에 들 수 있는 젊은 아이인데 네가 네 쪽에서 자기를 얕잡아 사과처럼 볼이 볼록하다느니, 눈이 째지고 작다느니 하여 너는 네 외모를 멸시했다. 그것은 확실히 옳지 못한 일이다. 그렇다고 사실상 네가 귀엽고 아름답다고 말할 수 있다는 것은 아니며, 그것을 우리가 모르는 바도 아니다. 그러니 내게 들려오는 그런 의미의 겉치레 말은 어느 정도 나를 당황하게 하는 것이다. 하긴 나도 여자로서 남의 마음에 들고자 하는 소원이 마음속에서부터 외모를 향상시키고 빛나게 할 수 있다는 것, 간단히 말해서 **성격을 교정하기 위한 수단이 될 수 있다는 것**을 모르고 있는 것은 아니다.

그러나 사람들이 귀엽다고 하건, 그저 그렇다고 하건 간에 네 외모에 대해서 내가 무엇을 말하겠느냐! 문제는 네 영혼의 치유이며, 너를 사회적으로 구제하는 것이다. 그 때문에 아버지와 어머니는 한때 겁이 나서 떨었던 것이다. 그렇지만 네 편지와 전보에서 우리가 이번 여행을 강행시킴으로써 옳은 방법을 발견했다는 것을 알게 되었으니 진정으로 마음이 가벼워진다. 집안을 욕보이는 소원과 계획에서 너의 마음을 벗어나게 하고 또 그런 것을 올바르게, 즉 불가능하고 타락한 것으로 보이게 하고, 또한 그런 소원과 계획을, 우리가 불안할 지경으로 네게 불어넣은 인물과 함께 완전히 잊어버리게 할 수 있는 그런 방법이었다.

네 편지에 따르면, 나머지 사정들은 이러한 목적에 도움이 될 것이다. 나는 그 교수인 박물관장과 네가 만난 것을 ―그 이름은 물론 우스꽝스럽게 들리긴 하지만― 복된 하나님의 섭리로 보지 않을 수가 없고, 또 그 집안과의 교제를 너의 구원을 위하여 유익하고 도움이 되는 것이라고 간주하지 않을 수가 없다. 기분 전환은 좋은 일이다. 하지만 그분이 네 편지에서와 같이 그렇게 갯나리에 (나는 모르는 식물이다만) 대한 비유나, 개나 말의 자연사(自然史)에 대한 암시로 명백하게 보여 준 바와 같은 교양과 찬란한 지식이 그 기분 전환과 서로 결합되는 경우라면 더욱 좋다고 하겠다. 그런 것들은 모든 사교적인 대화의 장식이며, 그런 것을 자랑 삼지 않고 풍취 있게 엮어 나갈 수 있는 젊은 사람은 틀림없이, 단지 스포츠에 대한 어휘만 사용할 수 있는 사람과는 구별되어 흐뭇한 기분을 줄 수 있을 것이다. 그러나 이 말은, 네가 오랫동안 소홀히 했던 경식(硬式) 테니스를 너의 건강을 위하여 다시 시작한 것을 우리가 만족하게 여기지 않는다는 것은 아니란다.

그 밖에 그 집안의 부인들, 즉 모녀와의 교제가 ─너는 좀 비꼬는 듯한 측면을 가지고 그 사람들 이야기를 하고 있으나─ 학자인 그 집 주인이나 그분의 조수와의 교제에 비하면 마땅치 않고 유익한 점이 별로 없다 하더라도, 나는 너를 나무랄 필요가 없겠지만 ─그래도 여기서 한마디 주의를 주어야 할 것은─ 그 여자들한테 너의 그런 멸시하는 감정을 결코 눈치 채게 해서는 안 된다는 것이며, 그 여자들에게 늘 기사적인 태도로 대해야만 하는 것이다. 그런 태도는 어떤 상황하에서도 남성으로서 여성에 대한 의무로 되어 있는 것이다.

그럼, 행복하게 지내렴. 룰루야! 네가 이제 사 주일 후에 "깝 아르꼬나" 호가 돌아와서 승선하게 되면, 너를 위해 하루라도 뱃멀미를 하지 않는 평온한 항해가 되기를 바라는 우리의 기도를 하나님이 들어 주시기를 바라고 있다. 너의 여행이 지체되었으니 너는 아르헨티나에서 봄을 맞이하게 될 것이며, 그리고 아마 여름 또한 여기 있는 우리와는 정반대 쪽에서 지내게 되겠구나. 너는 그곳 기후에 알맞은 의복을 장만할 것이라고 믿는다. 이럴 때 대개 고운 플란넬 천을 누구나 추천하는데, 왜냐하면 감기 예방에 그것이 가장 좋기 때문이다. 이렇게 말한 것은 물론 꼭 그렇다고는 할 수 없으나, 추울 때보다도 더울 때 더 감기에 걸리기 쉬우니까 하는 말이다. 만일 네가 사용할 돈이 넉넉지 않은 경우가 생기면, 이 어미가 네 아버지로 하여금 합당하게 용돈을 보충해 주시도록 대변할 수 있는 여자라는 것을 믿어 다오.

그럼 너를 대접해 주실 마이어 영사 부부께 우리의 다정한 안부 인사를 전해 주기를 부탁하며,

무사히 여행하기를 기원한다.

엄마

10장

내가 훗날 잠시 소유하고 있었던 매우 아름답고 고상한 마차들, 찬란한 빅토리아, 파에톤 그리고 비단으로 내부를 장식한 이인승 마차를 생각해 보면, 어린애 같은 즐거운 생각이 지금까지도 마음에 일어난다. 그 리스본에서 체류한 몇 주일 동안 그저 수수한 삯마차를 사용했던 것이다. 그 마차는 어떤 삯마차 업자와 합의를 본 후에 가끔 내가 사용했으며, 그래서 필요할 때면 '사보이 팔라스'의 문지기가 그때그때 그곳으로 전화를 걸기만 하면 되었던 것이다. 근본에 있어 그것은 일개 삯마차에 불과하였으나, 그래도 접을 수 있는 지붕이 있었다. 그리고 이전에는 아마 사인승 가정용이었던 것이 마차 업자에게 매각 처분된 것 같았다. 어쨌든 말과 마구(馬具)는 아직 볼 만한 것이었으며, 나는 마부에게 얼마 안 되는 돈을 쥐어 주며 장미꽃 장식이 달린 모자와 청색 웃옷에 장화 등 제법 어울리는 개인적인 마부의 제복을 입을 것을 조건으로 내세웠다.

나는 즐겨 나의 호텔 앞에서 호텔 보이가 문을 열어 주는 마차에 올랐다. 그러면 마부는 내가 가르친 대로 자기의 실크햇 차양에다 손을 얹고 마부석에서 조금 몸을 꾸부리는 것이었다. 나는 그런 탈것이 절대적으로 필요하였는데, 공원이나 산책길을 재미로 달린다거나 하는 것뿐만 아니라, 사교적인 초대에 어느 정도 위엄을 갖추고서 응할 수 있기 위해서였다. 그런 초대는 공사관에서 야회가 있을 때 이루어졌는데, 국왕과의 알현이 그런 초대를 하도록 자극을 준 것 같았다. 그래서 전에 말한 유복한 살다카라고 하는 포도주 수출업자와 매우 뚱뚱한 그의 부인이 교외에 있는 자기들 저택에서의 화려한 가든파티에 나를 초대하였다. 그때 리스본의 사교계는 속속 그들의 피서 여행에서 돌아오고 있었기 때문에 그곳에는 많은 상류층 인사들이 몰려와 있었다. 그 후에 나는 그 상류층 인사들을 두 번의 만찬회 때 다시 만나게 되었는데, 그때는 참석한 인사도 약간 바뀌었고 그 인원도 많이 줄었다. 아무튼 두 번의 만찬회 중 한 번은 그리스 상인인 마우로꼬르다토 후작과 그의 부인, 즉 고전적 미모를 지니고 동시에 놀랄 만큼 환대하는 솜씨를 가진 후작 부인이 마련한 것이었고, 또 한 번은 포스 폰 쉬테엔비크 남작 부처가 네덜란드 공사관에서 개최한 것이었다. 이 두 번의 기회에 나는 또한 내 붉은 사자 훈장을 차고 나갈 수가 있었고 그것에 대하여 모든 사람의 부러움과 축하를 받았던 것이다. 아베니다 거리에서도 나는 여러 사람과 인사를 나누게 되었는데, 그것은 내가 아는 상류층의 인사들이 늘어갔기 때문이다. 그렇지만 이 모든 사람들과는 표면적이며 형식적으로 교제를 하였는데—더욱 정확하게 말하자면, 나는 그들을 냉담한 태도로 대하였던 것이다. 왜냐하면 나의 진정한 관심은 그 위에 있는 흰 집, 즉 모녀라는 하나의 이중(二重) 형상(形象)에 결부되어 있었기 때문이다.

내가 마차를 확보하고 있던 이유 목록에서, 마지막 순위가 아니라 첫째 순위에 드는 것이 바로 그들, 즉 그 모녀를 염두에 두었기 때문이라는 것은 여기서 말할 나위도 없다. 그 마차를 가지고 나는 그 모녀에게 멀리 타고 나갈 수 있는 재미를 마련할 수 있었다. 예를 들자면, 내가 국왕 폐하께 그곳의 아름다움을 미리 찬양해 놓았던 그 명소를 찾아갔던 것이다. 그리고 내 삯마차의 뒷좌석에 가서 그 두 사람, 즉 이베리아 종족의 기품을 자랑하는 어머니와 그 매혹적인 딸과 마주 앉는 것보다 더 좋은 일은 없었다. 그 자리는 돔 미구엘 옆자리였는데, 그는 한두 번 동행하는 시간을 내어 주었다. ―특히 그는 고성(古城)이나 수도원에 갈 때면 그 명승지의 해설자로서 동행하였다.

그런 소풍이나 드라이브에 앞서서 언제나 일주일에 한두 번 테니스를 쳤고, 그와 동시에 쿠쿡 씨 댁에서 조촐한 가족 점심 식사를 하게 마련이었다. 내가 테니스 시합을 할 때면 가끔 쑤쑤의 편이 될 때도 있었고, 그녀의 상대편 적수가 되기도 하였다. 또한 때로는 그녀와 떨어져 다른 코트에서 시합을 하게 될 때도 있었으나, 아무튼 나의 테니스 플레이는 매우 빠른 속도로 엇비슷한 수준에 도달하게 되었다. 갑작스런 영감에 의한 천재적인 재능은 완전히 미숙한 데서 나오는 우스꽝스러운 폭로적인 솜씨와 함께 사라져 버렸고, 나는 차분하게 평균적 수준의 플레이를 보이게 되었으며, 또한 사랑하는 여인과 같이 있다는 긴장이 나의 동작과 활동에 대하여 평균적으로 가질 수 있는 것보다도 더 많은 육체적인 기운을 ―이렇게 말할 수 있는지 모르겠으나― 불어넣었던 것이다. 그녀와 단둘이서 있게 될 때, 곤란한 일을 좀 덜 겪었더라면 얼마나 좋았을까! 남국 특유의 엄격한 풍습의 계율은 인상 깊은 것이었으나, 우리가 가는 길에 방해가 되는 것이었다. 내가 테니스 연습을 하려고 쑤쑤를 그녀의 집에서부터 데리러 간다고 하는 것은 생각할 수 없는 일이었다. 우리는 그 장소, 테니스장에서 만났다. 또한 운동장에서 쿠쿡 씨의 저택까지 가는 길도 그녀와 단둘이서 갈 수 있는 가능성은 없었다. 명약관화한 일인 것처럼, 우리에게는 늘

같이 가는 사람들이 있었다. 집에서도 내가 그녀와 단둘이서 얘기를 나눈다는 것은 생각할 수도 없었다. 식사 전이든 후이든, 응접실이든 다른 어디서든 말이다. 오직 그 테니스 코트의 철망 밖에 놓인 벤치에 가서 쉴 때만 간신히 그녀와 단둘이서 이야기하게 되었다. 그것도 아주 잠깐이었다. 그럴 때면 늘 그렇듯 그 초상화에 대한 훈계, 즉 그것을 그녀에게 보이라는 것보다도 오히려 그녀에게 내놓으라는 요구가 시작되는 것이었다. 나는 그녀가 그 그림에 대한 소유권을 고집하는 것에 대해 언쟁을 하지 않고서, 그녀에게 그 그림을 보여 줄 수 있는 안전한 기회가 없다는 것을 확실한 구실로 내세워 그녀의 요구를 피하였다. 사실은 나도 그녀에게 이 대담한 그림을 언젠가 한번 보여 주어도 될지 의심을 품고 있었으며, 내가 그녀의 충족되지 않은 호기심에 ―혹은 이제 여기서 무슨 말을 해야 좋을지 모르겠지만― 애착을 가지고 있는 것처럼 이러한 의심에 애착을 가지고 있었다. 왜냐하면 그 보이지 않은 그림이 우리 사이에, 나를 매혹하고 내가 지켜 나갈 수 있기를 원하던 그런 은밀한 결속 관계를 만들어 내게 되었기 때문이다.

그녀와 한 가지 비밀을 공유한다는 것, 다른 사람들 앞에서 그녀와 내가 서로 어떤 의견 일치를 보고 있다는 것 ―그것이 그녀의 마음에 들건 안 들건 간에― 그것은 내게 달콤할 정도로 중요했다. 그래서 나는 내가 겪은 사교상의 체험에 대해서도, 그녀의 가정에서 식탁에 앉아 이야기하기 전에, 먼저 그녀에게만 가장 좋게 이야기하려고 노력을 했다. ―그리고 나중에 가서는 그녀의 가족한테 이야기했던 것보다 더욱 자세하고, 더욱 친밀하게, 더욱 관찰하는 태도를 가지고 그녀에게 다시 이야기하려고 노력하였던 것이다. 그 결과로 나는 그 다음에 가서는 그녀에게 눈짓을 하고, 이전에 먼저 그녀와 이야기한 것에 대하여 다시 생각을 하고서는 서로 미소를 지을 수가 있었다. 그것의 한 예로는 마우로꼬르다토 후작 부인과 내가 만난 이야기였다. 그 후작 부인의 외모는 성스러울 만큼 고귀하고 기품이 있었는데, 그 거동은 정말 예기치 못할 짓을 하였으니 그녀의 거동은 성스럽기는커녕 시녀의 경거망동과도 같았다. 나는 쑤쑤에게 다음과 같은 이야기를 했다. 그 아테네 여자가 살롱의 한쪽 구석에서 나를 부채로 계속 툭툭 쳤다는 이야기와, 그러면서 자기의 혀끝을 입 한쪽 구석으로 밀어 넣고, 눈을 껌벅거리면서 내게 노골적인 호의를 보였다는 이야기였다. 그런데 그녀는 완전히 근엄한 기품을 잊고 있었으니, 우리가 생각하기엔, 고전적인 미를 의식하는 여성이라면 반드시 본성으로부터 그런 기품은 지킬 줄 알아야 되는 것이었다. 우리는 벤치에 앉아서 오랫동안 외모와 행동 사이에 일어나는 모순에 대해서 토론하였으며, 다음과 같은 점에 의견의 일치를 보았다. 즉 그 후작 부인은 그녀의 전형적인 외모에 만족할 수가 없어서 그것을 지루한 속박으로 느껴, 그녀의 행동을 통해 그 외모에 반항하고 있는 것이거나―아니면, 마치 아름다운 흰 털북숭이 개가 지금 막 뽀얗게 목욕을 한 후에 뒹굴기 위하여 곧장 진흙탕에 뛰어드는 것과 같이, 자기 자신에 대한 의식과 감각이 완전히 우둔하거나 모자란다는 것이었다.

그런데 나중에 점심 식사 때에 가서 그 그리스 대리 대사(代理大使)의 야회에 대해서, 또 후작 부인 그리고 그녀의 완전무결한 교양에 대해서 이야기는 했으나, 그 외의 모든 다른 이야기는 쏙 빼놓았던 것이다.

"―그 부인은 당연히 후작님께 깊은 인상을 남겼겠어요." 하고 마리아 피아 부인은 늘 하던 대로 꼿꼿이 앉아서 기대지도 않고, 그리고 허리를 조금도 굽히는 법도 없이 가볍게 흔들리는 흑옥 귀고리를 단 채, 식탁에 앉아서 말을 했다. 나는 다음과 같이 대답했다.

"인상이라고요, 부인? 그렇지 않습니다. 저는 리스본에서의 첫째 날 바

로 그 즉시 아름다운 여인의 인상을 받게 되어, 그 인상이 나로 하여금 ─
솔직히 고백해야 하겠군요─ 다른 여인의 인상을 제대로 받을 수 없게 만
들어 놓았습니다.” 이렇게 말하면서 나는 부인의 손에다 입을 갖다 댔으
며, 동시에 미소를 지으며 쑤쑤 쪽을 건너다보았다. 나는 늘 그렇게 행동
을 했다. 그 두 사람은 내가 그렇게 해 주기를 원하고 있었던 것이다. 나는
딸 쑤쑤한테 은근한 이야기를 할 때에는 어머니 쪽을 그런 식으로 쳐다보
았고, 그 반대인 경우에도 마찬가지였다. 이 작은 식탁의 상석에 앉아 있
던 집주인의 별처럼 반짝이는 눈은 이러한 사건을 막연한 호의를 가지고
바라보았는데, 그가 구경하는 것은 까마득히 먼 시리우스별에서 보일 정
도였다. 내가 그에게서 느꼈던 존경심은, 그 한 쌍의 여인에게 내가 구애
를 함에 있어서 그를 고려할 필요가 전혀 없음을 인지하였다고 해서 조금
도 훼손되지는 않았다.

　“아버지는 언제나 관대하시다.” 하고 마리아 피아 부인은 당당히 표명했
다. 나는, 가장(家長)인 쿠쿡 교수는 내가 쑤쑤와 테니스장에서 나누는 이
야기나 우리가 소풍을 가면서 둘이서 걷게 될 때 나누는 이야기도 ─충분
히 전대미문의 이야기이다─그와 같은 호의에 찬 방심 상태와 그럴 리 없
다는 관대한 태도를 가지고 귀를 기울일 것이라고 생각한다. 이런 전대미
문의 이야기는 ‘침묵은 건전하지 못하다.’는 그녀의 원칙 덕택이며, 그녀의
놀랄 만하고 수용의 테두리를 벗어난 솔직함의 덕택이었다. ─그리고 이
러한 솔직함이 보증하는 화제 덕택이기도 하였는데, 그것은, 즉 그녀가 언
제나 “피이!” 하는 사랑에 대한 화제 덕택이기도 하였다. 그래서 나는 그녀
를 어찌해야 좋을지 몰랐다. 왜냐하면 나는 그녀를 사랑했기 때문이며, 그
녀에게 온갖 수단을 다 써서 이 사실을 알리려고 하였는데 ─그녀도 그것
을 알고는 있었지만─ 그러나 어떻게 알린단 말인가! 이 매력 있는 소녀가

사랑에 대해서 품고 있는 관념이란 지극히 묘하고도 우스꽝스러울 정도로 의아스러운 점이 있었다. 그녀는 사랑에 대해 마치 버릇없는 어린애들이 은밀하게 벌이는 수작과 같은 것으로 생각하고 있는 것 같았고, 또한 '사랑'이라 불리는 악덕은 전적으로 남성이 그 장본인이라고 간주하고 여성은 그것과는 전혀 상관이 없다고 생각하였다. 그리고 여성은 자연으로부터 조금도 그런 사랑에 대한 소질을 받지 않았으며, 오직 젊은 사내들만이 여자를 그런 난폭한 행동 속으로 끄집어들이고, 그 속으로 들어오게 유혹하려고 언제나 마음을 먹고 있다는 것이며, 그런 짓은 은근하게 굴면서 여자의 비위를 맞춤으로써 한다는 것이다. 나는 그녀가 이렇게 말하는 것을 들었다.

"당신은 또 제게 은근하게 구시네요, 루이."(그렇다. 그녀는 우리 둘이만 있을 때에는 내가 그녀를 '쑤쑤'라고 부르는 것과 같이, 나를 '루이'라고 부르기 시작한 것은 사실이다.) "제 비위를 맞추시며 저를 애처롭게 쳐다보시는군요. ─혹은 집요하다고 말씀 드려야 하나요? 아니, 애정을 듬뿍 가지고 저를 쳐다보신다고 말해야 하겠군요. 그러나 그것은 거짓말예요. ─후작님의 푸른 눈은, 당신께서 아시다시피, 후작님의 그 갈색 피부와 정말 이상하게 대조가 되어서 후작님이 어떤 사람인지 알 수가 없게 만들어 버리지요. 그렇다면 후작님이 원하시는 것은 무엇이죠? 사람 마음을 녹일 것 같은 말씀과 시선으로 후작님이 노리시는 것은 무엇이죠? 뭔가 말 못할 우스꽝스러운 것, 터무니없는 것, 유치하고도 구역질나는 것을 노리겠지요. 저는 '말 못할' 것이라고 했지만요. 그건 물론 조금도 말 못할 것은 없어요. 전 말하겠어요. 후작님은 우리가 서로 부둥켜안는 것, 그래요, 한 인간이 자연적으로 조심스럽게 떨어져 있고 구별되어 있는 다른 인간을 품에 안는 것에 제가 동의하기를 원하시지요. 그리고 후작님의 입이 제 입을 짓누르는 짓에 제가 동의하기를 원하시는 거지요. 이때 우리 콧구멍은 서로 십자형으로 맞대고서 서로 상대방의 입김을 들이마시지요. 이렇게 구역질나고 보기 싫은 꼴이 뭐가 더 있겠어요. 그런데 육욕에 의해서 환락으로 빠져든다. ―그렇게 사람들이 말하는 게 바로 이것이지요. 저도 잘 알고 있어요. 그리고 그 말이 무엇을 의미하는지 알아요. 그것은 방탕의 수렁이에요. 당신네 남성들은 우리 여성들을 그 속으로 유혹해서 끌어들이려고 하지요. 그 속에서 우리는 당신들과 같이 제정신을 잃게 되고, 그래서 교양 있는 두 인간이 식인종처럼 행동하게 되기를 원하는 것이지요. 당신이 그렇게 은근하게 굴며 제 비위를 맞추어 가면서 노리는 것도 바로 그런 것이겠지요."

그녀는 입을 닫았다. 그리고 이렇게 노골적이고도 솔직한 태도를 폭발한 뒤에도 숨소리가 조금도 거칠지 않았고, 기진맥진한 표시도 없이 아주 조용히 앉아 있었다. 그러나 그 노골적이고도 솔직한 태도는 결코 폭발한 것처럼 보이지 않았고, 오직 사물은 적절한 이름을 붙여서 말해야만 한다는 원칙을 준수한 것처럼 보였다. 나도 말을 멈추었고, 놀랐으며, 감동을 받았고 그리고 우울하였다.

"쑤쑤." 하고 나는 마침내 말문을 열고서 잠시 내 손을 그녀의 손 위에다 올려놓았다. 하지만 그녀의 손과 접촉하지는 않았고, 그 다음엔 그 손으로 역시 닿지 않고 뗀 채로, 그러니까 공중에서 그냥 보호를 해 주는 듯한 동작으로 그녀의 머리 위를 스쳐 내려갔다. ―"쑤쑤, 당신이 그런 말을 하다니 정말 나는 마음이 아프다오. ―무엇이라고 이름 붙여야 할지 모르지만, 노골적이고, 냉정하고, 지나치게 진실하시군요. 바로 그렇기 때문에 반밖에는 진실하지 못하며, 아니 진실이 아니며―내 감정은 당신에 대한 엷은 안개를 휙 흩트려 놓았소. 당신이란 사람의 매력에 대하여 애정과 관능을 둘러쳐 놓은 안개 말이오. '둘러쳤다'는 말에 대해서 놀리지 말아요! 난 일부러 의식적으로 '둘러쳤다'고 한 것이오. 왜냐하면 당신의 거칠고 왜곡된 설명에 대해서, 문학적인 말로 사랑의 문학적인 면을 변호하려고 그런 말을 한 것이기 때문이지요. 제발 사랑이나 사랑이 목적하는 바에 대해서 그런 말을 하지 말아 주세요! 사랑이란 전혀 바라는 것이 없는 것이지요. 사랑은 자기 자신 이상의 것을 원하지도 생각지도 않지요. 사랑은 오직 사랑 그 자체이며 완전히 자기 자신 속에 뒤얽혀 있지요. ―'뒤얽혀 있다'는 표현에 또 웃지 마세요. 저는 제가 의도적으로 문학적인 ―즉, 좀 더 얌전한― 말들을 사용하고 있다는 것을 얘기했습니다. 사랑의 이름으로 말이지요. 제가 이렇게 말하는 것은, 사랑이란 원래 진지한 것이기 때문이지요. 당신이 얘기한 그런 거친 말들은, 사랑과 아무리 인연이 있다고 해도 전혀 관계없는, 너무 앞서 나간 이야기입니다. 제발 키스란 것에 대해서 그렇게 얘기하지 마세요. 그것은 꽃에 입을 맞추는 것과 같이 말 없고 사랑스러운 두 세계의 정다운 교환인 것입니다! 그것은 원하지도 않았던 것이 완전히 저절로 일어나는 일을 말하는 것이며, 두 사람의 입술이 달콤한 자기 발견을 한 것이지요. 그 이상으로 감정은 꿈꾸지 않습니다. 왜냐하면 그것은 다른 사람과 하나가 됨으로써 믿을 수 없이 축복된 운명이 결정되는 것이기 때문이니까요!"

나는 단언하고 맹세하지만, 정말 이렇게 말했다. 나는 이렇게 말을 했는데, 그 이유는 사랑을 비난하는 쑤쑤의 태도가 사실 내게는 어리석게 보였고, 또한 이 소녀의 거친 말버릇보다는 문학적인 말이 덜 어리석다고 생각되었기 때문이다. 문학적인 말은 유연하게 공중에 떠도는 내 존재 때문에 더욱 쉽게 할 수 있는 것이었다. 그리하여 사랑은 목적하는 바가 전혀 없다고 말하기는 아주 쉬운 일이었으며, 여하한 경우에도 키스 이상의 것을 생각해서는 안 되었다. 왜냐하면 그것은 나의 비현실적인 입장에서는 사실 그런 것을 현실로서 받아들이고 쑤쑤에게 구혼을 한다든가 하는 일은 용납될 수 없기 때문이었다. 기껏해야 그녀를 유혹하는 것을 나의 목표로 삼을 수가 있을 것이다. 하지만 그런 목표를 달성하는 데에도 여러 가지 상황으로 보아 최대의 장애물이 그 도정에 가로놓여 있을 뿐만 아니라, 그녀는 계속 사랑이란 우스꽝스럽고 점잖지 못한 것이라고 너무도 솔직하고 지나치게 객관적인 의견을 토로하고 있는 것이다. 다만 내가 도움으로 청한 문학적인 말에 대해서 그녀가 계속 어떠한 대답을 했는지 슬픈 일이지만, 그저 들어 주기나 바랄 뿐이다.

"파타티파타타!" 그녀는 또 그렇게 소리쳤다. "둘러쳤다, 뒤얽혀 있다, 사랑스런 꽃 같은 입맞춤이라고요! 모든 게 우리들을 당신들의 망나니 같은 부도덕 속으로 집어넣으려는 감언이설일 뿐이지요. 피이! 뭐, 키스라고요, 아주 정다운 교환이라고요! 그것으로 시작이 되는 거지요. 정말 시작이지요, 그렇고 말고요. 사실 그것이 이미 전부이지요. **완전 서정시(抒情詩)군요.** 동시에 그것이 가장 나쁜 짓이기도 하지요. 대체 무엇 때문이냐고요? 당신들이 사랑을 말할 때 생각하는 것은 피부이기 때문이지요. 육체의 단순한 피부이기 때문이죠. 하긴 입술의 피부는 보드랍지요. 바로 그 밑에 피가 흐를 만큼 보드랍지요. 그래서 입술은 서로 문학적인 자기 발견을 한다고 하시는 거지요. ─그 입술은 그 밖에 어디건 보드라운 데를 찾으려고 하지요. 그리고 당신들이 노리는 것은, 우리와 발가벗고 누워서, 살과 살을 맞대고, 우리에게 황당무계한 재미를 우리에게 가르쳐 주겠다는 거지요. 딱한 한 인간이 다른 사람의 땀내 나는 살결을 어떻게 하면 입술이나 손으로 맛볼 수 있을까 하는 그런 허무맹랑한 재미 말이지요. 당신들은 당신들이 하는 수작이 딱하고 우스꽝스럽다는 것을 부끄러워하지도 않고 또 그 수작에 대해 아무 생각도 없지요. 그러니 당신들의 장난이 금방 재미없어질 거라고 생각하지도 않지요. 제가 언젠가 어떤 종교 서적에서 읽어 본 짧은 시처럼 말예요.

'인간이란, 제아무리 아름답고 치장하고 번쩍여도,

속에는 오직 내장과 악취가 들어 있을 뿐이니.'"

"그것 참 더러운 시로군요, 쑤쑤." 하고 나는 기품 있게 동의할 수 없다는 표정으로 머리를 저으며 대답했다. "참 더러워요. 물론 종교적인 데가 있는지는 몰라도 말이지요. 저는 모든 당신의 미숙한 점을 인정할 수는 있어도 당신이 지금 내놓은 그 시는 부끄럽기 짝이 없군요. 왜 그런지 알고 싶으세요? 그래요, 그래. 당신이 알고 싶어 한다는 것을 확실히 짐작할 수 있지요. 그리고 나는 그것을 당신한테 말할 준비도 되어 있지요. 말하지요. 그 음흉한 시는 아름다움, 형식, 이미지와 꿈 등등의 온갖 현상에 대한 믿음을 파괴하려는 것이에요. 이 모든 것들은, 물론 그것을 말로 한다면, 가상이나 꿈이지요. 하지만 어디에 인생이 있고 어디에 저마다의 즐거움이 있겠는가 말예요. 이런 것이 없다면 인생도 결코 없는 것이지요. ― 만일 가상이 아무런 가치도 없고 표면 세계에 대한 감각적인 즐거움이 아무런 가치가 없다면 말예요. 매력적인 쑤쑤! 당신에게 말하고 싶은 게 있어요. 당신의 그 종교적인 시는 가장 죄 많은 육체적 환락보다도 더 죄 많은 것이지요. 왜냐하면 그것은 감흥을 깨뜨리기 때문이지요. 인생의 감흥을 깨뜨려 놓는다는 것, 그것은 죄가 될 뿐만 아니라 의심할 여지없이 악마적입니다. 뭐라고 할 말이 있으세요? 아니, 제발, 당신이 내 이야기를 중단하지 않도록 그 질문은 하지 않겠습니다. 당신은 그렇게도 상스러운 이야기를 했지만, 나는 당신이 이야기하도록 그대로 내버려 두었습니다. 그러나 저는 고상하게 얘기를 하고 있지요. 그리고 그렇게 고상하게 이야기하라고 머릿속으로 쇄도하고 있어요! 만일 그 악의적인 시를 철저하게 파헤쳐 본다면 무생물 계(界), 즉 무기적인 존재만은 적어도 외면치레가 없고 존경할 만한 것이 되겠지요. —저는 '적어도'라고 말했습니다. 왜냐하면 만일 우리가 그것을 냉소적으로 생각하면, 이러한 확실한 존재, 즉 무생물에도 난점은 있기 때문이지요. 그러니 환상이나 꿈보다 알프스의 노을이나 폭포수가 특히 존경할 만하고 진정 아름다울지라도, 즉 우리 서로가 없이, 사랑도 경탄도 없이, 그 자체로서 아름답다고 할지라도 결국에 가서는 역시 의심을 하게 되지요. 그런데 이제 얼마 전에 생명 없는 무기적인 존재로부터 자연 발생을 통하여 유기적 생명이 탄생하게 되었습니다. 그런데 이 자연 발생 현상은 그 자연 발생 자체가 이미 불명료한 것이지요. 따라서 그 유기체라는 것도 내적으로는 조금도 청결하지 않으며, 청결하려고도 하지 않는다는 것은 처음부터 알고 있는 사실입니다. 변덕꾸러기 친구는 온 자연이란 이 세상의 부패와 곰팡이 이외에 아무것도 아니라고 할 테지요. 그러나 그것은 단지 물어뜯어 트집을 잡으려는 별난 의견에 불과할 것이고, 이 세상이 끝나는 날까지 사랑과 즐거움, 즉 환상에 대한 즐거움을 없앨 수는 없을 것입니다. 어느 화가가 있었는데, 저는 그런 이야기를 그 화가에게서 들었으며, 그는 온 힘을 다해 곰팡이를 그렸고, 스스로를 곰팡이 교수로 불렀습니다. 그는 또한 인간의 모습도 모델로 썼는데 그리스 신의 모델이었습니다. 파리에 있는 어느 치과의 대합실에서 —그 치과의사한테 저는 한번 금으로 작은 봉을 박게 한 적이 있었습니다— 저는 책을 하나 본 적이 있는데 그것은 『인간의 미(美)』라는 표제가 붙은 그림책이었으며, 각 시대에 있어 즐거움과 열의를 가지고 채색하거나 혹은 청동이나 대리석으로 만들어 낸 아름다운 인간상을 묘사한 그림이 무척 많았습니다. 그러면 어째서 이런 찬란한 그림이 많았을까요? 그 이유는 어느 시대에나 이 세상에는 변덕꾸러기 친구들로 충만했기 때문이지요. 그런 종교적인 시에 나오는 '치장하고 번쩍이는' 것에 조금도 신경 쓰지 않고, 대신에 형식과 가상과 표면 세계에서 진실을 보았던 친구들이지요. 그러면서 자기들을 그런 것에 대한 성직자로 내세우며, 그런 것에 대해 교수처럼 종종 대단한 권위를 보였던 친구들 말입니다."

나는 맹세하지만, 정말 이렇게 말을 했다. 사실 그런 말이 머릿속으로 쇄도하였기 때문이었다. 그래서 나는 단 한 번 그런 이야기를 한 것이 아니라, 기회가 닥칠 때마다 그리고 내가 쑤쑤와 단둘이서 있게 되는 때에 되풀이하여 설명을 했다. 테니스장의 벤치에서라든가 점심 후에 함께 식사를 했던 후르타도 씨가 소풍에 참가하게 되면 넷이서 거닐 때에도 마찬가지였다. 산책길에서도 예외가 아니었다. 그러니까 '깜뽀 그랑드'의 숲속길이나, '라르고 도 프린시페 레알'의 바나나 숲과 열대수 사이를 거닐 때도 몇 번이고 설명을 하였던 것이다. 그렇게 하기 위해서는 넷이서 걸어야만 했다. 왜냐하면 그렇게 해야 내가 교대로 그 모녀 중 기품 있고 당당한 어머니 아니면 딸과 짝을 지을 수가 있고, 그녀와 약간 처져 걸으면서 그녀가 깜짝 놀랄 만한 솔직한 태도로 '사랑이란 지저분한 망나니 같은 부도덕'이라고 유치한 해석을 내리는 것을 내가 고상하고 원숙한 말솜씨로 반박할 수가 있었기 때문이다.

그녀는 완강하게 자기의 해석을 고집하고 있었다. 비록 내가 나의 웅변조의 얘기를 통해 한두 번 그녀에게 일종의 당황하는 태도와 생각이 동요되는 듯한 습성의 징조를 나타내게 할 수 있었음에도 불구하고 말이다. 그럴 때면 쑤쑤는 슬쩍 나를 쳐다보며 묵묵히 살피는 듯한 곁눈질을 하였는데, 그것은 환락과 사랑에 대해서 변호를 하려는 나의 대단한 열성이 그녀에게 전적으로 어떤 영향을 주었다는 것을 알게 해 주었다. 그러한 것을 알 수 있었던 순간이 왔는데, 그 순간을 나는 결코 잊을 수가 없다. 그것은 그러니까 우리가 마침내 —그 소풍은 오랫동안 연기되어 왔다— 내 사인용 마차를 타고 '신트라' 마을로 나갔을 때의 일이었다. 우리는 돔 미구엘 씨의 유익한 안내를 받으며 그 동네에 있는 고성(古城)과 암벽의 높은 곳에 올라 멀리 내다보이는 산성을 구경하였다. 그런 다음 경건하면서도 호사스러움을 좋아하던 국왕, 즉 '행복 왕'으로 불리던 에마누엘왕이 포르투갈의 이익을 도모하는 대륙 발견 항해를 기념하고 그 영광을 위하여 건설한 유명한 벨렘 수도원, 다시 말해 베들레헴 수도원을 방문하였다. 솔직히 말하자면, 나는 돔 미구엘 씨가 그 성과 수도원의 건축 양식을 설명하는 것을, 사람들이 흔히 말하다시피 한쪽 귀로 듣고 다른 쪽 귀로 흘려버렸던 것이다. 무어 양식, 고트 양식, 이탈리아 양식에다 심지어 인도의 기이한 풍물의 영향까지도 뒤섞여 있다는 설명이었다. 나는 다른 것을 생각하고 있었다. 즉 어떻게 하면 미숙한 쑤쑤에게 사랑이란 것을 이해시킬 수가 있을까를 생각하고 있었다. 그래서 인간적인 문제에 몰두한 내 심정으로서는 자연의 풍경이라든가 극히 진기한 건축물이라 할지라도 그것들은 단지 장식에 불과한 것이며, 인간적인 것을 위하여 오직 표면적으로 고려된 배경일 뿐이었다. 그럼에도 불구하고 나는 이렇게 기록하지 않을 수 없다. 시대를 초월해서 어느 시대에도 속하지 않고, 어린애가 꿈을 꾼 마법처럼 우아하며, 전혀 비현실적으로 세워진 그 벨렘 수도원, 그곳 회랑의 신비스러운 장식에는 뾰족하고 조그만 탑들이 달려 있고, 아주 섬세한 기둥들이 그 아치형의 벽감 사이에 서 있었다. 그 탑과 기둥들은 마치 천사의 손에 의해 부드러운 푸른 녹이 생긴 듯한 백색의 사암(砂岩)에다 조각이 된 것 같아서 동화다운 호화찬란한 기운이 돌았으며, 그것은 마치 아주 얇은 톱으로 돌에다 작업을 하여 구멍이 송송 뚫린 레이스와 같은 장식품을 만들어 낸 듯이 보였다. ─또한 나는 이렇게 말하지 않을 수 없다. 이 '돌로 만든 동화 나라'가 나를 진정으로 매혹시켰으며, 내 마음을 환상적으로 고양시켰으니 내가 쑤쑤에게 정말 훌륭하다고 한 말도 결코 헛된 것은 아니었다.

우리 네 사람은 매우 오랫동안 이 동화 같은 회랑에서 보냈으며, 몇 번씩 되풀이해서 그곳을 거닐었다. 돔 미구엘 씨는 우리 젊은 사람이 자기가 설명하고 있는 '에마누엘왕 건축 양식'에 대한 이야기를 별로 특별하게 귀 담아 듣지 않는다는 것을 알아차렸기 때문에, 도나 마리아 피아 부인과 짝을 지어 앞장을 섰으며, 우리는 약간의 간격을 두고 뒤따랐는데 나는 그 간격을 점점 넓히도록 애를 썼다.

"자, 그런데, 쑤쑤," 하고 나는 말했다. "이 건축 양식을 보고 아마 우리 심장은 똑같은 박자로 쿵쿵거릴 거라는 생각이 드는군요. 이런 회랑을 저는 아직 본 적이 없습니다.(정말이지 나는 여태껏 한 번도 회랑이란 것을 본 적이 없었다. 그런데 내가 처음 본 것이 바로 그러한 '어린 시절에 갖곤 하는 꿈'과 같은 종류였던 것이다.)"저는 당신과 함께 이런 것을 보게 되어 너무 행복하답니다. 무슨 말로 우리가 이 회랑을 경탄해야 할 것인지 같이 한번 이야기를 해 보시지요! '아름답다'라고요? 아닙니다. 물론 아름답지 않은 것은 아니지만 그 말은 어울리지 않는군요. 그런데 '아름답다'는 말은 너무 엄숙하고 고상한 말 같습니다. 그렇게 생각하지 않으세요? '예쁘다'라는 말과 '매력 있다'라는 말의 뜻을 아주 높여서 그 꼭대기까지, 아주 극단에까지 올려 보내야만 이 회랑에 대한 적절한 찬사가 나올 것입니다. 이 회랑 자체가 그렇거든요. 이 회랑은 예쁜 것을 아주 극단까지 보여 주고 있지요."

"또 수다를 떠시는군요. 후작님. 아름답지 않은 것은 아니다, 아름다운 것이 아니라 다만 지극히 예쁘다, 하지만 지극히 예쁘다는 것은 결국 아름다운 것이 아니겠어요."

"아니지요. 차이가 있어요. 어떻게 설명하면 좋을까요? 예를 들어 당신 어머님 말예요……."

"아름다운 부인이란 말씀이죠." 하고 쑤쑤는 재빨리 끼어들었다. "그리고 저는 결국 예쁘다는 말씀이죠, 그렇지요. 우리 두 사람을 놓고 후작님은 그 수다 같은 차이를 한번 증명해 보자는 것이지요."

"제 생각을 앞질러 선수를 치시는군요." 하고 나는 차분하게 침묵을 지키고 있다가 대답을 했다. "그렇지만 동시에 제 생각을 좀 오해하셨습니다. 하긴 당신이 암시한 것과 비슷하게 생각했지요. 하지만 꼭 같지는 않습니다. 당신이 당신의 어머니와 본인 자신을 '우리'나 '우리 두 사람'이라고 한 것은 재미있습니다. 그렇지만 제가 그런 결합을 재미있다고 생각한 연후에는, 저도 역시 두 분을 갈라놓고 한 분씩 관찰하려 합니다. 도나 마리아 피아는 아마, 아름답다는 말을 완전하게 쓰기 위하여, 예쁘다 또는 귀엽다란 말을 전적으로 포기할 수 없는 데 대한 하나의 예일 것입니다. 만약 어머님의 얼굴이 그렇게 크지 않고, 침울하지 않으며, 스페인 인종이 가진 종족에 대한 자부심에서 나온 섬뜩한 엄숙한 맛이 없고, 당신이 가진 귀여운 맛이 조금만 있었더라면, 그렇다면 어머니는 완전히 아름다운 부인이라고 할 수 있었겠지요. 있는 그대로 볼 때 어머니는 꼭 아름답다고는 할 수가 없지요. 그 반면에, 쑤쑤, 당신은 완벽하게 그리고 그 아름답다는 말의 정점에 이를 정도까지 예쁘고 매력이 있다고 하겠습니다. 당신은 마치 이 회랑과도 같아요……."

"아, 고마우셔라! 그럼 저는 '에마누엘왕 양식'의 여자란 말씀이죠. 저는 변덕이 심한 건축물이군요. 감사합니다. 대단히 감사합니다. 그런 말을 저는 여성의 비위를 맞추기 위한 '정중한 관심', 즉 아양이라고 부를 게요."

"저의 진실한 말을 우스꽝스럽게 만들고 아양을 떤다고 하고, 자신을 건축물이라고 부르는 것은 당신 마음대로입니다. 그렇지만 똑같은 매력을 풍긴 당신을 내가 이 회랑과 비교할 만큼 이 회랑이 내게 매력을 주었다는 것을 이상하게 여겨서는 절대 안 됩니다. 저는 이 회랑을 처음 보니까요. 아마 당신은 이것을 벌써 여러 번 보셨겠지요?"

"한두 번은 보았지요."

"그러면 당신은 이것을 완전히 처음 보는 사람하고 당신이 함께 한번 보게 된 것을 기뻐하십시오. 그렇게 하면, 몇 번 보아서 친숙한 사람이라도 새로운 눈, 즉 처음 보는 사람의 눈을 가지고 마치 처음 보는 것처럼 보게될 테니까요. 우리는 모든 물건을, 그것이 비록 그 자리에 있는 것이 지극히 자명한 일로 보이는 아주 평범한 물건일지라도, 경탄하는 눈으로 마치 처음 보는 것처럼 보려고 늘 노력해야만 합니다. 그렇게 함으로써 그 평범한 물건들은 자명함 속에 잠들고 있었던 자기들의 경탄을 다시 찾게 될 것이며, 세상은 언제나 생기 있고 신선하게 보일 것입니다. 그렇지 않으면 모든 것은 잠들어 버리지요. 생명도 환희도 그리고 경탄도 말예요. 예를 들자면 사랑도……."

"피이, 또 그 이야기네. 그만두세요!"

"아니, 대체 왜 그러시죠? 당신은 사랑에 대해서도 몇 번이고 되풀이해서, 침묵은 건전하지 못하다는 그럴 듯하게 정당한 원칙에 따라 말씀하셨지 않은가요? 그러나 당신은 사랑에 대해서 너무나도 거친 말씀을 들려주시고, 게다가 야비한 종교적 시까지 끄집어내셨기 때문에, 어떻게 사랑에 대해서 저렇게 냉정하게 말할 수 있는지 놀라지 않을 수가 없을 정도입니다. 사랑이라 불리는 이런 것의 존재에 대해서 당신은 아무 감정이 없이 너무도 냉정하게, 그런 것은 건전치 못하다는 식으로 거칠게 말씀하시는지, 당신을 뜯어고칠 의무를, ─이런 말을 해서 안 됐지만─ 당신의 머리를 올바르게 돌려놓아야겠다는 의무를 느낄 정도입니다. 만일 사랑을 마치 처음 보는 것처럼 새로운 눈으로 본다면, 얼마나 그것이 감동을 주고 놀랄 만한 물건인가를 알 수 있지요! 그것은 기적 이상도 이하도 아닌 것입니다! 마지막으로 분석하건대, 대체로 일괄하여 보면, 모든 존재는 기적인 것입니다. 그러나 사랑은, 제 평가에 따르면, 가장 크나큰 기적입니다. 당신은 얼마 전에, 자연은 한 인간을 딴 인간으로부터 조심스럽게 떼어 놓고 격리시켰다고 말씀하셨습니다. 대단히 적절하고도 옳은 말이지요. 본래 그리고 일반적으로 그렇습니다. 그러나 사랑에 있어서는 자연은 예외를 허용하고 있습니다. ─만일 사랑을 새로운 눈으로 본다면 지극히 신비로울 것입니다. 잘 알아 두셔야 할 것은, 이러한 놀랄 만한 예외를 허용하거나 오히려 그런 예외를 만들어 내는 것이 자연이라는 것입니다. 그리고 당신이 이 일에 있어서 자연에 찬성하면서 사랑을 반대한다고 하더라도, 자연은 당신에게 그런 짓에 대해 조금도 감사하지 않을 것입니다. 그것은 당신의 실수이며, 당신이 잘못해서 자연에 반대하고 나선 꼴이 됩니다. 당신의 머리를 올바로 돌려놓겠다고 작정을 했으니 저는 자세히 설명을 하겠습니다. 인간은 떨어져서 살고 딴 사람과 격리되어 자신의 살갗을 쓰고 산다는 것은 사실입니다. 그것은 그럴 수밖에 없기 때문만이 아니라 다른 것을 원하지 않기 때문에 그렇기도 합니다. 인간은 원래 그렇듯 떨어져 있고 싶어 하며, 혼자 있고 싶어 하고, 근본적으로 딴 사람과 아무런 상관을 맺고 싶어 하지 않습니다. 딴 사람, 즉 자기 살갗을 쓰고 있는 각각의 사람들은 그에겐 사실상 정말 불쾌한 것이며, 그리하여 오직 그에게는 단지 자기 자신만이 불쾌하지 않지요. 이것은 자연 법칙입니다. 저는 있는 그대로를 말하고 있지요. 그는 생각에 잠겨 책상에 앉아 팔꿈치를 고이고 머리를 손으로 받치고 있으려면, 아마 한두 개 손가락을 뺨에 대기도 하고 하나쯤 입술에 얹기도 할 것입니다. 좋습니다. 그것은 자기 손가락이고 자기 입술입니다. 다른 게 뭐가 있겠습니까? 그렇지만 다른 사람의 손가락을 입술 가운데 집어넣는다는 것은 그에게는 참을 수 없는 일일 것이고, 즉시 그는 구역질을 일으키게 될 것입니다. 그렇지 않을까요? 타인에 대한 인간의 관계는 대체로 근원을 따져 보거나 그 본성으로 보아 구역질이 날 뿐이지요. 다른 사람의 육체와 가까이한다는 것, 그것은 너무나도 압박을 주는 것이며, 지극히 불쾌하지요. 다른 사람의 육체와 가까이하는 데 제 감각을 열어 놓기보다는 차라리 질식되기를 원할 것입니다. 여기에 대해서 자기 자신도 모르게 인간은 자기 살갗 속에 숨어 모든 주의를 기울이고, 그가 다른 사람의 감수성을 아끼는 것도 벌써 자기 자신이 떨어져 살려는 감수성에서 나온 것에 불과하지요. 좋습니다. 이제 그만하지요. 어쨌든 그것은 진실입니다. 이런 말씀을 드리면서 저는 자연적이며 공통적으로 타당한 특징을 스케치하듯 추려서, 그러나 적확하게 그 윤곽을 그림 그리듯 표현했습니다. 이 대목에서 제가 원래 당신을 위해서 준비하였던 이야기의 일부를 끝마치려 합니다.

그것은 이제 여기에 일어난 근본 현상으로부터 자연이 놀랄 정도로 이탈하는 어떤 일이 발생하기 때문에 한 말이며, 그 일을 통해서 자기의 육체와 더불어 혼자 있고 떨어져 있으려는 인간의 절대적이며 구역질나는 존재 방식, 즉 각자는 오로지 자기 자신만 불쾌하지 않다는 엄격한 법칙이 완전히 희한하게 지양되어, 난생 처음 이런 일을 본다고 애써 생각하는 사람은 —그리고 그렇게 애쓰는 일은 바로 인간의 의무이기도 하지만— 놀라고 감동한 나머지 낙루(落淚)할 수가 있을 것입니다. 저는 '낙루'라는 말을 했지만, 그것은 문학적인 말로서 그 일에 어울리기 때문에 한 말이지요. '눈물'이란 말은 이런 일에 대하여는 너무나 평범하다고 생각돼요. 석탄가루 한 알이 들어가도 눈은 눈물을 흘린다고 할 수 있지요. 그러나 '낙루'라고 한다면, 그것은 좀 고급스럽지요.

쓰쓰, 제가 당신을 위해 준비한 이야기를 하면서, 가끔 중단하고 소위 새로운 단락이나 항목을 시작하게 되는 것을 용서하여 주십시오. 저는 위에서 낙루 때문에 그런 것처럼 곧잘 탈선을 하는군요. 그리고 당신의 머리를 올바로 돌려놓도록 하는 과제엔 새로이 정신을 차려야만 하겠지요. 자, 그러면 시작해 보지요! 자연이 자기 자신으로부터 이탈하는 것은 무엇 때문이며, 온 우주가 놀랄 일이지만 한 육체와 다른 육체 사이의 분리, 즉 나와 너 사이의 분리를 없애 버리게 하는 것은 무엇일까요? 그것이 사랑입니다. 일상적이고도 흔한 일이지요. 그러나 영원히 새롭고, 자세히 보면 그야말로 전대미문의 일입니다. 무슨 일이 일어나느냐고요? 두 눈이 떨어져 있는데도 서로 마주치지요. 보통 때 같으면 결코 두 눈이 그렇게 마주칠 수가 없지만 말입니다. 그리고 놀라고 세상을 잊게 되고, 당황하고 다른 사람의 시선과 자기들의 시선이 완전히 다름에도 별로 부끄러워하지 않고, 이런 '다름'에 굴복하려고 하지 않고, 그들은 서로 상대방 속에 가라앉는다는 말이지요. ―당신이 원하신다면, 서로 그 상대방 속에 첨벙 빠져 버린다고 해도 좋아요. 그러나 '빠진다'고 할 필요는 없고, '가라앉는다'는 것이 좋겠습니다. 동시에 양심에 꺼리는 마음도 약간 생기지요. ―그것이 양심에 관련되는 문제라면 내버려 두기로 하겠습니다. 저는 단순한 귀족입니다. 그러니 어느 누구도 제가 이 세상의 비밀을 해명할 것을 요구할 수는 없겠지요. 아무튼 일반적으로 생기게 되는 것은 가장 감미로운 양심의 가책인데, 이런 양심의 가책을 그들의 눈과 가슴 속에 간직한 채, 두 사람은 갑자기 모든 질서를 벗어남으로써 확고하게 서로 접근하게 되는 것입니다. 그들은 서로 일상적인 말로 이것저것에 대해 이야기합니다. 그러나 이것저것 모든 것이 거짓말이며, 그 일상적인 말조차 거짓말인 것입니다. 그 때문에 그들의 입은 말할 때처럼 거짓으로 일그러지고, 눈은 감미로운 거짓으로 가득하지요. 한 사람이 다른 사람의 머리나 입술, 팔다리를 쳐다보지요. 그러다가 그들은 재빨리 그 허위로 가득 찬 눈을 아래로 내리깔거나 이 세상 그 어딘가로 눈을 돌리거나 하지요. 그러나 그곳에는 그들이 찾을 것이라곤 아무것도 없으며, 전혀 아무것도 보이지 않지요. 왜냐하면 그들 두 사람의 눈은 자기들 두 사람을 제외한 모든 것에 멀었기 때문이지요. 그 눈들은 단지 이 세상에 잠시 숨어 있었을 뿐이며, 곧 다시 더욱 빛나면서 상대방의 머리, 입술, 팔다리 쪽으로 시선이 되돌아가게 마련입니다. 왜냐하면 그 모든 것은 온갖 일상적인 성질과 비교하여 볼 때, 자기 자신의 것이 아니고 남의 것이기 때문에 품을 수 있는 좀 낯선 감정보다도 냉정한 감정, 즉 불유쾌한 감정, 그래요, 혐오스런 감정이 없어져 버리고 거꾸로 환희, 욕구, 접촉하려고 하는 정열적인 동경의 대상이 되어 버리기 때문인 것입니다. —즉 희열이 생기지요. 그래서 그 희열을 가지고 두 사람의 눈은 그들에게 주어진 능력보다 훨씬 많은 것을 미리 알아차리고, 미리 훔쳐 내게 되는 것이지요.

이것이 제 이야기의 한 단락입니다. 쑤쑤, 저는 그 항목을 끝마치겠습니다. 제 이야기를 잘 듣고 계시겠지요? 마치 당신이 처음으로 사랑에 대한 이야기를 듣는 것처럼 그렇게 말이지요? 그러시기를 저는 희망합니다. 얼마 지나지 않아서, 그 모든 속박에서 해방된 두 사람은 거짓말과 이것을 할까 저것을 할까 망설이는 것과 입을 그렇게 일그러뜨리는 것들이 죽도록 싫어지는 순간이 기어이 오고야 맙니다. 그러면 그들은 모든 것을,

마치 그들이 옷이라도 훌렁 벗어 버리는 것처럼, 내던져 버리지요. 그리고 이 세상에서 단 하나밖에 없는 진실한 말, 즉 그들을 위한 오직 하나밖에 없는 진실한 말을 하게 되지요. 거기에 비하면 나머지 모든 말은 단지 구실에 지나지 않는 허튼소리라고 할 수 있는, 바로 '당신을 사랑합니다.'라는 말을 하게 되는 것이지요. 그것이야말로 진정한 해방이며, 지상에 존재하는 가장 대담하고 가장 감미로운 해방입니다. 그렇게 되면 '가라앉게' 되지요. 이렇게 말할 수 있겠습니다. 그들의 입술은 서로 키스 속으로 첨 벙 빠져 버린다고 말입니다. 이것이야말로 분리와 고립밖에 없는 이 세상에서 유일무이한 현상으로, 어떤 사람은 '낙루'까지도 할 수 있게 된단 말예요. 제발 부탁합니다. 키스에 대해서 그렇게 상스러운 말을 좀 하지 마세요. 그것은 어쨌든 그런 분리와 고립적 태도가 놀랍게 지양될 수 있는데 대한 확증이며, 한 인간이 자기 자신이 아닌 모든 것에 대한 역겨운 무관심을 지양할 수 있다는 증거인 것입니다! 저는 인정합니다. 저는 가장 열렬한 공감을 가지고 키스는 모든 다른 것에 대한 시초라는 것을 인정해요. 왜냐하면 이 키스라는 것은 육체의 접근, 가장 가까운 접근, 가능한 한 무제한으로 접근하는 것, 그러니까 보통 때 같으면 질식할 정도까지 부담되는 접근이 우리가 소원하는 모든 것의 화신(化身)이 되었다는 것을 묵묵히 놀랍도록 표현해 주기 때문이지요. 쑤쑤, 사랑은 사랑하는 사람들을 통해서 모든 것을 실행합니다. 그것은 육체적 접근을 무제한으로 그리고 완전하게 하기 위해서, 두 개의 생명을 진정으로 완전한 하나로 만들기 위해서, 극단의 일을 해 보려 하고 실행하지요. 그러나 우습고도 슬프게도 그들은 아무리 노력을 해 보아도 두 개 생명의 일체화를 성취할 수 없는 것입니다. 그들은 거기까지는 자연을 극복할 수가 없고, 자연은 자기들이 사랑의 행사를 마련하였음에도 불구하고 근본적으로는 분리 상태를 고집하고 있는 것입니다. 두 사람이 하나가 된다는 일은 연인들끼리는 안 되지요. 그것은 아마 그들 이외 제삼자로서, 즉 어린애를 가지고 이루어 지게 되는 것이지요. 어린애는 그들의 노력에서 생겨나는 것입니다. 그러 나 저는 자식 복이나 집안의 행복에 대해서 이야기하지는 않겠습니다. 그 것은 저의 화제를 벗어나는 것이니까요. 그리고 저는 그것을 다룰 정도가 못 됩니다. 저는 사랑에 대해서 새롭고 고상한 말로 이야기하고 있는 것이 며, 당신에게 사랑에 대한 새로운 눈을 가지도록 해 보자는 것이지요. 쑤 쑤, 그리고 그 사랑의 감동적인 전대미문의 성질에 대하여 당신의 이해를 일깨우려는 것이지요. 당신이 다시는 사랑에 대해서 그렇게 상스럽게 표 현하지 않도록 하기 위해서 말입니다. 저는 이 이야기를 단락을 지어 가며 하고 있습니다. 제가 단숨에 모든 것을 말할 수가 없기 때문이지요. 그러 니 여기서 다시 한 번 일단락을 짓고, 이제부터 다음과 같은 것을 이야기 하기로 하겠습니다.

귀여운 쑤쑤, 놀랍게도 사랑은 하나의 고립된 육체가 다른 사람의 육체 에 대해서 불쾌하지 않게 되는 열애 관계에 있는 것만은 아니지요. 사랑은 정다운 흔적을 남기고 자기의 존재를 암시하며 온 세상을 지나가고 있는 것이에요. 만약 당신이 길 모퉁이에서 당신을 치켜 보는 더러운 거지 아이 한테 몇 '센타보'[46]를 던져 줄 뿐만 아니라, 당신이 장갑을 끼지 않았다 하 더라도 당신 손으로 아마 이가 득실거릴지도 모르는 그 아이의 머리를 쓰 다듬어 주고, 동시에 그의 눈을 보며 미소를 띠고, 이전보다도 좀 더 행복 해져 지나간다고 한다면—그렇다면 이런 행위가 바로 사랑의 정다운 흔적 아니겠소? 자, 제 이야기 좀 들어 보세요. 쑤쑤. 당신이 맨손으로 이가 득

---

46) (역주) 포르투갈, 브라질의 화폐 단위.

실거리는 그 아이의 머리를 쓰다듬고 그 다음에 이전보다 좀 더 행복감을 느낀다는 것, 그것은 사랑하는 육체를 애무하는 것보다 아마 더욱 놀랄 만한 사랑의 표시일 것입니다. 이 세상을 한번 둘러보세요. 사람들을 한번 자세히 보세요. 마치 처음 보는 것처럼 말입니다! 당신은 도처에서 사랑의 흔적과 사랑의 여러 가지 암시를 볼 것입니다. 그리고 분리라는 측면과 한 사람의 육체가 다른 사람의 육체에 대해서 무관심하다는 측면에서 볼 때에도 사랑에 대한 여러 가지 승인이 있다는 것을 알게 될 것입니다. 사람들은 서로 손을 붙잡지요. ―그런 행동은 지극히 흔한 것이며, 일상적인 것이고, 관습적인 것입니다. 그럴 때 어느 누구도 딴생각을 하지 않습니다. 하지만 그것과는 다르게 사랑하는 사람은 이러한 접촉을 즐겁게 누리지요. 왜냐하면 그들에게 아직도 손잡는 것 외의 다른 것이 허용되지 않고 있거든요. 다른 사람들은 손잡는 짓이 관습화되어 버린 사랑이라는 데 대해서는 아무 생각도 없고 감정도 없이 그런 짓을 하니 그저 버릇으로 하는 것이지요. 그들의 육체는 적당한 거리를 유지하고 있지만―절대로 더 가까이는 가지 말자는 것이죠! 그러나 그 거리를 넘어서, 그리고 엄숙하게 지키고 있던 개별 생활을 넘어서서 그들은 팔을 뻗치고서 그 낯선 두 손이 합쳐지고 얽히며 서로 꼭 쥔단 말이지요. ―그런데 이건 아무것도 아니랍니다. 지극히 평범한 것이지요. 그런 것은 아무 소용도 없는 것처럼 보이고, 또 그렇게들 생각하지요. 하지만 실제로는, 엄밀하게 검토해 보자면, 그것은 놀라움의 영역에 속하는 것이며, 자연이 자기 자신으로부터 일탈(逸脫)하는 조그만 잔치를 하고 있는 것이며, 낯선 것이 다른 낯선 것에 대하여 불쾌하게 생각한다는 자연의 원칙에 대한 부정이며, 신비스럽게 어디서나 존재하는 사랑의 흔적인 것입니다."

룩셈부르크에 계신 우리 어머니께서는 여기에 대해서 내가 정말 그렇게 이야기를 했다고는 분명 생각지 않으실 것이고, 그것은 의심할 여지없이 꾸며 낸 아름다운 허구라고 생각하실 것이다. 그러나 내 명예를 걸고 맹세하지만, 정말 나는 그렇게 이야기를 했다. 자꾸 머릿속에 그런 이야기가 쇄도하였기 때문이다. 내가 그런 독창적인 이야기에 성공을 거둔 것은, 부분적으로는 우리가 거닐었던 벨렘 수도원의 그 회랑이 지극히 멋진 것이었고, 완전한 특성을 가진 덕분이었다고도 할 수 있을 것이다. 그것은 그렇다고 해 두자. 아무튼 나는 그렇게 이야기를 하였는데, 내가 이야기를 끝마치자 매우 진기한 일이 일어났다. 말하자면 쑤쑤가 내게 손을 내밀었던 것이다. 그녀는 나를 쳐다보지도 않고, 머리를 돌려 마치 옆에 있는 그 석조 건축의 톱 모양의 세공이라도 보는 것처럼 내게 —나는 물론 그녀의 왼편을 걷고 있었으니— 자기의 오른손을 넘겨주었다. 그래서 나는 그 손을 잡고서 꼭 쥐었으며, 그녀도 거기에 응하여 꼭 쥐는 것이었다. 그러나 바로 그 순간에 벌써 그녀는 자기 손을 내게서 휙 도로 빼내더니 화가 난 듯 눈썹을 찡그리며 이렇게 말을 했다.

"그런데 후작님이 마음대로 그린 그 그림은요? 어디다 두셨지요? 왜 그것을 끝내 내게 갖다주시지 않는 건가요?"

"그렇지만 쑤쑤, 제가 그것을 잊어버린 건 아닙니다. 또 그것을 잊어버리려는 의도도 없었고요. 다만 당신도 알다시피 기회가 없었지요⋯⋯."

"후작님이 기회를 포착하는 데 그렇게도 상상력이 없다니!" 하고 그녀는 말했다. "정말 딱하세요. 후작님의 미숙한 점을 도와 드려야 하겠네요. 제가 후작님께 군이 말을 하지 않아도 좀 더 주변을 둘러보고 관찰하는 재주가 있다면, 후작님은 아실 거예요. 우리 집 뒤에 —후원(後園) 말입니다. 아시겠지요? —대나무 덤불 숲속에 벤치가 하나 있어요. 제가 점심 후에 자주 가서 앉아 있는 정자보다 훨씬 낫지요. 후작님께서는 차차 아실 수 있을 거예요. 그렇지만 제가 거기 가 앉아 있었을 때, 벌써 여러 번 혼자 그렇게 했던 짓이기 때문에 후작님은 물론 모르셨지요. 조금만 상상력이 있고 영리하셨더라면 후작님은 벌써 한 번쯤, 우리 집에서 식사하셨을 때 커피를 마시고 난 후에, 떠나시는 것처럼 하다가, 그리고 정말 좀 떠나셨다가 다시 돌아와서 저를 그 정자로 찾으셨으면 되었을 텐데요. 그래서 그 그림을 제게 넘겨주시고 말이지요. 놀라셨지요, 그렇지 않아요? 천재적 생각 아닌가요? —후작님 생각으로 본다면 말예요. 다음엔 꼭 그렇게 해 주셨으면 좋겠군요—그렇게 해 주시겠지요?"

"꼭 그렇게 하겠습니다. 쓰쓰! 그건 정말 멋지고도 손쉬운 생각이군요. 제가 여태껏 그 대나무 덤불숲의 벤치를 눈여겨보지 못했다니 용서하십시오! 그것이 후원 너무 뒤쪽에 있어서 저는 주의를 기울이지 못했습니다. 당신은 그럼 식사가 끝난 후엔 정말 혼자서 그 숲속에 앉아 있다고요? 놀랍습니다! 당신이 지금 말한 그대로 저는 실행하겠습니다. 저는 분명하게 인사를 하고 물러 나와서, 당신한테도 역시 인사를 하고서, 집으로 돌아가는 척하겠습니다. 그리고 집으로 돌아가는 대신, 그림을 가지고 당신한테로 가겠습니다. 자, 그렇게 약속했으니 악수합시다."

"당신의 손을 그대로 두세요! 나중에 후작님 마차로 돌아간 뒤에 우리는 손을 흔들게 될 테니까요. 우리가 매 순간 손을 흔든다고 해서 무슨 의미가 있겠어요!"

11장

  쑤쑤와 이러한 약속을 한 것에 대해 나는 분명 기뻤다. 그렇긴 하지만 쑤쑤한테 그림을 보게 해 줄 생각을 하니 답답한 생각이 치미는 것도 당연한 일이었다. 사실 그런 일은 참으로 엄청난 일일 수도 있었고, 혹은 원래 불가능한 일이기도 하였다. 나는 사실 다양한 포즈를 취해서 그려진 짜자의 예쁘장한 육체에다, 그녀의 특징적인 관자놀이의 몇 가닥 머리칼을 덧붙여서 짜자 자신의 육체의 특징을 나타내었던 것이 아니었던가. 이렇게 자기를 대담하게 그린 그림을 그녀가 어떻게 받아 줄 것인지 정말 걱정되는 문제였다. 말이 나왔으니 하겠지만, 그 정자에서 만나는 것이 무엇 때문에 쿠쿡 씨의 집에서 식사를 하는 날 바로 그날이어야 하는지, 또 집으로 가 버린 것처럼 연극을 꾸밀 필요가 있겠는지 하고 나는 혼자서 생각했다. 만약 쑤쑤가 식사 후에 규칙적으로 그곳에 가서 혼자 앉아 있다면, 나는 언제나 가고 싶은 날에 그 시간에 대나무 덤불숲을 찾아가면 될 것이었고, 바라건대 아무도 모르게 오수(午睡)의 시간을 틈타서 가면 될 것이었다. 단지 그 저주받을 대담 무쌍한 예술화를 갖지 않고 만나러 갈 수만 있었으면 얼마나 좋았을까!

그런데 이제, 나는 그렇게 할 수도 없었고 쑤쑤가 너무도 격분하여 얼마나 심한 소리를 할지 몰라 불안했고—혹은 변하기 쉬운 내 마음이 새롭고 매우 감동적인 인상으로 인하여, 거기에 대해서는 곧 이야기를 할 것이지만, 쑤쑤를 만나려는 동경이 식어 갔기 때문이다. —이유는 그 정도로 충분했다. 아무튼 그렇게 하루하루가 흘러갔고, 나는 쑤쑤의 소환에 응하지 못하고 있었다. 그 사이에 어떤 일이 일어났는데, 반복하자면, 나는 어떤 우울한 축제를 체험했는데, 그 기분 전환용 체험으로 그 모녀 한 쌍에 대한 나의 관계는 시시각각으로 변하고 뒤틀리게 되었다. 다시 말하면 그 한 쌍 중 한 사람, 즉 어머니 쪽은 매우 강렬한 빛, 피처럼 붉은 빛을 비추었으며 다른 한 사람, 즉 매력 있는 딸 쪽은 어머니 때문에 약간 그림자 속으로 들어가게 되었다.

아마도 내가 이러한 빛과 그림자의 비유를 사용한 것은, 투우장(鬪牛場)의 두 가지 좌석의 차이, 즉 태양이 눈부시게 내리쬐는 좌석과 그늘진 좌석의 차이가 아주 중요한 역할을 하였기 때문에 그런 것 같다. 그런데 그 투우장의 그늘진 쪽은 물론 우선권을 가지고 있으며 그곳엔 우리들 고귀한 사람들이 앉아 있고, 반면 미천한 족속은 그 내리쬐는 태양 아래 앉아 있게 정해져 있었다……. 그런데 나는 지금 느닷없이 투우장에 대한 이야기를 끄집어냈는데, 마치 독자들이 여기서 중요한 것은 그 지극히 기묘한 고대 스페인의 운동장이라는 것을 벌써 알고 있는 것처럼 이야기를 하고 있는 것이다. 글을 쓴다고 하는 것은 결코 혼자만의 대화가 아닐 것이다. 순서를 조정하고, 신중한 고려를 하고, 그리고 이야기하려는 대상에 대한 조급하지 않은 안내를 하는 것, 이런 것들은 글을 쓰는 데 반드시 필요한 것이다.

가장 먼저 기록해 둘 것은, 그 당시 리스본에서의 나의 체류가 점점 끝나 가고 있었다는 것이다. 벌써 9월 하순이었다. "깝 아르꼬나" 호가 돌아올 날도 다가오고 있었다. 그리하여 내가 승선하기까지 한 주 정도가 남아 있었다. 이런 사정 때문에 나는 프라타 거리에 있는 자연사 박물관을 혼자서 두 번째이자 마지막으로 방문해 보자는 소원을 갖게 되었다. 나는 내가 떠나기 전에, 박물관 입구에 있던 흰 사슴, 시조새, 그 불쌍한 공룡, 거대한 아르마딜로, 귀여운 야행성 원숭이 로리스 등등의 모든 것과, 특히 사랑스런 네안데르탈 가정 그리고 태양에게 꽃다발을 바치고 있는 태고의 남자를 다시 한 번 보고 싶었던 것이다. 그리하여 나는 그것을 실행에 옮겼다. 가슴에 보편적인 공감을 가득 채운 채, 나는 어느 날 오전 동행인 하나 없이 그 박물관 아래층 방들과 쿠쿡 교수의 창조에 의한 지하실 복도를 이리저리 거닐어 보았다. 그 다음에 나는 내가 여기 다시 왔다는 것을 알아주었으면 하는 심정에서 박물관장에게 짧은 인사를 하기 위해 그의 집무실을 방문하자는 생각을 하지 않을 수 없었다. 언제나 그랬듯이 그는 나를 아주 정답게 맞아 주었고, 자기 박물관에 대해서 내가 애착심을 가지고 있다고 칭찬을 해 주었다. 그런 다음에 그는 내게 다음과 같은 이야기를 했다.

그날은 토요일이었는데 국왕의 동생인 루이 페드로 왕자의 생일이라고 하였다. 이것을 기념하기 위하여 다음날 일요일 오후 3시에 '꼬리다데또이로스', 즉 투우 경기가 고귀한 손님들이 참석한 가운데 '깡뽀-빼께노'의 대운동장에서 열리게 되었다는 것이다. 그래서 그는, 즉 쿠쿡 씨는 자기 집 여인들과 후르타도 씨와 함께 그 민속적인 구경거리에 참가해 볼 계획이라고 하였다. 그는 그 입장권을 가지고 있는데 그것은 그늘진 쪽의 자리였고, 또한 나를 위한 표도 한 장 있다고 하였다. 그는 주장하기를 교양 여행을 하는 내가 포르투갈을 떠나기 전에 마침 여기서 투우 경기를 구경할 수 있는 기회가 생겨 정말 잘되었다고 하는 것이었다. 그리고 내가 거기에 대해서 어떻게 생각하느냐고 물었다.

나는 거기에 대해서 약간 망설이면서 생각을 했으며, 그것을 그에게 이야기하였다. 나는 오히려 피를 보기를 꺼린다고 말하였다. 그리고 내가 알고 있는바, 나는 그런 민속적인 도살 행위를 좋아하는 사람은 못 된다고 했다. 예를 들자면 황소들이 말들의 배를 찢어 놓는데, 그래서 오장 육부가 매달린 것이 보인다는 이야기를 들었다고 했다. 그래서 나는 그런 것을 보기 싫어하며, 더구나 황소들에 대해서는 말할 필요도 없고 단순히 그 황소들이 불쌍하다는 생각이 들 것 같다고 말했다. 하긴 여성들의 신경이 견디어 낼 수 있는 구경거리니까 즐거움이 많다고는 할 수 없을지라도 나 역시 참을 수 있을 것이라고 말했다. 그러나 스페인 여자들은 이런 강렬한 관습에 천성적으로 받아들일 수 있게 태어났을 것이지만, 반면에 나와 같은 좀 섬세한 이방인은 문제가 될 것이라고 말했으며, 그리고 계속 그런 뜻으로 이야기를 했다.

그러나 쿠쿡 씨는 나를 안심시켰다. 그는 대답하기를 내가 축제를 좋아해 주고 그 축제에 대해서 결코 불쾌한 공상을 하지 말라고 하였다. 투우 경기라는 것은 진지한 일이기는 하지만 결코 혐오스럽지는 않다는 것이었다. 포르투갈 사람들은 동물을 사랑하는 인종으로서 투우 경기를 할 때에도 혐오스런 일은 하게 내버려 두지 않는다는 것이다. 말(馬)들에 관한 한, 그들은 벌써 오래전부터 저항력이 강한 방어용의 안전 포목을 입혀 위험한 일은 별로 당하지 않게 되었고, 황소도 오히려 도살장에서보다 더 당당한 죽음을 맞게 된다는 것이었다. 덧붙이자면 나는 내 마음대로 보지 않을 수도 있으니 관심을 그 축제에 모인 관중이나, 그들의 행렬이나, 그 투우장의 광경으로 돌리면 될 것이며, 그 광경은 그림 같고 커다란 인종적인 흥미를 자아내는 것이라고 하였다.

그럼, 좋습니다. 하고 나는 그 기회를 놓쳐서는 안 되겠다고 생각했고, 아울러 그가 내게 보여 준 관심에 대해서도 그에게 감사를 했다. 우리는 서로 합의를 보아 내가 그와 그의 가족을 내 마차에 태우고 적당한 시간에 그 케이블카의 아래 정류장에서 기다리기로 하였고, 거기서부터 그들과 같이 그 구경할 장소까지 가기로 했다. 쿠쿡 씨는 미리 말해 두어야겠다고 생각했음인지, 아마 거리가 사람으로 가득 차게 될 테니까 마차로 오는 게 더 느릴 것이라고 하는 것이었다. 이튿날 일요일, 나는 만약의 경우를 고려하여 일찍감치 2시 15분에 호텔을 나섰는데, 그때 나는 쿠쿡 교수의 그 말이 확실하다는 것을 알았다. 그렇게 많은 일요일을 이미 여기서 보냈지만, 그 도시가 그렇게 붐비는 것은 본 적이 없었다. 오직 한 번 있는 투우 경기인지라, 확실히, 그래서 모든 사람들을 불러내 모은 것 같았다. 아베니다의 화려한 그 넓은 거리는 마차와 인간들, 말과 노새들, 나귀를 탄 사람과 걷는 사람으로 뒤덮였다. 거리가 그렇게 복잡한 상태였으니 나는 그 속을 뚫고 그 혼잡 때문에 아우구스타 거리까지 쭉 걸음걸이 속도로 타고 갔다. 모든 구석과 좁은 길에서, 구시가와 교외에서, 주위의 마을에서 도시 사람과 시골 사람들이 평온한 분위기 속에 ―나는 그런 생각이 들었다― 소음도 없고 괴성도 없으며, 싸움질하는 기색도 없이 한마음으로 깡뽀-뻬께노와 원형극장의 방향으로 물밀 듯 몰려가고 있었다. 그들은 대개 경축일답게 치장을 하고 단 하루 오늘을 위한 옷을 꺼내 입었는데, 그 때문에 얼굴들은 어느 정도 위풍당당했으며, 활달하게 쳐다보았지만 그래도 위엄이라 할까, 아니 경건한 빛이 감돌고 있었다.

이런 외경심, 동정심, 우울한 경향이 있는 명랑한 기분. 이런 마음들이 뒤섞인 감정은 어디에서 오는 것일까? 이런 위대한 날로 인하여 고양되고,

이 날의 의미를 받들어 벅차고, 일체가 된 군중들을 보고 가슴을 압박하는 감정 말이다. 그 속에는 뭔가 답답하고, 민족 고유의 기운이 돌고 있었으며, 그것이 바로 그 외경심과 동시에 뭔가 걱정스러운 기분까지도 일어나게 하였다. 날씨는 아직도 한여름 같았고, 태양은 구름 한 점 없이 내리쬐고 있었고, 또 사내들이 걸어가며 짚고 가는 기다란 지팡이의 구리 장식에 반사하여 번쩍였다. 그들은 각양각색의 띠를 걸고 있었고 차양이 넓은 모자를 쓰고 있었다. 눈같이 흰 무명천의 여자들 옷은 가슴팍과 소매와 아랫도리 가장자리 술에 여러 가지 모양의 금사·은사의 구멍이 숭숭 뚫린 레이스로 장식되어 있었다. 그들 중 많은 사람의 머리에는 높이 치솟은 스페인풍의 빗이 꽂힌 것을 볼 수 있었고, 그 위에다 그 머리와 어깨를 덮는 검거나 흰, 만틸라라고 불리는 베일도 드물지 않게 눈에 띄었다. 모여드는 농부 부인네들한테는 그것이 놀랄 것이 못되었지만, 그 케이블카의 정류장에서 도나 마리아 피아 부인이 ―하긴 그런 민속풍의 광택이 나는 옷은 아니지만, 우아한 오후의 복장으로― 치솟은 빗을 꽂고 그 위에 역시 검은 만틸라를 쓰고 내게로 다가섰을 때, 나는 놀랐다기보다도 대경실색하였던 것이다. 부인은 그런 민족 고유의 치장을 한 데 대하여 조금도 미안해하는 웃음을 보일 이유는 없다고 생각했는데―나는 더욱 그랬다. 깊은 감명을 받은 채, 나는 특별한 경의를 표하며 그녀의 손 위에다 몸을 구부렸다. 그 만틸라는 부인한테 너무도 잘 어울렸다. 태양은 그 고운 천을 뚫고서 부인의 볼과 부인의 크고 남국풍의 푸른빛이 도는 엄숙한 얼굴에다 고운 망과 같은 그림자를 그려 놓았다.

쑤쑤는 만틸라를 쓰지 않았다. 내 눈에는 사실 그녀의 검은 머리에서 관자놀이 위에 흐트러진 매력적인 머리카락 역시 민족의 특징을 나타내는 데는 충분하였다. 하지만 그녀가 입은 것은 자기 모친보다도 더욱 어두운

색이어서, 약간 교회에 갈 때의 복장과 비슷했다. 그리고 남자들, 즉 교수와 돔 미구엘 씨도 ―돔 미구엘 씨는 마차를 타지 않고 걸어서 와서 우리들이 인사를 주고받는 동안 함께 합류했다― 역시 의젓한 옷차림으로 검은 예복의 빳빳한 모자를 썼다. 반면에 나는 밝은 줄무늬가 있는 청색 양복을 입었지만 그대로 내버려 둘 수밖에 없었다. 그것은 좀 답답하긴 했지만 그래도 이방인의 무지로 인한 것이었으니 관대하게 보아 줄 수 있을 것이었다.

나는 내 마부에게 아베니다 공원을 지나서 조용한 깡뽀 그랑드로 가는 길을 취하도록 일렀다. 교수와 그의 부인은 앞자리에 앉았고, 쑤쑤와 내가 뒷자리에 자리를 잡았으며, 돔 미구엘 씨는 마부 옆자리에 앉았다. 투우장으로 가는 도중에는 모두 입을 다물고 있거나 별로 이야기를 주고받지 않았다. 그것은 주로 마리아 부인이 너무도 기품 있게 앉아 있어서, 아니 몸을 사릴 정도로 경직되게 앉아 있어서 어떠한 잡담도 할 수 없게 만든 태도 때문에 그렇게 된 것이었다. 교수가 한 번 조용히 내게 말을 건 적이 있었으나, 나는 나도 모르게, 말해도 좋으냐고 묻기라도 하는 것처럼 그 스페인풍의 머리 장식을 한 기품 있는 부인에게 시선을 던지면서 살짝 꺼리는 태도로 교수에게 대답을 했다. 부인의 귀에 달린 흑옥 귀걸이는 마차가 가볍게 덜컹거리는 바람에 움직이게 되어 흔들거렸다.

투우장으로 들어가려는 마차들의 혼잡은 너무 심했다. 오직 다른 마차들 사이에 끼어 천천히 앞으로 나갈 수밖에 없었으며, 우리는 내릴 차례가 될 때까지 참고 기다리지 않으면 안 되었다. 그런 뒤에 차단목과 난간과 수없이 층층이 올라간 좌석이 있는 투우장의 넓은 원형 관람석으로 들어섰는데, 그 좌석들은 비어 있는 곳이 얼마 없었다. 완장을 두른 근무자들이 우리에게 그늘진 쪽 좌석을 일러 주었는데, 떡갈나무 껍데기와 모래를 섞어 뿌린 원형 마장(馬場)의 누런 투우장이 내려다보이는 적당히 높은 자리였다. 거대한 계단 좌석은 곧 마지막 자리까지도 들어찼다. 그 광경의 그림 같은 성대한 모양에 대해서 쿠쿡 씨는 그다지 과한 말을 하지 않았다. 그것은 국민 사회 각층의 다채로운 전체상이었다. 그 속에서는 귀족 사회란 그 건너 쪽의 태양빛을 쐬고 있는 민족들한테는 기껏해야 암시적으로 그리고 창피하게 어울릴 뿐이었다. 적지 않은 부인들, 즉 폰 휘온 부인이나 마우로꼬르다토 후작 부인 같은 외국 부인들까지도 치솟은 머리빗에다 만틸라를 걸쳤다. 사실, 자기들의 옷을 농부답게 금사·은사의 레이스를 모방해서 입은 몇몇 사람도 있었다. 그리고 신사들이 정장을 하고 나선 것은 일반 민중에 대해서 관심거리로 보였다. ―어쨌든 이 행사는 그 민중적인 성격이 인기를 끄는 것 같았다.

거대한 원형 투우장의 분위기는 즐거운 기대로 가득 찬 듯 보였음에도 짓눌린 듯 조용하였다. 그 분위기는 태양이 내리쬐는 좌석 쪽 역시 그러했고, 바로 그것이 평범한 스포츠 경기장의 관중석에서 흔히 보이는 바와 같은 천한 무리들의 불량한 정신과는 현저하게 구별되었다. 흥분, 긴장, 이런 것을 나 자신도 물론 느꼈다. 그러나 그에 비하여 아직도 비어 있는 투우장, 그 누런빛이 곧 붉은 피바다가 되어 굳어 버릴 투우장을 내려다보고 있는 수천의 관중의 얼굴에 나타나 있는 것은 뭔가 신성한 것에 의하여 사로잡히고 억제된 것같이 보였다. 음악이 그쳤다. 프록코트에 별을 달고 단추 구멍엔 국화꽃을 꽂은 수척한 왕자가 역시 만틸라를 쓴 그의 부인을 동반하여 특별석에 들어서자, 무어족과 스페인족의 특색을 가진 연주 곡목이 바뀌어 국가(國歌)가 연주되기 시작했다. 사람들은 자리에서 일어나 박수를 보냈다. 이런 박수는 나중에 다른 한 사람에게 경의를 표하는 의미에서 또 한 번 일어날 예정이었다.

왕족들이 입장한 것은 3시 1분 전이었다. 3시를 알리는 소리와 더불어 계속 연주되고 있는 음악 반주의 도움을 받으며 커다란 중간 문에서부터 경기자들의 행렬이 앞으로 움직이기 시작하였다. 맨 앞장을 선 것은 검을 든 세 사람이었다. 그들은 수를 놓은 짤막한 조끼에 견장을 달고, 마찬가지로 울긋불긋하게 장식한 꼭 끼는 바지를 입었는데, 그 바지는 장딴지 중간까지 내려왔고 흰 양말에 장식 달린 구두를 신었다. 그들 뒤로는 '반다릴헤이로'라고 불리는 창잡이 투우사들이 손에 다채로운 색으로 휘감은 뾰족한 장대를 들고 따랐으며, 또한 가느다란 검은 넥타이를 내의에 매달고 짧고 붉은 망토를 팔에 걸친 똑같은 옷차림의 '까뻬아도레'라는 조수 역할 투우사들이 따랐다. 그 다음으로는 돌격하듯 모자를 턱에 졸라매고 창들로 무장한 '삐까도레'라고 불리는 승마 투우사의 기마 행렬이었는데, 말들의 가슴팍과 옆구리에는 매트처럼 생긴 누비 덮개가 매달려 있었다. 그리고 꽃과 각양각색 리본으로 단장한 노새가 끄는 마차들이 그 행렬의 마지막을 이루었는데, 그 행렬은 누런 원형 투우장을 똑바로 가로질러서 왕자의 특별석을 향해 갔고, 그 앞에서 모두들 각자 기사풍의 절을 한 뒤에 흩어졌다. 나는 몇 명의 투우사들이 보호 차단목이 설치된 곳으로 가면서 성호를 긋는 것을 보았다.

갑자기, 곡 연주 중간에, 그 소규모 오케스트라가 다시 멈추었다. 단 한 개의 아주 맑은 소리를 내는 나팔 신호가 드높게 울려 퍼졌다. 장내에는 엄청난 정적이 흘렀다. 그리고 내가 눈여겨보지 않았던 조그만 문이 갑자기 열렸는데, 그 문에서 뭐가 격렬하게 저항하는 한 놈이 뛰어나왔다. ─ 나는 그 사건이 너무나도 눈에 생생하여 여기서 현재형을 택하겠다─ 투우가 질주하며 나온다. 시커멓고, 육중하며, 압도적이고, 겉으로 보기에 삶과 죽음을 장악한 힘이 덤비지 못할 만큼 집중된, 한마디로 생식력과 살

육력의 화신이다. 고대의 여러 민족들 사이에서는 신적인 동물 또는 동물의 신이라고 간주되었을 것이다. 조그맣고 위협하는 듯 굴리는 두 눈, 마치 술잔 모양의 뿔처럼 휘어 올라간 두 뿔, 그것은 그러나 그놈의 넓은 이마에 뾰족하게 박혀서 그 앞으로 꾸부러진 뾰족한 끝은 살인적인 힘을 가졌음이 틀림없었다. 그놈은 앞으로 내달린다. 그러다 조용히 앞발을 버티고 서서 투우사가 쥐고 있는 붉은 망토 자락을 씩씩거리며 노려본다. 어떤 투우사가 그놈에게 덤비라는 듯 허리를 굽히고, 그놈과 조금 떨어져 모래밭 위에 서서 펼치고 있는 그 망토 자락 말이다. 그것을 향해 쏜살같이 덤빈다. 뿔이 들이박는다. 그 망토 자락 아랫부분에다 박는다. 그놈이 대가리를 기울이며 들이박던 뿔을 바꾸려 하고 그 조그만 인간이 망토 자락을 당겨 제치면서, 그놈 뒤로 풀쩍 점프를 하고, 그놈이 자기 힘으로 돌아서기 어렵게 된 그 순간, 순식간에 창잡이 투우사 둘이 그들이 가진 각각 두 개의 다채로운 천으로 휘감은 장대를 그놈의 목덜미 피하 지방 조직에다 박는다. 이제 장대는 거기에 꽂혔다. 그 장대에는 아마 갈고리가 달려 있다. 그래서인지 박혀서 떨어지지 않았다. 흔들거리면서, 그 장대는 경기가 계속될 때에도, 그놈의 몸에 비스듬히 꽂혀 있었다. 세 번째 사람이 그놈의 목덜미 한가운데에다 짧은 깃이 달린 창을 깊이 꽂았다. 그놈은 그때부터, 마치 펼쳐진 비둘기 날개 같은 그런 장식을 몸에 지니고 있었다. 그러는 동안 그놈은 목덜미 뒤쪽 등으로 죽음과의 살인적인 싸움을 하는 것이다.

나는 쿠쿡 교수와 도나 마리아 피아 부인 가운데 앉아 있었다. 교수는 나직하게 말하면서 이 행사 진행 과정에 대한 이런저런 코멘트를 달아 주었다. 투우사들의 여러 가지 계급에 대한 명칭을 나는 그에게서 들었다. 또한 그 투우용 황소는 오늘날까지 자유로운 목장에서 방목으로 호화로운 생활을 했고, 지극히 세심한 주의와 공손을 다하여 취급되었고 사육되었다고 이야기하는 것도 들었다. 나의 오른쪽에 앉은 그 고상한 부인은 침묵을 지키고 있었다. 부인은 교수가 이야기할 때, 이곳에 온 것에 대해 책망하듯이 머리를 남편에게 돌리기 위해서만, 생식과 살육의 신(神)인 그놈과 더불어 일어나는 일에서 눈을 돌릴 뿐이었다. 만틸라의 그늘에 싸인 부인의 엄숙하고 남국적인 창백한 얼굴은 미동도 하지 않았다. 그러나 부인의 가슴은 빠르게 쿵쿵거리고 있었다. 나는 그녀가 보지 않는다는 것을 확신하고, 장대가 꽂히고 등에는 익살맞게 작은 날개가 달렸으며 피가 약간 배어난 희생 동물보다도 더 자주 부인의 얼굴을 쳐다보았고 또 침착성을 잃고 물결치는 부인의 가슴을 쳐다보았다.

나는 그것을 희생 동물이라고 불렀는데, 그 이유는 투우장 전체를 뒤덮은 효과 만점의 죽음의 잔치 분위기를 느끼지 않으려면 둔감해야 했기 때문이다. 다시 말해 그 분위기는, 압박감을 주는 동시에 천진난만하게 흥을 돋우어 주고 또 익살과 피와 경건한 마음이 비할 데 없이 뒤섞인 자유분방한 원시적인 민중 행사의 분위기를 느끼지 않으려면 말이다. 나중에 내 마차 속에서, 그가 자유롭게 이야기를 해도 되었을 때, 교수는 그 행사에 대한 자기의 의견을 말했다. 하지만 그의 박학다식한 지식도 매우 섬세하고 민감한 나의 감각과 비교해 근본적으로 새로울 것이 하나도 없었다. 분노가 함께 뭉쳐진 익살은 몇 분 후에 터져 나왔다. 그 황소가 분명히 그곳에서의 결과가 좋을 것 같지 않고, 기운과 익살이 서로 팽팽하지 않은 경기로 몰고 가고 있다는 생각에 사로잡혔음인지, 살과 근육에 밴드를 휘감은 장대를 꽂은 채, 그놈이 자기가 들어왔던 문을 향해 차라리 다시 외양간으로 돌아가려고 했을 때였다. 그리하여 격분하고 조롱 섞인 웃음이 폭발하였다. 특히 햇빛이 비쳐 들어오는 좌석이 그랬지만, 우리가 앉은 좌석 역시 마찬가지였다. 사람들은 발을 구르고, 휘파람을 불고, 소리를 고래고래 지르고, 퉤하는 소리를 내며 그놈에게 욕을 퍼부었다. 나의 고귀한 여인 역시 뛰어올라 전혀 뜻밖에 째지는 듯한 소리로 휘파람을 불었고, 그 비겁한 놈을 얼러 대며 낭랑한 소리로 조롱하였다. '삐까도레'라는 승마 투우사가 말을 달려 그 길을 막았으며 뭉툭한 창으로 그놈을 향해 찔렀다. 기운을 돋우어 주려고 화약을 장치한 두서너 개의 새로운 '반다릴헤이로'의 뾰족한 장대가 그놈의 목덜미와 등허리 그리고 옆구리에 꽂혔는데, 그 화약은 그놈의 살가죽 위에서 지글지글 소리를 내며 요란한 소리로 터졌다. 이러한 자극을 받게 되자 군중의 격분을 초래한 그 황소의 이성적 발작은 급작스럽게 맹목적인 분노로 변해 버렸고, 그 분노로 인해 그놈은 살인적인 경기에서 더욱 힘이 나게 되었다. 그놈은 다시 싸움을 시작했고 더 이상 비겁하지 않게 되었다. 말 한 마리가 사람을 태운 채 모래밭에 쓰러졌다. 걸려 넘어진 '까뻬아도레'라는 조수 역할 투우사는 딱하게도 그 억센 뿔에 받혀 공중으로 내던져졌고 중상을 입고 떨어졌다. 붉은 천에 대한 그놈의 병적 혐기증(病的嫌忌症)을 이용하여, 쓰러져 꼼짝 않는 사람의 몸뚱이에서 그 사나운 동물의 정신을 돌리게 하는 동안, 그 투우사를 들어서 영광스러운 박수갈채를 받으며 바깥으로 내갔는데, 그 박수갈채가 부상자에 대한 것인지 혹은 그 황소에 대한 것인지 도무지 확실치가 않았다. 그것은 아마도 양쪽 모두 해당되는 것이었으리라. 마리아 다 크루즈 부인도 박수갈채에 참가하였고 손뼉을 치다가 재빨리 성호를 긋곤 하였고, 그러면서 포르투갈 말로 뭔가 중얼거렸는데, 그것은 아마 쓰러진 사람을 위해 기도를 드리는 것 같았다.

교수는, 아마 갈빗대 두세 개는 부러졌고 뇌진탕이 일어났을 것이라고 말하였다. "저기 '리베이로'가 나오는군." 하고 그는 그 다음 순간 말을 했다. "주목할 만한 젊은이지요." 투우사의 무리 속에서 '에스파다'[47] 한 사람이 등장했으며, 그는 그의 인기를 증명해 주는 "와아!" 하는 소리와 환성으로 맞아들여졌다. 그 외엔 아무도 나서는 사람이 없어 그는 피를 흘리며 격분한 황소와 단둘이서 그 원형 마장을 차지하고 있었다. 벌써 입장 행렬을 할 때부터 그는 내 눈에 띄었다. 왜냐하면 내 눈은 그의 잘생기고 기품 있는 모습을 금방 보통 사람들과 구별을 해 놓았기 때문이다. 열여덟 내지 열아홉 살인 이 '리베이로'는 사실 너무나 예뻤다. 그의 까만 머리는 곱슬머리가 아닌 반지르르한 직모였으며 가르마도 타지 않고 깊숙이 눈썹 있는 데까지 내려덮으며, 그 머리카락 밑에 그는 날카로운 윤곽의 스페인풍의 얼굴을 가지고 있었다. 그 얼굴은 아마 박수갈채에 의해서 생겼을지도 모르며, 혹은 오로지 죽음에 대한 멸시와 자기의 능력에 대한 자신감을 암시하는 듯 아주 희미한 미소를 입술에 띠었으며, 길게 째진 검은 눈에는 침착한 진지성을 담고 있었다. 어깨에 견장이 달리고 손마디 쪽으로 꽉 조인 소매가 있는 수놓은 조끼는 그에게 잘 어울렸다. ―아, 바로 이것과 꼭 같은 것을 나의 대부 쉼멜프레스터 씨도 내게 한 번 입힌 적이 있었다. ―그 당시 내게 잘 어울렸듯이 그에게도 그렇게 특출하게 어울렸다. 나는 그가 날씬하게 뻗은 사지와 지극히 기품 있는 손을 가지고 있는 것을 보았다. 그는 한 손에 칼날이 번쩍이는 다마스커스 강철제의 검을 쥐고 있었는데, 걸어가면서 스틱처럼 짚고 있었다. 다른 손으로는 적색의 작은 망토를 쥐고 있다. 말이 나왔으니 얘기하는데, 이미 상당히 짓밟아 놓았고 피 묻은 자국이 생긴 원형 투우장의 가운데에 이르자 그는 그 검을 땅에 떨어뜨렸다. 그리고 그에게서 약간 떨어진 곳에서, 자기에게 꽂힌 창들을 흔들며 서 있던 황소를 향하여 망토를 조금 흔들어 보였다. 그러고 난 다

47) (역주) 마지막에 소를 찔러 죽이는 투우사.

음에 그는 움직이지 않고 서 있었으며, 거의 알아차릴 수 없는 미소와 진지한 눈빛을 보이며, 그 무시무시한 수난자가 미쳐 날뛰는 것을 눈여겨보고 있었는데, 그는 그놈에게 마치 벼락이 떨어지는 데 홀로 서 있는 나무와 같이 외롭게 목표물이 되고 있었다. 그 '리베이로'는 뿌리가 박힌 듯 꼼짝 않고 서 있었다. —너무나 오랜 시간이었다. 확실했다. 우리들이 그가 어떤 기량이 있는 사람인지 잘 알아야 할 이유가 있었다. 그것은 그가 눈을 깜짝하는 다음 순간 땅바닥에 나가 떨어지고 뿔에 꿰여서 도륙당하고 짓밟히게 될 것이라는 사실에 우리가 겁을 먹지 않고 확신을 가지기 위해서라면 말이다. 그러나 다행히 그렇게 되는 대신에 극도로 우아하고, 출중하고, 멋진 모습을 보여 주는 일이 생겼다. 그 뿔은 그를 벌써, 즉 그의 조끼 가장자리를 수놓은 부분을 약간 훑어 지나갔는데, 그 순간 망토 자락으로 옮아간 그의 손동작은 그 살인적인 놈을 자기 자리로 끄집어들여 놓고는 그는 그 자리에 더 이상 없었다. 왜냐하면 그는 자기의 부드러운 엉덩이를 움직여, 벌써 그 무서운 놈의 옆구리에 가 있게 되었기 때문이다. 이제 그놈과 인간의 형체는 —한 팔은 시커먼 등허리를 따라서, 펄럭이는 망토를 향해 그놈의 뿔이 덤벼들고 있는 곳으로 뻗친 채— 한 덩어리로 뭉치게 되었으며, 이것은 사람들을 열광하게 했다. 관중들은 환호성을 울리면서 뛰어 일어났고, "리베이로!" "또오레(황소)!" 하고 외치며 힘찬 박수를 보냈다. 나 자신도 그렇게 했으며, 내 곁에 있는 물결치는 가슴을 가진 여왕다운 스페인 여인을 나는 그때 쳐다보았는데, 벌써 재빨리 분리되어 가고 있던 동물과 인간이 한데 뭉친 광경을 서로 번갈아 가면서 보았던 것이다. 왜냐하면 이 부인의 엄숙하고 근본적인 인격이 저 아래 원형 마장에서의 피의 향연과 더불어 내게는 점점 하나가 되어 가는 것 같았기 때문이다.

'리베이로'는 그 황소와의 결투에서 다시 한두 번 명장면을 보여 주었는데, 그때 가장 중요한 것은 위험을 무릅쓴 무용과 같은 우아한 포즈이며, 또 그 우아한 인간과 그 무시무시한 놈이 조형적 형상처럼 한데 뭉치게 되는 것이라고 하는 것은 너무도 명백하였다. 한 번은 황소가 아마 벌써 맥이 풀리고, 자기의 분노가 아무런 소용없는 일이었음에 싫증이 났는지 몸을 돌리고 서서 멍하니 혼자 생각에 잠겨 있는 동안, 그의 상대자는 그놈한테 등을 돌리고 모래밭에 무릎을 꿇고 앉아 그 자세로 아주 꼿꼿이 허리를 펴고, 양팔을 높이 쳐들고 고개를 숙인 다음 망토를 자기 뒤로 활짝 펴고 있었던 것이다. 그것은 대담하기 짝이 없어 보였다. 그러나 그는 아마 그 뿔 돋친 지옥의 맹수가 그 순간 무관심한 것을 확신했던 것 같았다. 또 한 번은 황소 앞에서 뛰다가 그는 반쯤 넘어졌는데 한 손으로 모래밭을 짚었고, 다른 손으로는 늘 화를 돋우는 그 붉은 천을 옆으로 멀리 날리게 하였다. 그래서 그는 스스로 그 위험을 피하고 일어났으며, 다음 순간 가볍게 도약을 하여 달려오는 그 맹수의 등 위를 뛰어 넘었다. 그는 박수갈채를 받았다. 하지만 그는 그것에 대해 결코 감사해 하지 않았다. 왜냐하면 그는 분명 그 박수갈채를 황소와 관련을 시켜 생각했기 때문이고, 황소는 이러한 경의의 표명이나 감사를 무의미하다고 생각했기 때문이다. 나는 그 '리베이로'가 목장에서 고분고분하게 사육된 희생 동물을 데리고 그러한 장난을 치려는 쓸데없는 짓을 해 볼 생각을 하지 않을까 덜컥 겁이 나기까지 했다. 그러나 이것이 바로 피에 대한 경건한 태도 속에 민족 특유의 냄새를 풍기며 섞여 들어왔던 익살이었던 것이다.

경기가 끝나 가자 '리베이로'는 내던져 두었던 검(劍)이 있는 곳으로 달려가 그곳에 서더니, 보통 때와 같은 덤비라는 자세를 취하며 한쪽 무릎을 꾸부리고 망토를 자기 앞에 펼쳐 보였다. 그리고 뿔이라는 자체 무기를 가진 황소가 이미 어지간히 묵직하게 빠른 걸음으로 자기에게 다가오는 것을 진지한 눈초리로 보고 있었다. 그는 황소가 가까이 다가오도록 하였고, 아주 가까이 다가오게 되자 한 치의 오차도 없는 정확한 순간에 검을 땅에서 집어 들고, 가늘고 번쩍이는 강철 검으로 그 동물의 목덜미를 번개같이 찔렀는데, 그 검의 손잡이 있는 데까지 거의 반이 들어가도록 찔렀다. 그놈은 고꾸라지고, 육중하게 버둥거리며, 순식간에 두 뿔로 땅을 들이받았는데, 마치 그 땅을 붉은 천인 것처럼 간주한 것 같았다. 그러고 난 다음 옆으로 풀썩 누워 버렸으며, 그 눈은 생기를 잃게 되었다.

그것은 사실 가장 우아한 종류의 도살 행위였다. 여전히 나는 그 '리베이로'가 눈에 선하다. 망토를 팔에 끼고 조용히 걸으려는 듯 발꿈치를 조금 들고서, 더 이상 움직이지 않는 그 쓰러진 동물을 돌아다보면서 옆으로 비켜서던 그 투우사 말이다. 그러나 소가 단말마의 고통을 겪는 동안, 벌써 모든 관중은 마치 한 사람같이 동시에 자리에서 일어나서, 목숨을 건 경기의 주인공에게 손을 들어 경의를 표했다. 사실 주인공은 투우 경기를 하던 중 도망치려고 시도해 본 이후에는 정말 훌륭하게 처신하였다. 관중들의 환호는 화려한 노새가 끄는 마차에 그놈이 실려서 나갈 때까지 계속되었다. '리베이로'는 마치 그놈에게 최후의 경의를 표하려는 듯 그놈과 같이 마차 옆을 따라서 걸어 나갔다. 그는 더 이상 돌아오지 않았다. 그는 다른 이름을 가지고, 다른 인생의 배역으로, 그리고 한 쌍의 모녀 영상의 한 부분으로서 좀 훗날 내 앞에 다시 나타나게 되었던 것이다. 그러나 거기에 대해선 적절한 곳에서 이야기하기로 하자.

우리는 계속해서 두 마리의 황소를 더 구경했다. 그것은 처음 것보다는 신통치 않았으며 검술 투우사인 그 '에스파다' 역시 마찬가지였다. 그 투우사는 검을 가지고 너무 서투르게 찔러서, 쓰러뜨리지 못하고, 오직 피만 쏟아 놓게 하였을 뿐이다. 그놈은 구토를 하는 놈처럼 발을 앞으로 뻗치고

목을 길게 빼고 서서, 몇 줄기 굵은 피를 모래 바닥에 뱉어 내었다. —눈을 찌푸리게 하는 장면이었다. 또 다른 투우사는 지나치게 번쩍거리는 옷을 입고, 대단히 거만한 제스처를 취하는 땅딸막한 최고 투우사로서 그놈에게 쉽사리 죽을 수 있게 은총의 일격을 가하지 않을 수 없었다. 그래서 두 개의 칼자루가 그놈의 몸에 불쑥 솟아 있게 되었다. 우리는 귀로에 올랐다. 마차 안에서 마리아 피아 부인의 남편은, 이전에 우리에게 해 주었던 것처럼, 우리가 본 것—즉 나로서는 처음 보았던 것에 대해서 박학다식한 코멘트를 달아 주었다. 그는 고대 로마의 성전(聖殿)에 대한 이야기를 하였다. 그곳은 그리스도교의 높은 예배 수준으로부터 피에 애착을 심하게 가진 신성(神性)에 대한 예배로 깊이 전락하여, 그 신에 대한 봉사는 하마터면 세계 종교로서 주 예수에 대한 봉사를 능가할 뻔했다고 하였는데, 그것은 그 종교의 비결이 지극히 대중적이었기 때문에 그랬다는 것이다. 그 신앙의 초심자는 물이 아니라 황소의 피로써 세례를 받는다는 것이며, 그 황소가 아마도 신 자신이었는지도 모르겠다고 하였다. 비록 신이 자기 피를 흘리는 황소 속에 다시금 살았던 것이라고 하더라도 말이다. 그것은 그 교리가 그것을 믿는 모든 신자에 대하여 뭔가 눈에 띄지 않게 얽어매는 힘, 즉 삶과 죽음을 한데 붙들어 매는 힘을 가지고 있었기 때문에 한 말이라고 하였다. 그리고 그 종교의 신비성은 살인자와 피살자, 도끼와 그 희생물, 화살과 표적 같은 것의 평등과 일치성 속에 그 본질을 가지고 있었다는 이야기였다……. 나는 이 모든 이야기를 오직 반만 귀 기울여 들었고, 내가 부인을 쳐다보는 데 그것이 방해되지 않는 한도 내에서만 들었다. 그 부인의 이미지와 본질은 민중적인 축제를 통하여 지극히도 높여졌는데, 말하자면 이제야 비로소 진정으로 그녀 자신의 본 모습을 보이게 되었고, 완벽하게 관조할 수 있게 해 주었다. 그녀의 가슴은 이제 진정되었다. 나는 그

것이 다시 한 번 물결치는 것을 보고 싶었다.

피의 향연이 계속되는 동안 쑤쑤가 완전히 내 머릿속에서 사라졌다는 사실을 나는 결코 숨기지 않겠다. 나는 그녀의 계속적인 요구에 결국 응하고 그녀가 자기 것이라고 주장하는 그림들을 ―쑤쑤의 귀 옆 관자놀이의 머리칼을 그려 넣었던 짜자의 그 나체화― 소원대로 그녀에게 보여 줄 결심을 더욱더 단단히 하였다. 그 다음날 나는 또 한 번 쿠쿡 씨 댁에서의 점심 초대를 받았다. 밤사이 한 차례 소나기가 쏟아지더니 날씨가 차가워졌다. 그래서 가벼운 외투를 입는 게 적격이었다. 안주머니에다가 나는 둘둘 만 그림들을 보관하고 있었다. 후르타도 씨도 왔다. 식탁에서의 이야기는 다시금 어제 보았던 것을 중심으로 돌아가고 있었다. 그리고 나는 교수의 마음에 들기 위해, 그리스도교로부터 계단을 밟아 내려가서 구축(驅逐)된 종교에 대해 계속 물었다. 많은 이야기를 첨가하지는 못하였으나 교수가 대답하기를, 그 종교에 대한 봉사에 있어서 관습은 그렇게 구축된 것이 아니라고 말했다. 그 이유는 피를 희생물로 바친다거나, 신의 피라고 하는 것에서는 언제나 인류가 만들어 낸 온갖 경건한 종교적 의식이 민속풍으로 부드럽게 되었을 것이기 때문이라고 말했고, 또 미사의 성찬과 과거에 있었던 축제로서의 피의 향연 사이에는 연관성을 맺게 할 수도 있기 때문이라는 것이었다. 나는 주부(主婦)인 마리아 피아 부인의 가슴이 혹시 물결치지나 않는지 쳐다보았다.

커피를 마신 후에 여인들과 작별 인사를 하면서, 내가 그곳에 체류하는 얼마 남지 않은 마지막 날에 최종적으로 방문할 것을 결정했다. 나는 박물관으로 돌아가는 남자들과 함께 케이블카로 내려와서 아래 정류장에 도착하자 그들과도 작별을 하였다. 매우 감사하다는 말을 연신 해 가며, 재회할 기회는 장래의 행운에다 맡기로 하면서 말이다. 나는 사보이-팔라스를 향해서 걸어가는 척하다가 주위를 살핀 다음, 돌아서서 다음 케이블카로 다시 올라갔다. 나는 그 소(小)주택의 전면에 있는 정원으로 통하는 문이 열려 있는 것을 알고 있었다. 날씨는 아침부터 너무도 온화한 가을날의 맑은 날을 되찾고 있었다. 그때는 도나 마리아 피아에게 오수(午睡)의 시간이었다. 나는 쑤쑤를 분명히 그 집 뒤에 있는 정원에서 찾을 수가 있을 것이었다. 정원으로 가는 데는 그 집의 측면을 지나서 자갈길이 나 있었다. 조용하고도 재빠른 발걸음으로 나는 그 길을 걸어갔다. 조그만 잔디밭 한가운데에 달리아와 들국화가 피어 있었다. 집 뒤 오른쪽에는 예의 대나무 덤불숲이 마치 보호하듯 반원형으로 되어, 쑤쑤가 일러준 벤치를 둘러싸고 있다. 그녀는 거기에 앉아 있었다. 사랑스런 여인은, 약간 그늘진 곳에 앉아 있었는데, 내가 첫 날 그녀를 보았을 때 입었던 것과 아주 비슷한 옷을 입고 있었고, 그녀가 좋아하는 대로 품이 넉넉하며, 청색 줄무늬가 있고, 똑같은 천으로 된 허리띠에, 반소매의 가장자리에 레이스로 수놓은 것 같은 옷을 입고 앉아 있었던 것이다. 그녀는 책을 읽고 있었다. 내가 조용하게 다가가는 소리를 분명히 들었음에도 불구하고, 그녀는 내가 그녀의 앞에 가서 서 있을 때까지 책에서 눈을 떼지 않았으며 올려다보지도 않았다. 나는 가슴이 쿵쿵거렸다.

"아!" 하고 그녀는 입술이 열린 채 한마디 말을 했다. 그 입술은 그녀 얼굴의 우아한 상아색 피부처럼 보통 때보다 약간 창백한 듯이 내게는 보였다. "아직도 여기 계셨나요?"

"다시 여기로 돌아왔지요, 쑤쑤. 저는 저 밑에까지 내려갔다가 다시 왔답니다. 은밀하게 되돌아온 것이지요. 그렇게 해서 저는 제 약속을 이행하려고 결심을 하였던 것이지요."

"정말 칭찬할 만하군요!" 하고 그녀는 말했다. "후작님께서 자신의 의무를 기억해 내셨군요. ―서두르시지도 않고요. 여기 있는 벤치가 점점 누군가를 기다리는 그런 종류의 벤치가 되어 가고 있었어요……."

그녀는 의도했던 것보다 너무 지나친 말을 했었다. 그래서 입술을 깨물었다.

"어떻게 그렇게 생각하실 수 있나요?" 하고 서둘러서 나는 대답했다. "제가 그 그림같이 예쁜 수도원 회랑에서 한 우리들의 약속을 지키지 않을 거라고 말씀입니다! 당신 곁에 앉아도 괜찮을까요? 여기 대나무 덤불숲의 벤치가 테니스 연습장에 있는 우리들의 다른 벤치보다 확실히 정답군요. 저는 이제 다시 테니스 연습을 소홀히 하게 되고 잊어버리게 될까 봐 걱정이 앞서는군요……."

"그렇지만, 아르헨티나의 마이어-노바로 집안도 테니스 코트 하나쯤은 그래도 있겠지요."

"그럴 테지요. 이곳 테니스 코트와 같지야 않겠지만요. 쑤쑤, 리스본을 떠난다는 게 제게는 참 어렵습니다. 아까 저 밑에서 당신 아버님께 안녕히 계시라는 인사 말씀은 드렸지요. 그분께서는 인류의 경건한 종교적인 의식에 대해서, 얼마나 감명 깊게 말씀하셨는지 모르겠습니다! 어제 투우 경기는 정말―적어도 이런 말을 하고 싶네요. 진기한 인상이었다고요."

"전 투우 경기를 조금밖에 못 보았어요. 후작님의 관심도 나누어져 있던 것 같더군요. ―관심이 늘 거기에 있는 것처럼요. 그러나 본론으로 들어가시지요, 후작님! 제 그림은 어디 있지요?"

"여기 있습니다." 하고 나는 말했다. "이건 당신이 소원하신 바입니다……. 아시겠습니까, 이건 공상(空想)의 산물이에요. 말하자면, 어떻게 되었는지도 모르게 부지불식간에 생겨난 것이지요……."

그녀는 몇 장 안 되는 그림을 손에 들고서, 맨 위에 있던 것을 들여다보았다. 그것은 짜자의 육체였다. 여러분도 짐작되는 이러이러한 포즈로, 내가 반해서 그린 것이었다. 납작한 귀고리는 같았다. 더욱 꼭 같은 것은 머리칼이었다. 얼굴은 별로 유사점을 내보이지 않았다. 하지만 여기서 얼굴 같은 것이 뭐가 중요하겠는가!

나는 꼭 도나 마리아 피아 부인처럼 꼿꼿이 앉아 있었다. 모든 것을 각오하고, 모든 것을 승인하면서, 이제 닥쳐올 것에 미리 사로잡혀서 말이다. 자기 자신의 귀여운 나체를 보자 그녀의 얼굴은 짙붉은색으로 뒤덮였다. 그녀는 벌떡 일어나서 그 예술 작품을 쭉쭉 이리저리 찢어서 공중에다 뿌렸다. 그것은 조각조각이 되어 펄펄 날렸다. 그래, 모든 것이 그렇게 되어야만 하겠지. 그러나 그렇게 되지 않아도 될 일이 그래도 생겼으니, 바로 이것이다. 즉 그녀는 한순간 땅바닥에 뒹굴고 있는 종잇조각을 절망적인 표정으로 멍하니 바라보았다. 다음 순간 눈에 눈물이 고이면서 그녀는 벤치 위에 털썩 주저앉았고, 팔로 내 목을 감싸 안고 달아오른 그녀의 얼굴을 내 품에다 묻었다. 그녀는 짧은 한숨을 내뱉었다. 소리는 나지 않았으나 그럼에도 불구하고 분명하게 감지할 수가 있었다. 그리고 동시에 — 그것이 가장 감격적인 것이었는데— 그녀는 왼쪽 조그만 손을 움켜쥐고 계속해서 나의 어깨를 규칙적으로 두드렸다. 나는 내 목에 걸린 그녀의 맨 팔에다 입을 갖다 댔으며, 그녀의 입술을 내게로 치켜들게 하고서 입을 맞추었다. 그 입술은 응답을 하였는데, 마치 내가 꿈꾸고 동경하고 내가 그녀를, 즉 나의 짜자를 처음으로 로시오 광장에서 보았을 때 목표로 삼았던 것처럼 말이다. 이 대목을 눈으로 쑥 훑어 내려가는 자라면 그 누가 그렇게도 달콤한 나의 몇 초를 부러워하지 않을 것인가? 그리고 조그만 손을 움켜쥐고 두들겼다고는 해도, 사랑으로 개종한 그녀 역시 누군들 부러워하지 않을 것인가? —이 무슨 운명의 변화인가! 이 무슨 행복의 전환이란 말인가!

쑤쑤는 갑자기 머리를 홱 옆으로 돌리더니 우리들의 포옹에서 몸을 빼내었다. 숲과 벤치 앞에 —우리 앞에— 그녀의 어머니가 서 있었다.

묵묵히, 마치 그때까지도 아직 간절히 하나가 되어 있던 입술들이 한 대 얻어맞은 것처럼, 우리는 그 기품 있는 여인을 올려다보았으며, 그녀의 크고 남국풍의 창백한 용모에다가, 엄숙한 입, 긴장한 콧구멍, 흐린 눈썹과 흑옥 귀고리가 흔들거리고 있는 것을 쳐다보았다. 아니, 오히려 나만 그녀를 쳐다보았다. 쑤쑤는 내 가슴에다 턱을 짓누르고서, 이제는 우리가 앉아 있는 벤치 위에다 그녀의 조그만 손을 움켜쥐고 두들기고 있었다. 그러나 어머니의 등장으로 인해 내가 생각했던 것보다는 그렇게 놀라서 넋을 잃지 않았다는 것을 믿어 주기 바란다. 비록 어머니의 등장이 너무도 예기치 않았고, 완전히 필연적이었다고 하더라도, 내게는 마치 내가 불러서 온 것처럼 그런 생각이 들었고, 또한 나의 자연스러운 당황스러움에는 기쁨이 섞여 있었다.

"부인." 하고 나는 일어서면서 공손하게 말했다. "부인의 오후 휴식을 방해해서 죄송합니다. 여기서의 일은 대체로 예절에도 맞게 조심스럽게 일어나고 수행되었습니다만……."

"잠자코 계세요!" 하고 그 기품 있는 여인은 낭랑하고 가벼운 남국풍의 허스키한 목소리로 명령조의 말을 했다. 그리고 쑤쑤에게 몸을 돌려 다음과 같이 말했다.

"수잔나, 너는 네 방에 올라가거라. 그리고 부를 때까지 거기 있도록 해."—그리고 난 다음 나를 향해 이렇게 말했다. "후작님, 당신과 할 이야기가 있어요. 저를 따라오세요!"

쑤쑤는 잔디밭 위로 도망치듯 달려갔다. 부인이 오는 발소리를 죽이게 한 것도 분명 그 잔디밭이었다. 이제 쑤쑤는 자갈길로 접어들었다. 나는 그 부인의 말에 복종하며 그녀의 뒤를 "따라갔다." 다시 말해 그녀 옆에 나란히 선 게 아니라, 그녀 뒤로 약간 비스듬하게 따라갔던 것이다. 그렇게 집으로 들어갔고, 그리고 문 하나가 식당으로 통하게 되어 있는 응접실로 들어갔다. 식당 반대쪽에 위치한, 완전히 닫히지 않은 문 뒤로 침실이 있는 것 같았다. 그 엄격한 부인은 손으로 그 문을 잡아당겨 닫았다.

나는 그녀의 시선과 맞부딪쳤다. 그녀는 예쁘지는 않았지만, 그러나 매우 아름다웠다.

"루이스." 하고 그녀는 말했다. "당장 시급한 문제는, 그런 짓이 포르투갈 사람들의 손님 환대에 보답하는 당신의 태도인지 어떤지 당신에게 물어보는 것이오. ―잠자코 계세요! 나는 그 질문을 그만두겠어요. 그리고 당신에게 그 대답을 모면케 해 주겠어요. 나는 당신에게 어리석은 사과를 할 수 있는 기회를 주려고 당신을 이리로 오라고 한 것은 아니에요. 그런 식으로 당신 행동의 어리석음을 넘겨 버리려고 시도하는 것은 헛된 노력일 것이에요. 그것은 그냥 넘겨 지나칠 수 없는 일이지요. 그러니 이제 당신에게 남은 모든 것은, 그리고 당신에게 꼭 맞는 일은, 침묵을 지키는 일이며, 그리고 나이 먹은 성숙한 사람에게 당신의 일 처리를 맡겨 버리는 일이에요. ―당신을 올바른 길로 인도하도록 말이지요. 당신이 어리기 때문에 충분히 떨어질 가능성이 있는 그런 무책임하고 유치한 행동에서 벗어나도록 하자는 것이지요. 젊은 사람이 젊은 사람과 어울리게 되면, 아마 드물긴 하지만, 수습할 길 없는 유치한 결과를 얻게 되고 또 불쾌하면서도 터무니없는 짓을 저지르게 되지요. 당신, 무슨 생각을 하고 있었나요? 그 아이를 데리고 무엇을 하실 생각이었나요? 감사한 마음도 잊어버리고 당신은 이 집에 터무니없는 일과 혼란을 가져오려고 하는군요. 이 집은 당신의 가문과 그 밖에 당신의 호감이 가는 성격 때문에 당신을 환영하여 문을 열어 드린 집이었지요. 이 집에는 질서와 이성과 굳건한 계획이 지배하고 있지요. 수잔나는 돔 안토니오 호세의 능력 있는 조수인 돔 미구엘 씨의 부인이 될 거예요. 그 시기가 길지 짧을지 모르겠지만, 아마도 가까운 시일 내에 말이에요. 또 그분 호세의 강한 희망과 의지도 그것이지요. 생각해 보세요. 당신이 어린애 장난 같은 짓을 골라서 하려 들 때, 또 어린애의 조그만 머리를 혼란스럽게 만들려고 고집을 부리게 될 때, 당신의 애정 욕망은 얼마나 어리석은 행동을 저지르게 되겠는지 말이에요. 그것은 사나이처럼 선택하여 한 행동이 아니라, 어린애 머리로 생각한 것이지요. 너무 늦기 전에 나이 든 사람의 성숙한 이성이 그 중간에 들어와야 할 것이에요. 당신은 언젠가 우리가 대화를 하는 도중에 나이 든 사람의 호의에 대해 이야기를 했지요. 나이 든 사람은 젊은이의 좋은 점을 호의를 가지고 말을 하는데, 바로 그 호의에 대해서 말이에요. 나이 든 사람과 행복하게 만나는 데에는 물론 사나이의 용기가 필요하지요. 호감이 가는 청년으로서 이런 남자다운 용기를 좀 보여 주세요. 그런 어린애 장난 같은 짓에서 구원을 찾는 것 대신에 말이지요. —그런 청년은 물을 뒤집어쓴 강아지처럼 물러날 필요가 없으며, 위안을 받지 못해 먼 곳을 더듬어 찾을 필요도 없겠지요."

"마리아!" 하고 나는 외쳤다. 그리고:

"좋아요! 호호! 좋아!" 하고 그녀는 힘찬 환호성을 질렀다. 어떤 원시적인 힘의 회오리 폭풍이 나를 황홀의 왕국으로 몰고 갔다. 그리하여 그녀는 불타오르는 나의 애무를 받았다. 그리고 나는 기품 있고 당당한 그녀의 가슴이 그 스페인 사람들의 피의 향연 때보다도 더욱 격렬하게 높이 물결치는 것을 보고야 말았다.

토마스 만 연보

1875년   6월 6일 독일의 북부 항구도시 뤼베크에서 유복한 곡물상 아버지 토마스 요한 하인리히 만(34세)과 어머니 율리아 만(23세) 사이의 차남으로 출생. (널리 알려진 작가 하인리히 만(Heinrich Mann)이 그의 형이다. 형과는 네 살 차이. 또한 율리아(Julia), 카를라(Carla), 빅토르(Viktor) 등 세 명의 동생이 있음.)

1877년   아버지가 시참사회 의원으로 선출됨.

1889년   카타리노임(Katharineum) 김나지움 입학.

1892년   아버지 사망. 백 년 이상 계속된 곡물 상회 해산.

1893년   월간 잡지 《봄의 폭풍우(Frühlingssturm)》 간행.

1894년   고등학교 중퇴. 어머니와 가족의 뒤를 따라 뮌헨으로 이주. 화재보험 회사의 수습사원으로 입사. 최초의 단편 「타락(Gefallen)」 발표.

1895년   수습사원을 그만두고 뮌헨 대학에서 역사, 미술사, 문학사 등을 청강.

1896년   단편소설 「행복에의 의지Der Wille zum Glück」 발표.

1897년   형 하인리히 만과 함께 이탈리아로 여행을 가 1년 반쯤 머묾. 『부덴브로크 가의 사람들(Buddenbrooks)』 집필 시작.

1898년   뮌헨으로 돌아옴. 《짐플리치시무스(Simplicissimus)》지의 편집부에서 일함. 최초의 단편집 『키 작은 프리데만 씨(Der kleine Herr Friedemann)』 출간. 이 단편집 안에 「행복에의 의지」, 「환멸(Enttäuschung)」 등이 수록되어 있음.

1900년   『부덴브로크 가의 사람들』 완성. 1년 만기 지원병으로 육군 입대. 3개월 만에 행군 도중 발가락에 생긴 건초염으로 제대.

1901년   『부덴브로크 가의 사람들』 간행(처음에는 두 권으로 나옴). 이 작품의 출간으로 명성과 부를 함께 얻게 됨.

1903년   단편집 『트리스탄(Tristan)』 발표. 이 소설집 안에 「토니오 크뢰거(Tonio Kröger)」 수록.

1904년   단편 「어떤 행복(Ein Glück)」, 「예언자의 집에서(Beim Propheten)」 발표. 희곡 「피오렌차(Fiorenza)」 완성.

| 1905년 | 단편 「힘겨운 나날들(Schwere Stunde)」 발표. 2월에 뮌헨 대학 수학 교수 프링스하임의 딸 카챠 프링스하임과 결혼. 11월 장녀 에리카 만 출생(1969년 사망). |

1905년 단편 「힘겨운 나날들(Schwere Stunde)」 발표. 2월에 뮌헨 대학 수학 교수 프링스하임의 딸 카챠 프링스하임과 결혼. 11월 장녀 에리카 만 출생(1969년 사망).

1906년 희곡 「피오렌차」 출간. 장남 클라우스 만 출생(1949년 자살).

1909년 단편 「철도 사고(Das Eisenbahnunglück)」, 독일의 어느 소공국을 무대로 한 중편 「대공전하(大公殿下)(Königliche Hoheit)」 발표. 고독한 예술가적 존재가 사랑과 결혼에 의해 삶의 세계와 손을 잡게 되는 내용. 차남 골로 만 출생(훗날 유명한 역사학 교수가 됨).

1910년 『사기꾼 펠릭스 크룰의 고백(Bekenntnisse des Hochstaplers Felix Krull)』 집필 시작. 차녀 모니카 만 출생. 누이 카를라 만 음독 자살.

1911년 『사기꾼 펠릭스 크룰의 고백』 집필 중단. 단편 「베네치아에서의 죽음(Der Tod in Venedig)」 집필 시작.

1912년 폐렴 때문에 스위스 다보스에서 요양 중인 아내를 방문. 죽음에 매혹되어 몰락하는 예술가의 비극을 묘사한 「베네치아에서의 죽음」 발표.

1913년 장편소설 『마의 산(Der Zauberberg)』 집필 시작.

1914년 뮌헨 포싱어가(街) 1번지의 저택에 입주. 8월 1일 제1차 세계대전 발발.

1915년 『마의 산』 집필 중단. 보수적 견해를 피력하는 에세이적 논설문 「프리드리히와 대동맹(Friedrich und die große Koalition)」 발표. 이어 『한 비정치적 인간의 고찰(Betrachtungen eines Unpolitischen)』 집필.

1918년 제1차 세계대전 종결. 프랑스적 민주주의나 문명 개념을 독일의 문화 개념과 대립적인 관점에서 서술한 방대한 저작 『한 비정치적 인간의 고찰』 출간. 이로써 진보적 사고를 지녔던 형과의 불화가 본격적으로 시작됨(형제 논쟁). 이 싸움의 전개 과정에서 토마스 만은 차츰 자신의 보수주의의 허점과 시대적 낙후성을 깨닫게 됨. 삼녀 엘리자베트 만 출생.

1919년 단편 「주인과 개(Herr und Hund)」 발표. 본 대학에서 명예박사 학위 취득. 국내외적으로는 베르사유 조약이 체결되고 바이마르 헌법이 제정됨. 『마의 산』 다시 집필.

1920년 서사시 「어린아이의 노래(Gesang vom Kindchen)」 발표.

1922년 평론집 『괴테와 톨스토이(Goethe und Tolstoi)』 출간. 보수적 정치관을 지양하는 연설문 '독일 공화국에 대하여(Von Deutscher Republik)'라는 강연을 하면서 독일 청년층에 민주주의 지지를 권함. 이후 바이마르 공화국의 문화 사절 자격으로 국외로 강연 여행을 다님. 형 하인리히 만과 화해.

1923년 「독일 공화국에 대하여」 출간. 3월 어머니 사망.

1924년	장편소설『마의 산』출간.
1925년	단편「무질서와 어린 고뇌(Unordnung und frühes Leid)」발표. 피셔 출판사에서 『토마스 만 전집』10권이 간행됨.
1926년	프로이센 예술원의 문학 회원으로 선출. 구약성서 중『창세기에』서 소재를 찾은 4부작 장편『요젭과 그 형제들(Joseph und seine Brüder)』집필 착수.
1927년	연극배우로 성공을 꿈꾸던 누이동생 율리아 만 자살.
1929년	노벨 문학상 수상. 수상작은『부덴브로크 가의 사람들』이지만, 토마스 만은『마의 산』이 더 훌륭한 작품이라고 생각하여 불쾌감을 표시.
1930년	이탈리아의 무솔리니와 히틀러를 비판한 단편「마리오와 마술사(Mario und der Zauberer)」출간. 평론집「시대의 요구(Die Forderung des Tages)」출간. 이집트와 팔레스타나로 여행. '이성에 호소함'이란 강연을 통해 나치의 의회 진출을 경고.
1932년	괴테 서거 100주년에 즈음하여 '시민 시대의 대표자로서의 괴테', '작가로서의 괴테'라는 강연을 함.
1933년	4부작 연작 소설『요젭과 그 형제들』제1부『야곱 이야기』발표. 1월 30일 히틀러가 독일 수상이 됨. 2월 10일 뮌헨 대학에서 '리하르트 바그너의 고뇌와 위대성'이라는 제목으로 강연을 한 후, 국외로 강연 여행을 떠난 채 망명. 스위스의 취리히 호반 퀴스나하트에 거처를 정함. 처음에는 정치적 활동을 자제하여 다른 망명 문학가들의 오해를 받음.
1934년	『요젭과 그 형제들』제2부『청년 요젭(Der junge Joseph)』간행. 미국으로의 첫 여행.
1935년	평론집『리하르트 바그너의 고뇌와 위대성(Leiden und Größe Richard Wagners)』발표.
1936년	『요젭과 그 형제들』제3부『이집트에서의 요젭(Joseph in Ägypten)』간행. 자신이 망명 작가임을 밝힘으로써 히틀러 정권에 의해 재산이 몰수되고 아울러 독일 국적을 박탈당함. 본 대학으로부터 박사학위 철회를 통고받음. 강연문「지크문트 프로이트와 미래(Sigmund Freud und die Zukunft)」발표.
1937년	본 대학의 조처에 항의하는「독일 고전주의자의 서간집. 앞으로의 도정(Briefe deutscher Klassiker. Wege zum Wissen)」발표. 콘라트 팔케와 함께 격월간지《척도와 가치(Maß und Wert)》를 발행(1939년까지)하여 독일 문화를 옹호함.
1938년	미국으로 이주. 2년간 프린스턴 대학의 객원교수로 강의. '다가올 민주주의의 승리'라는 제목으로 미국 15개 도시에서 강연. 선언문『유럽이여, 경계하라(Achtung, Europa!)』출간.
1939년	괴테를 패러디한 장편『바이마르의 로테(Lotte in Weimar)』발표. 괴테를 주인공으

로 하여 천재의 내면을 그리면서 히틀러 독재와는 다른 괴테적인 독일을 그려 냄. 제2차 세계대전 발발. 국제 펜클럽 대회에서 '자유의 문제'라는 제목으로 강연.

1940년   단편 『뒤바뀐 머리(*Die vertauschte Köpfe*)』 발표. 영국 BBC 방송을 통해 '독일 청취자 여러분!'이라는 제목으로 5년간 55회 라디오 방송. 히틀러 타도를 독일 국민들에게 호소함.

1941년   캘리포니아로 이주.

1943년   『요젭과 그 형제들』 제4부 『부양자 요젭(*Joseph der Ernährer*)』을 출간함으로써 이 작품의 4부작을 완성함. 단편 「십계명(Die zehn Gebote)」과 장편 『파우스트 박사(*Doktor Faustus*)』 집필 시작.

1944년   단편 「계율(Das Gesetz)」 발표. 미국 시민권 획득. 프랭클린 루스벨트 대통령 선거 참모 역할.

1945년   제2차 세계대전 종결. 5월 7일 독일 항복. 연설문 「독일과 독일인(Deutschland und die Deutschen)」을 발표하여 전후 미국 사회에 독일의 문화와 독일인의 입장을 변호함.

1947년   『파우스트 박사. 한 친구가 이야기하는 독일 작곡가 아드리안 레버퀸의 생애(*Doktor Faustus. Das Leben des deutschen Tonsetzers Adrian Leverkühn erzählt von einem Freunde*)』 간행. 파우스트라는 독일의 전형적인 인물을 천재 음악가로 형상화하면서 그가 악마와 결탁하여 몰락하는 비극을 그려 추상적이고 신비적인 독일혼을 파헤침. 나치즘이라는 악마적인 비합리주의가 독일에 대두하게 된 원인과 과정을 예리하게 묘사함. 취리히에서 열리는 국제 펜클럽에 참가하기 위해 전후 처음으로 유럽을 방문함.

1949년   『파우스트 박사의 성립. 소설의 소설(*Die Entstehung des Doktor Faustus. Roman eines Romans*)』 발표. 망명 후 처음으로 독일을 방문. 프랑크푸르트와 바이마르에서 괴테 탄생 200주년을 기념하여 연설. 프랑크푸르트 시가 수여하는 괴테상 수상. 또 옥스퍼드 대학에서 '괴테와 민주주의'라는 제목으로 강연. 아들 클라우스 만 자살.

1950년   시카고 대학과 소르본 대학에서 '나의 시대'라는 제목으로 강연. 동독으로 가려던 형 하인리히 만 사망.

1951년   중편 『선택받은 사람(*Der Erwählte*)』 출간. 근친상간의 죄인이 속죄하여 은총을 받아 결국 교황에까지 오르게 된다는 내용. 약간 가볍게 읽히고 즐거움을 선사하면서 인간성의 회복을 묘사함.

1952년   유럽으로 돌아와 스위스의 취리히 근교에 정착.

1953년   단편 「기만당한 여인(Die Betrogene)」, 평론집 『옛 것과 새 것(*Altes und Neues*)』 간행.

1954년 『사기꾼 펠릭스 크룰의 고백. 회상의 제1부(*Die Bekenntnisse des Hochstaplers Felix Krull. Der Memoiren erster Teil*)』를 간행. 세상에 조금이나마 수준 높은 웃음을 가져다주려는 염원을 담은 작품. 취리히 근교 킬히베르크에 저택을 구입.

1955년 실러 서거 150주년을 맞아 「실러에 대한 시론(試論)(Versuch über Schiller)」을 쓰고, 동서독에서 실러의 기념 강연을 함. 당시 스위스 국적을 가지고 있던 토마스 만은 고향 도시 뤼베크의 명예시민이 됨. 7월 21일 혈전증 진단을 받고 8월 12일 취리히 시립 병원에서 사망. 16일 킬히베르크의 교회 묘지에 안장됨.

옮긴이 해제

    토마스 만은 『사기꾼 펠릭스 크룰의 고백』을 1905년에 구상하고, 1910년에 집필하기 시작하여 1954년에 완성한다. 집필 기간이 거의 50년에 가까우며, 이 기간 동안 일어났던 제1차 세계대전, 나치 제국, 제2차 세계대전 등 끔찍한 체험을 거친 후 토마스 만은 현실과의 관계에 대해 새로운 인식을 얻게 된다. 제1차 세계대전으로 인한 '한 비정치적 인간'의 정치적 개안을 보여 주는 『마의 산』(1924), 나치의 유대인 핍박과 학살이 너무나 끔찍해서 직접적인 저항이 무의미함을 자각한 결과 파시즘을 지원하고 있는 지식인들한테서 신화를 빼앗아 그 신화를 인간적으로 만들어야 한다는 4부작 『요젭과 그의 형제들』(1943), 정치적으로 미숙한 독일 민족이 악마와 같은 히틀러와 결탁하게 되어 제2차 세계대전이라는 정치적 비극을 낳았음을 보여 주는 『파우스트 박사』(1947), 그리고 4년 동안 음울한 현실의 비극을 그려 독일 국민이 저지른 엄청난 죄악을 용서해 달라는 절절한 고백록 『파우스트 박사』 이후 보다 낙천적이고 신화적인 세계로 방향을 전환시켜 주인공 그레고리우스가 죄인으로부터 교황으로 고양되는 내용을 담은 『선택받은 사람』(1951) 등에서 토마스 만의 새로운 인식에의 고뇌를 넘어선 사투를 벌인 흔적을 찾을 수 있다.

　『선택받은 사람』의 발표 직후 토마스 만은 『사기꾼 펠릭스 크룰의 고백』을 다시 집필하기 시작한다. 이 『사기꾼 펠릭스 크룰의 고백』은 토마스 만의 다른 작품들에 비해 비교적 잘 알려지지 않았지만 몇 가지 특이한 점을 지니고 있다. 집필 기간이 거의 50년에 가깝다는 점과 자서전적인 고백의 형식을 취하고 있다는 점, 그리고 토마스 만이 남긴 마지막 작품이면서 미완성이라는 점이다. 그리고 특히 중요한 것은, 토마스 만의 다른 모든 작품이 주도면밀한 가공에 따라 완결되어 출간된 데 반해, 이 작품은 세 번이나 미완의 단편으로 남아 있다는 것이다. 이 작품은 그 제1편이 1922년 독일에서 「어린 시절의 책(Buch der Kindheit)」, 제2편이 1937년 암스테르담에서 펴낸 확대판, 마지막으로 1954년에 이르러 「회상록 제1부(Der Memoiren erster Teil)」로 단편(斷篇) 형태로 발간된 토마스 만의 최후 작품이다. 이 작품에 대하여 토마스 만은 그의 「약력(Lebensabriss)」(1930)에서 다음과 같이 말하고 있다.

　　"「대공 전하(Königliche Hoheit)」(1910)를 탈고한 뒤 나는 「펠릭스 크룰」을 쓰기 시작했다. ―이 소설의 착상을 제공한 것은 세기말 유럽의 유명한 모험가이자 루마니아의 고등 사기꾼 게오르기우 메르카덴테 마눌레스쿠(Georgiu Mercadente Manulescu)의 회상록이다. 여기서 취급한 문제는 물론 예술과 예술가의 모티프의 새로운 방향 전환, 즉 비현실적·환상적인 존재 형식에 대한 심리학이었다. 그러나 문체상 나를 매혹시킨 것은, 내게 중요한 전범을 제공했으면서도 그때까지 한 번도 실행해 본 적이 없는 자서전체의 직접성이었다. 일종의 환상적이고 정신적인 매혹감과 내가 좋아하는 전통의 한 요소, 즉 괴테의 자기 형상적·자서전적인 것, 귀족적·고백적인 것이 패러디적 이념으로부터 흘러

나와 유머적·범죄적인 것으로 전이되었다. 나는 「어린 시절의 책」을 —이것은 전체 계획의 단편이다— 흥에 겨워 썼기 때문에, 독자들이 이 단편을 나의 작품 중 가장 걸작이 될 것이라고 했을 때 별로 놀라지도 않았다. 이것은 어떤 의미에서 나 자신을 가장 잘 나타낸 작품인지도 모르겠다. 그 이유는 이것이 나의 전통에 대한 관계를 묘사하고 있기 때문이다. 이 관계는 애정으로 가득 찬 것인 동시에 해체가 가능한 것으로서 나의 작가로서의 사명을 규정하고 있는 것이기도 하다. 후년에 「마의 산」(1924)이라는 교양 소설을 제작했을 때에도, 근거로 삼은 내적 법칙은 말할 필요도 없이 이와 같은 성질의 것이었다."

그러니까 토마스 만이 흥미를 느낀 것은 자서전적이라는 전통적인 형식으로, 그와 관련해서 괴테의 자서전인 『시와 진실(Dichtung und Wahrheit)』의 귀족적인 고백기를 범죄적인 것으로 뒤바꿔 놓는 패러디적인 이념이었다.

주인공 크룰은 『부덴브로크 가의 사람들』의 주인공 하노처럼 몰락해 가는 세대의 마지막 후손이다. 하지만 부덴브로크 가문의 몰락이 비극의 성격을 띠는 데 반해, 크룰 가문의 종말은 그로테스크한 분위기를 연상시킨다. 쾌락적이고 근심 없는 주정꾼이자 여자 가정 교사를 유혹하는 지방의 난봉꾼인 크룰의 아버지는 저질 샴페인을 생산하는 양조장을 파산으로 이끌고, 권총으로 자살한다. 집안이 파산하자 가족은 프랑크푸르트(Frankfurt)로 이주하고, 거기서 하숙집을 꾸려 나간다. 크룰의 누이는 아버지가 죽은 뒤 무명의 오페라 가수가 되며, 어머니는 아들에 의해 '정신적 재능이 박약한' 여인으로 묘사된다. 크룰의 사기꾼 행로는 어린 시절에 사탕을 훔쳐 먹는 데서 시작된다. 어린 시절이 지나고, 대부의 소개로 파리의 커다란 호텔에서 일하기 위해 크룰은 파리로 여행하게 되는데, 여행 도중에 크룰은 자기도 모르게 어느 부인의 보석을 갖게 된다. 여류 작가이자 알자스 지방의 변기 제조업자 부인인 우플레 부인의 보석이 든 귀중한 가죽상자가 뜻밖에도 크룰의 트렁크에 우연히 섞여 들어온 것이다. 파리에서 그는 사기꾼 경력의 절정에 도달한다. 파리의 어느 호텔 엘리베이터 보이로서 일하는 그는 우플레 부인과 다시 만나 임시 애인이 되고, 관세 통관 시에 일어난 저 불행한 사건에 관해 그녀에게 털어놓는다. 열정에 타올라 크룰의 애무에 희열을 느끼는 이 여류 작가는 그의 도둑질과 성적 능력을 인정하여 그에게 나머지 보석도 선물로 준다. 또한 이곳에서 크룰은 룩셈부르크 출신의 청년 베노스타 후작을 사귀게 되는데, 베노스타는 파리의 삼류 여배우에게 빠져 아버지의 돈을 낭비하고 있었다. 후작의 부모는 어울리지 않는 결혼을 막으려고 아들에게 세계 여행을 보낸다. 그렇지만 사랑에 빠진 베노스타는 여배우와 헤어지지 않기 위해서 자신의 신분을 크룰과 바꾼다. 크룰은 후작 신분이 되어 리스본을 향해 여행하고, 실제의 베노스타는 크룰로서 파리에 남는다. 리스본으로 가는 기차에서 크룰은 우연히 리스본의 고생물학자 쿠쿡 교수를 알게 되어 대화를 나누게 된다. 여기서 크룰, 즉 가짜 베노스타 후작은 자신의 실존의 매우 특이한 정당성을 알게 되는데, 그것은 이 소설에서 가장 아름다운 일화 가운데 하나이다.

"내 기묘한 길동무는 내게 존재와 생명 그리고 인간에 대해—모든 것이 그곳에서 생겨나고 그곳으로 돌아간다는 무에 대해서 얘기를 들려주었다. 그가 말하기를, 이 지상에서의 삶이란 의심할 여지없이 비교적 급속도로 지나가 버리는 에피소드에 지나지 않을 뿐 아니라, *존재 자체도*—무와 무 사이에 자리 잡은 *에피소드적 성질과 같다*는 것이다. 존재라는 것은 과거에 항상 있었던 것도 아니고, 앞으로 항상 있을 것도 아니라는 것이다. 시초라는 것이 있었으면 종말이라는 것도 있을 것이고, 그러면 공간과 시간도 종말을 고할 것이다. 왜냐하면 공간과 시간은 오직 존재를 통해서만 존재하는 것이고, 존재를 통해서 상호 결부되어 있기 때문이다."

리스본에 도착한 이후 크룰은 쿠쿡 교수의 딸과 부인과 사랑을 매개로 한 사기꾼 행각을 벌이는데, 그것이 이 소설의 마지막 내용을 이룬다. 토마스 만은 그 와중에서도 특히 원형 투우장에서의 축제 체험을 주인공을 통해 보여 주는데, 제2차 세계대전 후 인류가 체험한 암담한 세계 상황의 무거운 분위기 속에서 '가장 명랑한 것'을 창작하고자 하는 거장다운 모습을 여지없이 드러내는 것이라고 하겠다.

"거대한 원형 투우장의 분위기는 즐거운 기대로 가득 찬 듯 보였음에도 그래도 짓눌린 듯 조용하였다. 그 분위기는 태양이 내리쬐는 좌석 쪽도 역시 그러했고, 바로 그것이 평범한 스포츠 경기장의 관중석에서 흔히 보이는 바와 같은 천한 무리들의 불량한 정신과는 현저하게 구별되었다. 흥분, 긴장, 이런 것을 나 자신도 물론 느꼈다. 그러나 그에 비하여 아직도 비어 있는 투우장, 그 누런빛이 곧 붉은 피바다가 되어 굳어 버릴 투우장을 내려다보고 있는 수천의 관중의 얼굴에 나타나 있는 것은 뭔가 신성한 것에 의하여 사로잡히고 억제된 것같이 보였다."

주인공 크룰은 여러 면에서 예술, 특히 연극과 공유점을 갖고 있다. 연극은 그것이 과장에 의존하고 또 현실과는 다른 어떤 것을 연출하는 데 좌우되는 한, 사기꾼의 고등(高等) 사기와 비슷하다. 크룰의 이런 재능의 비밀은 그 환상에 있다. 크룰은 어린 시절부터 변장술에 빠져 그것을 열심히 연습한다. 어릴 때 그는 '황제' 역을 맡아 그의 역할을 재미있게 관람한 어른들에게 놀랄 만한 칭찬을 받는다. 그로부터 10여 년이 흐른 후 어느 요양지에서 그는 바이올리니스트 역으로 등장하여 소리 내지 않는 악기로 멋지게 연기를 해낸다. 펠릭스 크룰이 바이올린 연주를 솜씨 있게 흉내 냄으로써 청중들은 갈채와 함께 그를 '신동'으로 생각한다. 또한 소년은 진작부터 아버지의 서명을 모조하거나 학교에서 지루한 수업을 받지 않으려고 병을 가장하기도 한다. 병역소집위원회 앞에 설 때도 그는 완벽한 배우의 연기를 해낸다. 그는 징병 검사관들에게 자신이 간질병적 질환과 비슷한 발작을 앓고 있다는 것을 암시적으로 보여 주는 가운데 노련한 솜씨로 병역에서 면제된다. 일종의 역발상으로 그는 무조건 군에 자원 입대하려는 신체 건강한 사람처럼 가장을 한다. 이때 프로이센의 징병 검사관들은 그것에 속지 않아서 건강한 청년을 병역에서 면제시키는 결과를 가져온다. 그러므로 펠릭스 크룰이라는 존재의 근본은 끊임없는 변신의 능력이다. 그 변신의 능력은 환상으로부터 무한히 창조되어 나오고, 상상적인 자기 현실을 스스로 창출해 낸다.

주인공 크룰은 과감하게 세상에 뛰어들지만 세상에 대해 시민적 방식으로는 봉사할 수 없는 젊은이이기 때문에 세상이 자신에게 빠져들도록 온갖 노력을 다한다. 그래서 토마스 만은 이 마지막 작품에서 정신과 삶 사이의 조화 원칙을 구체화했다. 여태까지 그의 작품속 주인공들은 자신을 둘러싼 세계에서 편안함을 느끼지 못하고, 예술 또는 예술의 사명에 헌신하기 위해 삶에 불성실하게 되고, 또 삶과 거리를 취하며 고독에 빠져들 수밖에 없었다. 그러나 크룰은 고등 사기 행각을 보다 높은 사명 차원의 행위로 인식하며 그것을 쟁취한다. 크룰은 세계와 자기 자신을 조화시킨다. 토마스 만의 최종적 웃음은 아이러니적 웃음이다.

토마스 만은 『사기꾼 펠릭스 크룰의 고백』에서 괴테의 자서전인 『시와 진실』을 패러디화했다. 그러나 그것을 단순히 전기로 엮은 것이 아니라, 예술가인 토마스 만 자신의 모습을 범죄적인 것으로 옮겨 놓아 현대적인 '악한 소설'로 만들었다. 악한 소설은 주인공의 관점에서 그 사회의 도덕성과 문제점을 폭로하는 형식을 취하는 것이다. 이 소설의 출간에 앞서 토마스 만은 이 작품이 '악한 소설' 또는 '그 독일적 원형이 짐플리치우스 짐플리치시무스(Simplicius Simplicissimus)'인 모험 소설의 유형과 전통에 속한다고 말했다. 따라서 이 작품은 바로크 산문이나 계몽주의 및 고전주의 산문의 상이한 변형들을 패러디하고 있는 것이다. 토마스 만 스스로도 이 작품을 가리켜 "루소와 괴테의 자서전에 대한 패러디"이며, 무엇보다 독일 교양 소설에 대한 패러디로 특징지은 바 있다. 또한 이 소설은 문학적 형식에 대한 패러디일 뿐만 아니라 본질적으로 삶에 대한 패러디인 것이다.

　토마스 만의 마지막 작품 『사기꾼 펠릭스 크룰의 고백』이 그답지 않게 미완성으로 끝나지만, 그것이 또한 토마스 만다운 특징을 보인다. 왜냐하면 미완성이라고는 하지만 완결된 작품으로 보아도 전혀 손색이 없고, 또 독자들에게 스스로 채울 수 있는 여백을 남겨 놓았기 때문이다. 1910년 토마스 만이 작품을 집필하기 전 구상했던 메모에서 다음과 같은 내용이 기록되어 있다.

　　"주인공 펠릭스 크룰은 20세에 급사가 되고, 21세에 젊은 귀족을 알게 되어 그 귀족 대신 여행을 한다. 22세에 돌아오고, 27세까지 호텔 도둑으로 일한다. 27세에서 32세까지 감옥살이를 한다. 34세에 결혼을 하고, 39세에 다시 미결수가 된다. 미결수 구치소에서 탈주하여 영국으로 도주한다."

『사기꾼 펠릭스 크룰의 고백』에서는 초기의 이 구상대로 진행되지만 수감 생활이라든가 결혼 그리고 영국으로의 도주 등의 내용들이 더 이상의 진전을 보지 못해서 미완성이라고 할 수 있다. 토마스 만도 이러한 사실을 이미 예상하여 "이 작품은 전혀 완성될 것을 목표로 하지 않으며, 독자들은 거기에다 언제나 더 쓸 수 있고 더 구상할 수 있으며, 독자들이 모든 가능한 것을 덧붙일 수 있는 장치이자 서사적 공간"이라고 말한 바 있다. 이것은 우리 인간의 삶이란 완성될 수 없는 것임을 보여 주며, 언제나 열려 있는 가능성으로서만 그 의의를 가진다는 것을 보여 준다고 하겠다.

앞에서도 말했지만, 이 작품은 토마스 만의 초기로부터 후기까지 이르는 전 과정을 같이한 작품이라고도 할 수 있다. 『마의 산』이 시대적인 지성을 너무나도 무겁게 지니고 있고, 『요젭과 그의 형제들』이 종교적인 소재를, 그리고 『파우스트 박사』가 지나친 문제성을 내포하고 있는 것이라면 『사기꾼 펠릭스 크룰의 고백』은 소재와 지성이 가장 균형 잡힌 형식으로 소설화되어 있다고 할 수 있다.

펠릭스 크룰은 원칙을 가진 사기꾼이며, 자신의 정신적 독립성을 귀중하게 여기고 삶을 아이러니의 측면에서 관찰하는 사기꾼이다. 순간만을 추구하며 살아가는 사기꾼이 아니라, 소명을 자각하는 사기꾼, 어느 정도는 예술을 위해 예술을 수행하는 예술가이기도 하다. 그래서 이 작품은 평범한 사기꾼의 허욕(虛慾)에서 나온 사기 행각의 기록도 아니며, 그런 사기꾼의 내면 기록이나 심리적인 해부도 아니고, 인간 본연의 상태 속에 깃들인 병적인 성향에 대한 —토마스 만이 말하는 예술가적 기질— 치밀한 해부인 동시에, 무겁고 어두웠던 삶과 예술이라는 가상 세계가 청랑성을 통해 사라져 그 조화가 실현된다고 볼 수 있다.

번역은 피셔 츌판사(Fischer Verlag, 2010)의 판본을 사용하였으며, 번역

중 토마스 만의 끊임없는 쉼표에 갈 길을 잃은 적이 한두 번이 아니었다. 있을지 모르는 오역에 대해서는 오직 역자의 책임이며, 독자의 질정을 구한다. 참고로 이 작품은 1957년에 쿠르트 호프만 감독에 의해 영화화된 바 있다.

윤순식

지은이

:: **토마스 만**[Thomas Mann, 1875~1955]

북부 독일의 유서 깊은 도시 뤼베크에서 곡물상을 경영하는 상인의 아들로 태어났다. 아버지의 사망으로 집안이 몰락하여 뮌헨으로 이주하였고, 토마스 만은 보험회사에 근무하면서 글을 써 19세 때 최초의 단편 『타락』을 발표했다. 1901년에 출간한 최초의 장편소설 『부덴브로크 가의 사람들』의 성공은 그에게 작가로서의 명성과 부를 함께 안겨주었다. 이어 단편 『토니오 크뢰거』 (1903), 『트리스탄』(1903), 『베네치아에서의 죽음』(1912) 등을 발표하여 삶과 죽음, 시민성과 예술성이라는 이원성의 문제를 다루었고, 『대공전하』(1909), 『마의 산』(1924) 등의 장편소설을 발표하였다. 1929년에는 노벨문학상을 수상하였다. 1933년 국외로 강연 여행을 떠난 채 망명하여 스위스를 거쳐 미국에 정착하였고, 미국 사회에서 독일인의 입장을 옹호했다. 특히 1940년부터는 영국 BBC 방송을 통해 '독일 청취자 여러분!'이라는 제목으로 독일 국민들에게 히틀러 타도를 호소하였다. 후기 작품으로 『바이마르의 로테』(1939), 『요젭과 그의 형제들』(1943), 『파우스트 박사』(1947), 『선택받은 사람』(1951) 등의 장편소설들이 있다. 1955년 동·서독에서 실러의 기념강연을 하고, 고향 도시 뤼베크의 명예시민이 되어 스위스로 돌아왔으나 7월 21일 혈전증 진단을 받아 8월 12일 사망한다. 취리히 근교 킬히베르크 교회 묘지에 안장되어 있다.

옮긴이

윤순식[soonshik@snu.ac.kr]

:: 부산에서 태어나 서울대 인문대학 독문과 및 대학원을 졸업하고 동 대학원에서 박사학위를 취득했다. 공군사관학교에서 독일어 전임교수를 역임했고, 독일 마르부르크 대학에서 수학했다. 박사후 연수(Post-doc) 과정으로 베를린 훔볼트 대학교에서 현대독문학을 연구하였으며, 한양대학교 연구교수, 덕성여자대학교 교양학부 교수를 역임했다. 현재 서울대학교에서 강의하고 있다. 대중을 위한 공개강연도 자주 하고 있다.(http://www.pressian.com/news/article.html?no=115079)
「병과 문학」, 「문학과 정치」, 「근대독일문학 작품에 나타난 자본주의 경제」 등의 논문을 위시하여, 저서에는 『아이러니』, 『토마스 만』, 『전설의 스토리텔러 토마스 만』, 『토마스 만의 생각을 읽자』, 『헤르만 헤세의 생각을 읽자』, 『프란츠 카프카의 생각을 읽자』 등이 있으며, 역서로는 『교양』(공역), 『정신병리학 총론』(공역, 전4권), 『역사의 지배자』, 『작약등(芍藥燈)』, 『아이 사랑도 기술이다』, 『마의 산』(전3권), 『변신』, 『괴테, 토마스 만, 니체의 명언들』, 『로스할데』, 『나르치스와 골드문트』, 『토니오 크뢰거』, 『베네치아에서의 죽음』, 『독일 전설』(공역, 전2권) 등 다수가 있다.

한국연구재단총서 학술명저번역 서양편 **604**

사기꾼 펠릭스 크룰의 고백

1판 1쇄 찍음 | 2017년 8월 25일
1판 1쇄 펴냄 | 2017년 9월 5일

지은이 | 토마스 만
옮긴이 | 윤순식
펴낸이 | 김정호
펴낸곳 | 아카넷

출판등록 2000년 1월 24일(제406-2000-000012호)
10881 경기도 파주시 회동길 445-3
전화 | 031-955-9510(편집) · 031-955-9514(주문)
팩시밀리 | 031-955-9519
책임편집 | 이하심
www.acanet.co.kr

ⓒ 한국연구재단, 2017

Printed in Seoul, Korea.

ISBN 978-89-5733-565-9 94850
ISBN 978-89-5733-214-6 (세트)

이 도서의 국립중앙도서관 출판예정도서목록(CIP)은
서지정보유통지원시스템 홈페이지(http://seoji.nl.go.kr)와
국가자료공동목록시스템(http://www.nl.go.kr/kolisnet)에서 이용하실 수 있습니다.
(CIP제어번호: CIP2017020502)